Beck

W0057473

Belinda Rodik

Trimalchios fest

Historischer Roman

SENIORENHEIMAT

SCHUPPERT

GSCHWEND

BASTEI
LÜBBE

BASTEI LÜBBE TASCHENBUCH
Band 14824

Erste Auflage: Dezember 2002

Vollständige Taschenbuchausgabe
der im Gustav Lübbe Verlag erschienenen Hardcoverausgabe

Bastei Lübbe Taschenbücher und Gustav Lübbe Verlag
sind Imprints der Verlagsgruppe Lübbe

© 2001 by Verlagsgruppe Lübbe GmbH & Co. KG,
Bergisch Gladbach
Umschlaggestaltung: Tanja Østlyngen
Titelbild: Artothek
Satz: Kremerdruck GmbH, Lindlar
Druck und Verarbeitung: Ebner & Spiegel, Ulm
Printed in Germany
ISBN 3-404-14824-X

Sie finden uns im Internet unter
http://www.luebbe.de

Der Preis dieses Bandes versteht sich einschließlich
der gesetzlichen Mehrwertsteuer.

Für meine Eltern
Hilde und Bruno Rodik

INHALT

In der Nacht, als Nikolaus Pirment geboren wurde, legte eine Kanonenkugel der Protestanten den Kornspeicher im Nachbarort in Schutt und Asche. Es lag nahe, den Neugeborenen unter den Schutz des heiligen Nikolaus zu stellen, ihm seinen Namen zu geben und ihn damit seiner Obhut anzuvertrauen. Der Heilige würde seinen Schutzbefohlenen auf alle Zeiten vor Hunger und Elend bewahren.

Um dieses Bündnis zu bekräftigen, gab Nikolaus' Vater ein prächtiges Tauffest, wie es seit Ausbruch des Krieges niemand mehr in der Stadt erlebt hatte und wie es sich für den fürstbischöflichen Abmessermeister gehörte.

Als sie aus der Kirche zurückkamen, kümmerte sich Valentin Pirment um seine Gäste, platzierte sie an der Tafel, nahm mit Genugtuung die feinen Gerüche aus der Küche wahr und ging völlig in der Rolle des Gastgebers auf. Er hatte nicht so viele Gäste laden können, wie er es gewünscht hätte. Neben weiteren Beamten waren lediglich der Pfarrer und die wichtigsten Vertreter anderer Zünfte mit ihren Gesellen und manchmal auch Lehrbuben zugegen.

Während Valentin das Bier auftrug und den Wein bereitstellte, inspizierte seine Frau die Küche, bemerkte aber mit einem Blick, dass Martha, das Hausmädchen, einem Hauptmann gleich die Dinge im Griff hatte. So ging Clara Pirment mit ihrem Säugling am Arm und einem glückseligen Lächeln im Gesicht zurück zu ihren Gästen, die in freudiger Erwartung bereits lautstark dem Alkohol zusprachen.

Pfarrer Bock erhielt den Ehrenplatz am Salzfass, das den Stolz des Familienvaters bildete, da er es auch in diesen Zeiten noch halbwegs füllen konnte. Oberhalb des Salzfasses kamen auch die Freunde der Pirments, allesamt Beamte des Fürsten oder Meister in angesehenen Berufen, zu sitzen, unterhalb des Salzfasses hatten sich – wie es sich gehörte – die nicht so wichtigen und deshalb auch weniger liebsamen, aber trotzdem geladenen Gäste zu platzieren.

Mit dem ersten Gang trugen die nur für diesen Anlass beschäftigten Dienstboten die obligatorischen Süßigkeiten herein, die das Mahl eröffnen und Gaumen und Magen für die nachfolgenden Schlemmereien vorbereiten sollten: Kirschkuchen, Eierschnee, Nürnberger Gebäck und süße Käsetorte.

Unter Valentin Pirments strengen Augen wurden die gefüllten Schüsseln, Platten und Teller aufgetragen. Martha dirigierte, arrangierte und kommandierte, bis jeder der Gäste zumindest eine der dampfenden Speisen in greifbarer Fingernähe hatte.

Gerade als Martha erneut in die Küche zurückeilen wollte, hielt Valentin Pirment sie mit raschem Griff am Arm fest.

»Es sollten doch immer nur zwei Gäste aus einer gemeinsamen Schüssel speisen.«

Martha seufzte tief und sah Valentin – den sie ob ihres hohen Alters mehr als Sohn denn als Brotherrn betrachtete – nachsichtig an.

»Ich weiß, ich weiß. Dies war Euer ausdrücklicher Wunsch. Ich hab mir auch alle Mühe gegeben. Doch glaubt mir – so viele Schüsseln waren beim besten Willen nicht aufzutreiben.« Und mit gesenkter Stimme fuhr sie fort: »Davon abgesehen wird es der Stimmung keinerlei Abbruch tun, wenn sich die Gäste unterhalb des Salzfasses mit Brot als Untersatz begnügen. Die meisten von ihnen betrachten Schüsseln für jeden ohnehin nur als lästige Erscheinung, die sich nicht durchsetzen wird.«

Sprach's, entdeckte aus dem Augenwinkel ein Dienstmädchen, das sich an den Speisen vergriff und hastete mit einem Aufschrei davon.

»Grämt Euch nicht! Es schmeckt doch sogar besser, wenn sich das Brot mit Bratensaft vollsaugt!«, grölte Pfarrer Bock, der wie immer alles belauscht hatte, stopfte sich mit zwei Fingern ein enormes Stück Käsetorte in den Mund und klopfte dem etwas zerknirscht wirkenden Valentin auf die Schulter.

Diesen beunruhigte nicht nur der Mangel an Schüsseln, sondern auch, dass für jeden Gast nur achtzehn Liter Bier und vier Liter Wein zur Verfügung gestellt werden konnten. Aber den Brauereien fehlte das Getreide. Tief in seinem Innersten hegte er noch mehr Groll gegen den Krieg, der auch dafür verantwortlich war. Für einen kurzen Augenblick war sich Valentin Pirment nicht sicher, ob er den Mangel an Schüsseln und Wein nicht als böses Vorzeichen oder gar Omen des Teufels deuten sollte, doch im nächsten Moment fiel sein Augenmerk erneut auf den Pfarrer, der von derartigen Dingen nichts zu bemerken schien. Und wenn ein Mann Gottes kein Wanken der göttlichen Ordnung an dieser Tafel bemerkte, konnte nichts Unrechtes darin liegen, dass nicht alles aufgetragen werden konnte, was angemessen gewesen wäre. Also griff auch Valentin nach Wein und Kuchen und ließ es sich schmecken.

Die Gesellschaft zechte und aß mit Herzenslust und noch größerer Gier. Die Dienstboten kamen gehörig ins Schwitzen, füllten Schüsseln, trugen neue auf, räumten ab, und Martha rannte zwischen Küche und Stube hin und her, um den ordentlichen Ablauf des Festes im Griff zu behalten.

Von irgendwoher – wahrscheinlich über eine unachtsam geöffnete Tür zum Hinterhof – hatten sich mehrere streunende Köter eingefunden, die nun schmatzend unter der Tafel lungerten und sich an den zu Boden gefallenen Speisen gütlich taten. Knurrend und bellend versuchten sie, an die besten Stücke zu kommen und verbissen sich dabei auch ineinander. Martha wollte sie eigentlich kurzerhand hinausbefördern, doch vor der Tür warteten bereits Tagelöhner und Bettler auf die ihnen zustehenden Reste.

Und mit diesen wollte sie sich erst nach beendetem Mahl befassen. So beließ sie es dabei, die Hunde zu ignorieren und befahl, den zweiten Gang aufzutragen.

Die Dienstboten brachten Schüsseln voll gehacktem Schweinefleisch mit Speck, gebratenen, mit Eiern gefüllten Hühnchen, gekochten Möhren, Kräutersauce, Eierkuchen mit Honig, gebratenem Hering, Eiersalat und Mandelkuchen mit Anis. Der Pfarrer rollte heißhungrig die Augen, Nachbar Sammer, der Metzger, dem das überaus günstige, gehackte Schweinefleisch zu verdanken war, stürzte sich mit seinem Messer auf die größten Stücke und lud sie auf das Brot vor sich. In erstaunlicher Geschwindigkeit nagte er die Hühnerbeine bis auf die Knochen ab, hielt dabei mit der linken Hand seine aufgetürmten Vorräte fest, wischte sich mit dem rechten Hemdsärmel über den Mund und warf in freudiger Erregung das Übriggebliebene, Ungenießbare unter den Tisch.

Vom Bier mutig und ungezügelter geworden, folgten die meisten der Geladenen seinem Beispiel. Bald häuften sich unter dem Tisch die Essensreste. Die Hunde brauchten sich nicht mehr wegen ein paar Krumen gegenseitig an die Kehle zu gehen, zumal vom Tischtuch das Fett auf den Boden troff und das Futter noch schmackhafter machte. Pfarrer Bock rülpste herzergreifend, schlug sich mit der flachen Hand auf den gewölbten Bauch und stöhnte genüsslich.

»Ein wirklich vorzügliches Mahl, mein lieber Pirment! Das muss ich schon sagen.«

Sprach's und griff nach dem nächsten Huhn. Er zerriss es noch in der Luft in zwei Hälften und ließ eine davon auf den Tisch klatschen. Mit seinem Messer nagelte er es am Holz fest, was zwar die Tischdecke beschädigte, aber das halbe Huhn so vor den Übergriffen seines Tischnachbarn bewahrte. In die andere Hühnchenhälfte rammte er seine verbliebenen schwarzen Zahnstummel hinein.

Mittlerweile hatte auch Valentin Pirment vom vorzüglichen und mit wenig Ingwer und Honig gewürzten Wein gekostet und konnte sich so mit den ungezügelten Tischsitten seiner Gäste besser anfreunden, tat es ihnen auch beinahe gleich, zumindest, was das Essen betraf. Lediglich, dass sich der bös erkältete Weinmesser Kaling permanent in die Finger schnäuzte und diese nicht wenigstens am Tischtuch abtrocknete, sondern den Rotz in der Hand verrieb, mit der er anschließend wieder in die Gemüseschüssel langte, missfiel ihm doch arg.

Als er jedoch gerade anhob, eine Rüge auszusprechen, bemerkte er den Blick seiner Frau, die sein Vorhaben anscheinend durchschaut hatte.

»Lass es gut sein, Valentin. Sie mögen nicht die besten Tischmanieren haben – doch unter uns: Wer hat die schon? Nicht jeder kennt des Tannhäusers Tischzuchten, wo es heißt, dass man nicht mit vollem Munde trinken und sich nicht wie ein Schwein über die Schüsseln hängen soll. Aber sieh um dich, Valentin – unsere Gäste amüsieren sich und das ist, was zählt.«

Clara wandte sich wieder ihrem Neugeborenen zu, der straff in frisches Leinen gewickelt war. Glückselig wiegte sie ihren neuen Sohn auf den Armen, steckte ihm ab und an ein in Schnaps getunktes Stückchen Brot in den Mund, um ihn ruhig zu stellen, und freute sich über den prächtigen, gesunden Knaben, der alles, was sich seinem Mund anbot, gierig in sich aufnahm. War er gesättigt – und es hatte den Anschein, er war es nie –, schnitt sie mit ihrem blank polierten Messer kleinste Stücke vom Huhn ab, schob sie mit zwei Fingern zierlich in den Mund, wischte diese manierlich am Tischtuch sauber und betupfte damit auch die Mundwinkel, bevor sie einen neuen Bissen aufnahm. Valentin bewunderte die Anmut, mit der sie langsam und bedächtig darauf herumkaute.

Er seufzte tief und blickte fortan weg, wenn Kaling erneut niesen musste, und sagte auch nichts, als einer der Malergesellen einen Floh zwischen den Fingernägeln zerdrückte, den er sich nach langem, umständlichem Kratzen aus den Tiefen seiner Hose gezogen hatte. Wozu auch? Das Ungeziefer war nie geladen, aber immer anwesend. Im Grunde seines Herzens verabscheute er die Plage, doch konnten weder er noch sonst jemand dagegen ankämpfen, also war es sinnlos, sich darüber zu ereifern. Stattdessen erhob sich Valentin Pirment, dankte Gott unter Beifall der Gäste erneut für den gesunden Sohn, klatschte in die Hände und gab damit das Zeichen für den dritten und letzten Gang.

Diesen Abschluss bildeten Saiblings- und Kalbfleischpastete, Getreide mit Gemüse, Hanfsuppe, Fisch im Teig, Kürbistorte, gefüllte Eier im Teigmantel und frisch ausgebackene Brandteigkrapfen mit wenig Honig beträufelt.

Die Gesellschaft stürzte sich darauf, als hätte es vorher nichts gegeben. Mittlerweile hatten die Völlerei und die Sauferei die Gäste so in Wallung gebracht, dass der Gestank den ganzen Raum erfüllte und sich mit den wohlriechenden Düften der eben aufgetragenen Speisen vermengte. Selbst Pfarrer Bock schnappte ab und an nach Luft wie ein an Land geschwemmter Karpfen, und Clara Pirment fächelte sich mit einem Spitzentuch aus französischem Leinen – einem Geschenk ihres Gatten für die Geburt des dritten, kerngesunden Sohnes – Luft zu.

Der Malergeselle sprang plötzlich von der Bank auf und rannte in die Ecke, wo er sich krampfartig erbrach. Einer der Hunde folgte ihm und schnupperte an dem dampfenden Erbrochenen, während sich der Malergeselle keuchend wieder an die Tafel setzte.

Martha runzelte die Stirn. Sie hatte es nicht gerne, wenn Gäste ausfällig wurden, und hoffte inständig, es würde nur bei kleineren Übelkeiten bleiben. Schließlich war es nicht viel, was aufgetragen wurde, aber die Menschen waren an große Festmähler nicht mehr so gewöhnt, seit der Krieg ausgebrochen war.

Ihre Hoffnung sollte sich erfüllen. Lediglich Metzgermeister

Sammer spie noch ein paar Brocken unter den Tisch, genau vor die nackten Füße seiner Frau. Sie hatte sich gleich zu Beginn ihrer unbequemen Schuhe entledigt und sie mittlerweile im Gewühl unter dem Tisch verloren. Nur ab und an forschte sie tastend nach ihnen, stieß dabei aber entweder an die ebenfalls suchenden Füße anderer Damen oder das Bein des Pfarrers, der lüstern grinsend nach dem vermeintlichen Objekt der Begierde Ausschau hielt. So beließ sie es damit, die erbrochenen Brocken einfach am Saum ihres Kleides abzuwischen und die Suche nach ihrem Schuhwerk bis zum Ende des Mahles aufzuschieben.

Spät in der Nacht ging das Fest schließlich seinem Ende zu. Klarer Schnaps rundete das Mahl ab, half die Speisen verdauen und machte den einen oder anderen rührselig und weinerlich, andere wiederum so schläfrig, dass sie von der Bank sanken und schnarchend unter dem Tisch liegen blieben. Selig schlummerten einige Lehrbuben zwischen den Hunden, auf Hühnerknochen, Pastetenresten und Erbrochenem und träumten von weiteren lukullischen Genüssen.

Malergeselle Rainer pulte mit seinem rostigen, schartigen Messer in den Zähnen, zog diverse Essensreste daraus hervor und steckte sie als eine Art Nachgeschmack genüsslich zurück in den Mund. Pfarrer Bock hatte sich ein paar besonders gute Stücke in die Ärmel seiner Kutte gesteckt, die mittlerweile vor Bratensauce troffen. Zudem sah ein Hühnerschenkel keck daraus hervor, den er immer wieder schelmisch zwinkernd zurückschob, voller Vorfreude, diesen auf dem Nachhauseweg als Wegzehrung verspeisen zu können.

Vincent, der Älteste von Valentins Söhnen, schleckte voll Wonne die Finger ab, mit denen er die letzten Reste Bratensauce aus den verbliebenen Schüsseln wischte. Sein Vater war mittlerweile in so guter Schnapslaune, dass er seine Sprösslinge ob ihrer Tischmanieren nicht mehr rügen würde. So ließ auch Clemens, der Jüngere, das mit Bratenfett vollgesogene Stück Brot sorglos in den Schoß fallen, wo unweigerlich Läuse und Flöhe daran kleben blieben und unwissentlich mitverspeist wurden, wenn er sich dann, nachdem er von dem ihm zugestandenen Bier getrunken hatte, den Bissen in den Mund schob.

Schließlich ließ Martha die kläglichen Reste des Mahles den Armen vor die Tür bringen und dirigierte anschließend die erschöpfte Dienerschaft zum Abwasch.

Währenddessen verabschiedeten sich die Gäste wortreich und bis über beide Ohren mit Fett beschmiert von ihren Gastgebern. Metzger Sammer und Weinmesser Kaling halfen dem Gastgeber noch, die Schläfer unter den Tischen hervorzuziehen und zumindest so weit auf die Beine zu stellen, dass sie sich auf andere, noch standfestere Gäste stützen konnten und wankten anschließend volltrunken mit den anderen durch die nächtlichen Straßen nach Hause.

Aller Dinge Ende und Anfang

1635 – 1649

∽ Gewürzter Brei

Verarbeite Pfeffer, Pinienkerne, Honig, Raute, eingekochten Most mit Milch, koche dies durch, gib einige Eier dazu, dass es ein dicker Brei wird, schütte guten Honig darüber und serviere.

∽ Kalte grüne Sauce

Verreibe Pfeffer, Liebstöckel, Kümmel, Selleriesamen, Thymian, Zwiebel, Datteln, verarbeite dies mit durchgeseihter Fischlake, Honig, Wein und Öl, und gib zum Schluss reichlich kleingehackte grüne Sellerieblätter hinein.

∽ Birnen-Eierkuchen

Schäle und brühe Birnen, entferne das Kernhaus und verreibe sie mit Pfeffer, Kümmel, Honig, eingekochtem Wein, Lake, etwas Öl, mische diesen Brei mit Eiern und backe eine Omelette davon. Vor dem Auftragen streue Pfeffer darüber.

∽ Haselmäuse und Siebenschläfer

Man enthäutet, säubert und entbeint die Tierchen, füllt sie mit einer Farce aus Schweinefleisch, verrieben mit Pfeffer, Pinienkernen, Asant und Fischsauce, näht sie zu und bratet sie im Ofen auf einem flachen Ziegel und schmort sie in einer Kasserolle.

Mehrere Jahre lang sah es so aus, als würde der heilige Nikolaus tatsächlich schützend seine Hand über den kleinen Namensvetter halten. Die Söldner kamen erst im vierten Winter nach der Taufe wieder nach Regensburg. Der Stadt und dem umliegenden Land war damit genug Zeit gegeben worden, sich zu fassen und die Kornkammern neu zu füllen, sodass die Bäuche der Menschen wieder an jedem Tag weniger Hunger erdulden mussten.

Nikolaus Pirment war nicht die insgeheim ersehnte Tochter, doch wurde Clara bald klar, dass Nikolaus diese vollends ersetzte. In seinem Gebaren lag zwar nichts Mädchenhaftes, doch bekundete er bereits sehr früh Interesse an Dingen, die eher dem weiblichen Geschlecht zugeeignet wurden. Während Vincent und Clemens, seine älteren Brüder, im Garten und auf den Straßen mit den anderen Kindern Krieg spielten und so manch ein Gemetzel in den Hinterhöfen anstellten, gesellte sich Nikolaus lieber zu seiner Mutter. Still und mit großen Augen beobachtete der pausbäckige, goldblonde Knabe jeden ihrer Handgriffe, verfolgte ihre Schritte und ahmte alsbald alles nach.

Mit vier Jahren konnte er nicht nur laufen, sprechen und alleine essen, er wusste auch, wann der Gemüseeintopf gar war und der Gerstenbrei fertig. Die Küche entpuppte sich als sein Lieblingsraum. Clara konnte sich diese Eigenart nicht erklären, auch wusste sie nicht, ob sie es seltsam finden sollte, dass der kleine Junge lieber die Küche inspizierte, als sich mit Würmern und Egeln zu beschäftigen, wie es ihre beiden anderen Söhne in seinem Alter getan hatten. Manchmal dachte sie, er könnte zu weibisch und damit zum Spott der Gemeinde werden. Doch körperlich entwickelte sich der Knabe prächtig, zeigte keinerlei

Hexenmale oder sonstige Anzeichen einer Abnormität, und so war sie mit der Zeit sehr angetan von den Vorlieben ihres jüngsten Sohnes.

Nikolaus hingegen empfand sich selbst nicht als Laune der Natur. Er sah nichts Ungewöhnliches in seinen Vorlieben. Im Gegenteil, er lebte regelrecht vom Geruch der elterlichen Küche. Über einem Feuer, das Tag und Nacht stetig flackerte, hing an einer verstellbaren Eisenkette der große Kupfertopf. Die wohlriechendsten Düfte entströmten ihm, wenn es dampfte und brodelte oder einfach nur leise gurgelte. Nikolaus zog dann den kleinen Holzschemel nahe an den Kessel heran, kletterte auf den Schemel und blickte mit seinen großen braunen Augen verträumt, beinahe verliebt in das verheißungsvolle Durcheinander aus Gemüse, Fisch und Fleisch.

Manchmal kam Martha, goss etwas Wein, Bier oder auch Quellwasser nach, würzte kräftig mit Essig, spärlicher mit Honig und manchmal sogar mit Zucker, und dann klopfte sein Herz bis zum Hals, wenn sie ihm verschwörerisch zwinkernd eine gelbe Rübe in die Hand drückte, damit er diese in den Kessel gab.

Die erste gelbe Rübe, die er hineinwarf, hatte ihm die Hand verbrüht, so schwungvoll war das Gemüse in den Topf geflogen. Nun war Nikolaus vielleicht nicht so schnell wie der gleichaltrige Metzgersohn aus dem anderen Viertel, er war auch nicht so behände wie Max, der Sohn des Weinmessers, und schon gar nicht so flink und drahtig wie Bertram, der Sohn des Gastwirtes der »Grünen Eiche«, aber an jenem Morgen zeigte er, dass sich in ihm ein vehementer, gewissenhafter, wenn nicht sogar sturer Geist verbarg.

Etwas unmutig und gleichzeitig sehr erstaunt, dass ihm ausgerechnet der geliebte Kessel Schmerz zugefügt hatte, nuckelte er an der verbrühten Stelle seiner Hand, während er fieberhaft überlegte, wie er diesem Ungemach nächstens entgehen konnte. Dann entsann er sich des beliebten Spruchs Marthas: »Probieren geht über Studieren«, und grapschte kurz entschlossen mit seinen kleinen Händen nach allen Rüben, derer er habhaft werden konnte, und warf diese in allen nur erdenklichen Bögen und Schwüngen in den Topf, bis er die bestmögliche Art und Weise herausgefunden hatte, die ihm fürderhin keine Schmerzen mehr zufügen würde.

Derart befriedigt, angelte er nach der großen Kelle und rührte gemeinsam mit Martha in dem Eintopf, der herrlich duftend vor sich hin köchelte, während die Köchin etwas verwundert ob des gerade dargebotenen Schauspiels die Brauen kraus zog. Aber sie verlor kein Wort darüber und machte sich auch keine weiteren Gedanken.

Nikolaus jedoch verfolgte jeden ihrer Schritte am Herd, beobachtete genau, wie sie den Kupferkessel mal höher und dann wieder tiefer an die verstellbare Kette hängte, merkte sich, wann sie das Feuer schürte, um den Inhalt des Kessels zum Brodeln zu bringen und wann sie den Eisenarm zur Seite schwenkte, um dem Eintopf Ruhe zu gönnen.

Nikolaus machte es sich zum geheimen Spiel, sich mit geschlossenen Augen an den Kessel zu stellen und nur anhand der Gerüche und Düfte, die sich um ihn herum verbreiteten, herauszufinden, welche Zutaten darin schwammen.

Mit der Zeit bemerkte er, dass die Speisen nicht nur seine Sinne ansprachen, sondern sein gesamter Körper auf sie reagierte. Gemüse, im Besonderen Rüben und Kohl, erzeugte nur ein leichtes Herzklopfen, aber der Duft von gutem Fleisch machte seine Haut rieseln bis unter die Haarwurzeln.

So entwickelte er eine ganz besondere Liebe zu seinem Kessel, der für ihn Freund und Spielgefährte zugleich war. Ihn kümmerte es überhaupt nicht, dass die anderen Jungen ihn hänselten, wenn er Martha zum Wochenmarkt begleitete. Er beachtete sie ganz einfach nicht. Sie waren wie lästige Flöhe – je mehr man verscheuchte, desto mehr schienen nachzurücken.

Er hätte auch nicht wirklich gewusst, was er mit den anderen Kindern hätte reden sollen. Sie wussten nichts über den Reifegrad von Gemüse, erkannten nicht, wenn Brot mit Chlor geweißt war, und hatten überhaupt keinen Sinn für die Freuden einer guten Speise. Er fand sie ganz einfach grauenvoll langweilig und wollte mit ihnen ebenso wenig zu tun haben wie sie mit ihm.

Stattdessen erfreute er sich an der Arbeit in der Küche und verteidigte seinen Platz am Kessel gegen streunende Hunde und Katzen, die er – niemals grob, aber immer bestimmt – wieder zur Hintertür hinausbeförderte, wo sie hereingekommen waren. Denn entgegen Marthas Warnung vor den gefährlichen Dämpfen der Straße hielt er die Tür immer einen Spalt geöffnet, weil er die faulen und abgestandenen Gerüche des Hauses in den Garten treiben wollte, damit sie die wohlfeilen Düfte, die dem Kessel entströmten, nicht stören konnten.

Nie wurde der Kessel ganz geleert. Die Brühe der vergangenen Tage gab ihren Geschmack weiter an den neu hinzugekommenen Kohl, die Bohnen und den Getreideschrot. Die gelben Rüben köchelten in einer immer wieder nachgewürzten und schmackhafter werdenden Suppe gar, Fleisch und Fisch gaben ihre eigenen Geschmäcker ab, und alles zusammen vereinte sich zu einem Himmelreich aus Düften und Aromen. Und wenn der Vater kraft seines Amtes einen Gastwirt beim Betrug im Ausschank zwar ertappt, diesen aber nicht gemeldet hatte, kamen die besten Stücke. Die Wirte waren froh, einer Betrugsanzeige zu entgehen, und der Abmessermeister konnte seine Familie mit besonderen Köstlichkeiten beglücken.

Nikolaus zog dann seinen Schemel zur Anrichte, sah Martha peinlich genau und still wie ein Luchs bei der Jagd dabei zu, wie sie die Fleischstücke teilte, schnitt und würfelte, salzte und dann der Brühe zugab. Stunde um Stunde beobachtete er die Veränderung der Zutaten in dem großen Kessel, bis sie endlich von rohem, gewürztem Zustand den Grad erreichten, der zum Verzehr der geeignetste war.

Als er schließlich größer wurde und nicht mehr die Gefahr bestand, dass er bei der kleinsten Bewegung in den Kessel zu fallen drohte, durfte er eigenhändig mit Essig würzen und, wenn nötig, kostbares Salz zufügen.

Jeden Morgen stand er mit den Hühnern und sogar vor Martha auf, lief in die Küche und bereitete alles für die Biersuppe vor. Wenn Martha dann gähnend zur Tür hereinkam, reicht er ihr das Töpfchen, hatte die Butter bereits aus dem Vorratskeller geholt und wartete mit glänzenden Augen auf den Auftakt des täglichen Abenteuers. Fasziniert beobachtete er, wie die Butter in dem Töpfchen an Festigkeit verlor, sich verflüssigte und mit den hineingeschlagenen Eiern vermengt wurde. Er liebte Marthas Handbewegung, wenn sie die Mischung schwungvoll salzte und verquirlte, und reichte ihr das kalte Bier, damit die Brühe gelöscht werden konnte. Die Semmeln durfte er selbst schneiden und hinter Martha in die Stube tragen, wenn die Suppe zum Frühstück aufgetragen wurde.

Das gleiche Zeremoniell wiederholte sich jeden Morgen mit der Biersuppe, jeden Mittag mit dem Gerstenbrei als Vorspeise und den folgenden gebratenen Hühnern, Gemüseeintöpfen und Fleischgerichten und endete abends mit dem Abendbrot.

Wenn die Familie zusammen am Abendbrottisch saß, runzelte sein Vater manchmal die Stirn und betrachtete ihn ein wenig sorgenvoll; das bemerkte Nikolaus bereits mit so jungen Jahren. Doch dann sah er zu seiner Mutter, die ihm zulächelte, und schnell und zielstrebig steckte er weiter einen Bissen nach dem anderen in den kleinen Mund.

Er liebte es zu essen, sich den Geschmack des Eintopfes auf der Zunge zergehen zu lassen und doch immer so rasch den nächsten Bissen mit duftendem, warmem Brot nachzuschieben, dass er nicht einen Augenblick während des Mahles mit leerem Mund verbringen musste. Er aß, als wollte er die Erinnerung an keinen Bissen, den er in seinem Leben tat, jemals wieder vergessen. Damals wusste er noch nicht, dass er geradewegs auf Zeiten zusteuerte, in denen er genau von dieser Gabe zehren würde.

Nicht eine Krume fiel ihm zu Boden, nicht ein Klecks erreichte sein Hemd, und nicht ein Tropfen wurde unnötig an den Tisch vergeudet. Fein säuberlich wischte er seinen Löffel nach jedem Bissen am Tischtuch sauber, bevor er ihn erneut in die gemeinsame Schüssel tauchte. Dieser Hang zur Reinlichkeit war nur ihm allein eigen; selbst der Gedanke an fremden Speichel, und sei es der seines Vaters, machte ihn innerlich schaudern. Seinen Bruder Clemens, der fraß wie ein Schwein, dabei zwischendurch rülpste und hin und wieder mit dem Hemdsärmel den Rotz von der Nase wischte, hasste er in manchen Augenblicken sogar.

Er mokierte sich auch nicht wie seine Brüder über den täglich gereichten Brei. Dieser Brei war ein Tribut des Vaters an vergangene Zeiten. Eigentlich hätten sie statt Brei etwas mehr Fleisch auftischen können, aber der Brei gemahnte an jene schlechten Jahre, in denen die Familie in die unteren Schichten abzurutschen drohte, damals, als das unglückselige Papier erfunden wurde und der Großvater als Pergamentmacher die Familie nicht mehr ernähren konnte und erst der Vater durch das Attribut, lesen, schreiben und dadurch auch Gewichte voneinander unterscheiden zu können, zum fürstbischöflichen Eichbeamten ernannt wurde. Daher ließ der Vater Tag für Tag aufs Neue Brei auftischen. Keinen Weizenbrei, denn der war eine Speise für Könige. Aber Gerstenbrei wurde seiner gesellschaftlichen Stellung gerecht und war auf eine gewisse Weise auch eine Art Opfer, auf dass es der Familie niemals wieder so schlecht ergehen sollte.

Doch die Zeit der Opfergaben war anscheinend vorbei, und auch der heilige Nikolaus schien andere Dinge zu erledigen zu haben, denn das Schicksal sollte trotz des Gerstenbreis und des mächtigen Namenspatrons nicht an Valentin Pirment und seiner Familie vorbeigehen.

Nikolaus ahnte von diesem noch nichts. Noch genoss er jeden Bissen, den er von dem schnittfesten, mit frischer Milch, Salz und Wasser zubereiteten Brei abschnitt. Manchmal mischte Martha Bohnen darunter, sehr oft kochte sie sauren Kohl dazu, manchmal säuerte sie den Brei selbst, indem sie das Getreide mit heißem Wasser übergoss und über Nacht gären ließ. Aber egal wie der Brei auf den Tisch kam, alles wurde von Nikolaus mit Bedacht, beinahe Verehrung genossen. In der Küche schmeckte er ab, probierte alles, bevor es aufgetragen wurde, und so wusste er bei Tisch genau, was seinen Gaumen und Magen am meisten erfreuen würde.

Die Eltern bemerkten mit Wohlgefallen, wie der heilige Nikolaus seinen Schützling gedeihen ließ, ihm runde Backen, eine stämmige Figur und ein wohlbeleibtes Äußeres verlieh. Nikolaus wurde von Tag zu Tag fülliger, und mit jedem Gramm, das er zulegte, wuchs auch seine Lust am Essen. Doch schlang er nichts einfach in sich hinein; nur die Speisen, die sein Auge und sein Gaumen wohl ausgewählt hatte, beglückten auch sein Herz.

Clemens hingegen lenkte das Tischgespräch immer wieder aufs Neue auf seinen Wunsch, Soldat zu werden, was Nikolaus mit wiederkehrender Regelmäßigkeit die Mahlzeit vergällte. Die Gespräche über das leidige Thema wollten anscheinend nie aufhören, und Nikolaus schien es, als vergingen unendliche Stunden, in denen sich Vater und Bruder um das Für und Wider des Soldatenlebens stritten. Die Folge ihrer Argumente ähnelte sich ein ums andere Mal und verdarb Nikolaus immer mehr den Appetit.

Er mochte die Soldaten nicht. Was er von ihnen hörte, bedeutete eine Bedrohung für ein stilles, beschauliches Leben, das dazu diente, den Magen gut zu füllen und in der prallen Luft der aromageschwängerten Küche zu schwelgen. Darum erbat er immer mit einem stummen Blick zu seiner Mutter die Erlaubnis, sich vom Tisch erheben zu dürfen, und schlich in die Küche, um dort nach dem Rechten zu sehen.

Mit dem kommenden Winter erreichte Nikolaus nicht nur das schulfähige Alter, der Krieg schob sich auch erneut näher an die Stadt heran. Zu allem Überfluss versprach es einer der härtesten Winter seit Menschengedenken zu werden. Die Einwohner fürchteten bereits jetzt das kommende Frühjahr, das ans Tageslicht bringen würde, wie viel man von einer Ernte im Sommer erwarten könne.

Die Preise für Korn und Fleisch stiegen beinahe ins Unermessliche, und die meisten Gänge zum Markt erwiesen sich als hoffnungslos, da die Bauern ihre Vorräte lieber selbst bunkerten, die Witterung einer drohenden Hungerkatastrophe bereits in der Nase.

Als wäre Schmalhans als Küchenmeister nicht schon Übel genug gewesen, musste Nikolaus ab sofort auch die Klosterschule besuchen. Der Vater hielt nichts von Privatlehrern und sah seine Söhne lieber von Mönchen erzogen. Nikolaus war nicht klar, wozu er überhaupt lesen und schreiben lernen sollte. Er war völlig glücklich damit, tagaus, tagein in der Küche mit der alten Martha zu weilen und jeden ihrer Handgriffe zu studieren.

Es war wie eine verbotene Magie für ihn – jedes Mal, wenn er nur in die Nähe eines Kochtopfes, eines Tellers oder anderen Küchenwerkzeuges kam, begann sein Herz rascher zu klopfen, und heiße Freude stieg in ihm hoch. Wenn er dann die verschiedenen Fleisch- und Gemüsesorten, Eier oder auch nur Mehl sah, musste er ganz einfach seine kleinen, dicken Finger nach den verheißungsvollen Dingen ausstrecken. Und wenn er sie berührte, eben diese Finger in den Teig gleiten ließ, frische Früchte betastete und den Reifegrad prüfte, ging ein leichtes Beben durch seinen wohlgenährten kindlichen Körper.

Dies alles sollte er für eine dumme Schule, deren Zweck ihm immer noch nicht klar war, verlassen? Weg aus der warmen Stube, hinein in die Kälte der Welt da draußen. Allein der Gedanke daran war erschreckend. Doch es half alles nichts – kein Bitten, kein Flehen, kein treuherziger Augenaufschlag zur Mutter, kein grimmiger Blick zum Vater. Als sein Repertoire an ansonsten sehr erfolgreichen Überredungskünsten aufgebraucht war, fügte er sich schließlich in sein Schicksal und packte Tafel, Griffel und Papier zusammen.

Meist trottete er mit halb vollem Magen hinter Vincent und Clemens her, kämpfte sich mit seinen kleinen Füßen durch den meterhohen Schnee, versuchte den Schal, den er von seiner Mutter nur zu diesem Anlass bekommen hatte, noch enger um sein Gesicht zu schlingen, um die zornigen, eisigen Windböen wenigstens von seinen Wangen fern zu halten. Bei jedem Schritt dankte er der Muttergottes für die neue Leibwäsche und fühlte sich ansonsten hundserbärmlich.

Vincent und Clemens taten ihr Übriges, um Nikolaus die Schule vollends zu vergällen. Sie liefen mit Bedacht schneller, als ihn seine kurzen Beine tragen konnten, stupsten ihn in den Schnee und rannten davon, um sich hinter einem der Bäume zu verstecken und ihn aus der sicheren Distanz heraus mit zu Eis gedrückten Schneebällen zu bewerfen.

Es war nicht leicht, und es wurde auch nicht leichter, als ihn Pater Gabriel milde lächelnd an seinen Platz schickte und mit dem Unterricht begann. Der große, schlanke Pater verbreitete eine Aura der Gelehrsamkeit in dem kargen Raum und stand damit in grobem Kontrast zu seinen Schülern, die zwar allesamt Söhne der höheren Stände und Zünfte waren, aber sowohl an Manieren als auch an Gelehrsamkeit jeglicher Grundlage entbehrten.

»*Carpe diem*. Nutze den Tag mit vollen Händen. Wir wollen uns immer daran halten und zur wunderbaren Sprache des Cicero übergehen ...«

Nikolaus saß in dem hohen, eisig kalten Gewölberaum des Klosters, seine Knie schlotterten vor Kälte, und seine Gedanken wollten sich einfach nicht auf das konzentrieren, was Pater Gabriel vor ihm erzählte. Zusammen mit fünfundzwanzig anderen Schülern aller Altersstufen fror er um die Wette, preßte die Lippen

27

aufeinander, damit die Zähne nicht so laut klappern konnten, und fühlte sich in dem karg eingerichteten, nur mit Bänken, Stühlen, einer großen Holztafel und dem Pult Pater Gabriels ausgestatteten Lehrzimmer, als wäre er mitten in den eisigen Schlund einer unbekannten Hölle gefallen.

Insgeheim bewunderte er Pater Gabriel ein wenig, dem die Kälte überhaupt nichts auszumachen schien. Im Gegenteil, je weiter die Vormittage voranschritten, desto mehr geriet der Pater in Begeisterung, holte mit den Armen weit aus, um seine Erzählungen über die Apostel und ihre Wundertaten malerisch zu unterstreichen, und setzte rote Flecken auf Gesicht und Hals an. Da Nikolaus aber das Meiste von dem, was Pater Gabriel erzählte, ohnehin nicht verstand, weil er es in seinem kleinen Kopf nicht zuordnen und daher auch nicht verarbeiten konnte, wanderten seine Gedanken stets auf Irrwege, verfingen sich in Träumereien über gutes Essen, nahrhafte Getränke und verschiedenste Zubereitungsarten allen möglichen Fleisches.

Sehnsuchtsvoll dachte er an den großen Kupferkessel, das lodernde Feuer darunter und ob Martha, die Mutter oder der Vater wohl heute etwas auf dem Markt ergattern konnten, was sich zu Suppe verkochen ließ.

Mit der Zeit legte Nikolaus eine Lethargie an den Tag, die selbst den jungen, gutmütigen und vor allem enthusiastischen Pater Gabriel beunruhigte. Aber er drang nicht bis zu dem Knaben vor. Weder Geschichten aus der Bibel, farbenreich erzählt, wie sie Nikolaus so noch nie von einem Pater gehört hatte, noch Geographie und schon gar nicht Latein oder Mathematik konnten sein Gehör finden.

Nikolaus träumte von der Küche, versuchte, sich der Gerüche zu entsinnen, und nur ab und an schreckte ihn der böige Nordwind aus seinen Gedanken auf, der über die kahlen Äcker vor dem Kloster fegte, über die Klostermauer drang und gegen die feinen Glasscheiben hämmerte.

Als es Frühling wurde, war Pater Gabriel mit seinem Latein am Ende. Er wusste nicht, ob er Nikolaus als bockig und stur oder doch nur als Dummkopf einstufen sollte, der zu stupide war, die einfachsten Rechenarten zu erlernen – von anderen Dingen ganz zu schweigen. Von einer Erziehung mit dem Rohrstock, wie es in Klosterschulen gang und gäbe war, hielt Pater Gabriel wenig, und so blieb ihm nichts anderes übrig, als geflissentlich über die Tatsache hinwegzusehen, dass er bei einem seiner Schüler hoffnungslos versagte.

Insgeheim tat es Pater Gabriel in der Seele weh, den kleinen Nikolaus, dessen Namenspatron ein so hoher und kluger Mann gewesen war, nicht doch die Grundbegriffe der Arithmetik oder wenigstens das Alphabet lehren zu können. Er mochte den ruhigen, stillen und etwas seltsamen Jungen, dessen Gedanken immer auf Wolken zu schweben schienen und der niemanden einlud, daran teilzuhaben.

So kam es auch, dass Pater Gabriel nie einen Einwand erhob, als Nikolaus damit begann, immer häufiger die Erlaubnis zu einem Gang auf die Latrinen zu erbitten. Schließlich hätte der Junge ja auch ein Problem mit Darmwinden haben können.

Nikolaus hingegen genoss die unverhoffte Freiheit. Die Latrinen hatte er nur das erste Mal wirklich aufgesucht. Der lange Weg dorthin führte ihn durch das halbe Kloster, und bald schon wurde ihm klar, warum Pater Gabriel den anderen Schülern nur in der Pause diesen Gang unter Aufsicht seiner selbst erlaubte – die Versuchung, in einen der unzähligen dunklen Nebengänge und Fluchten abzubiegen und zu »verschwinden«, war einfach zu groß für kleine Jungen, die den Verlockungen des Teufels kaum widerstehen konnten.

Der Abort befand sich am Westende des Klosters in einem kleinen Hinterhof, in dem über einer offenen Grube ein Brett angebracht war, welches von zwei niedrigen Mauern abgestützt wurde. Jetzt im Winter war zumindest die Geruchsbelästigung geschwunden. Die Kälte fror anscheinend die üblen Dämpfe ein und hinderte sie daran, durch die Ritzen der Mauern in das Klosterinnere einzudringen und sich dort festzusetzen.

Eine dicke Eiskruste hatte sich über der Kloake gebildet. Als Nikolaus zaghaft die Hosen hinunterließ und sich auf das Abtrittbrett setzte, hatte er augenblicklich das Gefühl, sein Hinterteil wäre an dem Brett festgefroren, und es dämmerte ihm, warum es aus manchen Nebengängen des Klosters so beißend nach menschlichen Fäkalien stank. Auch Mönche waren nicht gegen Frost gefeit, und es war weit angenehmer, im Schutz der Dunkelheit, abgeschirmt zumindest gegen den eisigen Wind, sein Geschäft zu erledigen, als hier draußen in dem kleinen Hinterhof, in dem die Eiseskälte dafür sorgte, dass der Urin zu einem Eiszapfen erstarrte, bevor er die Grube erreichte.

So beließ er es mit einem einmaligen Zusammentreffen mit der Abtrittgrube, verkniff sich weitere Bedürfnisse für die Zeit, die er im Kloster war, und stahl sich dennoch immer wieder unter dem Vorwand eines dringenden Geschäftes aus dem Schulzimmer nach draußen.

Er hatte niemals damit gerechnet, dass ihn der Pater nicht wieder in das Unterrichtszimmer holen würde. Insgeheim war es sogar seine Hoffnung gewesen, von der Klosterschule gewiesen zu werden, und da der Vater nichts von der städtischen Schule hielt, wäre damit das Thema Schule erledigt gewesen. Aber nichts geschah. Er erntete kein böses Wort, nicht einmal einen strengen Blick, eher Unverständnis und ein wenig Resignation.

Er strich durch die stillen Gänge und weitläufigen Flure, er versuchte hinter geschlossene Türen zu schielen und genoss die Ruhe, die in dem alten Gemäuer herrschte. Nur ab und an traf er auf einen der Mönche, doch diese schienen eher amüsiert als aufgebracht zu sein, dass ein kleiner, dicker Junge hier herumstreunte. Er störte sie nicht, und sie ließen ihn in Frieden.

Als die Sonnenstrahlen, die durch die hohen Fenster drangen, endlich wärmer wurden, heizte sich das Klassenzimmer mit jeder

Stunde mehr und mehr auf. Die Leiber dampften, und von den schwitzenden Jungen, die ihre Leibwäsche wohl nie wechselten, gingen beißende Gerüche aus, die sich miteinander vermengten und immer dichter wurden. Zudem erwachten auch Flöhe, Läuse und Wanzen aus ihrer Wintersruhe, in der sie sich nicht so verheerend vermehrten, und wüteten nun umso schlimmer auf den Körpern. Manch einer seiner Kameraden kratzte sich blutig, obgleich es strikt verboten war, während des Unterrichts nach Ungeziefer zu suchen. Doch in die blutenden Wunden stürzte sich das Pack mit besonderer Wonne, sodass die Kratzerei kein Ende mehr nehmen wollte. Nikolaus sah keine andere Möglichkeit, als sich auch jetzt immer noch davonzustehlen.

In diesen Tagen fand er auch den Weg in die klösterliche Küche. Warme Düfte und verheißungsvolle Gerüche entströmten ihr und lockten Nikolaus in ihre Arme.

Als er den großen Raum betrat, bemerkte ihn zuerst keiner der anwesenden Mönche. Zu sehr waren sie mit ihren Aufgaben beschäftigt, rupften Hühner, putzten Gemüse und zerstampften Fisch zu Brei. Nikolaus' Augen wurden immer größer. Was er hier an Gemüse, Fleisch und anderen Leckereien sah, überstieg sein Vorstellungsvermögen. Ihm wurde heiß und kalt zugleich. Wie konnte es sein, dass die Mönche noch über so viele Vorräte verfügten? Etwas wehmütig dachte er an die elterliche Küche, von der er sich nach wie vor nur schwer losreißen konnte, um zur Klosterschule zu gehen, doch drangen immer weniger verheißungsvolle Düfte aus ihr – weitere Auswirkungen des anscheinend in alle ewigen Zeiten währenden Krieges.

Der Krieg rückte immer bedrohlicher näher und brachte Not und Elend mit sich. Krankheiten, erste Anzeichen von Seuchen, klopften an die Tore der Stadt, und der Hunger folgte ihnen dicht auf den Fersen. Nicht nur zu Hause war Schmalhans mittlerweile Küchenmeister, auch in den reichen Familien kam immer seltener Fleisch auf den Tisch. Die Schweden drangen stetig weiter nach

Süden vor, Horden von Soldaten verbrannten, versengten und verheerten ganze Landstriche, die öd, kahl und verlassen zurückblieben. Die Bevölkerung dezimierte sich um ein Vielfaches, die Kornkammern blieben leer, und das Vieh wurde immer weniger, da sich tote und verstümmelte Bauern nur schlecht um ihr Land und ihr Vieh kümmern konnten.

Nikolaus begriff allmählich das Ausmaß dieses Konflikts. Auch wenn es ihn und seine Familie in erster Linie am Esstisch traf, mehrten sich doch die Schreckensbotschaften, und langsam aber stetig kroch Angst vor den Gräueln des Krieges in sein Herz.

»Was hast du hier verloren?«, riss ihn die Stimme eines Paters aus den qualvollen Gedanken.

»Oh ... ich ...«, stammelte Nikolaus, ohne eine sinnvolle Antwort hervorbringen zu können.

Der Pater stutzte und betrachtete ihn eingehender. Dann huschte eine Art Schmunzeln über sein Gesicht, und er neigte den Kopf ein wenig zur Seite.

»Bist du Nikolaus?«, fragte er.

Nikolaus sah erstaunt zu dem großen, eindrucksvollen, weil sehr korpulenten Pater hoch und nickte.

»Aha.«

Mehr gab der Pater nicht von sich, als wäre der bestätigende Laut Antwort genug. Nikolaus konnte nicht wissen, dass Pater Gabriel sein Herz gerne bei Pater Anselm ausschüttete und dieser demzufolge alles über Nikolaus wusste. Pater Anselm wusste auch, dass Pater Gabriel den Knaben nicht nur mochte und schätzte, sondern auch tief in seinem Innersten verborgene Talente vermutete, die nur geweckt werden mussten. Da Pater Anselm die Seelenpein kannte, welche Pater Gabriel mit jedem Tag, an dem er Nikolaus nichts beizubringen imstande war, mehr quälte, wollte er also den Knaben nicht gleich aus seinem wohlgehüteten Reich verscheuchen. Also lud er Nikolaus ein, noch ein wenig in der Küche zu verweilen.

»Bruder Koch – also Bruder Markus – bereitet gerade das Mittagessen«, erklärte er, während er den staunenden Knaben mit sich zog.

Nikolaus' Herz klopfte bis zum Hals, als er die glänzenden, polierten Gerätschaften näher betrachtete, die er im Leben noch nicht gesehen hatte und von denen er sich schier nicht vorstellen konnte, dass diese für den Gebrauch in einer Küche bestimmt waren. Wahre Bocksprünge machte sein kleines Herz aber, als ihn Pater Anselm näher an den Holzblock heranschob, sodass er die fachkundigen Bewegungen von Bruder Koch betrachten konnte.

»Zu Braten passt italienische Sauce.«

»Ach ja? Du bist mit den Aufgaben in einer Küche vertraut?«

Pater Anselm sah erstaunt zu dem aufgeregten Knaben hinab. Vielleicht hatte Pater Gabriel Recht? Vielleicht war Nikolaus kein stupides Kind, sondern bedurfte einfach einen besonderen Anreizes, um sich lernfähig zu zeigen. Pater Anselm war der Letzte, dem ein Experiment auf diesem Gebiet nicht Spaß bereitet hätte, und zeigte sich aufgeschlossen.

»Weißt du, unser Bruder Koch ist wirklich sehr gut in seinem Fach, aber so ab und an kann auch er eine kleine Anregung gebrauchen. Er wird sich freuen.«

Wie es sich für einen anständigen Koch gehörte, freute sich Bruder Markus überhaupt nicht über das Eindringen des kleinen Knaben in sein Reich, der noch dazu ein Rezept wissen wollte, das er selbst nicht kannte. Da der dicke Winzling aber anscheinend den besonderen Schutz von Pater Anselm genoss und dieser zu seinen wirklichen Anhängern gehörte, der auch etwas von Speisen verstand und nicht nur gierig in sich hineinfraß wie die meisten anderen Brüder, sah er gnädig über den Eindringling hinweg und erkundigte sich nach dem angekündigten italienischen Rezept.

»Es ist eine Kräutersauce«, sagte Nikolaus und blickte dem Koch fest in die Augen.

In der Küche fühlte sich Nikolaus sicher. Er sah also keinerlei

Anlass, sich von dem bärbeißigen Koch ins Bockshorn jagen zu lassen.

»Ach – nur eine Kräutersauce. Ich vermute, eine mit Petersilie, Schnittlauch und Dill zu Fisch und anderen Fastenspeisen. Die kenne ich«, entgegnete Bruder Markus von oben herab und wollte sich bereits wieder seinen enormen Pfannen zuwenden, als er jäh in seiner Bewegung innehielt und anschließend mit einem Satz, den Nikolaus diesem körperlich mächtigen Mann niemals zugetraut hätte, auf einen der Küchengehilfen zusprang und diesem eine Pfanne entriss.

»Was hattest du damit vor?«, presste er leise zwischen seinen Zähnen hervor.

»Ich ... ich wollte ... Öl darin heiß machen und die Zwiebel anbraten«, flüsterte der Novize stockend und völlig verängstigt, während er versuchte, durch zaghafte Schritte nach hinten ein wenig an Land zu gewinnen.

Bruder Markus riss die Pfanne hoch und schwenkte sie nun drohend über dem Haupt des Angeklagten, der als Novize zur Küchenhilfe eingeteilt war und sich unter dem klösterlichen Leben etwas anders vorgestellt hatte, als es mit angesengten Haaren und verbrühten Händen zwischen Pfannen und Töpfen und einem rasendem Koch zu verbringen.

»Willst du unseren ehrwürdigen Abt töten?«, schrie Bruder Markus.

»Nein ... nein«, flüsterte der Novize und sah aus, als wollte er gleich in Tränen ausbrechen.

»Zum letzten Mal: Kupfer ist weiblich, und demzufolge hat es eine heiße Eigenschaft. Die Natur von Öl und Kupfer ist heiß, während die Zwiebel von kalter Beschaffenheit ist. Wenn du sie in einer Kupferpfanne ihrer natürlichen Eigenschaften beraubst, wird sie dem Speisenden argen Schaden zufügen. Außerdem ist unser Abt von hitzigem und cholerischem Temperament – eine Zwiebel, derart zubereitet, wird ihm unruhigen Schlaf und flüssige Augen verursachen, indem ihm ihre scharfen Dämpfe zu Kopf steigen! Will das in deinen Schädel nicht hinein, du Schafskopf?«

Bruder Markus schwenkte immer noch das Corpus Delicti wie ein Henkersbeil.

»Und nun geh mir aus den Augen, nichtsnutziger Unglücksvogel, du!«, brüllte er abschließend.

Der Novize eilte mit hochgezogenen Schultern in eine andere Ecke der Küche und verschwand hinter einem Berg ungewaschenen Geschirrs.

Nikolaus hatte die Szenerie mit angehaltenem Atem verfolgt. Der Ausbruch des Kochs hatte ihn nicht beunruhigt – im Gegenteil, in jenem Moment, als er von den Eigenschaften der Geräte und den Naturen des Menschen sprach, war er in eine Art hingebungsvolle Verehrung verfallen. Was für ein großartiger Mann! Was für ein Gelehrter! Speisen hatten also Naturen und Eigenschaften so wie Menschen auch. Nikolaus sah sich einem Meer an Wissen, einem unendlichen Fundus der Kochkunst gegenüber und wollte von diesem Augenblick an nichts weniger, als daran teilzuhaben, darin einzutauchen und alles in sich aufzunehmen. Ein Beben durchflutete seinen kleinen Körper, wie er es nur aus der elterlichen Küche kannte.

»Und du – Zwerg? Weiche mir aus den Augen! Ich habe heute, weiß Gott, genug von Tölpeln und unnützen Kindern«, zischte Bruder Markus.

Doch Nikolaus sah ihm ergeben und zugleich fest in die Augen.

»Um auf die italienische Sauce zurückzukommen: Ihr habt Recht, aber auch nicht. Man bereitet sie mit Dill und Petersilie. Aber auch mit Olivenöl, Basilikum und Zimt. Mit viel Essig gewürzt passt sie hervorragend zu kaltem Braten«, sagte er ohne einen Anflug von Zittern in der Stimme.

Eine Sauce zu kaltem Braten? Bruder Markus' schlechte Laune

verflog ebenso schnell, wie sie sich breit gemacht hatte. Für einen kurzen Augenblick des Nachdenkens kämpften in ihm zwei Stimmen, wobei die eine ihm befahl, den Eindringling sofort aus seinem Reich zu verbannen, während ihn die andere voller Ungeduld und Neugierde darauf hinwies, dass man Rezepte für Saucen niemals genug besitzen konnte. Schließlich siegte die Stimme der Neugier, und er ließ sich zu einem Gespräch mit Nikolaus herab.

»Nun denn, dann lass mal hören. Vielleicht bereiten wir sie wirklich zu«, meinte er gnädig.

Pater Anselm, der sich amüsiert aus dem Disput herausgehalten hatte, wurde zu seinem Leidwesen aus der Küche gescheucht – ihm oblag eigentlich der Schutz des Kräutergartens, deshalb hatte er bedingt Zugang zu Bruder Markus' Reich, konnte aber auch sehr schnell aus ebendiesem hinausbefördert werden, wenn es dem Maestro, wie Bruder Markus heimlich genannt wurde, gefiel.

Nikolaus erklärte die Zubereitung der Sauce, deren Rezept er sich bei Martha haarklein gemerkt hatte.

Er eroberte damit Bruder Markus' Herz in einem wahren Sturmangriff der feinen Düfte, während die Novizen Gregor und der unglückliche Innozenz, der Bruder Markus bereits vor der Kupfer-Geschichte ein Dorn im Auge war, nun auch noch für Nikolaus Laufburschendienste verrichten mussten.

Doch Nikolaus war in seinem Element. Er holte die Kräuter, hackte, wiegte und zupfte sie klein und noch kleiner und häckselte sie mit einem enormen Messer zu winzigen Partikelchen. Dabei verblüffte er nicht nur sich selbst damit, wie sicher das große Messer in seiner Hand liegen wollte, das ihm Bruder Markus gegeben hatte. Eigentlich hatte er sein eigenes Messer verwenden wollen, aber es war wohl besser, innerhalb der Klostermauern gesegnetes Werkzeug zu verwenden.

Alsbald waren die beiden Novizen zu Küchenhilfen zweiten Ranges degradiert, die nur noch dazu da waren, die Anweisungen eines neunjährigen Knaben zu befolgen; denn Bruder Markus hatte schnell erkannt, dass Nikolaus das enorme gottgegebene Talent eines Kochs in sich trug, das es zu eigenen Gunsten zu fördern galt.

Nikolaus strich die gehackten Kräuter in den großen Mörser. Bruder Markus stieß die Petersilie, den Thymian und die restlichen duftenden Kräuter mit Ingwer, Zimt und Salz in dem fein gearbeiteten Mörser zu einem glatten Brei, marinierte sie in Essig und passierte sie anschließend durch ein erlesenes Sieb aus dünnem Kupferblech. Es war mit Ornamenten reich verziert, während sich anmutige Meerjungfrauen aufreizend als Griff anboten. Vielleicht ein klein wenig sündig für eine Klosterküche, sagte sich Nikolaus, befand aber trotzdem, dass es das schönste Sieb sei, das er jemals gesehen hatte. Mit wachen Augen verfolgte er jede von Bruder Markus' Handbewegungen.

Dieser folgte seinerseits den Rezeptanweisungen von Nikolaus, ließ ihn die Sauce mit Weinessig würzen, schmeckte selbst mit Zimt, Salz, Pfeffer und Ingwer ab und erfreute zur Mittagsstunde seine Brüder mit einer ausgezeichneten Kräutersauce zu kaltem Braten.

Der Abt zeigte sich angetan, und fortan durfte Nikolaus auf ausdrücklichen Wunsch von Bruder Markus seine Studien in der klösterlichen Küche fortführen. Bruder Markus sah in ihm bereits den Sohn, den er nie gehabt hatte, und wollte mehr als nur einmal an Zauberei glauben, wenn er den Knaben in der Kunst des Kochens beobachtete. Doch auch für Nikolaus machte sich die Klosterküche durchaus bezahlt.

Nicht nur, dass er durch das tägliche Probieren, Abschmecken und Vorkosten ein etliches an weiteren Pfunden und Achtung bei den Klosterbrüdern zulegte. Durch die Berechnungen von exakt abzumessenden Mengen für die Mahlzeiten von mehr als fünfzig Brüdern machte er erstaunliche Fortschritte in der Mathematik.

Mit Wohlgefallen bemerkte Bruder Markus, dass Nikolaus immer länger blieb, nicht mehr so schnell und früh nach Hause drängte wie zu Beginn. Auch wenn Bruder Markus einen Platz in Nikolaus' schwer zu eroberndem Herzen im Sturm erobert hatte, war zu Beginn seiner Lehrzeit in der klösterlichen Küche ebendiese nicht sofort zu seiner Heimstatt geworden. Zu sehr liebte Nikolaus den Geruch von Marthas Eintopf, als dass er ihn beim ersten klösterlichen Braten verraten und aus seinem Herzen gejagt hätte. Aber Gericht für Gericht nahmen Bruder Markus und seine Hingabe an die Küche ein Stückchen mehr von Nikolaus ein, bis er freiwillig länger als nötig blieb.

Nach dem Zubereiten der Speisen fand jetzt Nikolaus immer noch Zeit, die Klosterküche in einen Zustand der Ordnung zu bringen, wie es ihm zusagte – zur Freude der beiden Novizen, die nun damit nicht mehr so belastet wurden.

Die Brüder achteten zwar auf Sauberkeit, doch befand Nikolaus, dass durchaus weniger faules Gemüse in den Ecken hätte liegen können, sodass der süßliche Geruch von Verwesung nicht das empfindliche Aroma der feinen Speisen störte. Vermengt mit den fauligen Dämpfen, die dem Wasserfass entströmten, das zum Abwasch gedacht war, lag immer eine warme, Ekel erregende Schwade von Fäulnis über den Düften der exquisiten Gerichte.

Als er das faule Obst und Gemüse als die Quelle des Gestankes ausfindig gemacht hatte, schaffte er diese Tag für Tag fort und legte damit zugleich einen Komposthaufen neben der Küchentür an.

Gegen das stinkende Wasser konnte auch er nichts ausrichten. Er empfand ebenso viel Furcht vor dem Wasser wie die Klosterbrüder und der Rest seiner Mitmenschen. Mit Wasser sollte man bestenfalls die Hände in Berührung kommen lassen, die Augen nur betupfen, um die Sehkraft zu stärken, und er wusste nicht, wie er, ohne sich über und über mit Wasser zu beschütten, das riesige Fass hätte leeren können. Mit diesem Wasser – mit Wasser überhaupt – in Berührung zu kommen, bedeutete unweigerlich den Tod. So sagte es der Volksmund. Und er glaubte daran, so wie er an Jesus, Maria und die Heiligen glaubte. Gut, eine Ausnahme bildete Quellwasser – aber wer kam an solches ran? Also beließ er es dabei, dass er einen hölzernen Deckel auf das Wasserfass legte und diesen nur öffnete, wenn die Töpfe gereinigt werden mussten.

Nikolaus entdeckte täglich Neues in der beinahe herrschaftlichen Küche. Die Bratspieße, der Blasebalg, die Seihlöffel und Zangen, die verschiedenen Roste zum Braten von Fischen, der Feuerhund, der Dreifuß und die Glutzange reihten sich fein säuberlich an der Herdstelle aneinander. Die Mönche besaßen nicht nur Unmengen von Pfannen und Töpfen, auch Reibeisen, Nudelbretter und sogar eine versperrbare Kuchenform waren vorhanden. All die Gerätschaften stapelten sich nicht nur in unzähliger Menge über- und nebeneinander, was eindeutig auf die Gaumenfreuden der Mönche schließen ließ, sondern waren auch aus erlesenen Materialien hergestellt.

Nikolaus dachte schweren Herzens an die heimatliche Küche, die zwar sauberer war, aber auch so manch eines der Geräte entbehrte, die einem Koch das Leben erleichterten.

Der Umstand, dass das liebe Federvieh sein Quartier in der Küche bezogen hatte, störte ihn allerdings enorm. Überall saß, pickte, gackerte und kackte es. Aus Gründen der Eierversorgung ließen die Mönche die Hühner in der Küche wohnen, sie aber niemals nach draußen laufen, denn das hätte ein ewiges Suchen und Forschen nach den Eiern bedeutet. Also hatten die Hühner in der Küche Quartier zu beziehen.

Standen Hühnersuppe und gebratene Hühner auf dem Speiseplan, so war es ein Leichtes, eines zu fangen, zu schlachten, zu rupfen und kochfertig zuzubereiten. Die Hühner wähnten sich trotzdem sicher und in Geborgenheit. Zu sicher und zu geborgen, wie Nikolaus fand, denn der Dreck, den die Hühner überall verbreiteten, störte ihn empfindlich.

Das unwiderstehliche Gefühl von Lebenslust und der tief in ihm verborgene Sinn für Luxus ließen es einfach nicht zu, dass er sich mit Dreck umgab. Also rubbelte er, so gut es ging, den Hühnerkot zumindest vom Hackblock, den Pfannen, Töpfen und Kesseln, fegte ihn nach draußen und richtete dem Federvieh ein Nest in einer Ecke der Küche und sorgte somit dafür, dass sie ihre Unliebsamkeiten nicht mehr über den ganzen Küchenboden verteilten.

Er machte es sich zur Angewohnheit, durch die Küche zu streifen und die Gerätschaften auf ihre Verwendung hin zu überprüfen. Meist waren Gregor oder Innozenz an seiner Seite, um ihm auf all seine vielen Fragen zu antworten. Die beiden freuten sich insgeheim nicht nur über die willkommene Abwechslung, sondern auch darüber, dass sie dem kleinen merkwürdigen Knaben doch noch etwas voraus hatten. Und so ließen sie ihm gerne und mit einem gewissen Großmut ihr Wissen angedeihen.

Zum Leidwesen der Brüder beschränkte sich Nikolaus' Wissbegierde allerdings ausschließlich auf die Küche, sodass er mittlerweile zwar nebenbei in der Kunst der Mathematik größte Fortschritte erreicht hatte, doch zu keiner weiteren Wissensaufnahme bereit war.

Erst als Nikolaus entdeckte, dass es auch seiner Leidenschaft für das Kochen dienlich sein mochte, konnte er auch für das Alphabet und das damit unweigerlich zusammenhängende Lesen und Schreiben begeistert werden.

Zu dieser Erkenntnis gelangte er eines Tages nach getaner Arbeit, nachdem die letzten Töpfe wieder sauber geschrubbt waren und der Kessel neu gefüllt über dem Herdfeuer hing. Gerade als er den Hackstock mit einem groben Tuch vom Blut und dem Inhalt eines Schweinemagens säuberte, fiel ihm auf, dass Bruder Markus wohl eines seiner Bücher hier zurückgelassen haben musste. Nikolaus wusste, dass Bücher nicht nur der teuerste Schatz des Klosters waren, sondern auch sonst eine begehrte, weil kaum bezahlbare Ware darstellten. Er rieb seine Hände besonders achtsam an dem Tuch sauber und griff nach dem Buch.

»Bruder Markus! Ihr habt Euer Buch liegen gelassen!«, rief er dem Pater hinterher, der gerade dabei war, einen Korb Gemüse in den Vorratskeller zu schleppen.

Bruder Markus hielt inne, drehte sich verwundert um, sah das Buch in Nikolaus' Händen, lächelte geheimnisvoll, stellte den Korb mit Gemüse ächzend wieder ab und kam zurück.

Er nahm Nikolaus das Buch aus den Händen, blätterte darin und las laut vor: »*Patina quotidiana: Cerebella elixata teres cum pipere. Cuminum, laser cum liquamine, caroenum, lacte in ovis. Ad ignem lenem vel ad aquam calidam coques.*«

Nikolaus sah ihn etwas erstaunt an. Er wusste, er hatte gerade die heilige lateinische Sprache vernommen, verstand aber trotzdem nur vereinzelte Wörter von dem, was er eben gehört hatte und sah mit fragendem Blick zu Bruder Markus auf. Dieser lachte ihn an.

»Das ist Latein, mein Lieber. Eine Sprache, in der du leider nur einige Kräuter benennen kannst.«

Nach einer kurzen Pause fügte er hinzu: »Eigentlich sehr schade. Einige der besten Kochbücher sind in Latein abgefasst. So wie dieses hier. *Ars Magirica* – das Kochbuch des Apicius. Er erfand eine Methode, Austern länger haltbar zu machen. Und hier ...«, Bruder Markus blätterte in dem Buch, bis er auf die gesuchte Stelle stieß, und las daraus vor, während er zwischendurch immer wieder blinzelnd zu Nikolaus blickte, der ihn mit großen Augen anstarrte. »Er mästete Forellen mit getrockneten Feigen und Honigwein, um ihre Leber fetter zu machen. Auch kannte er das Rezept für eine hervorragende Verdauungssauce. Sie hat uns schon großartige Dienste geleistet. Besonders in der Fastenzeit: ›Man nehme eine halbe Unze Pfeffer, fünf Skrupel Kardamom, sechs Skrupel Kümmel, eine Skrupel Narde, sechs Skrupel trockene Minze, zerquetsche dies alles, treibe es durch ein Sieb und mische es mit Honig. Wenn nötig, gib Fischlake oder Essig dazu.‹ Glaub mir, Nikolaus, Apicius war der Meister aller Köche! Das hier ist einer der ersten gedruckten Fassungen. Ein Wiegendruck aus Venedig, entstanden im Jahr des Herrn 1486. Es ist sehr wertvoll, aber ich würde dir gestatten, darin zu lesen und deinen lukullischen Geist daran zu laben ... Aber du kannst ja leider nicht genügend Latein, um den Inhalt zu verstehen.«

Sprach's, klappte das verheißungsvolle Buch vor Nikolaus' Nase wieder zu, legte es betont achtlos zurück auf den Hackblock, brachte sein Gemüse in den Keller und ließ Nikolaus sprachlos da stehen.

Bücher, in denen Rezepte standen! Warum hatte ihm niemand davon erzählt? Das warf ein völlig neues Licht auf die Sache mit dem Lesen und Schreiben und vor allem auf die leidige Angelegenheit mit der komplizierten lateinischen Sprache. Nikolaus biss sich auf die Unterlippe und nagte darauf herum wie ein Hamster auf einem Weizenkorn. Martha konnte auch nicht lesen und schreiben, doch sie besaßen zu Hause auch keine Kochbücher, für die es sich gelohnt hätte, es zu erlernen.

Bruder Markus hatte Recht. Bis jetzt vermochte er nur einzelne Namen, Wörter und simpelste Sätze in Latein zu formulieren, und allesamt drehten sie sich um Kräuter und Gemüse. Hinzu kamen die lateinischen Brocken, die selbst einfachste Leute in ihre Reden einstreuten.

Er fühlte sich ertappt und gleichzeitig unendlich neugierig auf das, was in dem Buch stehen mochte. Leicht strich er über den Ledereinband und konnte der Versuchung nicht widerstehen, das Buch doch aufzuklappen und mit den Augen über die fein säuberlich geleimten und mit großen fetten Buchstaben bedruckten Seiten zu fliegen. Vielleicht sollte er sich doch um mehr Lateinkenntnisse bemühen? Andererseits dachte er aber auch daran, dass der Pöbel gerne Latein sprechende Menschen verprügelte – warum auch immer. Latein war also nicht nur angesehen und geachtet, auch sprach es nicht wirklich jeder, wie ihm die Patres weismachen wollten. Schließlich hatte er Ohren und konnte hören, dass sich manche der Novizen des Klosters nie in Latein, sondern in Italienisch oder Französisch, wenn schon nicht in Deutsch unterhielten.

Die nächsten Tage verbrachte er mit Grübeleien über das Für und Wider des Lernens. Er wollte nicht mehr in das Klassenzimmer zurück, die ehemaligen Schulkameraden waren ihm so fern wie damals, als er lieber in der elterlichen Küche geblieben war, als mit ihnen auf den Straßen zu spielen, und um nichts in der Welt wollte er nun die Klosterküche aufgeben. Allein der Gedanke, wieder in das Klassenzimmer zurück zu müssen, widerstrebte ihm derart, dass er fast geneigt war, den Gedanken an die Kochbücher ganz einfach zu verdrängen. Doch immer wieder flüsterte ihm seine innere Stimme zu: »Was wohl in diesen Büchern stehen mag? Welche Rezepte sich dort wohl finden?«

Bruder Markus bemerkte den inneren Zwiespalt des Jungen und ließ ihn diesen Kampf mit sich selbst austragen. Als er erkannte, dass die Begierde, das Lateinische entziffern zu können, beinahe ins Unermessliche gewachsen war und Nikolaus in jeder Minute zu beschäftigen schien, trat er schließlich lächelnd an ihn heran, legte ihm die große Hand auf die Schulter und nahm ihn zur Seite.

»Du musst nicht in das Unterrichtszimmer zurück. Das ist es doch, was dir wirklich Kopfzerbrechen macht, nicht wahr?«

Nikolaus hob erstaunt den Kopf und sah Bruder Markus mit einem Hoffnungsschimmer in den großen, braunen Augen an, erwiderte aber nichts, sondern wartete stumm auf nähere Erläuterungen.

»Wir können gemeinsam das Buch durchgehen und damit gleichzeitig dein Latein schulen.«

Nikolaus willigte nur zu gerne ein. Die Sehnsucht darauf, das Buch alleine und in aller Stille nur für sich selbst lesen zu können, erleichterte das Lernen enorm. Und da Bruder Markus zudem von einem Rezept für »Flammen speienden Pfau« gesprochen hatte, dem er wohl selbst nachtrauerte – denn die Zeiten spien zwar Flammen, nicht aber die von einem Pfau, sondern von Kanonen –, konnte er es nicht mehr erwarten, endlich die ersten Zeilen entziffern zu können.

Mit Hilfe von Bruder Markus und Apicius, dem Leibkoch der Cäsaren, der unter Tiberius und Augustus die wundersamsten Speisen kreiert hatte, arbeitete er sich in der lateinischen Sprache von *Epimeles*, den Küchenregeln, Hausmitteln, Gewürzen und dem, was ein tüchtiger Koch wissen muss, vor bis zu *Halieus vel halieuticon*, den Fischen mancher Art. Dazwischen wurde er in die Regeln des *Artoptus*, des Gehackten und den Ragouts, eingeweiht und nahm erste Tuchfühlung mit den *Polyteles* auf.

Dieser siebte Abschnitt tat es ihm besonders an. Er konnte nicht genug erfahren über die unermesslichen Prunkgerichte und Schlemmereien, die ihn staunen und kopfschütteln zugleich machten und in ihm den geheimen Wunsch weckten, diese *Polyteles* nicht nur sehen, sondern vielleicht sogar einmal selbst zubereiten zu dürfen. Doch schien ihm dieses Ziel so unerreichbar fern, dass er es vorerst dabei beließ, insgeheim davon zu träumen und seinen Geist zurück auf jene Rezepte des Apicius zu lenken, die nach berühmten Schlemmern, Kochkünstlern und Kaisern benannt waren.

Die Tatsache, dass er die meisten der Rezepte nicht ausprobieren konnte – auch nicht die einfachen, aber genialen Konservierungsarten, wie das Haltbarmachen von Trüffeln, wofür er lediglich trockenes Sägemehl, ein Fass, Gips und einen kalten Ort benötigt hätte – und leider auch Trüffel –, bereitete Nikolaus beinahe körperliche Schmerzen. Sein Magen, sein Gaumen, all seine Sinne lechzten nach den Kostbarkeiten, die er beschrieben fand. In Ermangelung beinahe sämtlicher Zutaten malte er sich die Gerichte in Gedanken farbenprächtig und vor allem geschmacklich aus.

In Zeiten, in denen es schon schwer war, Brot bei den Bäckern oder Fisch auf dem Markt zu ergattern, konnte von Trüffeln keine

Rede sein – auch im Kloster nicht. So begnügte er sich damit, sich wenigstens die Rezepte einzuverleiben, sie seinem Gehirn wie eine Art göttliche Speise zuzuführen, sie dort zu bunkern und für bessere Zeiten aufzubewahren.

Nikolaus hatte seine ganz persönliche Passion entdeckt: *Ars Magirica* – die Worte klangen wie ein Zauberspruch in seinen Ohren, und er hätte alles dafür gegeben, dieses Buch sein Eigen nennen zu können. Da dies nicht möglich war, musste er sich darauf beschränken, es in allen Einzelheiten zu verinnerlichen. Er studierte das Buch, bis er es in- und auswendig kannte, er lernte jede Textzeile, las sie immer und immer wieder, bis sie Teil seines eigenen Fleisches und Blutes geworden war.

Als er sich schließlich Apicius so einverleibt hatte, dass es Bruder Markus beinahe unheimlich wurde, mit welchem Fleiß der junge Knabe die Worte, Ratschläge und Rezepte des alten Meisters heruntersagte, als wollte er eine Laienpredigt halten, verhalf er ihm dazu, weitere Schätze der Klosterbibliothek zu heben. Der Zutritt zu diesem Heiligtum wurde Nikolaus zwar nicht gewährt, doch beförderte Bruder Markus ein ums andere Mal die erstaunlichsten Bücher daraus hervor und warf sie Nikolaus zur geistigen Verkostung vor.

Und Nikolaus war ihm so dankbar, dass er es in Worten nicht mehr ausdrücken konnte. Also sah er seinen Meister nur mit großen, gierigen Augen an und vertiefte sich ohne viele Worte in das Studium des *Liber de arte coquinaria* des bischöflichen Leibkoches Platina, das auf einem Buch des Meisterkoches Martino basierte, las zuerst die deutsche Ausgabe, verglich sie dann mit dem italienischen Original und hielt sich fürderhin nur noch an die Originale, die bei weitem mehr zum besseren Verständnis der Lektüre von gebratenen Fasanen, Adlern und Bärentatzen boten als die abgeschriebenen und nur zu oft mehr schlecht als recht übersetzten.

Er bereitete Platinas Rübengratin, Rühreier mit Majoran, Salbei, Petersilie und geriebenem Käse, verzückte die Brüder mit Fleischkäse aus Kalbsbrät, Ingwer, Zimt, Safran und Speckwürfeln und ergötzte sich in Ermangelung der Naturalien in Gedanken an so herrlichen Gerichten wie Wildpfeffer mit Rotwein, blauen Trauben, Wildblut, Zimt und Nelkenpulver.

Platina und Martino folgte der Michelangelo der Köche: Bernardo Scappi. Die Lektüre der Schriften des päpstlichen Leibkoches las sich für Nikolaus wie ein Bericht aus fernen Welten. Alles schien ihm wert, in Gedanken notiert und aufgezeichnet zu werden, und ab und an ließ er seinen Federkiel über das mittlerweile besorgte Papier kratzen, um sich die wichtigsten Dinge zu notieren und sie für immer und ewig zu konservieren.

Scappis *Opera di Bartolomeo Scappi, maestro dell'arte del cucinare, cuoco secreto di Papa Pio Quinto divisa in sei libri* beschrieb Kalbsnieren auf geröstetem Brot, verfeinert mit Schnaps, Anis, Olivenöl, Kräutern, Fenchel- und Nelkenpulver, abgerundet mit Zucker, Zimt und Granatapfelsaft und Rinderrücken auf venezianische Art mit Koriandersamen und Muskat in einer Sauce aus Zucker, Zimt, Essig und Nelken.

Ganz nebenbei ließ sich Nikolaus in die Welt der italienischen Renaissance entführen, lernte die Sprache des Papstes und erfuhr seine ersten Lektionen in Geographie, die ihn in die märchenhaften Welten Venedigs, Mailands und noch weiter bis nach Sizilien, Arabien und auf die Molukken entführte, woher Muskatnuss, Zimt und Nelken auf abenteuerlichen Wegen kamen. Sein Wissensschatz wuchs mit jedem Tag, und seine Finger kneteten immer behänder und einfühlender die Teige, formten Pasteten, schnetzelten Fleisch und häckselten Gemüse.

Mit Gier las er zwischendurch die Ratschläge Platinas an den Koch und erfuhr so, dass es als Koch nicht nur galt, Speisen gut zubereiten zu können, sondern auch gewissen Regeln Folge zu leisten. Immer und immer wieder rezitierte er den berühmten Markus Rumpoldt, der nicht nur mit zauberhaften Rezepten, sondern auch mit hervorragenden Ratschlägen für die Köche aufwarten konnte. Er wusste nun, dass in der Küche der Fürsten wohl Wert auf gute Sitten gelegt wurde und las mit Entzücken: *»Die Köche sollen täglich mit sauberen weißen Servietten und Kochtüchern und anderen reinen weißen Hand- und Absaubertüchern wohl und genugsam versehen seyn. Ire Bärthe auch das Haar auff dem Haupt sollen zierlich abgekürzt und abgekolbert seyn und sollen feine weiße saubere Hemder, auch nicht schmutzige, rotzige und beschmirige, sondern sein reine, hübsche, saubere, kurtze Hemder.«*

Eines Tages schließlich brachte Bruder Markus einen schmalen, in rotes Leder gebundenen Band und überreichte ihn Nikolaus, als würde er dem Abt das Dessert kredenzen.

»Die berühmte Satire des Petronius – ›Trimalchios Fest‹. Ja, einmal so ein Festessen zubereiten dürfen ... oder können!«, schwärmte Bruder Markus und ließ einen staunenden Nikolaus zurück, dessen Hände zärtlich über den Ledereinband des Buches strichen.

In den kommenden Tagen konnte sich Nikolaus nur schwer von seiner Lektüre losreißen; selbst das Kochen erschien ihm wie eine lästige Ablenkung von der wundersamen Geschichte des Trimalchio. Nikolaus fraß die Zeilen in sich hinein, ergötzte sich an dem Prunkfest, das in allen Einzelheiten aufs genaueste beschrieben war.

Das Wasser lief ihm im Munde zusammen, als er von aus Teig gebackenen Pfaueneiern und anderen wundersamen Dingen las. Petronius erzählte von einem gebratenen Eber, aus dem, als er angeschnitten wurde, lebende Vögel herausflatterten. Vier Faunsfiguren hielten Weinschläuche, aus denen gepfefferte Brühe in eine Schale mit Fischen floss, gebratene Hasen mit Flügeln stellten Pegasus dar, und alles wurde auf silbernen Tellern und Schalen gereicht, in denen der Name ›Trimalchio‹ eingraviert zu lesen war.

Nikolaus war wie verzaubert. Nachts träumte er von fliegenden, mit Trüffeln gespickten Ebern, aus deren Hauern Maronenkompott floss. Tagsüber musste ihn Bruder Markus mehr als einmal zur Ordnung und damit wieder in die Welt der Klosterküche rufen, die Nikolaus plötzlich gar nicht mehr so großartig erschien. Selbstverständlich war die Klosterküche reich ausgestattet, reicher als die Küche zu Hause, aber was war sie schon im Vergleich zur Küche Trimalchios? Was war das kärgliche Essen, das er für die Brüder zubereitete, schon im Vergleich zu Trimalchios Fest?

Fortan träumte Nikolaus – ob wach oder nachts schlafend in seinem Bett – davon, ein Festessen zu geben wie von Petronius beschrieben. Es störte ihn nicht, dass das Buch eigentlich als Warnung geschrieben war. Eine Warnung an die Angeber, Protzer und Vielfraße. Für ihn klang Trimalchios Fest nach einem verheißungsvolleren Land als dem Schlaraffenland, und niemand konnte ihn davon abbringen.

So verbrachte er seine Zeit in der Klosterschule nur noch in der Küche, von gelegentlichen Ausflügen in den Garten unterbrochen, in Reichweite immer eines der Bücher zur gewissenhaften Lektüre.

Es kam einer Kontemplation gleich, wenn er, Rezepte rezitierend, durch den Kreuzgang wandelte. Und jeder Mönch, der den kleinen Koch beobachtete, hatte ein stilles Vergnügen an dem fleißigen Knaben.

Nach einem seiner Wandelgänge zog sich Nikolaus wie häufig zuvor in den Rosengarten zurück, wo er mit seinen Gedanken allein sein konnte. Der betörende Duft der Blüten, die kühle Steinbank, auf der er saß, und die göttliche Ruhe um ihn herum ließen ihn vollends abtauchen in das literarische Reich der Gewürze und Düfte. War es nicht faszinierend zu erfahren, wie Hildegard von Bingen es lehrte, dass die starke Hitze des Salates mit Essig und Öl zu temperieren sei, oder was die arabischen Medici behaupteten, die dem Spinat eine kalte und feuchte Eigenschaft im zweiten Grad zuschrieben, weswegen er Huhn- und Lammfleisch eine erquickende Kühlung gab?

Er machte sich gerade Notizen, als er einen großen Schatten neben sich wahrnahm.

»Ah – bewahre diese Notizen auch in deinem Herzen auf!«

Bruder Markus ließ sich ächzend neben ihm auf der Steinbank nieder und blickte sinnierend in den Rosengarten, nachdem er nochmals auf das Blatt Papier neben Nikolaus geschielt hatte.

»Ja, Wild, Linsen und Senf sollten gemieden werden, wenn man an zu viel schwarzer Galle leidet.«

»Bruder Markus, ich hätte eine Frage.«

»Nur zu, mein Sohn.«

Bruder Markus wandte sich Nikolaus zu.

»Ich habe bemerkt, dass viele Gerichte die Namen ihrer Köche tragen. Ist das nicht ein wenig vermessen?«, fragte Nikolaus. »Im Apicius gibt es ein Ferkel à la Celsinus, ein Huhn à la Frontinus und Hase nach Passenus. Sollten die Gerichte nicht die Namen der Fürsten und Könige tragen, für die sie kreiert wurden?«

»Warum nicht den Künstler ehren? Koch zu sein ist etwas ganz Besonderes. Es ist eine Gabe, die von den Engeln des Herrn persönlich in die Wiege der Auserwählten gelegt wird. Maler erfreuen das Auge ihrer Herrn, Dichter und Musiker die Ohren – aber ein Koch ist für alle Sinne zuständig.«

»Auch für die Ohren?«

»Es gibt kein lieblicheres Geräusch auf dieser Welt als das satte Schmatzen eines zufriedenen Gastes. Fürsten und Könige wissen dies zu schätzen und haben seit Anbeginn der Zeit ihre Köche in Ehren gehalten.«

Nikolaus sah lächelnd zu Bruder Markus auf. Es gab wirklich nichts, was er ihn nicht hätte fragen können.

»Das Wohl und der Erfolg eines Königshauses hängt nur zu oft von seinen Köchen ab«, fuhr der Bruder fort. »Nichts kann angesehene, wichtige oder gar gefährliche Gäste mehr verstimmen als ein schlecht zubereitetes Mahl. Mit leerem oder verstimmtem Magen lassen sich Verhandlungen nur schlecht führen. Ganze Kriege wurden von Mahlzeiten bestimmt. Da ist es nur recht und billig, wenn man die Gerichte nach ihren Schöpfern benennt.«

So hatte er die Sache noch nie betrachtet. Aber Bruder Markus hatte völlig Recht! Nikolaus' Gedanken schweiften zum deutschen Kaiser ab. Wahrscheinlich war dieser nur deshalb ein so schlechter Landesfürst und Kriegsherr, weil er sich in ständigem Fasten übte. Und mit leerem Magen lässt sich nur schlecht regieren. Armes deutsches Reich, dachte er. Es brauchte einfach einen guten Koch. Andererseits – man wusste ja von diesen elenden Protestanten, dass sie der Völlerei nicht sehr zusprachen. Aber war ein gutes und deftiges Mahl denn wirklich Völlerei? Nikolaus war sich absolut sicher – keine gute Speise konnte eine Sünde sein, und da die Völlerei sogar unter die Todsünden fiel, schloss dies eine gute Speise aus. Eine gute Speise kam direkt vom Himmel, so hatte es Bruder Markus gesagt. Und er glaubte ihm aus vollem Herzen.

Bruder Markus erhob sich und legte Nikolaus eine Hand auf die Schulter.

»Merke dir, mein Sohn: Das Herz ist ein Gott, dessen Kapelle der Magen ist, der sich aber freut, wenn die anderen Glieder in festlicher Stimmung sind.«

Nikolaus strahlte ihn an und legte in diesem Moment insgeheim den Schwur ab, zwar niemals nach einem neuen Stern Ausschau zu halten, sich dafür aber umso gewissenhafter in das Studium der Kochkunst zu stürzen; denn vielleicht würde er eines Tages selbst die Entdeckung eines neues Gerichtes machen und damit zu Ruhm und Ehren gelangen!

Er hatte sich mittlerweile ein beachtliches Gewicht anprobiert, -gekostet und -gegessen, aber die Zeiten änderten sich noch mehr zum Schlechteren, obwohl niemand geglaubt hatte, dass dies noch möglich war, und so stagnierte sein Gewicht schließlich doch und pendelte sich bei einer runden, pausbäckigen Erscheinung ein.

Doch nach zwei Jahren glücklichen Lernens und Kochens hatten im Winter 1647 selbst die Mönche fast nichts mehr, was sie zubereiten, garen oder braten konnten.

In den mageren Zeiten mussten sich die Mönche auf ihre Vorräte beschränken und kauften nur zu besonderen Anlässen Flusskrebse auf, die sich ansonsten niemand mehr leisten konnte. Nikolaus selbst fand es unfassbar, dass die Armenspeise Krebs nun auch auf den Tellern der Mönche landete. Er bereitete mit Bruder Markus Krebspastete, Krebssuppe und schließlich sogar Krebsbrei zu und war froh, sich zu den Glücklichen zählen zu können, die ihrer Familie wenigstens etwas auf den Teller mit nach Hause nehmen konnten.

Die Brüder ließen ihren Liebling niemals gehen, ohne ihm ein Vesperpaket für die Familie zusammenzuschnüren, doch auch diese wurden mit der Zeit immer magerer und spärlicher. Es lag nicht am Neid der Mönche, die wahrhaft brüderlich mit ihrem kleinen Koch teilen wollten, denn sie sahen Großes für seine Zukunft in der Klosterküche, doch die Vorräte wurden knapp, und bald schon hatten selbst die Mäuse im Keller nicht mehr viel zu nagen.

Seit 1646 kämpften auf bayrischem Boden Franzosen und Schweden gegeneinander. Die Gefahr, in die Schlachten mit hineingezogen zu werden, wurde immer größer. Die Zerstörung ganzer Dörfer schritt voran, das Land brannte und hungerte aus. Nirgendwo mehr fanden sich gefüllte Kornkammern, geschweige denn genügend Vieh, um die Bevölkerung auch nur annähernd ernähren zu können. Wer nicht in einem Gemetzel starb, über dem schwebte der Knochenmann mit den Sensen des Hungers, der Auszehrung und der damit verbundenen Krankheiten.

Zu der landesweiten Tragödie kam das persönliche Leid der Familie Pirment. Clemens hatte seinen Wunsch, Soldat zu werden, nie ganz vergessen, und als er sechzehn wurde, zog er mit den Söldnern. Ein Armeewerber hatte ihn mit Branntwein, Bier und Tabak zwar nicht überzeugen müssen, aber in der ohnehin schon bestehenden Meinung, endlich Soldat werden zu wollen, bestärkt. So stahl sich Clemens bei Nacht und Nebel aus dem Haus. Am Abend zuvor sprach er noch davon, dass die Söldner immer etwas zu essen hätten, worauf der Vater entgegnete, dass Diebstahl niemals geeignet sei, Hunger zu stillen. Doch Clemens schlug dies und auch alle Warnungen vor dem Lotterleben der Soldaten in den Wind und zog mit ihnen in seinen Traum davon.

Nikolaus sah sich einem zutiefst gekränkten Vater, einer todunglücklichen Mutter und einem sehr verärgerten großen Bruder gegenüber, der nun auch Clemens' Arbeiten erledigen musste.

»Seit einem Jahr verrichte ich Dienstbotengänge für Euch, Vater. Und nun soll ich auch noch die Hausarbeit von Clemens übernehmen. Das ist nicht gerecht. Warum ich und nicht Nikolaus? Er ist der Jüngste von uns«, maulte Vincent.

»Ich kann mir das Schulgeld nicht mehr leisten. Du weißt das sehr gut. Nikolaus arbeitet in der Klosterküche. Für ihn muss ich nicht mehr bezahlen. Du wirst mich also in Zukunft auf meinen Eichgängen begleiten, und damit Schluss! Clemens' Arbeiten kannst du nebenher erledigen. Ich möchte nichts mehr davon hören. Weder von Clemens noch deine Jammerei. Werde endlich ein Mann!«

Was er seinem Ältesten nicht sagte, war, dass er glaubte, dass Vincent an seine geistigen Grenzen gestoßen war und dass es Verschwendung gewesen wäre, ihn noch weiter lernen zu lassen. Stattdessen nahm er Vincent auf seine Eichgänge mit und versuchte, ihm das beizubringen, was einen guten Beamten ausmachte.

Doch irgendwann erreichten die Auswirkungen des Krieges auch die Schänken und Wirtschaften, und wo kein Wein und kein Bier war, da war auch nichts abzumessen und kein Betrug mehr aufzudecken. So beschränkte sich die Arbeit des Vaters darauf, einen wöchentlichen Kommentar abzufassen, der von der katastrophalen Lage berichtete.

Vincent hingegen musste Dienstgänge für ihn erledigen. Immer wieder spionierte er bei den Gastwirten, forschte auf dem Markt nach, ob nicht doch noch die eine oder andere Lieferung Wein oder Bier die Gasthäuser erreicht hatte. Doch die Lage besserte sich nicht. Im Gegenteil, das Kanonenfeuer rückte noch näher, umzingelte die Stadt und legte schließlich eine eiserne Kette um deren Versorgungsstraßen.

Nikolaus ging weiterhin zum Kloster, das ihm einerseits ein wenig Ablenkung von dem tristen Alltag zu Hause brachte, zum anderen konnte er doch das eine oder andere Stück altbackene Pastete nach Hause bringen und die Eltern für einen kurzen Augenblick erfreuen.

Eines Morgens wurden schließlich die Stadttore nicht mehr geöffnet.

Nikolaus stahl sich durch ein kleines Seitentor nach draußen und lief, von einer unbekannten, immer mächtiger werdenden Angst getrieben, den Weg zum Kloster mit knurrendem Magen über vereiste Felder, begleitet vom fernen Donnergrollen des Krieges. Als er endlich das Kloster erreichte, empfing ihn ungewöhnlicherweise Bruder Markus bereits an der Pforte. Er zog den durchgefrorenen Jungen in das Pförtnerhäuschen, bedeutete ihm, sich zu setzen und blieb selbst gedankenverloren vor ihm stehen, bis er seinen Kopf hob und mit traurigen Augen zu Nikolaus blickte.

»Du kannst nicht mehr hierher kommen, Nikolaus. Es ist zu gefährlich. Der Weg ist zu lang und ...«

Bruder Markus wurde unterbrochen. Das Kanonenfeuer dauerte bereits die ganze Nacht an, und es kam immer näher. Die Schlachtenrufe waren bereits zu hören. Nikolaus fühlte, wie sich die Angst mit eisig kaltem Griff um seine Eingeweide legte. Sein Herz pochte bis zum Hals. Auf dem Weg waren ihm verwundete Soldaten begegnet; einem fehlte ein Bein, und der blutige Stumpf war lediglich mit einem verdreckten, von Eiter getränkten Tuch umwickelt gewesen. Die Schmerzensschreie hallten ihm jetzt noch in den Ohren.

Und jetzt sagte ihm sein Mentor, sein Meister, dass er nicht mehr kommen konnte!

Als hätte er seine Gedanken gelesen, machte ihm Bruder Markus ein offenherziges Angebot.

»Du kannst natürlich hier bleiben, wenn du das möchtest. Wir würden uns sehr freuen, dich in unserer Gemeinschaft aufzunehmen. Und deine Eltern hätten bestimmt nichts dagegen.«

Bruder Markus legte seinen mager gewordenen Arm um Nikolaus' Schultern. Er hatte den wissbegierigen kleinen Koch in sein Herz geschlossen, ebenso wie Pater Anselm und Pater Gabriel. Mehr noch, er sah in ihm nach wie vor den Sohn, den er nie hatte, seinen würdigen Nachfolger und einen der besten Köche, die das Land jemals hervorbringen würde. Doch er wusste zugleich, dass man diesen Jungen zu nichts zwingen, geschweige denn ihn an einen Ort fesseln konnte, an dem er nicht freiwillig bleiben wollte. Also hoffte Bruder Markus und schickte bereits seit Tagen stille Gebete an Gott und die Heiligen, sie möchten ihm dieses Geschenk des Himmels nicht wieder nehmen.

»Nein! Das geht nicht!«, rief Nikolaus aus. Erschrocken über seinen eigenen panischen Ton fügte er leiser, aber ebenso hektisch hinzu: »Ich muss bei meinen Eltern sein und ihnen zur Seite stehen. Ihnen helfen.«

Er wusste selbst nicht so genau, wobei er ihnen helfen wollte, aber seit Clemens fortgezogen war und jetzt da der Krieg bis vor die Haustür rückte, wollte er wieder öfter an ihrer Seite sein, um wenigstens *da* zu sein. Irgendwie hatte er das Gefühl, solange *er* dabei war, konnte einfach nichts passieren.

Und so, als die Schlachtenrufe in der Ferne ein wenig abebbten, ließ Bruder Markus ihn durch die kleine Pforte am Westportal des Klosters hinaus, gab ihm ein wenig von dem Bisschen, das sie selbst noch an Nahrung hatten, mit auf den Weg, segnete ihn und blickte ihm hinterher, wie er mit seinen kurzen Beinen den gefährlichen Weg nach Hause antrat. Er befürchtete, ihn nie wieder zu sehen, und es brach ihm das Herz.

Wie es schien, hielt der heilige Nikolaus immer noch schützend seine Hand über den ihm anvertrauten Knaben und geleitete ihn sicher zurück in die Stadt. Nikolaus lief, so schnell er konnte, vom Stadttor durch die Gassen der Bäcker und Metzger, hastete über den großen Hauptplatz, bahnte sich einen Weg durch Flüchtlinge, Marketenderinnen, verwundete Soldaten und andere Zeugen des Schreckens und bog schließlich atemlos in die breite Gasse der fürstlichen Beamten ein. Mit jedem Schritt, der ihn näher an sein wahres Zuhause brachte, fühlte er sich sicherer, und als er endlich die Tür des elterlichen Hauses hinter sich geschlossen hatte, meinte er für einen kurzen Augenblick der Zuversicht, damit auch all das Grauen um ihn herum ausgeschlossen zu haben.

Doch die kommenden Tage und Wochen wurden die schlimmsten in Nikolaus' jungem Leben. Die halbe Stadtbevölkerung fiel der Hungersnot zum Opfer. Martha war eine der Ersten. Ihr Alter und ihre Sturheit, erst der Familie die letzten Reste zu geben, als selbst etwas zu nehmen, waren nicht ganz unschuldig an dem Unglück. Nikolaus weinte bittere Tränen, als er seine liebe alte Freundin und Lehrmeisterin verlor.

Doch die Tränen versiegten mit dem eigenen Kummer. Zuerst wurden noch Notrationen von Brot, Wein und Bier an die Bevölkerung zu festgelegten Preisen verteilt, damit der Wucher mit geschmuggelten Gütern nicht überhand nehmen konnte. Dann wurden Lebensmittel umsonst verteilt, wenigstens an die Beamten und Zunftmeister der Stadt. Doch bald schon versiegte auch diese Quelle, und nicht nur die Pirments mussten auf die letzten Notgroschen zurückgreifen, um zumindest jeden dritten Tag etwas zu sich nehmen zu können. Schließlich erließ der Bürgermeister eine Verordnung, dass niemand die Betten verlassen sollte, wenn es nicht absolut notwendig war. Schlaf konnte die Auszehrung und den Hunger zwar nicht lindern, aber das Leiden in die Länge ziehen.

Eine dumpfe, stumme Apathie hängte sich über die Stadt, nur unterbrochen vom Wimmern der Verhungernden und dem Weinen der Hinterbliebenen.

Vincent widerstrebte die bürgermeisterliche Verordnung noch mehr als Nikolaus. Verbotenerweise streifte er mit Bertram und Max durch die umliegenden versengten Felder und den angrenzenden Wald. Sie sammelten Brennnesseln, Löwenzahn, Disteln, brachten Eicheln und Baumrinde von ihren Streifzügen mit nach Hause.

Es wurde nie ausgesprochen, lag aber wie eine stumme Absprache zwischen den Brüdern, die sich nie viel zu sagen gehabt hatten: Vincent sammelte die brauchbaren, verwertbaren Dinge, Nikolaus versuchte, daraus etwas Essbares zu kochen.

Seine Mutter war mittlerweile zu schwach, um noch aufzustehen. Wie Martha hatte auch sie immer darauf geachtet, erst den Kindern genügend zu essen zu geben, als sich selbst zu sättigen. Und natürlich bekam der Vater das meiste von allen – wenn er starb, waren sie alle des Todes. So konnte er zumindest noch durch sein ehemaliges Wirkungsgebiet ziehen, den Gasthöfen einen Besuch abstatten und hin und wieder etwas Graupen und Hafer mitbringen.

Nikolaus stampfte die Baumrinde im Mörser zu Brotmehl oder Brei, den er mit gehäckseltem Farn und wilden Zwiebeln würzte. Er röstete Eicheln in heißer Asche und bereitete Suppe aus Brennnesseln, Gras und Disteln. Nikolaus dachte nie daran, an seinem Schicksal zu verzweifeln. Kopfzerbrechen bereitete ihm allerdings, dass auf das Entrinden der Bäume entsetzliche Strafen standen und er von den Bildern einer entfesselten Gerichtsbarkeit, welche diese Strafen vollziehen würde, bei der Zubereitung der Speisen derart gequält wurde, dass er ab und an seine Arbeit unterbrechen musste, um seine Gedanken wieder auf andere Bahnen zu lenken. Doch immer wieder drängte sich ihm die Geschichte in den Kopf, die ihm Martha vor Jahren zum Zeitvertreib erzählt hatte: Baumfrevlern sollte der Bauch aufgeschnitten und der Darm herausgezogen werden. Den Nabel würde man an den besudelten Stamm heften und dann würde der Scharfrichter so lange mit der noch lebenden Person herumgehen, solange diese einen Darm im Leibe hat. Schließlich sollte mit dem Darm des Frevlers die entblößten Holzstellen bedeckt werden. Nikolaus schüttelte sich voller Widerwillen, wenn ihn dieser Gedanke überkam.

Seine Eingeweide zogen sich schmerzvoll zusammen, und wäre sein Magen gefüllt gewesen, hätte er sich sicher übergeben, als er erneut von der grauenhaften Vorstellung übermannt wurde. Doch dann dachte er daran, dass Martha ihm manchmal auch Ammenmärchen aufgetischt hatte, die er allesamt erst einmal geglaubt hatte, und er verbannte die Bestrafung der Baumfrevler in eben dieses Reich, um weiter arbeiten zu können.

In stummer Entschlossenheit prüfte er das Gebrachte auf die Verträglichkeit, untersuchte wilde Pilze und Gräser, ob sie giftig waren oder nicht, und konnte selbst in diesen Zeiten der Not noch Gefallen daran finden, besonders liebevoll zu kochen.

Die Zubereitung lag ihm so am Herzen, dass er bereits in der Küche schlief, sein Nachtlager neben der Feuerstelle errichtet hatte und peinlich genau darauf achtete, dass die Glut niemals erlosch.

Manchmal dachte er mit Sehnsucht an das Kochbuch des Apicius und den »Flammen speienden Pfau«. Dann wollte ihm das Wasser im Mund zusammenlaufen, doch schnell verdrängte er auch diesen Gedanken wieder; denn er kannte sich selbst gut genug, als dass er nicht gewusst hätte, dass dies seinen Hunger und seine unermessliche Sehnsucht nach einem schmackhaften, deftigen, fantasievoll angerichteten Mahl ins Unerträgliche steigern würde.

An das Festmahl des Trimalchio durfte er gar nicht erst denken. Zwar träumte er auch jetzt noch manchmal des Nachts in qualvoll detaillierten Einzelheiten von gebratenen Ebern, Hasen und Pfaueneiern, aber im Wachzustand verbat er sich, einen bloßen Gedanken in diese Richtung zu lenken. Ganz zu Beginn dieser schlimmen Zeit hatte er geglaubt, das Bild von Trimalchios Fest würde ihn aufrecht durch die mageren Monate gehen lassen, doch zu schmerzhaft hatte er sich eingestehen müssen, dass die Träume von den Köstlichkeiten nicht gut für ihn waren. Wie hätte er Baumrindenbrot und Grassuppe essen können, wenn er im Geiste in gebratenen Ebern und Fischpfannen schwelgte? Also verbot er sich diese qualvollen Fantasien und verbannte sie in die tiefsten Tiefen seines Herzens, um sie dort für bessere Zeiten aufzubewahren.

So wartete er geduldig auf Vincent und konnte es manchmal fast nicht mehr erwarten, bis der Bruder wieder zu Hause war. In manchen Augenblicken dachte er voller Sorge daran, was wohl geschehen würde, wenn ihm oder seinem Vater etwas zustoßen würde. Was, wenn die mühsam aufgebaute und dennoch so armselige Versorgungskette schließlich unterbrochen würde? Aber auch diesen Gedanken verdrängte er schnellstens. Seine Sinne waren mit aller Macht und Kraft auf Selbsterhaltung gerichtet.

Doch nicht nur Vincent und seine Freunde machten sich auf die Suche nach Nahrung. Diejenigen der Stadt, die sich noch einigermaßen auf den Beinen halten konnten, waren ebenfalls unterwegs, und so war es nur eine Frage der Zeit, bis die Bäume bis hoch in die Kronen an ihren Stämmen kahl geschoren waren und aussahen wie nackte Würmer, die an der Krone eine viel zu hohe Last auf dünnen Leibern trugen.

Nach den Baumrinden holten die Menschen das Laub und die Blätter von den Bäumen – das Moos an den Stämmen war bereits in ihre Mägen gewandert. Schon bald sah der nahe gelegene Wald aus, als hätte ihn eine unbekannte, schreckliche Seuche befallen, die ihn seines Kleides beraubte und ihn schutzlos den Gewalten der Natur auslieferte.

Die Katastrophe des Hungers wälzte sich über das Land wie ein gefräßige Raupe, die alles verschlang. Die raubenden und mordenden Söldnerheere verwüsteten nicht nur ganze Dörfer, sondern auch das umliegende Land. Nahrungsmittel konnten nicht mehr transportiert werden, und so war es nur eine Frage der Zeit, bis die Stadt auch von den Tieren, die eigentlich als unrein galten – Ratten, Mäuse, Hunde und Katzen –, gesäubert war. Nikolaus verarbeitete diese zu einer Art Pastete und band seine Suppen schließlich mit Tonerde, Schindel- und Ziegelbruchstücken ab, manchmal, wenn sein Vater oder Vincent einen guten Tag hatten, auch mit feingemahlenen Knochen. Das Herz eines Meisterkoches schlug in seiner Brust, seine Hände verlangten nach geschmeidigem Teig, der sich zu prallen Broten formen ließ, und seine Augen sehnten sich nach dem Anblick einer verzierten Pastete. So ließ er es sich nicht nehmen, wenigstens den Anflug einer Speisenfolge zu kreieren. Sein Vater und Vincent bemerkten diese Angewohnheit, die sich zur Manie auswuchs, mit etwas Sorge, denn Nikolaus verstieg sich von Tag zu Tag mehr in die zwanghafte Vorstellung, zumindest drei verschiedene Gerichte auf den Tisch bringen zu müssen, was bei der Knappheit an brauchbaren Lebensmitteln an Wahnsinn grenzte.

Doch gegen Ende des Winters begann sich eine Wandlung in Nikolaus zu vollziehen. Er konnte und wollte nicht mehr alles verkochen, was ihm sein Vater und sein Bruder vorlegten.

So weigerte er sich eines Abends, den Dung von Tauben als Speise zu betrachten. Vincent sah ihn nur verständnislos an, schob eine Hand voll des beißend riechenden, grünlichen, verklumpten Haufens in den Mund, kaute darauf herum, schluckte es hinunter und sah Nikolaus mit fiebrigen Augen an. Nikolaus schüttelte nur stumm den Kopf und warf Vincent mit einer Vehemenz aus der Küche, die ihm niemand, schon gar nicht er sich selbst, zugetraut hätte, und schleuderte voller Verachtung den Taubenmist hinterher. Fäkalien konnte und wollte er nicht essen.

Zudem war er sich nicht sicher, ob diese Art Speise nicht doch Krankheiten verursachte, und mit einer Krankheit im Bett zu liegen wäre das Letzte gewesen, was er sich jetzt leisten konnte. Es reichte, dass Martha tot und seine Mutter dem Tod schon sehr nahe war.

Einmal am Tag stieg er in die Kammer zu seiner Mutter hoch, fütterte sie mit Brei, Suppe oder aus Knochenmehl gebackenem Brot. Seine Mutter sah ihm jedes Mal mit dankbarem Blick in die Augen, konnte aber nicht sprechen, so schwach war sie bereits, und meistens erbrach sie auch die Hälfte des Essens wieder; doch Nikolaus wollte nicht aufgeben.

Der Bürgermeister stand dem Treiben hilflos gegenüber und verließ schließlich mit den anderen Ratsherren und dem Bischof in aller Heimlichkeit die Stadt auf unbekannten, hoch bezahlten Schleichwegen. Sämtliche Arbeiten standen still; es herrschte eine gespenstische Stimmung in den Straßen, deren Leben nicht mehr von handwerklichem und geschäftigem Treiben erfüllt war, sondern in denen sich ausgemergelte Gestalten herumtrieben, allein auf der Suche nach Nahrung. Anfänglich hatten die Oberen noch versucht, durch Senkung der Getreidepreise die Situation zu retten, doch dann kamen keine Getreidelieferungen mehr, und damit war das städtisch bezahlte Brotbacken der Bäcker sinnlos geworden. So sahen der Bürgermeister und der Bischof die einzige Möglichkeit, die Stadt vor dem endgültigen Untergang zu bewahren, darin, täglich bis zu zehn Messen lesen zu lassen, absurderweise allgemeines Fasten anzuordnen und sich selbst samt Familie außer Landes zu bringen.

Hätte es nur am Fasten gehangen, hätte Gott der Herr längst ein Einsehen haben müssen; denn wer hungert, fastet von selbst. Doch auch die Messen wollten nicht helfen, der Krieg zog sich weiter in die Länge. Er ging nun in das dreißigste Jahr, und es schien, als wollten die Mächte nicht nur ein Menschenleben lang zerstören und wüten wie die Reiter der Apokalypse, beinahe sah es so aus, als würde dieser Krieg in alle Ewigkeit nicht mehr enden.

Und wenn schon, dachte Nikolaus und kochte weiterhin in stummer Verbissenheit, sprach nicht mehr und beschränkte sich auf das Sieden, Kochen und Braten von Nattern, Schnecken, Unkraut, Laub und Blättern. Mit jedem Tag, an dem er sich die verzweifelte und größte Mühe gab, diese Zutaten in ein schmackhaftes Mahl zu verwandeln, verlor er auch zusehends an Gewicht. Ihn ekelte immer mehr vor seinen eigenen Gerichten, es widerte ihn mittlerweile an, Laub und Blätter als Nahrung zu betrachten, und immer weniger konnte er sich gegen die zunehmend stärker werdenden Träume von üppigen Festgelagen wehren.

Er wurde von Tag zu Tag ein wenig dünner, aß kaum noch und wartete jeden Tag aufs Neue darauf, dass Vincent mit besseren Zutaten nach Hause kam. Sein Glaube an Wunder war noch nicht gebrochen.

Vincent hatte nie wieder Taubendung gebracht, doch Nikolaus mutmaßte, dass er ihn heimlich verschlang. Genau konnte er es nicht herausfinden, denn sie litten alle an Auszehrung einhergehend mit Durchfall und schubartig auftretendem Fieber.

»Sie haben Agnes getötet.«

»Was?«

Nikolaus fuhr herum und sah Vincent an, der in die Küche getreten war und zitternd vor ihm stand. Seine eingefallenen Wangen zuckten, und auf seinem Gesicht zeigten sich rötliche Flecken. Seine Hand umklammerte den kleinen Beutel, den er immer mitnahm, um darin alles zu verbergen, was er an Essbarem auflas.

»Agnes, die Hebamme«, setzte er keuchend wieder an. Er musste gelaufen sein, und Nikolaus konnte sehen, dass ihm ein tiefer Schreck in den Knochen saß. Er sah aus, als wäre der Leibhaftige hinter ihm her gewesen.

»Sie war sehr krank und schon so schwach, dass sie das Haus nicht mehr verlassen konnte. Sie haben sie aus ihrem Bett gezerrt, ihr die Kehle durchgeschnitten und ihr Fleisch aufgeteilt«, fuhr er tonlos fort.

»Wer ist *sie*?«, fragte Nikolaus.

»Bertram hat mir davon erzählt. Man weiß nicht genau, wer es war, aber er bekam auch ein Stück angeboten.«

»Hat er es genommen?«

Vincent wandte sich von ihm ab und starrte auf den Boden.

Nikolaus ließ sich auf den Schemel nieder, der ihn seit seiner frühesten Kindheit begleitete, und klammerte sich an dem warmen, glattpolierten Holz fest, als böte es die einzige Sicherheit auf einem schwankenden, sinkenden Schiff in der Dunkelheit. Seine Gedanken wirbelten im Kreis und wollten ihm keinen Anhaltspunkt bieten, um sich wieder zu beruhigen. Agnes, die Hebamme. Die, die ihn auf die Welt geholt hatte. Jene Agnes, die Leben schenkte. Umgebracht, weil sie zu schwach war.

»Wir müssen auf Mutter achten.«

Vincent sah ihn nur mit stumpfen Augen an, nickte kurz und legte dann seinen Beutel auf den Hackstock. Nikolaus öffnete ihn wie in Trance, kämpfte sich durch einen Nebel der Gefühle, wühlte in dem Beutel, als würde er ein Tier ausweiden und dachte dabei immer daran, dass irgendwo in dieser Stadt Menschen waren, die Agnes auffraßen.

Er blickte hoch zu Vincent. In dem Beutel waren ein Büschel abgefaultes Gras und drei Eicheln. Nicht einmal genug, um eine Suppe aufzusetzen. Vincent zuckte hilflos mit den Schultern.

In diesem Augenblick kam ihr Vater zur Tür herein. Auch er war kreidebleich, und Entsetzen stand auf seinem Gesicht geschrieben.

Er musste von Agnes gehört haben, doch keiner wollte das Unaussprechliche laut aussprechen, so als wäre es dann auch nicht mehr wahr.

»Ich hatte Glück«, murmelte der Vater stattdessen und zog etwas aus seiner Tasche.

»Obstkerne!«

Nikolaus stand fassungslos da und betrachtete den unglaublichen Schatz, der ihm hier vorgelegt wurde. Doch wenn Obstkerne zu bekommen waren, musste noch jemand Obst besitzen.

Der Vater schüttelte nur den Kopf.

»Ich habe sie von einem Wirt am anderen Ende der Stadt. Ich hatte ihm einmal eine Strafe erlassen. Jetzt hat er sich erkenntlich gezeigt. Seine Tochter arbeitet in der Küche am fürstbischöflichen Hof. Sie hat die Kerne letzte Nacht herausgeschmuggelt, als der Bischof das Weite suchte.«

Nikolaus konnte es nicht fassen. Der Bischof also hatte noch Obst zu essen gehabt, während hier in der Stadt Messen gegen den Hunger gelesen wurden. Mit Groll in der Seele legte er die Obstkerne in die Schüssel, sah seinen Vater dankbar an und wandte sich wieder dem Herd zu. Er wollte alleine sein, Agnes vergessen und nur noch an die Freuden des Kochens denken. Jetzt, wo er Obstkerne besaß, die er zu herrlichem Mehl verarbeiten konnte, um damit die Suppe zu binden oder vielleicht doch einen Fladen zu backen.

Sein Vater und Vincent konnten Agnes nicht so schnell aus ihren Gedanken verbannen. Sie besaßen nicht Nikolaus' Genie, das ihn davor bewahrte, zu sehr an giftigen Gedanken hängen zu bleiben. So saßen sie die ganze Nacht zusammen, und als der Morgen graute und Nikolaus gerade das Feuer schürte, da waren sich Vater und Sohn einig, dass sie das Vorgehen der Menschen zwar verurteilten, aber auch nicht verteufelten, und wenn Gott, der Herr im Himmel und auf Erden, sie noch weiter mit der Bürde des Hungers peinigen wollte, dann würden auch sie zu drastischeren Maßnahmen greifen müssen. Allerdings wussten sie nicht, wie sie Nikolaus dazu bewegen konnten, auch die eine oder andere Speise aus Menschenfleisch zu bereiten; denn ihnen war klar, dass er mit seinen mittlerweile dreizehn Jahren bereits an der kleinsten Faser, dem winzigsten Stückchen Fett Art, Herkunft und Gattung des Fleisches bestimmen konnte.

Doch dann sah es so aus, als hätte Gott ein Erbarmen mit den geschundenen Seelen auf deutschem Boden und als wollte er die Menschen in christlichen Landen vor dem heidnischen Kannibalismus bewahren. Nur wenige Tage nachdem eine ausgehungerte, aufgebrachte Bande Agnes' Körper aus dem Bett gezerrt und aus Gründen der eigenen Sättigung des Lebens beraubt hatte, wurde in Münster der Westfälische Friede geschlossen. Man schrieb das Jahr 1648. Frankreich hatte jetzt die Vormachtstellung in Europa. Die Schweden zogen sich unter zahlreichen Bedingungen aus Bayern zurück und ließen ein völlig zerstörtes, vernichtetes deutsches Reich hinter sich.

Die Friedensbotschaft verbreitete sich wie ein Lauffeuer im ganzen Land, erreichte die Stadt und führte zu einem Freudentanz in den Straßen und Gassen. Aufdringlich und widerlich süß drang der Leichen- und Verwesungsgeruch der Verhungerten und Ermordeten in die Nasen der Feiernden und setzte sich an jeder Faser ihrer Kleidung fest.

Nikolaus sah vom Fenster seiner Kammer aus dem Treiben mit stoischer Ruhe zu. Er fragte sich, woher die berittenen Boten ihre Pferde hatten, und dachte an Pasteten und Würste aus Pferdefleisch. Das Wasser lief ihm im Mund zusammen, sein Magen verkrampfte sich schmerzhaft, und eilig zog sich Nikolaus in sein Reich zurück, um den Herd zu bewachen. Vor Plünderern war man gerade jetzt nicht sicher. Jetzt, wo Diebe und Schlächter die Menschen auf den Straßen wähnten, konnten sie ungehindert die Vorratskammern auf Essbares durchsuchen, und er wollte keinesfalls, dass ihnen seine mehr tote als lebendige Mutter zum Opfer fiel, die ausgehungert, ausgezehrt und skelettartig in ihrem Bett lag.

Die offenen Stellen, an denen sie sich wund gelegen hatte, nässten und stanken erbärmlich. Lausnester setzten sich in ihnen fest, und Wanzen krochen über Claras geschundenen Leib. Doch Nikolaus konnte nichts anderes tun, als ihr dreimal am Tag das Ungeziefer so weit wie möglich vom Körper zu streichen, in der Hoffnung, dass das lästige Vieh nicht sofort wieder über sie herfiel.

Sein Vater saß stundenlang am Bett der Mutter und wechselte sich in der Betreuung mit Nikolaus ab. Vincent hingegen tauchte mittlerweile tagelang nicht mehr auf, nur um dann kurz ein paar Knochen oder an guten Tagen eine Hand voll Korn abzuliefern und wortlos wieder zu verschwinden.

Nikolaus prüfte die Knochen und konnte sie meistens nicht eindeutig zuordnen. Vincent brachte nur kleine Stücke, abgenagt, gebleicht vom Kochen und in kleine Teile zerbrochen. Fast immer, wenn er einen dieser Knochen berührte, befiel ihn ein merkwürdiges Gefühl, und so ließ er sie schnellstens im Garten verschwinden, grub sie ein oder warf sie über die Gartenmauer. Er konnte diese Knochen nicht verkochen oder zu Mehl verarbeiten, das ließ sein Gewissen nicht zu, und er beschränkte sich lieber auf Ziegelerde, die er aus der Gartenmauer kratzte.

Der Frieden brachte zwar mit sich, dass die Kanonenschüsse verhallten, keine verwundeten und verstümmelten Soldaten mehr in die Stadt gekarrt und die Gruben mit noch mehr grausam zugerichteten, stinkenden Leichen überschwemmt wurden, aber er brachte auch nicht die ersehnten Lebensmittel.

Der Bürgermeister kam zurück und rief seine Bürger zur Ruhe auf, er wolle alles in seiner Macht Stehende tun, damit Getreide und Korn angekauft würden. Doch seine Macht war offensichtlich nicht groß genug, um die Bevölkerung tatsächlich mit Nahrung zu versorgen.

So wurde allmählich ganz offensichtlich, was Nikolaus insgeheim bereits vermutet hatte: Es wurde im großen Stil mit Menschenfleisch gehandelt. Kinder, Kranke und Greise wurden umgebracht, frischbegrabene Leichname ausgegraben und zu

Höchstpreisen unter der Hand verkauft. Als Nikolaus durch Zufall davon erfuhr, als er wieder an der Gartenmauer Ziegelerde herauskratzte und ein Gespräch auf der anderen Seite belauschte, war er nicht so schockiert, wie er von sich selbst vielleicht gedacht hätte. Er hatte es innerlich schon lange geahnt, und er wusste jetzt auch mit Sicherheit, woher Vincent die Knochen hatte. Was ihm nicht klar war, war, womit Vincent das Korn erstand. Irgendwann drängte sich Nikolaus der Verdacht auf, dass Vincent zu den Schwarzhändlern selbst gehörte, aber er fragte niemals nach. Vincent war sein Bruder, und der Gedanke, ihn dadurch zu verlieren, dass er die Wahrheit erfuhr, bereitete ihm ebensolche körperliche Schmerzen wie der Hunger.

Nikolaus weinte still vor sich hin. Eine Veränderung ging in ihm und mit ihm vor, und er konnte nichts dagegen tun. Er war am Ende seiner Kräfte angelangt. Er wusste, dass seine Mutter binnen der nächsten Tage sterben würde, und er hatte keine Ahnung, wie er selbst die kommenden Wochen überstehen sollte. Die Ordnung, derer er so notwendig bedurfte, begann sich nach und nach einfach in Nichts aufzulösen. Die Menschen, Handwerker, Lehrbuben, Gesellen, Männer und Frauen verließen ihre Häuser, um in stumpfer Gier die Straßen nach Essbarem zu durchstreifen. Nirgends war man noch seines Lebens sicher, überall, hinter jeder Ecke konnte ein Hungernder, noch hungriger als man selbst, dem eigenen, ausgemergelten Körper auflauern, um gnadenlos ein Leben auszulöschen und so das eigene für die nächsten Tage zu retten.

Bauern verließen überstürzt ihre Höfe. Dörfer, die nicht verwüstet wurden, standen von heute auf morgen leer, und in zerlumpten, dreckigen, verlausten und ausgezehrten Scharen durchzogen die heimatlos Gewordenen das Land, immer auf der Suche nach etwas, das zwischen die Zähne geschoben werden, das man beißen und schlucken und eventuell auch verdauen konnte, ohne elend daran zu verrecken.

Das Wild in den Wäldern hatte sich in die undurchdringlichsten Tiefen zurückgezogen, verschreckt von den Horden, welche die Baumstämme kahl kratzten und das Moos und die Blätter abernteten, als gelte es, einen Weinstock von Läusen zu befreien. Nikolaus fand sich in einem Chaos wieder, das seine Seele zutiefst entsetzte. Er war in seinen Grundfesten erschüttert, seine Gedanken wollten keinen Halt mehr finden. Eines Nachmittags hatte er einen der Klosterbrüder bettelnd an ihrem Haus vorüberziehen sehen. Als er zur Tür hinauslief und ihm hinterherrufen wollte, war dieser bereits in der nächsten Gasse verschwunden. Nikolaus hatte es nicht gewagt, das Haus zu verlassen, dessen Mauern ihm den einzigen Schutz boten, der ihm noch verblieb. Ordnung und Freude, Beständigkeit und ein eingezäumtes, überschaubares Gebiet, das waren die Pfeiler, auf denen er sein kurzes Leben aufgebaut hatte, und all dies drohte nun in einem Morast der Angst, Gier, des Hungers und des Mordens zu versinken.

Sein Vater saß stumm in einer Ecke des Krankenzimmers und war nicht mehr dazu zu bewegen, nach draußen zu gehen und in den Gasthöfen nach Nahrung zu fragen. Er schämte sich, und er sorgte sich um das Leben seiner Frau. Hinter einer eisernen Fassade des Schweigens verbarg sich ein gebrochener Mann, der zeit seines Lebens von einem ruhigen Ablauf des von Gott gegebenen Schicksals geträumt, seine Söhne als Nachfolger seiner selbst betrachtet hatte und zufrieden war mit dem Beamtenstatus, der ihn reicher machte als andere Bürger der Stadt. Nun waren sie so arm, wie die Ärmsten es früher nie waren.

Trotzdem lebten sie, und Nikolaus konnte nicht aufgeben. Tief in seiner Seele war ein Selbsterhaltungs-Mechanismus, den er nicht abschalten konnte. Irgendwann drängte es ihn schließlich nach draußen. Nach beinahe einem ganzen Jahr verließ er zum ersten Mal wieder das elterliche Haus. Zuerst nur zaghaft, dann immer schneller lief er durch die stinkenden, schlammigen Straßen der Stadt, auf der Suche nach Essbarem. Sein Instinkt würde ihn leiten, das wusste er.

Auf dem Hauptplatz empfingen ihn Glockengeläut, schrille Musik von abgehalfterten Spielmannszügen, Selbstgeißler und Wanderprediger, die vom Ende der Welt kündeten. Nikolaus fühlte geradezu den Fanatismus, der sich über die Stadt gelegt hatte. Der Lärm machte ihm Angst. Er erschien so grotesk im Widerspruch zu der gespenstischen Stille der vergangenen Wochen.

Er lief immer weiter, ohne nach links oder rechts zu sehen. Die zerschlissene, abgetragene Kleidung schlotterte an seinem Leib. Er stieg über Leichen, die nicht mehr abtransportiert wurden, da man es aufgegeben hatte, die Toten zu begraben, die dann ohnehin wieder ausgegraben wurden. Nur der Anstand hielt manche Menschen dazu an, nicht die eigenen Verwandten aufzuessen, und so ließen sie sie für die anderen liegen. Auf den verwesenden Körpern waren auch keine Maden oder Fliegen zu sehen, sie wurden als Erstes heruntergepult und in die Pfannen geworfen.

Er achtete auch nicht auf den Gestank, der sich wie ein dicker Nebel auf die Stadt senkte. In seine Schuhe quoll die Kloake, die wie ein zähflüssiger, brauner Brei den Boden bedeckte und schon lange nicht mehr auf den Schindanger oder wenigstens in die Abflussrinnen gekarrt wurde. Achtlos, wo sie gerade standen, pissten und schissen die Menschen auf die Straßen. Sie hockten sich nicht mehr ein wenig schamvoll in eine Seitengasse oder auf eines der Abtrittbretter über den öffentlichen Latrinen, sondern verrichteten ihr Geschäft neben und auf den Toten, auf dem Hauptplatz und vor Hauseingängen. Selbst der Beruf der Abtrittanbieter schien ausgestorben.

Nikolaus lief einfach weiter, bis er die Stadtmauern erreichte. Er wusste nicht, wohin er eigentlich wollte, aber er schritt stetig voran, und das war gut so. Gehen verhinderte die Gedanken an den unerträglichen Hunger, der ihn derart quälte, dass er Angst bekam, er könnte sich ebenfalls an Menschenfleisch vergreifen.

Als er den Weg erreichte, der durch den kahl gefressenen Wald zum Kloster führte, konnte er plötzlich nicht mehr. Seine Beine gaben einfach nach. Er stürzte auf den kahlen, steinigen Boden und schluchzte auf. Ihm war, als würde sein Leben, das er zwischen Töpfen und Pfannen so lieb gewonnen hatte, einfach in einen Morast aus Leichen, Menschenfleisch und unsagbarer Pein des Hungers zerfließen. Zehn Jahre seines Lebens hatte er immer mit dem schleichenden Gedanken an Krieg und Verwüstung verbracht. Jetzt, als endlich Friede herrschte, war er am Ende.

»Nikolaus?«

Nikolaus war zu schwach, um aufzusehen, aber er erkannte die Stimme seines Bruders. Vincent lief herbei und kniete sich neben ihn. In seinen Augen stand eine Sorge geschrieben, die Nikolaus nicht für möglich gehalten hatte, und ein Funke von Bruderliebe sprang zwischen den beiden über – ausgehend von Vincent, der nie gezeigt hatte, wie viel ihm an dem kleinen Bruder wirklich lag.

»Was, was machst du hier?«, schluchzte Nikolaus auf.

Vincent sah um sich und blickte dann wieder zu Nikolaus.

»Wir warten auf jemanden«, meinte er schließlich unbestimmt.

Er deutete mit der Hand hinter sich an den Waldrand. Nikolaus sah ihn fragend an.

»Bertram, Max und ich. Wir haben gehört, dass der Bischof in die Stadt zurückkommt.«

Plötzliche Angst loderte in Nikolaus auf, ein unbeschreibliches Gefühl einer Vorahnung, dass sein Bruder Böses im Sinn haben könnte, etwas, das ihn Kopf und Kragen kosten könnte. Die Stadt würde sich erholen, und irgendwann würde man die Mörder eines Bischofs zur Rechenschaft ziehen, auch wenn jetzt Chaos und Anarchie herrschten. Also musste er bei seinem Bruder bleiben, um Schlimmes zu verhindern.

»Ich komme mit!«, sagte er mit fester Stimme und unterdrückte ein erneutes Schluchzen.

Vincent sah ihn erstaunt an, kniff die Augen leicht zusammen, wie er es immer tat, wenn er über etwas intensiv nachdachte, und nickte dann zaghaft und ein wenig misstrauisch. Doch Nikolaus griff nach seiner Hand und ließ sich von ihm hochziehen. Gemeinsam gingen sie stumm zum Waldrand. Vincent führte ihn ein wenig tiefer in den Wald, bis sie zu einer Weggabelung kamen. Die Bäume waren auch hier noch so kahl, dass sie keinerlei Versteck boten, aber ein großer Fels direkt an der Abzweigung ließ Nikolaus bereits ahnen, dass sich Max und Bertram dahinter verbargen. Er behielt Recht. Vincent schubste ihn sachte hinter den Fels. Max und Bertram sahen verwirrt auf.

»Was macht *er* hier?«, zischte Bertram.

»Er bleibt hier bei uns«, antwortete Vincent knapp, setzte sich neben die beiden und zog Nikolaus zu sich herunter.

»Was soll das? Ausgerechnet er! Er wollte noch nicht einmal die Toten ...«, fuhr Max aufbrausend hoch, doch Vincent schnitt ihm zischend das Wort ab. »Still! Sie können jeden Augenblick die Biegung erreichen, und ich möchte nicht, dass uns jetzt etwas dazwischenkommt. Er bleibt hier. Keine Widerrede.«

Max und Bertram sahen mit steinerner Miene zu Nikolaus, verstummten aber und konzentrierten sich schließlich wieder auf den Weg, den sie von ihrer Position aus gut beobachten konnten. Nikolaus wagte nicht, weiter nachzuhaken, also wartete er ebenso still und gespannt wie die anderen auf die angebliche Ankunft des Bischofs.

Er vertrieb sich die Zeit damit, darüber nachzugrübeln, warum Max und Bertram Vincent widerspruchslos gehorchten. Vielleicht hatte er eine Art Führerschaft übernommen in den Zeiten, als er nicht mehr regelmäßig nach Hause kam. Die Führerschaft einer Bande Leichenschänder. Nikolaus überlief ein Schauder. Vincent gehörte zu seiner Familie, sie alle hungerten, und es stand ihm nicht zu, ein Urteil zu fällen, trotzdem wollte Nikolaus nicht weiter darüber nachdenken, um sich den Ekel zu ersparen, den er unweigerlich empfand, wenn er seinen Gedanken freien Lauf in diese Richtung gewährte. Also wartete er stumm und geduldig auf das, was da kommen mochte.

Die Sonne senkte sich bereits hinter die entfernten Hügel, als Hufgeklapper erklang. Nikolaus schreckte hoch. Er musste für einen kurzen Moment eingenickt sein. Die anderen kauerten gespannt hinter dem Fels, die Augen starr auf ein Ziel gerichtet und die Ohren gespitzt wie eine Katze vor dem Mauseloch.

Die Geräusche kamen näher, Menschenstimmen vermengten sich nun mit dem Hufgeklapper gemächlich dahinziehender Pferde, untermalt von klirrenden Lauten.

Eine bewaffnete Eskorte, schoss es Nikolaus durch den Kopf.

In diesem Augenblick erreichten die ersten Reiter die Weggabelung. Sie hielten ihre Pferde an, sahen hinter sich und ließen dann ihre Blicke durch den kahlen Wald und über den nackten Boden schweifen. Die Augen des einen verweilten für einen kurzen Moment an dem Fels, hinter dem Nikolaus und seine Gefährten lauerten, doch nichts verriet die Wegelagerer, und so drehte der Mann sich wieder um, um zu sehen, ob der Bischof mit seinem Gefolge aufrückte.

Als der Gottesmann bei seiner Vorhut ankam, sog Nikolaus unmerklich die Atem etwas schärfer ein. Es war nicht der Bischof, der auf dem Pferd saß. Aber dennoch ein Mann Gottes. Ein Abgesandter des Bischofs. Unverkennbar. Und so fett, wie ein Mann nur sein konnte. Nichts an ihm ließ ein hungergeplagtes Land erahnen, nichts an ihm verriet die Sorgen seiner Schäfchen, jener Menschen, denen Gottesmänner wie er zu lesen empfohlen hatten gegen den Hunger. Eine feiste Gestalt, in edle Gewänder gekleidet und mit protzigen Ringen an den behandschuhten Fingern, auf einem fetten Pferd, das die Last des Schwergewichtigen nur mit schleppenden Schritten vorantragen konnte.

Die vier wagten nicht mehr richtig zu atmen; jeder kleinste Laut hätte sie in diesem kahlen Wald verraten, und so verharrten sie wie in Leichenstarre verfallen, bis die Eskorte und mit ihr der Mann der Kirche so nahe an sie herankam, dass sie ihre Falle zuschnappen lassen konnten.

Das Pferd des ersten Reiters setzte noch einen Schritt nach vorne und erreichte mit seinem Vorderhuf die Höhe des Felsen. In diesem Augenblick zog Vincent an einem Seil, das Nikolaus bislang verborgen geblieben war, so gut hatte sein Bruder es unter aufgelockerter Erde verschüttet. Er zog so kräftig, dass er durch den gewaltigen Ruck von sich selbst angetrieben auf Nikolaus fiel und ihm für einen kurzen Augenblick den Atem raubte.

Diese Schrecksekunde reichte für Max und Bertram aus, um hinter dem Felsen vorzuspringen, ihre Messer zu zücken, die beiden Eskortenreiter in ihrer Überraschung von den Pferden zu ziehen und einen der beiden auf der Stelle zu töten. Bevor einer der Mönche im Gefolge seine Waffe ziehen konnte, kam ihm Vincent zuvor, sprang mit der Kraft eines Wildtieres auf das Pferd des Gottesmannes, packte diesen von hinten und legte ihm sein Messer an die fette Kehle.

»Jeder bleibt, wo er ist! Waffen raus, und zu Boden damit!«

Nikolaus kroch umständlich hinter dem Felsen hervor. Er war zutiefst verwirrt, wusste selbst nicht so recht, was er eigentlich gedacht hatte, was Vincent und seine Freunde vorhatten, konnte sich immer noch nicht recht vorstellen, was in ihrem Sinne war, und stolperte über den Toten mit der durchgeschnittenen Kehle. Das Blut sprudelte gurgelnd aus der Wunde, und für einen Augenblick hörte Nikolaus nicht das Klirren der Waffen, die widerwillig zu Boden geworfen wurden, sondern diesen sonderbaren schmatzenden Laut, der dem toten Körper des Mannes entsprang. Schweine gaben die gleichen Laute von sich, wenn sie geschlachtet wurden. Nikolaus musste sich übergeben und würgte bittere Gallenflüssigkeit aus seinem leeren Magen.

»Nikolaus!«

Vincents Stimme klang herrschend und befehlsgewohnt.

Nikolaus suchte mit den Augen den Boden nach etwas ab, womit er sich hätte säubern können, doch da die kahle Erde nichts für derartige Zwecke Geeignetes hergeben wollte, musste er wohl oder übel seinen Ärmel verwenden. Was ihm unendlich widerstrebte, denn im Gegensatz zu seinem Bruder und dessen Gefährten hatte er selbst in Zeiten der Not immer darauf geachtet, wenigstens den Anschein von sauberer Kleidung zu wahren, so zerlumpt sie auch sein mochte.

»Nikolaus – heb die Waffen auf. Mach schon!«

Wie in Trance gehorchte er seinem Bruder. Das Erbrochene hinterließ einen ekelhaften, sauren Geschmack in seinem Mund. Er hätte viel für einen Schluck frisch gebrauten Bieres oder würzigen Weines gegeben, um die Bitterkeit hinunterzuschlucken, die ihn zu allem Überfluss an die durchgeschnittene Kehle erinnerte. Da er aber wusste, dass er so schnell keine Abhilfe würde leisten können, sammelte er die Waffen ein, zog sie mit seinen dürren Armen außer Reichweite des Gefolges und wartete ab. Er lehnte sich erschöpft gegen den Felsen und starrte seinen Bruder an, dessen Gebaren, erfüllt von einer Mischung aus Aufregung, Gier und Verbissenheit, nicht nur den Abgesandten des Bischofs und die um seine Gesundheit besorgte Eskorte beunruhigte, sondern auch Nikolaus selbst.

»Was wollt ihr?«, wimmerte der feiste Kirchenmann.

Als Vincent nicht antwortete, Max und Bertram weiterhin stumm blieben und das Gefolge mit den erbeuteten Musketen in Schach hielten, fuhr er fort mit weinerlicher, hoher Stimme, die überhaupt nicht zu seinem stattlichen Äußeren passen wollte, flehentliche Gebete an sämtliche Schutzheilige zu schicken. Vincent stieß ihm in die Rippen.

»Hör auf mit dem Gejammer!«

»Wir haben Gold dabei. Viel Gold. Nehmt euch alles, es ist ...«

»Aber wir können doch nicht ...«, fuhr einer der Mönche beschwichtigend dazwischen.

»Halt den Mund!«, herrschte ihn Vincent an und ritzte mit dem kurzen Messer in die rote Haut des Gottesmannes. Ein kleiner Rinnsal Blut bahnte sich einen Weg von seinem Hals über den weißen Spitzenkragen und verlor sich schließlich im Umhang.

»Also, wo ist das Gold?«, fragte Vincent.

»In den beiden Kisten. Hinten in der Sänfte unter der Bank.«

Vincent gab Bertram und Max mit dem Kopf ein Zeichen, und während Max zu der Sänfte lief, hineinkletterte und nach dem Gold zu suchen begann, behielt Bertram weiterhin das Gefolge im Auge, das sich nicht mehr zu rühren wagte, da Vincent mittlerweile den harten Blick eines Mörders in seinem Gesicht trug.

Nikolaus betrachtete das Geschehen wie aus weiter Ferne. Sein Magen grollte, die Magenwände zogen sich krampfartig zusammen. Während er Zeuge und Mithelfer eines Überfalles auf den Abgesandten des Bischofs war, konnte er doch an nichts anderes denken als an Essen, Speisenfolgen, Mahlzeiten, gebratene Hühner und gekochte Eier mit Petersilie bestreut, Braten mit kalter Kräutersauce übergossen, Maronenkompott, Bohnenmus und all die anderen Herrlichkeiten, die er im Kloster kennen gelernt hatte und an die ihn der Bischof unweigerlich erinnerte. Der Bischof, der selbst Klosterbrüder so elend im Stich ließ, dass sie bettelnd durch die Straßen ziehen mussten. Der Bischof, der sein Volk verriet, indem er einen fetten und selbstherrlichen Vertreter seiner selbst auf einem gut in Futter stehendem Pferd des Weges reiten ließ. Nikolaus fragte sich, wie Wildschwein, Reh und Hirsch wohl schmeckten, die er noch nie zu essen bekommen hatte, und ob sie wohl dem Aroma von Fisch oder doch eher dem des Pferdes nahe kamen.

Schließlich konnte er nicht mehr umhin, dass sich seine Gedanken immer mehr um das Pferd drehten. Er zählte vier weitere Reitpferde neben dem großen Ross des Kirchenmannes. Er berechnete die Würste, den Schinken, das Geschnetzelte und die

Braten, die er aus fünf Pferden bereiten konnte, dazu die Suppe und die Eintöpfe, die sich aus den Innereien und den Knochen kochen ließen. Er spürte förmlich den Geschmack von geräuchertem Pferdeschinken in der Nase; der Duft von würziger Pferdewurst zwängte sich quälend über seinen Gaumen die Speiseröhre hinab und trieb ihm die Säure in den Magen.

Max schleppte mit Bertram die Kisten an den Wegrand, Vincent sprang vom Pferd des Bischofs, wollte ihm gerade einen Klaps auf den Hintern geben, damit es mit ihm durchgehe und ihnen die Flucht ermögliche, da schrie Nikolaus wie von Sinnen »Nein! Nein! Nein!«, grapschte nach einer Muskete, die im Gras lag, sprang vor den bleichen Kirchenmann und verstellte ihm den Weg.

Vincent zog die Augenbrauen hoch und blickte zutiefst verwirrt zu seinem kleinen Bruder.

»Wir haben das Gold«, meinte er beruhigend, wie ein Vater mit seinem Sohn spricht, der Angst vor einem Inkubus hat.

»Ich will kein Gold!«, schrie Nikolaus so laut, dass ihm die Stimmbänder zu zerreißen drohten. »Gold kann man nicht essen!«

Tränen liefen ihm über die Wangen, sein kleiner Körper wurde krampfartig durchgeschüttelt, doch in seiner Stimme lag so viel Wut, Verzweiflung und Not, dass dem Abgesandten schwarz vor Augen wurde. Er sah sich als Braten am Spieß mitten in einem Wald kurz vor den Toren des Klosters enden und wollte gerade ohnmächtig zu Boden sinken, da hob Nikolaus erneut an.

»Runter von den Pferden. Alle!«

Vincent warf einen halb amüsierten, halb fragenden Blick zu seinem Bruder, wandte sich aber dennoch zu dem Gefolge und herrschte die völlig verwirrte Gesellschaft an: »Seid ihr schwerhörig? Tut, was er sagt!«

Max und Bertram kamen mit erhobenen Musketen näher, ließen die Männer nicht aus den Augen, verfolgten aber dennoch hoch interessiert das Geschehen. Nikolaus weinte so stark, dass er sich mehrmals mit dem Ärmel über die Augen fahren musste, um für kurze Momente den Schleier fortzuwischen und sich Klarheit zu verschaffen. Als der Abgesandte des Bischofs abgestiegen war, drängte sich der kleine Knabe einfach an dem fetten Mann vorbei, dem mittlerweile alles, was er jemals an Würde und Überlegenheit ausgestrahlt hatte, verloren gegangen war. Nikolaus schob ihn einfach zur Seite und blickte seinem großen Bruder traurig in die Augen.

»Jag sie fort. Sie sollen weit weg laufen. Ich will sie nicht mehr sehen. Die Pferde bleiben hier«, sagte Nikolaus schließlich mit fester Stimme.

Ein Anflug von Verstehen huschte über Vincents überraschtes Gesicht, und mit grimmiger Miene schoss er mehrmals in die Luft. Der Kirchenmann und sein Gefolge brauchten keine weitere Aufforderung, um in größter Panik und mit vor Angst durchnässter Kleidung das Weite zu suchen.

»Wenigstens die Ringe hätten wir ihm noch abnehmen können«, maulte Bertram, als sich die Schritte der Fliehenden langsam in der Ferne verloren.

»Wozu?«, meinte Nikolaus mit tonloser Stimme. »Willst du vielleicht Edelsteine kauen? Sie zu Brei verarbeiten oder deine Suppe damit würzen?«

»Man kann sie verhökern und zu Geld machen«, erwiderte Max bockig.

»Und was kaufst du mit diesem verfluchten Geld?«, fragte Nikolaus herausfordernd. Seine Stimme bekam einen Anflug von Zorn und vibrierte leicht. Mit geröteten Wangen wandte er sich von den beiden Dummköpfen ab, strich dem Pferd des Gottesmannes kurz über die Stirn, bekreuzigte sich und sah zu seinem Bruder auf: »Erschieß es.«

Der Knall hallte durch den Wald. Ihm folgte ein dumpfer Laut, der den Boden erzittern ließ. Die anderen Pferde scheuten und bäumten sich auf, doch Max hielt ihre Zügel mit so eiserner

Faust, dass in diesem Augenblick nicht einmal ein Bär ihm hätte entfliehen können.

Nikolaus war es, als stünde er neben sich selbst. Er beobachtete, wie Max die Pferde an einem Baum festband, kniete sich wie im Traum hinab, zog sein kleines Messer aus der Tasche, erkannte dann aber, dass es viel zu schwach war, um das Tier auszuweiden. Er ging zu den Waffen zurück, welche die Eskorte zu Boden geworfen hatten, wählte ein geeignetes Werkzeug und machte sich mit traumwandlerischer Sicherheit daran, das Pferd in Stücke zu zerlegen, wie es ein Schlachter nicht besser hätte tun können.

Die Dämpfe, die mit den Innereien aus dem Bauch des Tieres quollen, störten ihn nicht, sie kündeten von einer Mahlzeit, wie er sie seit langem nicht mehr gehabt hatte. Von einem Mahl ohne Würmer, Raupen oder Maden. Kein stinkendes Stück Dörrfleisch voller Fliegeneier, sondern frisch geschlachtetes, noch warmes Pferdefleisch, hinreichend, die Familie für mindestens drei Monate zu versorgen.

»Leert eine Kiste«, befahl er Max und Bertram, während er Sehnen und Fasern durchtrennte und den Schenkel des Pferdes vom restlichen Körper löste.

»Wozu?« Max sah verwirrt zu Nikolaus hinab, während Bertram und Vincent ihren Heißhunger beinahe nicht mehr zurückhalten konnten, doch jedes Mal, wenn sie ihre gierigen Finger nach dem dunkelroten Fleisch ausstreckten, drohte Nikolaus damit, ihnen die Hand abzuschlagen, wenn sie es auch nur anfassen würden. Etwas in seiner Stimme, etwas nie da Gewesenes, etwas völlig Unbekanntes, Hartes, Unerbittliches ließ sie zurückfahren und ihr lüsternes Verlangen im Zaum halten.

»Wo möchtest du sonst die Fleischstücke für den Transport hineintun? Also leert endlich die Kiste, und bringt sie mir. Der Abgesandte wird nicht mehr lange brauchen, dann hat er sich von seinem Schock erholt und schickt uns seine Häscher auf den Hals – macht schon!«

Nikolaus drehte sich wieder von den anderen ab und arbeitete verbissen und konzentriert weiter, während Vincent Max und Bertram durch ein Kopfnicken bedeutete, zu tun, was Nikolaus ihnen aufgetragen hatte.

Sie leerten das Gold auf den Boden, schleppten die leere Kiste zu Nikolaus und konnten sich für kurze Augenblicke nicht entscheiden, ob ihnen das Gold oder doch das Pferdefleisch wichtiger war. Der Hunger siegte, und mit wildem Blick stierten sie auf den hart arbeitenden Nikolaus, der keiner Hilfe bedurfte, das enorme Tier in Portionen zu zerlegen.

»Grabt meinetwegen das Gold ein. Verbuddelt die andere Kiste, oder lasst sie stehen, dann wird der Bischof den Vorfall vielleicht sogar vergessen«, murmelte er, während er das Messer den Lauf hochschob und das Fell vom Fleisch löste.

Vincent sah erstaunt zu Max und Bertram. Nikolaus konnte durchaus Recht behalten. Um den Abgesandten und damit auch den Bischof und die heilige Mutter Kirche gnädig zu stimmen, befahl er schließlich, die eine Kiste mit Gold so zu vergraben, dass die Wachen des Bischofs sie durchaus finden konnten.

Nikolaus bemerkte aus dem Augenwinkel heraus, dass sie sich die zerlumpten Taschen mit Gold füllten, dann liefen sie zu ihm zurück. Er legte die ersten Stücke in die leere Kiste.

»Der Kopf passt nicht hinein. Ihn hier liegen zu lassen wäre Verschwendung.«

Zum ersten Mal, seit ihn sein Hunger übermannt hatte, sah Nikolaus wieder mit klaren Augen zu Vincent auf. Ihm war, als würde er aus dem Traum erwachen, in dem er dem Abgesandten des Bischofs das Pferd gestohlen hatte – er, Nikolaus, der Liebling der Klosterbrüder, der talentierte kleine Wunderkoch. Eine plötzliche Hilflosigkeit überkam ihn, schwappte über ihm zusammen und wollte seine Seele davonschwemmen, doch dann entsann er sich wieder seines Hungers, und er wusste mit präziser Genauigkeit, mit einer nie gekannten Klarheit, warum alles so gekommen war.

Vincent lächelte ihm zu. Stolz war in seinen Augen zu erkennen, doch Nikolaus wollte keinen Stolz für seine Tat ernten.

»*Wir* nehmen den Kopf«, sagte Vincent leise.

Nikolaus sah ihn fragend an.

»Ich komme nicht mehr nach Hause. Vorerst nicht. Mein – unser Platz ist hier. Bertram, Max und ich wollen vorerst im Wald wohnen, bis sich die Lage gebessert hat. Ich kann keine ... Menschen mehr ...«

Vincent verstummte und sah für einen kurzen Augenblick zu Boden. Er schämte sich vor seinem kleinen Bruder, den er immer gehänselt und doch so lieb gehabt hatte, dem kleinen Bruder, von dem er insgeheim sogar manchmal gedacht hatte, er wäre zurückgeblieben und der soeben mehr Grips bewiesen hatte als sie alle zusammen.

»Ich kann die Kiste aber nicht allein nach Hause tragen. Und wir werden genau aufteilen.«

Nikolaus nahm wieder einige Stücke heraus, doch Vincent hielt ihn am Arm fest.

»Wir haben noch die anderen Pferde. Den Kopf werden wir heute Nacht am Spieß braten. Die Kiste bringe ich mit dir nach Hause.«

Vincent erhob sich, blickte um sich, kniff kurz die Augen zusammen und beratschlagte dann mit Max und Bertram ihr weiteres Vorgehen. Erst jetzt begriff Nikolaus, dass Vincent schon die ganze Zeit im Wald gehaust haben musste, zusammen mit Max und Bertram, und dass er weiterhin bei ihnen bleiben würde, statt mit ihm nach Hause zurückzukehren.

Nach Hause. Clemens war schon lange fort, und Nikolaus wagte nicht daran zu denken, an welchen Gemetzeln der wilde, ungestüme, schmutzige Clemens schon teilgenommen haben mochte, aber er war Teil der Familie gewesen. Der Familie, zu der auch Martha gehört hatte, die Eltern und eben Vincent. Vincent, der dem Vater als Eichbeamter nachfolgen sollte, der als fürstbischöflicher Beamter die Gastwirte der Betrügereien überführen oder sie davor bewahren sollte. Dieser Vincent hauste nun im Wald, grub nachts Leichen aus, von denen er sich ernährte, und überfiel Flüchtlinge, plünderte und mordete vielleicht sogar. Sein Zuhause gab es nicht mehr. Und Trimalchios Fest war in diesem Moment so weit von ihm entfernt wie die Sterne am Himmel.

Bevor Max und Bertram auf die Pferde stiegen, Max den blutigen Pferdekopf an den Halfter band und sie in die Tiefen des Waldes verschwanden, klopften sie beide Nikolaus auf die Schulter. Nie gekannte Anerkennung zeigte sich in ihren Augen, und Max flüsterte leise »Danke« zum Abschied; dann ritten sie in der Dämmerung davon.

Das Gefühl, alles verloren zu haben, ließ Nikolaus nicht mehr los. Weder als sie gemeinsam die Kiste nach Hause schleppten, noch als sie sich in die Stadt schmuggelten und auf Schleichwegen die wertvolle Ware ins Haus der Eltern brachten, noch als der Vater zum ersten Mal weinte und damit nach so langen Wochen des stummen Erduldens wieder eine Gefühlsregung zeigte. Auch nicht, als seine Mutter mit glänzenden Augen von dem bevorstehenden Festmahl hörte, und auch dann nicht, als er sich bereits unter Tränen von Vincent verabschiedet hatte und am Herd stand und überlegte, wie er das Fleisch möglichst gut konservieren konnte.

Drei Tage und Nächte arbeitete Nikolaus in stummer Verbissenheit daran, die Fleischstücke erst zu kochen, um dann zu überlegen, wie er sie in einen möglichst lang haltbaren Zustand bringen konnte. Abkochen und Räuchern schienen ihm die besten Möglichkeiten, doch brauchte er, um Geschmack zu erreichen, auch Gewürze wie Essig, Salz und Zucker. Also ging er daran, die besseren Stücke wie Schinken, Hals und Lenden über den Backsteinherd zu hängen und über dem Feuer räuchern zu lassen, während er die sehnigen Teile und die Innereien für etwas anderes vorbereitete: Er wollte auf dem Schwarzmarkt tauschen. Die Wucherer und Schwarzhändler waren die Ersten, welche die Stadt wieder betraten, und nachdem mehr als die Hälfte der Einwohner ohnehin dahingerafft war, fanden sie nicht so schnell wie gewohnt und erhofft neue Kundschaft. Es würde also nicht so schwer werden. Trotzdem widerstrebte ihm dieser Gedanke ganz entschieden, und als sein Vater endlich das erste Mal seit langem in der Küchentür stand, den Schnurrbart wenigstens wieder an den Enden gezwirbelt, da wusste er, dass er es nicht sein würde, der mit den Halsabschneidern und Wucherer verhandeln musste. Sein Vater würde gehen.

Den ausgezehrten, abgemagerten Leib des Vaters zu sehen machte ihn nicht mehr nur traurig, sondern auch wütend. Nikolaus verstand eigentlich nichts von Politik, hatte nur ab und an etwas aufgeschnappt, was Reisende auf dem Marktplatz schwatzten, was Bauern und Flüchtlinge an Gerüchten in die Stadt trugen, und obwohl es eine schwere Sünde war, hasste er mittlerweile den schwachen Kaiser. Den Römischen Kaiser Deutscher Nation, der seine Fürsten nicht im Bund zusammenhalten konnte und der sein Reich in sich zerfallen ließ, als wäre es ein fauler, wurmstichiger Apfel, der nur noch für Viehfutter gut genug war.

Er hörte von der Belagerung von Nördlingen, während der ein Turm eingestürzt und in Brand geraten war. Die hungernde Bevölkerung hatte sich angeblich auf die verbrannten Leichen der Besatzung gestürzt und sich um die Fetzen ihres Fleisches geprügelt. Nikolaus hasste den Krieg, und er wusste noch nicht, was er von einem Frieden halten sollte, der vom Papst verdammt wurde, weil er die Protestanten mit einbezog. Der Papst, der so weit entfernt in Rom seinen Gelüsten frönen durfte, hatte leicht reden. Was kümmerte es ihn, dass die Städte beinahe ausgestorben waren, Deutschland fast nicht mehr existierte und es an ein mittleres Wunder grenzte, dass sich dennoch der eine oder andere Händler inzwischen wieder hierher verirrte? Es reichte eben nicht, täglich zwei Messen zu besuchen, am Sonntag sogar drei, wie es der Kaiser hielt, und es reichte auch nicht, wie die Kaiserin an Prozessionen barfuß mitzugehen und die Armbänder inwendig mit Stacheln auszukleiden. Diese Bigotterie reichte nicht dazu aus, der Bevölkerung wieder ein geregeltes Leben zurückzugeben.

Nikolaus drückte seinem Vater ein zurecht gemachtes Paket mit gekochtem Pferdefleisch in die zittrigen Hände, sah ihm stumm hinterher, wie er aus dem Haus schlich, und schickte ein Stoßgebet zum Himmel, dass der Vater unterwegs nicht überfallen und seiner wertvollen Habe beraubt würde. Er hatte keine ruhige Minute, bis der Vater nicht endlich wieder in der Tür stand: freudestrahlend wie seit mehr als einem Jahr nicht mehr. Aus seinen riesigen, zerschlissenen Jackentaschen zog er ungeahnte Schätze, und den Rest der Woche war Nikolaus damit beschäftigt, mit dem erhandelten Salz, dem wenigen Pfeffer und anderen Gewürzen das bessere Pferdefleisch zu Salami nach annähernd italienischem Rezept und anderen Formen zu verarbeiten.

Als er die Würste und Schinken über dem Herd räucherte, den gekochten Eintopf vor sich brodeln sah, war seine innere Metamorphose abgeschlossen. Nikolaus Pirment wusste nicht genau, wie es weitergehen würde, aber er erinnerte sich glasklar an die Worte von Bruder Markus, die ihm dieser über Apicius gesagt hatte: »Er hat ein Vermögen von 100 Millionen Sesterzen durchgebracht. Er liebte es, zu schlemmen und vor allem zu leben. Und als er nur noch 10 Millionen übrig hatte, nahm sich der Gottlose das Leben, weil er befürchtete, Hungerszeiten entgegenzugehen.«

Mag sein, dass Bruder Markus Apicius als gottlos bezeichnete, doch Nikolaus wusste in diesem Augenblick, dass er Apicius besser verstehen konnte, als es jemals ein Mensch getan hatte oder tun würde. Er fühlte mit dem genusssüchtigen Mann, als dieser sich am Ende seines Reichtums sah, das Elend des Hungers vor Augen. Er war mit Apicius einig: Er wollte nie mehr Hunger leiden. Und nun galt es, alles dafür zu tun, dass er genau das erreichte. Nichts würde ihn von seinem Ziel abbringen. Er wollte seinen Traum Wirklichkeit werden lassen.

In den folgenden Wochen zog Nikolaus einen regen Handel auf, welcher von seinem Bruder Vincent bedient wurde, der in die Stadt kommende, übrig gebliebene, vom Krieg vergessene Trosse, heimkehrende Soldaten und ausgediente Oberste überfiel, sie bestahl und vor allem der Lebensmittel beraubte und diese zu Nikolaus führte.

Nikolaus kochte, briet, schnetzelte, siedete und brühte wie in besten Zeiten und leitete das Hergestellte dann an den Vater weiter, der seine Tätigkeit als Eichbeamter noch immer nicht aufgenommen hatte. Es fehlte an Getreide und Weinstöcken, um genügend Bier und Wein herzustellen, welches dann in geeichten Gefäßen ausgegeben und von seinem Vater kontrolliert werden konnte. Also bildete er ein willkommenes Glied in Nikolaus' Versorgungskette.

Es sprach sich schnell hinter vorgehaltener Hand herum, dass im Haus des Angießers Pirment wunderliche Dinge vorgingen und wirklich erlesene Speisen zur Hintertür hinausgeschmuggelt wurden, doch in den allgemeinen Wirren war eine gerichtliche Verfolgung und Befragung nicht zu befürchten.

Nikolaus konnte sich nun jeden Tag satt essen. Trimalchios Fest bereitete ihm keinerlei Albträume mehr, sondern funkelte wie ein Silberstreifen am Horizont. Das Leben war es wieder wert, erobert zu werden, und die Küche bot ihm hierfür die beste Bühne. Der Duft von Gesottenem und Gebratenem öffnete sein Herz wieder für die Schönheit des Daseins und seinen Magen für die Köstlichkeiten der Küche. Von Tag zu Tag wuchs er wieder in seine Kleider hinein, bis er sie zumindest leidlich wieder ausfüllte und damit das stattliche Aussehen eines Kochs zurückgewann.

Und er war glücklich und zufrieden, dass der Vater selbst in den allgemeinen, verheerenden Zuständen genügend zu trinken auftreiben konnte, sodass er nicht auf giftiges Wasser zurückgreifen musste. Wasser brachte den Tod, und so rissen sich auch die Ärmsten darum, wenigstens etwas Bier zu erhaschen.

Sein Lebensmittelhandel und der damit wieder gesicherte volle Magen verhinderten es allerdings nicht, dass seine Mutter trotzdem starb. Nikolaus fühlte eine unendliche Leere in seiner Seele, konnte aber nicht mehr weinen und ging so mit eiserner Verbissenheit wieder zur Tagesordnung über. Er sorgte dafür, dass seine Mutter tatsächlich begraben wurde, sogar mit dem Segen von Pfarrer Bock, der für drei Würste und einen halben Schinken – mehr als eine Wochenration für zwei Familien – eine Messe las und die Frau des Eichbeamten so unter die Erde brachte, dass sie keinesfalls von Leichenschändern wieder ausgegraben würde.

Nach und nach füllte sich der Marktplatz wieder, wenn auch nur zögerlich und mit den kärglichsten Waren ausgestattet, der Vater wurde wieder in den Dienst berufen, und von Vincent hatte er schon lange nichts mehr gehört. Nikolaus' Handel florierte nicht mehr so, wie er es sich vorstellte, auch wenn er bereits auf andere Zulieferer als nur auf Vincent bauen konnte.

So kam es, dass er mit großen Augen und spitzen Ohren den Worten des Wirtes vom »Goldenen Kreuz« lauschte, der zu seinen Kunden gehörte und der ihm ein Angebot unterbreitete. Die Geschäfte florierten wieder, Gäste kämen häufiger, die Küche sei unterbesetzt und ein Küchenjunge werde gesucht. Ob er nicht er, Nikolaus, vielleicht jemanden für diese Stelle vorzuschlagen hätte? Dass er mit dieser Frage bei Nikolaus offene Türen einrannte, konnte der Wirt nicht ahnen.

Nikolaus fand das Angebot zu verlockend. Sein Zuhause existierte nicht mehr, der Vater ging zwar wieder arbeiten, aber dies bedeutete nur, dass Nikolaus nunmehr völlig allein im Haus war und nicht mehr so recht wusste, für wen er eigentlich die Arbeit verrichtete. Zudem würde ihn diese Arbeit seinem Ziel ein kleines Stückchen näher bringen.

Nach einigen Tagen war es schließlich so weit – er bat den Vater um Einwilligung. Dieser überlegte ein Weilchen, darauf nickte er stumm und sagte: »Dann ist es gut, wenn du deine Sachen packst. Vergiss nichts, was dir lieb und teuer ist. Ich werde dich begleiten.«

Nikolaus packte in seinen Lederbeutel seine wertvollsten Schätze – seine Notizen aus dem Kloster, sein Schreibzeug, seinen Löffel und sein geliebtes Messer – und folgte dem Vater hinaus.

Wie hatte sich die Stadt doch in letzten Monaten erneut geändert? Wilde Slawonier und Magyaren riefen sich unverständliche Sätze zu, Flüchtlinge, Bauern und verstümmelte Soldaten belagerten die Treppen zur Kirche, zogen an vorbeigehenden Röcken, Hosen und Jacken, handelten sich Flüche, Hiebe und manchmal ein paar kleine Münzen ein, und dazwischen verhökerten Marktweiber und Wucherer alles, was es aufzutreiben gab.

Nikolaus wurden die Ausmaße des Krieges erst jetzt recht bewusst. Etwas Merkwürdiges ging im Land vor: Das Unterste kehrte sich zuoberst und umgekehrt. Ehemals Arme stolzierten nun in reichem Gewand daher, und an manch einer Ecke konnte er vordem sehr reiche Bürger im Aufzug von Bettlern erkennen. Die Welt hatte sich verkehrt und er, Nikolaus, steckte mittendrin und konnte nur zusehen, sich selbst und seinen eisernen Willen dabei nicht zu verlieren.

Als sie am »Goldenen Kreuz« ankamen, schaute Nikolaus zu seinem Vater hoch. Dieser legte seine Hand auf den Kopf des Buben und sah ihn mit einem seltsamen Ausdruck in den Augen an.

»Nikolaus, ich kann nicht mehr für dich sorgen. Du hast mich versorgt die letzten Monate. Du bist erwachsen – und du bist klug. Du kannst etwas aus dir machen, wenn du dich nur genügend anstrengst. Dein Ruf als Koch ist dir vorausgeeilt. Ich hoffe, ich war dir ein guter Vater, soweit ich es vermochte. Ich fühle, dass ich nicht mehr lange leben werde und möchte wenigstens dich gut versorgt wissen ... Dieser verdammte Krieg! «

Der Vater stockte, konnte nicht weitersprechen und wischte sich eine Träne, die über seine zerfurchten Wangen herablief, mit dem Ärmel seiner alten Jacke weg. Die Welt drehte sich um Nikolaus und wollte nicht mehr stillstehen.

»Sieh dich um, Nikolaus. Eine große Zeit naht, die Welt scheint zu gären, das Schlechte sinkt zu Boden, das Gute steigt hinauf. Nikolaus, ziehe hinaus in die Welt, in eine bessere Welt ...«

Nikolaus drückte sich eng an seinen Vater und schloss fest die Augen. Sein Vater schob ihn sachte fort, sah ihn traurig an und schüttelte den Kopf.

»Lebe wohl, mein Sohn«, sagte er, drehte sich um und ging, so schnell ihn seine alten Beine tragen konnten, davon.

Nikolaus' Herz krampfte sich schmerzhaft in seiner Brust zusammen; er schluchzte auf, und dicke Tränen kullerten über sein Gesicht.

Nikolaus weinte so bitter, dass er nicht bemerkte, wie sich die Tür des »Goldenen Kreuzes« öffnete und sich eine kleine, magere Gestalt auf die Straße schob. Erst als das Mädchen ihn leicht und sanft wie ein kleiner Vogel an der Schulter berührte, merkte er auf.

»Bist du Nikolaus?«

Er nickte nur und schluckte den Rest seiner Tränen hinunter.

»Dann willkommen in deinem neuen Leben«, sagte sie und zog ihn in die Wirtsstube hinein.

Die
Lehrjahre

1649 – 1654

∾ Königinsuppe

Nimm Mandeln, stoße sie und koche sie in guter Brühe mit ein paar Kräutern, einem Stück von dem Innern einer Zitrone, ein wenig Brotkrumen und Salz. Rühre gut um, damit die Mandeln nicht anbrennen, und siebe dann durch. Für eine andere Brühe werden Knochen von einem Rebhuhn oder einem gebratenen Kapaun genommen, in einem Mörser gestoßen und mit ein paar Pilzen gekocht. Wenn man die Brühe durch ein Leintuch hat durchlaufen lassen, tut man das Brot hinein und lässt sie weiterkochen. Nun kommt noch die Mandelbrühe dazu sowie der Bratensaft und feingehacktes Fleisch vom Rebhuhn oder Kapaun. Vor dem Anrichten kann man noch die Kämme, Pistazien, etwas Granatäpfel oder anderen Jus dazutun.

∾ Aalpastete

Man schneidet den Aal in runde Scheiben, taucht ihn in Eigelb, gibt Petersilie, Pilze, Spargel, Fischmilch, je nach der Jahreszeit Saft von Weintrauben oder Stachelbeeren hinzu und spart weder an Salz noch an Pfeffer. Dann tut man ihn auf den unteren Teig, bedeckt ihn und bestreicht den Teigdeckel mit Eigelb. Damit die Pastete fester wird, binde mit Butter bestrichene Papierstreifen um den Teig und darum einen Faden, der alles zusammenhält. Wenn die Pastete gebacken ist, verrühre drei Eigelb mit einem Schluck Traubensaft und ein wenig Muskat, das gieße in die Pastete. Dann schneide alles in vier Teile und serviere es schön angerichtet.

Gilbert Quintus hielt es nicht mehr auf seinem Stuhl; unruhig ging der große Mann in der engen Kammer auf und ab. Ihm war kalt und der Wein, den ihm ein buckliger Mönch eben gebracht hatte, schmeckte wie Essig. Missmutig kippte er den restlichen Wein hinunter und warf den Kelch in eine Ecke, wo dieser scheppernd und sich um sich drehend liegen blieb. Rastlos setzte Gilbert seinen Gang quer durch die Zelle fort.

Seit Wochen harrte er nun schon in der Priorei aus, ohne wieder von hier wegzukönnen. Er, ein Abgesandter des Bischofs saß fest, und Hilfe war nicht in Sicht. Wäre dieser verfluchte Überfall nicht gewesen, säße er nun schon längst wieder in einer gemütlichen Stube und könnte auf wohl gefüllte Speisekammern und Weinkeller zurückgreifen. Stattdessen musste er sich mit dem kargen Mahl der Mönche von St. Emmeran zufrieden geben und ihren sauren Wein trinken.

Der Überfall steckte ihm noch in sämtlichen Knochen. Nachts träumte er davon, und tagsüber schürte er seinen Hass auf die Kerle, die ihn beraubt hatten. Nicht nur ihn – den Bischof hatten sie bestohlen, die heilige Mutter Kirche und damit Gott selbst. Wenn er sie bloß jemals in die Finger bekäme, dann ... Gilbert konnte seine Rachegedanken nicht zu Ende führen; zu sehr erregten sie ihn und brachten sein Blut in Wallung. Wenigstens war ihm nicht mehr so kalt wie noch eben.

Er hatte in den Wochen nach dem Überfall stark an Gewicht verloren. Seine Wangen, noch vor kurzem die rosigen und prallen Backen eines erfolgreichen Kirchenmannes, hingen mittlerweile schlaff und schwammig an seinen Knochen und ließen seine Hakennase damit noch größer aussehen als sie ohnehin schon war.

Seine einst passenden Gewänder schlotterten um seinen Leib. Auch hatte er das Gefühl, mit mehr Fett auf den Rippen nie so gefroren zu haben. Den Mönchen fehlte es an allem. Gegessen wurde nur einmal täglich, zu Mittag. Das Brot reichte kaum, um die noch verbliebenen vierzig Mönche satt zu bekommen, Fleisch wurde nur an Sonntagen gereicht. Er wollte lieber nicht fragen, welches Tier er vorgesetzt bekam. Den Wein bekamen sie auf Schleichwegen von einer befreundeten Priorei am Rhein, Bier wollten sie erst in diesem Frühjahr wieder brauen. Und den Mönchen ging es noch besser als der übrigen Bevölkerung. Zu allem Überfluss war das Jahr des Herrn 1649 ein weiteres Notjahr. Missernten und katastrophale Unwetter schadeten dem Land noch zusätzlich. Hier und dort flammten erneut Hungersnöte auf. Dennoch ging es langsam wieder aufwärts. Die Märkte in den Städten füllten sich wieder mit Händlern, Garküchen öffneten, Metzger und Bäcker konnten ihre Betriebe wieder aufnehmen. Aber die Felder im Umland waren verwüstet. Saatgut musste angeschafft werden und Setzlinge. Daher war das Gold auch so wichtig gewesen. Er hatte vom Bischof persönlich die Order erhalten, den Schatz an die Klöster in der Umgebung Regensburgs gerecht aufzuteilen. In einer Stadt, in der die Räte zum Protestantismus übergelaufen waren, während die Geistlichen und das Volk im Schoß der heiligen Mutter Kirche geblieben waren, war es von unumstößlicher Wichtigkeit, Macht zu demonstrieren. Und dies konnte man am besten, wenn man nach diesem verheerenden Krieg, der leider keinen Sieg gebracht hatte, den Klöstern beim Wiederaufbau half. In St. Emmeran hatte er damit beginnen wollen – nicht, ohne sich vorher selbst den ihm gebührenden Teil abzuzweigen. Schließlich war es eine unerträgliche Last, die ihm der Bischof da aufgebürdet hatte. Das Reisen zu Wasser und zu Land, das Nächtigen in Klöstern, die Bettler und Hausierer, die an seinen Rockzipfeln hingen, wo sein Pferd auch nur einen Fuß hinsetzte, die Krüppel und entstellten Soldaten, die von der Hand im

Mund leben mussten. Von der Gefahr ganz abgesehen, wie sich gezeigt hat, fügte er in Gedanken hinzu. Erneut überkam ihn dieser ohnmächtige Zorn. Er würde diese Banditen finden und aufknüpfen lassen. Rädern und vierteilen würde er sie, und das war noch eine viel zu milde Sühne.

In seine Rachegedanken versunken beugte er sich zum Kamin und begann, das Feuer zu schüren. Einige Glutstückchen stoben hoch und kullerten über den Steinboden. Behutsam schob er sie mit der Spitze seiner Stiefel wieder in den Kamin zurück. Brennen wollte er sie sehen! Das war die einzig gerechte Strafe für die Strauchdiebe.

In diesem Augenblick klopfte es an der Tür. Ohne auf Gilberts Aufforderung zum Eintreten zu warten, schob sich der Abt in die Stube.

»Ah, Ihr habt es schön warm hier.«

Der kleine Mann strahlte über das ganze Gesicht und lief eilig zum Kamin, drehte seinen Rücken dem Feuer zu und rieb sein Hinterteil mit beiden Händen warm, während er Gilbert ein beinahe zahnloses Lächeln zeigte.

»Eure Wachen sind zurückgekehrt. Sie haben gute Neuigkeiten. Deshalb dachte ich, ich komme gleich zu Euch.«

Gilbert starrte etwas ratlos auf den Abt, hob die Hände in unbestimmter Geste und wollte gerade zu einer Frage ausholen, da hörte er die schweren Schritte seiner Männer, die vom Klirren der Waffen begleitet wurden. Er eilte zur Tür und riss sie auf. Wenn es stimmte, was er ahnte, wenn es sich erfüllte, was er seit Wochen erhoffte, dann wollte er jetzt keine unnötige Zeit mit Höflichkeitsfloskeln vertun. Mit forderndem Blick starrte er seinen Männern entgegen.

Tatsächlich – sie schleppten zu zweit schwer an einer Kiste.

»Schnell, macht schon! Hurtig!«, rief er und winkte die beiden unwirsch in sein Zimmer. Während er die Tür hinter ihnen schloss, konnte er aus dem Augenwinkel erkennen, dass eine kleine Ansammlung von Mönchen neugierigen Gänsen gleich die Hälse reckte, um einen Blick auf die geheimnisvolle Kiste zu erhaschen. Eilig verschloss er die Tür.

»Stellt sie hier ab. Neben dem Kamin.«

Er kommandierte seine Wachen zum Kamin, die gehorsam die Kiste an dem ihnen zugewiesenen Platz herabließen.

»Wir haben sie hinter dem Fels gefunden, bei dem wir überfallen wurden. Sie war vergraben, aber nicht sehr tief«, erklärte der größere der beiden stolz und wollte gerade zu weiteren Erklärungen ausholen, als ihn Gilbert barsch unterbrach.

»Und warum hat es dann so lange gedauert, sie zu finden? Wenn sie doch nur wenige Schritte vom Ort des Verbrechens entfernt war?«

»Nun, wir konnten doch nicht ahnen, dass die Tölpel ihre Beute zurücklassen. Schließlich habt Ihr uns alle Straßen und Gassen von Regensburg auf der Suche nach den Dieben durchkämmen lassen. Erst heute Morgen kamen wir auf den Gedanken ...«, verteidigte der Wachmann seine Vorgehensweise.

»Schon gut, und nun bewacht die Tür! Ich möchte nicht gestört werden.«

Während Gilbert mit harter Stimme seinen Befehl erteilte, vermied er es, den beiden in die Augen zu sehen. Er atmete unmerklich auf, als sie die Tür hinter sich schlossen und Posten bezogen. Seit dem unglückseligen Vorfall fühlte er sich nicht mehr wohl in ihrer Gegenwart. Sie hatten ihn schmählich im Stich gelassen. Zwei ihrer Kameraden hatten ihr Leben für ihn gelassen, während diese beiden einfach die Waffen gestreckt hatten – vor ein paar jungen Burschen! Und tief in seinem Innersten war da noch etwas anderes: Scham. Ein tiefes, alles andere verdrängendes Schamgefühl bemächtigte sich jedes Mal seiner Seele, wenn er seine Wachen nur von weitem sah. Sie hatten ihn weinen sehen, ihn um Leib und Leben betteln hören. Es war grässlich. Aber nun hatte er das Gold und konnte die beiden noch am nächsten Morgen in die hintersten Winkel des Landes versetzen. Er würde sich neue Wachen besorgen. Kräftigere Männer. Männer, die vor allen Dingen eines nicht gesehen hatten: wie er, Gilbert Quintus, Emissär des Bischofs von Salzburg, vor Angst in die Hosen gemacht hatte.

Gilbert schüttelte sich bei dem Gedanken.

»Ist Euch nicht wohl, verehrter Gilbert?«, fragte der Abt und riss Gilbert aus seinen unangenehmen Gedanken.

»Nein, nein.«

Seine Stimme schwankte ein wenig, und er hasste seine Wachen noch mehr. Eigentlich hasste er auch dieses Gold, denn damit hatte letztendlich alles Unglück begonnen. Er wollte es so schnell wie möglich loswerden, seinen Auftrag zu Ende führen und diesen Teil der Welt aus seinen Erinnerungen löschen.

»Aber nun wollen wir sehen, dass wir vorankommen. Ich möchte noch morgen zu den Augustinern weiterreiten.«

Der Abt leuchtete geradezu von innen heraus, während er dabei zusah, wie Gilbert Erde von der Truhe wischte und das Schloss freilegte.

»Es ist aufgebrochen und nur notdürftig wieder verschlossen.«

Gilberts Stimme überschlug sich. Seine Gedanken drehten sich im Kreis, während er mit klammen Fingern an dem Schloss hantierte, bis es mit einem knackenden Geräusch aufbrach. Er wagte kaum hinzusehen, als er den Deckel der Truhe öffnete. Wenn sich jemand am Schloss zu schaffen gemacht hatte, war es gut möglich, dass in der Truhe kein Gold mehr zu finden war. Und was würde er dann tun? Unmöglich konnte er dem Bischof einen Totalverlust eingestehen. Gilbert sah seine ehrgeizigen Pläne, zu einem mächtigen Mann der Kirche aufzusteigen, wie Butter in der Sonne schmelzen.

Es half nichts, er musste sich Gewissheit verschaffen. Aber er konnte nicht hinsehen und kniff die Augen zusammen. Mit einem Ruck wuchtete er den Deckel zurück.

»Gold! Thaler! Und so viele!«, jubelte der Abt.

Gilbert öffnete die Augen. Tatsächlich. Die Truhe war noch prall gefüllt mit dem Geld der Kirche. Vor Erleichterung wurden ihm die Knie weich, und er musste sich auf einen Schemel setzen.

Der Abt lief zur Truhe und starrte auf das viele Geld wie ein Kind, das einen Schatz entdeckt hatte. Und im Grunde genommen stimmte es ja auch, dachte Gilbert. Es war ein Schatz, der sich hier in seinem Zimmer befand.

»Erlaubt Ihr, dass ich einmal hineinlange?«, fragte der Abt mit leuchtenden Augen.

Gilbert nickte und konnte ein Grinsen nicht unterdrücken. Diese Gefühle kannte er, und er würde ihnen nachgeben. Später, wenn er alleine war mit dem Gold. Plötzlich war jeglicher Hass verschwunden. Das Gold hatte ihn in seinen Bann geschlagen. Wie hatte er nur jemals denken können, er würde dieses Vermögen verabscheuen, nur weil ein paar Strauchdiebe ihn belästigt hatten?

»Herr, hier stimmt was nicht.«

Der Abt, dessen Hände bis zu den Ellenbogen in der Truhe vergraben waren, sah erschrocken zu ihm.

»Was meint Ihr?«

Der Abt sah wieder in die Truhe, wühlte im Gold und zog schließlich etwas Großes, Graues daraus hervor. Gilbert konnte im diffusen Licht der Kammer nicht sofort erkennen, was der Abt in Händen hielt, stand auf und trat an ihn heran. Ihm stockte der Atem. Es war ein Stein. Ein großer, grauer Pflasterstein.

»Lasst mich selber sehen.«

Er stieß den Abt beinahe zur Seite, der sofort zum Kamin zurückwich und von dort mit ängstlicher Miene Gilbert beobachtete.

Das konnte nicht wahr sein! Nein, es durfte nicht wahr sein. Aber es war dennoch nicht zu ändern. Der Boden der Truhe war mit Steinen gefüllt, nur auf der obersten Schicht lagerte Gold.

»Lasst mich allein«, flüsterte er.

Der Abt nickte nur und schlich aus dem Zimmer. Er hatte die Tür noch nicht hinter sich geschlossen, als ihm Gilbert hinterherrief: »Ich muss dem Bischof berichten und das verbliebene Gold zählen. Lasst mir Wein, Kerzen, Papier und Tinte bringen, und dann möchte ich nicht mehr gestört werden.«

»Jawohl, Herr.«

Gilbert stöhnte auf und fuhr sich mit der Hand durch das dichte schwarze Haar. Vor ihm lagen die Golddukaten aus der Truhe. Er hatte sie nun zum wiederholten Male gezählt, aber es wurden nicht mehr. Es war nur ein Drittel dessen, was ursprünglich in der Kiste gelegen hatte. Ein Drittel! Weit zu wenig, alle fünf Kloster ausreichend zu versorgen, geschweige denn, für sich selbst eine größere Provision abzuzweigen.

Seufzend nahm er einen Bogen Papier. Es hatte keinen Sinn, weiter nutzlose Gedanken an die Diebe zu verschwenden. Nun galt es, den Schaden in vollem Umfang dem Bischof zu gestehen. Jedoch nicht ohne selbst davon zu profitieren. Er würde sich einen gebührenden Anteil des verbliebenen Goldes für schlechte Zeiten abzweigen. Mehr als zwei Hand voll der glänzenden Dukaten verschwanden in seiner Geldkatze, die er an einem Gürtel unter seiner Robe trug. Einzeln ließ er die Münzen in den ledernen Geldbeutel fallen. Es klang wie Glöckchen im Himmel.

Am Ende seiner Abrechnung zog er den Beutel mit schwungvollem Griff zu und schnürte ihn sich zur Vorsicht um das Bein. Die pralle Geldkatze schmiegte sich trotz ihres erheblichen Gewichtes sanft an seinen Oberschenkel. Er fühlte sich plötzlich mächtiger als noch kurz zuvor, neue Hoffnung keimte in ihm auf, und er machte sich daran, den Brief an den Bischof zu schreiben, bevor er nach einer neuen Kerze verlangen musste.

Als er schwungvoll seinen Namenszug unter das Dokument setzen konnte, atmete er auf. Der Inhalt war ihm besser gelungen als angenommen. Der Bischof würde ihn verstehen, ja, sogar sehr erfreut sein über die langen Zahlenkolonnen, aus denen hervorging, wie er das Geld nun doch noch sinnvoll und vor allem gerecht verteilen konnte.

Die Gerechtigkeit hatte durchaus ein Heim in seinem Herzen. So war es nur gerecht gewesen, dass er zu jeder Zeit während des Krieges gut gegessen und getrunken und den Schutz des Bischofs genossen hatte. Der Bischof, Gott schütze ihn, hatte zudem mehr als einmal über die kleinen weltlichen Verfehlungen hinweggesehen, die er sich gönnte, wenn sein Fleisch schwach und die Münder der Messdiener zu verlockend waren. Doch sein beruflicher Ehrgeiz ließ zu wenig Zeit für diese kleinen Leckereien. Ja, bei Gott, er *war* ehrgeizig. Zu ehrgeizig. Und wenn auch Gerechtigkeit und Ehrgeiz wie zwei Streithähne seine Brust bewohnten, so siegte letzten Endes immer der Ehrgeiz. Er trug den Namen Quintus nicht umsonst. Der Fünfte. Er war der fünfte Spross seiner Familie. Der Fünfte, für den von den gräflichen Ländereien nichts mehr abgegeben werden konnte und der demzufolge ins Kloster musste. Aber er wollte sich den Beinamen Primus verdienen – der Erste. Er hatte hart an sich gearbeitet, der Erste in der Klosterschule zu sein, der Erste zu sein, der den Konvent verließ, um dem Bischof persönlich zu dienen. Und nun, im Alter von zweiundzwanzig Jahren war er der Erste gewesen, der sich für diesen gefährlichen Auftrag gemeldet hatte, die Dukaten zu verteilen. Und er wollte nicht wieder leer ausgehen, wenn es an die Verteilung neuer Posten ging. Sollte es hart auf hart kommen, dann konnte er fortan auch auf einen Notgroschen zurückgreifen. Er wusste, Gott würde es genauso sehen wie er selbst. Da war er sich absolut sicher. Im Grunde hatte er nicht gestohlen, sondern sich seinen Anteil genommen.

Und nun wollte er die Klöster bedenken. Er stand auf und gab der Wache vor der Tür Bescheid, sie sollte den Abt, den Cellerar und den Sakristan rufen.

Sie kamen schneller als erwartet, und Gilbert hatte keine Zeit mehr, die Geldkatze erneut in seinen Händen zu wiegen und das unbeschreiblich geborgene Gefühl auszukosten, das ihn bei jeder Berührung durchströmte. Lächelnd und vor Neugierde beinahe platzend schob sich der Abt herein und zog seine beiden Mitbrüder hinter sich her.

»Wir freuen uns, dass Ihr uns noch zu so später Stunde Aufklärung geben wollt und haben auch alles für Eure Behaglichkeit besorgt.«

Gilbert zog die Augenbrauen hoch, während es sich die drei auf mitgebrachten Schemeln vor dem Kamin gemütlich machten. Der Sakristan stellte zwei niedrige Böcke auf und legte eine kleine, viereckige Tischplatte darüber, auf die der Cellerar ein großes, verhülltes Tablett stellte. Der Abt winkte ihn mit der Hand herbei, und Gilbert zog seinen Stuhl zu den anderen heran. Als der Cellerar auf Geheiß des Abtes das Tuch lüftete, blieb Gilbert beinahe der Atem weg. Ein enormes Stück harter Käse und duftendes, noch heißes Brot kamen zum Vorschein. Und dann sah er die Würste und den Schinken. Speichel sammelte sich auf seiner Zunge, und Wehmut erfasste ihn. Er wollte so schnell wie möglich wieder nach Hause.

»Wir haben so unsere Quellen«, lachte der Abt, der seinen Blick beobachtet hatte, und reichte ihm eine Scheibe Brot.

Mönche sind doch immer Gauner, dachte Gilbert und konnte seinen Ärger nur hinunterschlucken, da das heiße, verlockende und süß duftende Brot in seiner Hand das Verlangen nach Essen einfach übermächtig machte. Seit Wochen darbte er mit den Mönchen bei verdünntem Bier und Gerstenbrei, und in ihren Kellern stapelten sich Würste und Schinken! Er wischte den Gedanken an peinliche Befragung nach der Quelle beiseite und langte nach einer Wurst. Sorgfältig schnitt er mit seinem Messer ein großes Stück ab. Wenig Fett, keine sichtbaren Knorpel. Zweifellos von Meisterhand gemacht und nicht von einem der Tölpel in der

Klosterküche. Er biss hinein, sog an dem Stück und ließ sich den Geschmack auf der Zunge zergehen. Gerade als er es schlucken wollte, wäre ihm der Bissen beinahe im Hals stecken geblieben.

»Das ist ... das ist Pferdefleisch!«, rief er mit vollem Mund aus und spuckte dabei ein kleines Stück auf den Tisch.

»Die Zeiten sind hart«, meinte der Sakristan und wischte unbekümmert mit dem Ärmel seiner Kutte das Stück ausgespuckte Wurst vom Tisch. »Aber wenn Ihr Euch nicht an Pferdewürsten laben wollt, dann nehme ich es gerne ...«, sprach er weiter und wollte gerade nach dem Stück auf Gilberts Teller greifen. Dieser kam ihm zuvor und bohrte sein Messer in die Wurst.

»Sie ist sehr gut.«

Er hatte sich wieder gefangen. Und er würde weiteressen. Die Wurst schmeckte besser als jede andere, die er in seinem Leben jemals zuvor gegessen hatte. Auch wenn Pferdefleisch verboten war genauso wie das der Ratten, Katzen und Hunde.

»Wer ist Euer Lieferant? Oder sagen wir: Wer ist der Meister, der diese Wurst zustande brachte?«

»Wissen wir nicht«, meinte der Abt lakonisch und schnitt eine dicke Scheibe vom Schinken ab.

»Wie?«

»Wir wissen es nicht. Ein unbekannter Gönner in Zeiten der Not. Jede Woche traf eine Lieferung ein. Seit Wochen. Ja, ungefähr seit dem Zeitpunkt, als Ihr erschienen seid. Ihr seht, Ihr habt uns Glück gebracht«, erläuterte der Abt.

»Aber seit einigen Tagen erreicht uns nichts mehr. Vielleicht ist der unbekannte Gönner verstorben. Oder er ist selbst in Not geraten. Gott sei seiner Seele gnädig«, murmelte der Schatzmeister mit vollen Backen und stopfte noch einen Bissen Brot hinterher.

Gilbert sah den Proviant in unglaublicher Geschwindigkeit schrumpfen und entschied sich dagegen, noch weitere Fragen zu stellen. Das Essen mundete köstlich, der mitgebrachte Wein war mit etwas Salbei gewürzt und schmeckte deshalb nicht ganz so sauer. Er war also zufrieden und wollte sich nicht noch mehr von den gefräßigen Mönchen vor der Nase wegschnappen lassen. Er griff nach dem Schinken und schnitt sich ebenfalls eine dicke Scheibe herunter. Genussvoll biss er davon ab. Er schmeckte ebenso hervorragend wie die Wurst. Dieser Koch oder Metzger musste Gold wert sein. Er spülte mit einem weiteren Schluck Wein nach. Schon lange nicht mehr hatte er sich so wohl gefühlt.

Plötzlich dachte er an sein Pferd, das ihm die Diebe genauso geraubt hatten wie das Gold. Es war ein gutes Pferd gewesen. Und ein teures dazu, das er sich hart und mühsam erspart hatte. Eines Tages würden sie dafür bezahlen müssen. Der Appetit war ihm mächtig vergangen. Vielleicht war er aber auch einfach nur satt. Das karge und unregelmäßige Essen in den letzten Wochen hatte ihm bestimmt seinen gesunden Magen verdorben. Er würde sich Rat holen von einem Heilkundigen. Aber auch Baderchirurgen und Apotheker mussten teuer bezahlt werden. Die Geldkatze wärmte sein Bein.

»Genug gegessen. Lasst uns zum Wesentlichen kommen. Ich möchte morgen früh abreisen und noch heute alles regeln. Hier ist Euer Anteil.«

Er stand auf und ging zu seinem Schreibpult, auf dem fünf kleine Säckchen lagen, die er mit Golddukaten gefüllt hatte. Eines davon nahm er und setzte sich wieder zu den Mönchen, die ihn erwartungsvoll anblickten.

»Bevor Ihr sprecht: Ich weiß es, und Ihr wisst es – es sollte sehr viel mehr sein. Aber ich kann es nicht ändern.«

Mit diesen Worten setzte er sich und schob das Geldsäckchen dem Abt zu. Dieser öffnete es und ließ die Thaler auf die kleine Tafel rollen. Mit glänzenden Augen und zittrigen Fingern zählte er Stück für Stück. Der Cellerar hing an seinen Lippen, während der Sakristan seinen Blick nicht von den Thalern lösen konnte. Schließlich sahen sie alle drei auf zu Gilbert.

»Es *ist* sehr wenig«, sagte der Abt.

»Genug, um Saatgut zu kaufen, Euch mit neuen Vorräten einzudecken, eine Kuh und ein paar Hühner anzuschaffen, vielleicht auch einige Schafe. Mehr kann ich Euch nicht geben. Es wird gerecht geteilt.«

»Wir wissen, Herr. Und wir sind Euch auf alle ewigen Zeiten dankbar. Wir werden Euch in unsere Gebete einschließen.«

Der Abt ließ jeden Thaler einzeln mit gespreizten Fingern zurück in den Geldbeutel fallen. Gilbert atmete auf. Sie machten also keinen Ärger. Er wollte sich gerade erheben und die Nachtruhe einleiten, als sich der Abt demonstrativ nach vorne beugte und neuen Wein nachgoss.

»Dennoch, es wird nicht reichen.«

Seine Stimme verriet eine gewisse Halsstarrigkeit. Gilbert war auf der Hut. Was er jetzt nicht gebrauchen konnte, waren aufrührerische Mönche.

»Ich kann Euch nicht mehr geben. Ihr habt selbst die Steine in der Truhe gesehen. Es war bei weitem nicht so viel Geld darin wie angenommen.«

Gilbert deutete vage in den dunklen Raum, in dessen Ecke neben der Tür die unglückseligen Steine lagen. Der Abt nickte bedächtig mit dem Kopf und trank einen kräftigen Schluck Wein. Dann setzte er seinen Becher ab, wischte sich über den Mund und sah zu Gilbert.

»Wir brauchen mehr Unterstützung vom Bischof. Ihr wisst, viele unserer Mitbrüder sind gestorben. Dazu kommen noch die, die vor der Hungersnot geflohen sind. Neue Novizen werden in diesen Tagen kaum erwartet. Es steht schlecht um uns. Weite Landstriche sind entvölkert, viele unserer Dörfer niedergebrannt. Wir erhalten kaum Lieferungen von unseren Bauern.«

»Wir haben kaum noch Bauern. Geschlachtet auf dem Kriegsfeld«, setzte der Schatzmeister bitter hinzu.

Gilbert war klar, was der Abt meinte. Es fehlte nicht nur an

Rohstoffen. Es mangelte auch erheblich an Arbeitskräften. Der Krieg hatte mehr Opfer gefordert als wohl jemals ein Krieg zuvor. Viele Grafen gingen mittlerweile am Bettelstab, sofern sie den Krieg überstanden hatten. Ihre Ländereien waren verwüstet, ihre Arbeiter von Seuchen, Soldaten oder Hunger dahingerafft. Andererseits waren die Zeiten nie so günstig gewesen, schnell und ohne viel Aufhebens sein Glück zu machen. Auch der Kirche mangelte es an Zöglingen. Viele Gemeinden waren ohne Pfarrer, selbst höhere Posten unbesetzt. Dies war seine Stunde. Er würde sich seine großen Hoffnungen nicht von ein paar jammernden Mönchen zerschlagen lassen.

»Nun, und was für eine Art von Hilfe habt Ihr gedacht? Auch dem Bischof mangelt es an Leuten. Das Palais ist unterbesetzt.«

»Wir brauchen keine Leute. Aber wir hätten da einen Plan.«

»Lasst hören.«

Gilbert nahm einen tiefen Schluck aus seinem Becher.

»Langsam erholt sich das Land wieder. Wenn wir wenigen Verbliebenen hart zupacken, können wir bereits diesen Winter wieder etwas mehr produzieren, als wir selbst verbrauchen.«

»Das heißt?« Gilbert wurde misstrauisch.

Der Abt aber redete sich in Begeisterung: »Das heißt, wir könnten am Ende des Jahres Bier und vielleicht sogar Wein verkaufen. Auf alle Fälle aber Käse und Brot.«

»Ihr wollt einen Marktstand errichten?«, hakte Gilbert verwirrt nach.

»Nein, keinen Marktstand. Wir könnten unsere klösterlichen Einnahmen durch eine Bier- und Weinschänke vergrößern.«

»Das ist unmöglich!«, entfuhr es Gilbert. Er war völlig entsetzt. Was hatten diese dummen Mönche da nur ausgegoren? »Ihr wollt aus Eurem Konvent ein Wirtshaus machen? Das ist ebenso schlecht wie der Geldhandel im Gotteshaus, den Jesus selbst ausdrücklich verbietet.«

»Aber so versteht doch, Herr. Wir haben am Ende des Jahres

mehr als genug. Und wir sind nicht mehr auf die Zuweisungen des Bischofs angewiesen. Es wäre eine Erleichterung für ihn.«

Diese Seite der Angelegenheit fand augenblicklich Gilberts Zuspruch. Wenn man es recht bedachte, war der Handel mit den Früchten der Erde kein schmutziges Geschäft wie der Geldhandel. Was sollte also Gott der Herr dagegen haben? Und davon abgesehen würde es dem Bischof gefallen, wenn das Kloster für sich selbst sorgen konnte, ohne ihm weiter auf der Tasche zu liegen. Es würde ihm sogar enorme Freude bereiten. Vielleicht so viel Freude, dass er Gilbert einen höheren Posten gab – ohne Bestechung und ohne Wartezeit. Sicherlich würde er das tun, wenn er diese Idee als seine ausgab.

»Gut. Ich bin einverstanden. Aber Ihr müsst eine Erlaubnis vom Bürgermeister einholen. Das ist Euch doch hoffentlich klar?«

Seine Stimme war hart und barsch. Nichts sollte seine Vorfreude verraten. Doch die drei Mönche waren so mit ihrer eigenen Freude beschäftigt, dass sie das Leuchten in Gilberts Augen nicht wahrnahmen.

»Er wird noch morgen früh hier sein. Bevor Ihr zu den Augustinern reitet, könnten wir alles besprechen und Brief und Siegel darauf setzen.«

Gilbert nickte und erhob sich. Er war müde und wollte allein sein. Er freute sich zum ersten Mal, seit er in diesen Mauern verweilte, auf das harte, mit Stroh gedeckte Lager.

Die drei erhoben sich ebenfalls und gingen zur Tür.

»Wir lassen Euch die Speisen hier, falls Ihr einen Nachtimbiss wünscht.«

Der Abt legte ihm vertrauensvoll die Hand auf den Arm und blinzelte ihm zu. Gilbert hasste Vertraulichkeiten jeder Art und hätte dem Abt am liebsten ins Gesicht geschlagen dafür, dass er ihn so kameradschaftlich berührt hatte. Aber er wollte es nicht auf einen Streit ankommen lassen. Nicht jetzt, wo alles ein gutes Ende zu nehmen schien.

Als der letzte der drei Mönche die Tür hinter sich geschlossen hatte, nahm Gilbert ermattet die Kerze vom Tisch und stellte sie neben sein Nachtlager. Dann ließ er sich auf das harte Stroh nieder und zog das Bettlaken über sich. Erst jetzt traute er sich, nach seiner Geldkatze zu tasten. Schwer glitt sie in seine Hände. Er konnte die Ränder der Dukaten fühlen, und es war ihm, als hielte er seine Zukunft in seinen Händen. Seine Finger strichen zärtlich an der Geldkatze auf und ab, und mit dem seligen Gedanken, vielleicht schon als junger Mann hohe Weihen erfahren zu dürfen, schlief er ein.

Der Bürgermeister war fetter, als Gilbert selbst es jemals zustande gebracht hatte. Der Gesandte sah voller Neid auf den Würdenträger der Stadt und bemerkte nicht ohne noch mehr Neid das prächtige Wams mit den Goldknöpfen, das sich um den Leib spannte und bei jeder Bewegung beinahe zu platzen drohte. Aber die Zeiten des unfreiwilligen Fastens würden auch für ihn schon bald wieder um sein. Fraglich war nur, woher der Mann die Nahrung nahm, um diese Fettleibigkeit aufrechtzuerhalten und diesen rundherum gesunden Eindruck entstehen zu lassen. Aber Gilbert hütete sich, Fragen dieser Art zu stellen. In diesen Zeiten war es besser, weniger als mehr zu wissen. Nichts konnte den Aufstieg mehr behindern als zu viel unnötiges Wissen, das man manchmal sogar wie eine Lüge verbergen musste. Nichts behinderte den Aufstieg mehr als Neider, Mitwisser und argwöhnische Verwalter.

»Lasst uns schnell zur Sache kommen«, sagte er deshalb, nachdem ihm der Bürgermeister unter Verbeugungen seine Ehrerbietung bezeugt hatte.

Falsche Schlange, dachte Gilbert, während er auf ihn herabsah. Er ist zu den Protestanten übergelaufen und verbeugt sich dennoch vor mir, einem katholischen Würdenträger. Wäre der Krieg nicht vorbei, ich würde ihn auf der Stelle dem Henker übergeben für seine Treulosigkeit Gott und der wahren Kirche gegenüber.

Gilbert rang sich ein schiefes Lächeln ab. Seine Augen blitzten eiskalt.

»Ich möchte, dass Ihr den Mönchen die Erlaubnis erteilt, Wein und Bier auszuschenken und Käse und Brot zu verkaufen. Nicht nur auf offener Straße, sondern auch zum Verzehr in einer dafür eingerichteten Stube im Konvent.«

»Aber das ist unmöglich«, protestierte der Bürgermeister und lief rot an.

»Warum?«

»Wir haben ohnehin zu viele Wirte in dieser Stadt. Wir haben alleine zwei Fürstenherbergen, dazu kommen die Weinschänken, die Bierschänken, die Heckenschänken, die Gasthäuser für die Bürger und die Wirtshäuser für das normale Volk. Dann noch die vielen Garküchen, und selbst die Metzger verkaufen zu ihrer Wurst Bier und Wein. Wir haben mehr Gaststätten als Menschen in unserer Stadt. Kein Wirt will seinen Handel aufgeben, auch wenn ihm die nötigen Arbeitskräfte fehlen, von zahlenden Gästen abgesehen. Und nun wollt Ihr auch noch den Mönchen von St. Emmeran die Erlaubnis zum Ausschank erteilen?«

»Nicht nur St. Emmeran, auch den anderen Klöstern der Umgebung. Ich verstehe Eure Einwände, dennoch muss die Erlaubnis erteilt werden. Der Bischof sieht sich außerstande, die Klöster weiter zu unterstützen; sie müssen für sich selbst aufkommen. Und Ihr profitiert vom Gedeihen der Klöster. Sie kümmern sich um die Kranken besser als jedes Hospiz, und ihr Bier ist allemal schmackhafter als das der betrügerischen Bierbrauer und verfluchten Bierhexen der Stadt.«

Der Bürgermeister holte tief Luft, als wollte er zu einem neuen Redeschwall ansetzen, hielt dann aber inne. Er wollte keinen Streit mit einem katholischen Würdenträger heraufbeschwören. Das konnte Gilbert in seinem Gesicht ablesen. Nach dem unglückseligen Ausgang des Krieges blieb ihm nichts anderes übrig, als seine Unterschrift unter das von Gilbert noch am Morgen aufgesetzte Dokument zu setzen, das den Mönchen den Ausschank uneingeschränkt bewilligte.

»Würdet Ihr uns die Ehre erweisen, am Sonntag die Messe zu lesen?«, fragte der Bürgermeister.

»Soll ich Euch etwa eine protestantische Messe lesen?«, spöttelte Gilbert, aber seine Stimme hatte einen frostigen Klang. Der Bürgermeister zuckte zurück.

»Aber was denkt Ihr, Hochwürden! Wir lesen keine protestantischen Messen. Außerdem ist das Volk von Regensburg ...«

Er ließ den Satz unvollendet im Raum stehen, und Gilbert führte ihn an seiner statt zu Ende. »Das Volk ist katholisch geblieben, und Ihr braucht das Volk, nicht wahr? Nun gut, ich werde die Messe lesen. Nicht für Euch ... für das Volk. Und nicht diesen Sonntag, sondern am Sonntag meiner Rückreise. Bis dahin gehabt Euch wohl.«

Der Bürgermeister zog von dannen wie ein gewöhnlicher Bittsteller. Gilbert lächelte in sich hinein. Er war es gewohnt, Befehle zu erteilen, und als jüngster von fünf Brüdern hatte er gelernt, dem anderen das Wort im Munde herumzudrehen. Aber er hatte keine Zeit mehr, über den wohlgenährten Protestanten nachzudenken. Der Krieg war vorbei, und er gedachte keineswegs einen neuen anzuzetteln, bevor er nicht wenigstens Bischof war.

Er eilte hinaus zu den Stallungen. Verwaist moderte der Bretterverschlag vor sich hin. Aber er hatte am Morgen den Befehl erteilt, ein neues Pferd für ihn zu besorgen und wurde nicht enttäuscht. Der Abt persönlich überreichte ihm die Zügel der grauen Stute. Sie war nicht die schönste und wahrscheinlich einem Metzger unter dem Messer weggekauft worden. Aber er war zufrieden. Seine Wachen hatte er am Morgen ohne Empfehlungsschreiben entlassen. Sie waren mürrisch und schimpfend abgezogen, und er bereute diesen Schritt bereits. Möglich, dass sie ihm auflauerten und Geld von ihm verlangten. Aber er hatte sich vom Abt zwei Mönche als Begleitschutz erbeten. Diese warteten nun neben den Stallungen auf weitere Befehle.

Nikolaus hatte in dieser Nacht nicht besonders gut geschlafen. Seit ihn sein Vater vor dem Gasthof abgeliefert und seinem Schicksal überlassen hatte, quälte ihn der Schmerz des Heimwehs. Sicher, das elterliche Zuhause war nur wenige Straßen von seiner neuen Heimstatt entfernt. Dennoch war es ein Ding der Unmöglichkeit, einfach dorthin zurückzukehren. Er wollte kein Feigling sein, der sich vor den Herausforderungen des Lebens drückte. Außerdem wollte er seinen Vater nicht enttäuschen. Also fügte er sich in sein Schicksal, auch wenn ihm dieses überhaupt nicht behagte.

Tagsüber war es nicht ganz so schlimm, gegen das Heimweh anzukämpfen. Dann hatte er genügend neue Dinge um die Ohren und vor Augen, die seine Aufmerksamkeit vollends beanspruchten. Aber nachts sah die Lage anders aus. Hier in dem stickigen Dienstbotenraum voller fremder Menschen sehnte er sich mehr denn je zurück in seine einsame Küche, in der nur er allein regierte. Die vielen Leiber in dem kleinen Dachraum über der Wirtsstube sorgten für stinkende Ausdünstungen, die ihm in der Nase brannten. Manch einer furzte nicht nur in das Stroh, sondern war auch zu faul, nachts die steile Treppe in den Hinterhof hinabzuklettern und sich über dem Abort zu entleeren. Stattdessen pinkelten die Übeltäter in das Stroh und manchmal auch auf einen ihrer schlafenden Nachbarn, was den Geruch dann auch noch in den Tag hinüberrettete, weil keiner von ihnen die Hemden wechselte. Dazu kamen die Wanzen und Flöhe, die in dem stinkenden Haufen Leiber ein wahres Schlaraffenland gefunden hatten und ihn besonders plagten. Nachts, wenn er nicht schlafen konnte, hörte er das Schaben der Wanzen, die überall herumkrochen und nach neuen Opfern suchten. Aber es war nicht gegen die Biester anzukommen. Nur einmal alle fünf Wochen durfte das Stroh gewechselt werden, und auch dann kehrte man nicht alle Wanzen und Flöhe nach draußen. Mit dem neuen Stroh kam überdies noch neues Ungeziefer hinzu, sodass die Brut kein Ende zu nehmen schien. Nikolaus kratzte sich in manchen Nächten blutig und wurde dabei halb wahnsinnig vor Sehnsucht nach seiner sauberen, kleinen Küche.

Ein Hahn krähte in der Nachbarschaft. Nikolaus seufzte und schlug die Augen auf. Durch die scheibenlosen Fenster, die lediglich durch eine dünne Schicht Papier Wind und Wetter draußen hielten, fielen die ersten Sonnenstrahlen. Zeit, aufzustehen und mit der Arbeit zu beginnen.

Um ihn herum erwachten die anderen Dienstboten, mit denen er sich die Schlafstatt teilte. Simon, der Zapfer, sprang als Erster hoch und rüttelte die beiden Kellner, Domian und Martin wach, indem er sie am Haarschopf packte. Die beiden grunzten unverständliches Zeug und drehten sich wieder in ihre Strohkuhle. Simon zuckte mit den Schultern, kletterte über sie hinweg, stopfte sein Hemd in die Hosen und öffnete den Verschlag.

Sonnenstrahlen fielen mitten auf Nikolaus' Gesicht. Er blinzelte. Gleichzeitig drang schneidend kalte Luft in den Raum. Nikolaus atmete tief durch. Es war jeden Morgen eine Wohltat, wenn klare Luft nach drinnen drang und den muffigen Gestank ein wenig schwächer werden ließ.

Er rappelte sich hoch, klopfte einige Strohhalme aus seinen Hosen und ging hinter Simon her, der bereits über die schmale Holztreppe in den Hinterhof der Gastwirtschaft geklettert war. Als er unten ankam, streckte er sich und gähnte herzhaft. Während er seine verkrampften Glieder dehnte und versuchte, sie in Schwung zu bringen, kamen die anderen Dienstboten vereinzelt die Treppe herunter. Louise, die blasse Dienstmagd, zitterte am ganzen mageren Leib und hielt ihr dünnes Hemd um sich geschlungen. Ihre großen, schiefen Zähne klapperten unkontrolliert aufeinander. Die auffallende dünne und fahle Louise fror eigentlich immer, hustete viel und suchte, wann immer es möglich war, Zuflucht beim Kamin in der Küche oder an den Herdstellen in den Stuben.

Nikolaus trollte sich in die Küche. Frühstück gab es erst, wenn die ersten Arbeiten verrichtet waren. Und es dauerte, bis Louise genügend Wasser in die Küche geschleppt und Alfred, der Lehrling, neues Feuerholz hinter dem Kamin aufgestapelt hatte. Außerdem war er selbst, Nikolaus, für den Großteil des Frühstücks verantwortlich. Immer noch müde und mit hängenden Schultern begann er mit seiner Arbeit.

Der Küchenmeister war noch nicht anwesend, und Nikolaus atmete erleichtert auf. In den paar Tagen, die er nun hier war, hatte er sich noch mit keinem der Dienstboten angefreundet, geschweige denn den Küchenmeister zu seinem Freund machen können. Im Gegenteil, der Küchenmeister schien ihn offensichtlich zu hassen.

Während er Hafer stampfte und zwischendurch das Feuer im Kamin schürte, dachte Nikolaus darüber nach, warum Meister Pongratz wohl so sehr gegen ihn eingenommen war. Lag es daran, dass er am ersten Tag die Küche gesäubert und ein wenig zweckmäßiger eingerichtet hatte, ohne um Erlaubnis zu fragen? Oder lag es daran, dass er die Arbeiten, die ihm aufgetragen wurden, schneller als die beiden Lehrjungen erledigen konnte – und eine Zwiebel feiner schnitt als der Küchenmeister selbst? Nikolaus zuckte mit den Schultern. Er wusste es nicht. Es war ihm einfach nicht klar, warum dieser übermächtig große, hagere Mann mit dem lichten Haar stets ein grobes Wort für ihn bereithielt und auch mit Schlägen nicht sparte, wenn Nikolaus sich nur in seine Nähe wagte.

Nikolaus beschloss, es an diesem Tag ebenso zu halten wie an den Tagen davor: Er würde ihm einfach aus dem Weg gehen. Und dies war nicht allzu schwer. Lediglich die Stunden um die Mittagszeit mussten überbrückt werden. Da war der Meister nüchtern und brummelig. Aber bereits in den Nachmittagsstunden hatte er mit gesundem Appetit dem Branntwein zugesprochen und wurde zuerst aufgekratzt, dann streitsüchtig und später weinerlich, schließlich muffig und schlief letztendlich neben dem Kamin ein. Dieser vom Branntwein geförderte Schlaf hielt meist bis spät in die Nacht an, sodass Nikolaus frei walten und schalten konnte, wie es ihm beliebte. Die beiden Lehrjungen waren nur unter den Augen des Meisters fleißig und strebsam, doch sobald er in seinen seligen Schlummer hinüberglitt, machten sie sich aus dem Staub und spielten im Hof Schlagball. Auch das war Nikolaus gerade recht.

Während er Hafergrütze im Kessel über dem Feuer wärmte, freute er sich schon auf diese wohltuenden Stunden, in denen er alleine und beinahe völlig ungestört in der Küche wirken konnte.

»He – schlaf nicht ein. Träumst du noch?«

Nikolaus fuhr herum. Heute war der Küchenmeister früher dran als sonst. Mit schweren Schritten kam er auf Nikolaus zu, sah ihn aus verquollenen Augen durchdringend an und schubste ihn grob zur Seite. Nikolaus strauchelte nach hinten. Der Rührlöffel tanzte im Kessel.

»Viel zu dick. Bei dieser Verschwendung landet der Wirt noch in dieser Woche am Bettelstab«, raunzte der Meister, während er den Haferbrei probierte.

Nikolaus blieb in angemessener Entfernung stehen und sah mit fragenden Augen zu Meister Pongratz. Der Haferbrei war seiner Meinung nach noch nicht einmal halb so dick, wie er sein sollte, ganz zu schweigen von den fehlenden Gewürzen, mit denen er noch abgeschmeckt werden musste. Aber er wollte warten, bis er einen Einwurf wagen würde. Abwarten war meistens die beste Lösung von allen. Also sah er weiter neugierig zum Meister und harrte der Dinge, die nun kommen mochten.

Meister Pongratz nahm einen Krug Wasser und kippte ihn lieblos in den Brei. Dann rührte er einige Male kräftig in der entstandenen Suppe und meinte: »So, fertig. Läute die Glocke.«

Nikolaus nickte und machte sich aus dem Staub. Innerlich blutete ihm das Herz, als er an den völlig zuschanden gerichteten Haferbrei dachte. Wer würde das wohl essen wollen? Die Brühe, die der Meister angerührt hatte, war nicht einmal gut genug, um damit die Schweine zu versorgen. Aber er hatte hier noch nichts zu sagen, er stand auf der Leiter der Hierarchie ganz unten, noch unter Louise, also hielt er besser den Mund.

Er trottete nach draußen und zog kräftig am Seil, an dessen oberen Ende eine kleine Glocke angebracht war, deren Gebimmel die Dienstboten zum Essen rief. Kaum war sie einmal erklungen, schossen die Dienstmägde und Stallburschen, Kammerjungen, Küchengesellen, Kellner und Simon der Zapfer auch schon wie halb verhungerte Straßenköter aus allen Richtungen des Hinterhofes herbei und folgten dem Ruf des Troges.

Nikolaus beeilte sich, wieder in die Küche zu kommen und eine Schüssel zu nehmen. In den ersten Tagen war er grundsätzlich als Letzter an der Reihe gewesen, und er hatte genau gesehen, wie Meister Pongratz voll bissigem Spott gehöhnt hatte, als er nichts mehr vom Frühstücksbrei abbekam.

Deshalb grapschten seine mittlerweile wieder etwas dicker gewordenen Hände flink nach einer Holzschüssel, und schon war er am Topf. Er wollte die Schüssel gerade hineintauchen, da zog ihn Simon brutal am Schopf nach hinten. Nikolaus erschrak so heftig, dass ihm beinahe die Schüssel zu Boden gepoltert wäre.

»Das wäre ja noch schöner, dass Neulinge als Erste zu essen bekommen. Schön hinten anstellen«, knurrte Simon, verzog dabei sein mit eitrigen Pusteln übersätes Gesicht, füllte seine Schüssel bis zum oberen Rand und verdrückte sich in eine der hinteren Ecken der Küche.

Louise lachte hämisch und zeigte dabei ihre schlechten Zähne. Auch die anderen kicherten, und Nikolaus fühlte, wie er puterrot wurde. Meister Pongratz grölte. In Nikolaus wallte die Wut hoch. Seit dem Überfall auf den Kirchenmann kam sie immer wieder und sehr unerwartet, und er hatte Mühe, sie nicht übermächtig werden zu lassen, wenn ihm Unrecht angetan wurde. Stattdessen stellte er sich als Letzter in die Reihe und wartete, bis er dran kam.

Als es so weit war, konnte er nicht einmal mehr einen Löffel voll aus dem Kessel holen. Aber seine Zeit würde kommen.

»Na, das ist wohl nicht nach deinem Geschmack, wie?«

Meister Pongratz konnte es einfach nicht lassen. Aber Nikolaus zuckte nur die Schultern und stellte seine Schüssel einfach am Herd ab, ohne wie ein wilder Köter nach den Resten zu kratzen. Seine Würde wollte er nicht vor diesen Leuten verlieren. Auf keinen Fall. Außerdem musste er ohnehin nur wenige Stunden ausharren. So lange, bis der Meister betrunken war und die anderen im Hof spielten, dann konnte er sich aus der Kammer holen, wonach ihm der Sinn stand. Bei diesem Gedanken huschte ein leises Lächeln über sein Gesicht. Er sah schnell zu Boden, damit die anderen es nicht bemerkten.

»Los, ihr faule Bande! Wir haben heute schon am Morgen hohen Besuch. Dass mir also keiner auf den Gedanken kommt, abzuhauen!«

Nikolaus sah erstaunt hoch. Wen meinte der Meister? Er sah um sich und bemerkte in den Gesichtern der anderen die gleiche Ratlosigkeit und Neugierde wie an sich selbst. Also wussten auch sie nicht Bescheid.

»Du, schür das Feuer noch kräftiger, und setz Kraut auf. Dann wirst du fünf Hühner bratfertig machen. Sie sollen am Spieß gebraten werden. Und wehe, du bist nicht fertig, wenn sie gebraucht werden.«

Der Küchenmeister deutete drohend mit dem Finger auf Nikolaus. Dieser fuhr unwillkürlich zusammen. Schneller, als Hühner fertig sind, können sie nicht fertig werden, schoss ihm durch den Kopf, aber er sagte nichts, sondern zog den Kopf noch weiter ein und machte sich flugs an die Arbeit.

»Und ihr zwei holt Brot und Pasteten. Lasst euch aber diesmal nicht wieder Hundefutter andrehen, sonst zieh ich euch die Ohren lang, verstanden?«

Nikolaus entnahm eine große Portion eingesalzenes Kraut aus einem Fass und lud es in einen Kessel. Nebenbei bemerkte er, wie der Küchenmeister das Branntweinfass von einem der hölzernen Gestelle wuchtete und an den Hals setzte. Pongratz nahm gierig und mit zitternden Händen einen tiefen Schluck, seine erste Tagesration. Sichtlich beruhigt setzte er das Fass ab, in dem Wissen, dass dieses verdammte Zittern nun nachlassen und die Konzentration halbwegs zurückkehren würde.

Nikolaus freute sich insgeheim, dass der Suff des Meisters nicht mehr lange auf sich warten lassen würde. Vielleicht hatte er sogar Zeit, die Hühner nicht nur zu braten, sondern auch zu füllen? Vielleicht mit Maronenpaste? Zumindest aber mit getrockneten Kräutern würde er sie würzen. Sein Herz tat einen Sprung. Die Vorfreude darauf, endlich wieder mit seinen Händen neue Kreationen erschaffen zu dürfen, den Geruch, den Duft von neuen Speisen in seiner Nase zu spüren, ließ ihn die Arbeit schneller verrichten als sonst. Die Küche leerte sich, Dienstboten strebten ihren Arbeiten entgegen, und er hatte endlich Muße, sich über das Essen Gedanken zu machen.

Die Tage zuvor hatten sie einfache Gerichte für die üblichen Gäste bereitet: Suppe und gekochtes Gemüse, Kuchen und Eierspeisen, kalten Braten und Kapaun. Nur die Pasteten ließ der Koch immer von den Pastetenküchen der Stadt holen, statt sie selbst zuzubereiten. Nikolaus wunderte sich jeden Morgen von neuem über diese Verschwendung, war doch nichts einfacher, als eine schmackhafte Pastete selbst herzustellen. Die Gerätschaften dafür waren sämtlich vorhanden. Überhaupt war die Küche hervorragend ausgestattet, nur schienen die meisten dieser Geräte noch nie oder nur selten benützt. Hackmesser, Nudelscherer, Nudelbretter, Backbretter, eiserne und sogar kupferne Pfannen, Schüsseln und Terrinen stapelten sich übereinander in den hölzernen Regalen. Das schönste waren jedoch die unzähligen Pasteten-formen in Gestalt von Hühnern, Kapaunen, Fischen und sogar Obst. Die meisten waren aus glasierter Keramik und so fein ge-arbeitet, dass sich Nikolaus nicht daran satt sehen konnte. Aber gerade sie lagerten völlig unbeachtet in einem eigenen Regal. Nikolaus nahm sich vor, diesen Umstand so bald wie möglich zu ändern, konzentrierte sich dann aber wieder auf sein vorrangiges Vorhaben: die Hühner.

Der Meister schlief nach jedem Frühstück am Kamin. Diesmal war er mit dem Satz: »Für einen Protestanten rühre ich keinen Finger«, auf den Lippen eingeschlafen. Also konnte Nikolaus die Hühner selbst herrichten. Er bereitete eine Fülle aus Käse, Kräu-tern und in Wein getauchtes Brot und stopfte diese in die Hüh-ner, bevor er sie an den Bratspieß steckte und diesen über dem Feuer befestigte. Als er bereits einige Zeit den Spieß gleichmäßig und niemals zu schnell gedreht hatte und die Hühnchen eine leichte, braune Färbung annahmen, fiel ihm plötzlich auf, dass sich der ganze Bratensaft der Vögel zischend im Feuer verlor. Dar-aus ließ sich doch bestimmt leckere Sauce machen. Er kletterte von seinem Schemel, holte eine eiserne Schüssel und stellte diese ins Feuer. Sie würde der Hitze standhalten und den Bratensaft auffangen. Er hatte kaum damit begonnen, weiterzudrehen, als er eine erstaunte Stimme hinter sich hörte.

»Nanu, was machst du denn da? Willst du etwa die Terrine braten?«

Nikolaus fuhr herum. Hinter ihm stand Antonia, die Tochter des Wirts, und sah verwundert zuerst ins Feuer und dann zu ihm. Nikolaus wurde rot und stammelte: »Nein, ich ... wollte nur etwas ausprobieren.«

»So, was denn?« Antonia trat neugierig näher.

»Nun, der Bratensaft schmeckt bestimmt sehr gut, und ich dachte, mit der Terrine könnte ich ihn auffangen und vielleicht mit Äpfeln und Zimt abschmecken.«

»Eine hervorragende Idee.«

Antonia klatschte vor Begeisterung in die Hände wie ein kleines Mädchen. Ihre Wangen röteten sich von der Wärme des Feuers, und um ihren vollen Mund spielte ein spöttischer Zug, als sie den schlafenden Küchenmeister in der Ecke bemerkte.

»Aha, das ist wohl die Verlängerung der Nacht? Mit Hilfe von Schnaps?«

Sie deutete auf das kleine Fass Branntwein, das in den Armen des Meisters ruhte. Nikolaus nickte, sagte aber kein Wort. Er verehrte Antonia, seit sie ihn auf der Straße eingesammelt und in das Wirtshaus gebracht hatte. Sie hatte ihm als Einzige das Gefühl gegeben, wirklich willkommen zu sein. Gut, auch ihr Vater, der Wirt, war freundlich zu ihm gewesen, als er ihn begrüßte, gestand Nikolaus in Gedanken ein. Aber Antonia war etwas Besonderes. Alles an ihr war wunderbar. Der üppige Leib, die kastanienbraunen Locken, die keck über ihre Schultern fielen, die hellwachen und zugleich sanften dunklen Augen, ihre flinken, anmutigen Bewegungen, das immer leicht spöttische Lächeln. Aber das Wunderbarste an ihr war, dass sie einen herrlichen Duft verströmte. Sie roch nach Äpfeln und Zimt. Wo immer sie ging, man konnte sie riechen. Und Nikolaus war diesem Duft verfallen.

Mädchen oder gar Frauen waren Nikolaus noch nie besonders ins Auge gefallen. Natürlich, da war seine Mutter, und er dachte immer noch schmerzlich an ihren grausamen Verlust, und auch an Martha dachte er noch ab und an, aber ansonsten konnte er sich an kein weibliches Wesen erinnern, das ihm wirklich etwas bedeutet hätte. Und dann war plötzlich Antonia aufgetaucht und hatte im Nu sein Herz erobert. Er wusste nichts Rechtes mit diesem Gefühl anzufangen, das deutlich und beunruhigend über das normale Maß an Sympathie hinausging, das er gelegentlich seinen Zeitgenossen entgegen brachte. Es irritierte ihn. In seinem Kopf und in seiner Hose spielten sich ungewohnte Dinge ab, wenn sie in der Nähe war, einmal war er sogar des Nachts nach einem

Traum erwacht und hatte sich auf eigentümliche, aber angenehme Art befleckt gefühlt. So war sie ihm lieb und unheimlich zugleich, da sie eine bisher unbekannte Macht über ihn hatte, aber er fühlte sich auch sicher und geborgen in ihrer Nähe.

Sie war das einzige Kind des Wirtes und damit seine Erbin. Der Rest der einst großen Familie war ebenso Opfer des Krieges geworden wie so viele andere auch. Der Wirt verhätschelte Antonia nach Strich und Faden, und jeder sah es ihm nach. Denn Antonia leistete wertvolle Arbeit in Haus und Küche. Sie bediente Gäste wie ihr Vater. Natürlich nur die höher gestellten, aber immerhin. Sie half in der Küche aus, wenn Not am Mann war, und sie sorgte für Zucht und Ordnung, wenn die Dienstboten in Streit ausbrachen.

»Ich mache dann besser weiter«, murmelte Nikolaus und verzog sich auf seinen Schemel. So gerne er Antonia mochte, so schüchtern wurde er auch in ihrer Gegenwart. Also war es ihm lieb, nicht zu oft mit ihr ins Gespräch zu kommen.

Aber so schnell ließ Antonia sich nicht abschütteln. »Warum nimmst du nicht den mechanischen Spieß. Das ist doch viel einfacher!«, rief sie in diesem Augenblick und sah mit gerunzelter Stirn zu Nikolaus.

»Was?«, entfuhr es ihm.

»Den mechanischen Spieß. Warte, ich zeige ihn dir.«

Flugs lief sie zu den hölzernen Regalen und kramte so lange darin herum, bis sie scheppernd ein eisernes Gestell hervorzog.

»Das hier meine ich.«

Stolz hielt sie eine gusseiserne Stange in Händen, die mit Zahnrädern versehen und an deren Ende ein Hebel angebracht war.

»Diese hier dreht sich wie von selbst. Wahrscheinlich ist es jetzt zu spät, aber für die nächsten Hühner weißt du Bescheid. Und wenn es Probleme gibt mit der Halterung, dann ruf mich, ich habe Spaß an mechanischen Dingen. Nun muss ich mich aber beeilen, der Bürgermeister kommt in Kürze, und ich habe noch so viel vorzubereiten. Wo sind eigentlich die Pasteten und das Brot?«

Ihr Redeschwall verschlug Nikolaus den Atem, und er brachte nur hervor: »Sind unterwegs.«

»Gut. Bis später, Nikolaus.«

Und schon fegte sie zur Küche hinaus in die Stube.

Nikolaus sah ihr versonnen hinterher. Wie schön wäre es gewesen, mit ihr den Bratspieß anzubringen und die Hühner gemeinsam zu braten ... Aber was für ein absurder Gedanke! Er schalt sich selbst einen Narren. Schließlich war Antonia die Tochter des Wirtes. Warum sollte sie mit ihm am Bratspieß stehen?

So ein merkwürdiges Ding hatte er überhaupt noch nie gesehen, auch nicht in der Klosterküche. Bei der nächstbesten Gelegenheit würde er es ausprobieren; denn wenn Antonia es für gut befand, konnte es nicht schlecht sein.

Während er weiter mühsam den Bratspieß drehte, stets auf Gleichmäßigkeit bedacht, schweiften seine Gedanken wieder an zu Hause ab. Was sein Vater jetzt wohl machte? Ob er wieder auf Eichgang war? Und was war mit Victor? Ach, er hätte so viele Fragen gehabt und würde doch auf keine einzige von ihnen eine Antwort bekommen.

Auch verstand er noch immer nicht, warum er das elterliche Heim hatte verlassen müssen. Er hätte eine eigene Garküche eröffnen können, die sie mehr als genug versorgt hätte. Nikolaus fragte sich, was er von einer Ausbildung hatte, wenn der Meister den ganzen Tag schlief oder soff und er außerdem bereits jetzt mehr wusste als sein Lehrer.

Hinzu kam, dass er nichts weiter als Unterkunft, Verpflegung und Tabak als Entgelt bekam. Er wusste zwar, dass dies üblich war und der Tabak bereits eine großzügige Dreingabe darstellte, war aber dennoch nicht zufrieden damit. Geld hätte ihm viel mehr geholfen. Dann wäre der Weg in die Freiheit vielleicht zu erkaufen gewesen, aber so? »Der Tabak macht niesen, reinigt den Gaumen und das Haupt, vertreibt die Schmerzen und Müdigkeit, stillet das Zahn- und Mutteraussteigen, behütet den Menschen vor der Pest, verjaget die Läuse, heilet den Grind, Brand, alte Geschwüre, Schaden und Wunden. Du siehst, ein Allheilmittel, das ich allen meinen Bediensteten zur Belohnung angedeihen lassen will«, hatte der Wirt gesprochen, während er ihm den ersten Tabak aushändigte.

Nikolaus verabscheute den kleinen braunen Klumpen. Er litt weder an Geschwüren, an Grind noch an Wunden, und das braune Bröckchen erinnerte ihn nur unnötig an seinen verschollenen Bruder, der nicht zuletzt des Tabaks wegen mit den Soldaten gezogen war. Aber vielleicht half er wirklich gegen die Pest. Man konnte nie wissen. Gegen Wanzen und Flöhe wirkte er nicht. Aber für irgendetwas musste er gut sein. Also trug er das Beutelchen um seinen Hals und hoffte, der Tabak würde ihm mehr Glück bringen als seinem Bruder.

Der Duft der gebratenen Hühner stieg ihm in die Nase und holte ihn wieder in die Gegenwart zurück. Ein kurzer Blick sagte ihm, dass die Vögel fertig waren und vom Spieß genommen werden konnten. Behutsam machte er sich an die Arbeit. Als sie vor ihm auf dem Hackblock lagen, ohne dass er sich die Finger an den glühend heißen Hühnern verbrannt hätte, begann er voller Vorfreude und Neugierde mit dem Tranchieren.

Antonia hatte ihm erzählt, dass das Tranchieren zu einer wahren Kunst zählte und nur die größten aller Meister eben diese Kunst wirklich und wahrhaftig beherrschten. Aber sie hatte dabei auch von kaltem Braten gesprochen und nicht von Hühnern. Also zerlegte er sie schnell und so, wie er es bei den Mönchen gelernt hatte. Seine Vorfreude galt vor allem der Fülle. Ob sie wohl geraten war? Kaum zerfiel das erste Huhn in zwei gleiche Hälften, zwackte er auch schon mit spitzen Fingern ein kleines Stück der Fülle ab, steckte sie in den Mund, verbrannte sich Zunge und Gaumen und wusste dennoch: Sie war gelungen. Sie schmeckte sehr wohlgeraten und hätte vielleicht noch ein wenig Salz und

Pfeffer vertragen, aber so gut waren die Zeiten auch noch nicht, dass er für ein Experiment die wertvollen Gewürze verwenden hätte dürfen.

Eilig arrangierte er die Hühnchen auf einem Kupferteller und legte die Fülle in eine Schüssel mit gekochtem Gemüse. Diese beiden würden wunderbar miteinander harmonieren. So viel stand fest. Mit einer Schöpfkelle holte er ein wenig mit Honig gewürzten Wein aus einem Fass und goss diesen in die Terrine im Feuer. Das heiße, ausgelassene Fett der Hühnchen brodelte auf, der Weingeruch verbreitete sich in der Küche und weckte zu allem Überfluss den Meister.

»Was riecht hier so nach Wein?«, fuhr er hoch und streckte seine narbige Nase in die Höhe.

Nikolaus fuhr zusammen. Ausgerechnet jetzt! Ausgerechnet in den letzten Momenten vor Vollendung seiner neuen Erfindung musste der Meister erwachen und würde zweifelsohne alles zunichte machen. Wenn er schon nicht die Fülle wegwarf, würde er doch bestimmt die Sauce ins Feuer gießen und dahin war alle Mühe. Aber dieses eine Mal wollte er sich nichts von ihm gefallen lassen! Flugs zog er mit dem Schürhaken die Terrine aus dem Feuer, hob sie mit einem Tuch hoch und goss die Sauce schnell und behände über das gekochte Gemüse und die Fülle.

»Was soll das? Was hat du da gemacht? Hast dich wohl am Wein gütlich getan, hm? Dir werd ich zeigen ...«

Der Meister holte zum Schlag aus. Nikolaus duckte sich und schloss gleichzeitig die Augen in Erwartung der Ohrfeige, die er nun verabreicht bekommen würde, als die Tür zur Stube aufflog und Antonia hereinstürmte. Sie war so in Eile, dass sie der etwas merkwürdigen Situation keinerlei Beachtung schenkte, sondern gleich zu den fertig angerichteten Tellern und Schüsseln lief.

»Ah, wunderbar! Du bist fertig! Und wie schön alles aussieht. Und was ist das Feines? Es riecht herrlich!«

Wie immer kam ein ganzer Wortschwall aus Antonias Mund.

Aber allein ihre Erscheinung reichte aus, um den Meister von seinem ursprünglichen Vorhaben abzubringen und stattdessen ein »Ja, nicht wahr?« aus ihm herauszupressen. Nikolaus richtete sich wieder auf, trat aber einige Schritte zur Seite. Über den Hackblock hinweg beobachtete er Antonia, die genussvoll den Duft der Hühnchen einsog und dabei neugierig auf die Fülle sah.

»Nun sag ihr schon, was das ist«, raunzte der Meister.

»Das ... ist eine Fülle mit Weinsauce«, stotterte Nikolaus hervor.

»Ich hab ihm nicht gesagt, dass ...«

Weiter kam der Meister nicht, da hatte Antonia bereits drei der insgesamt sieben Teller geschnappt und trug sie mit einem »Einfach wunderbar!« hinaus. Im Gehen rief sie Martin, den Kellner und trug ihm auf, die restlichen Platten hinauszutragen. An der Tür drehte sie sich noch einmal um.

»Wo sind eigentlich die Pasteten? Und wo ist das Brot? Ich hoffe doch sehr, es ist alles fertig, wenn ich den nächsten Gang auftragen möchte?«

»Aber sicher. Aber sicher.«

Sie war kaum draußen, als der Meister herumfuhr.

»Wo sind die beiden mit den Pasteten?«

»Ich weiß es nicht.«

Mehr brachte Nikolaus nicht hervor.

»Dann geh und such sie. Such sie, zum Teufel! Und wehe, du findest sie nicht! Wenn man nicht alles selber macht ...«

Meister Pongratz war ehrlich aufgebracht und nahm zur Beruhigung einen großen Schluck vom Branntwein. Nikolaus hingegen nahm die Beine in die Hand und machte, dass er aus der Küche kam.

So spät waren die beiden noch nie von ihren Einkäufen zurückgekommen. Außerdem hatte er keine Ahnung, wo er nach ihnen suchen sollte. Sie konnten wer weiß wo sein. Pastetenköche gab es mehr als genug in der Stadt, und auch Bäcker waren wieder zahlreich vorhanden. Zudem kannte er sich in der Stadt nicht gut aus. Nur wenige Male hatte er mit seinem Vater die Eichgänge erledigt.

Nikolaus sank das Herz in die Magengrube. Gäste konnten sehr ungehalten werden, wenn das Essen nicht zügig serviert wurde, das hatte er schon miterlebt. Und dieser Gast war noch dazu der Bürgermeister. Und sein Zorn würde sich zweifelsohne nicht auf den Küchenmeister ergießen, und da die anderen beiden nicht da waren, konnte nur Nikolaus den bösen Buben abgeben.

Gerade in dem Augenblick, als er dachte, seine Karriere als Küchenjunge hätte nun doch ein rasches Ende gefunden, indem er sich einfach aus dem Staub machte, bogen die beiden um die Ecke in den Hinterhof ein.

»Wo bleibt ihr denn? Es gibt Ärger!«

»He, mach mal halblang. Du hast hier überhaupt nichts zu sagen. Außerdem ist Markttag. Da ist mächtig was los in der Stadt.«

Nikolaus sah in ihre erhitzten Gesichter und dachte zuerst, sie wären so schnell gerannt, dass sich nun die Wallung des Blutes auf ihren Wangen zeigte, dann aber kamen sie näher, und er roch die Bierfahne, die sie vor sich hertrugen wie ein Standartenträger seinen Wimpel. Auch das noch! Er würde alles alleine machen müssen.

Und so war es auch. Die beiden trugen gerade noch die Pasteten und das Brot in die Küche, dann trollten sie sich auch schon in den Hinterhof hinaus. Der Meister war mittlerweile wieder eingeschlafen. Nikolaus seufzte und machte sich an die Arbeit. Er schnitt das Brot und stellte die Pasteten auf den Bratrost, damit sie warm blieben, bis Antonia kam.

Als sie wieder in die Küche fegte, hinter sich zwei gehetzte Kellner, schenkte sie Nikolaus einen dankbaren Blick, als sie die Pasteten auf dem Bratrost entdeckte.

»Wenigstens einer, der mitdenkt«, murmelte sie und huschte wieder hinaus.

Während das Essen aufgetragen wurde, begann Nikolaus, neue Speisen für die Mittagszeit vorzubereiten. Er bereitete mehrere Eierspeisen und Kuchen, putzte Gemüse und schnitt es in kleine Stücke, kochte Kraut auf und hackte Fleisch. Ihm schien, seine Arbeit würde kein Ende mehr nehmen. So sehr er das Kochen liebte, so sehr hatte er plötzlich das Gefühl, kein Mensch mehr zu sein. Es war, als wäre er pure Mechanik wie der mechanische Bratspieß und eine geheimnisvolle Kraft drehte ihn stetig weiter. Vergessen waren Experimente oder neue Gerichte. Nahezu vergessen das aufregende Kribbeln im Bauch, wenn er neue Mischungen ausprobierte und das Ergebnis voller Spannung testete. Alles, was er zu tun hatte, war die sich stets wiederholende Erstellung einfallsloser Gerichte. Alles, was zu tun war, bestand aus Gerichten, die tagaus, tagein im Gasthof serviert wurden und die die Gäste kannten. Zum ersten Mal in seinem Leben fühlte er sich bei der Arbeit nicht wirklich glücklich und war froh, als die Glocke zur letzten Stunde läutete. Wie immer kam genau dann noch einmal ein Schwall Bestellungen herein, und wie immer waren auch jetzt die beiden anderen Küchenjungen nicht aufzutreiben.

Als er Antonia den letzten Teller mit Käsebällchen, kaltem Braten und gekochtem Gemüse überreichen konnte, atmete er erleichtert auf. Es war geschafft, ohne dass ihn der Meister drangsaliert oder ihn die anderen unnötig mit Hänseleien aufgehalten hätten. Aber er musste etwas dagegen tun, dass ihm alleine alles aufgebürdet wurde, während die anderen der Faulheit frönten. Also beschloss er, auf Antonia zu warten, die jeden Abend einen letzten Rundgang durch die Küche machen würde, um zu sehen, dass das Feuer nicht zu hoch brannte, um zur Gefahr zu werden. Vielleicht konnte sie ihm helfen? Auch wenn er keine Ahnung hatte, wie er sie überhaupt ansprechen sollte! Er konnte doch nicht einfach auf Antonia zugehen und mit ihr über sein Problem sprechen? Irgendwie musste es möglich sein. Und überhaupt, was sollte er eigentlich sagen? Ein Verräter war er nicht, und über andere hinter deren Rücken üble Dinge zu verbreiten lag ihm schon gar nicht. Aber etwas musste geschehen.

Er beschloss, einfach abzuwarten. Seine Geduld wurde nicht lange auf die Probe gestellt.

»Du bist noch hier? Die anderen sind alle im Hof und schwatzen.« Antonias warme Stimme klang ehrlich verwundert.

Schlagartig war er wieder schüchtern und fühlte sich wie ein fünfjähriger Knabe. Aber er musste sein Anliegen los werden.

»Ich wollte ... etwas fragen.«

»Gut. Setzen wir uns. Hier ist es so schön warm.«

Sie deutete auf den Schemel beim Kamin und ließ sich selbst auf dem gemauerten Bänkchen neben der Feuerstelle nieder.

»Ich brauche Hilfe bei der Arbeit«, murmelte er und sah zu Boden.

»Ist dir die Arbeit zu schwer? Es heißt, du wüsstest in der Küche Bescheid.«

»Zu schwer?«

Nikolaus war verwirrt und zugleich gekränkt. Was dachte Antonia von ihm? Er musste diesen Missstand aufklären. Und jetzt, da sie beide alleine in der Küche waren, war die beste Gelegenheit dazu.

»Das ist es nicht. Aber ich muss alles alleine machen. Und das wird zu viel auf einmal.«

»Alleine? Gut, Meister Pongratz schläft zu viel, und das habe ich Vater auch schon gesagt, aber da sind doch auch noch Alfred, Ignaz und Robert.«

»Sie sind nie in der Küche.«

»So?«

Antonia wurde rot, und Nikolaus konnte eine kleine Ader auf ihrer Stirn hervortreten sehen. Sie war zweifelsohne sehr böse.

»Ich wollte sie nicht ankreiden. Ganz gewiss nicht. Aber um die Arbeit zu bewältigen ...«

Er ließ den Satz unvollendet und hoffte inständig, sie möge den versteckten Hinweis verstehen, dass sie ihn nicht als Quelle preisgeben sollte. Innerlich stand er in diesem Augenblick Höllenqualen aus. Wenn Antonia auch nur andeuten würde, dass er sich bei ihr ausgejammert hatte, hatte er für alle Zeiten schlechte Karten bei den beiden und wahrscheinlich auch den anderen Dienstboten.

Antonia erlöste ihn von seinen Qualen. »Keine Sorge, ich werde nicht sagen, dass ich von dieser Sache durch dich Bescheid weiß. Ich werde in den nächsten Tagen einfach nur mehr Zeit in der Küche verbringen.«

Nikolaus strahlte sie dankbar an.

»Übrigens, dem Bürgermeister hat es besonders die Fülle mit der Sauce angetan. Du wirst sie ab sofort immer so zubereiten müssen«, lächelte sie.

Nikolaus' Herz tat einen Sprung. Aber er war nicht fähig, etwas zu sagen. Zu sehr freute er sich über ihre Worte. Und hatte er auch den ganzen Tag über mit seinem Entschluss, einer der besten Köche des Landes zu werden, stark gehadert, ihn bisweilen sogar verworfen, kehrte der Wunsch danach mit einem Schlag und stärker denn je wieder zurück. So sehr freute er sich, dass er nur über das ganze Gesicht grinsend zu Antonia sah. Diese jedoch machte wieder einen aufgebrachten Eindruck.

»Dennoch war es kein schöner Besuch. Der Bürgermeister und Vater sind eng befreundet. Und er hatte schlechte Nachrichten. Ab sofort dürfen auch die Mönche Wein und Bier ausschenken und Mahlzeiten verkaufen. Als hätten wir nicht schon genug Küchen und Gaststätten in der Stadt. Und als hätten die Mönche nicht auch so genügend Geldquellen. Nun wollen sie uns auch noch diese streitig machen. Es ist eine Schande!«

»Welche Mönche?«, entschlüpfte es Nikolaus, obwohl er Antonia nicht unterbrechen wollte.

»Alle! Stell dir das vor! Alle Klöster der Umgebung bekamen das gleiche Recht. Der Krieg hätte uns schon beinahe zugrunde gerichtet, und nun das! Der Weinschenk, die Fleischer und Bäcker, sie alle wollen bezahlt sein – und wir? Die letzten Monate des Krieges brachten uns einen Verlust von tausend Thalern ein und hätten uns beinahe an den Bettelstab gebracht. Wir haben in Friedenszeiten auf Besserung gehofft, und nun wird es schlimmer und ärger sein als zuvor! Zudem ist uns genau vorgeschrieben, was wir für ein Mahl verlangen dürfen – man stelle sich vor – wir können ein Mahl mit Fisch und Fleisch nur um 2 Groschen verkaufen und das Nachfutter um 1 Groschen. Was meinst du, wie viele Menschen ihren Schlaftrunk mehr als einmal haben wollen, während wir nur einen einzigen Groschen dafür bekommen! Das gewöhnliche Mahl umfasst Fleisch, Gemüse, Kapaune, Pastete und Fisch, und der Rat schreibt jedem Wirt vor, nicht mehr als 30 Schillinge dafür verlangen zu dürfen. Und halten wir uns nicht an die Tax- und Bewirtungsordnung, müssen wir mit 20 Reichsthalern Strafe rechnen. Es ist eine Schande!«

Antonia schnappte nach Luft vor Ärger. Sie sprang hoch, ging mit großen Schritten zum Bierfass und tauchte einen Krug so tief ein, dass er bis zum Rand gefüllt war. Dann leerte sie ihn in einem Zug. Als sie ihn wieder absetzte, wischte sie sich mit dem Ärmel ihres Kleides über den Mund und meinte: »Ah, jetzt geht es mir besser.«

Nikolaus lächelte zaghaft. Er hatte keine Ahnung, wie alt Antonia sein mochte. Eigentlich hätte er gedacht, sie wäre genauso alt wie er, vierzehn, vielleicht auch fünfzehn, aber in diesem Augenblick, als sie über das Vermögen und die Gaststube sprach, als sei sie jetzt schon Herrin des Hauses und nicht nur Tochter des Wirts, kam sie ihm vor, als wäre sie eine verheiratete Frau von mindestens zwanzig Jahren. Von dem abgesehen hatte sie von tausend Thalern gesprochen, und das war so unvorstellbar viel Geld, dass er nicht weiter daran denken konnte. Antonia musste so reich wie eine Königin sein.

Etwas eingeschüchtert sah er zu ihr. Aber sie füllte den Krug bereits neu und kam damit auf ihn zu.

»Hier. Trink auch. Auf bessere Zeiten.«

Dankbar griff Nikolaus nach dem angebotenen Krug, setzte ihn an die Lippen und trank aus vollen Zügen.

Nikolaus starrte in die Dunkelheit und konnte sich auf seinem Strohlager kaum stillhalten. Zum einen plagten ihn die Wanzen und Flöhe, zum anderen erwartete er ungeduldig das Anbrechen des Morgens.

Es war nun schon über ein Jahr her, dass er als Küchenjunge in der Fürstenherberge »Goldenes Kreuz« arbeitete. Ein Jahr, seitdem er Antonia gestanden hatte, dass er alle Arbeit alleine verrichten musste, während der Meister schlief und die andern Schlagball oder Karten spielten. Und in diesem einen Jahr hatte er so gut wie nichts gelernt, was die Kochkünste anbelangte. Aber er hatte gelernt, den Schlägen des Meisters zu entwischen und sich mit den anderen Dienstboten gut zu stellen. Am besten ging dies, wenn er etwas Essbares aus dem Vorratskeller für sie stibitzte oder die zurückgegangenen Speisen nicht sofort an die Armen vor der Tür verteilte, sondern auch für seine Kameraden etwas über ließ.

Manchmal beschlich ihn das Gefühl, er würde seinen Traum vergessen. Seinen einzigen, großen Traum, ein großer Koch, Meister der Küche in des Wortes doppelter Bedeutung zu werden. Zwar hatte sich nach Antonias Eingreifen tatsächlich etwas verändert, aber für ihn hatte es nur Nachteile gebracht. Zum einen wurde der Branntwein seit der Unterredung unter Verschluss gehalten, und jeder bekam nur einen genau abgemessenen Anteil. Zum anderen verbrachte Antonia so viel Zeit in der Küche, dass den anderen nichts übrig blieb, als ihre Arbeiten zu verrichten, ohne von ihr der Faulheit überführt zu werden.

Das Fehlen des Branntweins brachte einen regeren Meister Pongratz zum Vorschein, der seine Küchenjungen und Lehrlinge noch mehr scheuchte und antrieb als in volltrunkenem Zustand und sich mit Vehemenz an einen stetig gefüllten Krug Bier oder das Weinfass hielt. Die Lehrlinge schnitten und kochten, häckselten, buken, brieten und kneteten um die Wette. In der Küche herrschte nun ständig ein reges Treiben, und Düfte, Gerüche und Dämpfe von Gesottenem, Gegartem und Gebratenem erfüllten das ganze Haus.

Nur Nikolaus war mehr unzufrieden als jemals zuvor. Denn da der Meister unter Antonias Überwachung stand, mussten die Lehrlinge peinlichst genau ihre Aufgaben erfüllen, während er, Nikolaus, zu niederstem Küchendienst verdonnert war. Wie in seinen Anfangszeiten durfte er lediglich Zwiebel schälen und schneiden und Gemüse putzen. Das schmutzige Geschirr musste von den Resten befreit und ausgespuckter Kautabak aus den verbliebenen Essensresten gepult werden. Zudem war die unliebsame Aufgabe, die Küche aufzuräumen und sauber zu halten, ebenfalls an ihm hängen geblieben. Fort und vorbei waren die Zeiten, da seine Gerichte die Gaumen der Menschen verzückt hatten. Seit einem Jahr hatte er kaum eine Kelle in der Hand gehabt, es sei denn, er musste sie reinigen. Zu allem Überfluss war er geradezu dazu gezwungen, den anderen Tölpeln bei ihrer fehlerhaften Arbeit zuzusehen. Ihm wurde jedes Mal übel, wenn er beobachtete, wie unsachgemäß sie Fleisch hackten oder den Braten in Scheiben schnitten. Aber es half nichts, er war nur der Küchenjunge und hatte kein Anrecht darauf, ebenfalls zu kochen, mit Ausnahme der Fülle für die Hühner. Schuld daran trug er wohl selbst, das musste er sich eingestehen. Aber er hatte nicht vor, diesen Zustand noch länger zu ertragen.

Luise hatte ihm zugetragen, dass es üblich war, einen Küchenjungen nach einem Jahr in den Stand des Lehrlings zu erheben. Und dieses Jahr war mit dem heutigen Tag vorbei. Ab heute würde er sich darum bemühen, endlich wieder an die Feuerstelle gelassen zu werden, und wenn er nur Hühner auf den Bratenspieß steckte, so war es zumindest eine Arbeit, die unmittelbar mit dem Kochen zu tun hatte. Und der Hackblock lockte und rief ihn. Er wollte endlich wieder ein Stück lebloses Fleisch zu einem für alle Sinne erfreulichen Fest verwandeln.

Endlich krähte der Hahn. Nikolaus sprang hoch, als wäre ihm eine Ratte unter das Hemd gefahren, stieg über die schlaftrunkenen Leiber, die sich lustlos räkelten und aufstöhnten, riss den Verschlag auf und stürzte Hals über Kopf nach unten. Er wollte Antonia noch vor dem Frühstück antreffen, um sie wegen der Lehrlingsangelegenheit zu sprechen.

Es schien, als wäre ihm das Glück tatsächlich hold und die durchwachte Nacht hätte sich gelohnt. Kaum öffnete er die Tür zur Küche, sah er in Antonias rundes, gerötetes Gesicht.

»Du bist aber schnell heute! Hungrig?«, lachte sie ihm entgegen.

»Nein. Aber kann ich ... darf ich etwas mit dir besprechen?«, fuhr es aus ihm heraus.

Erschrocken hielt er inne und wagte sich kaum weiter in die Küche hinein. Er hatte nicht mit der Tür ins Haus fallen wollen. Eigentlich wollte er Antonia schonend auf sein Anliegen vorbereiten, aber irgendwie konnte er nie ausdrücken, was er eigentlich sagen wollte. Höchst verärgert über sich selbst, zog er die Tür hinter sich zu und machte sich daran, das Feuer zu schüren und Wasser aufzusetzen.

»Nun? Was möchtest du mit mir besprechen?«, hakte Antonia nach.

»Es ist eine ...« Er hielt inne und überlegte, was er eigentlich sagen sollte. Denn wenn er nun versagte, konnte es gut und gerne noch ein Jahr dauern, bis man ihn endlich vom Küchenjungen zum Lehrling machte.

»Es ist eine schwierige Sache. Und ich würde gerne in Ruhe mit dir darüber sprechen. Es ist mir sehr wichtig«, setzte er erneut an und sah, dass Antonia aufmerksam zuhörte, aber ihre Hände bereits damit beschäftigt waren, Teller und Schüssel aus den Regalen zu holen.

»Gut. Aber heute ist Dienstag, du weißt, wir haben alle Hände voll zu tun an jedem Dienstag.«

Wie hatte er das nur vergessen können! Nikolaus sank in sich zusammen. Seine Vorfreude hatte ihn völlig blind für praktische Erwägungen gemacht. Der Wirt besaß für jeden Dienstag die Sondererlaubnis, Musikanten in der Stube aufspielen lassen zu dürfen. Zudem hatten die Räte am Dienstag ihren Stammtisch im Goldenen Kreuz. Infolgedessen war die Stube bis zum Bersten voll, und die Arbeit überrollte sie alle. Er gab sich geschlagen. Was für eine Dummheit! Warum nur hatte er nicht daran gedacht? Aber er hatte sich zu lange auf dieses Gespräch gefreut und sich immer wieder ausgemalt, wie es sein würde, wenn Antonia und ihr Vater »ja« zu seiner Bitte sagten. Und nun war es um ihn geschehen.

Bevor er noch zu einer weiteren Erklärung ansetzen konnte, öffnete sich die Küchentür, und die anderen strömten herein. Regen hatte eingesetzt und fegte über den Hinterhof. Die Stube füllte sich rasch mit dampfenden Leibern, die an den Kamin drängten, und Nikolaus verlor Antonia aus den Augen. Missmutig ließ er Ignaz an den Kessel, um den Haferbrei für sie alle zuzubereiten. Der Dummkopf ließ sogar Brei zu einem Klumpen werden, der den ganzen Tag schwer im Magen lag, und er, Nikolaus, der den feinsten Brei im Handumdrehen gekocht hätte, war dazu verdammt, das faule Gemüse in den schlammigen Hinterhof zu werfen.

Als er wieder hereinkam, trat Antonia an ihn heran und flüsterte ihm zu: »Du musst mir nachher ohnehin beim Auftragen der Gänge helfen. Martin ist krank. Dann kannst du mir sagen, was dir auf dem Herzen liegt, ja?«

Nikolaus wusste nicht, ob er sich freuen oder doch lieber in gedrückter Stimmung den Tag angehen sollte. Wie war es denn möglich, dass er mit Antonia etwas so Wichtiges besprach, während sie dampfende Schüsseln und Teller voller Fleisch zu den Gästen schleppten?

Dieser Gedanke verfolgte ihn bis zum Abend und ließ ihn alles andere um ihn herum vergessen. Manchmal blickte er voller Neid zu Ignaz, der unter Meister Pongratz' betrunkener Aufsicht Suppe kochte und dabei so viele Gewürze durcheinander verwendete, dass der feine Geschmack des beigefügten Rindfleisches wohl kaum zur Geltung kommen konnte. Meister Pongratz frönte der überkommenen Küche aus vergangenen Jahrhunderten, in der Gewürze jeglichen Eigengeschmack der Speisen übertönen sollten, und hatte auch ganz offensichtlich weder von Apicius noch von Platina jemals etwas gehört, geschweige denn gelesen, dachte Nikolaus in einem Anflug von Hass und erschrak über sich selbst. Er hatte sich verändert in diesem einen Jahr.

Zwar war er immer noch zurückhaltend, doch in ihm brodelte ein stetig anschwellender Drang den bekannten Dingen auf den Grund zu gehen, Unbekanntes zu erforschen und sein Leben nach seinen eigenen Vorstellungen zu gestalten. Ein unstillbareres Verlangen nach Anerkennung, Ruhm und Ehre, die auf seinen Kochkünsten beruhten. Das war ihm zur Antriebsfeder geworden. Hunger hatte er nicht mehr zu erdulden. Zumindest keinen Hunger, der den Magen berührte. In seiner der Welt abgekehrten Haltung hatte er in Antonia eine sinnliche Phantasie und eine – freilich platonische – Freundin gefunden, mit der er oft noch spät bis in die Nacht am Kamin saß und sich geduldig ihre Klagen über die Unmöglichkeit in diesen Zeiten ein Wirtshaus zu führen, anhörte. Sie war wunderbar, aber sie war unerreichbar. Und sie war kein Ersatz für das wichtigste was er kannte und das wichtigste was vor ihm lag. Er konnte und durfte sein Ziel nicht aus den Augen verlieren, auch nicht für Antonia. Sie war nicht seine Aufgabe. Seine Aufgabe und Bestimmung war die Kochkunst.

Seine Seele und sein Herz darbten nach einer Aufgabe. Nach der einzigen Aufgabe, an der ihm wirklich lag: zu kochen. So lange schon drängte ihn diese Berufung, und nun wollte er ihr endlich folgen. Aber wie es schien, war niemand bereit, ihn darin zu unterstützen. Vielleicht sollte er zu den Mönchen zurückkehren. In ihrer Küche hatte er stets nur Freunde gehabt. Freunde seiner selbst und vor allem seiner Speisen.

In diesem Augenblick unterbrach Antonia seine Gedanken.

»Nikolaus, du bist zwar immer still, aber heute träumst du mehr als sonst. Ist dir nicht gut? Komm, hilf mir. Die Räte sind da, und die Musikanten werden jeden Augenblick eintreffen. Wir müssen auftragen. Los!«

Mit diesen Worten drückte sie ihm eine große Platte, in deren Mitte ein riesiger gebratener Kapaun, umgeben von Obst und gekochtem Gemüse, thronte, in die Hände und bedeutete ihm mit dem Kopf, ihr zu folgen.

Als er die Stube betrat, empfing ihn johlendes Geschrei. Ein dichter Nebel aus Tabakrauch trieb ihm die Tränen in die Augen. Beinahe konnte er nicht mehr sehen, wohin Antonia ging. Er beeilte sich, zu ihr aufzuschließen, was nicht einfach war. Schnell und gewandt drückte sie sich mit den großen Tellern in ihren Händen durch die Menge, wich grapschenden Händen aus und tänzelte über ausgestreckte Beine. Nikolaus hatte es beträchtlich schwerer. Noch nie hatte er bedienen müssen. Mehrere Male stolperte er über Füße, Stühle und Bänke und konnte sich gerade noch rechtzeitig auffangen. Ein fetter, rotwangiger Kerl zu seiner Rechten lachte lauthals über einen Witz, den sein Nachbar erzählt hatte und verschluckte sich an seinem Kautabak. Hustend spuckte er den Tabak in hohem Bogen von sich und traf dabei den Kapaun.

Nikolaus blieb erschrocken stehen und starrte auf die Platte in seinen Händen. Er war entsetzt. Was sollte er tun? Das Essen war besudelt, der Kapaun mehr oder weniger unbrauchbar. Er wollte gerade kehrtmachen, als er Antonias Stimme über allen anderem Stimmengeschwirr hörte: »Nun mach! Komm endlich!«

Er wusste nicht, was er tun sollte. Doch als seine Augen ihrem befehlenden Blick begegneten, setzte er seinen Weg fort. Er würde ihr beim Tisch der Ratsherren alles erklären. Mit jedem schwankenden, vorsichtigen Schritt, der ihn näher an den wichtigen Tisch der bedeutenden Männer führte, sank sein Glaube, das heiß ersehnte Ziel erreichen zu können, ein wenig mehr. Als er schließlich schweißüberströmt bei Antonia anlangte, sah er jegliche Hoffnung als verloren.

»Du musst schneller werden. Du darfst dich nicht aufhalten lassen«, schrie sie ihm durch den Lärm der Menge zu. Geschwind nahm sie ihm die Platte aus den Händen, ohne dass er sich hätte wehren können, denn er wurde plötzlich von zwei Hünen eingeklemmt, die sich über seine Schulter beugten und nach dem Kapaun griffen. Antonia schlug ihnen auf die Finger, während sie die Platte auf den Tisch stellte. Die Räte johlten, und Nikolaus war nur noch ein Nervenbündel. Gerade als er das Unglück mit dem Kapaun erklären wollte, riss die Frau des Bürgermeisters eben jenes verunstaltete Stück vom Vogel ab. Blitzschnell war der gebratene Flügel mitsamt dem schleimigen Kautabak in ihrem Schlund verschwunden.

In Nikolaus wuchs die Verachtung. War dieses Volk würdig, dass er für sie Speisen zubereitete? Sollte er seine Energie in die Fütterung der Rülpsenden, Furzenden und Stinkenden stecken? Er fühlte sich elend.

Der Lärm schwoll immer mehr an, und Antonia konnte ihm lediglich per Zeichen deuten, was zu tun war. Ein ums andere Mal folgte er ihr in die Küche, trug Pasteten und Brot, Gemüse und Suppe, noch mehr Kapaun und noch mehr Obst auf und wurde mit jedem Gang wendiger und schneller.

Allerdings hatte er bald das Gefühl, taub zu sein. Besonders an den Tischen der Spieler mit ihren Karten und Brettern vor sich nahm der Lärm ungeahnte Ausmaße an. Sie lachten, schrien und gingen sich bei Bedarf gegenseitig an den Kragen, nur um dann vom Wirt zurechtgewiesen zu werden und weiterzuspielen. Die Spiele waren nicht gerne gesehen in den Wirtsstuben, versprachen sie doch zuerst Ärger mit den Spielern selbst und anschließend

Ärger mit der Obrigkeit oder gar der Kirche, die darin gotteslästerliches Tun vermutete, da sie ja auch das Schwören und Fluchen geradezu förderten. Aber selbst Nikolaus wusste, dass gerade die Spieler mehr zechten als andere, und so hatte der Wirt des Goldenen Kreuzes zwar das verdammte Kegeln und Würfeln verbieten lassen, aber Karten- und Brettspiele erlaubt. Und das Spielen um Hab und Gut war untersagt. Zu viele hatten die Schänken als reiche Männer betreten und am Bettelstab verlassen. So durften sie nur noch um die Zeche spielen. Ausnahmen bildeten Fremde, denn ihnen nahm man gerne ab, was sie am Leibe trugen oder gar mit Bediensteten durch die Lande förderten. Sie standen nicht unter dem Schutz der Stadt und waren deshalb gern gesehene Gäste der verrufensten Spieler der Stadt.

Trinksprüche erschallten durch den Lärm, und einzelne Vagantenlieder wurden angestimmt, Hühnerbeine flogen durch den Raum, und manchmal musste Nikolaus einem Bierkrug ausweichen, der zischend an ihm vorübersauste. Antonia schien nichts davon zu stören. Mit strafendem Blick verfolgte sie zurück, aus welcher Richtung der Krug gekommen war, um dem Werfer eine laute Abmahnung zu erteilen und sofort ihren Weg fortzusetzen.

Bruchstücke eines wortreichen Streites zogen seine Aufmerksamkeit auf sich, und er sah in die Richtung, aus der das Wortgefecht erklang. Nikolaus entdeckte den Wirt in einer Auseinandersetzung mit einem Geistlichen und spitzte interessiert die Ohren.

»Ich darf nur so viel ausschenken, wie Ihr bezahlen könnt«, schimpfte sein Herr.

»Dann schreibt es an die Wand«, knurrte der Geistliche zurück und schlug mit seinem Bierkrug auf die Tischplatte.

Nikolaus konnte sehen, wie sich der Wirt ein wenig aufrichtete, um seine mächtige Gestalt mit dem spitzen Bauch noch eindrucksvoller erscheinen zu lassen. Sein Bart zitterte leicht, und Nikolaus wusste, dass Ärger für den Geistlichen anstand.

»Wir dürfen an umherziehende Pfaffen nichts borgen.«

»Mein Pfand ist mehr als doppelt so viel wert wie die Zechschuld. Also schenkt schon endlich nach und lasst mich in Ruhe«, bellte der Geistliche und zwinkerte dabei merkwürdig mit seinen Augen, als könnte er sie nicht offen halten. Dabei schob er einen goldenen Kerzenhalter, der vor ihm auf dem Tisch stand, näher zum Wirt. Dieser schob ihn wieder zurück, stützte sich mit beiden Händen auf die Tischplatte und beugte sich zu dem Geistlichen vor.

»Das ist zweifelhafte Ware, und darauf darf ich erst recht nicht borgen! Was denkt Ihr Euch eigentlich! Was soll ich mit einem Kirchengerät anfangen? Noch dazu einem so wertvollen wie diesem? Soll ich es verkaufen? Dafür hackt man mir beide Hände ab! Und nun macht, dass Ihr rauskommt aus meiner Taverne!«

Er packte den Geistlichen am Kragen und zog ihn von seiner Bank hervor. Der Mann konnte gerade noch seinen Kerzenhalter schnappen, dann hatte ihn der Wirt bereits mit einem Fußtritt vor die Tür gesetzt.

»Ein schlimmer Wirt, der nicht eine Zeche borgen kann!«, hörte man es noch von draußen hereinschallen.

Aber der Wirt warf die Tür mit Kraft zu. Grimmig lächelnd kehrte er unter dem Gejohle und beifälligem Geklatsche seiner übrigen Gäste hinter den Ausschank zurück.

Nikolaus wusste wohl, dass der Wirt auch pfänden durfte, wenn einer seine Zeche nicht bezahlen konnte, aber dabei handelte es sich meist um Kleidung und Pferde, von zweifelhaften Waren hatte er noch nie gehört.

»Was ist zweifelhafte Ware?«, fragte Nikolaus erstaunt.

»Zweifelhaftes Pfand. Blutige Gewänder, ungedroschenes Korn, ungesottenes Garn, verschnittenes Tuch und eben auch Kirchengerät. Alles, wo man vermuten könnte, dass der, der es anbietet, nicht der rechtmäßige Besitzer ist«, gab Antonia zurück und lächelte leise zu ihrem Vater.

Nikolaus' Blick fiel auf eine geschnitzte Wandtafel.

»Fluchen, Schmähen, Lästerwort, wird ernst verboten an diesem Ort. So jemand schlägt und die Freiheit bricht. Der hat sich zum Schwert gericht.«

Antonia drehte sich erstaunt zu Nikolaus.

»Du kennst das Geschriebene?«

»Ja, ich kann lesen.«

Er fühlte, wie er unter Antonias bewunderndem Blick rot wurde und sah schnell zu Boden.

Aber er hatte keine Zeit, weiter verlegen zu sein. Schon nahm ihn die Arbeit wieder voll in Anspruch. Eine Gruppe fahrender Studenten war in die Stube mehr eingefallen als hereingekommen und verlangte nun lautstark nach Bier, Wein und Verköstigung. Antonia erklärte ihm, dass ihr Vater Studenten nicht mochte. Die meisten waren schwer zu bändigende Adelszöglinge, die gerne und grölend politisierten und damit Unruhe stifteten – dennoch war er verpflichtet, sie zu verpflegen wie jeden anderen Gast auch, solange Wein und Bier noch vorhanden waren.

Während sie Kraut und Würste, dampfende Knödel und brutzelndes Fleisch auftrugen, soffen die Studenten mehrere Krüge leer und gerieten in immer ausgelassenere Stimmung.

»Los – bringt noch einen Abt mit seinen Mönchen!«, schrie der augenscheinliche Anführer und meinte damit einen Krug und neue Becher. Der Wirt folgte der Aufforderung nur widerwillig, konnte aber nichts dagegen tun und wusste, dass ein Zechturnier nicht ausbleiben konnte, so widerwärtig es ihm auch war. Geschäft war zwar Geschäft, und ein Zechturnier brachte jede Menge Groschen. Aber eben jene Turniere bedrohten nicht selten sein eigenes Leben. Denn es war eine der schwierigsten Aufgaben des Wirtes von Volltrunkenen die Zeche einzuziehen, zumal diese von einem Tisch in einen einzigen Topf ging und blutige Auseinandersetzungen und Wortgefechte über die gerechte Aufteilung der Zeche nicht selten die Folge waren.

Nikolaus sah zwischen seinen Gängen, die er aufzutragen hatte, wie die Studenten einander zutranken, wobei einer das Glas erhob, einen Trinkspruch herausschrie, den anderen zuprostete und darauf alle gezwungen waren, ihren Becher bis zur Neige zu leeren. So ging es Stunde um Stunde, und die Studenten wurden immer fröhlicher. Schließlich begannen sie Studentenlieder zu singen und zu grölen, deren Texte aus einem mittelalterlichen Vagantenliederbuch stammten, wie Antonia ihm erklärte. Manche der Texte waren französisch, andere Latein, die meisten aber in Deutsch.

»Nur beim vollen Becher flammt
auf des Geistes Leuchte,
von der Erde hebt das Herz
sich, das nektarfeuchte;
doch beim Wirt ein frischer Trunk
stets mir besser deuchte
als im Kloster, wo den Geist
Wasser ihm verscheuchte.«

Nach jeder Strophe wurde erneut zugetrunken, und es war nur eine Frage der Zeit, bis viele der Studenten unter den Tischen und Bänken lagen und ihren Kumpanen keinerlei Gesellschaft mehr leisten konnten.

Nikolaus und Antonia hingegen hatten weiter alle Hände voll zu tun. Es musste auf- und abgetragen werden – immer und immer wieder in stetem Gang, bis Nikolaus das Gefühl hatte, nicht mehr Herr seiner selbst zu sein. Erschöpft rang er nach Atem und freute sich über jede Unterbrechung der Arbeit, die ihnen vergönnt war. Schließlich jedoch wurden die Tischtücher aufgehoben und ihre Dienste nicht mehr beansprucht.

Nikolaus konnte nicht mehr und wollte nichts weiter, als in den Verschlag zu kriechen, sich in das Stroh zu strecken und die Decke bis über beide Ohren zu ziehen, um nichts mehr von dem Chaos, Lärm und Gestank um ihn herum hören, sehen oder riechen zu müssen.

»Die Musikanten sind da!«

Antonia zog an seinem Ärmel, und Nikolaus bemerkte, dass er für einen kurzen Augenblick eingenickt sein musste – an die Wand des Ausschanks gelehnt, an der eine Suppe aus Schweiß, Bier und Wein herabfloß.

»Komm, lass uns dorthin gehen.«

Antonia deutete auf eine Ecke hinter dem Ausschank, in der der Trubel nicht so groß schien. Dankbar, dem Gedränge vielleicht ein wenig entgehen zu können, folgte er ihr. Während er über Betrunkene kletterte, die der Branntwein bereits in das eigene Erbrochene niedergestreckt hatte und den auffordernden Lockrufen der Huren tunlichst keinerlei Bedeutung schenkte, versuchte er sich auf sein Vorhaben zu konzentrieren. Sollte er wirklich noch mit Antonia sprechen? Jetzt, hier, inmitten der Säufer, Huren und Schreihälse? Oder sollte er auf einen stillen Abend in der Küche warten? Nein, er wollte nicht warten. Er hatte zu lange gewartet. Das Jahr war vorüber, und er wollte kein Küchenjunge mehr sein. Er würde sofort mit ihr reden.

Er gelangte zu Antonia, die ihn lachend zu sich hinter den hölzernen Verschlag zog. Schwungvoll setzte sie sich auf ein riesiges Bierfass und deutete ihm, ebenfalls hochzuklettern. Er tat es ihr gleich und stieß mit dem Kopf gegen die Decke. Ein stechender Schmerz bohrte sich sein Rückgrat hinunter. Antonia beugte sich zu ihm vor und lachte ihn an.

»Du hast doch nicht auch getrunken?«

Nein, er hatte keinen Branntwein getrunken. Nur die üblichen sechs Liter Bier, die ihm zustanden wie jedem anderen auch, aber er war sich nicht sicher, ob die Dämpfe und Miasmen der verpesteten Wirtshausluft nicht doch einen gewissen Rausch verursachten, ohne dass man sich selbst am Branntwein vergriff. Er schob den Gedanken an den Schmerz beiseite. Nun war seine Zeit gekommen, und er würde sie nützen!

Er hob gerade an zu sprechen, als die Musik einsetzte und seine

Worte vollends übertönte. Er hörte nichts und hatte das Gefühl, er stünde außerhalb seiner selbst, sah sich sprechen, vernahm aber nur die Fiedeln der Musikanten. Antonia hob fragend die Augenbrauen, deutete aber dann lachend an ihre Ohren und schüttelte den Kopf. Auch sie konnte nichts hören. Die Menge johlte, grölte und sang, zum größten Teil sehr laut, dafür aber auch sehr falsch, während die Musikanten ein ums andere Mal aufspielten.

Nikolaus gab auf. Er hatte einen schlechten Tag gewählt, und vielleicht war es morgen noch nicht zu spät. Oder übermorgen. Irgendwann würde sich bestimmt eine Gelegenheit ergeben, mit Antonia zu sprechen. Wenn er dann noch den Mut aufbrachte, dachte er etwas zaghaft. Warum sollte er nicht?

Er spürte, wie die Musik ihn plötzlich einfing. Sie spielten eine wilde Weise, wie er sie von Zigeunern kannte, die manchmal im Hinterhof aufspielten. Es war ihm, als würde die Musik direkt in seine Seele fahren, seinen Körper kontrollieren, all seine Gedanken beherrschen. Von seiner erhöhten Position aus konnte er die Musiker gut beobachten. Unweigerlich klopfte er mit seinem Fuß den Takt zur Melodie, und seine Finger trommelten auf das Bierfass. Antonia hakte sich plötzlich bei ihm unter. Auch sie war von der Musik gefangen. Er sah es an ihren leuchtenden Augen, die begeistert auf die Musiker geheftet waren. Sein Herz klopfte ihm bis zum Hals, als er ihren runden Leib an seinem spürte und plötzlich war es nicht mehr so wichtig, mit ihr über seine Arbeit zu sprechen.

Nikolaus war rundherum glücklich. Zwar hatte er versagt, aber die Musik entschädigte ihn ein klein wenig. Und es würde sich bald eine neue Gelegenheit ergeben, mit ihr über seine Aufgaben zu verhandeln, dessen war er sich ganz sicher.

Aber es wollte sich einfach keine neue Gelegenheit ergeben, seinen Aufgabenbereich zu vergrößern oder gar als Lehrling in die Zunft der Köche aufgenommen zu werden. Tage und Wochen vergingen, und Antonia hatte niemals Zeit, mit Nikolaus in der Küche zu plaudern. Oft verfolgte er sie mit seinen Blicken, und manchmal zwinkerte sie ihm zu, während sie mit Speisen beladen zur Küche hinausfegte. Er errötete dann stets und freute sich insgeheim unbändig über die kleinen Aufmerksamkeiten, die sie ihm damit zukommen ließ, aber noch lieber hätte er mit ihr über seine Zukunft gesprochen. Doch es fand sich einfach keine Zeit dazu.

Die Geschäfte liefen mit jedem Tag besser. Neue Menschen strömten in die Stadt, angespornt durch hohe Belohnungen, die auf Zuwanderung ausgesetzt waren. Meist waren es Bauern deren Höfe verwüstet, deren Familien tot oder in alle Winde verstreut waren und die nun ihre Chance sahen, einen Handwerksberuf zu erlernen oder gar in eine der Zünfte aufgenommen zu werden. Selbstverständlich brachte dies auch Missstände mit sich, sodass sich auch ungelernte, ungebildete Menschen, die des Lesens und Schreibens nicht kundig waren, zum Priester berufen fühlten und ganze Gemeinden übernahmen. Die Beschwerden häuften sich, aber das Land blühte dennoch wieder auf. Und die Gasthöfe profitierten davon.

Immer mehr Reisende kamen in die Stadt. Reiche Händler und verschlagene Quacksalber, Arbeit suchende Bauern, entlassene Soldaten und Menschen, die ihr Glück in der Stadt zu machen versuchten, dazu Emigranten und Flüchtlinge, die allerdings zu einem festgesetzten, sehr niedrigen Preis verköstigt werden mussten. Zu tun gab es in der Küche also genug, aber Nikolaus musste weiterhin die niedersten Arbeiten verrichten. Mittlerweile kannte er den Betrieb des Gasthofes auswendig, denn nicht selten wurde er von seiner Arbeit in der Küche zur Aushilfe an den Schank, in die Stube oder gar die Gästezimmer beordert. Er hasste diese Arbeiten, und hinzu kam, dass die anderen Lehrlinge ihn als Eindringling in ihre Bereiche betrachteten, sodass die Arbeit doppelt schwer wurde.

An manchen Tagen hatte er nur frisches Stroh in die Gäste-kammern zu tragen, die Laken mit Tabaktinktur gegen Krankhei-ten zu bestreichen oder die Stube zu fegen. Mit jedem Tag über-kam ihn mehr Ekel vor all den Fremden, die mit Stiefel und Schuhen in ihre Betten krochen, in das Stroh, auf dem sie schlie-fen, pissten und den Boden mit ausgespucktem Kautabak zierten, bis sich eine schleimige Schicht darüberlegte. Und mit jedem Tag sehnte er sich mehr nach der wahren Arbeit eines Kochs. Er wollte schneiden, hacken und braten und durfte nur kehren, putzen und fegen. Mit Neid konnte er nur aus den Augenwinkeln erhaschen, wie die Lehrlinge sechs und manchmal sogar neun Gänge, also insgesamt vierundfünfzig Speisen pro Mahl bereiteten, dabei ins Schwitzen gerieten und vor Hast und Hektik nicht mehr wussten, wo ihnen der Kopf stand. Wie schnell und gerne hätte er dies alles zubereitet!

Er betrachtete die Lehrlinge voller Abscheu als unfähig, einen einfachen Braten schmackhaft zuzubereiten, und freute sich klammheimlich jedes Mal, wenn ihnen etwas misslang. Er konnte nicht anders, als die Todsünde des Neides in sein Herz einzulas-sen. Und er konnte auch nicht umhin, sich beinahe zu freuen, sein Herz bis zum Hals klopfen zu spüren, als Ignaz in seiner Un-geschicktheit das Hackbeil statt in das Rindfleisch auf die eigene Hand sausen ließ.

Er stand gerade neben ihm und eilte ihm auch sofort zur Hilfe, verband die blutende Wunde und goss ihm Branntwein zur Stär-kung ein. Aber nachdem der sofort zur Hilfe gerufene Bader-chirurg unter lautem Geschrei und Zuhilfenahme Unmengen Branntweins Daumen, Zeigefinger und Mittelfinger von Ignaz' linker Hand abgenommen hatte, wusste Nikolaus, dass seine Stunde nun geschlagen hatte.

Und er behielt Recht mit seiner Vermutung. Noch am selben Abend teilte ihm Antonia mit, dass Ignaz fortan seine, Nikolaus' Arbeiten verrichten würde, da er außerstande war, mit seiner verletzten Hand weiterhin zu kochen. Der Bursche tat Nikolaus irgendwie leid, aber er wusste, dass Ignaz nicht gerne Koch werden wollte und sich ohnehin lieber in der Stube herumtrieb. Also war es für alle zum Besten.

So hatte Nikolaus es nun doch zum Lehrling gebracht. Beinahe selig schwebte er wie auf Wolken und war am ersten Tag früher als alle anderen zur Stelle, um sein Können und seinen Fleiß zu beweisen.

Als Meister Pongratz die Küche betrat, brodelte bereits Kraut über dem Feuer, mehrere Kapaune und Hühner staken fein säuberlich aneinander gereiht an den Spießen, und auf dem Hackblock lag gehacktes Fleisch in portionierten Haufen. Aber es kam wie immer anders als erwartet. Der Meister warf nur einen kurzen Blick auf die Arbeit und drehte sich dann mit böser Miene zu Nikolaus, der ihn strahlend ansah.

»Was meinst du eigentlich, wer du bist? Merk dir ein für alle Male: Auch wenn du jetzt in der Zunft der Köche und Lehrling bist, so bist du für mich nicht mehr als eine Wanze, die ich jederzeit zertreten kann! Und eine Wanze hat sich auch nicht am Essen zu vergreifen. Du wirst fürderhin genau das tun, was ich dir sage. Verstanden?«

Seine Stimme schwoll mit jedem Wort mächtiger an, und Nikolaus sank in sich zusammen. Es würde sich ja doch nichts ändern, auch wenn er innerlich ganz fest daran geglaubt hatte. Er war am Boden zerstört und verzog sich in eine Ecke der Küche, wo ihn niemand sehen konnte. Hart schluckte er an seinen Tränen. Der Kummer schien übermächtig, als unbemerkt Antonia an ihn herantrat.

»Was ist denn los? Ich dachte, du freust dich, wenn du endlich in die Zunft aufgenommen wirst. Gut, es gab kein Fest für dich, aber momentan ist dies einfach nicht möglich. Aber dennoch ist es unumstößlich – du bist jetzt Lehrling. Das wolltest du doch immer, oder nicht?«

Nikolaus konnte nur nicken und wandte sein Gesicht ab, damit Antonia nicht sah, wie sich nun doch eine Träne aus seinem Augenwinkel stahl.

»Oder ist es wegen Ignaz? Keine Sorge – er ist wohlauf und springt bereits im ganzen Haus herum. Die Wunde ist nicht brandig geworden. Er bekämpft sie auch mit reichlich Alkoholtinktur. Von innen und außen. Jetzt ist er mehr denn je hinter den Dienstmägden her und freut sich, der Küche entronnen zu sein. Ich frage mich, ob er nicht absichtlich ...«

Sie ließ den Satz unvollendet im Raum stehen. Nikolaus fühlte sich keineswegs aufgeheitert. Was hatte er davon, Lehrling zu sein, wenn er doch nicht in der Küche arbeiten durfte? Was sollte er überhaupt den ganzen Tag mit sich anfangen, und welche Aufgaben standen ihm nun zu? Sollte er erneut faules Gemüse aufsammeln und die Hühner füttern?

»Nun komm. Deine Hilfe wird gebraucht. Es gibt jede Menge zu tun. Der Eintopf muss aufgesetzt werden.«

Sanft nahm sie ihn an der Hand und zog ihn aus seiner Ecke heraus. Heimlich wischte Nikolaus mit dem Hemdsärmel über sein Gesicht und trottete hinter ihr her. Es war ihm nicht recht, dass Antonia erneut schützend ihre Hand über ihn halten musste, aber andererseits war es unmöglich alleine gegen Meister Pongratz anzukommen. Also ließ er es geschehen.

»Nikolaus wird beim Eintopf behilflich sein. Wir brauchen mehr als sonst. Eine Truppe fahrender Händler ist soeben eingetroffen, und sie scheinen sehr hungrig zu sein.«

Meister Pongratz knurrte nur, ohne dabei Antonia anzusehen. Aber er nickte.

Während sich Nikolaus daranmachte, Gemüse zu putzen, nahm die Freude über die Arbeit, das Glücksgefühl ein Messer in Händen zu halten und damit ehrliche Arbeit zu verrichten, immer mehr zu. Gegen die Mittagszeit hatte er Meister Pongratz beinahe gänzlich vergessen und konzentrierte sich nur noch auf den

Eintopf. Robert und Alfred, die beiden anderen Lehrlinge, sahen bald, wie nützlich ihnen Nikolaus war und schanzten ihm – nicht ganz uneigennützig – Arbeit zu. Und Nikolaus nahm sie mit Freuden entgegen. Als in den frühen Nachmittagsstunden der Meister selig eingeschlafen war, blühte er regelrecht auf und lief zu Höchstform auf. In Windeseile bereitete er seine italienische Kräutersauce zu kaltem Braten und erntete dafür nicht nur von seinen Kameraden Lob und Anerkennung, auch Antonia sprach sich wohlgefällig aus.

Als er spät in der Nacht in sein Strohlager sank, war er wieder ganz der Alte. Innerlich zufrieden und ruhig, zum ersten Mal ohne den Alpdruck des Heimwehs auf der Brust und ohne Sehnsucht nach den Arbeiten eines Kochs, die nicht befriedigt worden war.

Auch die folgenden Tage vergingen wie im Flug mit einfachen, aber für ihn höchst befriedigenden Küchenarbeiten. Jedoch betrachtete Meister Pongratz die Entwicklung mit Argusaugen und sorgte schon bald dafür, dass Nikolaus sich nicht ohne weiteres an neuen Kreationen probieren konnte. Er zügelte, wo immer er konnte, Nikolaus' Drang, sich einen Ruf als guter Lehrling zu sichern. Bald erkannte auch Nikolaus, dass die Dinge weiterhin schlecht für ihn standen. Der Hass der Meisters ging so weit, dass er sogar weniger trank, um Nikolaus im Auge behalten zu können. Ihm war die italienische Kräutersauce und ihre Auswirkungen auf Antonia und die Lehrlinge nicht entgangen, und so wollte er Nikolaus' Schaffensdrang gleich im Keim ersticken.

Beinahe jede Minute verbrachte Nikolaus damit, sich einen Plan zurechtzulegen, wie er die Aufmerksamkeit auf sich lenken, wie er zeigen konnte, dass er ein guter Koch war, vielleicht sogar bald zum Gesellen aufsteigen konnte, ohne dabei seinem Meister ins Gehege zu geraten. Aber es wollte sich keine Gelegenheit dazu ergeben. Unter des Meisters wachsamen Augen hatte er Gemüse zu putzen und zu schneiden, und anstatt neue Gerichte zu kreieren, musste er sich auf das Garen von Eintöpfen beschränken.

Immer häufiger wurde er in die Stadt geschickt, um Brot und Pasteten zu kaufen oder auf dem Markt frisches Gemüse und Obst zu erstehen. Nikolaus mochte es auf der einen Seite überhaupt nicht, in die mittlerweile wieder überfüllte Stadt gehen zu müssen, andererseits hatte er so genau im Griff, was eingekauft wurde.

Anfangs hatten ihn die Händler und Marktweiber nicht ernst genommen. Hämisch und grinsend hatten sie ihn mit überhöhten Preisen und schlechter Ware übers Ohr hauen wollen, doch schon bald hatten sie einsehen müssen, dass er ihnen gewachsen war. Mit prüfendem Blick wanderten seine Augen über die feilgebotenen Waren, seine Nase nahm den feinsten Unterschied an der Qualität der Gewürze wahr, und seinen Händen entging nichts. Der geringste Druck auf das ausgewählte Obst oder Gemüse reichte aus, um ihm zu zeigen, welchen Reifegrad die Frucht besaß, ob ihr Fleisch zart und süß oder hart und sauer sein würde.

Das angebotene Bier der Metzger schlug er immer aus, denn er hatte das Gefühl, dass er mit zu viel Bier im Magen nicht klar denken konnte und sich dann vielleicht beim Fleischkauf über den Tisch ziehen ließe. Also blieb er standhaft und durstig und kaufte stattdessen die beste Ware.

Sein Meister dankte es ihm keineswegs. Selbst an den saftigsten Früchten, den dicksten Kohlköpfen zum günstigsten Preis fand er etwas auszusetzen. Nikolaus nahm es hin in der Hoffnung, die Lage würde sich eines Tages doch noch bessern.

Fürs erste schlug sie allerdings eher ins Gegenteil um. Es verging mittlerweile kein Tag mehr, an dem ihm der Meister nicht mindestens einmal Kautabak vor die Füße spuckte und ihn dann unverzüglich zur Säuberung des Bodens aufforderte. Sobald ihm Nikolaus dann den Rücken zudrehte, schwenkte er den Eintopf oder was immer Nikolaus neben dem Feuer zum Garköcheln aufgesetzt hatte, direkt über das Feuer, auf dass die Speisen anbrannten und verdarben.

Hinzu kam, dass ihn der Meister kein einziges Mal zu einem Treffen der Zunft mitnahm. Sowohl Alfred als auch Robert waren einmal im Monat geladen, am Stammtisch der Zunft der Köche teilzunehmen und ihren Spaß zu haben. Sie kamen dann stets angetrunken und grölend nach Hause in den Verschlag, konnten kaum noch die Treppe hochklettern und kotzten meistens gleich darauf in ihr Strohlager. So zweifelhaft er das Ende ihres Vergnügens beobachtete, so gerne wäre er auch mitgegangen. Was hätte er dafür gegeben, anderen Küchenmeistern als Meister Pongratz zu begegnen! Und wie gerne hätte er mit anderen Lehrlingen über die Küche, die Speisen und einzelne Zubereitungsarten gesprochen! Und vielleicht würde ja einer von ihnen den Flammen speienden Pfau des Apicius kennen? Wer konnte das schon so genau wissen? Aber er würde es nie herausfinden, wenn er nicht mit zu den Zunfttreffen durfte.

Irgendwann fand er sich damit ab, dass ihn der Meister niemals mitnehmen würde, und fand doch noch etwas Gutes an der Sache. Da sich die drei jeden Montag bei ihren Treffen beinahe zur Besinnungslosigkeit besoffen, nützte er die Dienstage, um doch noch zu seinen Rechten zu kommen. Jeden Dienstag schafften es sowohl der Meister als auch die Lehrlinge gerade noch, das Frühstück und Mittagessen zu bereiten, aber für das Abendessen der Ratsherren an deren Stammtisch war fürderhin er zuständig, ohne dass Meister Pongratz ihm einen Strich durch Rechnung machte. Denn zur Abendstunde war er bereits laut schnarchend neben dem Kamin zusammengesunken, erschöpft von den Anstrengungen des vergangenen Tages und noch immer geschwächt von den großen Taten am Zünftetisch.

So kam es auch, dass Nikolaus eines Tages der Hafer stach. Er war auf einem seiner Einkaufsgänge, den Korb prall gefüllt mit Brot, Kohl, Kraut und Rüben, hatte eine Bestellung beim Metzger aufgegeben und stand gerade vor dem Laden des Pastetenbäckers, als ihm eine Idee kam. Es war Dienstag, und jeden Dienstag wurden frische Pasteten geholt, weil der Meister selbst keine zubereiten wollte und auch keinen Sinn darin sah, sich die Arbeit zu machen, da doch die Pastetenbäcker zu mittlerweile günstigen Preisen ebensolche verkauften. Aber der Meister schlief, und Nikolaus hatte genügend Zeit, sich selbst daran zu wagen. Formen waren zur Genüge vorhanden, aber es mangelte an Geld.

Nikolaus war unschlüssig. Sollte er es wirklich wagen und selbst Pasteten backen? Auf alle Fälle, schoss es ihm durch den Kopf, kaum dass er sich selbst die Frage gestellt hatte. Der Meister würde wie jeden Dienstagabend bereits schlafen, und er hatte freie Hand. Aber woher sollte er das Geld nehmen?

Er blieb vor dem Laden des Pastetenbäckers stehen und sah sich um. Ringsum herrschte reges Treiben. Bandelkrämer bahnten sich einen Weg durch die Menge und boten Bänder, Schnüre und Knöpfe feil, Hohlhipper priesen mit lauter Stimme ihr Gebäck aus Oblaten an, dazwischen mengten sich Salamikrämer, Sämer mit kleinen Mengen Salz und Lumpensammler. Zwischen ihnen liefen Dienstboten geschäftig hinter ihren Herren her, die in feinem Tuch über den Platz stolzierten und mit spitzen Fingern Waren prüften. Frauen in prächtigen Gewändern staksten auf hohen Sohlen durch den Schlamm, den Saum der Kleider hochgezogen, um die Kostbarkeiten nicht mit Kot und Dreck zu besudeln. Nikolaus seufzte. Nicht einer von ihnen konnte ihm wirklich zu Geld verhelfen.

In diesem Moment fiel sein Blick auf den hageren Mann in bunter Kleidung, der auf einem leeren Bierfass saß und seine Laute spielte. Es war ein Bänkelsänger, der nicht unweit von ihm begann, seine Lieder und Weisen vorzutragen. Bald schon hatte sich eine kleine Menschentraube um ihn versammelt und lauschte seinen Erzählungen. Nikolaus' Herz tat einen Sprung. Er hatte die Lösung für sein Problem! Die meisten, die dem Bänkelsänger Gehör schenkten, zündeten sich eine Pfeife an oder kauten Tabak, während sie sich dem Müßiggang hingaben. Das war es! Er trug den Tabak, den er vom Wirt als Lohn erhielt, immer noch stets bei sich und hatte noch nicht eine Krume davon gebraucht. Nun war es Zeit, sich von ihm zu trennen.

Er war sich nicht ganz sicher, wie er vorgehen sollte. War es möglich, den Tabak direkt an die Leute zu verkaufen? Wahrscheinlich benötigt man dazu eine Sondererlaubnis, dachte er und zweifelte bereits an seinem Vorhaben, als er den Tabakhändler sah. Der große Mann mit dem wilden Bart und dem Bauchladen musste seine Ware nicht lange feilbieten. Schneller, als Nikolaus jemals gedacht hätte, war der Vorrat im Bauchladen verkauft, und der Händler wandte sich wieder zum Gehen.

Er musste mit ihm reden. So schnell es sein schwerer Korb zuließ, eilte er dem Tabakhändler hinterher und erreichte ihn gerade noch, als dieser in die nächste Gasse einbiegen wollte und damit unweigerlich seinem Blick entschwunden wäre.

»Meister!«, rief Nikolaus etwas außer Atem.

Der Tabakhändler wandte sich um und sah mit Erstaunen den blonden Knaben, der ganz offensichtlich ihn angesprochen hatte.

»Was ist?«, bellte er.

»Braucht Ihr noch Tabak?«

Der Tabakhändler runzelte die Stirn.

»Was willst du von mir?«

»Ich ... ich brauche Geld, und Ihr braucht noch Tabak für die Zuhörer.«

Nikolaus sprudelten die Worte nur so aus dem Mund, da er sich in seiner Phantasie bereits die wunderbarsten und besten Pasteten ausmalen konnte. Der Tabakhändler nickte nur und sah ihn lange an, bevor er wieder sprach.

»Hast du denn Tabak?«

Nikolaus nickte und zog den Beutel unter seinem Umhang hervor.

»Dann lass mal sehen.«

Der Tabakhändler trat schnell zu ihm herbei und sah mit einem Mal etwas nervös um sich. Nikolaus zog blitzschnell den Beutel, den er eben noch dem Händler hingehalten hatte, zurück und versteckte ihn wieder unter seinem Mantel. Er war schon zu oft in der Stadt gewesen, hatte schon mit zu vielen Händlern Geschäfte getätigt, als dass er nicht gewusst hätte, dass diese allesamt Gauner waren.

»Was ist? Willst du Tabak verkaufen oder nicht?«

»Ja, verkaufen. Nicht verschenken, und schon gar nicht will ich, dass Ihr ihn mir einfach abnehmt«, sagte er mit fester Stimme und sah dabei dem Tabakhändler in die Augen.

Dieser zögerte und dachte nach. Unvermittelt brach er in lautes Gelächter aus.

»Junge, du hast mich überzeugt. Zeig mir deine Ware, und wir werden einen guten Preis aushandeln.«

Nikolaus atmete auf. Das Geschäft war schnell und vorteilhaft für beide getätigt, als der Händler die feine Qualität des Tabaks bemerkt hatte. Nikolaus war selig. Während er an der Pastetenbäckerei vorbeiging, ohne Pasteten kaufen zu müssen, hörte er die Münzen in seinem Tabakbeutel leise klimpern. In Gedanken war er bereits in der Metzgerei, bei den Fisch- und Geflügelhändlern. Seine Phantasie verzierte die Pasteten bereits, und sein Geist kreierte neue und verwegene Füllungen, die er ausprobieren wollte.

Er konnte nicht umhin, sich darüber zu wundern, wie viel Geld er für den Tabak bekommen hatte. Dies langte allemal für die Zutaten für den heutigen Abend, und es würde ihm immer noch etwas übrig bleiben. Der Tabak, den der Wirt seinen Bediensteten ausgab, war also von guter Qualität. Und ein höchst kostspieliges Laster, dem er wohl nie frönen wollte. In sich verspürte er nicht nur ein dringendes Bedürfnis nach der Kunst des Kochens, sondern er wusste auch schon, dass ihm das Mehren und Anhäufen von Besitz enormen, ja geradezu göttlichen Spaß machte.

Die Vorfreude beflügelte ihn, und schon bald befand er sich auf dem Weg nach Hause, mit einem Korb, der nicht nur die vom Meister angeforderten Lebensmittel beinhaltete, sondern auch Zutaten, die Nikolaus das Wasser im Mund zusammenlaufen und das Herz höher schlagen ließen.

Seine Freude wurde auch nicht getrübt, als er endlich wieder in der Küche der Herberge eintraf. Wie vermutet, lag der Meister in tiefem Schlummer, und infolgedessen war auch von Alfred und Robert nichts zu sehen. Das Nachmittagsgeschäft ging wie immer schleppend. Außerdem hatte er reichlich Suppe aufgesetzt, und auch Kuchen und kalter Braten war in großen Mengen vorhanden, sodass er sich getrost auf sein Vorhaben stürzen konnte.

Er wählte die schönsten Formen, die er finden konnte: eine Burg, einen Strauß Blumen, einen Karpfen und ein Rebhuhn, dazu noch die exotischen Formen eines Affen und eines Papageien. Er stand lange bei letzteren und war sich anfänglich nicht sicher, ob es sich schicken würde, diese Formen an einem normalen Wochentag zu verwenden. Aber er war fasziniert von der filigranen Machart, der feinen Lasierung und der farbenprächtigen Ausführung. Mit großen Augen bestaunte er vor allem den Affen, dessen langer Schwanz sich kunstvoll über den Rücken hochbog. Diese exotischen Tiere hatte er nur einmal zuvor in einem Buch der Mönche gesehen. Es war bestimmt nicht einfach, den Affen so aus der Form zu heben, dass der Pastetenteig dabei nicht auseinander fiel oder gar kleben blieb, aber er wollte es wagen.

Mit einem kurzen Blick überprüfte er, ob der Meister noch weiterhin tief und fest schlief, befand, dass dieser sich die nächsten Stunden nicht rühren würde, und begann mit der Arbeit.

Ihm war, als hätte ihm eine gute Fee einen Wunsch erfüllt, so wie er es aus den Liedern der fahrenden Sänger kannte. Ein schon lange vergessenes Glücksgefühl keimte in ihm hoch, während er die verschiedenen Füllungen vorbereitete.

Der Fisch wurde gegart, entgrätet und das Fleisch im Mörser

mit Mandeln und anderen Nüssen zu einem festen Brei ver-
stampft und mit Petersilie und Liebstock gewürzt. Nacheinander
bereitete er die Hühner-, Fisch- und Fleischpastete und bereute es
schon beinahe, die Form des Affen gewählt zu haben, denn man
schloss aus der Form auf den Inhalt, und einen leibhaftigen Affen
hatte er nun wirklich nicht verkocht. Aber die Zweifel hielten
nicht lange an – wenn diese Pastete keiner essen wollte, so sollte
sie zumindest wunderschön aussehen. Also würde er sich besondere Mühe geben, den Affen wie ein lebendiges Tier aussehen zu
lassen.

Es kribbelte in seinen Händen, während er das Roggenmehl
mit dem heißen Wasser und der Butter vermischte. Bedächtig, liebevoll und voller Sanftmut rollte er den Teig mit dem Treibholz
aus, dünn, aber nicht zu dünn, bestrich die Formen mit heißem
Fett und ließ den Teig hineingleiten, strich ihn glatt, drückte ihn
sanft in die Fugen, Ritzen und Ausbuchtungen der jeweiligen Formen, bestrich ihn lange und ausgiebig mit Safran und Eiern und
füllte die Formen mit den jeweils passenden Fleischmassen. Das
Leichteste war getan, aber Nikolaus wollte mehr. Ihm lag daran,
die Pasteten der Pastetenbäcker deutlich zu übertreffen.

Während die Pasteten im Ofen gebacken wurden, zog ihm der
feine Duft in die Nase und trieb ihn weiter an. Nur ab und an
wurde er durch Antonia gestört, die Biersuppe und Kraut holte,
kalten Braten geschnitten haben wollte und ein oder zwei Hühnchen aufzutragen hatte. Einmal stutzte sie und hielt die Nase in
die Höhe wie ein Jagdhund, der eine Fährte aufnahm, hatte aber
zu wenig Zeit, den eigenartigen, aber sehr anziehenden Düften
wirklich nachzugehen. Nikolaus atmete auf und arbeitete weiter.

Ihm schwebte etwas ganz Besonderes vor: In einem Kochbuch
im Kloster hatte er viel von der Kunst, Speisen zu färben, gelesen,
und genau das würde er nun auch tun. Die Körper der Tiere und
Gegenstände wurden durch die Form gegeben. Nun würde er sie
durch Farbe krönen. In jenem Buch hatte er davon gelesen, dass

manche Köche ihre Pasteten vergoldeten, aber dieser Luxus war Königen und Kaisern vorbehalten, also würde er mit Petersilie, roter Beete und Rübensaft vorlieb nehmen müssen. Vielleicht fand sich noch Blaukraut. Und Zwiebelschalen würden ein wunderschönes Rotbraun für den Affen liefern.

Als es so weit war, die Pasteten aus dem Ofen zu holen, hielt er unweigerlich den Atem an. Die Spannung machte sein Herz rasen, und er hoffte inständig, dass die Hitze dem Teig nicht zu sehr die Form genommen hatte. Beinahe wagte er es nicht, die Augen offen zu halten, als er die erste Form mit einem Tuch ergriff und herauszog. Leicht blinzelnd schielte er auf das, was er in Händen hielt – und hätte beinahe laut jubiliert. Er hatte nichts vergessen. Alles gelang so wie früher auch. Er würde bestimmt ein guter, ein meisterhafter Koch werden, denn die Pastete, die er in Händen hielt war wunderbar, ja zauberhaft geworden. Der Affe sah rund und wohlgestalt aus. Das, was die Form begann, setzte der Teig fort.

Schnell holte er auch die anderen Formen aus dem Backofen und stellte sie nebeneinander auf dem Hackblock zum Abkühlen auf. Als er sie endlich aus ihren einzwängenden Formen lösen konnte, lachte er vor Freude über das ganze Gesicht. Der Fisch wirkte beinahe lebendig, das Rebhuhn saß dick und wohlgenährt auf dem Brett, der Burg fehlte nicht eine Zinne. Nun mussten sie nur noch auskühlen, dann konnte er daran gehen, ihnen den letzten Schliff zu geben.

Er achtete darauf, dass Antonia jedes Mal, wenn sie zur Tür hereingesaust kam, sofort genau das in die Hände gedrückt bekam, was sie suchte, und schnell wieder in die Stube hinauskam, damit er sie mit den fertigen und bemalten Pasteten überraschen konnte. Er konnte es beinahe nicht abwarten, bis die Backwerke abgekühlt waren und griff alle Augenblicke prüfend mal auf den einen, mal auf den anderen Teig. Doch endlich hatte seine Ungeduld ein Ende – die Pasteten waren kühl genug und würden die Farben gut vertragen.

Wie ein Malermeister ging er daran, die Farben aufzutragen. Der Fisch nahm beinahe die gleiche grünbraune Färbung an wie die Pastetenform, die Burg verwandelte sich in ein graues Bollwerk mit rot-weißen Fensterläden, und der Affe in seiner zwiebelbraunen Pracht sah aus, als wollte er jeden Augenblick vom Anrichtebrett springen und in der Küche Unfug stiften.

Als er das fertige Werk begutachtete, war er unendlich stolz und innerlich völlig befriedigt. So rundherum wohl hatte er sich nicht mehr gefühlt, seit er in der Klosterküche seine Künste ausprobieren durfte.

»Meine Güte! Herr im Himmel! Bist du des Wahnsinns, Knabe? Was soll das denn?«

Nikolaus fuhr herum. Völlig in die Betrachtung seiner Kunstwerke vertieft, hatte er nicht bemerkt, wie der Meister – aufgeweckt durch die ungewohnten Aromen in seiner Küche – aufgestanden und zu ihm herübergewankt war. Nun stand er nur einen Schritt von Nikolaus entfernt und starrte abwechselnd von den Pasteten zu Nikolaus und wieder zurück.

»Wie viel hat das gekostet? Das wirst du aus eigener Tasche ersetzen, du Unglücksvogel!«, schrie Meister Pongratz.

»Aber ... ich ...«, begann Nikolaus und kam nicht weiter. Der Meister holte aus und versetzte ihm eine schallende Ohrfeige. Nikolaus' Wange brannte wie Feuer, Tränen schossen ihm vor Schmerz in die Augen. Er strauchelte kurz, und Meister Pongratz fand Gelegenheit, ihm noch eine zu versetzen. Nikolaus fühlte etwas Warmes, Feuchtes aus seinem Mundwinkel laufen und wischte mit dem Hemdsärmel über sein Gesicht. Sein Mund fühlte sich taub an, in seinem Ohr summte es. Er sah den Meister nur noch von ferne und erkannte, dass er Blut am Ärmel hatte.

Wie in Trance ging er mit großen Schritten auf den Meister zu, der ihn etwas verdattert ansah. Aber Nikolaus hatte nicht vor, sich auf seinen Lehrmeister zu stürzen. Stattdessen schob er sich zwischen Meister Pongratz und die Pasteten. Diese wollte er, wenn es sein musste, mit seinem Leben verteidigen. Er hatte alles bezahlt – mit Geld und Arbeitskraft –, und er würde sich nichts davon kaputtmachen lassen. Wer konnte schon ahnen, ob der Meister in seiner Wut nicht noch die Pasteten vom Hackblock fegen würde.

»Mach dass du rauskommst. Scher dich zum Teufel, Bursche!«, hörte er den Meister schreien.

Nikolaus war zu benommen, um einen klaren Gedanken fassen zu können. Stumm schüttelte er den Kopf und blieb stehen. Der Meister holte erneut aus, ballte diesmal die Hand zur Faust und wollte gerade zuschlagen, als Antonia hereinkam.

»Was ist hier los?«

Nikolaus hörte auch Antonia nur von weiter Ferne. Er sah, wie sie herbeigestürzt kam, hastig einen Stapel schmutziger Teller und Becher ablud und sie dabei keinen Moment aus den Augen ließ. Bevor sie wieder sprechen konnte, fiel ihr Blick auf die Pasteten in Nikolaus' Rücken. Der Meister folgte ihrem Blick und fand als Erster die Sprache wieder.

»Das hat er heute gekauft. Aber er wird es selbst bezahlen. Womit, weiß ich zwar nicht. Aber er wird's bezahlen. Dafür sorge ich schon. Und wenn ich's aus ihm rausdresche.«

»Das wird wohl nicht nötig sein.«

»Das habe ich schon selbst bezahlt«, brachte Nikolaus endlich hervor.

»Jetzt lügt der Kerl auch noch! Das werde ich dir austreiben!«, schrie der Meister und holte erneut zum Schlag aus, als Antonia laut dazwischenfuhr.

»Nun hört schon auf. So kommen wir der Sache auch nicht auf den Grund.«

Meister Pongratz ließ den Arm sinken, wischte sich mit dem Handrücken Rotz von der Nase und sah mit funkelnden Augen zu Nikolaus. Dieser hatte sich wieder ein wenig gefangen und sah nun zu Antonia.

»Wie willst du so wertvolle Pasteten bezahlt haben? Noch dazu so viele? Diese hier reichen für den kompletten Ratsherrenstammtisch.«

»Ich habe die Zutaten bezahlt. Gemacht habe ich sie selbst. Den ganzen Nachmittag.« Er wollte noch hinzufügen: »Während der Saufbock geschlafen hat«, unterließ es aber in der weisen Voraussicht, dass Antonia nicht zu jeder Minute in der Küche sein konnte und diese ungehorsame Bemerkung unweigerlich neue Schellen nach sich gezogen hätte.

Aber seine Aussage zeigte auch so genügend Wirkung. Der Meister lachte höhnisch auf, Antonia schob Nikolaus zur Seite und begutachtete die Pasteten näher.

»Ja. Tatsächlich. Das sind unsere Formen. Und das hast du gemacht?«

Nikolaus nickte und lächelte zaghaft. Wenigstens konnte der Meister nun nicht behaupten, er selbst hätte sie zubereitet, da seine Aufregung vorhin ja ein Beweis dafür war, dass er mit den Pasteten nichts zu schaffen hatte.

Antonia umrundete den Hackblock und konnte die Augen nicht von den Pasteten lassen. Alfred und Robert kamen herein, auf der Suche nach Antonia und um Bescheid zu geben, dass die Ratsherren nach ihrem Essen verlangten und blieben prompt ebenso angewurzelt stehen wie vorhin noch Antonia.

Nikolaus zerbarst beinahe vor Stolz. Vergessen war der pochende Schmerz in seinem Gesicht, vergessen die Angst und der Hass des Meisters. Er erntete mehr als nur einmal Lob; sogar der Wirt kam herein, nachdem sich die Kunde von den Pasteten bis zu ihm durchgesprochen hatte. Er händigte ihm ein besonders großes Stück Kautabak aus, während er ihn mit sonderbarem Blick bedachte, so wie man ein fremdes und seltenes Tier bestaunt, allerdings nicht ohne auch eine Art Besitzerstolz über den gelehrigen Lehrling zu zeigen und sich mit dessen Künsten den ganzen Abend vor allen Ratsherren zu brüsten.

Das Schönste für Nikolaus aber war an diesem Abend die Anerkennung Antonias. Sie hatte ihm frei gegeben, aber er wollte ihre Gegenwart nicht missen und harrte so lange in der Küche aus, bis er mit ihr in aller Ruhe plaudern konnte. Der Meister hatte sich nach seiner Niederlage mit Kopfschmerz in seine Kammer zurückgezogen.

Als Antonia nach getaner Arbeit in die Küche kam, fragte sie Nikolaus über die Pasteten aus. Und er erzählte stolzerfüllt. Er erklärte ihr die Zutaten und wie man die Farben mischte, welche Formen sich besonders eigneten und woher er seine Pastetenkünste hatte. Und über all dem schwebte der Duft von Äpfeln und Zimt. Antonias Duft. Nikolaus war im siebten Himmel.

Pasteten blieben Nikolaus das ganze Leben hindurch vertraut und lieb. Sie waren es, die sein Leben im Gasthof von Grund auf änderten. So wenig es dem Meister gefiel, der Wirt bestand darauf, Nikolaus zum Gesellen zu erheben. Von nun an konnte Nikolaus Alfred und Robert Aufgaben auftragen, und da er sich als fachkundiger Koch erwies, leisteten sie seinen Anordnungen stets Folge. Die Arbeit in der Küche florierte. Der Meister zog sich immer mehr zurück, wusste er doch, dass nun die Wirtsleute selbst schützend ihre Hand über Nikolaus hielten. Er ließ ihn gewähren. Brummelnd und murrend zwar, und in unbeobachtetem Moment drohte er Nikolaus mit der geballten Faust, aber er vergriff sich nicht mehr an ihm.

Nikolaus konnte nicht ahnen, dass der Hass des Meisters ins Unermessliche gewachsen war und durch die Unangreifbarkeit seiner Person kein Ventil mehr fand, um nicht größer werden.

Nikolaus wiegte sich in Sicherheit und vor allem in dem wunderbaren Gefühl, Antonias Herz gewonnen zu haben. Sie hatten sich weder geküsst, geschweige denn nach dem Abend mit dem Musikanten ein weiteres Mal berührt, aber sein Herz tat jedes Mal einen Sprung, wenn sie nur in seine Nähe kam. Und er tat alles dafür, ihr zu gefallen. Als es schließlich galt, das Festessen für eine große Hochzeit vorzubereiten, stürzte sich Nikolaus mit Feuereifer in die Arbeit. Nicht nur, dass er diese unendlich liebte, so konnte er auch einmal mehr unter Beweis stellen, dass er würdig war, für Antonia zu arbeiten.

Da es sich um die Hochzeit einer Ratsherrentochter und dem Sohn des reichsten Tuchhändlers der Stadt handelte, war die städtische Hochzeitsverordnung, welche die Speisenzahl erheblich beschränkte, außer Kraft gesetzt. So kam es, dass sich Nikolaus nicht auf 65 Gerichte beschränken musste, sondern sich frei entfalten konnte. Allerdings musste er auch die Hilfe der Dienstmädchen heranziehen, sodass Louise Hühner rupfen und Fische putzen musste, während die Stallburschen dazu verdonnert wurden, Feuerholz in ungeahnten Mengen heranzuschleppen. Die Zapfer rollten ein Bierfass nach dem anderen herein, und in der Küche herrschte bald Platzmangel.

Der Meister dirigierte grölend herum, aber keiner hielt sich so recht an seine Anweisungen. Jeder schielte nach Nikolaus und holte sich durch stummes Nicken von seiner Seite die Zustimmung, die Anweisung des Meisters auszuführen. Selbstverständlich war dies eine Verkehrung der Verhältnisse, wie sie eigentlich undenkbar waren, aber Nikolaus konnte nicht umhin, ein wenig stolz darauf zu sein.

Zudem hatte er einige Wochen vor der Hochzeit eine grandiose Idee gehabt, die sie nun in die Tat umsetzten konnten: Er wollte im Hinterhof einen Ochsen grillen, der mit einem Spanferkel gefüllt war, das wiederum ganze Hühner und Kapaune als Fülle trug.

Ignaz, der ehemalige Küchenlehrling schichtete den Scheiterhaufen auf und sorgte dafür, dass das Feuer nicht mehr ausging, während Nikolaus Alfred und Robert Anweisungen gab, den Ochsen genau nach Plan zu füllen. Und er sollte Recht behalten. Als die Gäste eintrafen, brutzelte der Ochse bereits Stunden am

Spieß, das Fleisch war knusprig und kross und verbarg in seinem Inneren höchst genussvolle Überraschungen.

Tage hatten sie damit zugebracht, Kuchen und Mehlspeisen, Knödel, Gesottenes, Gegartes und Gebratenes zuzubereiten. Nikolaus hatte am Vortag eine Pastete in Form eines Schwans kreiert und sie am Morgen mit weißer Farbe aus kostbarstem Zucker und Eiweiß bestrichen. Die Bediensteten bestaunten das Kunstwerk und stritten heftig darum, wer den Schwan auftragen durfte.

Nikolaus schuftete mit den anderen um die Wette. Und fühlte sich pudelwohl dabei. Seine Wangen röteten sich, die Augen funkelten. Er knetete und formte, goss Saucen auf und stampfte Kräuter zu Brei. Es gab Karpfen mit Zwiebeln, Fisch im Teig, gefüllte Forellen, geschnetzeltes und gehacktes Kalbfleisch, gespickten Rinderschmorbraten, Hühnersuppe mit Rosmarin und gefüllte Gurken, dazu Brot in großen Körben und Knödel auf riesigen Platten. Da Antonia so großen Gefallen an den Farben fand, hatte Nikolaus dreißig Hühner in fünf verschiedenen Farben angerichtet, was sehr apart und kostbar aussah, obwohl es eines der preiswerteren Gerichte war. Kuchen und Pasteten wurden als Zwischengerichte gereicht, und Eierspeisen rundeten jeden Gang ab. Als der Schwan aufgetragen wurde, stand Nikolaus an der Tür und lauschte. Mit pochendem Herzen legte er sein Ohr an die Tür und horchte. Als das erhoffte »Aaaah« und »Ooooh« der Gäste nicht ausblieb, strahlte er übers ganze Gesicht. Dennoch kommandierte er flugs weiter, um den Hochzeitsbetrieb nicht aufzuhalten.

Als schließlich der gefüllte Ochse von Alfred, Robert, Ignaz und Meister Pongratz in die Fürstenstube getragen wurde, wollte Antonia, dass Nikolaus sich der Hochzeitsgesellschaft ebenfalls als Koch vorstellte, aber Nikolaus weigerte sich standhaft. Ja, er wünschte sich Ehre und Ruhm, aber er wollte nicht Seite an Seite mit Meister Pongratz stehen und verkniff es sich daher, nach draußen zu gehen. Das begeisterte Rufen, Johlen und Brüllen der Menge war ihm Lohn und Ehre genug.

Überglücklich ließ er sich auf den Schemel am Kamin sinken und öffnete den obersten Knopf seines Hemdes. Mit seiner Mütze fächelte er sich Erfrischung zu. Antonia stürzte herein. Ihre Wangen glühten ebenso wie seine. Mit wenigen Schritten war sie bei ihm und drückte ihm einen langen Kuss auf die Backe.

Nikolaus versteifte sich am ganzen Körper. Damit hatte er nicht gerechnet.

»Du bist ein Schatz!«, rief Antonia und wandte sich wieder zum Gehen. »Die Musikanten sind eben eingetroffen. Kommst du? Ich würde gerne ein wenig der Musik lauschen und den anderen beim Tanz zusehen. Alfred und Robert sollen aufräumen. Wir haben ein wenig Ruhe verdient. Komm, Vater hat nichts dagegen.«

Ohne dass Nikolaus sich zur Wehr setzen konnte, zog Antonia ihn vom Schemel hoch. Widerstandslos ließ er sich von ihr zur Küche hinausschieben. Die Stelle, an der Antonia ihn gerade geküsst hatte, brannte beinahe ebenso wie jene damals, als ihm der Meister eine Ohrfeige versetzt hatte. Nur dass es nicht schmerzte, sondern ein wohltuendes Brennen war.

Gerade als sie zur Küche hinaus waren, kamen Meister Pongratz, Alfred und Robert aus der Stube zurück.

»Wir sehen dem Tanz ein wenig zu. Schafft ihr Ordnung in der Küche!«

Antonias Stimme hatte wieder ganz den üblichen Befehlston gefunden. Nikolaus sah ein wenig verlegen zu Alfred und Robert, doch diese zwinkerten ihm zu. Dankbar lächelte er zurück und verschwand mit Antonia. Meister Pongratz hingegen sah ihnen mit zornigem Blick hinterher.

Als sie die Stube betraten, schlug Nikolaus der gewohnte Wirtshausmief entgegen. Stimmengeschwirr, lautes Gejohle, Tabakrauch und der Dunst der Speisen mischte sich wild durcheinander. Die Musikanten hatten bereits aufgespielt. Nikolaus wurde sofort vom Rhythmus der Musik erfasst. Es waren mehr Musikanten da als an den Dienstagabenden, und sie spielten bedeutend besser. Neben den Lauten-, Fiedel- und Gambenspielern gab es auch Trommler, welche die Stimmung im Fürstensaal anheizten. Nikolaus sah die geröteten Wangen der Braut und beobachtete den Bräutigam, der sichtlich angeheitert versuchte auf dem Tisch zu tanzen, wobei ihn seine Freunde lauthals unterstützten und auf den Tisch zu schieben versuchten.

Antonia lachte und zog Nikolaus ein wenig abseits. Wie immer setzten sie sich auf ein Bierfass hinter der Theke, doch diesmal ließ Antonia seine Hand nicht los. Nikolaus wurde noch heißer, als ihm ohnehin schon zumute war, und er konnte selbst in diesem Dunst von Schweiß und Tabakrauch den Duft von Apfel und Zimt wahrnehmen, der aus Antonias Richtung schwebte.

Mit aller Kraft versuchte er sich auf die Musiker zu konzentrieren, und beinahe gelang es ihm auch, aber jedes Mal, wenn seine Gedanken sich endlich den Geigen hingeben wollten, drückte sich Antonia ein Stückchen näher an ihn heran, sodass er ihre weichen, runden Formen spüren konnte. Ihm wurde unerträglich heiß. Gerade als Antonia mit ihrem Gesicht so nah an seinen Hals herankam, dass er ihren Atem spüren konnte, sprang er auf.

»Bitte entschuldige. Mir ist nicht wohl«, rief er und lief Hals über Kopf aus der Stube geradewegs in den Hinterhof. Die Luft schien ihm beinahe eine Wohltat, und er atmete tief durch. Er wusste nicht, warum er vor Antonia weggerannt war. Er hatte keine Ahnung, was ihn so verlegen gemacht hatte, aber er fühlte sich verwirrt, aufgewühlt und unendlich glücklich zur gleichen Zeit. Morgen würde er sich bei Antonia entschuldigen, und vielleicht konnte sie ihn ja sogar verstehen. Vielleicht war es ihm sogar möglich, eines Tages still sitzen bleiben zu können, selbst wenn Antonias Gesicht so nah an seinen Hals herankam. Er wusste es nicht. Er wusste nur, dass es ein wunderbares und zugleich tiefst verwirrendes Gefühl war, das sich seiner bemächtigte, und es hatte rein gar nichts mit seinem Stolz über den heutigen Erfolg als Koch zu tun.

Aber er konnte noch nicht schlafen. Er musste sich ein wenig Kühlung verschaffen und ein wenig Ruhe. Ein Blick in die Stallungen zeigte, dass diese voll besetzt waren. Dienstboten, deren Aufgaben erledigt waren, saßen und lagen schwatzend, rauchend und küssend beieinander. Einige sangen, und zwei lagen in merkwürdigen Verrenkungen übereinander in einem Heuhaufen. Ein anderer spielte Flöte, und Louise sang mit falscher Stimme dazu. Nikolaus machte sich schnellstens aus dem Staub, bevor ihn jemand entdecken konnte und wanderte über den Hof. Bei den Hühnern schließlich fand er die ersehnte Ruhe, nachdem er bemerkt hatte, dass auch im Dienstbotenverschlag die reinste Hölle los war und ein Gelage gefeiert wurde. Also ließ er sich neben dem Hühnerstall nieder, schloss die Augen und versuchte, nicht an Antonia zu denken, um seinen Herzschlag wieder zu beruhigen.

Gerade, als er so weit war, seine Gedanken auf Bratenfett und Saucen zu lenken und damit von Antonia abzubringen, spürte er eine Hand auf seiner Schulter. Er ahnte, wessen Hand es war und drehte sich mit klopfendem Herzen um.

Antonia lächelte ihn an, legte einen Finger an den Mund und bedeutete ihm damit, still zu bleiben. Sie ließ sich sanft neben ihm nieder, rückte ganz nah an ihn heran und legte ihren Kopf auf seine Schulter.

Nikolaus hielt nach wie vor den Atem an. Er hatte das Gefühl, gleich zu ersticken. Wahrscheinlich war sein Gesicht bereits puterrot. Es war ein Glück, dass Antonia diesen Umstand im Dunkel des Hinterhofes, der nur von wenigen Fackeln beleuchtet war, nicht erkennen konnte. Gerade, als er nach Luft schnappte wie ein Karpfen, der ans Ufer geschwemmt wurde, hob Antonia ihren

Kopf, drehte mit ihren Händen sein Gesicht dem ihren zu und presste ihre Lippen auf seine.

Nikolaus verschluckte sich, riss den Kopf ruckartig zurück und japste nach Luft.

»Was ist?«, fragte Antonia verwirrt.

Es war ihm unsagbar peinlich. Er konnte nichts erwidern, es wäre ohnehin nur Gestammel aus seinem Mund gekommen. Er holte tief Atem. Und dann roch er es. Diesen warmen Zimt- und Apfelduft. Aber da war noch etwas anderes. War es eine Sauce? Gebratene Äpfel? Er konnte es nicht definieren und sog die Luft noch tiefer ein. Antonia beugte sich mit fragender Miene zu ihm.

»Ist dir nicht gut?«

Da erkannte er den Duft. Es war das sinnliche, unvergleichliche Aroma der Muskatnuss vermengt mit einem Hauch von Rosenduft. Der wonnige Geruch ging eindeutig von Antonia aus. Er rückte näher an sie heran, um mehr von diesem Aroma in sich aufnehmen zu können. Er wollte es einfangen, sich vollkommen verinnerlichen, hineinkriechen, eins werden mit diesem Duft. Völlig seinen Sinnen ausgeliefert ließ er sich in Antonias Arme sinken.

»He, Bursche! Aufgewacht!«

Die rohe Stimme von Meister Pongratz riss ihn aus dem Schlaf. Nikolaus öffnete schlaftrunken die Augen und konnte sich erst nicht zurechtfinden, da schrie ihn der Meister erneut an:

»Nun komm schon, du Wanze! Der Wirt verlangt nach dir.«

Nikolaus rappelte sich hoch und klopfte sich Hühnerdreck aus den Hosen. Der Meister sah ihn höhnisch grinsend an.

»Das ist nicht nötig, glaub mir. Und nun mach schon.«

Meister Pongratz griff nach seiner Schulter, zerrte ihn ein Stück mit und stieß ihn schließlich in Richtung Kücheneingang. Nikolaus hatte keine Ahnung, was los war, noch konnte er sich erklären, was Meister Pongratz zu dieser Vorstellung veranlasste.

Etwas unschlüssig betrat er die Küche und wurde vom Meister mit einem Schubs hineingestoßen. Er konnte sich gerade noch am Hackblock auffangen und sah geradewegs in das versteinerte Gesicht des Wirtes. In einer Ecke konnte er Alfred und Robert erkennen, die mit großen Augen das Geschehen beobachteten. Nikolaus rappelte sich hoch und versuchte Ordnung in seine Kleider zu bringen, als der Wirt zu sprechen begann. Seine Stimme hatte einen merkwürdigen, noch nie gehörten eisigen Klang.

»Nikolaus Pirment. Du wirst des Diebstahls bezeichnet. Und wage es nicht zu leugnen, wir haben deine Schuld bereits bewiesen. Dennoch möchte ich von dir selbst hören, was eigentlich in dich gefahren ist, dass du mir so etwas antust. Nach allem, was ich für dich getan habe. Und nachdem ich dich in mein Herz geschlossen habe wie einen Sohn.«

Nikolaus sah verwirrt hoch, zuerst in die steinernen Augen des Wirtes, dann suchten seine Augen den Kontakt zu Antonia. Die wunderschöne Antonia, die mit ihm die halbe Nacht unter den Sternen zugebracht hatte. Diese sah ihn aber nur mit traurigem Blick an. Nikolaus schüttelte den Kopf.

»Ich weiß nicht, was Ihr meint«, brachte er nach einer geraumen Weile hervor.

»Das hier!«, schrie der Wirt und warf eine Laute auf den Hackblock.

Nikolaus wich zurück und starrte auf die Laute. Dann sah er wieder hoch.

»Bitte, Herr, seid nicht böse, aber ich weiß immer noch nicht, was Ihr meint.«

»Wir alle wissen, wie sehr du die Musik liebst. Besonders das Spiel der Laute gefällt dir. Aber so eine Laute ist teuer, und du hast kein Geld. Gestern, nachdem die Spielleute ihr Essen eingenommen hatten und erneut zum Tanz aufspielen wollten, war die Laute verschwunden. Meister Pongratz schließlich fand die Laute in deinem Lager oben in den Dienstbotenräumen.«

»Nein«, murmelte er nur.

»Nein? Ich werde dich an den Pranger stellen lassen. Ich werde dich in den Kerker werfen und darben lassen, damit du darüber nachdenken kannst, welche Schande du über mich und mein Haus gebracht hast! Aber, dir war ein Diebstahl noch nicht genug, du musstest unbedingt einen Schabernack mit uns allen treiben und mich vor aller Welt bloßstellen!«

Nikolaus sah fragend hoch. Was meinte der Meister? Konnte denn noch etwas Schlimmeres passiert sein? Noch schlimmer als ihn des Diebstahls zu bezichtigen?

»Dass du meinen Hochzeitsgästen zum Nachtrunk das hier hast servieren lassen ist der Gipfel der Unverfrorenheit. Dafür blüht dir die Hölle!«

Nikolaus sah in die Richtung, in die der Wirt mit ausgestreckter und vor Wut zitternder Hand deutete, und schrak zurück. Eine kleine Platte voller Maden! Unwillkürlich wich er zurück. Woher kamen die Maden? Und so viele! Er achtete doch so auf Sauberkeit in der Küche. Fand er eine Made, wurde sie sofort beseitigt.

»Sieht nicht gut aus, nicht wahr? Was meinst du wohl, was der Bürgermeister davon hielt? Glaubst du, ihm hat dieser Anblick gefallen?«

Nikolaus konnte seinen Blick nicht von dem Teller wenden. Plötzlich fiel ihm etwas auf, und er trat näher heran.

»Aber, aber ... das sind keine Maden.«

»Natürlich nicht, du Unhold! Es sind die Saiten der Laute, die mit heißem Wasser überbrüht wurden! Wahrhaftig – das ist der Streich von umherziehenden Studenten, Gassenjungen und Huren, aber nicht der Streich eines Lehrlings der Fürstenherberge ›Zum Goldenen Kreuz!‹ Und nun werde ich dich dem Scharfrichter vorführen, auf dass er eine Lösung für dich findet.«

Nikolaus war es, als hätte ihn jemand getreten. Er fühlte sich wie damals, als ihn der Meister ins Gesicht geschlagen hatte. Nur ging der Schmerz tiefer, mitten ins Herz. Dass der Wirt das von ihm glauben wollte. Er, Nikolaus, ein Dieb! Und nicht genug damit. Der Wirt glaubte tatsächlich, dass er eine Laute stahl, diese zerstörte und aus den Saiten künstliche Maden herstellte, um sie dem Bürgermeister vorzusetzen. Hilfe suchend sah er zu Antonia. Dieser standen Tränen in den Augen. Als sie Nikolaus' Blick sah, löste sich eine Träne und lief ihre runde Wange entlang.

»Bitte glaubt mir, ich bin kein Dieb«, flüsterte Nikolaus und sah dem Wirt fest in die Augen. Dieser verzog keine Miene, aber sein Blick verriet, dass er unschlüssig wurde. Da meldete sich Antonia mit leiser Stimme.

»Vater.«

Der Wirt drehte sich langsam herum. Augenblicklich wurde sein Blick weich, als er Antonias Tränen sah. Er tätschelte ihre Schulter.

»Vater«, hob Antonia erneut an. »Ich bin Euer Kind, Eure Tochter, und Ihr wisst, dass ich noch nie in meinem Leben gelogen habe, nicht wahr?«

»Ja, das stimmt. Aber hat das nicht Zeit bis später?«

»Nein«, fuhr sie mit festerer Stimme fort. Ihr Körper straffte sich ein wenig, sie hob den Kopf und sah ihrem Vater ins Gesicht, während sie weitersprach. »Vater, Nikolaus kann weder der Dieb noch der Übeltäter gewesen sein.«

»Warum nicht?«

»Weil er … die Nacht mit mir verbracht hat. Ich war die ganze Zeit bis in den frühen Morgen mit ihm zusammen. Wenn, dann musst du uns beide des Diebstahls bezichtigen.«

Augenblicklich herrschte absolute Stille in der Küche. Selbst das Feuer schien leiser zu werden. Nikolaus hörte ein Rauschen in seinen Ohren, aber er fasste sich und wollte gerade zu lautstarkem Protest ansetzen, als er Antonias flehenden Blick auffing und den Mund wieder schloss. Stattdessen hob Meister Pongratz an.

»Aber das kann nicht sein! Ich habe …«

Er verstummte. Der Wirt schenkte ihm einen abwesenden

Blick, dann fasste er Antonia grob am Arm und zog sie ohne ein weiteres Wort zur Küche hinaus. Nikolaus stand wie betäubt da. Warum nur hatte Antonia dieses Geheimnis preisgegeben? Er hätte sie niemals verraten! Um seinen Kopf war es beinahe egal, wenn sie sich nicht in Gefahr brachte. Und das hatte sie mit diesem Geständnis zweifellos getan. Wer konnte schon ahnen, was ihr Vater ihr antun würde ob der Schmach darüber, dass sich seine Tochter mit einem Gesellen eingelassen hatte?

»Ich krieg dich schon noch, Bürschchen. Warte nur«, grunzte Meister Pongratz und verließ mit stampfenden Schritten die Küche.

Nikolaus blieb weiterhin einfach stehen. Robert und Alfred lösten sich aus ihrer Starre und kamen langsam näher. Schließlich grinsten sie bis über beide Ohren, und Alfred schlug Nikolaus kameradschaftlich auf die Schulter.

»Das ist nicht schlecht, Nikolaus, nicht schlecht!«

Die Tage vergingen, ohne dass Nikolaus Gelegenheit fand, mit Antonia zu sprechen. Der Wirt hatte ihn zwar brummelnd vom Verdacht des Diebstahls losgesprochen, ließ sich aber nun nicht mehr blicken, und Meister Pongratz soff mehr als je zuvor. Nikolaus versuchte, sich mit Arbeit abzulenken, und kochte wie vom Teufel besessen. Aber es machte keine Freude. Er zerbrach sich den Kopf darüber, wer ihm so übel gesonnen war, dass er ihm Diebstahl unterstellen wollte, nur um ihm eins auszuwischen.

Es musste jemand gewesen sein, der in Lage war, aus Darmsaiten Maden herzustellen und der ihm, Nikolaus, aus tiefster Seele Übles wollte. Und jemand, der mit den Geheimnissen wie auch den Niederungen der Küche vertraut war; anders war es nicht denkbar. Jemand, der dieses eigenartige Kochbuch kannte, in dem sich die merkwürdigsten Zubereitungsarten fanden. Darunter auch die Anleitung zur Zubereitung einer gebratenen Gans, die noch lebte. Nikolaus hatte das Buch einmal in die Finger bekommen und begierig darin gelesen. Bis er auf die Gans gestoßen war. Sie sollte bei lebendigem Leib gerupft werden. Daraufhin wäre ein Feuer um sie herum zu bereiten, während der Koch selbst dafür Sorge zu tragen hatte, dass sie nicht in Ohnmacht fiel, ihr also beständig Wasser über den Kopf zu gießen hätte. Mit der Zeit würde sie garen, ohne zu sterben. Nikolaus hielt das Rezept nach wie vor für eine abartige Laune. Vielleicht mochte es ganz possierlich aussehen, wenn die Gans noch schnatternd und dennoch gebraten auf den Tisch käme, und die Gäste hätten sicher ihren Spaß daran, aber dennoch: Er würde dieses Rezept nie ausprobieren. Meister Pongratz hingegen schon. Es entsprach seiner Seele. Und in diesem Kochbuch stand auch das Rezept für künstliche Maden.

Meister Pongratz war also der Einzige, der als Übeltäter in Betracht kam. Aber hasste er ihn so sehr, dass er ihn in den Kerker oder gar an den Galgen bringen wollte? Und wenn ja, wie sollte ein armer Lehrling dagegen vorgehen?

Nikolaus kam zu keinem Schluss, und schließlich fanden seine Gedanken ohnehin immer nur ein Ziel: Antonia. Er vergoss stille Tränen vor Sehnsucht und Schmerz, aber auch vor Scham, denn sie hatte ihn zwar gerettet, glaubte aber wahrscheinlich ebenso wie ihr Vater, dass er ein Dieb und Taugenichts war.

Das Schlimmste jedoch, was seine Beziehung zu Antonia betraf, waren die anerkennenden Blicke der anderen Dienstboten. Die ihn dafür bewunderten, dass er die Tochter des Wirtes herumbekommen hatte.

Warum nur war er in dieser unglückseligen glückseligen Nacht nur im Hinterhof mit Antonia in den Armen eingeschlafen, sodass ihm der Dieb die Laute unter sein Lager stecken hatte können?

Er glaubte bereits, Antonia niemals wiederzusehen, denn auch wenn er einen Blick in die Stube wagte, konnte er sie nicht entdecken, bis sie eines Abends zur Hintertür in die Küche huschte. Erfreut fuhr er hoch und wollte etwas sagen, aber sie bedeutete ihm zu schweigen und winkte ihn nach draußen in den Hof.

Eilig hastete er hinter ihr her. Als sie bei den Stallungen angekommen waren, blieb sie stehen.

»Ich bin so froh, dich zu sehen, Antonia. Bitte, du musst mir glauben ...«, setzte Nikolaus sofort an zu sprechen.

»Psst. Ich glaube dir. Nein, ich weiß, dass du kein Dieb bist, und erst recht hast du Besseres zu kochen als künstliche Maden. Meister Pongratz hat dir diesen üblen Streich gespielt. Vater weiß das mittlerweile.«

»Und warum geht er nicht gegen ihn vor?«, fuhr Nikolaus aufbrausend hoch.

Es war eine himmelschreiende Ungerechtigkeit, wenn Meister Pongratz ohne weiteres Aufhebens davonkam, während man ihn vor den Richter hatte schleppen wollen.

»Ach, Meister Pongratz ist schon lange bei uns, und es gibt nicht genügend Personal. Schon gar keine Meister. Viele Zünfte sind wie ausgestorben und werben händeringend um neue Leute. Der Krieg steckt dem Land noch immer in den Knochen ... Aber deshalb bin ich nicht gekommen. Es ist, weil ich doch gesagt habe, wir hätten die Nacht zusammen verbracht ...«

Antonia verstummte und sah zu Nikolaus hoch. Er wusste nicht warum, aber bei ihrem Blick hielt er augenblicklich den Atem an. Sein Herz wurde ihm schwer, und er wusste, dass sie schlechte Nachrichten hatte.

»Mein Vater ist entsetzt darüber und hat meine Hochzeit mit einem der Ratsherren arrangiert.«

»Aber das kann er nicht machen! Du kannst doch nichts dafür und ... ja, willst du denn überhaupt heiraten?«

Antonia schüttelte den Kopf und biss sich auf die Lippen. »Ich liebe dich, Nikolaus. Aber wir dürfen uns nicht mehr sehen. Lebe wohl. Ich verlasse schon morgen das Haus.«

Sie drückte ihn so schnell an sich, dass er keine Zeit fand, nach ihr zu greifen. Ehe er seine Arme um sie schlingen konnte, löste sie sich von ihm und lief über den Hof in die Dunkelheit davon.

Nikolaus verbrachte die nächsten Tage in stiller Trauer. Ihm war, als wäre sein Herz gebrochen, und er fühlte sich ganz so wie damals, als seine Mutter starb, sein Bruder in der Krieg zog, und so wie in der Zeit, als ihn der Vater einfach aus dem Haus schickte. Nachts war es am schlimmsten. Er konnte nicht schlafen, hörte jedes Geräusch in dem Gesindeverschlag und konnte nur an Antonia denken. Robert hatte ihm zugetragen, dass man sie aufs Land zu einer Tante geschickt hatte, wo sie sich auf ihre Hochzeit vorbereiten sollte. Nikolaus wusste, er würde sie nie wiedersehen.

Als der Schmerz unerträglich wurde und er nachts bittere Tränen um Antonia weinte, schwor er sich, dass er sein Herz niemals wieder an einen Menschen hängen würde. Jedes Mal, wenn er sein Innerstes öffnete, sich und seine Seele preisgab, verließen ihn eben jene Menschen, denen er so zugetan war. Dies wollte er nie wieder riskieren!

Von Stund an arbeitete er härter als je zuvor. Meister Pongratz verfolgte ihn weiter mit mordlustigen Blicken, aber ihm war es egal. Er sah zu, dass er niemals allein mit dem Meister in der Küche war, und ging ansonsten, wenn es sich nicht vermeiden ließ, zu den Hühnern, um Eier zu holen.

Und er wusste nur noch eines: Er wollte so schnell wie möglich weg vom Goldenen Kreuz. Womöglich wurde Antonias Hochzeit hier ausgerichtet, und dann müsste er für ihre Vermählung kochen. Das war unmöglich. Er musste weg. Weit weg. Um zu vergessen, um wieder durchatmen zu können, um frei zu sein. Aber er hatte keine Ahnung, wie er es anstellen sollte.

Es war nicht einfach, aus dem Gesellenverhältnis zu entkommen. Er war gebunden an das Haus und den Lehrherren. Einfach so zu gehen kam nicht in Frage. Zudem stand auf Auswanderung immer noch eine hohe Strafe, und er wollte sich nicht noch einmal mit dem Gesetz anlegen. Der Überfall auf den kirchlichen Würdenträger lastete ihm immer noch auf der Seele, aber er konnte diese Schandtat nicht einmal beichten, denn so eine Ungeheuerlichkeit würde selbst ein zum Schweigen verpflichteter Priester kaum durchgehen lassen. Nicht, wenn es um das Geld der Kirche ging. Also galt es, darüber zu schweigen und die Last weiter zu tragen. Aber keinesfalls wollte er sich eine neue Bürde aufhalsen. Darum musste er eine andere Lösung finden, und zwar schnell. Aber ihm wollte nichts einfallen. Er sah einfach keine Möglichkeit, dem Wirtshaus zu entrinnen.

Beinahe war er froh, als die Fastenzeit begann. Sie war ihm stets als graue und triste Erscheinung vorgekommen, in der die Menschen danach trachteten, sich zu bessern und zu läutern, und dabei mehr über die Stränge schlugen als üblich. Zu allem Überfluss war in der Fastenzeit alles verboten, was Freude bereitete – vor allem ihm als Koch. Er durfte weder Fleisch noch Milch oder Eier für seine Speisen verwenden und sah sich jedes Mal einer schier unlösbaren Aufgabe gegenüber, dennoch ein schmackhaftes und befriedigendes Mahl zu bereiten.

Nicht einmal das jährliche Fastnachtsspiel, das wie jedes Jahr in der Fürstenstube aufgeführt wurde, konnte Nikolaus aufmuntern. Im Gegenteil, die Schauspieler in ihren bunten Kleidern und wilden Maskierungen, die Texte, die provisorische Bühne – alles erinnerte ihn schmerzlich an Antonia, die eben jene Stücke so sehr liebte, sodass er sich mitten im Spiel aus der Stube wieder in seine Küche zurückzog. Hier fand er Ruhe. Alle Bediensteten, die nicht beim Ausschank benötigt wurde, durften dem Spiel beiwohnen. Eine willkommene Abwechslung, die sich keiner entgehen ließ.

Nikolaus sah sich unschlüssig in der Küche um und wusste nicht recht, was er tun sollte. Er hörte das Lachen und Klatschen der Zuschauer und war gerade daran, in Tränen auszubrechen, als Robert zur Tür hereinstürzte.

»Weißt du, was ich soeben erfahren habe?«

Nikolaus schüttelte unwillig den Kopf. Er wollte nicht gestört und schon gar nicht mit Roberts Unsinnigkeiten belästigt werden.

»Nun hab dich nicht so. Diese Neuigkeit interessiert dich bestimmt.«

Robert grinste über das ganze Gesicht. In seinen Augen funkelte es. Nikolaus horchte auf. Vielleicht brachte er Kunde von Antonia? Möglicherweise heiratete sie doch nicht und kam als freies, lediges Mädchen in die Herberge zurück? Sein Herz begann schneller zu pochen.

»Der Fürst kommt!«, rief Robert.

Nikolaus starrte ihn an. Mit einem Schlag waren alle Hoffnungen auf ein Wiedersehen mit Antonia zunichte gemacht und zudem verstand er überhaupt nicht, was Robert meinte. Dieser wurde ungeduldig und tanzte aufgeregt in der Küche herum.

»Unser Wittelsbacher! Ferdinand Maria! Und das in der Fastenzeit! Reisen ist doch unüblich in der Fastenzeit! Aber er kommt – das gibt eine Aufregung! Und was man da alles zu schaffen hat!«

Nikolaus nickte nur und sagte kein Wort. Robert hörte auf herumzuzappeln und trat an Nikolaus heran.

»Ich weiß, dass du immer noch um Antonia trauerst, aber du musst sie vergessen. Und die Wittelsbacher werden dich ablenken. Es gibt jede Menge zu tun, wenn ein Fürst kommt. Du hast keine Ahnung, wie viel Arbeit das ist! Im Krieg hatten wir Tilly und Wallenstein zu bewirten – sie hätten den Wirt beinahe in den Ruin gestürzt.«

»Wieso?«, fragte Nikolaus, nun doch interessiert.

»Weil der Wirt für ihre Unterkunft zahlen musste. Ist im Krieg so üblich. Aber die Wittelsbacher jetzt, die bringen Geld!«

Robert tanzte wieder hinaus und ließ Nikolaus mit seinen Gedanken allein. Mit einem Schlag überkam es ihn: Das war seine

Chance, seine Gelegenheit, dem Goldenen Kreuz, Meister Pongratz und der leidigen Erinnerung an Antonia zu entrinnen. Aber er musste es klug und geschickt anstellen, und ihm fehlte leider jeglicher Sinn für Intrige. Oder vielleicht doch nicht?

Denn er hatte zumindest einen Plan: Er wollte das Mahl zubereiten, und vielleicht konnte er dann den Wirt davon überzeugen, ihn mit einem Meisterbrief ziehen zu lassen. Oder wenigstens einem Gesellenbrief. Als Dank für das wunderbare, köstliche, nicht zu übertreffende Mahl. Das würde er tun. Aber er musste Meister Pongratz ausschalten, denn dieser würde sich die Gelegenheit, für einen Wittelsbacher zu kochen, nicht entgehen lassen, so versoffen und desinteressiert er auch sonst war. Guter Rat war also teuer.

Ferdinand Maria befand sich auf einer Inspektionsreise, wie Nikolaus am nächsten Morgen erfuhr. Nachdem Maximilian, Ferdinands Vater, 1651 gestorben war, reiste sein Sohn durch Bayern, um das Land zu visitieren und die noch immer erheblichen Kriegsschäden in Augenschein zu nehmen.

Das ganze Haus war in Aufruhr, und auch Nikolaus wurde von der Hektik und Vorfreude angesteckt. Zum ersten Mal in seinem Leben würde er die Chance haben, für einen echten Fürsten zu kochen. Jedes Mal, wenn er daran dachte, wurde ihm ganz heiß. Ob er dieser Aufgabe wohl gewachsen war? Sicherlich, dachte er dann wieder zuversichtlich, auch Fürsten – oder eben gerade Fürsten – galten als Feinschmecker, und er, Nikolaus *konnte* schließlich kochen.

Die Dienstboten schwirrten durch das Haus und kehrten das Unterste zuoberst. In allen Zimmern, selbst im Dienstbotenverschlag wurde das Stroh ausgewechselt, die Laken wurden gewaschen und mit neuer Tinktur bestrichen. Der Pferdestall bekam sogar frische Tünche an die Wände und wirkte mit einem Mal blitzsauber und sehr adrett. Eine wahre Hetzjagd auf Mäuse und

Ratten begann, und die Katzen der gesamten Umgebung wurden darin einbezogen.

Aus gut verschlossenen Schränken wurden Porzellanteller und Silberkrüge geholt, die von den Dienstmägden auf Hochglanz poliert wurden. Nikolaus konnte sich an dem Geschirr nicht satt sehen und strich darum herum wie eine Katze um den Milchbrei. Es war so schön, und wie viel Glanz würde es den Speisen bereiten, die darauf aufgetragen werden durften!

Die Speisen allerdings bereiteten allgemeines Kopfzerbrechen. Selbst Nikolaus, dessen Verhältnis zum Wirt merklich abgekühlt war, wurde nach Fastenrezepten befragt und konnte mit einigen wenigen Fischrezepten aushelfen. Der Wirt sah sich genötigt, ein Kochbuch zu organisieren, und zwar von den Augustinern.

Nikolaus war begeistert. Einem wahren Festschmaus, ganz nach den strengen Regeln der Fastenzeit, stand demnach nichts mehr im Wege. Er hatte das Buch in der Mittagszeit in die Hände bekommen und war nun nicht mehr davon wegzukriegen. Es war ein anonymes Buch aus Bologna, enthielt aber Rezepte, die eines Meisters würdig waren.

Da Meister Pongratz des Lesens nur sehr stockend mächtig war und auch Robert und Alfred nur schwer vorankamen, während Nikolaus' Augen über die Buchstaben fliegen konnten, wenn es um Speisen und ihre Zubereitung ging, musste Meister Pongratz murrend das Vorlesen der Rezepte an Nikolaus abtreten. Überhaupt war er schlecht gelaunt, da der Wirt, um größere Katastrophen zu vermeiden, sowohl das Wein- als auch das Branntweinfass in den Keller gesperrt hatte und er mit Bier allein seinen Durst nicht befriedigen konnte.

Zwei Tage vor Eintreffen der hohen Herrschaften – denn Ferdinand Maria kam nicht nur mit Hofstaat, sondern auch mit der fürstlichen Gemahlin im Gepäck – steigerte sich die Vorfreude in wahre Hysterie. Louise weinte ununterbrochen, war nicht mehr fähig, auch nur ein Huhn zu rupfen und musste schließlich Meister Pongratz um ein Gebräu aus Hopfen, Honig, Baldrian und Salbei bitten, um für die kommenden Tage ein wenig Stärkung zu erlangen.

Der Meister versäumte keine Gelegenheit, Nikolaus von seinen Aufgaben abzubringen und ihm solche zuzuschanzen, die eines Küchengesellen nicht würdig waren. Nikolaus nahm es zuerst tapfer hin, aber mit jeder Stunde, die verrann, sah er seine Chancen, durch ein besonderes Gericht aufzufallen, geringer werden.

Als ihm der Wirt schließlich auftrug, ein Fass Kraut aus dem Keller zu holen und den Schlüssel für die Gewölbe anschließend wieder hinter der Theke zu verstecken, merkte Nikolaus auf, denn in jenem Keller lagerte auch die vom Meister heiß begehrten Branntweinfässer. Er holte artig das Kraut und verstaute auch den Schlüssel wieder an der vorgegebenen Stelle – zu passender Zeit würde er ihn holen und dem Meister unterjubeln. Dann stand ihm Tür und Tor offen, um ein eigenes Gericht kochen zu dürfen.

Die Vorbereitungen liefen auf Hochtouren. Nur einmal noch würde die Sonne untergehen, dann konnte er zum ersten Mal einen Fürsten bestaunen! Das ganze Haus glich einem aufgescheuchten Hühnerstall. Fuhrleute und Händler, Metzger und Bäcker, Weinhändler und Bierlieferanten gaben sich die Klinke in die Hand, und bald stapelten sich die Viktualien in der Küche in jeder Ecke. Ein heilloses Durcheinander entstand, und Nikolaus übernahm von selbst die Aufgabe, eine genaue Liste darüber zu erstellen, was wo lagerte.

Von der fernen See waren Krabben und Schildkröten geliefert worden und harrten nun ihrer schnellen Zubereitung, denn sie rochen bereits etwas stechend, wie Nikolaus befand. Er stellte die Körbe auf den Hackblock, um eine rasche Verarbeitung zu gewährleisten, und widmete sich wieder seiner Liste. Lachs und Thunfisch mussten als nächste in die Terrinen, so viel stand nach einer Geruchsprobe fest.

Alfred wurde schließlich zum Apotheker geschickt, um kostbarstes Marzipan zu holen. Der Wirt persönlich nahm es in Empfang, damit kein Gramm, keine Krume von der mit Gold aufzuwiegenden Süßigkeit von den Dienstboten abgezweigt wurde.

»Ihr seid wie die Mäuse. Alles wird von euch angenagt und angebissen. Aber merkt euch – wir haben Fürsten zu Besuch, und wenn auch nur eine Speise von euch besudelt ist, setzt es gehörig was! Meister Pongratz wird einen Marzipankuchen herstellen, und so lange bleibt das Marzipan im Keller verschlossen und damit genug. Mach nicht solche Stielaugen, Alfred!«

Der Wirt sah grimmig in die Runde und drohte mit erhobener Hand, um seine Worte zu unterstreichen, ehe er in den Keller ging, um das begehrte Marzipan dort zu verschließen.

Nikolaus dachte an ein Rezept aus dem Kochbuch des anonymen Meisters. Auch dort war ein Marzipankuchen beschrieben. Dieser passte in die Fastenzeit, da er gänzlich ohne Eier und Milch zubereitet wurde, und ganz offensichtlich hatte der Meister vor, eben jenen zuzubereiten. Aber da war auch ein Wappen aus Marzipan abgebildet, und dieses würde sich wunderbar auf dem Kuchen machen.

»Werdet Ihr auch das Wappen der Wittelsbacher aus Marzipan formen?«, fragte er frei heraus, in sicherem Abstand zum Meister.

Dieser zog nur die Augenbrauen kraus und sah ihn böse an.

»Was soll das schon wieder für ein Blödsinn sein? Es ist so schon genug Arbeit. Und nun scher dich davon! Ich kann dich nicht gebrauchen.«

Nikolaus trollte sich, aber innerlich war er zum Zerbersten aufgeregt. Das Wappen war seine Chance. Endlich konnte er seinen Plan vervollständigen. Nicht genug damit, dass er durch ein erlesenes Gericht auffallen wollten, nein, er würde das Wappen der Wittelsbacher aus Marzipan formen. Das gefiel dem Fürsten bestimmt und damit auch dem Wirt!

Er schickte Louise auf die Suche nach einer Vorlage für das Marzipanwappen. Zwar hatte er Bedenken, dass sie der Aufgabe nicht gewachsen sein könnte, aber weder Robert noch Alfred waren abkömmlich, und auch die anderen Dienstboten sausten wie wilde Furien durch das Haus; nur Louise schien allen im Weg zu sein. Eine Ablenkung tat ihr bestimmt gut.

Mit funkelnden Augen nickte sie denn auch, als Nikolaus ihr seine Bitte vorgetragen hatte, und machte sich auf die Suche. Nikolaus zweifelte noch immer, ob er die richtige Wahl getroffen hatte, konnte sich aber nicht mehr weiter um seine Sorgen kümmern. Er hatte alle Hände voll zu tun, denn er durfte eine komplette Speisenfolge alleine zubereiten. Meister Pongratz hatte ihm alle Gerichte zugeordnet, die aus Meeresfrüchten bereitet wurden – keiner von ihnen hatte diese jemals zuvor gesehen oder gegessen, geschweige denn zubereitet. Nikolaus sah sich in eine Katastrophe schlittern. Während sich die anderen an wohl bekannten Speisen wie Hecht, Forelle und Zander probieren durften, war er dazu verdonnert, Exotisches auf den Tisch zu bringen und darüber hinaus auch noch die Armenspeise Krebs.

Aber er stellte fest, dass sich die Zubereitung von Seefisch nicht wirklich von der der Süßwasserfische unterschied und war alsbald gefangen von der Arbeit. Er bemerkte nicht, wie die anderen immer langsamer arbeiteten und schließlich todmüde aus der Küche in ihre Betten schlichen. Er sah auch nicht, wie Meister Pongratz immer näher am Bierfass arbeitete, um schließlich nur noch seinen Krug nachzufüllen und ansonsten nichts mehr zu tun. Er las mit Begeisterung die Rezepte, verfeinerte sie, stimmte sie aufeinander ab und arbeitete sich so durch den Plan, den er sich selbst erstellt hatte. Er wollte morgen in aller Frühe fertig sein, um dann das Marzipanwappen herzustellen. Die anderen würden so sehr mit ihrer eigenen Arbeit beschäftigt sein, dass ihm niemand über die Schulter schauen würde.

Als der Morgen graute, sah er seine gesamte Speisenfolge vor sich stehen. Hübsch garniert lagen sie auf den silbernen Serviertellern und Nikolaus musste sich ehrliche Mühe geben, der Versuchung zu widerstehen und nicht doch wie eine kleine Maus an dem einen oder anderen zu probieren. Sicherlich, er hatte die Saucen abgeschmeckt und Gelees und Teige gekostet, aber er hätte zu gerne gewusst, wie Seekrabben und Schildkröte schmecken mochten.

Seufzend ließ er sich auf einen Schemel sinken und starrte auf seine Speisen. Seesterne und Krebse, in Wein gegart, gekochte Seekrabben in weißer Tunke mit Granatapfelkernen, gekochte Rabenfische mit Majoran, Kabeljau auf spanische Art mit Senfsauce, falsche Kalbsschnitzel aus gegrillten Fischfilets mit Zucker und Zitronensaft, Thunfischauflauf, Torte aus Aal und Spinat, Schildkröten aus Teig und Lachs in Gelee, so bereitet, dass er wie Schinken aussah.

Diese Speisen wären einer Gesellenarbeit zur Meisterprüfung wert gewesen. Und vielleicht waren sie das ja auch. Sein Herz tat wieder einen Sprung. Er musste sich beeilen. In heller Aufregung stellte er die Farben her, die er für das Wappen brauchen würde. Schließlich versteckte er sie im Regal hinter den Pastetenformen, die ihm schon einmal Glück gebracht hatten, und hoffte, sein Plan möge aufgehen. Voller Vorfreude machte er sich daran, für Alfred und Robert alles vorzubereiten, sodass diese nicht mit Vorarbeiten aufgehalten wurden und ihn dabei auch noch störten.

Der erste Hahnenschrei ertönte, und anders als sonst strömten die Dienstboten auch schon kurz darauf in die Küche. Schwatzend, lachend und kichernd aßen sie ihren Brei und tranken ihr Bier. Nur noch wenige Stunden, dann würden die fürstlichen Gäste eintreffen – ein Höhepunkt in ihrer aller Leben.

Der Wirt ließ neue Hemden für alle verteilen und ordnete ein allgemeines Hände- und Gesichtwaschen an, was nicht ohne Murren hingenommen wurde. Aber für den Fürsten waren sie schließlich alle bereit, ihr Leben zu riskieren und mit Wasser in Berührung zu kommen.

Nikolaus verschob seine Wäsche auf später, denn noch war in

der Küche genug zu tun, und ein neues Hemd wäre von vornherein dem Untergang geweiht. Alfred und Robert waren ausnahmsweise eifrig bei der Arbeit und grillten Dutzende Forellen, Karpfen und Hechte, putzten Flusskrebse und füllten Brote.

Irgendwann trottete Louise plötzlich herein – in der Hand eine Abbildung des Wittelsbacher Wappens. Nikolaus war mit einem Satz bei ihr.

»Nicht!«, zischte er und sah sich aufgeregt nach Meister Pongratz um, doch dieser holte gerade seinen Marzipankuchen aus dem Ofen und sah sich Beifall heischend in der Küche um. Dieser Beifall blieb auch nicht aus – vor allen Dingen, weil jeder den Duft des Marzipans wahrnahm und lüstern nach dem Kuchen gierte. Auch Louises Aufmerksamkeit war dahin. Sie drückte Nikolaus die Zeichnung in die Hand und eilte zum Kuchen. Nikolaus steckte seufzend die Abbildung unter sein Hemd und musste sich darauf verlassen, dass Louise auch das richtige Wappen gewählt hatte.

In diesem Augenblick hastete Simon zur Tür herein.

»Sie kommen!«, schrie er und war schon wieder weg. Nikolaus hatte gerade noch Zeit, in das neue Hemd zu schlüpfen und mit wenigen vorsichtigen Spritzern sein Gesicht vom vielen Mehl zu befreien, und eilte den anderen hinterher vor das Haus. Der Wirt hatte angeordnet, dass das gesamte Personal die fürstlichen Herrschaften empfangen sollte, und so stellten sie sich in Reih und Glied, geordnet nach Rängen, auf und verrenkten sich allesamt die Hälse, um als Erster einen fürstlichen Wagen zu erspähen.

Nikolaus war sich nicht sicher, wie er sich die Ankunft eines Fürsten vorzustellen hatte. Wie wohl sein Wagen aussah? Wie der eines reichen Pferdehändlers oder etwa vergoldet wie auf den Bildern in der Wirtsstube abgebildet?

Er musste nicht lange warten, da rief Alfred auch schon aufgeregt: »Da! Da kommen die Ersten!«, und deutete dabei die Straße hinauf.

»Ruhe!«, bellte der Wirt, konnte sich aber nur spärlich durchsetzen. Aufgeregtes Gemurmel und Getuschel setzte ein, und selbst Nikolaus reckte sich, um besser über den großen Simon hinwegsehen zu können. Er sah zuerst nur den Staub, der aufgewirbelt wurde. Eine große Wolke schien sich einen Weg durch ihre Straße auf die Herberge zuzubahnen. Doch dann erkannte er die ersten Reiter in Livreen. Einer von ihnen trug eine kleine Fahne, die das Wappen der Wittelsbacher zeigte. Als sie näher kamen, hüpfte Nikolaus' Herz vor Freude. Louise hatte ihm augenscheinlich doch die richtige Vorlage besorgt.

Hinter den Reitern folgten die ersten Kutschen. Nikolaus war ein wenig enttäuscht, als sie näher kamen. Sie sahen auch nicht anders aus die der reichen Kaufleute der Stadt, aber die Pferde waren selbst für ein ungeübtes Auge als edelste Tiere zu erkennen.

Der Zug schien kein Ende zu nehmen. Die ersten Reiter bogen bereits in den Hinterhof ein, und die Stallburschen sausten von dannen, um sie in Empfang zu nehmen, aber vom Fürsten war immer noch nichts zu sehen. Noch mehr Reiter und Wagen folgten, und Nikolaus verschlug es den Atem. Er hatte keine Ahnung, wo die vielen Leute untergebracht werden sollten.

»Wir haben doch nicht so viele Zimmer«, flüsterte er deshalb fragend zu Alfred.

Dieser lachte und erklärte: »Die meisten von denen sind auch nur Bedienstete. Sie schlafen zu mehreren in einem Zimmer. Schau dort, das ist der Wagen der Wäscherinnen und hier kommen die Musikanten, dann die Lakaien und die höheren Bediensteten, und da ganz hinten, nach den bewaffneten Berittenen, da kommen erst die fürstlichen Herrschaften.«

Nikolaus sah staunend zu Alfred und dann wieder zu der nicht enden wollenden Kolonne auf der Straße. Die halbe Stadt jubelte ihnen zu, und einige der berittenen Wachleute des Fürsten hatten alle Hände voll zu tun, die Menge zurückzudrängen und einen Weg für die Wagen- und Pferdekolonne frei zu halten.

Und dann kamen sie – die bewaffneten Berittenen, von denen Alfred gesprochen hatte. Ihre Livreen waren genauso mit Straßenstaub verschmutzt wie die der Boten und Wachleute, aber ihre Mienen waren noch hochfahrender als die der anderen. Ihnen folgte ein prächtiger Wagen, der ringsum mit Malereien und Bildhauereien verziert war. Unter der Dreckschicht aus dem Lehm und Schlamm der unbefestigten Straßen schimmerte es golden durch. Er wurde von acht weißen Pferden gezogen, und auf dem Kutschbock saß ein prächtig gewandeter Kutscher. Auf dem Trittbrett am hinteren Ende des Wagens hielten sich fünf Lakaien fest, deren weiße Perücken vom Staub ergraut waren. Nikolaus' Augen wurden immer größer, als er die Pracht und Herrlichkeit in sich aufnahm. Auch das aufgeregte Getuschel der anderen verstummte immer mehr. Sie alle sogen das Neue in sich auf. Die Kutsche hielt, und die noch verbliebene Dienerschaft vor dem Haus versank in einen gemeinschaftlichen tiefen Knicks. Nikolaus beeilte sich, es ihnen nachzutun, und konnte so nur hören, wie der Wirt die Herrschaften begrüßte. Allerdings hörte er neben der des Wirtes nur Frauenstimmen und wurde flüsternderweise von Alfred darüber aufgeklärt, dass dies nur der kurfürstliche Damenwagen war und der Galawagen mit dem Fürsten noch folgen würde; dann aber würden sie schon wieder in der Küche sein.

Nikolaus hoffte, Alfred möge nicht Recht behalten, aber er war so. Bevor er noch mehr von der Wagenkolonne erhaschen konnte, waren die Damen bereits im Haus verschwunden, und sie wurden zurück an ihre Arbeit gescheucht.

»Es sollen über hundert Wagen sein! An die achtzig schwere und der Rest leichte Wagen. Stellt euch das nur vor! Wir müssen über zweihundert Leute bei uns einquartieren«, schwärmte Louise, welche die Zahlen von irgendwoher aufgeschnappt hatte und nun in begeisterter Ehrfurcht nachplapperte, ohne sich überhaupt eine Vorstellung davon machen zu können, was diese Zahlen nun genau bedeuteten. Aber es hörte sich nach einer großen Menge an.

Nikolaus war beeindruckt. Und zweifelsohne konnte Louise so Unrecht nicht haben, denn die Herberge war von einem Schwirren und Summen erfüllt, als wäre sie ein riesiger Bienenstock. Immer wieder rannten Lakaien des Fürsten und der Fürstin in die Küche und verlangten nach Wasser, Bier oder Wein und störten sie alle bei der Arbeit.

Nikolaus hatte mittlerweile herausgefunden, dass die Lakaien von niemandem sehr geschätzt wurden, denn die Arroganz, mit der sie alle anderen behandelten, gefiel keinem, und eine Auseinandersetzung konnte ein ums andere Mal nur knapp vom Wirt persönlich abgewendet werden.

Meister Pongratz tat sich in seiner Aufregung mehr als nötig am Bier gütlich und Nikolaus förderte ihn darin, indem er seinen Krug immer wieder verstohlen auffüllte. Als die Sonne sich niedersenkte, wusste er, dass er nun langsam zu Werke schreiten musste, ansonsten brauchte er die Torte überhaupt nicht mehr mit dem Wappen verzieren. Er unterwies Alfred und Robert in ihren Arbeiten, bemerkte mit Zufriedenheit, dass Meister Pongratz bereits leise sang und lief zum Ausschank, um den Schlüssel zum Keller zu holen.

Als er wieder in der Küche war, trafen Alfred und Robert gerade die letzten Vorbereitungen zum Auftragen des ersten Ganges mit insgesamt fünfundzwanzig Speisen auf fünfzig großen Platten verteilt.

Nikolaus öffnete laut und rumpelnd die Kellertür und bemerkte aus dem Augenwinkel, dass Meister Pongratz das Öffnen eben jener Tür nicht verborgen geblieben war. Aufgekratzt hüpfte er in den Keller, holte einige Zitronen, die sie noch zum Garnieren einer Speise benötigten und lief mit klopfendem Herzen wieder nach oben. Alfred half ihm unvermittelt und völlig unwissend, indem er ihn sofort mit sich zog, sobald er aus dem Keller kam, ohne dass er die Tür hinter sich schließen konnte. Während er Alfreds Frage beantwortete, sah er, dass sich Meister Pongratz in den Keller aufmachte.

Nikolaus jubelte innerlich. Flink holte er die Farben aus dem Regal und befahl dem verdutzten Robert, den Kuchen auf die Anrichte zu stellen. Dann machte er sich unter den neugierigen Augen der anderen daran, den Kuchen zu bemalen, die Vorlage des Wappens vor sich.

»Meister Pongratz wird sehr wütend, wenn du dich an seinem Kuchen vergehst, Nikolaus«, murmelte Alfred zweifelnd.

Aber Nikolaus hatte keine Zeit für Bedenken. Er konzentrierte sich auf die Formen und Farben und malte mit Rosshaar, so gut es ihm möglich war, das Wappen auf den Kuchen. Als er fertig war, trat er einen Schritt zurück. Ja, das war gelungen. Stolz blickte er um sich und sah genau in Meister Pongratz' völlig fassungsloses Gesicht.

In diesem Augenblick glaubte Nikolaus, sein Herz würde aussetzen. Sein Plan hatte nicht funktioniert. Zwar hatte sich der Meister ganz offensichtlich am Branntwein vergriffen, denn er trug das Fässchen unterm Arm, aber er war nicht wie geplant im Keller geblieben, um dort in aller Heimlichkeit dem Suff zu frönen. Doch ehe der Meister zu Wort kam, trat der Wirt in die Küche.

»Auf, auf. Der Fürst sitzt zu Tisch. Hurtig!«

Meister Pongratz blieb keine Zeit, Protest einzulegen oder Klage gegen Nikolaus zu führen. Die Kellner strömten zur Tür herein und mit ihnen Lakaien und Dienstboten des Fürsten. Unter den bangen Augen des Küchenpersonals wurde der erste Gang hinausgetragen.

Nikolaus wartete immer noch auf die Prügel von Meister Pongratz, bemerkte dann aber, dass sich dieser mit seinem Weinfass an den Kamin zurückgezogen hatte und ihn von dieser Stellung aus mit hasserfülltem Blick ansah, aber kein Wort sagte oder gar die Hand erheben wollte.

Nikolaus atmete auf und konnte sich seiner noch verbliebenen Arbeit widmen. Jedes Mal, wenn die Dienstboten erneut hereinströmten, um einen neuen Gang aufzutragen, schlug sein Herz ein wenig wilder. Nicht mehr lange, und die von ihm gekochten Speisen würden aufgetragen werden. Er hoffte von ganzem Herzen, dass sie munden würden.

Als es so endlich so weit war, konnte er vor Aufregung nicht mehr stillstehen. Weder war es ihm möglich, sich auf das Garnieren der Nachspeisen mit Zitronenscheiben zu konzentrieren, noch konnte er Speisen auf den Platten anrichten.

Als Martin endlich wieder zur Küchentür hereinkam, stürzte Nikolaus auf ihn zu.

»Und, mundet es ihnen? Sagt es ihnen zu?«

Martin schüttelte den Kopf und verzog den Mund. Nikolaus hatte das Gefühl, seine Beine würde nachgeben.

»Nein?«, stammelte er.

»Oh, es schmeckt. Aber zu gut.«

Nikolaus sah ihn nur verwirrt an.

»Es ist Fastenzeit, und Kurfürstin Henriette ist sehr gläubig. Sie findet, ein derartiges Aufgebot ziemt sich nicht für die Fastenzeit. Um die Wahrheit zu sagen, sie ist ziemlich aufgebracht, und deshalb meinte der Wirt auch, wir sollten nun gleich die Backwaren auftragen.«

Nikolaus war, als würde die Welt über seinem Kopf zusammenbrechen. Als mehrere Dienstboten des Fürsten den verzierten Marzipankuchen unter beifälligem Gemurmel hinaustrugen, achtete er nicht weiter darauf, sondern ging zur Hintertür in den Hinterhof hinaus. Er wollte allein sein. Allein mit sich und seinem Kummer.

Er hatte so viel Hoffnung gehabt und nun das! Warum aber auch hatte der Wirt daran nicht gedacht? Gut, sie war erst seit drei Jahren Kurfürstin und noch nie zu Gast im Goldenen Kreuz gewesen, aber dennoch ... Nikolaus schüttelte den Kopf und kämpfte gegen Tränen an. Sein Hals schnürte sich zusammen, und er hatte das Gefühl, keine Luft mehr zu bekommen. Er würde nie das Goldene Kreuz verlassen. Er würde auf ewig hier bleiben und gegen Meister Pongratz kämpfen müssen.

»Bengel, scher dich sofort hierher!«

Meister Pongratz' bellende Stimme rief ihn aus seinen Gedanken. Erschrocken lief er wieder in die Küche. Der Wirt, die Kellner, Alfred und Robert und selbst Louise standen im Raum und sahen ihn stumm an. Nikolaus konnte sich nicht erklären, was geschehen war, aber bestimmt hing es mit dem Marzipankuchen zusammen, und er würde nun die Prügel seines Lebens beziehen, und das vor all den anderen.

Mit eingezogenem Kopf trat Nikolaus einen Schritt näher an den Wirt heran.

»Nikolaus, hast du die Krebse zubereitet?«

Diese Frage kam so unerwartet, dass er den Kopf hob und zum Wirt aufsah.

»Ja.«

Was war damit? Stimmte etwas nicht? Hatten sie ihr nicht gemundet? Oder waren sie gar schon schlecht gewesen? Nikolaus befürchtete das Schlimmste. Ein Blick zu Meister Pongratz zeigte, dass dieser vor diebischer Freude in der Aussicht auf großen Ärger für seinen verhassten Gesellen auf den Fußballen wippte und dazu hämisch grinste.

»Das kann nur er gewesen sein. Keiner kommt auf den Gedanken, Krebse einem Fürsten vorzusetzen«, höhnte er und nahm einen tiefen Schluck vom Branntwein.

Der Wirt registrierte den unvermutet aufgetauchten Branntwein mit einem Stirnrunzeln, sah Meister Pongratz an und meinte: »Sie ist begeistert.«

Nikolaus horchte auf.

»Ja, es stimmt. Die ist völlig hin und weg. Ganz angetan ist sie und spricht nur noch davon. Jeder ihrer Lakaien musste davon probieren. Wie die die Nase gerümpft haben dabei. Zum Schreien«, fiel Louise in völliger Ungeduld ein. Ihre Augen sprühten vor Aufregung.

»Ich schrei dir auch gleich was«, raunte ihr der Wirt ärgerlich zu. Louise zuckte zusammen und zog sich einige Schritte zurück. Der Wirt wandte sich an Nikolaus: »Aber Louise hat Recht. Fürstin Henriette ist sehr angetan. Sie möchte wissen, welcher Koch so viel Weitsicht besitzt, an Fastentagen eine solche Armenspeise zu servieren und dies noch dazu auf so köstliche Art und Weise.«

Nikolaus konnte es nicht fassen. Aber er sah, dass der Wirt keinen Scherz mit ihm trieb. Sein Gesicht wirkte ernst, beinahe stolz.

»So einer meinte sie, kann nur nützlich sein in einer Küche. Auch in einer fürstlichen. Deshalb möchte sie, dass sich eben dieser Koch ihrem Gefolge anschließt.«

Dies war der Moment, in dem Nikolaus beinahe schwarz vor Augen wurde. Er sah wie Meister Pongratz vor Entsetzen und Überraschung zugleich das Branntweinfass aus den Händen glitt und polternd auf den Boden krachte. Statt seiner selbst fiel allerdings Louise in Ohnmacht und riss dabei eine Platte mit Naschwerk zu Boden. Der klirrende Lärm weckte ihn aus seiner Starre.

Er sollte an den Fürstenhof! Er entkam dem Goldenen Kreuz nicht nur, nein, nun war seine Zeit gekommen, ein wahrhafter Künstler der Küche zu werden, ein Meister seines Faches, an einem berühmten Fürstenhof!

Seine Beine gaben nach, und er ließ sich auf den nächsten Schemel sinken.

Die Meisterschaft

—— ⁓ ——

1654 – 1682

∽ Pastetenteig von mancherlei Pasteten

Der Teig wird gemacht von Roggenmehl und heißem Wasser mit Butter vermischt. Man rollt ihn mit einem Treibholz aus, und wenn er gefüllt ist, bestreicht man ihn mit Eiern und Safran, bevor man ihn in den Ofen setzt. Dort lässt man die Pastete stehen, je nach Größe zwei, drei oder auch wohl vier Stunden. Danach, wenn sie kalt geworden, belegt man sie mit Gold oder streicht sie mit Farben an, alsdann sie fertig zu Tisch getragen werden kann.

∽ Gekochter Kalbskopf

Nimm den Kalbskopf mit der Haut und brüh ihn in einem warmen Wasser, wie man pflegt die Füße zu brühen. Verbrüh ihn doch nicht. So wird er schön weiß. Setz ihn in Wasser und tu Salz darein, lass damit sieden und verfaums wohl (gut abschäumen) und wenn du ihn verfaumt hast, so leg ein frisch Stück Speck darein, so wird die Brüh und der Kalbskopf weiß, und wenn er hat gesotten, etwa ein Stund, so ziehe ihn heraus in ein kaltes Wasser, säuber ihn aus mit der Zunge, tu ihn in ein saubern überzinnten Kessel und seihe die Brüh wiederum darauf und lass sieden samt dem Speck, versiede ihn nicht, dass du ihn ganz kannst anrichten. Also kocht man die Kalbsköpf, und so werden sie weiß und wohlschmeckend.

Nikolaus war es, als befände er sich mitten in einem wunderbaren Traum, der nie mehr aufhören sollte, sondern ewig weitergehen konnte. Seit ihm der Wirt die Nachricht überbracht hatte, er, Nikolaus Pirment, der Sohn eines Eichmeisters, sollte als Küchengeselle an den Hof der Wittelsbacher ziehen, war ihm sein ganzes Leben als dieser süße Traum erschienen.

Er hatte weder seine Familie noch Antonia vergessen. Sie hatten einen festen Platz in seinem Herzen, und wehmütig dachte er auch jetzt noch an sie. Aber da waren seit seinem überhasteten Aufbruch aus Regensburg so viele wunderbare Dinge geschehen, die ihn in Atem hielten und ihn jeden Tag aufs Neue staunen machten, dass sein Heimweh nur noch in kurzen Momenten überschwappte.

Nikolaus blickte um sich, und sein Verstand konnte noch immer nicht fassen, was seine Augen sahen. Er musste sich zwar erneut mit den anderen Küchenjungen und Gesellen einen Schlafraum teilen, aber was für ein Unterschied zu der kärglichen Unterkunft in der Herberge! Ein hohes Deckengewölbe breitete sich über ihn wie ein künstlicher Himmel, der von steinernen Säulen getragen wurde. Jeder der Dienstboten hatte seine eigene Federdecke und eine Schlafstelle, deren Stroh mit einer warmen Pferdedecke überzogen war. Selbst der Gestank hielt sich in Grenzen, da die meisten der hier Untergebrachten nachts den Weg zu den Latrinen fanden oder sich in die dafür bereitgestellten Abtrittkübel erleichterten.

Nikolaus war glücklich, doch zugleich war ihm auch ein wenig bang zumute. Denn man hatte ihm gesagt, er solle heute beim Oberstküchenmeister vorstellig werden und bei diesem Anlass auch sein Wissen um die »Küchenordnung der königlich-bayrischen Hofküche« unter Beweis stellen.

Seit er bei seiner Ankunft in München mehrere Blätter eben jener Verordnung von einem der Mundköche in die Hand gedrückt bekommen hatte, mit dem Hinweis, dies alles auswendig zu lernen, hatte er immer und immer wieder die Paragraphen gelesen, sie wiederholt, erneut gelesen und konnte sich doch nichts merken. Es waren keine Rezepte, keinerlei Zutaten fanden sich in dem Geschriebenen. Infolgedessen wollte kein einziges Wort in seinem Gedächtnis haften bleiben.

Nikolaus nahm seufzend seinen Weg quer durch den Dienstbotensaal wieder auf.

»Ah, du bist fleißig! Das ist gut, dann wirst du noch eine Weile bei uns bleiben!«

Nikolaus wandte sich um und sah Fabrizio in der Tür stehen. Beinahe musste er lachen, als er seinen neu gewonnenen Freund in den gelackten Schuhen, der Perücke und den steifen Gewändern auf sich zukommen sah. Fabrizio zog die Augenbrauen hoch und sah ihn fragend, aber dennoch lächelnd an.

»Mein Freund, was macht dich lachen?«

Nikolaus zuckte die Schulter und grinste. »Alles. Die Perücke, die Kleider – einfach alles.«

Fabrizio sah an sich hinunter, verweilte mit seinem Blick für einen kurzen Moment an einem Fleck an seiner Weste und sah dann wieder zu Nikolaus.

»Wie geht es dir? Gefällt es dir hier?«, fragte er schließlich.

Nikolaus nickte, hob aber seufzend die Blätter mit den Verordnungen in die Höhe.

»Das hier macht mir zu schaffen. Ich kann mir einfach nichts merken.«

»Aber du kannst lesen! Das ist doch schon ein Vorteil. Die meisten neuen Dienstboten müssen sich tagelang von einem anderen Dienstboten alle Regeln aufsagen lassen, so lange, bis sie in ihren Gedächtnissen eingenistet sind wie kleine Vögel. *Capice?*«

Fabrizio unterstrich seine Worte mit einer merkwürdigen Geste, indem er mit seinen Händen einen Vogel nachahmte. Nikolaus musste wieder lachen. Er hatte Fabrizio während seiner Reise von Regensburg nach München kennen gelernt. Erst hatte er gedacht, der etwas schmächtige junge Mann mit den schwarzen Locken und Augen wie Kohlestückchen würde sich über ihn lustig machen. Hinzu kamen die ausholenden Gesten, die Fabrizio mit seinen schlanken Armen während jeder Erzählung ausführlich praktizierte. Dann aber hatte er bemerkt, dass Fabrizio nicht sonderlich gut Deutsch sprach und seine Sprache deshalb so aufgesetzt klang.

Fabrizio gehörte zu den über zweihundert italienischen Höflingen, die Kurfürstin Henriette sozusagen als Mitgift an den Münchner Hof gebracht hatte. Er war nicht sonderlich glücklich im kalten, tristen deutschen Land, wie er sich ausdrückte. Zu sehr vermisste er seine sonnige Heimat, und vor allem die Speisen lagen ihm schwer im Magen, sodass er sich, wann immer er Zeit fand, in der Nähe der Küchen herumtrieb, auf der Suche nach Oliven, Parmesan und rohem Schinken. Mit seinem einnehmenden Wesen, seinen erstaunlichen Geschichten aus italienischen Landen und vor allem seinen guten Kontakten zu den höheren Persönlichkeiten bei Hof fiel es ihm nicht schwer, an die begehrten Dinge heranzukommen. Sein freundliches Gemüt, sein immer lächelndes Gesicht und seine für Höflinge untypische Art, niemandem mit Hochnäsigkeit zu begegnen, machte ihn zu einem gern gesehenen Gast, und so wurde er seltener als andere Höflinge von den Köchen verjagt.

Nikolaus dachte an die Reise zurück, die ihn nach München gebracht hatte. Das Erstaunlichste war wohl das Küchenschiff gewesen, auf dem sie von Regensburg bis Passau gefahren waren. Ein ganzer Zug von Schiffen für die fürstlichen Hoheiten und mittendrin ein eigenes Schiff, auf dem sich nur die Köche befanden – mit all ihren Gerätschaften, lebenden Ziegen und Kühen, Hühnern und Enten nebst Vorräten, die ein ganzes Heer versorgen hätten können.

Nikolaus waren die Augen beinahe aus dem Kopf gefallen, während er Gemüse putzte und schnitt, Fische briet, Kraut aufsetzte und vor allem gegen die Übelkeit ankämpfte, die ihm während der gesamten Schiffsreise zu schaffen machte. Aber er hatte es geschafft, das Schiff wieder zu verlassen, ohne seinen gesamten Mageninhalt in einen der unzähligen Töpfe und Pfannen um ihn herum zu entleeren. Dazu war seine Aufregung gekommen ob all der neuen Dingen und Menschen, die ihn umgaben.

Aber das Geklapper von Geschirr, das Rufen der eiligen Köche, der Duft von Gebratenem und Gesottenem hatte ihn immer wieder beruhigt und diesen ersten Teil der Reise gut überstehen lassen. In Passau war der fürstliche Zug wieder an Land gegangen, was mehrere Tage in Anspruch genommen hatte, denn nebst fürstlichen Hoheiten waren auch Fuhrwerke, Pferde und andere Lasten an Land zu bringen gewesen. Und er hatte zum ersten Mal Bekanntschaft gemacht mit der sehr genauen Hofhaltung des bayrischen Kurfürsten. Alles, was das Küchenschiff freigab, wurde registriert und vom Hofmeister peinlich genau notiert. Jedes Huhn, jedes Fass Bier und Wein, ja selbst jedes Stück Brot wurde in einzelnen Posten erfasst und in besagtes Buch eingetragen. Ganze zwei Tage vergingen, ehe sämtliche Gerätschaften und Vorräte vom Schiff auf die Pferdekarren umgeladen waren, die sie dann nach München brachten. Der Umweg über Passau war notwendig gewesen, wie Nikolaus in Erfahrung gebracht hatte, um dem Fürstenpaar Gelegenheit zu geben, der Stadt ihre Aufwartung und zugleich eine Inspektion angedeihen zu lassen.

In der ganzen Zeit hatte sich Nikolaus zwischen all den Fremden herumgedrückt und ihre kostbaren Kleider und ihre seltsame Sprache bestaunt, immer verfolgt von dem Gedanken, dass er wohl nie heimisch werden würde in dieser merkwürdigen Welt der Höflinge. Das Küchenpersonal war viel zu beschäftigt, um ihm eine Aufgabe zuzuweisen, die Dienstboten mühten sich mit dem Verladen ab, die Höflinge scharwenzelten mit Wein um ihre Herrschaften. Nur er wusste nicht, wohin mit sich. Was war er froh gewesen, als sich in diesem Augenblick, als sich gerade größtes, schmerzvollstes Heimweh in seiner Brust breit machen wollte, Fabrizio mit einem Krug Bier zu ihm gesellt hatte.

Fabrizio hatte einen kleinen Schlag auf der Zunge gehabt, und angespornt durch zu großen Alkoholgenuss war die Sehnsucht nach Italien über den etwas schmächtigen Höfling geschwappt. Nikolaus hatte ihn sofort in sein Herz geschlossen und ihm zu essen gebracht. Dies wiederum hatte Fabrizios Zunge noch mehr gelöst, und den Rest des Abends hatten sie im Austausch von Rezepten verbracht, wobei Fabrizios Mama in Abwesenheit eine tragende Rolle gespielt hatte.

Den Rest der Reise ließ Fabrizio Nikolaus nicht mehr allein. Wann immer es ihm möglich war, verließ er den Zug der Lakaien und schloss sich den Köchen an, um mit Nikolaus zu plaudern. Zwei Heimatlose hatten sich in der Fremde gefunden, und als sie den Wall von München, ein Überbleibsel des schrecklichen Krieges, vor Augen sahen, wusste Nikolaus, dass er in Fabrizio einen Freund fürs Leben gefunden hatte.

»Nikolaus, wo bist du?«

Nikolaus fuhr aus seinen Gedanken hoch. »Hier. Warum?«

Fabrizio lachte und schüttelte den Kopf.

»Ich meine, wo bist du mit deinem Kopf, *è*?«

»Ach so. Bei der Verordnung. Ich glaube nicht, dass ich schon heute zu dieser Vernehmung antreten kann. Ich glaube, ich kann niemals über diese dummen Regeln Rede und Antwort stehen.«

Nikolaus sah auf die Blätter in seinen Händen und war versucht, sie einfach zu zerknüllen, in die Ecke zu werfen und auf der Stelle den Hof zu verlassen. Er würde es nie schaffen, hier Fuß zu fassen. Es war eine völlig andere Welt, in die er da hineingeraten war, und er glaubte nicht, dass er sich jemals in ihr zurechtfinden würde. Er hätte im Goldenen Kreuz bleiben sollen. Aber was wäre aus ihm geworden? Irgendwann hätte Meister Pongratz seinen Willen gebrochen, und vielleicht hätte er dann dem Meister gleich mit einem Fass Branntwein hinter dem Kamin gelegen. Tagaus, tagein. So lange, bis es Gott gefiel, ihn zu sich zu nehmen. Andererseits, wenn er so viel Branntwein gesoffen hätte wie Meister Pongratz, wäre er doch ohnehin in die Hölle gekommen, so wie die Pfaffen es immer sagten. Nikolaus schüttelte sich bei dem Gedanken.

»Genug! Schluss. Aus. Das ist genug.« Fabrizio klatschte in die Hände. »Ich sehe an deinen Augen, dass du ungute Gedanken ausbrütest. Ein Mann wie du muss in die Küche. Er muss bei seinen Werkzeugen sein und bei seinen Hühnern. Nur dann ist er ein richtiger Mann. Also auf! Ich zeige dir den Weg in die Küche, und unterwegs werde ich dir ein Geheimnis verraten, wie die Verordnung deinen Kopf nicht mehr verlassen wird.«

Nikolaus blinzelte verlegen und wollte Fabrizio nicht in die Augen sehen, während er sich beinahe willenlos von ihm aus dem Raum ziehen ließ. Einen Mann hatte er ihn genannt. Er war achtzehn Jahre alt, noch immer Geselle und würde niemals so berühmt wie Apicius werden – er fühlte sich überhaupt nicht als Mann.

Als sie vor der großen eichenen Tür zur Küche stehen blieben, sah ihm Fabrizio fest in die Augen.

»Mein Freund, in Gedanken bin ich bei dir. Du hast drei Tage damit zugebracht, diese Blätter immer und immer wieder zu lesen. Natürlich kannst du alles. Du bist doch besser als sie alle zusammen.

Nimm die Regeln einfach als ein Kochbuch. Sortiere sie nach Speisen. Dann kannst du sie behalten. Das weiß ich. Und warum weiß ich das? Weil du mir viel von den Kochbüchern der berühmten Italiener erzählt hast. Und weil ich möchte, dass du noch besser wirst als sie. Obwohl ich nicht glaube, dass ein Deutscher besser kochen kann als ein Italiener. Aber sei's drum. Außerdem bin ich auf dich angewiesen.«

Nikolaus sah ihn fragend an, bemerkte dann aber den schelmischen Glanz in Fabrizios Augen.

»Ich habe oft Hunger«, flüsterte Fabrizio und sah übertrieben auffällig um sich, als hätte er soeben ein Staatsgeheimnis preisgegeben.

Nikolaus lachte auf. Es tat gut, Fabrizios Unsinnigkeiten zu lauschen, und vielleicht hatte der Italiener ihm ja wirklich einen guten Rat gegeben. Also fasste sich Nikolaus ein Herz und öffnete die Tür.

Dampf, Qualm und die exotischsten Düfte schlugen ihm entgegen. Alle Aufregung war mit einem Schlag wieder da. Seine Beine drohten nachzugeben, aber in dem Augenblick, als er zögerlich wurde, schubste ihn Fabrizio endgültig zur Tür hinein und verschloss diese sofort wieder von außen.

Nikolaus schlug das Herz bis zum Hals. Die Küche war so groß wie der Fürstensaal des Goldenen Kreuzes. Erlesene Fliesen in Schwarz und Weiß bedeckten Boden und Wände, und auch hier erhob sich ein Gewölbe weit über ihm, das von schlanken Säulen getragen wurde. Die Pracht raubte ihm fast den Atem. Noch mehr aber erstaunte ihn die unglaubliche Menge an Personal. Schon auf dem Küchenschiff war ihm aufgefallen, wie viele Helfer den eigentlichen Köchen zur Seite standen, aber hier in diesem Raum drängten sich so viele Menschen, dass es beinahe an ein Wunder grenzte, dass sie alle dennoch ungehindert ihre Arbeiten verrichten konnten. Küchenmädchen begossen einen Braten, stampften im Mörser, rupften oder füllten Hühner und Enten, andere machten den Abwasch, und wieder andere schnitten Gemüse klein. Küchenjungen mühten sich an den Bratspießen ab, hielten das enorm große Feuer in der Mitte des Raumes durch stete Luftzufuhr am Lodern. Acht oder sieben Gesellen hackten mit großen Messern Kraut, das, sobald es die gewünschte Form hatte, mit Schwung in einen Zuber gestrichen wurde. Während sie den nächsten Krautkopf nahmen und zerkleinerten, salzten Küchenjungen das Kraut ein, wendeten es und warteten auf den nächsten Schub. Dazwischen liefen andere Gesellen, die in großen Schüsseln Saucen bereiteten, in unglaublicher Geschwindigkeit Hühner auf die Bratspieße steckten oder Würste zum Räuchern auf eine Stange über dem Kamin hängten.

Es gab so viel zu bestaunen, dass Nikolaus sein eigentliches Anliegen beinahe völlig vergaß. Die vor Aufregung zerknüllten Zettel in seinen Händen, starrte er auf das geschäftige Treiben. Er konnte sich nicht satt sehen an den riesigen Körben, die mit den leckersten Viktualien gefüllt waren. Dutzende Eier stapelten sich in kleinen Holzständern, Bündel von frischen und getrockneten Kräutern lagen auf den Anrichten oder hingen von Stangen an der Decke. Das feinste Fleisch konnte er erkennen und die fettesten Hühner.

»Was willst du hier? Niemand außer den Küchenbediensteten ist es erlaubt, sich in der Hofküche aufzuhalten«, donnerte eine tiefe, dunkle Stimme hinter ihm. Nikolaus fuhr herum und sah einen großen, eindrucksvollen Mann vor sich stehen, gebaut wie ein Bär, aber mit dem Gesicht eines Adligen. Er zuckte zusammen und wäre am liebsten geflohen.

»Nun?«

»Ich ... soll ...«

Nikolaus wollte einfach nichts mehr einfallen, und so streckte er dem Hünen einfach die Zettel in seiner Hand entgegen.

»Ah – du bist der Neue! Na, ich hoffe, du hast dir die Regeln gut eingeprägt, mein Junge? Wollen mal sehen – hier, in dieser Ecke haben wir ein wenig Ruhe.«

Er bedeutete Nikolaus, ihm in einen abgelegenen Teil der Küche zu folgen, der offensichtlich nur dafür verwendet wurde, Vorräte zu stapeln. Demzufolge herrschte hier kein emsiges Treiben. Nikolaus trottete schweren Herzens hinter ihm drein.

Die Hofküche gefiel ihm. Sie sagte ihm sogar ausgesprochen gut zu – die vielen Vorräte, das feine Werkzeug, die edlen Gerätschaften – all das zusammengenommen ließ sein Herz höher schlagen, und er hätte viel darum gegeben, hier bleiben zu dürfen. Er wusste, dies konnte sein neues Zuhause werden. Aber wenn er jetzt versagte, konnte er seinen Träume und seine Sachen einpacken und gehen. Er hätte nicht gewusst wohin. Was sollte er tun, wenn er hier nicht arbeiten durfte? Andere Küchenbedienstete hatten ihm bereits auf der Reise zugeraunt, dass es in diesen Zeiten sehr ungewöhnlich war, einen neuen Gesellen aufzunehmen. Manchen Berufsständen war es verboten, jemanden einzustellen. Der Krieg hatte ganze Zünfte in München ausgerottet, unter ihnen die Briefmaler, Knopfmacher und Samtmacher, aber in anderen Zünften herrschte eine wahre Schwemme an Menschen, sodass eine Verordnung des Kurfürsten persönlich dafür Sorge tragen sollte, dass nicht noch mehr Arbeitslose in die Stadt strömten ohne Aussicht auf einen neuen Brotgeber – und darunter fielen zu allem Unglück auch die Köche. Wenn er jetzt also versagt, würde er betteln gehen müssen oder etwas anderes erlernen. Und er wollte doch nur kochen. Dem Kochen gehörte sein ganzes Herz; wenn es darauf ankam, würde er wahrscheinlich seine Seele dafür verkaufen, nur um kochen zu dürfen. Bei diesem Gedanken erschrak er. Nun dachte er schon an Teufelswerk, und alles nur wegen der dummen Regeln der Hofküche. Er hatte Angst.

»Nun denn, Bursche. Ist es den Köchen der Hofküche erlaubt, Bärte zu tragen?«, wurde er von dem Hünen aus seinen Gedanken gerissen.

»Nein«, erwiderte Nikolaus. »Weder in der Küche noch außerhalb der Küche ist es den Bediensteten der Hofküche erlaubt, Bärte zu tragen.«

»Gut. Und welche Personen dürfen die Küche betreten?«

»Allen Personen, welche in der königlichen Hofküche keine Beschäftigung haben, ist der Eintritt in dieselbe verboten. Die Achtung vor einer königlichen Hofofficie erfordert aber auch, dass alle diejenigen, welche nicht zu dem in der königlichen Hofküche beschäftigten Personal zählen, aber Letztere im Dienste zu betreten haben, wie die königlichen Hoflakaien oder das Personal der königlichen Silberkammer, sich in derselben stets mit Anstand und Ruhe benehmen.«

Fragen auf Fragen folgten aufeinander, doch Nikolaus stockte nicht ein einziges Mal. Er wusste, wer welches Geschirr entnehmen durfte, wann Silber und wann Gold zum Auftragen der Speisen verwendet werden durfte oder musste, stockte auch nicht, als die Frage nach den Zuständigkeitsbereichen kam, und wurde mit jeder Antwort selbstsicherer und schneller. Insgeheim schickte er ein Dankesgebet an den Himmel und schloss Fabrizio in jenes gleich mit ein. Denn Fabrizios Rat war goldrichtig gewesen. Jede Regel war ein in sich geschlossener Gang, den es aufzutragen galt, und jeder Gang enthielt die herkömmlichen Beilagen und Speisen. So betrachtet, fiel es ihm plötzlich unendlich leicht, jeden Punkt der Anordnung, ohne zu stocken, wiederzugeben. Flüssig und behände beantwortete er die Fragen und sah schließlich die Anerkennung des Hünen in dessen Gesicht aufleuchten.

»Ich sehe, du hast dir Mühe gegeben. Nun gut. Du kannst bleiben.«

Nikolaus konnte es im ersten Augenblick nicht ganz fassen. Nur langsam ließ die Anspannung nach und machte der Erleichterung Platz. Wortlos vor Glück strahlte er den Hünen an.

»Im Übrigen, ich bin Meister Adam.«

Meister Adam! Nikolaus hatte schon viel von ihm gehört. Er war der Hofküchenmeister, der mit Meister Michel das Personal der Hofküche anführte. Ihm unterstanden sieben Mundköche, drei Bratenmeister, drei Backmeister, mehrere Nebensachenköche, die Reiseköche sowie die Gehilfen der Mundköche und die unzähligen Küchenjungen, Gesellen und Dienstmägde. War der Kurfürst das gekrönte Haupt des Hofes, so war Meister Adam das ungekrönte. Nikolaus hatte im Dienstbotentrakt viel von ihm gehört. Wahrhaft brillant sollte dieser Meister Adam sein, gerecht dazu, und nur selten schlug er gar einen seiner Untergebenen. Nikolaus konnte nicht umhin, dass ein Lächeln über sein Gesicht huschte. So groß der Hofküchenmeister war, so gütig sah Meister Adam ihn jetzt mit seinen braunen Augen an, um die sich ein verwobenes Netz aus Lachfalten legte.

»Ich sehe, du freust dich auf deine Arbeit. Nun denn, dem will ich nicht im Wege stehen. Wir arbeiten in zwei verschiedenen Schichten. Meister Michel führt die andere Schicht an. Zu offiziellen Anlässen wird hier gekocht, an normalen Tagen pflegen die fürstlichen Hoheiten in ihren Appartements zu speisen. Diese sind mit eigenen Küchen ausgestattet. Aber das wirst du noch selbst herausfinden. Wie ich gehört habe, sollst du ein bravouröser Geselle sein. Ich bin gespannt darauf und habe gerne begabte junge Männer um mich herum.«

Mit diesen Worten ging er mit großen Schritten in die Mitte der Küche. Nikolaus folgte ihm klopfenden Herzens. Er wusste, hier hatte er einen guten Lehrmeister gefunden. Einen, der ihm noch einiges beibringen und ihn in so manch unerforschtes Geheimnis der Küche einweihen konnte.

»Nein, nicht so, anders.«

»Wie anders?«

»Na, so herum.«

»Das Wappen ist verkehrt.«

»Ist es nicht. Aber die Farbe stimmt nicht.«

»Alles ist richtig, und alles stimmt. Es ist wunderschön.«

Nur von ferne nahm Nikolaus das Stimmengewirr in seinem Rücken wahr. Sorgfältig und unter äußerster Konzentration malte er mit einem feinen Pferdehaarpinsel das Wappen der Wittelsbacher auf einen riesigen Kuchen. Das Backwerk war so groß, wie er es sich im Leben nie vorstellen hatte können, dass man derartige Kuchen überhaupt herstellen konnte. Aber man konnte. Man konnte beinahe alles hier in der Hofküche des Kurfürsten. Nur Zuckerwerk, Confekt, Condita und spanische Sulz wurden aus der Hofapotheke in der Marxburg für die kurfürstliche Tafel geliefert, während man Zuckerbauwerke sogar von auswärts importieren ließ. Die Kosten waren Schwindel erregend hoch, und Nikolaus fragte sich, ob man nicht direkt in der Hofküche selbst für all die Spezereien und den Apothekerschleck, wie das süße Backwerk genannt wurde, sorgen konnte. Und er hatte genau gesehen, wie Backmeister Hans sehnsuchtsvoll die Zuckerbauwerke bestaunte und sich am liebsten selbst daran versucht hätte.

Aber wenigstens die Verzierungen konnten sie selbst anbringen. Dies hatte er dem Backmeister beim heutigen Kirchgang erzählt, und dieser war sofort Feuer und Flamme gewesen. Noch während der Messe hatte er sich alle Zutaten nennen lassen, auch die für die Farben, und einen der Küchenjungen zum Küchenproviantmeister geschickt, um alles vorrätig zu haben, sobald sie aus der Kirche zurückkamen.

Nikolaus konnte die Kirchgänge nicht ausstehen. Kurfürstin Henriette übertrieb in ihrer strengen Gläubigkeit, und das war nicht nur seine Meinung. Während des Jahres versäumte sie keine Messe, und in Fastenzeiten waren dero mindestens drei an einem Tag zu besuchen. Der gesamte Hofstaat empfand dies als unerträglich, und Gesandte, besonders die französischen, suchten mit allen Mitteln, diesen Verpflichtungen zu entkommen.

Ihre Arbeit wurde durch die vielen Messen immens aufgehalten, manchmal lag sie sogar gänzlich still – an hohen kirchlichen Festtagen beispielsweise oder an ganz besonderen Fastentagen. Die Fürstin nahm es gelassen hin, dass die Küche während der *quarantore*, des vierzigstündigen Gebets, nicht arbeiten konnte, und duldete keinen Widerspruch.

Nikolaus hingegen wurde in der Kirche immer zappelig. Er fürchtete Gottes Zorn für seine Unaufmerksamkeit, konnte sich aber dennoch nie auf den Gottesdienst konzentrieren. Weder verstand er, was der Priester sagte, noch konnte ihn das Zeremoniell wirklich fesseln. In Gedanken war er immer in der Küche. Unterstützt wurden seine unaufmerksamen Gedanken durch das ständige Klappern der Bierdeckel; denn die zahlreichen Kirchgänger nahmen beinahe allesamt ihre Bierkrüge, sogar ganze Fässer, mit in die Messe, um nicht auf das von der Fastenregel verschonte Bier verzichten zu müssen. Zum Leidwesen Henriettes ergab dieser Umstand eine ständige lärmende Untermalung des Gottesdienstes, eingerahmt vom Lachen und Scherzen der Biertrinker, dem selbst sie keinen Einhalt gebieten konnte.

Aber die Fastenzeit war mit heutigem Tag vorüber, und dies war auch der Grund für ein so reichliches Festmahl mit zahlreichen Gästen, dass Nikolaus vor Aufregung schon Tage vorher nicht mehr hatte schlafen können und Fabrizio in den Ohren lag mit seinen Erzählungen über die wunderlichen Zutaten, die bereits vor Wochen geliefert worden waren. Die im Italienhandel tätigen Agenten hatten alle Hände voll zu tun gehabt – und wohl den einen oder anderen Kirchgang nicht tätigen können, denn dazu war ihnen mit Sicherheit keine Zeit geblieben –, um all die bestellen Waren nach München zu schicken. Ganze Karren voll Schinken, Parmesan und eingelegten Oliven sowie Fässern mit Wein, dazu je 15 Pfund Pinienkerne, Pistazien und Datteln, 40 Steinhühner, 300 Limonen und Pomeranzen, 25 Fass Olivenöl und 40 Maß große Kapern hatten ihren Weg über die Alpen gefunden und ließen Nikolaus nicht mehr aus dem Staunen kommen. Noch gestern waren 3000 Austern, ein Fass Sardellen und vier Fässer Fisch eingetroffen, der in Venedig gekocht und eingemacht worden war. Allerdings ließ der Geruch darauf schließen, dass die Waren die Reise nicht sonderlich gut überstanden hatten. Immerhin waren sie mehr als vier Wochen unterwegs gewesen.

Der Zoll hatte sein Übriges getan, um die Odyssee der Viktualien um ein gutes Stück zu verlängern. Aber Meister Adam hatte bei diesem Hinweis nur gelächelt und auf die großen Schalen mit Gewürz gedeutet. Safran, Zimt und Pfeffer, dazu ein wenig Nelkenpulver und Salz, und die geruchliche Belastung wich einem wohlfeilen Duft der Kostbarkeit.

Nikolaus hatte viel gelernt in diesen wenigen Wochen. Er war an seinen Aufgaben gewachsen, hatte an sich gearbeitet und war sowohl unter den Lehrjungen als auch den Meistern zum beliebten Zeitgenossen geworden. Meister Adam hatte sich als wunderbarer Lehrmeister erwiesen, der ihn nicht nur in das Zubereiten von Speisen eingeweiht, sondern auch die Politik des Essens näher gebracht hatte. Mittlerweile wusste Nikolaus, dass Macht und Ansprüche durch das Essen symbolisiert wurden und dass nicht einmal so sehr die Qualität der Speisen, sondern die Menge von Bedeutung war, die auf den Tisch kam. Nur so konnte die ungeheure Verschwendung erklärt werden, die selbst hier in München herrschte, obwohl der Münchner Hof als der sparsamste Deutschlands galt. Missernten und jahreszeitlich bedingte Engpässe machten den Fürsten noch sparsamer und die Köche beinahe verzweifeln, denn trotz enger geschnalltem Gürtel, was die Finanzen anbelangte, verlangte der Fürst nach einer reich gedeckten Tafel, die seine Gäste in Staunen versetzen sollte.

Wie auf dem Küchenschiff, mit dem er angekommen war, wurden auch hier am Hofe die Vorräte vom Proviantmeister bewacht und jede noch so kleine Wurst genau vermerkt, wenn sie die Vorratskammer verließ. Aber es existierten auch Verzeichnisse über das Geschirr, das Silber und das Goldbesteck; jede einzelne Tasse und jeder noch so schäbige Krug waren darin aufgeführt, und zerbrach eines dieser Dinge, wurde es peinlich notiert. Nikolaus sah zwar den Sinn, der dahintersteckte, aber nicht die Wirksamkeit, denn ihm fiel auf, dass jeder Küchenjunge und jede Dienstmagd eine gute Gelegenheit beim Schopf packte und Speisen entwendete, wann immer es möglich war. Selbst der strenge Proviantmeister jammerte ständig über den misslichen Zustand, dass er immer wieder bestohlen wurde. Hinzu kam, dass es nicht der blanke Hunger sein konnte, der die Bediensteten zum Diebstahl trieb. Denn bereits jeder Küchenjunge bekam reichlich von den Resten und hatte sogar eine eigene Herdstelle zugewiesen, an der er nach getaner Arbeit sein Süppchen kochen durfte. Man achtete die Lehrlinge und Gesellen, denn sie würden einst die Meister ersetzen, wenn diese verstarben.

Aber nicht nur in die Geheimnisse der Küche und der Bevorratung wurde Nikolaus eingeweiht, sondern auch in die Regeln, wer von welchem Geschirr speisen durfte und welches Material dem Fürsten nicht gerecht wurde. Blieb vom Fürstentisch noch Speise übrig, wurde diese den Truchsessen und Edelknaben gereicht, aber auch an die bayrischen Frauenzimmer, denen man die Reste um sechs frische Hauptspeisen, Torten und Pasteten ergänzte. Fabrizio hatte ihm die Etikette bei Tisch erklärt, angefangen von der Sitzordnung, die sich nicht nur an den Salzfässern orientierte wie in einfachen Haushalten, sondern nach strengem Zeremoniell befolgt und eingehalten werden musste. So manch ein Skandal endete oder begann mit den Setzzetteln, auf denen man den Beliebtheitsgrad eines Höflings sofort ablesen konnte. Wurde man an der Tafel weiter nach unten gesetzt, kam dies einer öffentlichen Bloßstellung gleich.

Nikolaus hörte diesen Geschichten Fabrizios mit Staunen zu. Noch vor wenigen Wochen hätte er ihm niemals geglaubt, dass selbst der Fürst die Unsitte des Zutrinkens pflegte, auch Adlige bei Tisch furzten und sich in ihre Gewänder schnäuzten oder dass es eigene Bedienstete aus dem Adel gab, die nur die Wasserschale des Fürsten zu halten hatten, in denen er seine Hände nach dem Essen reinigte. Aber mittlerweile hatte er auch mit Erstaunen gesehen, dass Rosenwasser, Moschus und anderes Parfum über die fertigen Speisen gegeben wurde, um jenen einen erlesenen Duft zu verleihen. Und dies bemängelte er ganz besonders, denn für ihn gab es keinen besseres Aroma als den von frisch gebratenem Geflügel oder Fleisch – wozu dann Moschus darüber entleeren? Noch dazu in solchen Mengen, dass vom Eigengeschmack der Speisen nichts übrig blieb.

Es war, als wäre er in eine wunderbare Märchenwelt geraten, in der alles anders war als in der Welt, aus der er kam. Aber wenn er an seine früheren Kameraden, seine Brüder oder seinen Vater dachte, beschlich ihn nun nicht nur Heimweh, sondern auch das Gefühl, dieser früheren Welt entwachsen zu sein. Sie war ein Teil seiner Erinnerung, aber nun lebte und dachte er anders als die ehemaligen Weggefährten. Und er liebte das Kochen mehr denn je. Die Küche war in ein strenges Zeremoniell eingebunden, dem er sich gerne fügte. Mittags und abends wurde nicht nur für die höchsten Herrschaften an der Haupttafel, sondern auch für die Marschalltafel gekocht, an die sich fremde Chevaliers, Domherren und Reisende gesellten. Hinzu kam noch die »separate Tafel«, die für die Domestiken, Sekretäre, Kapellmeister und Kammerdiener vorbehalten war. Ein emsiges Treiben in der Küche zeugte täglich von diesen großen Aufgaben, und Nikolaus fühlte sich als ein Teil davon.

Er fühlte sich erwachsener, stärker und unverwundbar, sobald er die Küche betrat. Manch eine Magd schenkte ihm ein aufforderndes Lächeln, aber zu Fabrizios grenzenlosem Erstaunen fand er absolut kein Interesse an den Mädchen. Sein ganzes Denken drehte sich ums Kochen. Lediglich des Nachts kam manchmal Antonia im Traum zu ihm, um mit ihm ein sinnliches Mahl zu teilen. Und dieses Mahl wurde umso ausgefeilter, je mehr er in der Küche lernte und je mehr er selbstständig werken durfte. Seine nächtlichen erotischen Fantasien waren die Grundlage für neue Gerichte, und die neuen Geschmackskombinationen kostete er im Traum von Antonias süßen Lippen. Kam einer der Lakaien aus den fürstlichen Zimmern zurück und meldete, es hätte hervorragend oder gar vorzüglich gemundet, war seine Welt nicht nur in Ordnung, sie war gänzlich fantastisch, und dies wollte er durch die real existierende holde Weiblichkeit nicht gestört wissen. Außerdem machte Fabrizios Beispiel ihm deutlich, wie viel Zeit der Umgang mit dem anderen Geschlecht in Anspruch nahm. Allein, um eine Frau herumzukriegen, vergingen wertvolle Stunden, die er, Nikolaus, lieber mit dem Studium der Kochkunst verbrachte. Fabrizio nahm es mit Kopfschütteln hin und freute sich, dass ihm Nikolaus die eine oder andere Dienstmagd zuführte, die sich eigentlich an Nikolaus heranmachen wollte.

»Meine Güte, wird das schön ...«

Das ehrfürchtige Flüstern holte ihn aus seinen Gedanken. Er trat einen Schritt zurück und betrachtete das Marzipanwappen. Es war in nichts mit dem zu vergleichen, das er damals im Goldenen Kreuz angefertigt hatte. Es war plastisch geformt und nicht nur bemalt. Er hatte das Marzipan vorher eingefärbt und durfte nun zu aller Erstaunen Gold und Silber auftragen. Wenig nur, aber da auch der Proviantmeister von Nikolaus' Talent gehört und profitiert hatte, war es möglich gewesen, ein wenig Edelmetall aus dem Zehrgaden, der fürstlichen Vorratskammer, zu schmuggeln.

Er biss sich wieder auf die Lippen, seine Zunge wanderte in den Mundwinkel, seine Augenbrauen zogen sich kritisch zusammen. Etwas war noch nicht stimmig, störte die Gesamtharmonie, machte damit alles falsch, so als hätte er schief gemalt. Dann bemerkte er den kleinen Fehler, retuschierte ihn und trat erneut zurück. Nun stimmte es. Und es war wunderbar. Der Beifall ließ auch nicht auf sich warten.

»Wundervoll! Hervorragend! Einfach glänzend!«

Der Backmeister klopfte Nikolaus anerkennend auf die Schulter, die Lehrjungen staunten, und die Gesellen drängten sich um Nikolaus, um ihm ebenfalls ihre Bewunderung auszusprechen.

»Ihr könntet das mindestens so gut wie ich. Ich glaube sogar, besser, Meister Hans«, erwiderte Nikolaus.

Der Backmeister strahlte über das ganze Gesicht. Seine kornblumenblauen Augen funkelten, und seine Pausbacken wurden rot wie die der Putti in der Kirche. Doch dann verschwand der Glanz plötzlich aus seinen Augen, das Lächeln ging in einen unergründlichen Blick über, und er sah fast ein wenig traurig zu Nikolaus.

»Nun, das geht nicht. Der Apotheker würde Sturm laufen, wenn ich ihm die Arbeit wegnehmen würde.«

»Aber er hat doch genug mit den Mixturen für die Kranken und Leidenden zu tun. Was muss er da noch Confekt und Zuckerwerk herstellen. Wir können das doch auch selbst!«, entfuhr es Nikolaus.

»Nein. Das wäre nicht recht. Die Zunft der Köche hat ohnehin schon genug Probleme mit den Metzgern und den Bäckern, weil wir denen angeblich auch die Arbeit stehlen, indem wir selber Würste und Brot herstellen. Aber nun auch noch die Apotheker. Zudem sind diese sehr mächtig, wie du weißt.«

»Ich weiß aber auch, dass es schon Zuckerbäcker gibt. Backmeister, die sich nur auf das Backen von Bauwerken beschränken.«

Nikolaus sah wie der Glanz in die Augen des Backmeisters zurückkehrte. Zwar waren die Zweifel noch nicht geschwunden, aber die Neugier war geweckt. Nun galt es, ihn zu überzeugen. Dank Fabrizio wusste Nikolaus, dass es bereits genug Zuckerbäcker gab – in Italien und Frankreich. Es war nur eine Frage der Zeit, bis sich diese Zunft auch in deutschen Landen durchsetzen würde.

Nikolaus seufzte unmerklich. Wie immer kamen die neuen Dinge aus dem Süden, nie aus seiner Heimat. Aber eines Tages, da würde er vielleicht für Ruhm und Ehre der deutschen Küche sorgen. Oder aber er konnte sich mit Fabrizio selbstständig machen – in Italien oder Frankreich. Je nachdem. Aber all dies lag in so ferner Zukunft, dass er nicht weiter darüber nachdenken mochte. Er wollte jetzt und augenblicklich Zuckerbackwerk herstellen. Er hatte so viel über diese Schaugerichte gehört und gelesen, dass es ihn in den Fingern juckte.

»Nun, ich denke, darüber können wir nicht jetzt entscheiden. Wir müssen uns sputen und die ersten Gänge vorbereiten.«

Nikolaus nickte und kämpfte gleichzeitig mit seiner Enttäuschung. Aber er war selbst schuld. Er hatte den Meister überreden wollen und das in einer Phase äußerster Anspannung. Schließlich galt es, letzte Hand an ein Festmahl anzulegen, und sie hatten wirklich nicht mehr allzu viel Zeit. Aber er wollte die Geschichte nicht vergessen. Irgendwie würde sich ein Weg ergeben, selber die Krönung aller Tafeln, die Schaugerichte, herzustellen.

Mit flinken Händen führte er die Anordnungen von Meister Adam aus, der inzwischen auch aus der Kirche zurückgekehrt war, und war alsbald wieder ganz in seinem Element. Er bereitete die Füllungen für die Pasteten, glasierte die Spanferkel und durfte sich schließlich an ein eigenes Gericht wagen: gefüllte Kalbsschulter mit Parmesan überbacken. Zwei Küchenmädchen fertigten unter seiner Aufsicht die Fülle aus Wurzelwerk, Zwiebeln, ganzen Sträußchen von Würzkräutern sowie Salz und Pfeffer in einer Bouillon, während er selbst wie nebenbei, aber wieder mit absoluter Konzentration die Farce aus Sauerampfer, Lauch, Kerbel und Portulak in Butter und Kalbssaft zubereitete. Er füllte mehrere Kalbsschultern und bestreute sie mit Parmesan. Als er sein Gericht aus dem Backofen holte, nickte ihm Meister Adam, der, von dem feinen, unaufdringlichen Geruch angelockt, hinter ihm stand, anerkennend zu.

Eigentlich wäre sein Dienst damit getan gewesen, und er hätte sich für eine Weile zurückziehen können, aber Nikolaus war nur selten aus der Küche hinauszubekommen. Stattdessen half er bei der Aprikosencreme, die in Kupferschalen in Form von Ananas gefüllt wurde und die seine ganze Begehrlichkeit erweckte. Zumal die Ananas zur Zeit *en mode* war. Nur wenige Früchte überstanden die lange Fahrt von Haiti bis zu ihrem Bestimmungsort, und umso heißer wurden sie begehrt. Wie gerne hätte er einmal davon probiert. Die Dienstboten wurden zwar bestens verköstigt, denn alles, was den fürstlichen Tisch verließ, durften sie essen, und dies war mehr als genug. So viel zumindest, dass er sich bereits einen stattlichen Bauch hatte zulegen können. Aber gewisse Dinge verließen zwar die Küche, kamen jedoch nie dorthin zurück – neben Confekt und kandierten Früchten eben auch exotische Viktualien, sodass sich Nikolaus nur auf Fabrizios Beschreibungen verlassen konnte. Denn selbstverständlich war es Fabrizio gelungen, ein Stück Ananas zu erhaschen. Angeblich war sie so ekelhaft sauer, dass jeder Bissen davon nur mit einem enormen Löffel Zucker zu genießen war. Dennoch hätte er gerne davon gekostet. Das Wasser lief ihm im Mund zusammen, und er wandte sich neuen Aufgaben zu, um seine Gedanken abzulenken.

Die Küche war mittlerweile von den wunderbarsten Düften erfüllt. Fantastische Speisen in unglaublichen Mengen häuften sich auf silbernen Platten und Tellern. Pasteten waren in feinstem Keramik gebacken, Suppen wurden in silberne Terrinen gefüllt, und ganze Berge von gebratenem Fleisch wurden klein geschnitten und dann wieder, zu Tieren geformt, auf großen Platten angerichtet.

Als es endlich so weit war, die Speisen aufzutragen, tat es Nikolaus wie jeden Tag in der Seele weh, mit ansehen zu müssen, wie die Lakaien große Tücher um die Speisen schlugen und diese forttrugen. Es war nicht, dass er seine Gerichte nicht aus der Küche ziehen lassen wollte – schließlich sollten sie Herz, Gaumen und Seele des Essers erfreuen und in ihrer Pracht und Herrlichkeit auch die Macht des Fürsten demonstrieren, wie ihm Meister Adam erklärt hatte. Aber er wusste auch, dass der Weg von der Küche zum Fürstentisch weit war, und bis die Lakaien in den Sälen ankamen, in denen getafelt wurde, war das meiste schon lauwarm, wenn nicht gänzlich kalt. Bis die Speisen dann symmetrisch nach zwei Achsen auf der Tafel ausgerichtet waren und damit auch das Auge erfreuten, waren manche von ihnen schon vollends dem Untergang geweiht. Viele Gerichte verloren dabei völlig von ihrem Zauber. Aber es half nichts. Die Küche musste weit entfernt von den Prunkräumen liegen, um mit ihrer Feuerstelle nicht das ganze Schloss zu gefährden. Hinzu kam, dass jedes Mahl an einem anderen Ort eingenommen werden konnte. Nicht selten verlangten die Herrschaften nach privaten, inoffiziellen Mahlzeiten in den inneren Gemächern. Der Weg dorthin war noch weiter, aber das war nicht zu ändern.

Nikolaus wusste das und war dennoch unzufrieden. Da seine Hände und vor allem seine Gedanken keine weitere Beschäftigung hatten, wanderten sie zurück zu der morgendlichen Messe und dem Schrecken, den er dort erfahren hatte und der ihm jetzt noch in den Gliedern saß.

Abgelenkt durch die fröhlichen Stimmen, die sich nicht einmal darum bemühten, wenigstens zu flüstern und dem Bierdeckelgeklapper, hatte er sich nicht mehr auf das Geschehen am Altar konzentrieren können. Während seine Augen ziellos über die bunte Menschenmenge in der Kirche gewandert waren, blieben sie mit einem Mal an einem großen, feisten Mann hängen. Er stand direkt neben dem Bischof von Salzburg, hatte die Augen stur nach vorne gerichtet, aber seine Hände hatten verraten, dass auch er gerne zu einem Bierkrug gegriffen hätte. Nikolaus hatte lange gebraucht, bis er ihn erkannte. Sein Gehirn wollte die unfassbare Erinnerung nicht sofort freigeben, aber dann traf sie ihn wie ein Blitzschlag. Es war der Kirchenmann, den er und seine Brüder in den elenden Zeiten des Hungers beinahe umgebracht hätten.

Er hatte sofort zu Boden gesehen. Sein Herz hatte sich erst wieder beruhigt, als er die Küchentür hinter sich ins Schloss fallen hörte und er sicher und geborgen neben dem Kamin stand, um sich wieder aufzuwärmen. Aber der Schrecken saß tief, und die Beunruhigung nagte seitdem an ihm. Er wusste nicht, wie er sich verhalten sollte. Eigentlich gab es keinen Grund zur Sorge. Es waren Jahre vergangen, der Mann würde ihn nicht mehr erkennen, und außerdem würden sie sich niemals über den Weg laufen. Das Schloss war groß, und er, Nikolaus, blieb ausschließlich im Dienstbotentrakt, in den sich hohe Herrschaften nur selten verliefen. Sein Herz pochte dennoch aufgeregt weiter.

In diesem Augenblick polterte ein Händler zur Hintertür herein.

»Das Zuckerwerk! Endlich ist das Zuckerwerk da!«

Meister Hans sandte einen flehentlichen Dankesgruß gen Himmel, während er dem Händler entgegenlief.

»Warum seid Ihr nicht schon gestern eingetroffen?«

»Viel Verkehr. Die Fastenzeit ist zu Ende. Die Märkte wollen wieder verstärkt beliefert werden. Was glaubt Ihr wohl, was sich auf den Straßen herumtreibt?«, knurrte der Händler zurück.

»Nun, sei's drum. Jetzt seid Ihr hier und mit Euch das Zuckerwerk. Dann wollen wir es mal holen.«

Meister Hans entwickelte eine Geschäftigkeit, die Nikolaus bislang verborgen geblieben war. Sonst war der dicke, runde Meister meist in seine Kreationen versunken und sprach fast kein Wort bei der Arbeit. Aber nun fuchtelte er mit den Händen, winkte Lehrjungen herbei und eilte geschäftig nach draußen.

Nikolaus drückte sich in der Küche herum. Er gab zwar nichts mehr für ihn zu tun, aber er wollte endlich ein Zuckerbackwerk mit eigenen Augen bestaunen. Da kamen auch schon die Lehrjungen herein. Meister Hans lief nervös hinter ihnen drein, mit den Armen wedelnd wie eine aufgeregte Glucke, und bei jedem unsicheren Schritt der vier stieß er einen hohen Schrei aus. Endlich wuchteten sie die schwere Last, die sich hinter Brettern wohl verborgen hielt, auf die Anrichte. Meister Hans scheuchte alle anderen zur Seite und machte sich daran, das Wunderwerk auszupacken. Als die schützende Hülle fiel, stockte Nikolaus der Atem.

Langsam trat er näher. Was er da sah, konnte er beinahe nicht glauben. Sicher, er hatte davon gelesen und gehört, aber es zu sehen war einfach atemberaubend schön. Stumm und mit den Augen eines Kindes, welches zum ersten Mal eine Weihnachtskrippe sieht, betrachtete er die Bauwerke.

Ein lebensgroßer Schwan mit fein geschwungenem Hals, Augen aus Edelsteinen und Flügeln, wie eigentlich nur die Natur sie zu formen vermochte, breitete anmutig seine Schwingen aus.

Das nächste Backwerk war ein Lustgarten gänzlich aus Zucker mit exotischen Tieren, einem Springbrunnen und edlen Gestalten, die durch einen Irrgarten wandelten. Ein Pavillon, Ziersträucher, Hecken und Statuen rundeten das Arrangement ab.

Ein ganzes Schloss tat sich vor den staunenden Augen auf, mit Wagen samt Pferden, Eidechsen, Schlangen, Löwen, Einhörnern und Menschen. Zum Abschluss wurden Würste, Schinken, Salate und eine Schale mit exotischen Früchten aus Zucker, umrandet von Putti und Engeln, aus dem Wunderkarren des Händlers geholt.

Nikolaus vergaß die Welt um sich herum, vergaß seine Sünden und den kirchlichen Würdenträger, der ihm eben noch so schwer auf der Seele gelastet hatte, und wusste nur noch eines: Er wollte selbst so magische Dinge kreieren, auf dass sie die anderen ebenso verzauberten, wie es ihm gerade geschehen war.

Dieser Gedanke verfolgte ihn nun ebenso, wie ihn gleichzeitig das Gewissen plagte, sobald er an den Kirchenmann dachte. Die Monate vergingen, aber er wagte es nicht einmal, mit Fabrizio über das vergangene Verbrechen zu sprechen, und so trug er die alte Schuld stumm mit sich herum, immer beunruhigt und ein wenig auf der Hut. Am sichersten fühlte er sich hinter seinen Töpfen und Pfannen, die Gedanken bei Zuckerwerk und Schaugerichten.

Meister Adam war Nikolaus' Vorliebe nicht entgangen, und so ließ er ihn zu seiner Freude immer öfter Meister Hans zur Hand gehen, der die erstaunlichsten Kuchen und Torten backen und Gelees von wunderbarer Süße bereiten konnte.

Er aber wollte ein Zuckerbauwerk kreieren, allerdings fehlten ihm sowohl die Mittel als auch die entscheidende Idee. Er zermarterte sein Gehirn und konnte ihm dennoch keine zündende Idee entlocken. Es war zum Verzweifeln, und mehr als einmal war er mittlerweile über einem jungen Puter mit Trüffeln gefüllt oder gebackenen Fröschen in scheinbarem Müßiggang beobachtet worden – der allerdings für den jungen Koch harte Arbeit bedeutete, denn Nikolaus war dabei, eben jenes Backwerk auszubrüten, das den Fürsten begeistern sollte.

Als es wieder so weit war und er, in Gedanken versunken, beinahe die Tauben royal mit Paradiessauce verdorben hätte, holte ihn Meister Adam zur Seite.

»Du bist so abwesend in letzter Zeit, Nikolaus. Hast du eine von den Mägden geschwängert?«

Nikolaus sah entsetzt zu seinem Meister auf. Er hatte wohl einige Male mitbekommen, wie weinende Mädchen bei Nacht den Hof verließen, im Gepäck nichts weiter als Beschimpfungen, Hohn, Spott und einen unehelichen Balg als Mitgift, aber er selbst hatte mit diesen Dingen nichts am Hut. Im Gegenteil, die Geräusche des Nachts in den Dienstbotenräumen störten seine Gedanken; die Mädchen taten ihm leid, außerdem bedeutete ihr Weggang immer den Verlust einer gerade angelernten Hilfskraft, was wiederum Zeitverlust bedeutete. Warum also sollte er ein Mädchen in diesen Zustand versetzen?

Meister Adam lachte schallend auf, als er Nikolaus' entsetzten Blick sah.

»Gut. Das ist es also nicht. Aber was dann? Wo sind deine Gedanken, wenn sie doch bei Rebhühnern, überbackenen Austern und Kastaniengelee sein sollten?«

»Es tut mir leid, Meister.«

Nikolaus sah beschämt zu Boden. Er hatte seinen Meister

wohl schwer enttäuscht. Er konnte einfach nicht umhin, ständig an ein Bauwerk aus Zuckermasse denken zu müssen. Aber er wollte auch Meister Adam gefallen, denn dieser hatte sich seiner wie ein Vater angenommen, ihm beinahe jeden Wunsch von den Augen abgelesen und sein Fortschreiten protegiert, wo es ihm nur möglich war.

»Nun, ich denke, ein wenig Abwechslung könnte dir nicht schaden. Deshalb möchte ich, dass du uns heute Abend begleitest.«

Nikolaus sah hoch. Was meinte der Meister?

»Ein Teil der Bediensteten ist in die Oper eingeladen. Und du kommst mit.«

Nikolaus war überrascht. Fabrizio hatte ihm bereits von der sagenhaften Oper vorgeschwärmt, ihm die Bühne, die Kostüme in allen Einzelheiten beschrieben oder die Lieder grausig falsch vorgesungen. Nie aber wäre er auf den Gedanken gekommen, einmal selbst das Opernhaus besuchen zu dürfen. Er war sich zudem nicht sicher, ob er diese Art Ablenkung wirklich wollte. Zugegeben, er war schon lange neugierig auf die fürstlichen Hoheiten, die Gesandten aus fernen Ländern, die Lakaien und adligen Höflinge, von denen ihm Fabrizio schon so oft erzählt hatte; denn seit er hier in der Münchner Residenz war, hatte er den Dienstbotentrakt kaum verlassen und auch keine höher gestellte Persönlichkeit als Meister Adam aus der Nähe gesehen. Demzufolge war seine Neugierde immens groß, dennoch bedeutete dieser Opernbesuch einen großen Zeitverlust. Meister Hans hatte ihm erst vor wenigen Tagen einige Kochbücher zur Verfügung gestellt, darunter das berühmte Buch des Max Rumpoldt, in dem eine große Ansammlung von Rezepten für Schaugerichte aufgezeichnet waren, und er hatte bislang keine Zeit gefunden, seine Nase in dieses Buch zu stecken. Der Opernbesuch würde ihn erneut daran hindern.

Meister Adam übersah jedoch seinen flehentlichen Blick und

bemerkte trocken: »Das Ereignis findet heute Abend statt. Und du gehst auf alle Fälle mit. Nun mach dich aus der Küche. Ich lasse dir ein frisches Hemd und eine neue Hose zukommen, damit du nicht als Bettler hinausgeworfen wirst, bevor du überhaupt etwas von dem Ganzen mitbekommen hast.«

Nikolaus nickte und machte sich mürrisch auf den Weg in den Dienstbotensaal. Ganz augenscheinlich war die ganze Welt gegen ihn und sein Vorhaben. Es hatte wohl keinen Sinn, sich noch länger den Kopf darüber zu zerbrechen, wie er Zuckerbackwerk herstellen konnte, das selbst den Fürsten erstaunen konnte, wenn jeder gegen ihn arbeitete.

Dass auch Fabrizio mit in die Oper kam, war ihm nur ein geringer Trost. Er fühlte sich in den neuen Kleidern unwohl, das Halstuch kratzte, und das Wams zwickte ihn derart, dass er glaubte, entweder er oder das Wams müsste bei der nächsten Bewegung platzen. Fabrizio lachte nur und meinte: »Wenn wir einmal durch deine Kochkünste reich geworden sind, kannst du dir Kleider an den Leib schneidern lassen. Aber noch ist es nicht so weit, also öffne den Knopf, lockere das Halstuch, und gib dich ganz dem Schauspiel hin.«

Nikolaus tat wie ihm geraten, trottete hinter dem ebenfalls fein zurecht gemachten Meister Adam und Fabrizio drein und erinnerte sich gleichzeitig an die etwas lauen und nicht sehr erbaulichen Fastnachtsstücke im Goldenen Kreuz.

Fabrizio plauderte indessen munter weiter, als existierte seine Übellaunigkeit in keinster Weise.

»Stell dir vor, in Paris soll sogar eine Akademie für Musik errichtet worden sein, um Berufsmusiker an die neue Oper zu bringen. Weißt du, so lange gibt es die Oper hier noch nicht ...«

Nikolaus hörte nur mit einem Ohr hin. Was sollte denn so Erstaunliches an der Oper sein? Einige Menschen standen auf einer Bühne und sangen. Meister Adam sang selbst in der Küche, und das nicht sehr gut. Eine schauerliche Darbietung, wenn man ehrlich war.

Doch die Menschenmenge auf dem Salvatorplatz brachte ihn zum Staunen. Es schien, als wäre ganz München auf den Beinen und drängte in das Opernhaus. Männer nach der neuesten Mode mit in der Taille engem Rock mit großen Schoßtaschen und Ärmelaufschlägen und Damen mit Schnürbrust und Hüftwülsten buhlten um die Gunst der Aufmerksamkeit. Aber nicht nur feine Herren und Bedienstete des Hofes lachten, schwatzten und schrien wild durcheinander, nein, auch einfachstes Volk war unter die feine Gesellschaft gemischt und freute sich augenscheinlich auf das Schauspiel. Nikolaus kam aus dem Staunen nicht mehr heraus, nahm den Geruch von Bratwürsten, Kutteln und Pasteten wahr, sah Händler, Salamikrämer und Lebkuchenverkäufer ihre Waren feilbieten und hatte plötzlich doch ein wenig Spaß, denn immerhin war Kurzweil geboten.

»Nun rasch, damit wir einen guten Platz bekommen«, forderte sie Meister Adam auf und drängte sie gleichzeitig an den Eingang, der den Dienstboten des Hofes vorbehalten war.

Der Lärm, der sie in der Oper empfing, war ohrenbetäubend. Ein Geschnatter wie von Tausenden von Gänsen erfüllte den Saal. Wein und Bier wurde durchgereicht, Brot, Pasteten und Würste gegessen, Kautabak auf den Boden oder den kostbaren Saum betuchter Damen gespuckt, und überall zeigten sich vor Erwartungsfreude gerötete und leuchtende Gesichter. Nikolaus hingegen nahm den Geruch von Schweiß, Bier und Tabak nicht wahr, sondern starrte mit großen Augen auf die geschnitzten und verzierten Balustraden, bewunderte die Decke mit dem aufgemalten Himmel, den Engeln, Fabelwesen und Tieren. Plötzlich ertönten Posaunen, das Volk drehte sich beinahe wie ein Mann um und sah zu den Balkonen in der Mitte des Halbrunds hoch.

Nikolaus folgte diesem Blick. Das Fürstenpaar betrat den Balkon, winkte dem Volk huldvoll von oben herab zu und nahm

Platz. Hinter ihm strömten Adlige und Höflinge auf die Balustraden. Die Damen mit immensen Frisurenaufbauten auf ihren Köpfen und mit Riechquasten bewaffnet, die sie unter ihre Nasen hielten, während sie sich mit der freien Hand Kühlung zufächelten, die Herren mit Perücken und hochnäsigen Mienen. Das also waren die Menschen, für die er tagtäglich kochte, briet und brutzelte und sich den Kopf über neue Gerichte zerbrach. Sie sahen nicht sonderlich sympathisch aus, gestand er sich ein, aber sie waren doch Kenner des erlesenen Geschmacks und allemal besser als das einfache Volk, unter dem er selbst sich befand.

Nikolaus wandte sich wieder nach vorne.

»Jetzt geht es gleich los. Du wirst staunen«, schrie ihm Fabrizio ins Ohr und hielt ihm gleichzeitig einen irdenen Becher mit Wein unter die Nase. Nikolaus ergriff ihn dankbar und leerte ihn mit einem einzigen Schluck. Es war heiß und stickig; er schwitzte bereits jetzt fürchterlich, und das Wams zwickte mehr denn je. Fabrizio grinste bis über beide Ohren und schenkte Wein aus einem Krug nach, den er Gott weiß wo aufgetan hatte. Auch Meister Adam wurde in den Genuss mit einbezogen, und so heiterte sich ihre Stimmung mit jeder Minute, die verstrich, noch mehr auf.

Die Spannung im Saal wuchs und erfasste auch Nikolaus. Alles hier war anders als das Fastnachtsspiel. Vielleicht würde es doch ein besonderes Ereignis oder doch zumindest ein Heidenspektakel werden, wie Meister Adam ihm versprochen hatte.

Ein Paukenschlag ertönte, dann noch einer. Das Publikum wurde leiser, manch einer zischte dem Nachbarn zu, er möge den Mund halten, und langsam senkte sich verhaltene Ruhe über die Anwesenden.

Nikolaus sah gebannt auf den gewaltigen roten Vorhang, der in samtenen Falten von der Decke hing. Was alleine der Stoff gekostet haben mochte! Er konnte nicht umhin, egal wo er war und was er bestaunte, immer rechnete er nach, fragte sich, was die Dinge kosteten und wünschte sich insgeheim, einmal so viel Geld sein Eigen nennen zu dürfen, um sich leisten zu können, was er wollte.

In diesem Augenblick öffnete sich der Vorhang mit lautem Getöse. Vor ihm tat sich eine ganze Welt auf – ein Ballsaal, wie er ihn noch nie gesehen hatte, mit einem kristallenen Lüster, gehalten von einem Engel, der frei über der Bühne zu schweben schien. Wahre Massen von Höflingen und Adligen schienen sich auf der Bühne zu drängen, groß angelegte Prachttreppen führten zu einem Thron, die Gesellschaft tanzte zu Musik – und Nikolaus war gänzlich hingerissen von der farbenfrohen Pracht und Herrlichkeit, die sich seinem Auge bot.

Er merkte nicht, wie die Zeit verfloss, sah Engel frei durch den Raum schweben, Feuerkugeln durch die Lüfte sausen, einen Springbrunnen, der Edelsteine regnete, und lauschte der herrlichen Musik. Fabrizio goss ihm ein ums andere Mal Wein nach, und fast dachte er, ihm würde davon der Kopf schwindeln, aber es lag an den Kostümen, den beweglichen Bühnenbildern, die ihm eine eigene Welt vorgaukelten, den schwebenden Sängern und fliegenden Tänzern, die durch ausgefeilte Mechanik einem Vogel gleich über die Bühne flattern konnten. Meister Adam hatte Recht behalten: Es war großartig, und Nikolaus war beinahe traurig, als sich der Vorhang zum letzten Mal schloss und das Publikum in tosenden Applaus ausbrach. Begeistert klatschte er mit, bis ihn die Hände schmerzten, aber er hätte viel gegeben, um noch einmal alles von Anfang an bestaunen zu können. Die Musik hatte sein Herz beflügelt, die Bühnenbilder seine Fantasie angeregt – er liebte die Oper und stimmte in die Hochrufe auf das Fürstenpaar ein, das sich in seiner Loge erhoben hatte und dem Volk zuwinkte.

Weder auf dem Weg nach Hause noch im Dienstbotensaal stand sein Mundwerk still, und Fabrizio musste wahre Begeisterungstiraden über sich ergehen lassen. Aber er trug es mit Fassung und sogar ein wenig stolz, denn er wusste zu berichten, dass die

Oper ursprünglich aus seiner Heimat kam und dass jeder Italiener, der auf sich hielt, die Oper mindestens ebenso liebte wie Nikolaus.

Selbst als sich Fabrizio bereits in seinen Schlafraum vor dem Appartement der Fürstin zurückgezogen hatte, konnte Nikolaus nicht aufhören, an die Oper zu denken. Meister Adam hatte ihm die Mechanik erklärt, mithilfe derer die Menschen fliegen konnten und die Bühne hochgefahren und wieder abgesenkt wurde. Gerade als er daran dachte, wie beeindruckend die Feuerkugel gewesen war, fiel es ihm ein. Er hatte endlich die Idee für ein Zuckerbackwerk, das die Welt noch nicht gesehen hatte. Zumindest nicht die Münchner Hofgesellschaft.

Als hätten ihn tausend Wanzen gleichzeitig gebissen, sprang er aus seinem Bett, schlüpfte in seine Schuhe, stopfte das Hemd in die Hose und holte sich aus der Küche Papier, Feder und Tinte. Glücklicherweise waren diese Utensilien hier gelagert, da jeder Koch zu jeder Zeit etwas zu notieren wusste, und so musste er nicht den königlichen Officienmeister wecken, was er nur ungern getan hätte, da er die Störung sicherlich nicht ausreichend zu erklären vermocht hätte.

Das Feuer wurde von einem Küchenjungen bewacht, der allerdings selig schlummerte und einem entstehenden Brand nichts entgegenzusetzen gehabt hätte als einen herzhaften Traum über die Tochter einer der Wäscherinnen.

Nikolaus grinste, gönnte dem Jungen seinen Schlaf, war sogar froh darüber, nicht gestört zu werden, und verzog sich mit einer Kerze und dem Papier bewaffnet in eine dunkle Ecke der Küche.

Kaum hatte er sich gesetzt, begann er auch schon mit seinen Notizen, die von Zeichnungen untermalt und anschaulich gemacht wurden. Er malte und schrieb die ganze Nacht hindurch und verbrauchte dabei eine Unmenge an Papier, aber es war keine Verschwendung, sondern würde von Meister Adam bestimmt als Kunstwerk erachtet werden. Als er fertig war, atmete er befreit durch. Mit glänzenden Augen betrachtete er seine Aufzeichnungen. Stolz erfüllte ihn jetzt schon, wenn er daran dachte, wie er darangehen würde, das Aufgeschriebene in die Tat umzusetzen. Vor ihm lag der Plan für ein prächtiges, noch nie gesehenes Zuckerwerk.

Allerdings wurden Zuckerwerke nicht täglich auf die fürstliche Tafel gebracht, und einfach so teuren Zucker zu verschwenden lag weder ihm noch Meister Adam. Dieser Gedanke beschäftigte ihn so sehr, dass er nicht bemerkte, wie der Morgen graute und der Geselle, der für das Frühstück des Fürsten zuständig war, gähnend in die Küche kam, gefolgt von Küchenjungen, die Brot und Biersuppe für die anderen Hoheiten bereitzustellen hatten.

»Nanu, hast du etwa in der Küche geschlafen?«

Nikolaus fuhr hoch und sah in Meister Adams vergnügt grinsendes Gesicht.

»Die Oper und der viele Wein scheinen dir bekommen zu sein. Oder hast du etwa erneut gegrübelt?«

»Nein.«

Nikolaus konnte trotz seiner Müdigkeit nicht umhin, über das ganze Gesicht zu strahlen. Allerdings wusste er nicht, wie er dem Meister sein Anliegen vortragen sollte und hielt vorerst lieber den Mund. Er wollte sich stillschweigend davonschleichen, aber Meister Adam kam ihm zuvor, nahm ihm die Aufzeichnungen so geschwind aus der Hand, dass er nicht dagegen protestieren konnte und betrachtete sie stumm und vor allem sehr lange. So lange, dass Nikolaus starke Zweifel überkamen, ob er wirklich eine brillante Idee gehabt oder nur teures Papier verschwendet hatte. Er wollte gerade zu einer zögerlichen Frage ansetzen, als Meister Adam von den Notizen aufsah.

Er richtete seine braunen Augen auf Nikolaus und betrachtete ihn so, als hätte er ihn nie zuvor gesehen. Nikolaus sank wieder einmal das Herz in die Magengrube. Hatte er etwas falsch gemacht? War der Meister wegen des Papiers verstimmt, oder hielt er ihn nun für einen Narren, der seiner Küche nicht würdig war, weil er sich mit albernen Erfindungen abgab?

»Das ist hervorragend. Ein Meisterwerk, würde ich sagen. Wenn du es denn auch in die Tat umsetzen kannst.«

Nikolaus horchte auf. Hatte der Meister tatsächlich »Meisterwerk« gesagt?

»Aber natürlich kann ich das! Mit der Hilfe von Meister Hans auf alle Fälle! Und wenn ich den Zucker bekomme und den Gips und alles, was man sonst noch so dazu braucht«, legte er begeistert los, bremste sich aber schnell wieder und sah erneut etwas hilflos zu Meister Adam.

»Gips? Du hast dich ja kundig gemacht!«

»Aber natürlich. Seit Wochen denke ich an nichts anderes als an Zuckerbackwerk!«

»Also das war es!«

Meister Adam begann schallend zu lachen und Nikolaus war sich nicht sicher, ob er nun ausgelacht wurde oder nicht. Aber Meister Adam legte den Arm um seine Schulter, wischte sich eine Lachträne aus dem runden Gesicht und sprach weiter.

»Das hätte ich mir eigentlich selbst zusammenreimen können. Meinem Meisterschüler Nikolaus werden niemals die Mädchen den Kopf verdrehen, dass er nicht mehr denken kann. Aber Gänse, Hühner und Kapaunen machen ihn so schwach, dass er ganz verdrießlich wird.«

Der Meister lachte erneut. Gleichzeitig drückte er mit seinem kräftigen Arm Nikolaus an seine Seite, sodass dieser beinahe keine Luft mehr bekam.

»Nun denn, dann wollen wir der Sache doch Abhilfe verschaffen, nicht wahr?«

Er entließ Nikolaus aus seiner Umarmung und bedeutete ihm, ihm zu folgen. Nikolaus lief ihm hinterher und wagte nicht daran zu denken, dass es vielleicht wirklich möglich war, sein eigenes Zuckerbackwerk zu entwerfen. Aber es war möglich. Mit dem

Satz: »Dieser Apotheker schlägt mir in seiner Arroganz uns Köchen gegenüber schon lange auf den Magen«, beorderte Meister Adam Unmengen von Zucker aus der Vorratskammer, ließ von Seiten des Proviantmeisters keinerlei Einwand zu und überraschte den eintreffenden Meister Hans mit der Neuigkeit, er und Nikolaus sollten sich an einem Backwerk versuchen.

Meister Hans konnte es ebenso wenig fassen wie Nikolaus und stotterte nur unzusammenhängende Worte. Am Nachmittag, nachdem sie begeistert Nikolaus' Pläne weiter ausgearbeitet hatten, machten sie sich daran, den ersten Versuch zu wagen. Meister Adam hatte ihnen drei Wochen Zeit gegeben, sich an dem Backwerk zu üben, und ihnen einen Küchenjungen als Hilfe zur Verfügung gestellt. Meister Hans und Nikolaus versanken in einen kindlichen Zustand der Begeisterung und waren kaum noch ansprechbar. Ihre Wangen glühten, ihre Augen leuchteten, der Federkiel flog kratzend über das Papier und brachte immer verwegenere Ideen zutage, was zum Teil geheimnisvolles Geflüster oder auch albernes Gegacker ihrerseits nach sich zog, so sehr steigerten sie sich in ihren Zustand des Rausches hinein.

»Aber wie wird die Masse fest und haltbar gemacht?«, wagte der Küchenjunge zaghaft seine Zweifel einzugestehen, während er den beiden über die Schulter sah.

»Ein Schaugericht besteht nicht nur aus Zucker. Es ist eine ganz besondere Masse, die für Schaugerichte verwendet wird. Man nennt sie Tragant – sie besteht aus Zucker, Wachs, Leinen und Stroh, und zusätzlich wird Holz oder Gips verwendet, um dem Ganzen Festigkeit und Halt zu verleihen«, erklärte Nikolaus.

Der Küchenjunge blickte sie verwirrt an, wagte es aber nicht, noch weitere Fragen zu stellen. Nikolaus bemerkte seine Ratlosigkeit, grinste und fragte: »Du bist noch nicht lange bei Hof?«

Der Küchenjunge schüttelte den Kopf.

»Seit einigen Tagen.«

»Schaugerichte werden nicht gegessen. Sie werden zwischen

den einzelnen Gängen aufgetragen, um die Gäste staunen zu machen«, fuhr Nikolaus fort.

Meister Hans fiel ein.

»Wer zum Staunen gebracht wird, wird zu Ruhm und Gedenken des Gastgebers beitragen.«

Der Küchenjunge sah ehrfurchtsvoll zu den beiden auf und hielt sie in diesem Augenblick gewiss für die weisesten Männer des Landes. Nikolaus grinste und erinnerte sich an die Zeit, als er selbst die ersten Schritte in die Geheimnisse der Küche gewagt hatte und aus dem Staunen nicht mehr herausgekommen war. Und nun durfte er selbst ein Zuckerbackwerk herstellen! Konnte er überhaupt noch mehr erreichen? Für den Augenblick war er vollends damit zufrieden, mit Meister Hans weiter an seiner Kreation zu arbeiten.

Die Tage vergingen, der Küchenjunge rührte Zuckermasse an, die beiden formten wie wahre Künstler, und das Werk schritt voran. Schon konnte man die ersten Umrisse erkennen, sehen, dass es sich um die Innenansicht eines Gebäudes handelte, aber noch wusste kein anderer als Meister Adam, Meister Hans, Nikolaus und selbstverständlich Fabrizio über den wahren Kern des Backwerks Bescheid.

Während der Arbeit versanken sie beide in tiefe Konzentration, die Augen starr auf ihre Hände gerichtet, neben sich die Notizen, denen sie streng Folge leisteten. Die anderen Köche und Bediensteten waren angewiesen worden, sie nicht zu stören, und so schritt die Arbeit gut voran. Abends saßen sie gemeinsam vor ihrem Werk, bestaunten es stumm, tranken dazu Bier oder Wein und gerieten ins Plaudern.

»Gut, dass der Proviantmeister auf unserer Seite ist«, ließ Meister Hans vernehmen.

»Warum?«

»Wenn die Fürstin davon erfahren würde – o je! Fuchsteufelswild würde sie werden. Sie ist doch so sparsam. Alles muss in

Bücher eingetragen und notiert werden. Den Thaler dreht sie fünfzigmal um, bevor sie ihn ausgibt«, kicherte Meister Adam.

»Aber es ist doch billiger, das Backwerk selbst herzustellen, als es für teures Geld von auswärts importieren zu lassen.«

»Hm. Das stimmt. Aber das müsste Ihr erst einmal jemandem klarmachen.«

Ihre Gespräche verliefen immer in der gleichen Art. Es waren nicht die Plaudereien und das Geplänkel, das er mit Fabrizio hatte. Es waren Bruchstücke einer Unterhaltung, die allesamt das Kunstwerk an sich zum Bestandteil hatten. Aber sie waren zufrieden damit und wuchsen mit jedem Tag ein Stückchen mehr zusammen. Bald schon konnten sie sich durch Blicke verständigen und bedurften keiner Worte mehr, wenn einer von ihnen mehr Zucker, ein Stück Holz oder etwas Gips verlangte.

Und dann war es so weit. Das Zuckerbackwerk war fertig. Nikolaus und Meister Hans hatten in den letzten Tagen im Verborgenen gearbeitet, wollten sie doch nicht, dass die anderen zu früh sahen, worum es sich handelte; denn den Überraschungseffekt wollten sie sich keinesfalls nehmen lassen. So kam es, dass sich sämtliche Küchenbediensteten am Abend eingefunden hatten und flüsternd und plaudernd, aber allesamt ein wenig aufgeregt um die große Anrichte standen, in deren Mitte das verhüllte Prachtding stand. Selbst Lakaien, denen der Aufenthalt in der Küche ansonsten unter ihrer Würde lag, mischten sich unter die Anwesenden und reckten die Hälse, um nichts zu versäumen. Es war Fabrizio gewesen, der im Flüsterton und mit geheimnisvoller Miene die Kunde von einem prächtigen Zuckerbackwerk in den endlosen Gängen und Fluren des Schlosses an den Mann gebracht hatte. Nun stand er mit stolzgeschwellter Brust hinter Nikolaus und erzählte jedem, der es noch immer nicht wusste, dass eben jener Nikolaus sein Freund sei. Der Meister hatte Wein an alle ausschenken lassen und sogar ein wenig Branntwein genehmigt. Die Stimmung war demzufolge großartig. Jeder hatte das Gefühl, selbst ein klein wenig Fürst zu sein, denn noch nie war ein solches Backwerk in ihrer Küche hergestellt worden, von einem der ihren.

»Nun, wir sind sehr gespannt. Meister Hans, Nikolaus – ich bitte euch, lasst uns endlich das Kunstwerk sehen.«

Nikolaus' Herz klopfte bis zum Hals. Es durfte nichts schief gehen, nichts abbrechen oder gar zusammenstürzen. So viel Mühe, Träume und Hoffnungen steckten in diesem beinahe mannshohen Werk, dass ihm schwindelig wurde, wenn er nur daran dachte. Sollte das Kunstwerk gelungen sein, würde es bei dem nächsten Fest dem Fürsten präsentiert werden, und Meister Hans sollte gar zum Zuckerbäcker ernannt werden. Meister Adam hatte es versprochen. Nikolaus wurden die Knie ein wenig weich. Ein Blick zu Meister Hans verriet ihm, dass es diesem nicht besser erging. Nikolaus kletterte auf die bereitgestellte Leiter, um das Tuch von oben anheben zu können. Er gab Meister Hans ein Zeichen. Mit einem Kopfnicken fassten die beiden an das Laken, das über das Werk gebreitet war und hoben es vorsichtig hoch.

Nikolaus hatte alles erwartet – Applaus, Gejohle, Hochrufe, eben alles, nicht aber die Stille um ihn herum. Stumm und mit großen Augen starrten die Anwesenden auf das prächtige Werk.

»Es ist die Oper«, flüsterte einer der Anwesenden in ehrfurchtsvollem Staunen.

Die Umstehenden fielen in raunendes Gemurmel ein und entdeckten die geschnitzten Balkone, die kristallenen Leuchter. Die gewölbte Decke war angedeutet, aber die der Bühne ausgearbeitet. Ein komplettes Bühnenbild aus Zuckermasse war zu sehen, mit Schauspielern in prächtigen Gewändern, die sich auf der Bühne tummelten. Ein Engel schwebte von der Decke der Bühne, angebracht an einem seidenen Faden, und im Parkett drängten sich die Zuschauer bis ins Kleinste ausgearbeitet mit Weinbechern und Würsten in den Händen und leuchtenden Wangen. Selbst der rote Vorhang und die Musiker fehlten nicht.

»Das ist grandios«, flüsterte Meister Adam.

Wie auf Kommando begannen die Umstehenden zu applaudieren, ganz so, als wären sie in der Oper und nicht in der Küche und erlösten Nikolaus aus seiner Anspannung. Nikolaus hob seine Hände, um ihnen Einhalt zu gebieten.

»Das ist noch nicht alles«, rief er.

»Noch nicht alles? Was kommt noch?«

Meister Adam sah ihn fragend an. In seinen Augen lag Bewunderung.

Nikolaus lächelte zu Meister Hans, und dieser nickte ihm zu. Nikolaus nestelte an der Rückseite des Bühnenbildes herum, und mit einem Mal begannen die Figuren sich zu bewegen, der Engel hing nicht nur von der Decke herab, nein, er flog über die Bühne, und aus der Theaterkanone wurde ein feuriger Ball abgeschossen, der über die Zuschauer flog und scheppernd in einen Topf sauste.

Die Bediensteten johlten und schrien vor Vergnügen. Meister Adam hatte den Mund zu einer Frage geöffnet, brachte aber kein Wort heraus. Meister Hans lächelte glückselig, und Nikolaus wurde leicht schwindelig.

Als sich der Lärm legte, die Bediensteten um das Zuckerbackwerk herumgingen, mit den Fingern auf die eine oder andere Figur deuteten und von Meister Hans zurückgescheucht wurden, hatte sich Meister Adam wieder gefangen.

»Wie habt Ihr das gemacht?«

»Genau wie in der Oper. Die Mechanik ist die gleiche, nur in Miniatur. Und der Feuerball war in Alkohol getränkt. Er funktioniert nach dem Prinzip von Apicius' Flammen speiendem Pfau«, erklärte Nikolaus atemlos vor Freude und Stolz.

»Apicius? Du kennst Apicius? Junge, du erstaunst mich immer wieder«, flüsterte Meister Adam und wandte sich wieder dem Zuckerwerk zu.

Nikolaus war so glücklich, dass er glaubte, seine Brust würde auf der Stelle in tausend Stücke zerbersten.

»Es ist wirklich erstaunlich.«

»Was ist erstaunlich?«

Gilbert Quintus sah verärgert in das Gesicht des Hofarztes, der über ihn gebeugt dastand und ihn so interessiert betrachtete, als wäre er eine Abscheulichkeit oder Abnormität der Natur auf einem Jahrmarkt.

»Es ist erstaunlich, dass Euch die Podagra nicht noch mehr plagt.«

Der Arzt richtete sich auf, verschränkte seine Arme hinter seinem Rücken, schob seinen kleinen Wanst nach vorne und sah herausfordernd zu Gilbert. Dieser richtete verärgert seine Robe und bedeutete einem Lakaien, noch Wein nachzuschenken. Seit Monaten plagten ihn immer wieder für einige Wochen Schmerzen in seiner Großzehe, manchmal auch in den Knöcheln und seit neuestem auch in den Daumen. Er fühlte sich fiebrig und verfluchte des Nachts die Bettdecke, die zentnerschwer auf seinen Füßen zu lasten schien und ihm den Schlaf raubte.

»Genau das meine ich«, gab der Arzt zum Besten, während der Lakai den Becher auffüllte. »Ihr habt Podagra, ja Chiragra, mein Bester, und Ihr solltet ein wenig darauf Rücksicht nehmen.«

»Wollt Ihr mir jetzt auch noch den Wein vergällen? Wovon soll ich mich ernähren? Von Gemüse oder vielleicht gar Holz? Oder sind die Holzwürmer darin zu schädlich für meinen Organismus? Und was soll ich trinken? Etwa Wasser?«

»Nein, aber in Frankreich trinkt man gerne Kaffee oder Chocolade.«

»Ja, von dieser Mode habe ich auch schon gehört.«

Gilbert war die Untersuchung leid. Viel Neues hatte ihm der Arzt nicht sagen können. Er war erst Anfang Dreißig und litt bereits an Gicht- und Steinschmerzen. Und die Tölpel von Quacksalbern schrieben es seiner Nahrung zu. Sie wäre zu fetthaltig und vor allem zu nährreich; auf Zucker solle er weitgehendst verzichten, denn dieser wäre nur hoch geachtet gegen Magen-, Darm-,

Nieren-, Augen- und Ohrenleiden, würde die Gicht aber fördern. Er hasste sie alle, diese Kurpfuscher, wenn sie über ihn herfielen und ihre Klauen nach ihm ausstreckten. Keiner von ihnen war imstande, seine Schmerzen auch nur ansatzweise zu mildern.

»Aber ich will keinen Klatsch von Euch hören. Ihr sollt gegen meine Krankheit wirken.«

Der Arzt lächelte dünn und hintergründig, während er auf ihn herabsah.

»In England gibt es jetzt die gesetzliche Sonntagsruhe. Hier nicht. Dagegen tun kann ich da auch nichts. Und Euch kann ich auch nicht helfen, solange Ihr so viel und reichlich speist.«

»Ich habe lange genug gehungert. Der Krieg ist auch an mir nicht spurlos vorübergegangen«, knurrte er den Arzt an.

Den Medicus kümmerte das wenig. Im Gegenteil – er zeigte sogar ein leichtes Grinsen und meinte mit einem Kopfdeuten auf Gilberts immensen Körperumfang: »Wie es scheint, ist der Krieg lange vergessen.«

»Raus hier! Sofort.«

Der Arzt zuckte mit den Schultern, packte seine Utensilien in eine Ledertasche und wandte sich zum Gehen.

»Achtet auf den Diätplan und gebt Euch mehr der Bewegung hin. Dies wird Eure Schmerzen lindern. Nicht wir Ärzte sind an eurem Gebrechen schuld, Ihr seid es selbst.«

Gilbert heulte vor Schmerz und Wut auf und warf dem Arzt den Becher hinterher. Dieser hatte sich jedoch bereits unter einer angedeuteten Verbeugung aus dem Zimmer verzogen, und so krachte der silberne Becher gegen die Tür und blieb klirrend am Boden liegen. Der Lakai beeilte sich, den vergossenen Wein aufzuwischen, einen neuen Becher zu besorgen und Gilbert erneut einzuschenken.

»Verschwinde!«, bellte er den Bediensteten an.

Er konnte sich an diesem Morgen selbst nicht ausstehen. Wenn es nach ihm gegangen wäre, hätte er diese Quacksalber längst auf den Scheiterhaufen geschickt. Aber es ging nicht nach ihm. Noch nicht. Allerdings arbeitete er hart daran. Sein ehemaliger Dienstherr, der Bischof von Salzburg, hatte ihn aufgrund seines Einsatzes für die Klöster rund um Regensburg schließlich dem Bischof von Freising empfohlen, und nun saß er hier, in der Münchner Residenz und konnte sich des Lebens nicht mehr freuen, da ihn die Gicht ereilt hatte. Dabei hätte alles so wunderbar und schön sein können. Es gab reichlich und gut zu essen, und es mangelte nicht an willigen Dienstmägden oder Lakaien, die ihm gerne zu Gefallen waren. Sie besuchten ihn zwar immer nur einmal, aber das reichte, um seine schwarze, tiefe Lust an ihnen auszulassen. Nach einem Besuch in seiner Kammer gingen sie ihm verschämt bis entsetzt aus dem Weg, was sein Begehren nur steigerte.

Er hatte wieder gut an Leibesfülle zugenommen und war damit, zusammen mit seinem hohen Wuchs, wieder zur imposanten Gestalt geworden. Er war ein Bär im Vergleich zu dem Quacksalber. Allein seine Erscheinung jagte so manch einem genügend Angst und damit auch Respekt ein. Alles in allem ein angenehmes Gefühl. Aber er wollte mehr. Mehr vom Leben, mehr Reichtum, mehr Einfluss – und vor allem wollte er nicht mehr krank sein.

Tränen der Wut stiegen in ihm hoch. Seine Hand krallte sich um den silbernen Becher, den ihm der Lakai gegeben hatte.

In diesem Moment öffnete sich die Tür, und der französische Gesandte trat ein. Mit einem einzigen Blick hatte er die Lage erfasst und setzte eine mitfühlende Miene auf.

»O la la, ich sehe, der Schmerz hat sich wieder auf Euch gelegt.«

Gilbert nickte nur, sah den Gesandten nicht an, aber bedeutete ihm, sich ihm gegenüber zu setzen.

»Und der Medicus konnte wieder einmal nicht helfen, nicht wahr?«

Gilbert sah den Gesandten an. In dessen Antlitz war nicht zu erkennen, ob er nur Mitgefühl vortäuschte oder aber echtes Bedauern empfand. Ein reizendes Lächeln umspielte seine dünnen Lippen, sein gepflegter, nach französischer Mode geschnittener Bart vibrierte leicht, aber seine dunklen Augen verrieten nichts von seinen Gefühlen. Ein geborener Diplomat, den Gilbert im Leben nie durchschauen würde. Ein Franzose dazu, und vor diesen musste man auf der Hut sein. Sie waren falsch wie Schlangen und drehten sich gerne wie ein Fähnlein im Wind. So zumindest war die gängige Meinung bei Hof, und Gilbert sah keinerlei Veranlassung dazu, diese für sich zu ändern. Andererseits wusste der Franzose immer den besten Klatsch und sorgte damit für Kurzweil, zudem konnte er immer die neueste Mode aus Frankreich vermelden. Und Frankreichs Hof galt in München als tonangebend. Niemand konnte Gilbert nachsagen, er wäre nicht *en vogue*, auch wenn er aus einer hinteren Ecke Bayerns stammte, die hier in München nicht viel galt.

»Es reicht diesen Quacksalbern nicht mehr, mich so oft wie möglich zur Ader zu lassen. Nein, jetzt wollen sie mir auch den Wein verbieten. Sagt, was hat das Leben ohne Wein noch für einen Sinn?«

Der Franzose lächelte hintergründig, nippte an seinem Becher und sah unverwandt zu Gilbert. Der Lakai hinter ihm wollte ihm nach deutscher Sitte den Becher wieder aus der Hand nehmen, aber er schüttelte nur den Kopf und meinte, ohne den Lakaien anzusehen: »Ihr Deutschen habt die merkwürdigsten Gebräuche. Seht diesen Wein. Ein edler Tropfen, das muss ich schon sagen, mein lieber Gilbert. Aber erstens schüttet man ihn nicht die Kehle hinunter wie Gift, das man zu trinken gezwungen wird, denn dann verwandelt er sich in solches, und zweitens vermischt man ihn mit Regenwasser.«

»Verwässert, meint Ihr.«

»Mischen, sage ich, nicht verwässern. Purer Wein steigt zu Kopf und in die Glieder und setzt sich schließlich als Gicht im Leibe fest. *A votre santé!*«

Dupois hob den Becher, prostete Gilbert zu, nippte erneut nur leicht daran und lachte hell auf, als er sah, wie Gilbert prompt auf das Zutrinken reagierte und seinen Becher bis zur Neige leerte, ihn gleich darauf nach hinten hielt und wartete, dass der Lakai erneut nachfüllte.

»Seht Ihr. Das meine ich. Gewöhnt Euch die französische Mode an, und es wird Euch besser gehen.«

»Ich habe eine Frage. Trinkt man am französischen Hof tatsächlich Kaffee und Chocolade?«

»Aber sicher doch. Kakao soll ein hervorragendes Aphrodisiacum sein. Die Damen nehmen ihre Chocolade selbst in der Kirche ein – um sich auf den Tag einzustimmen, wenn Ihr versteht, was ich meine«, setzte er schelmisch flüsternd hinzu.

Und Gilbert verstand sehr wohl. Das waren allerdings gänzlich neue Perspektiven. Vielleicht konnte er seine Gichtschmerzen loswerden und gleichzeitig sein Potential noch fördern? Er musste sehen, dass er an Kakao kam.

»Danke für diesen Hinweis. Ich weiß Eure Ratschläge sehr zu schätzen.«

»Und ich erteile sie gerne.«

Dupois nahm diesmal einen größeren Schluck und lehnte sich gefällig in die Kissen des mit Gold beschlagenen Armlehnstuhles.

»Ich hätte da noch einen Ratschlag für Euch ...«, setzte der Gesandte erneut an.

»Ich höre.«

»Nun, ich bin Euch noch einen Gefallen schuldig für Eure Information über die neuesten Entwicklungen hier am Hof, was Frankreich betrifft. Ihr wisst, Ihr habt mir damit sehr geholfen.«

Gilbert nickte, sagte aber nichts. Er mochte es nicht, wenn über Politik gesprochen wurde, während die Lakaien im Raum standen und übergroße Ohren bekamen. Zu schnell konnte das Gerücht die Runde machen, er würde Informationen an die Franzosen weitergeben, die keineswegs für ihre Ohren bestimmt waren. Deshalb winkte er einfach nur ab und schickte einen strengen Blick zu Dupois. Dieser grinste und nickte wissend.

»Nun, ich wollte damit nur sagen, dass es Euch bestimmt gut täte, nächste Woche mit auf die Jagd zu kommen.«

»Wozu? Ich mag diese Umständlichkeiten nicht. Viel zu viel Bewegung für nichts und wieder nichts. Es bereitet mir keinen Spaß, mein Essen selbst zu erlegen.«

Gilbert war verstimmt. Da gab Dupois Dinge preis, die niemals in einem Zimmer mit Dienstboten hätten erwähnt werden dürfen, und dann faselte er im Anschluss über die Jagd. Er konnte sich absolut nicht vorstellen, zu welchem Zweck ihm die Jagd dienlich sein könnte. Dupois erhob sich, reichte den Becher an den Lakaien weiter und verneigte sich vor Gilbert.

»Nun, dadurch kommt Euer Kreislauf in Schwung, die Säfte werden ausgeglichen, das Blut reinigt sich. Ein bisschen Bewegung wirkt Wunder.«

»Ihr hört Euch an wie diese Kurpfuscher.«

Gilbert war ehrlich verstimmt. Auf diese Art von Ratschlägen konnte er gut und gerne verzichten. Aber Dupois hörte nicht auf zu lächeln. Er wanderte gemessenen Schrittes zur Tür, ließ sich diese von einem Bediensteten öffnen, wandte sich nochmals um und rief Gilbert zu: »Ach ja, der Fürst wird diesmal persönlich mitkommen. Dafür sind nur wenige Gäste geladen. Es wird sich also viel Zeit für ausgedehnte Gespräche finden. Das ist doch herrlich, nicht wahr?«

Mit diesen Worten verschwand er aus dem Zimmer und ließ einen verdutzten Gilbert zurück.

Das änderte natürlich alles. Ein Gespräch mit dem Fürsten konnte wahre Wunder bewirken, wenn es um die persönliche Zukunft ging. Es half also alles nichts. Er musste mit zur Jagd.

Nun, vielleicht würde es ihm ja doch Spaß bereiten, sein Essen selbst zu schießen. Er ließ sich das bevorstehende Treiben fantasievoll durch den Kopf gehen. Ein an seinem Pfeil verendetes

Wildpret, noch blutig ... Töten ... Macht ... ja, das war dann vielleicht doch eine Verlockung.

Entschlossen wandte er sich an seinen Lakaien.

»Sucht meine Ausgehrobe und gebt den Stallburschen Bescheid, dass ich nächste Woche mit zur Jagd kommen werde.«

»Ich soll mit zur Jagd kommen?«

Nikolaus sah fassungslos zu Meister Adam. Der Fürst veranstaltete oft seine geliebten Jagden, aber bislang war an ihm, Nikolaus, der Kelch vorübergegangen, als Koch die Jagdgesellschaft zu begleiten.

»Du bist mittlerweile kein Geselle mehr, und auf der Gesellschaft benötigen wir noch einen Koch. Es wird dir nichts übrig bleiben, als dich uns anzuschließen.«

Nikolaus nickte und versuchte, das Lächeln von Meister Adam zu erwidern, aber es wollte ihm nicht gelingen. Ja, es stimmte, er war in den Stand der Kochmeister erhoben worden. Sie hatten ihm zu Ehren ein großes Fest veranstaltet, auf dem reichlich Bier und Wein geflossen, Fabrizio, obwohl er nicht zur Zunft gehörte, als Gast geladen worden – wobei er den Dienstmädchen mehr als nur schöne Augen gemacht hatte – und ein Mahl aufgetischt worden war, das eines Fürsten nicht unwürdig gewesen wäre. Sein Meisterstück, das er den Zunftherrn vorzulegen hatte, war ein lukullischer Genuss aus Geflügel, Pasteten und Schinken gewesen, abgerundet durch süße Spezereien und exotische Früchte, die der Proviantmeister großzügig zur Verfügung gestellt hatte, sodass es den Zunftherrn schier unmöglich war, etwas daran auszusetzen. Meister Adam hatte davon gehört, dass die weltlichen Fürsten auf dem Reichstag in Regensburg die Zünfte als entbehrlich erklärt hatten, was in der Folge bedeutete, dass die Zünfte möglicherweise sogar aufgelöst wurden. Was Nikolaus undenkbar erschien. Eine Erschütterung in der Ordnung der Welt. Er war gerne in der Zunft der Köche, zumal er jetzt einer von ihnen war.

Nikolaus barst noch immer beinahe vor Stolz, wenn sich die Gesellen nun mit dem Titel »Meister« an ihn wandten, und nachts konnte er nicht schlafen, da er Pläne für die Zukunft schmiedete. Er wollte ein Buch schreiben, sich vielleicht ein Pseudonym zulegen, wie es die großen Meister in Paris und Rom zu tun pflegten, er wollte neue Speisen kreieren, die ihren Siegeszug durch Europas Küchen antreten würden – aber er wollte keinesfalls mit auf die Jagd. Schon oft hatte er mit angesehen, welche Unmengen an Geschirr, Tafelsilber, Terrinen, Töpfen und Pfannen verladen wurden, nebst mehreren Wagen voll Viktualien, die dann – den Schauerberichten derer zufolge, welche die Jagd zu begleiten hatten – mühsam den Berg hochgeschafft werden mussten. Nikolaus schüttelte sich. Aber ein prüfender Blick in Meister Adams Gesicht zeigte ihm, dass er wohl in den sauren Apfel beißen musste.

Mit hängenden Schultern machte er sich daran, Meister Adams Anweisungen in die Tat umzusetzen, und begann mit den Vorbereitungen für das große Ereignis, das mit körperlichen Unannehmlichkeiten und unwürdigen Verhältnissen in freier Natur untrennbar verbunden war.

Wie nicht anders erwartet, warteten mehrere Listen darauf, abgehakt zu werden. Der Proviantmeister verfolgte mit Nikolaus das Beladen der Karren, überprüfte jeden einzelnen Posten und überwachte die Küchengehilfen scharf, deren Aufgabe es war, den Proviant zu verladen. Nikolaus zählte nicht weniger als 34 gedörrte Zungen, 50 Pfund Kalbfleisch, 30 Pfund weißen Spickspeck, 10 Gänse, 5 Pfund Mandeln, 5 Pfund Rosinen, 60 Pfund Ochsenfleisch, 200 Austern, mehrere Fässer Olivenöl, Wein und Bier und hörte nach der vierzigsten Forelle auf zu zählen und überließ dem Proviantmeister diese Aufgabe allein. Kopfschüttelnd dachte er bei den Unmengen an Vorräten daran, dass ganz Europa von einer Hungersnot geplagt wurde. Während in den Kellern der Fürsten nie Mangel zu herrschen schien, darbte das einfache Volk. So schlimm wie in diesen Jahren war es schon lange nicht mehr gewesen, und der gnadenlose und grausame Schnitter Tod raffte die Bevölkerung dahin.

Bevor ihn düstere Gedanken an seine Vergangenheit ereilen konnten, wandte er sich erneut den Dingen um ihn herum zu. Ihm wurde beinahe schwindelig, wenn er die Kisten voll Tafelsilber und mit kostbaren Gläsern betrachtete, die auf die Pferdewagen verladen wurden, und ihm schwante nichts Gutes. Fabrizio hatte bereits mehrere Jagden besucht, und von ihm wusste er auch, wie beschwerlich und überhaupt nicht vergnüglich der Aufstieg in die Berge war. Zu allem Unglück war das letzte Stück zu Fuß zurückzulegen, und Nikolaus konnte sich nicht mehr daran erinnern, wann er das letzte Mal mehr Schritte getan hatte, als der Gang von der Küche zu den Dienstbotenräumen oder in die Kirche verlangt hätte. Mittlerweile konnte er eine kleine Kammer sein Eigen nennen, und diese bildete auch seinen ganzen Stolz, aber sie lag sogar noch näher als sein ehemaliger Schlafsaal, sodass er noch weniger als zuvor zu laufen hatte. Und außerdem hatte er auch an Gewicht zugelegt. Die Dienstmädchen betrachteten ihn mittlerweile mit der Hochachtung, die man stattlichen Männern schenkt, und sein runder Leib war neben seinem Titel sein ganzer Stolz.

Fabrizio hatte sich schlank gehalten; schließlich wurde er von der Fürstin auch genügend durch die Gegend geschickt, um Kapern zu holen, ein wenig Bier oder Brot und Speck, ein bisschen Duftöl vom Apotheker, eine Tinktur vom Medicus. Ein ewiges Gelaufe, das Nikolaus schaudern machte, wenn er nur daran dachte. Zwar war auch Fabrizio mit den Jahren befördert worden, aber immer noch hatte er Botengänge zu erledigen. Ein undankbarer Posten, den Nikolaus für nichts in der Welt angenommen hätte. Wie rosig sah hingegen sein eigenes Leben aus! Meister in der kurfürstlichen Hofküche – davon hatte er zwar als Junge geträumt, aber niemals hätte er daran gedacht, diese Fantasien könnten Wirklichkeit werden.

Und nun das. Er, der frisch gebackene Meister, musste mit hinaus in die wilde Natur. Zeitverschwendung. Er wollte nicht mit auf die Jagd und wusste dennoch, dass ihm nichts anderes übrig blieb, als gute Miene zum bösen Spiel zu machen.

So kletterte er auch mehr als übellaunig auf den vordersten Wagen des Küchentrosses zu Meister Adam und sprach den ersten Teil des Weges kein Wort. Er wollte seine Kräfte für Anstrengenderes schonen. Meister Adam nahm es mit Humor und Verständnis und ließ Nikolaus in Ruhe.

Doch je weiter sie die stinkende, lärmende Stadt mit ihren Gerüchen von Pisse, Kot und verfaultem Gemüse und Dreck hinter sich ließen, desto mehr öffneten sich Nikolaus' Augen für die Schönheit der Landschaft um ihn herum. Das saftige Gras glänzte im Morgentau der Julisonne, Wiesenblumen in Gelb und Rosa leuchteten am Wegrand, aber es war die frische, klare Voralpenluft, die Nikolaus völlig in ihren Bann zog und seine schlechte Laune einfach fortblies.

Stunde um Stunde verging. Der Tross von achtzehn Küchen- und Bedienstetenwagen sollte auf großen Umwegen über Bad Kreuth zum Achen fahren, dort nächtigen und am nächsten Tag aufsteigen, während die hohen Herrschaften, der Fürst, sein Gefolge und seine Gäste auf ihren Reitpferden sehr viel schneller waren. Wahrscheinlich würden Nikolaus und die anderen Köche gerade einmal das Wasser aufgesetzt haben, ehe die Jagd schon zu Ende war.

Trotz der wunderbaren Aussicht und der klaren Luft empfand es Nikolaus als beschwerlichen Umstand, was der Fürst seinen Bediensteten aufbürdete. Das Schaukeln, Rütteln und Stoßen im Wagen, der über Stock und Stein rumpelte, wollte kein Ende nehmen, und als er am Abend in das feuchte Bett der viel zu engen Herbergskammer sank, taten ihm alle Knochen im Leibe weh. Die Wanzen in der verdreckten Unterkunft plagten ihn noch mehr, genauso wie der Gestank. Er war einfach nicht gebaut für derartige Unternehmen. Und er hatte keine Ahnung, wie sie in der Wildnis auf dem Berg überhaupt vernünftig kochen sollten; denn Meister Adam hatte bereits angekündigt, dass es dort oben weder Herd noch Backofen, geschweige denn eine eingerichtete Küche gab.

Der nächste Tag stellte sich als noch beschwerlicher heraus, als Nikolaus jemals gedacht hätte. Es sollte an den Aufstieg gehen, und Nikolaus schwante bereits Übles, als er den schier unbezwingbaren Berg anstarrte, den es zu erklimmen galt. Die Luft war kühl und frisch an diesem Tag, die Sonne strahlte blendend vom Himmel. Sie waren keine zwei Stunden mit den Pferdekarren und Wagen einen rauen Pfad hochgerumpelt, als der Fuhrmeister sie auch schon absitzen hieß. Nikolaus sah verständnislos zu Meister Adam, der sein Grinsen nicht verbergen konnte.

»Wir müssen zu Fuß weitergehen.«

Stöhnend ließ sich Nikolaus am Wegesrand nieder und sah dabei zu, wie der Proviantmeister hin und her schoss, den Küchenjungen alle Lasten, die sie tragen konnten, auf die Schultern packte und den Rest auf Mulis und Pferde verteilte, dabei aber nie vergaß, seine wertvollen Notizen zu schreiben und jeden einzelnen Posten abzuhaken, der umgeladen wurde. Ihm selbst war überhaupt nicht wohl. Die viele frische Luft tat ihm nicht gut. Ihm schwindelte bei jedem Atemzug.

»Das Geheimnis liegt darin, langsam zu gehen, Nikolaus. Der Fürst sagt immer: Man muss auf die Berge steigen, als ob man niemals hinaufkommen wollte. Also langsam, aber ausdauernd«, meinte Meister Adam versöhnlich und half Nikolaus auf die Beine.

Das Verladen und Umpacken hatte endlich ein Ende gefunden, und die Reise konnte weitergehen. Allerdings schien es Nikolaus, als wollte diese niemals wieder ein Ende nehmen. Nur äußerst schleppend kamen sie vorwärts; ständig fiel den Küchenjungen eine Kiste zu Boden oder polterte gar den Hang hinab, was verzweifelte Ausrufe und langes Geschreibe des Proviantmeisters zur Folge hatte. Aber Nikolaus hielt sich mit Meister Adam an des Fürsten Ratschlag und setzte nur gemächlich einen Fuß vor den anderen. Inzwischen stand er dem Aufstieg nicht mehr gänzlich skeptisch gegenüber, denn seine Augen erfreuten sich an den Fluren rotblühender Alpenrosen, nur sein Kopf wurde schwindelig, wenn er sich zu nah an den Abgrund wagte und in die Schluchten hinabsah. Es war ihm dann, als würde sich die ganze Welt um ihn drehen, seine Beine wollten nachgeben, und er hatte das Gefühl, als würde er sofort in die Tiefen stürzen. Fortan ließ er Meister Adam an der Hangseite gehen und hielt sich selbst bei jedem Schritt am Fels fest.

Gegen die Mittagszeit endlich erreichten sie den hohen Rücken des Jochs. Die Küchenjungen jubelten und ließen ihre Lasten sehr unachtsam zu Boden poltern, die Dienstmägde sangen vor Freude, und selbst Nikolaus war beeindruckt. Blendend hell lagen vereinzelte Schneeteppiche in der Sonne, Meister Adam machte ihn auf manch ein Edelweiß aufmerksam, und er sah ein wahres Meer aus roten Alpenrosen. Ringsherum waren sie von der Alpenkette umschlossen, saftiges Grün bedeckte die Wiesen, aber nur noch wenige Bäume wuchsen in diesen Höhen. Dicke, wohlgenährte Kühe weideten in einiger Entfernung friedlich von dem nahrhaften Grün. Eine kleine Hütte schmiegte sich in die Landschaft, und nicht weit davon entfernt stand ein windschiefer Kuhstall.

»Wir werden unsere Gerätschaften in dieser Hütte aufbauen; das ist wohl das Beste, nicht wahr?«

Meister Adam deutete auf eine Sennhütte vor einer Baumgruppe unweit von ihnen. Nikolaus nickte nur, zum Sprechen fehlte ihm die Luft. Er ging äußerst bedächtig hinter Meister Adam her, dessen ansonsten sehr bestimmter Gang viel an Elan verloren hatte.

Als sie die Hütte betraten, war Nikolaus' Entsetzen mehr als groß. Es gab nur eine kleine Feuerstelle, kaum hinreichend für einen Kessel, um Suppe aufzusetzen, von größeren Öfen und anderen Geräten ganz zu schweigen. Nur ein kleiner steinerner Backofen stand verschämt in einer Ecke. Aber das Problem saß noch tiefer als angenommen. Ein Lakai sauste herein und meldete etwas außer Atem: »Der Fürst wollte draußen auf der Alm speisen, um den Ausblick zu genießen, aber da es heute Nacht geschneit hat und der Schnee nun zu schmelzen beginnt, würden uns die Tische davonschwimmen.«

»So, so«, brummte Meister Adam vor sich hin.

Meister Adam und Nikolaus halfen schließlich dem Lakaien, der für das Aufschlagen der Tafel zuständig war, einen geeigneten Platz für sein Vorhaben ausfindig zu machen, während die Küchenjungen, Träger und Gehilfen unter dem wachsamen Auge des Proviantmeisters die Kisten und Gerätschaften vor die Sennhütte luden.

An ein Aufschlagen der Tafel in der Hütte, wo nur das Bett der Sennerin neben dem Herd und dem Käsekessel Platz hatte, war nicht zu denken. Nikolaus hatte schließlich die rettende Idee.

»Wir lassen den Kuhstall räumen.«

»Was?«, entfuhr es dem Lakaien.

Er sah entsetzt zu Nikolaus, doch dieser wollte seine Einwände erst gar nicht hören.

»Der Kuhstall ist der einzige überdachte Raum mit genügend Platz für die Tafel. Die Sennhütte ist dafür zu klein, außerdem brauchen wir sie als Küche.«

Der Lakai konnte an Nikolaus' entschlossenem, beinahe grimmigem Gesichtsausdruck sehen, dass Widerstand völlig zwecklos war, und machte sich daran, die Anweisungen an die unter ihm stehenden Bediensteten weiterzugeben. Der Boden wurde zur Tilgung ländlicher Gerüche dick mit frischem Heu belegt, die Wände mit Gewinden von Knieföhrenzweigen und Alpenrosen malerisch maskiert, und zwei blendend weiße Betttücher wurden in groß stilisiertem Faltenwurf aufgehangen und reich mit Alpenrosen bekränzt. Die Türöffnung war so niedrig, dass man nur gebückt hereinkommen konnte. Fenster gab es keine; zum Ersatz fiel durch die zahlreichen Löcher des Daches eine Art Oberlicht in das geheimnisvolle Helldunkel. In Ermangelung eines Tisches diente die Stalltür als Tafel, zwei Bänke von alten Brettern, auf Klötze gelegt, bildeten statt der fehlenden Stühle die notwendigen Sitzgelegenheiten.

Nikolaus war ebenso wenig begeistert wie der Lakai, sagte aber nichts. Wenn der Fürst schon hier oben speisen wollte, dann musste er sich mit dem zufrieden geben, was möglich war. Er, Nikolaus, war viel zu übellaunig, um noch Besseres tun zu wollen.

Beinahe wütend stapfte er zur Sennhütte zurück und ließ die Höflinge mit ihren Vorbereitungen allein. Doch als er die Hütte betrat, wandelte sich seine Stimmung. Meister Adam hatte in der Zwischenzeit die Sennhütte zur voll ausgestatteten Küche umfunktioniert. Nikolaus staunte nicht schlecht, als er die Töpfe, Pfannen, Bräter, Spieße und Terrinen sah, fein aufgereiht auf einer hölzernen Anrichte, die zweifelsohne auch aus der Schlossküche stammte. Der Käsekessel der Sennerin hatte dem Hofkessel für feinste Suppen Platz gemacht, und das Feuer loderte bereits.

Die Küchenjungen holten die Vorräte aus den Kisten, und Nikolaus wurde es ganz warm ums Herz. Es war völlig egal, wo man sich befand, wichtig war nur, dass man kochen konnte. In angemessener Umgebung, mit dem richtigen Gerät versehen, die erlesenen Viktualien als Verbündete an der Seite, und die Welt war in Ordnung.

Schon bald waren Sennhütte und Umgebung mit Düften angereichert, die sich an diesem Ort sehr ungewöhnlich ausnahmen. Gebratener Speck, Gans und Huhn, Forelle in Gemüse und Kalbfleischpastete mit Moschus beträufelt – Nikolaus und Meister Adam brieten, hackten und brutzelten um die Wette, die Küchenjungen begannen ob ihrer vielen Aufgaben noch mehr zu schwitzen als beim Aufstieg, die Dienstmägde stampften Kräuter, rupften Hühner und putzten Gemüse.

Nikolaus arbeitete indessen an den Pfauen, die er »nach Platina« auf den Tisch bringen wollte – knusprig gebraten, aber in vollem Gefieder, so als wären sie lebendig. Um das Federkleid nicht zu verunstalten, musste er selbst den Balg abziehen, und als die Pfauen gebraten waren, ging er daran, das Gefieder mit kleinen Eisenstangen derart an den Vögeln festzumachen, dass sie auf den Platten standen und aussahen, als wollten sie von eben diesen herunterspringen und von dannen ziehen. Das einzig Leidige an der Geschichte war, dass in den Federn noch Ungeziefer herumkrabbelte und er auch des Blutes und Schmutzes nicht Herr werden konnte, so sehr er sich auch Mühe gab. Also mussten die Unliebsamkeiten eben mitserviert werden. Er hoffte nur inständig, die Flöhe würden nicht zu sehr auf dem Gebratenen wüten.

Als Krönung des Ganzen gedachte Nikolaus ein Rezept von Rumpoldt auszuprobieren, dessen Buch sein Wams nur noch zum Zwecke des Lesens verließ. Meister Adam war begeistert gewesen und hatte dafür gesorgt, dass sämtliche Ingredienzien mit auf den Berg geschleppt wurden.

Zudem war die von Rumpoldt beschriebene Hollapotrida, ein abgewandeltes spanisches Rezept, sehr geeignet für eine Jagdgesellschaft. Die spanische Suppe umfasste bei Rumpoldt 90 Substanzen, und Nikolaus hatte sie auf 100 aufgerundet. Neben Kuttelfleck, Rüben, Knoblauch, Kohl, Schaffüßen, Geißfleisch und Kuheuter wurden herrschaftliche Zutaten wie Rebhühner, Haselhühner, Fasan, Auerhahn, Birkhahn, Trappe, Hirsch, Parmesan, Muskat, Ingwer, Safran, Gams, Steinbock, Schnepfen und allerlei mehr benötigt, um das fürstliche Gericht herstellen zu können.

Während er die Muskatnuss rieb, dachte er mit Schaudern an das große Verbrechen in Amsterdam, von dem einige Höflinge berichtet hatten. Um die Preise künstlich hoch zu halten, hatten die niederländischen Händler mehrere Jahresernten an Zimt und Muskatnuss verbrannt. Ganz Amsterdam sollte in Zimt und Muskatnuss geschwommen sein. Die Brühe reichte den Fußgängern bis an die Knöchel, ein umwerfender Duft habe in der Luft gewabert, so wurde berichtet, und doch war es unter drakonischen Strafen verboten gewesen, auch nur eine Fingerspitze von dem verbrannten Zimt oder der Muskatnuss zu nehmen.

Nikolaus schüttelte sich voller Grauen. Was für eine Verschwendung! So musste die Hölle sein. Verschwenderisch aus Geldgier, geizig und verdorben – wer mit Zutaten derart umging, konnte kein guter Mensch sein. Aber Händler waren ihm noch nie geheuer gewesen ...

Er wandte seinen Blick wieder den Töpfen zu. Die Suppe brodelte und kochte, Nikolaus schwenkte den Kessel über das Feuer und wieder zurück, und schon bald übertönte ihr Duft alle anderen Gerüche, legte sich selbst über den des Moschus und ließ allen das Wasser im Mund zusammenlaufen. Zur Besonderheit dieser Suppe gehörte es, dass von jedem Geflügel ein Teil gekocht, der zweite Teil aber gebraten und erst kurz vor dem Servieren in die Suppe getan wurde. Während das Geflügel brutzelte und seinen warmen Duft verbreitete, begann auch Nikolaus' Magen mit denen der anderen um die Wette zu knurren. Aber es galt, erst den Fürsten zu bewirten und dann selbst zu essen.

Als die Jagdhörner erschallten und die Gesellschaft ankündigten, gerieten sie alle in leichte Anspannung. Was würde der Fürst wohl zu der provisorischen Tafel im Kuhstall sagen? War er erzürnt, so würde der Lakai der Erste sein, der dem Fürsten meldete, es wäre nicht seine Idee, sondern die von Nikolaus gewesen.

Wie sich herausstellte, war der Fürst begeistert. Ein Lakai meldete lachend, dass die hohen Herrschaften nun wirklich hoch seien, nämlich, da die Sitzbank sehr viel höher war als der provisorische Tisch und die Beine der Herrschaften deshalb in der Luft baumelten, während sie ihre Teller auf die Knie stellen mussten, um essen zu können. Nikolaus blieb für einen kurzen Augenblick beinahe das Herz stehen, aber das Lachen des Lakaien ließ ihn aufatmen. Anscheinend hatte die Gesellschaft einen Riesenspaß an diesem Abenteuer, und die hohen Bänke im Kuhstall waren nicht ganz unschuldig daran. Champagner, rheinischer Wein und Fässer voll Bier taten ihr Übriges, und bald war der Kuhstall von johlendem Gelächter und Geschrei erfüllt. Die Lakaien stolperten mit immensen Tabletts beladen über die Alm, trugen auf und ab und rutschten dabei mehr als einmal in einem Kuhfladen aus.

Als die ersten Reste wieder in die Sennküche zurückgetragen wurden, speisten auch Meister Adam und Nikolaus. Sie waren beide so hungrig, dass sie kein Wort dabei sprachen. Nikolaus empfand die Ruhe nach dem Sturm als äußerst wohltuend. Die Düfte und Gerüche lagen noch wohlig in der Luft, aber das Geschrei der Bediensteten, das Geklapper von Geschirr und Holzschuhen hatte aufgehört, und nur das Knistern des Feuers war zu hören, unterbrochen vom Schlürfen und Rülpsen der Küchenjungen, die sich um den Herd drängten und sich an den Resten der Suppe gütlich taten.

Mitten in diese Idylle platzte eben jener Lakai, dem Nikolaus mit dem Aufbau der Tafel geholfen hatte.

»Der Fürst!«, schrie er, und seine Stimme überschlug sich dabei, da er bemüht war, nicht zu laut und aufgeregt zu klingen und damit das Gegenteil erreichte.

Nikolaus sah erstaunt hoch, den Löffel gerade am Mund. Der Lakai machte ein entsetztes Gesicht und winkte mit seinen Händen. Nikolaus verstand nicht und sah zu Meister Adam. Dieser runzelte die Stirn und zuckte mit den Schultern.

Bevor sich die beiden näher verständigen konnten, trat der Lakai zur Seite, machte den schmalen Eingang frei, senkte den Kopf und blickte stur zu Boden.

Meister Adam sprang als Erster hoch und zog Nikolaus unsanft mit sich. Dieser fand gerade noch Zeit, seinen Teller abzustellen und die Hände an der Schürze abzuwischen, als der Fürst eintrat.

Nikolaus blieb der Atem stehen. So nah hatte er seinen Fürsten noch nie gesehen. In Wahrheit hatte er bislang nur zweimal, einmal in der Oper und ein andermal bei der Weihnachtsmesse, einen flüchtigen Blick aus großer Entfernung auf den Menschen tun können, für den er tagtäglich mehr als 14 Stunden in der Küche stand und für dessen leibliches Wohl er sorgte.

In seiner Aufregung warf Nikolaus einen hektischen Blick zu Meister Adam, sah, dass dieser die gleiche Haltung wie der Lakai angenommen hatte, und tat es den beiden gleich. Im Hintergrund hörte er es scheppern, klappern und vor allem hysterisch kichern. In diesem Augenblick hätte er den albernen Küchenjungen den Hals umdrehen können. Der Fürst musste den Eindruck gewinnen, in seiner Küche, und sei es nur auf der Alp, herrschten anarchische Zustände.

Nach dem Fürsten drängten noch mehr Leute in die kleine Hütte. Nikolaus hörte Gescharre und verhaltenes Geflüster, roch das Parfum der Damen und wagte sich nicht mehr zu bewegen; selbst seinen Atem versuchte er so flach wie möglich zu halten.

»Ah, meine Meisterköche. Meister Adam.«

Nikolaus hob auch jetzt noch nicht den Kopf, sondern blieb mit gesenktem Blick stehen, hörte, wie Meister Adam mit dem Fürsten sprach, wie dieser einen kleinen Scherz machte und Meister Adam nervös dazu lachte.

»Wahrlich, Ihr habt ein Meisterwerk vollbracht. In diesen Höhen ein derart köstliches Mahl zu bereiten ist wirklich außerordentlich, und die Idee mit der Tafel im Kuhstall war äußerst reizend. Monsieur Dupois wird dem französischen König wahre Wunderdinge über unseren Hof berichten können.«

»Ihr seid zu gütig, aber es war nicht allein mein Verdienst. Ich habe den begabtesten Koch an meiner Seite. Und seine Idee war es auch, den Kuhstall umzufunktionieren. Meister Nikolaus.«

Nikolaus hörte wohl seinen Namen, sah aber immer noch nicht hoch. Es war ihm, als hätte ihn eine seltsame Starre erfasst, die an den Haarwurzeln begann und erst bei den Zehenspitzen wieder aufhörte. Meister Adam musste ihm mit dem Ellenbogen in die Rippen boxen, bevor Nikolaus seinen Kopf heben konnte.

Verlegen blinzelte er zum Fürsten hoch. Ferdinand Maria war groß, dick und trug das schwarze lange Haar entgegen der Pariser Mode nicht unter einer Perücke versteckt, sondern ließ es frei auf den Kragen seines samtenen Umhanges fallen. Für einen Herrscher war sein Gesicht viel zu weich und zu weibisch, befand Nikolaus und tat sein Bestes, seine Gedanken nicht über seine Mimik zu verraten. Der Fürst lächelte ihn spitz an. Nicht unsympathisch, eigentlich wohlgesonnen, aber Nikolaus wagte es beinahe nicht, Luft zu holen.

»So? Eure Idee war das? Sehr gelungen, wirklich sehr gelungen. Und ich danke euch beiden.«

Er warf Meister Adam eine Geldkatze zu. Meister Adam fing sie auf und bedankte sich mit gesenktem Haupt. Der Fürst wandte sich seiner Gesellschaft zu, die sich in der engen Hütte drängte. Noch mehr standen draußen und wollten ebenfalls herein, aber es mangelte schon jetzt an Platz. Nikolaus glaubte, die Hütte würde gleich bersten, und sah etwas beunruhigt um sich. Und dann fiel sein Blick auf ein Gesicht in der Menge. Ein Gesicht, das ihn in seinen Träumen verfolgte. Das Gesicht, das er während der Messe erblickt hatte. Es war der Kirchenmann. Der Mann, den er beraubt hatte. Der Mann, dessen Pferd er zu Wurst verarbeitet hatte. Der Mann, der ihn heute noch an den Galgen oder auf den Scheiterhaufen bringen konnte. Vor Entsetzen starrte er ihn weiter an und konnte seinen Blick nicht von ihm wenden.

Ja, er war es ganz bestimmt. Er sah aus wie damals, ein wenig älter, gewiss, und in seinem Gesicht zeigten sich die ersten Falten, auch lächelte er zwar, aber es wirkte gezwungen, so, als würde er von Schmerzen geplagt. Er stand dicht bei den Hofdamen und flüsterte einer von ihnen etwas ins Ohr. Die Dame kicherte neckisch und versteckte ihr Antlitz hinter einem Fächer. Der Kirchenmann grinste und beugte sich wieder zu ihr. In diesem Augenblick fiel sein Blick genau auf Nikolaus.

Nikolaus war so erschrocken, dass er einen kleinen Schrei ausstieß, aber der Lärm war so groß, dass niemand ihn hörte. Schnell senkte er seinen Blick und starrte auf den Boden. Schweißperlen standen ihm auf der Stirn, und ein kleines Rinnsal Angstschweiß bahnte sich einen Weg von seinem Nacken den Rücken hinunter. Trotz der Hitze überlief es Nikolaus eiskalt. Wenn dieser Mann ihn erkannte, dann war das hier sein letztes Essen gewesen, seine Henkersmahlzeit. Vielleicht würde er ihn foltern lassen, um die Namen der anderen Beteiligten aus ihm herauszupressen. Nikolaus hatte so viel von der Folter gehört. Allein der bloße Gedanke daran erschreckte ihn über alle Maßen. Und zudem würden sie ihn gewiss lange foltern, da er zwar die Namen der anderen wusste, aber nicht, wo sie sich jetzt aufhielten, was aus ihnen geworden war. Nikolaus sah seine verstümmelte Leiche auf dem Galgen am Marktplatz baumeln, bespuckt und geschändet von den Umstehenden; die Krähen würden seine toten Augen aushacken und das Fleisch von seinen Knochen reißen. Er würde nicht als der berühmteste Koch der Welt in die Geschichte eingehen. Nein, er würde als namenlose Leiche eines gottlosen Verbrechers im Dunkel der Zeiten verschwinden.

Ihm wurde übel, heiß und kalt zugleich. Sein Herz raste, seine Hände verknoteten sich ineinander, und seine Fingernägel gruben sich schmerzhaft in sein Fleisch. In diesem Moment sagte der Fürst die erlösenden Worte, dass sie nun gehen wollten, und scheuchte die Gesellschaft wieder zur Tür hinaus. Nikolaus verharrte in seiner Stellung, bis ihn Meister Adam unsanft an der Schulter rüttelte.

»Nikolaus, was ist mit dir? Ist dir nicht wohl?«

Nikolaus sah langsam hoch. Er blinzelte in den Raum, aber außer dem Küchenpersonal war niemand mehr anwesend. Es war ihm, als hätte er ein Schreckgespenst der Vergangenheit gesehen, und doch war der Mann real. Er lebte am Hofe, so nah bei ihm, dass er ihm täglich begegnen konnte. Nikolaus wurde schwarz vor Augen.

»Hehe. Schnell, den Branntwein!«, rief Meister Adam und bugsierte Nikolaus nach draußen.

Die frische klare Luft tat ihm gut, aber er hatte Angst, gesehen zu werden, und wollte so schnell wie möglich wieder hinein. Er sog noch einmal die Luft ein und drehte sich Richtung Tür.

»Nun mal langsam. Erst wird der Branntwein getrunken.«

Nikolaus tat gehorsam, wie ihm Meister Adam befohlen, nur um so schnell wie möglich wieder Schutz in der Hütte zu finden. Der Branntwein floss scharf seine Kehle hinab. Er schüttelte sich, und nach einem weiteren Glas war ihm, als ließe es sich bereits freier atmen. Dennoch drängte er in die Hütte und ließ Meister Adam ratlos stehen. So leid es ihm tat, er konnte seinen verehrten und geliebten Meister nicht einweihen, konnte ihm nicht von dieser Sorge erzählen; er musste allein damit fertig werden.

So stürzte er sich verbissen in die Aufräumarbeiten, und Meister Adam ließ ihm schließlich seine Ruhe. Er respektierte sein stummes Vorgehen und scheuchte die Küchenjungen in eine andere Ecke der Hütte, um Nikolaus seinen Frieden zu lassen.

Seine Verbissenheit brachte es mit sich, dass die Aufräumarbeiten schneller vorangingen als geplant und nach wenigen Stunden die Geräte, Töpfe und Pfannen gesäubert waren und wieder in die Kisten gepackt werden konnten. Aber er atmete erst wieder auf, als die Jagdgesellschaft des Fürsten singend und lachend an den Abstieg ging, begleitet von Jagdhörnern, Musik und dem Bellen der aufgeregten Hunde.

Als der fröhliche, ausgelassene Zug außer Sichtweite war, wurde ihm wohler. Seine Haltung entkrampfte sich, sein Blick wurde klarer, sein Gesicht bekam wieder Farbe, und Meister Adam sah es mit Wohlgefallen.

»Du bist wohl nicht gerne in der Nähe von hohen Herrschaften?«, war die einzige Frage, die er ihm stellte, und gab sich mit einem stummen Kopfschütteln von Nikolaus auch zufrieden.

Während des gesamten Abstieges sprach Nikolaus kein Wort, und in der Herberge angekommen, gesellte er sich nicht zu den anderen, die befreit und glücklich, den aufreibenden Tag hinter sich zu haben, ausgelassen in der Stube feierten. Einsam verkroch er sich in sein Bett und versuchte verzweifelt, das Gesicht des Kirchenmannes aus seinem Gedächtnis zu löschen.

Ganze zwei Jahre zogen ins Land, ohne dass Nikolaus mit einem Nachspiel der Begegnung auf dem Berg konfrontiert wurde. Es dauerte mindestens ebenso lange, bis ihn die Albträume von der Folter nicht mehr regelmäßig heimsuchten und schweißgebadet des Nachts aus dem Schlaf hochschrecken ließen. Aber mit der Zeit legten sich die größten Ängste, und er konnte wieder unbeschwerter arbeiten, auch wenn er weiter auf der Hut blieb und den Dienstbotentrakt überhaupt nicht mehr verlassen wollte. Fabrizio verstand nicht, was mit Nikolaus los war, gab aber das Nachfragen schließlich auf und sich selbst damit zufrieden, Nikolaus des Abends bei einer Flasche Wein von seinen Eroberungen zu erzählen.

Feste, Feierlichkeiten und Fastenzeiten wechselten einander ab wie Sonnenschein und Regen, Weihnachten, Hoftafeln, Militärdiners, Staatsbesuche, Familientafeln zu Geburtstagen, Begräbnissen, Taufen, kleine und große Abendgesellschaften reihten sich aneinander, und die Zeit, so hatte Nikolaus den Eindruck, verging immer rascher. Er wurde runder, noch ein wenig beleibter, erwachsener und vor allem nach Meister Adam der erfahrenste Koch der Hofküche. Meister Hans beschränkte sich mittlerweile nur noch auf Zuckerbackwerk und holte ab und an einen Ratschlag, eine Anregung von Nikolaus ein und arbeitete ansonsten still in seiner Ecke. Das Zuckerbackwerk faszinierte Nikolaus wie am ersten Tag, und er ging Meister Hans gerne zur Hand, aber er durfte mittlerweile auch eigene Rezepte kreieren, sodass sich seine Zeit für Zuckerbackwerk auf ein geringes Maß reduzierte.

Seine neueste Erfindung waren Trüffel in Maronenteig, die dem ganzen Hof zu munden schienen, denn mindestens einmal wöchentlich wurde angeordnet, diese herzustellen. Nikolaus war stolz und glücklich und sah sich bereits ruhigeren Zeiten entgegengehen, in denen er seine eigene Küche, ja vielleicht sogar sein eigenes Lokal eröffnen konnte, in dem sich nur erlesene Gäste versammelten. Ein wenig Geld hatte er mittlerweile dafür gespart, aber er konnte sich einfach nicht aus der Gemeinschaft der Hofküche lossagen. Er liebte den Trubel um sich herum, das Geschnatter der Mägde, das Gekicher der Küchenjungen, das emsige Treiben den ganzen Tag und die ruhigen Abende, wenn keine Feste anstanden, die er nicht nur mit Fabrizio, sondern gerne auch mit Meister Adam am Kamin sitzend und plaudernd verbrachte. Dennoch würde er irgendwann gehen müssen. Es war wahrscheinlich wirklich nur eine Frage der Zeit, bis der Kirchenmann irgendwann in der Küche antanzen würde. Sie kamen alle in die Küche. Trotz der strengen Regeln und Verbote steckte die gesamte Hofgesellschaft, mit Ausnahme des Fürstenpaares, gerne die Nase in die Küche, um die Finger in Kuchenteig zu tauchen oder ein paar exotische Früchte für die Auserkorene zu stibitzen. Dennoch war er in der Küche am sichersten. Sollte der Kirchenmann tatsächlich in seinem Reich auftauchen, konnte er zur Not hinter den Töpfen und Pfannen untertauchen, ohne gesehen zu werden. Aber er durfte den Dienstbotentrakt keinesfalls verlassen. Das war ihm klar.

Umso größer war sein Schreck, als Meister Adam mit einer Neuigkeit ankam.

»Die jährlichen Faschingsfeiern stehen an.«

»Ja, ich habe auch schon eine wunderbare Speisenfolge im Kopf mit Ragouts, Wildbretpasteten, Schnepfen, Lerchen, Flammeries und kostbaren Tortenaufsätzen. Selbstverständlich umfasst die Speisenfolge noch sehr viel mehr Gerichte.«

»Ja, ja. Das klingt wunderbar. Aber das meinte ich nicht. Du bist dazu bestimmt worden, das Aufbauen der Tafeln im Garten zu überwachen.«

»Ich?«

Nikolaus war fassungslos. Das Aufbauen der Tafeln zu überwachen bedeutete nicht nur, dass er das Schicksal seiner geliebten Töpfe und Pfannen den ungeschickten Händen der Gesellen und Küchenjungen überlassen musste. Es bedeutete auch, dass er die Küche zu verlassen und für jedermann sichtbar im Garten zu arbeiten hatte. Danach aber stand ihm überhaupt nicht der Sinn.

»Ist das nicht herrlich? Der Fürst fand deine Idee damals auf der Alm so erheiternd, dass er selbst ausdrücklich dich dafür bestimmt hat, die Arbeiten zu überwachen und sogar zu entwerfen!«

Meister Adam interpretierte Nikolaus' Blick völlig falsch. Er meinte so immense Freude und Überraschung zu sehen, dass Nikolaus schier die Worte fehlten, aber in Wahrheit war es stummes Entsetzen, das sich in Wahrheit auf seinem Gesicht spiegelte.

In den folgenden Tagen tat Nikolaus alles, um den Arbeiten im Garten zu entgehen, erfand täglich eine neue Ausrede und prallte dennoch an Meister Adams Begeisterung ab. Es half nichts, er musste in den Garten, und nicht nur das, auch einige Räumlichkeiten in den fürstlichen Trakten, die an den Garten grenzten, waren zu dekorieren. Meister Adam hatte ihm versprochen, es würde ihm keine Arbeit in der Küche entgehen, die Gesellen würden lediglich alles für des Meisters Hand vorbereiten, und machte damit die Angelegenheit noch unerträglicher, denn nun saß ihm auch noch die Zeit im Nacken.

Neben den unzähligen Gehilfen, die ihm zur Verfügung gestellt wurden, hatte Nikolaus darauf bestanden, dass Fabrizio ihn begleiten durfte, und so fühlte er sich um einiges sicherer, als er seine ersten Schritte in den fürstlichen Trakt wagte. Als er jedoch bemerkte, dass der Hofgesellschaft strikt untersagt worden war, die Säle und Gartenteile, die für die Feierlichkeiten vorgesehen waren, zu betreten, gewann er rasch seine alte Erfindungsgabe zurück und konnte sich mit Hingabe seiner Aufgabe widmen.

Schon nach zwei Wochen waren die Arbeiten weit fortgeschritten. Tischler und Zimmerer hatten sowohl im Garten als auch im größten Saal Musiktribünen errichtet, an der mit Gobelins, Palmen und Blumen reich verzierten Fensterseite des Saales wurde unter einem breiten Baldachin ein Bankett-Tisch errichtet, und dahinter hatte man reich garnierte Schenktische aufgestellt. Die Pracht und der Schmuck des Bankettsaales trotzte bald jeglicher Beschreibung. Dienstmägde putzten und polierten die riesigen Leuchter, bis sie mit den Spiegeln an den Wänden um die Wette blinkten. An der Decke waren von Eck zu Eck mit Goldfäden und Goldbändern durchzogene Tannengewinde geschlungen, und in den vier Saalecken hoben sich vom Grün der exotischen Palmengewächse alte Eisenrüstungen mit Standarten und Waffentrophäen ab. Schaukästen wurden montiert, in denen Vasen, Kannen, Krüge, Becher, Schüsseln, Schalen, Kästchen aus Gold, Bergkristall und Elfenbein, mit bewundernswürdiger Kunst gearbeitet, ausgestellt wurden.

Den Höhepunkt aber bildete der Garten. Er war vor wenigen Jahren nach französischer Mode im symmetrischen Gartenstil des Gartenmeisters Le Nôtre angelegt worden. Auf fünf Tafeln wurde erlesenes Geschirr aufgebaut, in welches mit den prächtigsten Farben Kalbsköpfe, Schnecken, Artischocken und Orangen gemalt und eingebrannt waren, die so echt aussahen, dass man am liebsten zugegriffen hätte. Gefärbte Gläser gaukelten dem Betrachter Wein vor, und die Teller würden mehrmals gewechselt werden, um das Schauessen an diesen Tafeln abzurunden. Mehrere Springbrunnen wurden aufgebaut, aus denen duftendes Rosenwasser,

Wein und sogar Edelsteine sprudelten. Die Gärtner trimmten die Bäumchen zu aberwitzigen Formen und Figuren. Fabelwesen und Märchengestalten bevölkerten den Park, und Nikolaus sah stolz um sich. Jeder, der hieran arbeitete, richtete seine Fragen an ihn. Aber er war auch froh, als alles ein Ende hatte und er sich in die Küche zurückziehen konnte, um mit den eigentlichen Vorbereitungen zu beginnen. Er hatte Fabrizio die Aufgabe übertragen, die letzten Arbeiten zu überwachen, und sich erleichtert wieder an seinen Herd zurückgezogen.

Meister Adam zeigte ihm stolz die eingetroffenen Lieferungen, die selbst Nikolaus erstaunten. Gewiss, er war nun bereits viele Jahre am bayrischen Hof, und er hatte solche Mengen an Viktualien und Speisen an sich vorüberziehen gesehen, dass ihn eigentlich nichts mehr erstaunen konnte, aber für dieses Fest, das mehrere Tage andauern sollte, übertraf sich der Fürst in seinen Bestellungen.

Zu all der Arbeit kam der Umstand, dass sich Fabrizio mit einem Schlag nicht wohl fühlte, in die Küche wankte und über Fieber klagte. Nikolaus legte ihm besorgt eine Hand auf die Stirn, fühlte die Hitze unter der Haut und sah sich sofort veranlasst auch den Hals des Freundes zu kontrollieren. Fabrizio entwand sich etwas verärgert dem prüfenden Blick.

»Nein, ich habe keine Pestbeulen.«

Beinahe schlagartig verstummten die Gespräche um sie herum. Einige Küchenjungen wichen zurück, Dienstmädchen bekreuzigten sich. Nikolaus fühlte sich ertappt. Er hatte tatsächlich nach den Merkmalen des schwarzen Todes gesucht. Aber war es ein Wunder? Kundschafter und Boten brachten die schrecklichsten Neuigkeiten aus London. Die pulsierende Stadt lag in Todeszuckungen. Es war ein Wunder, dass sich das große Sterben noch nicht bis nach München gewälzt hatte. Beinahe jeder am Hof überprüfte den eigenen Körper mehrmals am Tage auf die verräterischen Anzeichen der Krankheit hin, so wie er es nun bei Fabrizio getan hatte. Nikolaus atmete erleichtert auf. Er konnte einfach nicht daran denken, Fabrizio zu verlieren. Über alle Maßen besorgt sah er zu seinem Freund.

»Eine Erkältung oder Ähnliches. Nicht mehr.«

»Du siehst aber hundeelend aus. Du solltest dich hinlegen.«

»Werde ich auch gleich. Aber der Medicus meinte, eine Suppe oder dergleichen würde meiner Genesung förderlich sein.«

Nikolaus nickte. Fabrizio sah erbärmlich aus. Seine ansonsten leicht braune Haut hatte die fahle Farbe des Kranken angenommen. Seine Augen glänzten fiebrig, und am Ansatz der Perücke machten sich Schweißperlen bemerkbar.

»Eine Kürbissuppe mit Pfeffer wäre nicht schlecht«, murmelte Fabrizio.

»Niemals«, entgegnete Nikolaus. »Kürbisse enthalten zu viel Wasser, sie würden dein Blut faul machen. Pfeffer hingegen verbrennt dir dein Blut, genauso wie Zwiebeln, Knoblauch und Krebse. Lernt ihr denn überhaupt nichts über diese wichtigen Dinge? Eine Brühe aus Lattich und Wurzeln wird dich kühlen. Geh in dein Zimmer. Ich lasse dir davon bringen.«

Fabrizio verzog das Gesicht bei der Aussicht auf Wurzeln, gab sich aber geschlagen und wankte zur Küche hinaus. Nikolaus machte sich sofort ans Werk und vergaß für diese kurzen Momente sogar das Festessen des Fürsten. Erst als er einen Bediensteten mit dem Tablett zu Fabrizio geschickt hatte, kehrten seine Gedanken wieder daran zurück.

Einer der Gesellen kam mit der Idee, man könne doch ein Spanferkel braten und wenn es gar sei, den Bauch wieder zunähen und lebende Aale durch das Maul des Ferkels hineinstopfen.

»Wozu?«, fragte Nikolaus etwas begriffsstutzig.

»Na, für die Damengesellschaft. Wenn sie das Spanferkel aufschneiden, schnellen die Aale heraus, winden sich über den Tisch und fallen den Damen in den Schoß. Ein Spaß ist das! Ich hab's schon mal gesehen!«

Nikolaus musste bei der Vorstellung lachen. Vielleicht hatte der Knabe Recht, und es könnte ein Spaß werden. Andererseits fand er noch immer, man solle mit Lebensmitteln dankbar hantieren und sie nicht nur zum Spaß verderben, und entschied deshalb, die Sache nicht weiter zu verfolgen. Zudem war für genügend Süßes gesorgt: 15 Zuckerpasteten mit lebenden Vögeln darin, 60 Körbchen mit geviertelten Quitten, 15 Portionen Krokant, Konfekt aus Pinien und Pistazien, Melonenkernen und weißem kandiertem Anis, 40 Pfund Sirup-Zuckerwerk verschiedenster Art sowie gezuckerte Sauerkirschen mit Blättern, Pomeranzen mit Zucker, Zimt aus Bergamo, Süßspeisen aus Pinienkernen, Kastanien und Haselnüsse in Rosenblättern und mit Zucker warteten darauf, den Fürsten und seine Gäste zu erfreuen. Wahrlich genug, befand Nikolaus. Aber die anderen waren nun vom Eifer, etwas besonders Lustiges zu erfinden, befallen und ließen nicht locker. Selbst der sonst so ernste Meister Adam schaltete sich ein und erzählte die Legende von einer Pastete, die aussah wie ein Sarg und in der die Leiche sogar versteckt gewesen sein sollte. Nikolaus schüttelte sich und dachte unwillkürlich an die Leichenschänder während des Krieges. Aber die anderen johlten und klopften sich vor Vergnügen auf die Schenkel. Sie waren nicht mehr von der Idee abzubringen, etwas Besonderes zu backen.

»Wir müssen auch noch die Liste erstellen, wie viel Konfekt den Hofzwergen des Habsburgers zusteht«, warf der Proviantmeister lachend ein und wischte sich eine Träne aus dem Augenwinkel. Der Lärm hatte ihn aus seiner Vorratskammer gelockt, und nun mischte er begeistert mit.

»Ich hab's!«, rief Nikolaus plötzlich aus. Nun hatte ihn die Begeisterung selbst erfasst.

Alle wandten sich zu ihm. Es wurde beinahe still, denn von Meister Nikolaus kamen zweifelsohne immer die besten Ideen.

»Wir backen den Hofzwerg ein«, sagte er und grinste dabei.

Brüllendes Geschrei brach aus.

»Ja, sicher, und dann haben wir für die nächsten vierzig Jahre Krieg mit den Österreichern.«

»Noch besser – wir backen den Habsburger gleich mit dazu!«

Das ausgelassene Gelächter wollte kein Ende nehmen, und Nikolaus musste die Hände heben, um sich wieder Aufmerksamkeit zu verschaffen.

»Ihr habt mich missverstanden. Selbstverständlich wird die Pastete zuerst gebacken, und dann schlüpft der Zwerg hinein. Die Pastete wird aufgetragen und allein durch ihre Größe Aufsehen erregen. Aber erst, wenn Musik ertönt, wird der Zwerg die Pastete von innen öffnen und herausspringen«, erklärte er.

Die anderen starrten ihn mit offenem Mund an.

»Das ist gut. Das ist brillant! Nikolaus! Das wird ein Spaß!«

Meister Adam klatschte vor Freude in die Hände wie ein kleines Kind und wandte sich an den Pastetenkoch. »Können wir eine Pastete in dieser Größe überhaupt herstellen?«

»Das schon. Das ist ganz einfach.« Der Pastetenkoch grinste bis über beide Ohren hinaus und fuhr fort: »Fragt sich nur, ob der Zwerg auch da hinein will.«

Erneut setzte Geschrei und Getöse ein, das nicht mehr aufhören wollte. Aber sie hatten Feuer gefangen und gingen mit Begeisterung daran, die Zutaten zu berechnen, die Maße der Pastete festzulegen und alles genau zu planen.

Wie sich herausstellte, war auch der Hofzwerg sehr angetan. Derartige Auftritte eigneten sich hervorragend dazu, ein wenig Geld, vor allem aber die Aufmerksamkeit der hohen Herrschaften auf sich zu lenken. Nur zu gerne ließ er sich immer und immer wieder von Kopf bis Fuß abmessen, bis alles stimmte und die Pastete gebacken werden konnte.

Gilbert Quintus gab es nur ungern zu, aber seitdem er sich an den Rat des Franzosen hielt, schien es ihm wirklich besser zu gehen. Allerdings wusste er nicht, ob es am gewässerten Wein lag, daran, dass er nicht mehr so oft am Zutrinken teilnahm, oder daran, dass ihm seit der Jagd vor zwei Jahren der Fürst tatsächlich mehr Beachtung schenkte. Aber es war ihm auch gleichgültig. Hauptsache, er konnte sich mit allen Sinnen dem Fest hingeben, ohne von Schmerzen geplagt zu werden.

Er schlenderte durch den Garten und musste eingestehen, dass trotz seiner Vorbehalte, die Deutschen wären zu wahrer Festlichkeit nicht imstande, der Garten prächtig geschmückt war. Die Springbrunnen entzückten sein Auge, die Speisen waren erlesen. Die Gäste aßen und tranken so viel, dass er beinahe hinter jedem Busch einen Betrunkenen ausmachen konnte, der sich übergeben musste und in die Sträucher kotzte, während die Nächsten gleich daneben ihre Blase erleichterten. Liebespaare wurden immer ungezügelter und trieben es beinahe vor den Augen der Öffentlichkeit, was aber keinen störte, denn niemand wusste, wann ihn selbst Amors Pfeil treffen würde.

Er zwinkerte der kleinen, drallen Blonden zu, die sich im Gefolge des Habsburgers eingefunden hatte. Als sie verschämt, aber neckisch den Blick senkte, grinste er. Ja, er war mit allem rundherum glücklich und zufrieden. Sein Ehrgeiz war ungebrochen, doch hatte er in den letzten Jahren einsehen müssen, dass sein beruflicher Aufstieg in einer Sackgasse angekommen war. Keiner der Bischöfe sah aus, als wollte er in nächster Zukunft ableben, und auch wenn einer von ihnen sehr unvermutet in das ewige Reich eingehen würde, so waren doch genügend andere Anwärter zur Stelle, gegen die er sich wohl nur schwerlich durchsetzen konnte.

So frönte er häufig seinen stillen Leidenschaften. Er hatte in einem abgelegenen Bezirk der Stadt ein Haus gemietet, in dem er sich im Laufe der Zeit ein Kellergewölbe mit allerlei Gerätschaften eingerichtet hatte. Ein verschwiegener Schmied hatte ihm gegen großzügige Entlohnung auf Anfrage aus Eisen und Ketten einen schweren, aber sehr effektiven Tisch gebaut, an dem diverse Haltevorrichtungen befestigt waren. Ein pockennarbiger Kuppler brachte gegen ebenso fürstlichen Lohn gelegentlich einen Knaben vorbei, an dem er sich ausführlich austoben konnte. Die Knaben wurden unter dubiosen Versprechungen von der Straße aufgelesen. Mit Wonne gedachte er der spitzen Schreie, die in der Tiefe des Gewölbes zirkulierten, wenn er den kleinen Sündern die Beichte abnahm. Diese kleinen Rituale waren eine wesentliche Bereicherung seines sonst eher langweiligen Alltags.

Als er von der Vermählung der Wittelsbachertochter mit dem Thronfolger Frankreichs erfuhr, hatte er zum ersten Mal seit langer Zeit wieder Sinn für das Wesentliche bewiesen. Der französische Hof war in seinen Augen die Crème de la Crème. Es wurde viel von den Festlichkeiten, dem Prunk und dem höfischen Zeremoniell erzählt, aber er wusste noch mehr. Dupois hatte ihm in einer stillen Stunde anvertraut, dass in Frankreich manche Dinge völlig anders gehandhabt wurden. So ließ sich der König bei der Vergabe einer Diözese keineswegs vom Bischof ins Handwerk pfuschen, sondern bestimmte allein, wer Nachfolger eines verstorbenen Abtes oder gar Bischofs wurde. Und des Königs Gunst konnte man sich mit ein wenig Hirn, Kopf und vor allem Fleiß sehr wohl erwerben. Dupois wusste ein Lied davon zu singen, und er, Gilbert, hatte diesem wohl gelauscht.

Verächtlich blickte er um sich, sah einige seiner Konkurrenten und lächelte in sich hinein. Sie hatten keine Ahnung, diese Tölpel. Hier am bayrischen Hof war alles so schrecklich provinziell und vor allem so vorherbestimmt. Wirkliche Karriere ließ sich hier für ihn nicht machen. Eines seiner Zauberwörter hieß Frankreich, das andere Maria-Anna von Wittelsbach, deren persönlicher Beichtvater er durch Dupois' Intervention geworden war. Und in dieser Funktion würde er ihr an den französischen Hof folgen. Fort von den Bauernlümmeln des bayrischen Hofes, die eine Tafel in einem Kuhstall als Höhepunkt der Jagd betrachteten und an Gestank und Würdelosigkeit ihren Heidenspaß hatten. Für ihn gab es nur noch Frankreich.

Paris war mit seiner halben Million Einwohner der kulturelle Mittelpunkt Europas, und in Versailles regierte Louis XIV., der Sonnenkönig. Man trug die vom König eingeführten Allonge-Perücken und promenierte unter den höchsten Adligen in den Galerien des Schlosses. Wenn auch andere begeistert davon sprachen, dass der bayrische Hof das kleine Abbild des französischen wäre und ihm in manchen Dingen der Unterhaltsamkeit und Pracht in nichts nachstehe, so wollte sich Gilbert nicht mit dieser billigen Kopie zufrieden geben. Er wollte das Original.

Außerdem hatte er davon gehört, dass Louis die Fähigkeit besaß, Krankheiten zu heilen. Durch den göttlichen Segen bei der Krönung erhielt jeder französische König diese Gabe und demonstrierte die Heilung an Ostern, Pfingsten und Weihnachten. Tausende strömten nach Dupois' Berichten aus aller Herren Länder herbei, aus Spanien, England, Italien, sogar Deutschland, um sich durch königlichen Segen heilen zu lassen. Und wenn er nun so oft wie möglich die Nähe des Königs aufsuchen konnte, waren auch seine Gicht- und Steinschmerzen vielleicht bald behoben.

Er ließ sich erneut Wein nachgießen. Als er nach Wasser verlangte, zögerte der Lakai in der Annahme, er mache einen Scherz mit ihm.

»Glotz nicht so blöd. Quellwasser habe ich gesagt. Los, gieß Wasser auf den Wein.«

Der Lakai senkte schuldbewusst den Blick und murmelte: »Das muss ich erst holen.«

»Tölpel«, grunzte Gilbert und entließ den Lakai mit einer abfälligen Handbewegung.

Dann würde er den Wein eben nicht gewässert trinken. Das war doch eine rosige Aussicht. Er konnte sich darauf berufen, dass nur schwer an Wasser heranzukommen war.

Er schüttete den Wein in sich hinein und ließ lächelnd den Becher sinken. Schon war ein anderer Lakai zur Stelle, der ihm den Becher wieder auffüllte. Er setzte gerade erneut an, als sein Blick auf Dupois fiel. Da es nie schaden konnte, mit dem Franzosen ein Wörtchen zu plaudern, schlenderte er auf ihn zu.

Der Franzose verzog seine dünnen Lippen zu seinem spöttischen Lächeln.

»Ah, schön, dass Ihr kommt! Es soll gleich ein Riesenschauspiel stattfinden!«

»So? Was denn?«

»Man munkelt, es hätte etwas mit einer Pastete zu tun. Lassen wir uns überraschen, und treten wir vor allen Dingen ein wenig näher. Kommt.«

Dupois bedeutete ihm, ihm zu folgen, und Gilbert setzte sich in Bewegung. Für ein Schaustück an der Tafel war er immer zu haben. Es bekämpfte die Langeweile und sorgte zudem für Gesprächsstoff.

An der hufeisenförmig aufgebauten Tafel drängten sich bereits aufgeregte Gäste. Tuschelnd, kichernd oder lauthals lachend ließen sie ihren Fantasien freien Lauf, was denn nun folgen mochte. Gilbert sah den Fürsten neben dem Habsburger an der Tafel sitzen. Die beiden tranken sich zu und leerten ihre goldenen Becher in einem Zug. Ferdinand Maria winkte den Lakaien zu, diese nickten und setzten sich in Bewegung Richtung Küche. Es dauerte eine Weile, bis sie wieder erschienen und Gilbert war bereits versucht, die kleine Blonde ausfindig zu machen, um doch noch etwas Spaß zu haben, als Fanfaren ertönten. Neugierig sah er zur Tafel. Dupois stieß ihn die Rippen und flüsterte: »Es geht los!«

Unwillkürlich rückte Gilbert ein Stück ab. Er hasste Berührungen dieser Art, wollte sich aber jetzt nicht darüber echauffieren, sondern richtete seine Aufmerksamkeit auf die Tafel.

Die Lakaien schleppten eine riesige Pastete heran, die mit dem Wappen der Habsburger verziert war. Die Menge klatschte begeistert Beifall. Unter großer Anstrengung wuchteten die Lakaien die Pastete auf die Tafel und warfen dabei einige Gläser zu Boden. Niemand schenkte dem weitere Beachtung.

»Was wohl drin sein mag?«

»Wahrscheinlich Tauben oder junge Hunde. Diesen Unsinn kennt man ja schon«, gab Gilbert auf die Frage des Franzosen zurück. Dennoch war auch er darauf gespannt, was den Köchen des Fürsten wieder eingefallen war. Er schätzte das Essen bei Hofe sehr; besonders die Trüffel in Teig des Meister Nikolaus hatten es ihm angetan, und mehr als einmal hatte er seinen Höfling in die Küche geschickt, und einen Teller davon bestellt. Er musste diesen Koch irgendwann unbedingt kennen lernen. Es war immer von Vorteil, sich mit dem Küchenpersonal gut zu stellen; so manche Spezerei fiel dann extra für einen ab, und ein feister Bauch musste schließlich genährt werden.

Erneut ertönten Fanfaren. Der Fürst hob die Arme und gebot Ruhe. Diese trat zwar nicht augenblicklich ein, Geflüster und Getuschel war hier und da noch zu hören, und aus weiter entfernten Teilen des Gartens konnte man Lachen und Musik vernehmen.

Gilbert war nun auch gespannt. Was mochte wohl folgen? Sprangen wirklich kleine Hunde heraus? Es wäre abgeschmackt, würde aber zu diesem Hof passen. Rückständig und hinterblieben, befand er und wurde im nächsten Augenblick höchst überrascht. In der Pastete raschelte und knisterte es, es knackte und krachte, und dann stieß eine menschliche Hand durch den Teig.

Ein erstauntes Ausrufen ging durch die Menge, Dupois gab einen überraschten Laut von sich, und selbst Gilbert hielt für einen Moment den Atem an. Die Hand bohrte und boxte sich weiter nach draußen, eine zweite folgte, dann war auch schon die Spitze eines Helmes zu erkennen.

»Ist ein Kind in der Pastete?«, fragte Gilbert.

Dupois schüttelte den Kopf, sah aber wie Gilbert weiter unverwandt nach vorne.

»Ich weiß es nicht. Man kann es nicht erkennen. Aber – nein, das ist kein Kind. Das ist einer der Hofzwerge des Habsburgers! *Magnifique!*«

Der Hofzwerg hatte sich mittlerweile so weit aus der Pastete gearbeitet, dass sein Kopf zum Vorschein kam; in seinen Barthaaren hingen die Reste vom Teig, auf seinem Gesicht lag ein spitzbübisches Grinsen. Er strampelte noch mehrere Male und setzte dann zum Sprung aus der Pastete an, der auch vollendet gelang.

Der Habsburger lachte erstaunt auf und klatschte Beifall. Ferdinand Maria quoll beinahe über vor Stolz, dass seine Köche eine derartige Überraschung vorbereitet hatten, und fiel in das Klatschen ein. Die Menge brach in Begeisterungsrufe aus, während der Zwerg auf dem Tisch auf und ab schritt, mit den Waffen klirrte, einige Kunststücke vorführte, dann vom Tisch sprang, sich vor seinem Herrn verbeugte, eine Hand voll Münzen in Empfang nahm und in den Garten verschwand.

»Wirklich vollendet«, meinte Dupois. »Ich bin begeistert.«

»Ja«, gestand Gilbert widerwillig ein, »ich muss sagen, das hätte ich diesen Tölpeln von Köchen nicht zugetraut.«

»Tölpel? Ich muss Euch widersprechen. Diese Küche ist vollendet. Vor allem dieser Meister Nikolaus taucht beinahe in jedem Gespräch über die Küche auf. Er soll ein Zauberer, ein Magier der Küche sein. Die Pastete war, soweit ich hören konnte, auch sein Werk. Ich glaube, ich werde ihm meine Aufwartung machen. Wenn Ihr mich also entschuldigt ...«

Dupois verbeugte sich leicht und verschwand in der Menge, ehe Gilbert etwas erwidern konnte. Unverschämter Kerl, dachte er. Aber er hatte wie immer recht, wie er sich zähneknirschend eingestehen musste. Er hätte sich ihm gerne angeschlossen, aber Dupois war bereits im Getümmel verschwunden.

Gilbert verwarf den Gedanken. In Versailles regierte Vatel, der Leibkoch des Königs, und dieser stand weit über diesem geheimnisvollen Meister Nikolaus, so viel war sicher. Was scherte ihn ein bayrischer Koch, der eine nette, kleine Überraschungspastete ausgetüftelt hatte?

Nikolaus ließ Butter in einem Kessel schmelzen und sah versonnen zu, wie sich die gelbe Substanz verflüssigte. Selbst so kleine Dinge konnten ihn nach wie vor begeistern und sein Auge fesseln. Aber er war mit seinen Gedanken nicht ganz bei der Sache. Immer und immer wieder schweiften sie ab – hin zu anderen Dingen, zu immer größeren Aufgaben, und er konnte sich nicht dagegen wehren. Gerade in den späten Abendstunden wie jetzt, wenn er beinahe alleine in der Küche war, kein Trubel und kein Getöse um ihn herrschte, sondern wohltuende Stille, in die sich das Knistern des Feuers im Kamin mischte, konnte er nicht gegen diese Gedanken und Träumereien ankämpfen.

Dass der Erfolg der Pastete derart überwältigend sein konnte, war Nikolaus beinahe unheimlich. In den Tagen, die auf die Festlichkeiten folgten, waren mehr und mehr Lakaien mit persönlichen Botschaften in seine Küche eingedrungen, hatten Listen mit Speisewünschen vorgelegt und mit Geldbeuteln vor seiner Nase herumgewedelt. Ihr Gehabe wurde ihm so anstrengend, dass er sie allesamt rauswerfen und verlautbaren ließ, er richte sich generell nur nach den Wünschen des Fürsten, und damit hätte sich jeder abzufinden. Meister Adam hatte zwar hörbar geseufzt und mit sehnlichen Blicken nach den Geldkatzen geschielt, sich aber Nikolaus' Willen gebeugt.

Zudem hatte er überhaupt keine Zeit für Extrawünsche. Ihm ging so viel im Kopf herum, immer mehr Gerichte und neue Einfälle drängten sich ihm auf, sodass er Tag und Nacht hätte in der Küche bleiben können und wäre dennoch nicht fertig geworden. Beinahe verhielt es sich auch so. Fabrizio musste ihn immer öfter in seinem Reich aufsuchen, um sich mit ihm auszutauschen.

Das Erstaunlichste war, dass Fabrizio zwar störte und dennoch gleichzeitig eine Bereicherung war. Immer steckte er seine Nase in alle Töpfe, schnappte Speck und gebratenes Fleisch unter Nikolaus' emsigem Messer weg und kam ihm nur in die Quere. Dabei war es auch passiert, dass Nikolaus ein Löffel Mehl in die Sauce fiel. Große Katastrophen herbeijammernd hatte er den Schaden behoben und zu seinem Erstaunen bemerkt, dass die Sauce durch das Mehl hervorragend gebunden wurde. Mehrere Experimente folgten, in denen er das Mehl auf verschiedene Weise einstreute und verrührte, sodass es nicht zu einem festen Klumpen erstarren konnte, und zeigten ein erstaunliches Ergebnis. Er war nun nicht mehr auf Mandelbrei und andere Zutaten angewiesen, die allesamt einen starken Eigengeschmack hatten, unter dem die Saucen oft ihren eigentlichen Reiz verloren. Nikolaus empfand die Mehlmethode als absolute Bereicherung; die begeisterten Nachrichten von der Tafel taten ihr Übriges.

Aber in ihm gärte etwas anderes. Seit er die Pastete entworfen hatte, erinnerte er sich wieder an das Zuckerbackwerk und daran, welche Freude, welchen kindlichen Spaß es ihm bereitet hatte, sie zu kreieren. Sicher, er liebte seine Arbeit in der Hofküche, aber er verlangte nach mehr. Im Prinzip hätte er die meiste Arbeit ohnehin den Lehrjungen und Gesellen überlassen können. Der Fürst hatte ihm das Privileg erteilt, einen großen, hölzernen Kochlöffel am Gürtel zu tragen – als Symbol seiner Autorität, diejenigen mit eben dem Löffel zu bestrafen, die seinen Anweisungen nicht Folge leisten wollten. Ausgenommen waren lediglich Meister Adam, Meister Michel und Meister Hans. Nikolaus ließ den Löffel nie zum Einsatz kommen, erinnerte er sich doch noch zu gut an den armseligen Meister Pongratz, als dass er sich in dessen Fußstapfen begeben wollte. Außerdem genügte ein harsches Klopfen an den Löffel, und jedwede Unflätigkeiten und andere Störungen fanden sofort ein Ende.

Nikolaus rührte in seiner Kastaniensuppe und sah versonnen auf die Regale vor ihm. Fabrizio hatte ihm eine Ausgabe des Apicius aufgetan, die tatsächlich erschwinglich war, auch wenn sie ein großes Loch in seine Finanzen gerissen hatte. Seitdem trug er das Buch mit sich. Eingewickelt in verschiedene Küchentücher, aber immer direkt am Leib. Und seit er das Buch angefasst hatte, war ihm der Feuer speiende Pfau wieder schmerzlich nahe gerückt. Es hatte sich einfach noch keine Gelegenheit ergeben, diesen zuzubereiten. Manchmal hatte er wahrscheinlich auch einfach nicht mehr daran gedacht. Aber jetzt tat er es, und er dachte an die anderen Schaugerichte, die es zu kreieren gab.

Nicht unwesentliche Schuld an dieser Sehnsucht trug auch Dupois. Der französische Botschafter hatte ihn nach seinem Erfolg mit der Zwergenpastete aufgesucht, um ihn zu seinem Einfall zu beglückwünschen, und in letzter Zeit erschien er immer öfter in Fabrizios Schlepptau. Er ließe sich nicht abschütteln, da er ihn so sehr verehre, hatte Fabrizio mit einem Schulterzucken erzählt.

Nikolaus nahm es gelassen hin, da er wusste, dass die Bekanntschaft auch seinem Freund nützte. Dupois' Begeisterung und vor allem sein unerschöpfliches Wissen über die französische Küche hatten ein Übriges getan. Er konnte die wunderlichsten Geschichten aus dem Ärmel schütteln. So hatte er von einem Physiker namens Denis Papin berichtet, der einen Kessel mit dicht schließendem Deckel erfunden haben sollte, bei dem der entstehende Dampf beim Kochen nicht entweichen konnte und durch höhere Temperaturen das Fleisch schneller garte. Diese Erfindung stellte eine ungeheure Erleichterung dar und war in Nikolaus' Augen einfach sensationell wie all die anderen Dinge, von denen der Franzose berichtete.

Wenn es stimmte, was Dupois erzählte, dann war der französische Hof das Paradies auf Erden. Zumindest für den Genießer der Gaumenfreuden. Fabrizio war nicht sonderlich angetan von Dupois' Schwärmereien, aber das lag auch in der Natur der Sache, denn als Italiener hatte er die Abneigung gegen Frankreich wohl bereits mit der Muttermilch eingesogen. Nikolaus grübelte vor sich hin, während die Suppe ihre dicke Konsistenz annahm und eine warmes, köstliches Aroma verbreitete. Er würde Fabrizio niemals verlassen. Er war sein bester Freund – sein einziger Freund, abgesehen von Meister Adam, den er jedoch ehe als eine Art Vater betrachtete. Fabrizio würde niemals freiwillig nach Frankreich gehen, also würde auch er sein Leben hier in München beschließen. Vielleicht als Selbstständiger, vielleicht auch nicht. Die Gemeinschaft war ihm wichtig, Frankreich hingegen weit von der Heimat entfernt und wahrscheinlich auch unerreichbar.

»Schon wieder in Gedanken?«

Fabrizio schlenderte mit Dupois im Schlepptau zu ihm heran und ließ dabei eine Schale mit exotischen Früchten und Ziergemüse mitgehen, die eigentlich für das Frühstück des Fürsten bereitstanden. Er lehnte sich gegen die Anrichte, prüfte Pomeranzen und Grapefruit auf ihren Reifegrad und griff dann doch zu einem Apfel, in den er genüsslich biss.

»Bitte lass auch für den Fürsten etwas übrig. Ich muss mich sonst wieder wortreich beim Proviantmeister erklären«, meinte Nikolaus mit strengem Blick zu Fabrizio, den dieser mit vollem Mund nur stumm nickend erwidern konnte. Nikolaus wandte sich zu Dupois, dessen spitze Nase über der Kastaniensuppe hing.

»Schön, Euch wieder zu sehen. Ich wollte Eure Meinung hören. Mir ist da heute Nachmittag etwas gelungen, und ich würde gerne wissen, was Ihr dazu meint.«

Dupois sah interessiert hoch, während Nikolaus zur Anrichte ging und eine goldene Schale mit kandierten Früchten holte. Sie waren Nikolaus' ganzer Stolz, und er hatte den Nachmittag damit zugebracht, diese Früchte zuzubereiten und sie danach vor den gierigen Händen der Bediensteten zu retten. Bedächtig stellte er die Früchte auf die Anrichte und sah mit Genuss, wie Fabrizio zu kauen aufhörte, um ebenso erstaunt und neugierig auf die Schale zu starren.

»Ist das Raureif?«

»Nicht anfassen!«

Nikolaus schnellte vor, um die Früchte vor Fabrizios Händen

zu schützen. Eine ganze Woche hatte er darüber nachgedacht, wie er Raureif nachbilden könnte, sodass dieser die kandierten Früchte und aus Marzipan gebildeten Blüten überziehen könnte.

»Ja und nein. Es ist Raureif aus Zucker. Aber die eigentliche Raffinesse daran ist, dass dieser sich mit der Zeit löst und dann die Blüten und Früchte in aller Pracht und in funkelnden Farben zum Vorschein kommen lässt.«

»Das ist grandios! Was meint Ihr, Dupois?«

Nikolaus sah ebenso wie Fabrizio in Dupois' Gesicht und versuchte zu ergründen, was in diesem wohl vorgehen mochte. Der Franzose besaß nicht nur Geschmack, sondern auch ein Gespür für die richtigen Dinge, die Speisen, die bei Hofe ankamen. Und das war für Nikolaus von unschätzbarem Wert.

»Monsieur Dupois?«, forschte er nach.

Der Franzose sah auf. Nikolaus war sich nicht ganz sicher, was sich in den Augen spiegelte, aber er sollte nicht lang im Ungewissen bleiben.

»Ihr seid brillant! Wahrhaftig *magnifique*! Und Ihr verschwendet Eure Zeit an diesem Hof. Geht nach Frankreich! Folgt dem Ruf der Muse an den besten Hof, an dem die Kochkunst genauso geehrt wird wie die anderen Künste!«

Die ihm eigene Überschwänglichkeit brach mit ihm durch. Konnte der Franzose als Diplomat noch so aalglatt sein, in Nikolaus' Küche wurde er zum begeisterungsfähigen Kind. Seine Augen leuchteten, während er Nikolaus am Arm fasste.

»Hört mir bloß auf mit Eurem Versailles«, knurrte Fabrizio und widmete sich wieder seiner Schale mit exotischen Früchten. Flink nahm er eine Tomate heraus und biss hinein.

»Nicht!«, schrie Nikolaus und wollte sie ihm entreißen, aber Fabrizio war schneller, drehte sich geschickt unter Nikolaus' Arm weg und steckte in sicherer Entfernung die ganze Frucht in den Mund.

»Sie sind giftig! Wie oft soll ich dir das noch sagen!«

Fabrizio schluckte hinunter, leckte jeden Finger einzeln ab und grinste bis über beide Ohren. Dupois sah neugierig zu ihm, in der gleichen Erwartung wie Nikolaus, dass Fabrizio auf der Stelle umfallen würde. Fabrizio tat ihnen den Gefallen nicht, sondern hob die Arme zur siegreichen Geste und lachte.

»Ich habe schon so oft Tomaten gegessen, und jedes Mal jammerst du und möchtest den Medicus rufen.«

»Sie sind nun einmal nur zur Zierde da und nicht zum Verzehr geeignet.«

»Weißt du, meine Mama – Gott habe sie selig – also, meine Mama wusste ein herrliches Rezept. Sie hat die Tomaten abgebrüht, die Haut abgezogen und daraus eine wundervolle Sauce bereitet, die zu Fleisch und Nudeln passt. Solltest du auch einmal kochen. Der Hof wäre begeistert.«

»So, so – ihr Italiener esst also Tomaten. Ein wunderliches Volk!«

Dupois' Entsetzen war ihm deutlich ins Gesicht geschrieben, und Nikolaus fühlte sich in seiner Sorge unendlich bestätigt. Jedes Kind wusste, dass sowohl Tomaten wie auch Kartoffeln zwar wunderschön anzusehen, aber nicht essbar waren. Unsichtbare Gifte lauerten in diesen Früchten und man sollte sich tunlichst die Hände waschen, sobald man sie nur berührt hatte. Kein Mensch würde sie verzehren!

»Oh – wir bereiten auch herrlichen Salat mit Essig, Öl und Kräutern. Die Tomaten in feine Scheibe geschnitten und in die Marinade gelegt – glaubt mir, ein wahrer Genuss. Aber nichts gegen die Sauce. Man kann auch Fleisch in die Sauce geben. Klein gehackt harmonieren die beiden unendlich miteinander.«

»Bevor die Deutschen Sauce aus Tomaten über Nudeln oder gar Fleisch gießen, bricht das Jüngste Gericht an. Das sage ich dir!«, wetterte Nikolaus und entriss Fabrizio die Schale. Er wollte sich diesen Unsinn nicht länger anhören.

»Ich schließe mich dem an. Wir Franzosen sind genauso wenig

daran interessiert, uns vorsätzlich umzubringen. Zumindest nicht in der Küche.«

»Na ja.«

Fabrizio verfiel erneut in schlechte Laune und sah zu Boden. Der Spaß war aus seinem Gesicht gewichen, und sein Rücken krümmte sich leicht, wie er in letzter Zeit immer machte, wenn ihm etwas Kummer bereitete. Nikolaus wusste nicht, ob ihm die Tomate bereits zusetzte oder anderes ihm auf der Seele lastete. Sie waren beide älter geworden. Zwar waren sie noch keine alten Männer, aber auch keine Jünglinge mehr. Besorgt um den Freund hakte er nach.

»Was ist mit dir? Bereitet dir die Fürstin Schwierigkeiten?«

»So könnte man es auch sagen. Ich bin in das Gefolge der persönlichen Kammerdiener aufgenommen worden.«

»Aber das ist doch großartig!«, entfuhr es Nikolaus, und auch Dupois schien sich zu fragen, was denn nun die schlechte Nachricht daran sein könnte.

»Nicht von Henriette. Sie meinte, ich wäre ihr lange gut zur Seite gestanden und nun sollte ich das Gleiche für ihre Tochter tun. Ich bin nun persönlicher Kammerdiener von Maria-Anna, und das bedeutet ...«

Fabrizio wandte sein Gesicht ab. Nikolaus durchfuhr es wie ein Blitz. Plötzlich musste er sich setzen.

»Das bedeutet, dass du nach Frankreich gehst«, brachte er flüsternd den Satz zu Ende.

Nikolaus hielt den Brief in Händen und las ihn immer und immer wieder. Fast zwei Jahre waren vergangen, seit er seinen Freund das letzte Mal gesehen hatte. Ihre einzige Verbindung waren die Briefe. Sie schrieben sich regelmäßig und warteten erst gar nicht die Antwort des anderen ab. Wenn ein Brief ankam, war der nächste schon unterwegs und umgekehrt. Nikolaus erzählte von den Ereignissen aus München, weniger von denen der großen Politik, sondern von der Küche und seinen Entdeckungen und von den Veränderungen am Hofe, zu denen auch der Tod Meister Adams und seine Ernennung zum Leibkoch des Fürsten gehört hatten. Fabrizio unterhielt ihn hingegen mit amüsanten Geschichten aus Versailles.

Die Intrigen und persönlichen Scharmützel des französischen Hofes brachten ihm viel Kurzweil, vor allem weil Fabrizio unendlich lebhaft berichten konnte. Mittlerweile war es ihm beinahe, als wäre er selbst am Hofe des Sonnenkönigs. Er wusste um die berühmten Jagden, Theateraufführungen und dass der König gerne selbst im Ballett auftrat. König Louis' Mätressenwirtschaft war ein unerschöpfliches Thema für Fabrizios spitze Feder.

Nikolaus lachte vor Erstaunen hell auf, als er zur nächsten Passage des Briefes gelangte: *»Der König wird Madame de Montespans müde. Sie hat eine Macht über ihn gewonnen, die zu einer Art Beherrschung geworden war. Sie hatte zwei weitere Kinder bekommen, und sie ist so beleibt, dass ich, als ich sie eines Tages aus der Karosse steigen sah, bemerken konnte, dass ihr Bein fast so dick war wie ich selber; dazu muss ich der Ehrlichkeit halber sagen, dass ich ein wenig abgenommen habe, seit du mich das letzte Mal gesehen hast. Sie hat die Gewohnheit, sich jeden Tag zwei bis drei Stunden mit Pomaden und Parfums einreiben und parfümieren zu lassen, während sie nackt auf dem Bett liegt. Es kostet den König bereits Mühe, sie in seiner Kutsche mitzunehmen und ihr die Hand zu reichen, was er allerdings bei der Königin nicht tat.«*

Mit besonderem Interesse verfolgte er aber den Abschnitt über die neue Gemahlin des Bruders des Königs, Philippe, Herzog von Orléans, der am Hofe nur »Monsieur« genannt wurde. Fabrizio schien diese Lieselotte von der Pfalz außerordentlich zu mögen, beinahe zu verehren. Er meinte, sie würde durch Witz, verbunden mit Geradlinigkeit, etwas deutsches Flair in die verlogene französische Dekadenz bringen, wobei Nikolaus allerdings nicht wusste, ob Fabrizio lediglich ihm schmeicheln oder seine eigene Abneigung gegen die Franzosen kundtun wollte. Die Geschehnisse des französischen Hofes waren für Nikolaus kurzweiliger und atemberaubender als die der Geschichtenerzähler, die manchmal am bayrischen Hof auftauchten und die Bediensteten unterhielten. Wie man munkelte, war die erste Gemahlin Monsieurs, Madame Henriette, mit einem Glas Zichoriensaft vergiftet worden, da sie sich gegen die Günstlinge ihres Gemahls gestellt hatte, die ihm ihrer Meinung nach nur das Geld aus der Tasche zogen. Fabrizio hatte ihm bereits von den Giftproben bei Hofe berichtet, die der König vor jeder Mahlzeit durchführen ließ. Ein Thema, das Nikolaus besonders interessierte. Er wäre nie auf den Gedanken gekommen, seinen Monarchen oder eine andere Person zu vergiften, aber in Frankreich schien es irgendwie in Mode gekommen zu sein, andere allein mit der Vermutung zu beunruhigen, Gift könnte im Umlauf sein.

So war auch Madame Lieselotte vor diesen heimtückischen Äußerungen nicht gefeit, zumal der Verdacht, die erste Madame sei willentlich getötet worden, nicht ganz unangebracht schien, wie Fabrizio berichtete: »*Die neue Madame sieht sich mit den Günstlingen Monsieurs konfrontiert. Sie weiß, dass auf Betreiben Madame Henriettes der Chevalier de Lorraine nach Rom verbannt wurde, und eben auf dessen Betreiben soll durch einen provenzalischen Edelmann Gift aus Italien geschickt und damit die Trinkschale der Madame vergiftet worden sein. Der Hof war damals in völliger Aufruhr, wie ich dir berichtet hatte. Die Allianz mit England schien damit beinahe zugrunde zu gehen, und Madame wurde noch am Abend ihres Todes im Beisein des englischen Botschafters obduziert. Wie du weißt, ließen sich zwar keine Spuren finden, aber der Verdacht hält sich hartnäckig, sodass die neue Madame in jeder Mahlzeit, die sie zu sich nimmt, ihr letztes Mahl vermutet und mit beinahe heroischem Heldenmut den Löffel zum Mund führt. Aber sie vertritt die These, dass das Gift nicht aus Italien in einer Schale Lèauch de Chicorée verborgen war, sondern in einem Becher Chocolade aus der Hand eines Holländers; denn die Allianz mit England richtete sich*

gegen Holland. Selbstverständlich wissen nur wenige am Hof von die-
sen Verdächtigungen, und wärst du hier bei mir, würde ich dich um
Stillschweigen darüber bitten müssen, denn die Madame befürchtet –
zu Recht oder auch nicht –, für diese Vermutungen hängen zu müssen.«

Nikolaus schüttelte den Kopf. Was waren das für Menschen, die kostbaren Zichoriensaft oder noch edleren Kakao durch Gift verdarben? Er, der bereits die Darmwinde von Küchenjungen, in der Nähe von Töpfen und Pfannen in die Luft geblasen, für pures Gift auf den Speisen hielt, konnte diese Unfassbarkeit einfach nicht glauben.

Aber so viele der Berichte Fabrizios erschienen unglaublich. Etwa, dass der Hof jeden Tag beinahe überquoll von Bittstellern, ausländischen Gesandten, Besuchern und Neugierigen, Bauern und Bürgern und dass neben Tausenden von Bediensteten an die zehntausend Höflinge in Versailles wohnten, Adlige, denen Louis den Zugang zur Politik verweigerte, da er eine neue Verschwö-rung gegen sich vermutete, und die in den weitläufigen Räum-lichkeiten Versailles nicht genügend Platz fanden, sodass arme Landadlige selbst in Fensternischen schlafen mussten, nur um in der Nähe ihres Königs zu sein. Er befahl sie an den Hof, um sie kontrollieren zu können. Fabrizio vermutete, dass Louis nur aus diesen Gründen das ehemalige Jagdschloss Versailles zu seiner Re-sidenz hatte ausbauen lassen. Fabrizio hatte in einem seiner ersten Briefe berichtet: »*Viele Höflinge wollten Paris nicht verlassen. Sie hegten gegen den Umzug nach Versailles großen Widerwillen, und man ist davon überzeugt, hier krank zu werden. Selbst dem Dauphin und seiner Frau ist es nach einem Besuch angeblich schlecht geworden. Man munkelt, die Luft sei hier ungesund, wegen der vielen Sümpfe in der Umgebung und der großen Erdmassen, die während der Bauar-beiten ausgehoben wurden. Zu viele schlechte Miasmen in der Luft.*«
Mittlerweile empfanden die meisten Versailles als annehmbar, wie Nikolaus wusste, denn Louis bot den Höflingen für den Umzug und den Zwang, sich in seiner Nähe aufhalten zu müssen, auch

viel: Gesellschaften, Musik, Tanz, Ballett, Theater, Lustbarkeiten den ganzen Tag, das ganze Jahr. Ein Freudenfest für Köche, die sich hier besonders hervortun konnten.

Nikolaus las den Brief erneut. Fabrizio schrieb, dass er ihn ebenso vermisste wie er ihn und Versailles um so viel erträglicher sein könnte, wenn er nur in seiner Nähe wäre. Er hielt den Brief fest in Händen und starrte auf die Schrift. Manchmal war ihm, als wäre allein dadurch Fabrizio tatsächlich in seiner Nähe.

Aber in Wahrheit brachten sie ihm den Freund nicht zurück. Nikolaus vermisste ihn so sehr, dass er sich beinahe nur noch in der Küche aufhielt und noch vehementer kochte, briet und buk. Er sorgte dafür, dass er immer eine Schale mit Tomaten in Augennähe hatte, um so an den verlorenen Freund erinnert zu werden, und verging beinahe vor Kummer.

Der einzige Trost in dieser Zeit war Dupois, dessen Besuche seit Fabrizios Fortgang nicht seltener, sondern häufiger geworden waren. Er konnte den Freund ebenso wenig ersetzen, aber er füllte auf angenehme, unaufdringliche Weise die leeren Abendstunden. Wenn er mit seinem französischen Akzent von Versailles berichtete, hatte Nikolaus das Gefühl, Fabrizio näher zu sein; sein Freund erschien ihm dann greifbarer und nicht in unendliche Ferne gerückt, als wäre er nach Übersee zu den Wilden entfleucht.

Nikolaus rückte näher an die Feuerstelle, um besser lesen zu können. Eine kleine schwarz-weiße Katze sprang maunzend auf seinen Schoß, rollte sich zusammen und wartete mit geschlossenen Augen auf Zuwendung. Die Finger seiner linken Hand vergruben sich in dem warmen Pelz, während er mit der anderen Hand den Brief hochhielt. Fabrizio hatte diesen Brief in aller Eile geschrieben, denn die höfische Etikette erforderte seinen ganzen Einsatz, und so glich seine Schrift eher Hühnergescharre als Buchstaben. Nikolaus war gerade dabei, noch mal von vorne zu beginnen, da er augenscheinlich ganz oben etwas falsch gelesen hatte, als Dupois plötzlich neben ihm stand.

»Ihr solltet Euch nicht mit diesen Ausgeburten der Hölle abgeben, Nikolaus. Das ist gefährlich.«

Nikolaus sah hoch. Dupois deutete auf die brummende Katze in seinem Schoß.

»Sie vertreiben Mäuse und Ratten. Und davon gibt es hier zu viele. Sie sind ein Segen, keine Höllenbrut. Alles, was die Küche rein hält, wird von mir geliebt«, erwiderte er lächelnd und ließ seine Finger über das Tier streichen.

Dupois schaute angewidert auf das Bild.

»Das wird Euch noch einmal in Teufels Küche bringen. Nur Hexer geben sich mit Katzen ab. Das wissen doch alle.«

Nikolaus schüttelte unwillig den Kopf. Er war dieses Thema leid. Selbst die Küchenjungen und Dienstmägde bekreuzigten sich, wenn eine schwarze Katze durch die Küche streifte. Sicher, es war nicht ganz klar, ob Katzen nicht vielleicht doch eine Verbindung zu den dunklen Mächten herstellen konnten, aber andererseits waren sie eben wahrhaftig ein Segen für die Küche, und darauf wollte er nicht verzichten.

»Nachrichten von Fabrizio?«

Nikolaus nickte und steckte den Brief unter seine Jacke. Fabrizios Nachrichten wollte er nur alleine und in aller Stille lesen. Niemand, nicht einmal Dupois, sollte daran teilhaben. Er bedeutete ihm, sich zu setzen, und schob den Weinkrug hinüber. Unnötige Höflichkeiten hatten sie nicht mehr nötig. Dupois setzte sich und schenkte sich Wein ein. Dann lächelte er Nikolaus an, prostete ihm zu und sagte: »Ihr solltet ihm noch heute antworten.«

»Oh, das werde ich. Das werde ich.«

»Ihr versteht nicht, was ich meine. Ich möchte Euch eine Geschichte erzählen. Passt gut auf. Sie ist sehr interessant für Euch, wenn auch nicht amüsant für mich.«

Nikolaus sah zu Dupois. Sein Benehmen war etwas befremdlich, ansonsten war er nicht der Geheimniskrämer, den er jetzt mimte. Aber Nikolaus wusste auch, dass Dupois' Geschichten nie langweilig waren, und lauschte gespannt.

»Vatel ist der berühmteste Koch am Hofe von Louis XIV., dem Sonnenkönig, wie Ihr wisst.«

Natürlich wusste er das! Erstens hatte Dupois viel von ihm und seinen wahren Wundertaten am Herd berichtet, zum anderen war Vatel auch ohne Dupois' Zutun über die Grenzen Frankreichs hinaus bekannt, und selbst Nikolaus, der ansonsten in keinem anderen Koch wahre Konkurrenz sah – zumindest bei denen, die noch nicht verstorben waren –, sah sich bei den vielen Geschichten, die sich um Vatel rankten, beinahe zu Eifersucht auf dessen Künste veranlasst.

»Nun, korrekterweise muss ich sagen: Vatel *war* der Leibkoch des Königs. Er weilt nicht mehr unter uns.«

»Was?«

Nikolaus fuhr hoch. Der große Vatel tot? Dies war ein furchtbarer Schlag für die Zunft der Köche, für die Genießer, für den König von Frankreich, ja für die Menschheit überhaupt. Nikolaus schüttelte sich unwillkürlich.

»Daran kann nur dieser Komet schuld sein, der seine todbringenden Bahnen über uns lenkt«, flüsterte er.

Seit Wochen litt der gesamte Hof unter einer Kometenfurcht, und er war ebenso davon erfasst worden.

Dupois nickte wissend.

»Unglückselig nenne ich diesen Engländer Halley. Er hat den Kometen schließlich entdeckt. Aber andererseits – der Komet wäre auch ohne sein Zutun über uns gekommen. Verlöschende Seelen zeigt sein Schweif, und dieser soll übermächtig sein. Ein Bote des Todes.«

Dupois bekreuzigte sich schnell, und Nikolaus beeilte sich, es ihm gleichzutun. Die ganze Welt würde im Krieg versinken. Pest, Tod und Verwüstung kamen mit Kometen ins Land. Ihnen stand eine schwere Zeit bevor.

Der Franzose nickte gedankenverloren, fand offensichtlich zu seinem eigentlichen Vorhaben zurück, sah zu Nikolaus und setzte seine Erzählung fort.

»Es scheint tatsächlich, als hätte der Komet seinen Schatten vorausgeworfen. Lasst mich berichten. Es gab in Versailles eine große Gesellschaft zu bekochen. Speisen für 180 000 Livres wurden geordert. Vatel war ganz in seinem Element, aber eine Karre Fisch traf nicht ein. Da er daher einige Gerichte nicht zubereiten konnte, sah sich Vatel genötigt, sich in ein Schwert zu stürzen und seinem Leben ein Ende zu bereiten.«

Nikolaus brachte kein Wort heraus. Vatel hatte sich wegen einer Fuhre Fisch das Leben genommen. Eigentlich verständlich, durchfuhr es ihn, wenn man bedachte, was für eine Tragödie eine nicht eingetroffene Bestellung bedeutete!

»Die Fuhre Fisch traf wenig später doch noch ein. Der Karren war lediglich im Pariser Dreck stecken geblieben.« Dupois machte eine Pause und nahm einen Schluck Wein, bevor er fortfuhr: »Nun wird ein neuer Leibkoch für den König gesucht, und bislang ist noch kein geeigneter dafür gefunden. Ich habe mir erlaubt, in einem meiner Berichte an den König von den Vorzügen eines gewissen Meisterkoches namens Nikolaus zu berichten. Eben jener Nikolaus wird aber vom bayrischen König hoch geschätzt, sodass er ihn niemals ziehen lassen könnte. Gewisse diplomatische ... Bemühungen waren nötig, um den Wittelsbacher davon zu überzeugen, dass es für die Beziehungen zwischen Frankreich und Bayern nur förderlich sein könnte, einen Meisterkoch dieser Qualität sozusagen als Geschenk nach Versailles zu schicken. Seine Hoheit Kurfürst Ferdinand Maria hat zähneknirschend beigegeben. Und nun sollte sich eben jener Meister Nikolaus schnellstmöglich in Versailles einfinden.«

Die Krönung

1682 – 1683

∽ Gefüllte Datteln

Nimm aus Datteln die Kerne,
fülle die Früchte mit einem
Nuss- oder Pinienkern, drehe
sie in gestoßenem Salz um und
röste sie in Honig.

∽ Rosen- und
Veilchenwein

Entferne von Rosenblättern
den unteren Teil, fülle sie dann
in leinene Beutel und hänge
diese in eine reichliche Menge
Weins. Gib nach 7 Tagen neu-
gefüllte Beutel in den Wein und
nach wieder 7 Tagen abermals.
Seihe den Wein durch; versüße
ihn beim Trinken mit Honig.
Achte darauf, dass nur die besten
und ganz tautrockenen Rosen
gepflückt werden.

Ebenso mache den Veilchen-
wein.

∽ Schnecken

Säubere zunächst das Häuschen
der lebenden Schnecken und
entferne das schließende Mem-
branplättchen, dass sie heraus-
können. Dann füttere sie einen
Tag lang mit gesalzener Milch
und später mit reiner Milch,
entferne aber häufig und sorgfältig den Kot. Wenn sie so
dick gemästet sind, dass sie sich
nicht mehr in ihr Haus zurückziehen können, dann brate
sie in Öl und trage sie mit Wein-
lake auf. Man kann sie auch
mit Mehlbrei mästen.

Oder reibe die aus dem
Häuschen genommenen
Schnecken mit Salz ein und
brate sie in Öl. Als Sauce
gib dazu Fischlake mit Asant,
Pfeffer, Öl und Kümmel verrieben.

*G*ilbert Quintus gähnte, streckte sich und nippte an seiner Chocolade. Der Franzose hatte Recht gehabt. Das Getränk aus der neuen Welt war sensationell. Eigentlich hätte er als Mann Gottes ausgerechnet vom erotisierenden Kakao die Finger lassen sollen, und er trank ihn auch nur, wenn er sich von den Devotés, den Geistlichen des Königs, unbeobachtet fühlte, aber er wollte keineswegs darauf verzichten, auch wenn die anderen die schmackhafte Bohne als Teufelswerk betrachteten. Denn seit er dieser Mode frönte, fühlte sich sein Kopf morgens nicht so schwer an, und seine Gicht hatte merklich nachgelassen. Sie war zwar auch durch die Segnung des Königs an letztem Weihnachten nicht gänzlich verschwunden, hatte aber immerhin um einiges nachgelassen.

So wie sein ganzes Leben besser geworden war. Der französische Hof war ganz nach seinem Geschmack. Klatsch und Tratsch über Mode, Frauen und die Mätressen des Königs sorgten für immense Kurzweil, dazu kamen die Lustbarkeiten, das Theater, das Ballett und die unzähligen Feste. Gilbert liebte dieses Leben. Zudem war es ein leichtes Leben, denn Maria-Anna, als deren Beichtvater er nach Frankreich gekommen war, erwies sich als kleines Gänschen, das ihn nicht viel Zeit kostete.

Sein persönlicher Diener öffnete die schweren Vorhänge. Die Sonne warf warmes Licht in sein Zimmer. Der Raum war zwar nicht sonderlich groß und entsprach damit überhaupt nicht seinem Rang, aber er machte dieses Manko mit der goldenen Kassettendecke, den bordeauxfarbenen Tapisserien und den edlen Möbeln wieder wett. An den Wänden hingen einige kleinere Gemälde von Poussin, einem bevorzugten Maler des Königs. Auch

wenn sie allesamt religiöse Motive zeigten, so waren die darge-
stellten Heiligenfiguren mehr als ansehnlich und regten Gilberts
Fantasie an.

Während er sich waschen und ankleiden ließ, schickte er ein
kurzes Dankesgebet gen Himmel, dass er seine Bezahlung direkt
von Maria-Anna empfing und nicht von der lumpigen Zahlungs-
moral des Sonnenkönigs abhing. Wenn Louis überhaupt Löhne
herausrückte, dann nur schlechte. Niemals hätte Gilbert sich dieses Appartement, diese Möbel und dieses Leben leisten können.

Gilbert gähnte zufrieden. Er wollte nicht recht wach werden.
Das Leben konnte bisweilen sehr anstrengend sein. Das Theater
am gestrigen Abend hatte zu lange gewährt, zudem es religiösen
Inhalts gewesen war, was keine rechte Kurzweil geboten hatte.
Daran war diese neue Mätresse des Königs schuld, Madame de
Maintenon, die Dame der Stunde, wie der Hof hinter ihrem Rücken witzelte. Zwar wohnte Madame de Montespan noch in ihrer
sagenumwobenen Suite direkt neben den Appartements des Königs, aber es war ganz offensichtlich nur noch eine Frage der Zeit,
bis sie diese Räume für Madame de Maintenon, ihre ehemals beste Freundin, würde räumen müssen.

Er mochte die Maintenon nicht. Sie war viel zu fromm, liebte
weder das Spiel noch die ausgelassene Gesellschaft; anders als Madame de Montespan versuchte sie nicht, neue Moden zu kreieren
und mit gewagten Frisuren den Ton in Versailles anzugeben. Mit
dieser Einstellung stellte sie einen Anachronismus in Versailles
dar, der sich nicht gut machte. Dummerweise stand aber der Klerus beinahe geschlossen hinter ihr, da es ihren Interventionen beinahe gelungen war, den König zu einer Versöhnung mit der Königin zu bringen. Als diese dann gestorben war, war die Maintenon
engste Vertraute des Königs geblieben.

Gilbert schüttelte unmerklich den Kopf. Es war selbst für ihn
nicht leicht, sich im Dickicht der Intrigen von Versailles zurechtzufinden, und es war noch schwieriger, auf dem glatten Parkett

des höfischen Umganges nicht auf eigenen Lügen und geschickt oder auch ungeschickt gelegten Schleimspuren auszurutschen.

Auf alle Fälle aber wollte er sehen, ob er Madame de Maintenon vielleicht antreffen würde. Noch musste sie um die Gunst vieler buhlen, und auch wenn er erst Beichtkaplan war, so vertrat er immerhin die Kirche und stand in den Diensten der Gemahlin des Thronfolgers. Die Maintenon konnte ihn nicht ohne weiteres zurückweisen, wenn er ihre Gesellschaft suchte.

Wie befürchtet, gestaltete es sich als sehr schwierig, ihrer habhaft zu werden. Weder in der großen Galerie, dem Treffpunkt der Höflinge und Günstlinge, noch in den Prunksälen des Großen Appartements des Königs konnte er ihre immer in dunkle Gewänder gehüllte Gestalt sehen. Gemächlich, um seine Suche nicht zu verraten, durchschritt er einen Raum nach dem anderen – von der großen Galerie in den noch nicht fertig gestellten Salon des Krieges, in dem der Maler Lebrun noch dabei war, die Decke mit heroischen Szenen auszugestalten, weiter in den Salon des Apollo, in den Salon des Merkur und anschließend in den Salon des Mars. Bis zum Salon der Diana und der Treppe der Botschafter durfte er sich wagen, weiter war ihm der Zutritt nicht erlaubt. Das Kuriosenkabinett gehörte bereits zum Kleinen Appartement des Königs, in das nur noch die Familie Zutritt hatte.

Zorn stieg in Gilbert auf. Er hatte sich viel für diesen Tag vorgenommen. Man konnte nie wissen, wann die letzte Stunde der Gunst für Madame de Montespan schlagen würde, und er wollte keineswegs verpassen, Madame de Maintenon von seiner Unterstützung für sie zu überzeugen, aber dieses bigotte Luder blieb lieber in ihren Gemächern und betete oder las fromme Literatur, anstatt wie ein normaler Mensch auf der Galerie zu promenieren.

Für eine Partie Billard war es noch zu früh, außerdem hätte es keinen guten Eindruck erweckt, wäre die Maintenon plötzlich doch im Salon des Mars aufgetaucht und hätte ihn beim Spiel beobachtet, und das öffentliche Frühstück des Königs war bereits vorüber. Alles in allem kein guter Start in den neuen Tag. Er musste früher aufstehen, um zumindest beim Frühstück des Königs oder in der Messe davor anwesend zu sein, um gesehen zu werden, einige Leute zu sprechen und selbst zu sehen, wer sich auf wessen Seite schlug und vor allem, für wie lange. Vielleicht fiel sogar das Auge des Königs auf ihn, was einer unglaublichen Gunstbezeugung gleichkommen würde. Er würde sich einfach beim öffentlichen Mittagessen einfinden, und zwar früh genug, um noch einen Platz weit vorne zu ergattern.

Jetzt aber knurrte ihm der Magen. Da das Frühstück vorüber war, würde er in das Küchengebäude gehen müssen, um sich etwas zu essen zu holen.

Das Wasser lief ihm im Munde zusammen, während er die Treppe der Botschafter hinuntereilte und mit großen Schritten an den Wachposten des Seiteneinganges ins Freie ging. Vielleicht war noch Spanferkel übrig oder Pastete, möglicherweise sogar Kirschengelee und Wildschweinkeule. Eher nicht, gestand er sich zähneknirschend ein. Den Bediensteten war es erlaubt, alles aufzuessen oder an die Armen weiterzugeben, was übrig blieb, und dass dabei nicht viel für die Armen abfiel, lag auf der Hand. Und noch weniger konnte sich bis zum nächsten Morgen halten. Aber er würde es dennoch versuchen.

Während er über den gepflasterten Platz marschierte, zog er seinen tiefroten Umhang enger um seinen Leib. Es war verflucht kalt in Versailles; nicht nur draußen, auch in den Räumen fror man eigentlich unentwegt, was seinem Befinden nicht gerade zuträglich war. Er würde sich nicht nur zu essen holen, sondern auch einen großen Becher heißen, gewürzten Wein geben lassen. Er zog den Kopf zwischen die Schultern und begann noch schneller zu gehen. Um besser vorwärts zu kommen, klappte er seine Arme ein wenig aus, um Umstehende und Glotzer, Neugierige und Schwätzer wegrempeln zu können, ohne dabei die Hände aus seinem Umhang nehmen zu müssen.

Unzählige Karren und Pferdewagen blockierten die riesige Hofanlage und ließen kaum noch Platz. Täglich kamen neue Lieferungen für die höfische Gesellschaft. Ganze Manufakturen waren unter Louis' Anweisungen rund um Versailles entstanden. Staatliche Manufakturen, die Waffen, Schuhe, Handschuhe, Gobelins, Möbel, Perücken, Puder, Brokat und Spitze, selbst Besteck und Geschirr anfertigten, um die Adligen bei Laune zu halten und den Glanz von Versailles zu mehren.

Gilbert fluchte und war versucht, einen Kutscher von seinem Kutschbock zu zerren, der ihn mit seinem Wagen beinahe umgefahren hätte. Aber er wollte keine Zeit verlieren. Sein Magen knurrte immer lauter, und je später es wurde, desto mehr Menschen würden auf den Platz drängen, also boxte und trat er sich mit seinem enormen Gewicht als Rammbock weiter durch die Menschenmassen. Mehrere Male wurde er deswegen angeschrien, aber an einem Geistlichen verging sich keiner. Hinzu kam seine imposante Größe, die, zusammen mit seinem Gewicht, einen äußerst gefährlich wirkenden Mann aus ihm machte. Und das war er auch. Mit dieser Gewissheit rüpelte er sich durch die Menge, in Gedanken bei gefüllten Kapaunen und glasierten Enten, warmem Wein und vielleicht einem Schluck Branntwein mit Orangenaroma.

»He – nun gebt doch Acht!«, schrie Fabrizio und hob drohend seinen Arm.

»Lass doch.«

Nikolaus zog ihn weiter. Er hatte gerade noch bemerkt, dass der riesige Kerl, der sich einen Weg durch die Menge schlug, einen purpurnen Umhang trug, der ihn als Mann der Kirche auswies, und da er wusste, dass es weder der Karriere noch dem Schutz von Leib und Leben zuträglich war, sich mit einem solchen anzulegen, wollte er um jeden Preis Ärger vermeiden. Außerdem war der Gottesmann ohnehin schon im Gewühl verschwunden.

»Will wohl in der Küche was abstauben.«

Fabrizio nickte verärgert. Als die beiden ihren Weg fortsetzten, versank Nikolaus erneut in Gedanken. Die allgemeine Kometenfurcht hatte nicht getrogen. Dem Kometen waren Tod, Verwüstung und Furcht gefolgt. Die Türken waren bis nach Wien vorgedrungen und hatten mit der Stadt der Habsburger die ganze Christenheit in Bedrängnis gebracht. Undenkbar, wenn sie plötzlich keine Christen mehr sein durften! Erobert von den Ungläubigen. Die Muselmanen aßen zudem kein Schweinefleisch. Was sollte er da kochen? Kamelhöcker? Er schüttelte sich bei der Ungeheuerlichkeit des Gedankens, ein Muselman werden zu müssen, fand aber durchaus einen gewissen reizvollen Gefallen an den Kamelhöckern.

Doch nicht nur Kriege waren über die Länder der Christenheit gekommen. Wie Fabrizio zu erzählen wusste, hatte ein Holländer namens Leeuwenhoek kleine Tiere im menschlichen Speichel entdeckt. So klein, dass man sie nur mit einem bestimmten Gerät sehen konnte. Er nannte sie »Aufgusstierchen«. Ekelhafte Vorstellung. Es war also nicht genug damit, dass Wanzen und Flöhe in ihrer Winzigkeit die Menschen plagten, nun vergingen sich noch kleinere Übeltäter sogar am Speichel. Dieser kam in die Speisen und versaute auch diese. Es war einfach schrecklich. Wahrscheinlich waren es keine Tierchen, die der Holländer gesehen hatte, sondern winzige Dämonen, die über die Menschheit gekommen waren. Und an allem war sicherlich nur dieser Komet schuld. Auch sein eigenes Wirken in Versailles stand unter keinem guten Stern. Was mochte dem Kometen noch an Unglückseligkeiten folgen?

Er war seit einigen Wochen in Versailles und hatte sich alles irgendwie ein wenig anders vorgestellt. Nicht ganz so groß, nicht ganz so von Menschen unterschiedlichster Herkunft überlaufen und vor allem nicht ganz so schmutzig.

Ganz Versailles roch wie eine einzige Abortgrube. Die vielen

Menschen, die sich tagtäglich hier tummelten, pissten, wo sie gerade standen. Auf Fluren und in Gängen, im Garten und im Vorhof. Es standen zwar überall Kübel für diese Art Geschäft, aber die meisten liefen bereits in den frühen Morgenstunden über, und so war es nicht verwunderlich, dass selbst Damen der feinsten Gesellschaft einfach ihre Röcke lüpften und sich in eine Ecke hockten. Fabrizio hatte sich mit dem Gestank und dem Lärm mittlerweile abgefunden, aber Nikolaus fand beides nach wie vor unerträglich. Dazu kam die elende Kälte, die an manchen Tagen sogar den Wein im Glas gefrieren ließ.

Seine Unterkunft war auch nicht das, was er sich vorgestellt hatte. Zwar hatte Fabrizio das Unmögliche möglich gemacht und – durch einige zusätzliche Interventionen von Dupois – ein kleines Appartement für sie beide erhaschen können, und dies war mehr, als den meisten in Versailles zur Verfügung stand. Die weitläufige Anlage, die beinahe eine kleine Stadt hätte sein können, beherbergte so viele Menschen, dass Schloss und Garten schier überquollen. Bittsteller schliefen auf Treppen, Gesandte aus Ländern, die von keiner politischen Relevanz waren, schlugen ihr Nachtlager im Garten oder in einem der Flure auf. Untermalt wurden die Szenen durch die himmlische Musik von Lully, da auf unzähligen kleinen oder größeren Bühnen Musikanten zur Erbauung des Volkes und des Adels spielten. Stücke vom großen Molière wurden im Garten aufgeführt, und die Höflinge vertrieben sich die Zeit beim Spiel. Versailles war ein einziges Schauspiel, das an seinen Nerven zehrte.

Nicht ganz unschuldig daran waren auch die neuen Bedingungen für ihn als Koch. In seiner Unschuld war Nikolaus davon ausgegangen, dass alles bereits beschlossen und geregelt sei, als er nach Versailles aufbrach, aber da hatte er die Schlingen und Windungen der französischen Diplomatie unterschätzt. Aufgrund seiner ständigen Angst, vergiftet zu werden, hatte sich der König schließlich doch entschlossen, den deutschen Koch nicht in seine

Dienste zu nehmen, sondern sein Vertrauen lieber einem Franzosen zu schenken. Im Zuge der damit einhergehenden Rochaden innerhalb der Küchenhierarchien war Nikolaus schließlich der vakant gewordene Posten des Küchenchefs von Madame zuerkannt worden.

Lieselotte von der Pfalz, so Fabrizio, sei geradezu »entzückt« gewesen, als sie hörte, ein Deutscher wäre nun für ihr leibliches Wohl zuständig. Damit konnte sie nun endlich wieder ihre so heiß geliebte und in Versailles so schmerzlich vermisste Biersuppe genießen, ohne bei einer Bestellung derselben großes Gelächter auf sich zu ziehen. Biersuppe galt in Versailles als völlig unschick und indiskutabel. Die hohen Herrschaften ließen sich Kakao oder Wein ans Bett servieren, keinesfalls aber Biersuppe. Nur die pfälzische Lieselotte, die schätzte das.

So gesehen, war es für Nikolaus eine Veränderung zum Besseren. Er mochte Madame. Sie war einmal völlig unvermutet in der Küche erschienen und hatte ihm ihre Aufwartung gemacht, wie sie es genannt hatte. Ein heiteres Gemüt, mit dem Hang für derbe Scherze und Lust an Klatsch, aber von Grund auf ehrlich und zu keiner wirklichen Intrige fähig, gefiel sie Nikolaus auf Anhieb, und er gab sich doppelte Mühe, ihre Wünsche zu befriedigen.

Aber das war nicht so einfach, denn die Franzosen in der Küche hassten ihn. Hassten ihn, weil ein deutscher Koch den begehrten Platz des Küchenchefs eingenommen hatte und jeder von ihnen damit übergangen worden war. Am meisten setzte ihm Jacques zu. Ein hinterlistiger, durchtriebener Mann mit stahlblauen Augen und wenigen Haaren auf dem Kopf. Jedes Mal, wenn er ihn anlächelte, lief es Nikolaus trotz der Hitze in der Küche kalt den Rücken hinunter. Einer der Küchenjungen hatte ihm zugetragen, dass Jacques sich selbst Hoffnungen auf den Posten gemacht hatte. Bis Nikolaus kam und seine Pläne zunichte machte. Seit seiner Ankunft hatte ihm Jacques das Leben schwer gemacht. Mal offen, indem er einen gehäuften Löffel Salz in die Biersuppe fallen ließ, mal verstohlen, indem Gerichte anbrannten, die Nikolaus bereits aus dem Ofen geholt hatte und von denen plötzlich keiner mehr wusste, wer sie nochmals in den Backofen getan hatte. Und niemand stellte sich offen gegen Jacques. Der Mann war gefährlich. Das fühlte Nikolaus sehr genau. Er hätte aber nicht sagen können, warum, und das beunruhigte ihn noch mehr.

»Hast du gehört, was ich eben gesagt habe?«

»Was? Entschuldige, nein.«

»Du bist schon wieder in Gedanken in der Küche, nicht wahr?«, hakte Fabrizio nach.

»Ja. Es beschäftigt mich eben. Manchmal frage ich mich, ob ich nicht eine sehr gute Stellung für nichts und wieder nichts aufgegeben habe.«

»Niccolò, es dauert eben seine Zeit, bis man in Versailles Fuß gefasst hat. Du musst ein bisschen gewitzter werden, geh mit der Mode, klatsche hier ein bisschen, tratsche dort, säe ein Gerücht, und sieh zu, wie es beginnt, Früchte zu tragen. Im Nu wärst du diesen Jacques los.«

Nikolaus sah ungläubig zu Fabrizio, doch als in er dessen Augen blickte, wurde ihm klar, dass der Freund nur einen Scherz mit ihm getrieben hatte. Fabrizio wusste genau, dass er Intrigen nicht sonderlich schätzte.

»Vergessen wir das. Was hast du gerade erzählt?«

»Vom König. Du musst unbedingt einmal dabei sein, wenn er eine seiner Mahlzeiten einnimmt. Du siehst immer nur, was aufgetragen wird, aber nicht wie! Es ist sehr feierlich, Niccolò, wirklich.«

Es stimmte. Er, Nikolaus wusste nur, dass die Speisen für den König in verschlossene Körbe gepackt wurden, die dann von Küchenoffizianten abgeholt wurden, um in den anderen Trakt des Schlosses, in das Appartement des Königs getragen zu werden.

»Erzähl es mir. Du hast es mir schon so oft erzählt, aber ich höre es immer wieder gerne.«

Nikolaus hauchte in seine Hände. Es war ein ungewöhnlich

kaltes Frühjahr. Nachts legte sich Frost über die Gärten, und die Kälte drang durch jede Ritze der Mauern in das Schloss. Selbst jetzt, während sie gingen und sich durch die Bewegung eigentlich erhitzen hätten müssen, war ihm einfach nur kalt, und er fühlte sich steif und unbeholfen. Fabrizios Geschichten würden ihn sicherlich ablenken.

»Nun, Garde du Corps begleiten die Küchenoffizianten, und voran geht der Zermonienmeister, um die vielen Schaulustigen aus dem Weg zu räumen. Dann wird der Tisch in den Saal gebracht, und die obersten Höflinge treten ein. Es sind so viele, dass man kaum noch Luft bekommt, wenn man den Saal betritt. Und dann benachrichtigt der erste Edelmann den König. Diese Aufgabe ist ein hohes Privileg.«

Nikolaus hatte davon schon viel gehört. Bereits das Aufstehen des Königs war ein Staatsakt. Der erste Kammerdiener, der zu Füßen des Königs in dessen Bett schlief, weckte ihn mit einem Praliné. Anschließend kam sein Leibarzt an sein Bett, fragte, wie er sich fühle, und dann wurden der Großkämmerer und der erste Kammerherr geholt. Sie durften dem König die Perücke aufsetzen, was ein ebensolches Privileg darstellte, wie ihn zum Essen zu holen oder ihm zur Nachtruhe den Kerzenleuchter zu halten, bis er in die Federn sank. Er kannte all diese Geschichten von Fabrizio, denn das höfische Leben ging völlig an ihm vorbei. Er lebte wie immer nur für seine Küche, auch wenn ihm diese momentan gründlich verdorben war. Ihn interessierten keine Staatsgeschäfte, wohl aber, was der König speiste. Auch diesbezüglich hatte er seine Neugierde bereits befriedigt: Er wusste, dass der König meist Geflügel zum Frühstück nahm. Und mittags nahm er gerne vier verschiedene Teller Suppe, einen ganzen Fasan, ein Rebhuhn, einen großen Teller mit Salaten, Lammschnitten in Saft mit Knoblauch, zwei große Stücke Schinken, einen Teller voll Backwerk, Obst und Konfitüre. Man munkelte, dass dies nicht nur seine liebste Speisenfolge war, sondern er auch tatsächlich alles allein aufaß, wobei er sich jeden Abend drei Brote, zwei Flaschen Wein und einen Krug Wasser neben sein Bett stellen ließ – für alle Fälle.

Nikolaus dachte immer wieder daran und welche Freude es machen würde, für so einen genussvollen und verschwenderischen Esser zu kochen. Obwohl auch Lieselotte von der Pfalz gerne dem guten Essen zusprach, wie die meisten der Höflinge, wenn auch nicht alle. Allerdings hatte ihn auch diesbezüglich bereits ein Gerücht erreicht, das besagte, dass der König jeden, der nicht ausgiebig zu speisen pflegte, ins Gebet nahm oder gar öffentlich schalt.

Fabrizios Worte drangen wieder zu ihm.

»... Sobald er Platz genommen hat, werden alle Speisen mit Brot abgerieben, ebenso das Geschirr, die Teller und das Besteck. Das Brot wird gegessen; fällt keiner tot um, weiß man, dass nichts vergiftet ist.«

»Gift scheint hier wirklich sehr in Mode zu sein.«

»Gift ist an jedem Hof von Bedeutung. Aber ich habe noch eine lustige Geschichte auf Lager. Du weißt, der König verabscheut die Gabel.«

»Ja. Aber es ist doch verständlich, oder nicht? Ich meine, es ist so umständlich, eine Gabel zu benützen. Außerdem wird sie von der Kirche als Werkzeug des Teufels betrachtet wegen ihrer Form. Obwohl ich ja meine, dass sie recht nützlich ist, wenn man einen Braten anschneiden will. Hält man ihn mit der Gabel fest, rutscht er nicht in hohem Bogen davon.«

Fabrizio lachte. Sie waren beide keine Freunde der Gabel bei Tisch, und selbst Lieselotte von der Pfalz verabscheute dieses Hilfsmittel beim Essen, wie der ganze Hof wusste. Angeblich hatte der König jedem, der an seinen Soupers teilnehmen wollte, verboten, eine Gabel zu benützen, worauf Madame nur zu erwidern wusste: »Mir hat noch niemals jemand dergleichen verboten, ich habe mich Zeit meines Lebens beim Essen nur eines Messers und meiner fünf Finger bedient.«

»Aber eine Gabel hat noch weitere Vorteile«, fuhr Fabrizio lachend fort.

»So?«

»Wer sie zu gebrauchen weiß, macht sich die Hände nicht fettig.«

»Ach, du kennst doch die Spottschrift über das Essen mit der Gabel. Und sie enthält wie jede Spottschrift eine große Wahrheit«, meinte Nikolaus kopfschüttelnd und rezitierte einen der wenigen Texte, die er sich auswendig merken konnte, auch wenn es sich nicht um ein Rezept handelte: »Warum eine Gabel, wenn auf dem Weg vom Teller zum Mund sowieso die Hälfte in den Teller zurückfällt?«

»Das stimmt, aber hör zu. Jeder, der mit dem König speist, muss seinen Hut aufbehalten. Aber es ist gerade in Mode gekommen, den Hut zur Begrüßung, aber auch zur Ehrerbietung zu lüften. Richtet der König das Wort nun an jemanden, ist jedes Mal der Hut zu lüften. Man erzählt sich, dass der König von England bei seinem Besuch jedes Mal, wenn Seine Majestät das Wort an ihn richtete, seinen Hut ziehen musste. Die Folge davon war: Es dauerte nicht lange, und aus den Feder seines Hutes troff das Speisenfett auf seine Schultern! Er hätte vielleicht doch auf einer Gabel bestehen sollen ...«

Fabrizio musste so lachen, dass er sich beinahe verschluckte. Nikolaus fiel in das Lachen ein. Es tat gut, Fabrizios Geschichten zu hören. Diese lenkten ihn von den Problemen in der Küche ab. Aber er musste zur Arbeit, und allein bei dem Gedanken daran blieb ihm das Lachen im Hals stecken. So tief war er gesunken, dass er nicht mehr gerne in die Küche ging. Hinzu kam, dass sein Französisch nicht völlig ohne Akzent war und er sich nur über Themen unterhalten konnte, die Speisen, Gerichte und Viktualien beinhalteten, denn ansonsten fehlte ihm schlicht und ergreifend das Vokabular.

»Mach nicht so ein Gesicht. Du hast ja mich. Genieße das

Leben, und koche für Madame etwas besonders Feines. Sie wird dich sehr schnell protegieren, und dann wird man dir schmeicheln und nicht mehr versuchen, dich zu vergrätzen, glaub mir.«

Fabrizio lächelte ihm aufmunternd zu. Aber Nikolaus konnte nur seufzend nicken, drehte sich um und ging in den Küchentrakt.

In Versailles war der Küche ein ganzer Flügel des Schlosses gewidmet. Jeder höhere Edelmann hatte seinen eigenen Koch, sodass es nur so wimmelte von Küchenchefs, Köchen, Bratenwendern, Bratenspickern, Suppenköchen, Zuckerbäckern, Tellerwäschern, Küchenjungen, Schrankaufsehern, Dienstmägden, Gehilfen und Lieferanten. Dazu kamen die neugierigen Besucher von Versailles, die sich auch nur zu gerne in die Küchen verliefen, und die Höflinge, denen nicht schnell genug serviert wurde oder die beim Essen nicht genügend abbekommen hatten. Sie alle liefen und schrien hektisch durcheinander oder standen herum und glotzten und waren ihm nur im Weg.

Der Haushofmeister von Madame empfing ihn bereits in hektischer Eile. Er war der Einzige, der zumindest halben Herzens auf seiner Seite stand und nicht versuchte, ihm zusätzlich das Leben schwer zu machen. Zwar war er ebenso wie die anderen skeptisch gewesen, ausgerechnet einen Deutschen vor die Nase gesetzt zu bekommen, denn als Haushofmeister stand er mit dem Küchenchef beinahe auf einer Stufe, aber er fand sehr schnell Gefallen an Nikolaus' Vorschlägen für die Gerichte. Obwohl der Neue extravagant kochte und exquisite Speisen auf den Tisch von Madame brachte, war er sparsamer als die anderen Köche. Ob dies daran lag, dass er am bayrischen Hof das Haushalten gelernt hatte, oder daran, dass er einfach tatsächlich sparsam veranlagt war, spielte dabei für den Haushofmeister keine Rolle. Für Nikolaus von Bedeutung war hingegen, dass der Mann mehr zu sagen hatte als Jacques und ihn zumindest akzeptierte.

Er lächelte zurück und begann die Speisenfolge für die kommende Woche mit ihm zu besprechen.

Als Nikolaus am Abend in das kleine Zimmer trat, das Fabrizio für sie beide hatte anmieten können, war auch der letzte Rest seiner guten Laune verflogen.

Fabrizio, der im Dreiwochentakt in den Diensten Maria-Annas stand, hatte an seinem freien Tag für erlesenen Wein gesorgt, den er bereits in eine Karaffe umgefüllt hatte. Wortlos ließ sich Nikolaus auf einen Stuhl sinken und nahm ein Glas Wein entgegen. Jacques hatte sich seinen Anordnungen heute zum ersten Mal völlig verweigert und mit ihm darüber gestritten, ob die Sauce zum Puter mit Trüffeln nun nach herkömmlicher Methode mit Brot oder nach Nikolaus' Methode mit Mehl einzudicken sei.

»Weißt du, es geht nicht darum, was er denkt, sondern darum, dass er einfach zu tun hat, was ich sage«, flüsterte er verbittert und erschrak, als Fabrizio vom Sofa aufsprang, zu ihm hinüberkam und ihm auf die Schulter klopfte.

»Siehst du – so spricht ein wahrer Küchenmeister. Du musst dir Respekt verschaffen, sonst tanzen dir auch die Küchenmädchen auf der Nase herum.«

»Ich weiß. Aber ich habe keine Ahnung, wie ich das machen soll. Ich spreche viel zu schlecht Französisch, als dass ich mir wirklich Gehör verschaffen könnte. Eher fangen alle an zu lachen.«

»Nun, da müssen wir Abhilfe schaffen, und ich glaube, ich weiß jetzt auch wie.«

Fabrizio ließ sich auf seinen Stuhl fallen. In seinen Augen glitzerte es gefährlich, wie immer, wenn er eine etwas abwegige Idee ausbrütete.

Nikolaus sah tief in die Augen seines Freundes. Wie sehr hatte er sich gewünscht, in seiner Nähe sein zu können, als er noch in München war. Nun war er in Versailles, und nichts war, wie es sollte. Aber zumindest Fabrizio hatte sich nicht geändert; wenn auch das restliche Leben völlig aus den Fugen geraten schien, so war er doch ein Fels in der Brandung. Immer für ihn da und noch ganz der Alte. Gewiss, mittlerweile stahlen sich Fältchen um Augen und Mund, wenn er lachte, und die ersten Silbersträhnen durchzogen sein dunkles Haar, aber ansonsten war er so wie eh und je.

Es hatte eine Zeit gegeben, in der Nikolaus gefürchtet hatte, Fabrizio an eine der vielen Frauen zu verlieren, die er stets um sich scharte. Aber mittlerweile wusste er, die Frau, die Fabrizio in Ketten legen konnte, war noch nicht geboren. Der Italiener liebte das weibliche Geschlecht, sonnte sich in dessen Schönheit und Anmut, fand immer neue Gespielinnen und entledigte sich ihrer ebenso schnell, aber niemals auf unwürdige Art. Die Frau, die Fabrizio tatsächlich in den heiligen Stand der Ehe gehoben hätte, hätte so viele Attribute auf einmal mitbringen müssen, dass Gott sie nur für Fabrizio anfertigen müsste.

Der Gedanke machte Nikolaus schmunzeln. Als Fabrizio fragend die Augenbrauen hob, winkte er nur ab. Er wollte sich nicht wieder über dieses Thema auslassen; denn dies hätte unweigerlich zur Folge gehabt, dass er und nicht Fabrizio in Erklärungsnotstand geriet, und er konnte nun einmal nicht erklären, warum er sich zu keiner Frau hingezogen fühlte. Es hatte etwas mit dem Duft von Muskatnuss und Rosen zu tun. Die Frauen, die ihm Fabrizio unterjubeln wollte, rochen nach Fisch. Fisch, der eine lange Reise hinter sich hatte. Ein abstoßender Geruch. Keine Frau duftete wie Antonia. Und nur diese hätte er haben wollen. Oder eine Frau mit diesem Duft. Es war auch kein frommes Dasein, wie Fabrizio es nannte, voller Selbstkasteiung und schlimmer Albträume, da er seine Natur nicht ausleben konnte. Er lebte seine Natur aus – in der Küche, beim Kochen, wenn er Teig knetete oder Pasteten formte, den süßen Duft von Mandeln und das frische Aroma von Orangen in der Nase spürte, in saftiges Fleisch schnitt und es nach seinen Wünschen gestaltete, endlich mit

Muskat würzte und Rosen verzierte, dann war er in seiner Mitte und rundherum glücklich.

Dieser Gedanke brachte ihn geradewegs zu Jacques zurück. Fragend sah er zu Fabrizio. Dieser lächelte geheimnisvoll.

»Ich sage nur: Madame La Voisin.«

»Wer?«

»Sie ist sehr *en vogue*. Ich glaube, der ganze Hof nimmt ihre Dienste in Anspruch. Du musst sie unbedingt aufsuchen. Wir werden gleich morgen zu ihr gehen. Allerdings kostet es einiges. Sie wohnt in Paris.«

Nikolaus wurde hektisch..

»Du meinst doch nicht etwa ... was soll ich denn bei einer ...?«

Er wollte das Wort »Hure« oder die feinere Umschreibung »Kurtisane« erst gar nicht aussprechen. Bevor er seiner Entrüstung Herr werden konnte, lachte Fabrizio bereits aus vollstem Hals.

»Nein. Was du wieder denkst! Nein, nein – Madame La Voisin ist ... nun, sie ist Wahrsagerin. Sie erstellt Horoskope und kann allgemein sehr hilfreich sein, wenn es darum geht, sich einen Widersacher vom Hals zu schaffen. Und falls du nun erneut abwegige Gedanken haben solltest – ich denke dabei nicht an Gift. Aber vielleicht hilft ein Horoskop, und sie kann dir sagen, wie du dir Jacques vom Hals schaffen kannst.«

Nikolaus ließ sich in seinen Stuhl zurücksinken und war überhaupt nicht angetan von Fabrizios Vorschlag. Er hielt nichts von Wahrsagerei. Die Astrologie stünde zwar auf einer wissenschaftlichen Grundlage, sagte man, aber er war sich auch hier nicht ganz sicher, zumal immer häufiger die Gerüchte umgingen, auch die ehrenwerte Kunst der Sterndeuterei wäre nichts weiter als ein Hilfsmittel der Schwarzen Kunst.

»Nun komm schon, Niccolò. Es ist allemal einen Versuch wert.«

»Ein sehr teurer Versuch, oder? Du weißt, ich halte nichts davon, mir die Zukunft aus einem Zauberbuch lesen zu lassen.«

»Aber nicht doch. Sie ist doch keine Zigeunerin, die ein wenig orakelt. Sie ist sehr berühmt und wird dir sicherlich helfen können. Und wenn nicht, dann war es der Spaß, der zählt!«

Nikolaus gab sich geschlagen. Er konnte genau sehen, dass er gegen Fabrizios Enthusiasmus nichts ausrichten konnte und sich wohl besser gleich in das zweifelhafte Vergnügen fügte, als sich auf eine lange Diskussion einzulassen, bei der er ohnehin den Kürzeren ziehen würde.

»Also gut – abgemacht. Wir fahren morgen nach Paris und statten Madame La Voisin einen Besuch ab!«

Fabrizio juchzte in der ihm eigenen Art wie ein Kind und schenkte Nikolaus Wein nach. Irgendwie konnte er sich mit der Geschichte überhaupt nicht anfreunden. Mit einem großen Schluck versuchte er einen schalen Geschmack, eine böse Vorahnung hinunterzuspülen, aber es gelang nicht.

Sie brachen erst spät auf, da es sich als sehr schwierig herausgestellt hatte, eine freie Kutsche zu bekommen. Schließlich mussten sie mit einem Fischhändler vorlieb nehmen, den Nikolaus als Lieferanten kannte und der sie für wenig Geld mit in die Stadt nahm.

»Wir werden wie eine Fuhre verdorbener Fisch stinken«, schimpfte Fabrizio.

»Das glaube ich nicht. Man wird es nicht einmal riechen, dass wir mit einem Fischkarren nach Paris gekommen sind«, gab Nikolaus zurück.

Sie hatten gerade die Tore passiert, und Nikolaus musste sich bereits die Nase zuhalten, um nicht zu ersticken. Etwas Derartiges hatte er noch nie gerochen. Es stank im wahrsten Sinne des Wortes zum Himmel. In diesem Moment hätte er alles für eine Riechbüchse gegeben. Kot und Dreck sammelte sich überall, wohin er sah. Er entdeckte öffentliche Abortgruben, die beinahe überquollen, Männer und Frauen, die sich an Portalen von Privathäusern erleichterten, Betrunkene, die sich auf die Straße übergaben, und vom Fluss erreichte sie der bestialische Gestank der Gerber und Papiermacher, der sich mit unerträglicher Last über die Stadt legte. Dazu wurde das Geschrei von Händlern, Krämern, Marktweibern und Kräuterfrauen, die alle ihre Waren an den Mann zu bringen versuchten, um sie herum immer lauter und durchdringender. Es herrschte noch mehr Verkehr als in Versailles, was Nikolaus schier unmöglich erschienen wäre, hätte er es nicht mit eigenen Augen gesehen.

An einer Kreuzung verabschiedeten sie sich von dem Händler, der Richtung Seine weiterfuhr. Beinahe konnten sie nicht vom Karren springen. Das Gedränge um sie herum nahm so überhand, dass Nikolaus fast in Panik geriet. Abwasser und Schlamm staute sich auf den Straßen, und mehr als einmal traf sie beinahe der Inhalt eines Nachttopfes, der aus dem Fenster gekippt wurde.

»Halt deine Geldkatze gut verborgen«, flüsterte ihm Fabrizio ins Ohr und zog ihn weiter.

»Weißt du, wohin wir müssen?«

»Nicht genau. Madeleine hat mir den Weg beschrieben. Aber ich glaube, wir sind hier richtig.«

Madeleine war die neue Auserwählte Fabrizios. Eine reizende dunkelhaarige Französin mit runden Wangen, schwarzem, dichtem Haar und glänzenden, braunen Augen. Sie kam aus Paris und arbeitete in Versailles als Wäscherin. Nikolaus fragte sich, wie lange diese Affäre wohl dauern mochte, hatte aber keine Zeit, länger darüber nachzudenken, denn Fabrizio zog ihn mit aller Kraft an eine Hausmauer. Eine Kutsche preschte an ihnen vorbei. Der Kutscher fluchte zu ihnen herunter und Fabrizio schrie auf Italienisch zurück. Dann wandte er sich atemlos an Nikolaus.

»Ist dir etwas passiert?«

Nikolaus schüttelte nur den Kopf. Die Zeiten, in denen er wendig und behände war, waren schon lange vorbei. Seine Ausmaße waren nunmehr so stattlich, dass zwar jedermann sehen konnte, dass er ein Mann von Welt war, der genug zu essen hatte, aber andererseits ließ sich damit nicht mehr herumhüpfen wie ein junger Spund.

»Du musst Acht geben. Die Pariser überfahren dich einfach und lassen dich liegen, oder du wirst ins Charité gebracht.«

Über das Charité hatte Nikolaus die schauerlichsten Dinge gehört. Das öffentliche Krankenhaus quoll von Armen und Siechenden über. Es war eine Brutstätte für Seuchen, und kein Kranker gesundete hinter diesen Wänden; eher war es umgekehrt, dass einer, der als gesunder Mann das Charité betrat, als Kranker wieder herauskam oder es nie wieder verließ, es sei denn, mit den Füßen voran, den Körper von Siechtum entstellt. Nikolaus schüttelte sich.

»Ich glaube, wir müssen hier rein.«

Fabrizio deutete in eine abzweigende Straße, und Nikolaus nickte nur. Er war Fabrizios Weisung völlig ausgeliefert und folgte ihm wortlos in der Hoffnung, die Wohnung der zweifelhaften Madame endlich zu erreichen.

Allerdings erwies sich Fabrizios Vermutung als völlig falsch. Nach wenigen Metern blieb Nikolaus stehen, in dem festen Glauben, sich auf der Stelle übergeben zu müssen. Süßer Verwesungsgeruch, vermischt mit dem warmen Duft von Blut stieg so penetrant in seine Nase, dass er unweigerlich zu Boden geblickt hatte und sah, dass er bis zu den Knöcheln in gestocktem Blut stand. In der Abflussrinne sickerte ein dunkler Strom hinab. Die gallertartige, sulzige Masse waberte um seine Knöchel, und Nikolaus sah würgend hoch.

»Um Himmels willen – wo sind wir?«

Fabrizio zuckte hilflos mit den Schultern und hielt sich den Ärmel vor die Nase. Allmählich gewöhnte sich Nikolaus an den Geruch des Todes, der über dieser Gasse hing und alles einnebelte, was sich in ihr bewegte. Er sah um sich und entdeckte am oberen Ende der Gasse die Stände der Metzger und Fischhändler. Sie schnitten, hackten und teilten das Fleisch auf ihren Hackblöcken, die schwarz von geronnenem Blut waren. Sie nahmen die Fische aus und schabten die Abfälle einfach auf den Boden. Frische, dampfende Därme klatschten auf Verwesendes und trugen nicht unerheblich zur Geruchsbelastung bei.

Nikolaus war es, als wäre er mitten in der Hölle gelandet, einer Hölle, die Paris hieß. Inmitten von Miasmen des Todes, von Dämpfen und Ausdünstungen verpesteter Luft, zwischen Metzgern, Fischhändlern, Gerbern und Leinsiedern, Abtrittgruben, Urin und Kot. Dazu kamen die Lederwerkstätten, in denen auf das Leder gepisst wurde, damit es weich und zu gebrauchen wurde. Der stechende Harngeruch hing über der ganzen Stadt. Lumpensammler, die verfaulte Fetzen mit sich schleppten, zogen ihre Bahnen durch die Gassen und gaben dieser Stadt den letzten Rest des Höllengestankes, der noch nötig war, um jeden Einwohner zu vergiften.

Sicher, er war den Geruch von totem Fleisch gewöhnt, er kannte die Abortgruben und die Lumpensammler, und der Geruch von Kot und Urin war allgegenwärtig, aber es war die Menge, die ihn so sehr erschreckte, es war die sülzige Masse, in der sie sich eben vorwärts bewegten, und es waren die vielen garstigen Dinge, die alle auf einmal auf ihn einstürzten. Am liebsten wäre er in die nächste Kutsche gesprungen, um dem zu entfliehen.

Aber er folgte weiterhin Fabrizio, der sich langsam wieder zurechtzufinden begann. Er war bereits einige Male in Paris gewesen und kannte so manche Ecke, aber eben auch nicht jede. Nach weiteren zwei Stunden, in denen sie sich quälend langsam durch Dreck, Gestank und Lärm kämpften, standen sie endlich vor einem prächtigen steinernen Stadthaus, dessen bunte Fassade Nikolaus unweigerlich an Zuckerbackwerk erinnerte.

»Hier ist es. Hier wohnt Madame La Voisin«, ließ Fabrizio vernehmen, unglaublich stolz darüber, doch noch den richtigen Weg eingeschlagen zu haben.

»Ein sehr großes Haus für eine Wahrsagerin«, meinte Nikolaus etwas skeptisch.

»Das zeugt doch nur davon, wie gut sie ist, oder? Komm, lass uns hineingehen.«

So wenig Nikolaus nach wie vor vom Gelingen dieses merkwürdigen Unternehmens überzeugt war, so gerne ließ er sich aber auch von Fabrizio an die Haustür ziehen. Er war mittlerweile bereit, alles Mögliche zu tun, um den Straßen von Paris für einen Augenblick zu entfliehen.

Die Tür wurde auf Fabrizios Klopfen hin von einem großen dunkelhäutigen Mann geöffnet. Fabrizio überreichte ihm eine Karte mit seinem Namen. Der große Exote fesselte Nikolaus. Wohl hatte er von Ferne schon den einen oder anderen dunkelhäutigen Mann gesehen, aber noch nie so nah. Eigentlich sah er aus wie ein normaler Mensch, befand er und senkte schnell den Blick, als er bemerkte, dass ihn der Riese ebenso unverwandt anstarrte wie er ihn.

Als sie an ihm vorbei in das Haus traten, war Nikolaus ehrlich erstaunt. Erlesenste Möbel reihten sich an den mit feinster Tapisserie versehenen Wänden. Schalen mit kandierten Früchten und Marzipankonfekt standen in aufreizender Fülle auf den Buffets, und große, goldgerahmte Spiegel reihten sich mit Wandgemälden, die allesamt etwas zweifelhafte, aber ausgesprochen sinnliche Szenen zeigten, aneinander. Aber das Herrlichste von allem war der angenehme Duft von Rosenholz, Lavendel, Orangenblüten und Jasmin. Die Düfte taten seiner Seele so wohl, dass er unwillkürlich aufatmete und sich wie befreit fühlte.

Fabrizio bemerkte seine Erleichterung und grinste ihn an, sagte aber nichts. Während sie warteten, schob sich Fabrizio ein Konfekt nach dem anderen in den Mund und schlenderte durch die Vorhalle, die Gemälde aufs genaueste inspizierend. Nikolaus beließ es dabei, einfach stumm und ungelenk dazustehen und die Kostbarkeiten aus der Ferne zu bestaunen.

»Wie ich sehe, schmeckt Euch mein Confekt.«

Die dunkle, rauchige Stimme riss sie beide aus ihren Gedanken. Nikolaus fuhr herum. Hinter einem Vorhang war eine Frau in Begleitung einer Dienerin hervorgetreten. Der dunkelhäutige Riese eskortierte die beiden und ließ vernehmen: »Madame La Voisin.«

Nikolaus kam aus dem Staunen nicht mehr heraus. Anhand der Einrichtung hätte er eine Dame vom Format seiner Herrin erwartet, aber diese Erscheinung wäre das Letzte gewesen, was er sich vorgestellt hätte. Madame La Voisin kam lächelnd auf sie zu und während sie ihm die Hand reichte, überlegte Nikolaus, wie alt sie wohl sein mochte. Sie hatte die Mitte ihres Lebens mit Sicherheit überschritten oder aber ein sehr aufreibendes Leben geführt, was bei ihrem Beruf nicht auszuschließen war. In ihr rundes Gesicht waren tiefe Falten gegraben, und die Wangen hingen seitlich über das Kinn wie bei einem Feldhamster, der den Mund voll Körner hat. Sie war klein, aber von enormem Umfang und trug über dem sehr teuer wirkenden Moirékleid einen merkwürdigen Kapuzenumhang, die Mütze über den Kopf geschlagen, sodass die Haare nicht zu sehen waren. Nikolaus glaubte den Ansatz einer Glatze zu erkennen, war sich dessen aber nicht sicher und sah sofort zur Seite, um ihr nicht zu zeigen, wohin er geblickt hatte. Man konnte bei einer Wahrsagerin nie wissen, und vielleicht war sie sogar eine Hexe. Gut möglich. Ihre äußerst spitze Nase wäre ein Hinweis darauf gewesen.

Nikolaus wurde nervöser als vorher. Was tat er hier eigentlich? War er völlig von Sinnen? Warum nur hatte er sich von Fabrizio zu diesem Abenteuer beschwatzen lassen? Nicht nur, dass er einiges Geld bezahlen hatte müssen, um überhaupt einen Termin bei Madame zu bekommen, nun machte er sich womöglich noch der Beihilfe zur schwarzen Magie schuldig, und darauf standen die schlimmsten Strafen, wie jeder wusste.

Er wäre am liebsten davongelaufen und sah Hilfe suchend

zu Fabrizio. Dieser aber verbeugte sich gerade vor Madame und stellte ihr seinen Freund vor.

»Madame La Voisin – das hier ist mein bester Freund, Niccolò aus Deutschland. Er ist Koch bei Hofe und bedarf Eurer Hilfe.«

Die Hexe wandte sich zu ihm und sah ihm direkt in die Augen. Nikolaus versuchte so flach wie möglich zu atmen, um nicht in ihren Bann zu geraten. Aber sie lächelte ihn nur an und fragte mit ihrer dunklen Stimme: »Nervös? Macht Euch nichts daraus. Die meisten sind nervös, wenn sie mich besuchen. Aber erzählt mir von Eurem Anliegen.«

War es ihre Stimme? Oder das warme Lächeln, das ihr Gesicht so freundlich machte? Oder hatte sie ihn bereits in ihrer Macht? Nikolaus wusste nicht warum, aber seine Nervosität fiel ein wenig von ihm ab, während Madame La Voisin auf ihn zuging und ihn neugierig, aber nicht unverschämt, musterte.

»Braucht Ihr neue Ideen für die Küche? Ein Rezept? Oder das Rezept für einen Liebestrank? Das könnte ich Euch nicht geben, Ihr versteht.«

»Nein, nein.«

Seine Stimme klang so hoch wie die eines Eunuchen. Nikolaus räusperte sich und versuchte, sich wieder in den Griff zu bekommen. Als Fabrizio an seine Seite trat, wurde er ruhiger.

»Er hat Probleme mit seinen Bediensteten. Man will gegen ihn intrigieren, Ihr versteht? Wir dachten, ein Horoskop könnte Auskunft darüber geben, wie er sich verhalten soll.«

»Ah – eine gute Idee, ja, ja. Nun denn, dann wollen wir.«

Madame wandte sich um und bedeutete ihnen, ihr zu folgen. Die Dienerin und den Riesen im Rücken traten sie nach Madame hinter den Vorhang. Nikolaus blinzelte, konnte aber erst nichts sehen. Der Raum war abgedunkelt und nur durch einige wenige Kerzen beleuchtet. Aber auch hier duftete es nach erlesenem Räucherwerk. Nach einer kurzen Weile gewöhnten sich seine Augen an das diffuse Licht, und er konnte erkennen, dass sie sich in einer

Art Studierzimmer befanden. Zumindest sah es auf den ersten Blick so aus. Bücher und Manuskripte stapelten sich auf Stühlen und Sofas, die an der Wand standen. Bei näherem Hinsehen konnte er eine ausgestopfte Krähe erkennen und Symbole, die aussahen, als sollte man sie besser nicht gesehen haben. Sofort blickte er zur Seite.

»Setzt Euch.«

Madame hatte an einem riesigen, geschnitzten Schreibtisch Platz genommen und bedeutete ihnen, sich ihr gegenüber auf die Stühle niederzulassen. Fabrizio setzte sich und winkte Nikolaus stumm herbei. Nikolaus ergab sich in sein Schicksal. Es war ohnehin zwecklos. Fabrizio schien weder beeindruckt noch beunruhigt und würde sich keinesfalls dazu bewegen lassen, Madame jetzt zu verlassen, nachdem im Vorfeld bezahlt worden und bevor überhaupt etwas passiert war. Er unterdrückte einen Seufzer und schob sich auf den leeren Stuhl an Fabrizios Seite.

»Nun, lasst uns beginnen. Ich brauche keine Geburtsdaten von Euch. Ich werde ein Fragehoroskop für Euch stellen. Dabei ist sozusagen die Geburtsstunde der Frage, die Ihr an mich stellt, von Relevanz, und das ist jetzt. Nur würde mich interessieren, unter welchem Stern Ihr geboren seid.«

Nikolaus war so durcheinander, dass er einige Zeit brauchte, bis er eine Antwort stammeln konnte.

»Ich bin im fünften Monat geboren. In den Morgenstunden.«

Madame lächelte.

»Ein Stier. Die frühen Morgenstunden lassen auf einen Krebs im Aszendenten schließen. Sicher könnte ich nur sein, wüsste ich die genaue Stunde, aber es würde passen. Ihr lebt Eure Berufung aus.«

Madame griff zu Feder und Papier und begann unverständliche, geheimnisvolle Zeichen aufzumalen. Sie rechnete, flüsterte, benützte merkwürdige Apparaturen und rechnete erneut. Ab und an zog sie Tabellen und Jahrbücher zu Rate, in denen nur Zahlen zu erkennen waren. Auf das Papier zeichnete sie ein Viereck, das sie in mehrere Dreiecke unterteilte, in dessen Ecken sie noch mehr Symbole zeichnete und Zahlen notierte. Zwischendurch hantierte sie an ihrem Räucherkistchen. Nikolaus hatte davon gehört, aber noch nie ein solches gesehen. Nur die Reichsten konnten sich diese luxuriösen Räucherkistchen leisten, auf deren kleinem Rost wohlriechende Essenzen verbrannt werden konnten, während man in eine kleine Öffnung im Feuerbehälter Räucherkügelchen stecken konnten, die in der Glut verschwelten.

Der Rost und das kleine Feuer brachten Nikolaus' Gedanken auf beinahe schmerzhafte Weise auf die spanische Inquisition und deren qualvolle Verhöre und Foltermethoden. Feuer wurde nicht ungern dazu verwendet, Hexen aus der Welt zu schaffen. Hexen, wie Madame La Voisin wahrscheinlich eine war und bei der sie sich gerade aufhielten und mit strafbar machten. Nikolaus wurde heiß und kalt zur gleichen Zeit. Für einen kurzen Augenblick dachte Nikolaus daran, dass sie möglicherweise auch Dinge verbrannte, die ihnen die Sinne rauben sollten, aber gleich darauf verbreitete sich harmloser, aber wohltuender Moschusduft. Die Entspannung, die dieses Aroma bringen sollte, blieb dennoch aus. Schließlich war es gut möglich, dass eine andere Essenz mit dabei war, die ihnen Übles tun konnte.

Die Zeit zog sich ins Unendliche. Madame rechnete, und Fabrizio verrenkte sich neugierig wie immer beinahe den Hals, um Madames Zimmer genau zu studieren, während Nikolaus selbst nur auf Madames Aufzeichnungen schielen konnte und immer nervöser wurde. Endlich hob diese den Kopf und sah von ihren Notizen auf.

»Es scheint ein ernsthaftes Problem zu sein, mit dem Ihr Euch zu plagen habt.«

»Das wissen wir. Aber was kann er tun?«, fuhr Fabrizio aufgeregt dazwischen und beugte sich vor.

Madame schüttelte etwas verärgert den Kopf.

»Ihr solltet Euch in Geduld üben.«

Dann wandte sie sich wieder Nikolaus zu, dem Schweißperlen auf der Stirn standen. Mochten manche Kritiker behaupten, die Astrologie wäre nur Aberglaube, sie saßen aber nicht hier an seiner Stelle und mussten die Zukunft aus dem Mund dieser alten, aber eindrucksvollen Frau hören. Sie waren es schließlich nicht, deren Leben von der Aussage dieser Person abhing. Und was, wenn die Astrologie nun doch kein Humbug war, wenn ein Körnchen Wahrheit in ihr steckte und Madame mit den fürchterlichsten Dingen herausrücken würde? Was konnte er dann noch tun? Konnte er überhaupt gegen das Schicksal angehen? Oder war er den Mächten hilflos ausgeliefert?

In diesem Augenblick bereute Nikolaus von tiefstem Herzen, im Unterricht der Klosterschule nicht besser aufgepasst zu haben, denn möglicherweise hatten die Mönche dazu Stellung genommen. Wenn nicht sie, wer dann? In Nikolaus' Kopf drehte sich alles, seine Gedanken wirbelten herum, und für einen Augenblick glaubte er, ohnmächtig zu werden.

»Niccolò?«

Fabrizios Stimme drang aus weiter Ferne zu ihm. Erst als er die Hand des Freundes auf seinem Arm spürte, hörte das Schwanken des Zimmers auf, und er war sich ganz sicher, nicht direkt in die Hölle hinabgefahren zu sein mitsamt Fabrizio, Madame und der ausgestopften Krähe an der Wand.

»Die Wirkung und Macht des Himmels und der Sterne sind durch Erfahrung bewiesen, das sagt schon der große Astrologe Morin. Und der große Ptolemäus sagt gar: ›Die Sonne beeinflusst alles Irdische zusammen mit dem Himmel nicht nur immer anders infolge der vier Jahreszeiten, denen die Veränderungen in den Körpern entsprechen.‹«

Nikolaus nickte, obwohl er kein Wort verstanden hatte. Auch Fabrizio schien etwas unschlüssig, denn er gab keinen Kommentar ab, was bei ihm ein Zeichen für Unsicherheit war.

»Nun, es ist so. Eure unendliche Begabung ist mit Venus zu sehen. Sie wird durch die Sonne nicht verbrannt, steht ihr aber nah genug, um von ihr zu profitieren. Ihr werdet der Sonne noch näher stehen, als Ihr jemals zu hoffen wagtet. Aber da sind Mars und Saturn in ungünstiger Stellung – sie versperren vorerst den Weg der Venus zur Sonne. Die beiden sind Übeltäter und wollen Euch nur Schlimmes. Ein Verräter ist in Eurer Nähe, denn Merkur ist rückläufig. Aber Ihr werdet von Jupiter beschützt, und das ist Euer Glück. Vertraut ihm und hütet Euch vor dem Verräter. Ihr könnt nichts gegen ihn ausrichten, nicht allein. Ihr benötigt einen mächtigen Beschützer, und das ist die Sonne. Saturn wird Euch großen Kummer mit der Obrigkeit bringen, während Mars im zwölften Haus steht. Es sieht schlecht aus für Euch, wenn Ihr Euch nicht in Acht nehmt. Mars im zwölften Haus kann Gefängnis und Gefahr für Leib und Leben bedeuten. All dies geht von dem Verräter aus. Er ist in Eurer Nähe.«

»Wer ist es?«, fragte Fabrizio aufgeregt.

»Das weiß ich nicht. Ihr kennt Eure Umgebung doch gut genug. Es ist ein Mensch, der sich hintergangen fühlt, jemand, dem Ihr etwas weggenommen habt, was ihm gehört – zumindest denkt er so.«

»Jacques«, flüsterte Fabrizio.

Nikolaus sagte gar nichts. Die Worte, die aus Madames Mund kamen, beunruhigten ihn mehr, als er für möglich gehalten hatte. Was sagte sie: Gefängnis und die Obrigkeit wäre gegen ihn? Oder war es, dass er Probleme mit der Obrigkeit haben würde? Aber lief das nicht auf das Gleiche hinaus? Und warum sollte ihn die Sonne beschützen? Sollte er fortan im Freien arbeiten? Und was, wenn es regnete?

Nikolaus sank in sich zusammen. Dies war die schlechteste Idee gewesen, die Fabrizio jemals gehabt hatte. Die Worte Madames drangen nicht mehr wirklich zu ihm durch.

»Was kann er tun, um sich zu schützen?«

»Nichts. Gar nichts. Kein Amulett dieser Welt kann abwenden, was bereits in Gang gesetzt ist. Verliert nicht den Kopf, und steht ihm als guter Freund zur Seite. Er wird Euch brauchen. Und mit Eurer Hilfe kann alles doch noch zu einem guten Ende gebracht werden.«

»Seht Ihr das in den Sternen?«

»Nein. Aber ich sehe, dass Ihr sein Freund seid, und wer anders als gute Freunde können in der Not helfen? Und er wird einen Freund bitter nötig haben.«

Madame erhob sich, der Vorhang öffnete sich wie von Zauberhand, und durch den Spalt fiel helles Licht. Nikolaus war es für einen Moment, als hätte er eine Erscheinung, wie sie auf Heiligenbildern zu sehen war. Er musste von Fabrizio mit Gewalt vom Stuhl hochgezerrt und nach draußen gebracht werden.

Im Nachhinein hätte er nicht zu sagen vermocht, wie er aus dem Haus von Madame gekommen war. Fabrizio zog ihn einfach mit sich. Menschen, Gestank, Lärm und Trubel zogen einfach an ihm vorüber. Er aber war noch immer bei Madame. Was hatten ihre rätselhaften Worte ausgesagt? Hatten sie überhaupt etwas ausgesagt? Nun, dass er in einer schwierigen Lage war, war klar, aber war sie wirklich so entsetzlich, wie Madame es prophezeit hatte?

»Komm schon. Hier können wir uns bei einem feinen Eis unterhalten.«

Nikolaus sah etwas verwirrt hoch. Fabrizio deutete mit Begeisterung auf ein Haus, in dessen Erdgeschoss ein kleiner Laden war. Über der Tür hing ein Schild: »Procopio«.

»Hm? Was ist?«, hakte er nach.

Fabrizio wirkte etwas ungehalten.

»Ich habe dir den ganzen Weg über von Procopio erzählt. Das Café ist sehr *en vogue*. Es ist nun schon zehn Jahre am Platz. Der Florentiner bietet eine Unmenge an Speiseeis an. Nun komm schon.«

Nikolaus ließ sich innerlich hin und her gerissen von Fabrizio in das Café ziehen. Erlesene italienische Fliesen in strahlenden Farben bedeckten Wände und Böden. Eine lange Theke unterteilte den Raum. Davor standen kleine Tische für die Gäste. Hinter der Theke gestikulierte ein kleiner, dunkelhaariger Mann ganz in Fabrizios Manier mit Händen und Füßen. Zweifelsohne ein italienischer Landsmann.

Nikolaus sank auf einen Stuhl und überließ Fabrizio die Bestellung. Während sie auf das Eis warteten und Fabrizio an der Theke mit dem Italiener in seiner Muttersprache schwatzte, irrten seine Gedanken in unergründlichen Labyrinthen herum. Die Zubereitung von Eis hatte ihn schon immer interessiert. Das Speiseeis aus Fruchtsaft und Wasser konnte nur durch eine Lösung von Schnee oder Wasser mit Salpeter ausreichend gekühlt werden. Angeblich hatte ein gewisser Marco Polo diese Kunst aus dem fernen China mitgebracht. Die italienische Spezialität sollte mit Katharina von Medici an den französischen Hof gekommen sein. Aber war die Königin, die in so ferner Vergangenheit gelebt hatte, nicht auch noch heute als Giftmischerin verschrien? Das Gift brachte ihn schließlich wieder zu Madame, dem Horoskop und den vielen geheimnisvollen Zeichen.

Als Fabrizio zwei irdene Schalen auf den Tisch stellte, sich setzte und dabei genussvoll mit der Zunge schnalzte und meinte: »Zum zehnjährigen Jubiläum hat Procopio Eis mit Kakao kreiert. Eine normalerweise für uns unerschwingliche Spezialität. Aber unter Landsleuten ...«, war Nikolaus noch immer bei Madame.

Er stach in das Eis, löffelte es in sich hinein und konnte es dennoch nicht genießen. Ob wohl Madame auch Eis aß? Es war hoffnungslos. Er schaufelte den Rest des lukullischen Genusses lustlos in sich hinein und drängte schließlich zum Aufbruch.

Fabrizio musste an seinem ganzen Gehabe die Dringlichkeit erkannt haben, mit der es ihn zurück nach Versailles verlangte. So verabschiedete er sich zwar geknickt, aber immerhin rasch von seinem Landsmann, forschte auf der Straße nach einem Händler, der nach Versailles wollte, machte einen ausfindig und setzte sich schließlich neben Nikolaus auf die Bank hinter dem Fuhrkutscher.

Nikolaus war zutiefst beunruhigt. Wenn Madame Recht behielt, dann stand ihm Übles bevor. Aber das Hufgeklapper wirkte sich beruhigend auf seine Nerven aus, und allmählich konnte er wieder frei atmen, ohne einen Schwindelanfall zu bekommen. Er sah in Fabrizios nachdenkliches Gesicht.

»Was meinte sie mit ›Dingen, die bereits in Gang gesetzt sind‹?«, fragte Fabrizio.

»Ich habe keine Ahnung.«

Es waren die ersten Worte, die er flüssig herausbrachte, seitdem er Madames Zimmer betreten hatte. Er fühlte sich matt und ausgelaugt. Das Rütteln und Holpern des Fuhrwerks tat ein Übriges, um das elende Gefühl noch zu verstärken.

»Keine guten Aussichten, oder?«, flüsterte er.

Fabrizio schüttelte den Kopf. Stumm fuhren sie in die Nacht.

Als sie Versailles erreichten, den Schlagbaum und die Wache passierten und der Wagen rumpelnd auf den Pflastersteinen im Innenhof zum Stehen kam, war Nikolaus völlig niedergeschlagen. Fabrizio bezahlte den Händler, sie stiegen aus und gingen weiter schweigend in ihr Appartement.

Ansonsten fühlte sich Nikolaus immer geborgen, wenn er die eigenen vier Wände betrat. Die geschnitzten Möbel mit den zwar etwas zerschlissenen Sitzpolstern, das geschwungene Sofa, das Baldachinbett mit dem roten Vorhang – alles daran liebte er. Neumodische Öllampen mit Reflektor verbreiteten ihr rußiges Licht; sie stanken zwar, waren aber allemal billiger als Kerzen. Zwar waren sie im Schloss nicht gern gesehen – zu oft entfachten sich kleine oder größere Feuer in den unzähligen Gängen, Fluren und Zimmern, und auch die etwas merkwürdig anmutenden, neu erfundenen Feuerwehrschläuche, wie man sie nannte, konnten nur wenig ausrichten gegen die ewige Brandgefahr. Aber er mochte die Öllampen. Sie schenkten beständig lauschiges Licht.

Er liebte alles in dieser Wohnung. Auch Fabrizios Zeitschrift, den »Mercure galant«, in dem über gesellschaftliche Formen, Klatsch und Tratsch berichtet wurde – dem zufolge Fabrizio neuerdings den Rock offen ließ und damit die Weste zeigte, sodass er immer fror – und deren einzelne Ausgaben im ganzen Appartement verteilt lagen, immer bereit, von Fabrizio zur Hand genommen und durchgeblättert zu werden. Normalerweise störte er sich an dieser Form der Unordnung und sortierte unablässig nach Ausgaben und Erscheinungsdaten, während Fabrizio ebenso unablässig diese Ordnung wieder zunichte machte. Aber nun fühlte er sich unbehaglich. Beinahe wie ein Fremder im eigenen Haus.

Er setzte sich in den Armlehnstuhl und atmete tief durch. Fabrizio goss Wein ein und reichte ihn Nikolaus. Nachdem sie einige Schluck getrunken hatten, sprang Fabrizio plötzlich vom Sofa hoch.

»Ach was! Wer glaubt schon solchen Humbug? Aberglaube, nichts weiter. Es war ein teurer Spaß, aber nun haben wir etwas erlebt und was zu erzählen. Kein Mensch glaubt, was Wahrsager erzählen. Sie erfinden das alles nur.«

Fabrizio tanzte um ihn herum, prostete ihm zu und lachte ihn so schelmisch an, dass er nicht anders konnte, als mitzulachen. Sie öffneten eine zweite Flasche Wein und eine dritte, und nach der vierten kam es Nikolaus vor, als wäre der seltsame Besuch bei Madame nur ein alberner Traum gewesen, über den sie sich nun beide lustig machten.

Beruhigt ging er in dieser Nacht zu Bett und frönte zum ersten Mal seit seiner Ankunft in Versailles einer glücklichen und tiefen Nachtruhe.

Nikolaus entfuhr ein Fluch. Er hatte sich an der Hand verbrannt, als er den Kapaun glasieren wollte. Die Haut warf eine rote Blase auf. Der Schmerz fuhr ihm in alle Glieder. Fabrizio mochte vielleicht Recht haben, wenn er sagte, Madame La Voisin sei nichts weiter als eine alte Frau, die den reichen und Abergläubischen auf geschickte Art und Weise das Geld aus der Tasche zog. Obwohl er dabei seine eigene Meinung, die er kurz vordem noch vertreten hatte, ins Gegenteil verkehrte. Aber man konnte es drehen und wenden wie man wollte, seit ihrem Besuch in Paris ging alles schief. Ein Bratenspieß war in der Mitte durchgebrochen und die aufgespießten Hühner und Kapaune waren in das offene Feuer gefallen, was sie völlig unbrauchbar machte, da es lange gedauert hatte, bis die Küchenjungen das Federvieh aus den Flammen geholt hatten. Die letzte bestellte Fuhre Fisch hatte nur verdorbene Ware enthalten, Butter war ranzig geworden, und es wurden mehr Teller und Gläser zerbrochen als vorher. Fabrizio meinte zwar, dies wären alles Dinge, die in einer Küche fortwährend passierten, und bis zu einem gewissen Grad musste er ihm dabei Recht geben, aber dennoch war ihm nicht ganz wohl in seiner Haut.

Und nun hatte er sich die Hand verbrannt. Er, der sich nur einmal als Kind verbrüht hatte, während er mit damals viel zu großen Töpfen und Pfannen hantiert hatte. Er, der sich in der Küche mit verbundenen Augen hätte bewegen können, verbrannte sich plötzlich. Das konnte einfach nicht mit rechten Dingen zugehen.

Und da war noch etwas. Seit wenigen Tagen war Jacques ein Ausbund an Freundlichkeit. Er ging ihm zur Hand, schlich um ihn herum und fragte, ob er seiner Hilfe bedürfe; kurz, er war ständig um ihn herum und versuchte, sich anzubiedern. Was der Grund war, der hinter den Schmeicheleien steckte, wusste Nikolaus noch nicht, und wie er sich kannte, würde er es auch nie erfahren. Und wenn die ganze Welt von einem Skandal wusste, so konnte dieser neben ihm geschehen sein, er würde ihn nicht bemerkt haben. Es galt also vorsichtig zu sein.

Vielleicht hatte es auch damit zu tun, dass erneut Gerüchte kursierten, in denen die Rede davon war, der König sei beinahe vergiftet worden. Allerdings nannten die Gerüchte auch andere Namen wie den von Mademoiselle de Fontanges. Es war sogar ein Polizeikommissar eingesetzt worden, um diese Verdächtigungen zu überprüfen. Angeblich war er einem ganzen Giftmischer-Großhandel auf die Spur gekommen. Aber dies alles spielte sich in Paris ab, und dass der König davon betroffen sei, war sicherlich wieder nur schmückendes Beiwerk, wie es jedes Gerücht benötigte, um überhaupt in Gang gebracht zu werden.

Verärgert wedelte er mit seiner Hand in der Luft und war froh, Jacques in die Vorratskammer geschickt zu haben, die Bestände zu kontrollieren, sodass er ihn nicht zusätzlich am Hals hatte.

»Nikolaus! Es ist etwas Furchtbares geschehen!«

Fabrizio rannte zur Küchentür herein, schubste mehrere Küchenjungen, die im Weg standen, zur Seite und zog Nikolaus in eine Ecke der Küche, wo sie unbelauscht sprechen konnten.

»Was ist? Du bist völlig außer dir.«

Fabrizio holte tief Luft. Er schien gelaufen zu sein und war völlig außer Atem.

»Madame La Voisin wurde verhaftet.«

Nikolaus wusste nicht recht, was er mit dieser Aussage anfangen sollte. Zwar erschrak er, als er es hörte, konnte aber die Dimension noch nicht ermessen.

»Verstehst du nicht? Der Giftskandal, der seit einigen Wochen seine Kreise zieht. Nun, Madame La Voisin ist in diesem Zusammenhang verhaftet worden. Auf der Folter gestand sie, ungewollte Schwangerschaften abgetrieben und Liebestränke zubereitet zu haben. Und das Schlimmste: Bei der peinlichen Befragung hat sie all ihre Kunden verraten! Sie hat die Namen all derer verraten, die jemals bei ihr um Rat angesucht haben.«

Nikolaus schwankte. Das konnte nicht wahr sein. Es durfte einfach nicht wahr sein. Und wenn nun ...?

»Und wenn sie uns nun genannt hat?«

»Genau.«

Fabrizio nickte heftig mit dem Kopf und sah dann hektisch um sich. Als er keinen Lauscher entdecken konnte, fuhr er mit gesenkter Stimme fort zu sprechen.

»Wir müssen Ruhe bewahren. Lass uns abwarten. Auf alle Fälle werde ich mich umhören. Wie es heißt, wurden viele Adlige genannt, und wenn, dann werden sie die zuerst verhören. Wenn sich dann ergibt, dass alles nur Humbug ist, kommen sie vielleicht überhaupt nicht auf den Gedanken, uns auch vorzuladen.«

»Humbug«, wiederholte Nikolaus langsam.

Dieses Wort war so oft gefallen in Zusammenhang mit Madame La Voisin, und was war das nun für ein Humbug, wenn Madame als Giftmischerin entlarvt war? Ihm wurde ganz anders.

»Was ist mit Madame La Voisin?«, fragte er tonlos.

»Sie wird verbrannt. Man hat sie bereits verurteilt.«

Die beiden sahen sich an. Fabrizios hektischer Ausdruck wich großer Beunruhigung. Nikolaus hörte das Klappern und Scheppern und eifrige Hantieren der Küchenbediensteten aus weiter Ferne. Endlich nickte er.

»Gut. Lass uns abwarten. Aber hör dich auf alle Fälle um, ja?«

Fabrizio nickte, wandte sich zum Gehen und drehte sich noch einmal um.

»Man munkelt, dass auch Madame de Montespans Name gefallen sei.«

Das war es also! Aber konnte es wirklich sein? Konnte es wirklich sein, dass Madame so niederträchtige Widersacher hatte, die, nur um ihr zu schaden, einen Skandal dieser Größenordnung ans Tageslicht riefen?

Nikolaus wusste nicht mehr, was er denken sollte. Wohin war er geraten? War das der Hof eines Königs oder eine Teufelsgrube? Aber konnte der König etwas dafür?

Irgendwie sehnte er sich nach dem gemütlichen München zurück, wo er so große Freiheiten und noch größere Bewunderer gehabt hatte.

Weiter kam er nicht mit seinen Gedanken. In diesem Augenblick hörte er Waffengeklirr und die harschen Schritte von Wachpersonal. Abgelenkt sah er um die Ecke. Die Schweizer Garde war mit zehn Mann in seiner Küche einmarschiert und brachte einen Heidendurcheinander in den wohl geordneten Ablauf.

Für einen Augenblick vergaß er Madame La Voisin und schob sich an Fabrizio vorbei zu den Wachen.

»Was wollt Ihr hier? Wenn Ihr zu essen sucht, dann müsst Ihr Euch gedulden, es ist noch nichts fertig. Außerdem habt Ihr Eure eigenen Küchen. Versucht es dort.«

Nikolaus war über sich selbst erstaunt. Er hätte es nicht für möglich gehalten, dass er in der Lage war, Wachpersonal derart befehlend anzubellen, aber schließlich waren sie einfach so in seine Küche eingedrungen und gebärdeten sich mit ihren ernsten Mienen wie die Herren in seinem Reich.

»Meister Nikolaus? Küchenchef der Madame?«, fragte der Oberst, ohne auf Nikolaus einzugehen.

Nikolaus nickte und wollte gerade zu einem Schwall von Schimpfwörtern ansetzen, die er sich mittlerweile auch in französischer Sprache angeeignet hatte, als der Oberst bereits weitersprach.

»Ihr seid verhaftet unter dem Tatverdacht der Giftmischerei und des Komplotts gegen den König.«

Nikolaus blieb wie vom Donner gerührt stehen, starrte den Wachmann an und hatte gleichzeitig das Gefühl, der Boden würde unter seinen Füßen nachgeben und ihn in die Tiefe reißen. Eine unendliche Tiefe, die bis zur Hölle reichte.

Sein Gefühl hatte ihn nicht getäuscht. Er war in der Hölle gelandet. Zweifelsohne einer von Menschenhand geschaffenen, aber dennoch. Ohne viel Aufhebens hatten ihn die Wachen, nachdem er auf ihre Frage nur nicken hatte können, einfach an den Armen gepackt und aus seiner Küche gezerrt.

Wie im Traum war ihm Fabrizios Stimme aus weiter Ferne erschienen und ebenso die verdutzten Gesichter der Küchenjungen, Mägde und anderen Bediensteten. Die Wachen hatten ihn auf einen Karren gezerrt und nach Paris gefahren. Die ganze Fahrt über war ihm einfach nur schlecht gewesen, und er hatte sich zudem ständig am Rande einer Ohnmacht gefühlt. Der Oberst hatte sich auf kein Gespräch einlassen wollen, und so musste er wohl oder übel ausharren, ohne Genaueres zu wissen, ohne wenigstens mehr zu erfahren über den Anklagepunkt.

Und nun war er hier. In dieser dunklen Hölle tief unten irgendwo unter der schwärenden Stadt Paris. Die berüchtigte und von allen gefürchtete Bastille hatte ihre Pforten hinter ihm geschlossen, und vielleicht sah er das Licht des Tages nie wieder.

Nikolaus starrte in die Dunkelheit. Er wusste nicht, wie lange er bereits in dem stinkenden Loch ausharrte; es war ihm nicht einmal klar, ob es draußen Tag oder Nacht war. Ewige Finsternis hatte sich um ihn gebreitet. Der Gestank von Moder, Aas und Fäkalien hüllte ihn völlig ein und benebelte ihn. Irgendwo scharrte es, und die Luft schien von einem beständigen Wabern erfüllt.

Als sich seine Augen an die Dunkelheit gewöhnten, machte er das Wabern als Ratten aus, die über seine Füße und Beine huschten, ihn umkreisten oder aus den Ecken des Kerkers anstarrten. Angeekelt zog er seine Beine heran, scharrte dabei aber den gestockten Untergrund auf und setzte Höllendünste frei, die ihm beinahe den Atem raubten. Er fühlte die Wanzen, Läuse und Flöhe gierig unter sein Wams kriechen und konnte nichts dagegen tun. Er war den Tränen nahe und drauf und dran, lauthals um Hilfe zu rufen, nach einer Seele zu schreien, die Mitleid zeigen würde.

Er setzte gerade zum ersten Schrei an, als sich die Tür zu seinem Gefängnis knarrend öffnete. Das warme Licht einer Kerze fiel anheimelnd in die Zelle, und Nikolaus wollte darauf zukriechen; seine Beine fühlten sich zu schwach an, um aufstehen. Da wurde ein Körper in seine Zelle hineingestoßen und die Tür krachend wieder zugezogen. Ein Riegel wurde vorgeschoben, der Schlüssel im Schloss umgedreht. Die Dunkelheit hatte ihn wieder.

Mit angehaltenem Atem horchte er in die Stille. Wen oder was hatten sie zu ihm hineingestoßen? Er hörte es Ächzen und Stöhnen und konnte eine Bewegung ausmachen.

»Hallo?«

So zaghaft hatte seine Stimme seit Kindertagen nicht mehr geklungen. Er, der Meisterkoch und Oberste einer höfischen Küche, saß im Gefängnis und würde sich möglicherweise gleich einem Mörder stellen müssen, den man zu ihm in den Kerker geworfen hatte. Gott und alle Heiligen mochte ihm beistehen.

»Hallo?«, tönte es leise zurück.

»Wer ... wer seid Ihr?«

Nikolaus verrenkte sich beinahe den Hals in dem Bemühen, in der Düsternis etwas sehen zu können. Die Stimme klang nicht nach der eines Mörders. Aber wie klang eine solche überhaupt? Da weitere Überlegungen in diese Richtung zweifelsohne sehr fruchtlos bleiben würden, wagte er einen erneuten Vorstoß.

»Ich bin Meister Nikolaus. Küchenmeister der Madame, und Ihr?«

»Ihr seid von Versailles?«, fragte es zurück.

»Ja.«

»Dann betet um Gnade.«

Nikolaus verstummte. Was faselte die Stimme? Es war eine dunkle Stimme, die nur gebrochen sprach, von Schmerzen gezeichnet.

»Meine Name ist Christian de la Tour, und wenn ich höre, dass Ihr aus Versailles seid, dann kann ich nur weiter schlussfolgern, dass Ihr der Giftmischerei angeklagt seid – als Koch der Madame, oder?«

Nikolaus wurde es ganz heiß, als er erneut diese schwere Anklage hörte. Er, ein Giftmischer! Er wollte sich gerade entrüsten und vor allem verteidigen, als De la Tour auf ihn zugekrochen kam. Er löste sich aus dem Dunkel, kam ganz nah zu ihm und ließ sich neben ihn hinsinken.

Bei dem Anblick wurde Nikolaus beinahe übel. Der Mann war schändlich zugerichtet, sein Gesicht derart geschwollen, dass die Lippe das doppelte Ausmaß des Normalen angenommen hatte, während er mit dem linken Auge nicht mehr sehen konnte. Sein Haar stand wirr vom Kopf ab. Geronnenes Blut ließ sein Gesicht schwarz wie das eines Mohren wirken.

»Ich sehe wohl zum Fürchten aus, wie?« De la Tour zeigte ein erschreckendes, verzerrtes und beinahe zahnloses Grinsen. »Das waren die da oben. Ihr werdet sie wohl noch kennen lernen.«

»Ich bin kein Giftmischer«, flüsterte Nikolaus entsetzt.

»Und ich nicht mit dem Teufel im Bunde. Dennoch sind die da oben davon überzeugt und wollen es mit aller Macht aus mir herausholen.«

»Mit dem Teufel?«

Unbewusst wich Nikolaus ein wenig zurück, besann sich aber sofort wieder. Denn, wenn er als Giftmischer hier eingekerkert saß und dennoch keiner war, warum sollte De la Tour dann nicht ebenso unschuldig sein?

»Ich bin Höfling beim Grafen de Luxembourg. Auch er ist angeklagt. Man meint, er hätte durch Madame La Voisins Vermittlung einen Pakt mit dem Teufel abgeschlossen, der ihn für einen Zeitraum von zehn Jahren erfolgreich machen würde. Und wie wir alle wissen, war mein Herr tatsächlich zehn Jahre lang als Marschall des Königs auf militärischem Gebiet sehr erfolgreich. Der Polizeikommissar de La Reynie ist einem Giftmischerring auf der Spur, und im Zuge dessen nimmt er alles mit, was er kriegen kann – Gerüchte, Verleumdungen und Intrigen. Nur, um möglichst erfolgreich zu sein. Dieser Bastard.«

»Aber, wenn man beteuert, dass man unschuldig ist, dann können die doch nicht einfach …«

»Beteuert? Die Unschuld beteuern? Da oben warten sie mit ihren Folterknechten und glühenden Zangen – was wollt Ihr beteuern, wenn sie von Eurer Schuld überzeugt sind? Nichts könnt Ihr beteuern, werter Küchenmeister. Ich habe schon von Euch gehört. Ihr seid eine Berühmtheit bei Hofe, man schätzt Euch sehr. Aber, wenn sogar der Marschall des Königs seine Schuld bekennt, nur um den Kopf vielleicht noch aus der Schlinge zu ziehen, dann werdet gerade Ihr kaum mit einer Unschuldsbeteuerung durchkommen.«

De la Tour begann zu lachen, zuckte aber sofort schmerzverzerrt zusammen und hielt sich die rechte Seite. Nikolaus fühlte Schweißperlen auf der Stirn. Er bekam keine Luft mehr. Ihm war, als würde der Raum immer enger werden, ihm jegliche Luft zum Atmen rauben. Die Folter. Die Inquisition. Die Folterknechte und ihre Instrumente. Sie konnten alles aus einem Menschen herauspressen. Alles, was sie hören wollten. Nikolaus kannte Geschichten über sie. Schauerliche Erzählungen, die ihm jedes Mal den kalten Schweiß hatten ausbrechen lassen, aber nie hatte er gedacht, selbst in so eine arge Bedrängnis zu kommen. Gut, der Kirchenmann, den er überfallen hatte, dieser war ihm jahrelang im Genick gesessen, hatte ihn in Gedanken und Träumen verfolgt, aber irgendwann war auch er in die Ferne gerückt und beinahe vergessen worden. Was, wenn er nun dafür büßen musste, indem er für etwas angeklagt wurde, was er nie begangen hatte, aber etwas, das er getan hatte, ungesühnt geblieben war?

In seinem Kopf drehte sich alles, und seine Gedanken ließen sich nicht mehr fassen. Er stöhnte auf. Was hätte er für einen Schluck Bier gegeben! Aber er hatte nur einen Krug Wasser bekommen. Schlechtes Wasser, das nach Aas und Moder stank. Allein der Geruch war giftig.

»Wenn wir Glück haben, lassen sie uns hier vermodern. Vielleicht vergessen sie uns. Das wäre die barmherzigste Aussicht für uns.«

»Vergessen?«

»Ja, viele Gefangene werden einfach vergessen. Die üblen Dämpfe, die Pestilenz und der Gestank, den ihre toten, verrotteten Körper verbreiten, dringen nicht durch die starken Wände. Es wäre das Beste, uns erginge es auch so. Aber ich habe bereits eine Folter hinter mir, und ich sage Euch, sie werden uns nicht vergessen. De la Reynie ist wie besessen. Ja, er ist es, der von einem Teufel besessen ist.«

De la Tour hörte kurz zu sprechen auf und wischte sich über die geschwollenen Lippen, dann fuhr er mit erhitztem Gemüt fort.

»Noch letzte Woche wohnte ich der Hinrichtung der Marquise de Brinvilliers bei. Die Marquise war eine Vatermörderin, das war wohl bekannt. Aber sie hatte sich in ein Schweizer Kloster flüchten könnten. Doch dieser listige Polizeioffizier Degrais hat sie mit Lüge und Tücke herausgelockt. Nun, kurzum – ihr armer, kleiner Körper wurde bei der Hinrichtung in einem großen Feuer verbrannt und die Asche in der Luft zerstreut, sodass wir sie einatmen und so vergifterische Gelüste über uns kommen konnten, über die wir alle sehr erstaunt gewesen wären, hätten wir um sie gewusst. Am Vortag war das Urteil gesprochen, tags darauf ihr vorgelesen worden: öffentliche Abbitte in Notre-Dame, dann enthauptet, verbrannt, zuletzt die Asche in den Wind gestreut. Man hat sie noch zur Folter geführt. Sie erklärte, das sei unnötig, sie werde alles gestehen, und tatsächlich erzählte sie bis fünf Uhr abends ihr ganzes Leben, das noch viel schlimmer war als angenommen. Ihrem Vater habe sie zehnmal hintereinander Gift gegeben, so schwer sei es gewesen, ihn umzubringen. Ihre Brüder hat sie vergiftet und noch viele andere Leute, und all dies ist vermischt mit Liebschaften und anvertrauten Geheimnissen.

Gegen Penutier, den Schatzmeister des Klerus, hat sie nichts ausgesagt. Nach diesem Geständnis wurde sie doch noch gefoltert, im ersten und zweiten Grad. Es war ihr nichts mehr zu entlocken. Ihr kennt doch Penutier – Ihr wisst, er war ursprünglich angeklagt, mehrere Personen vergiftet zu haben. Aber er hat einflussreiche Freunde und Geld – er wurde durch bewiesene Unschuld freigesprochen. Bewiesene Unschuld – ha! Wie viel Gold wohl in bewiesener Unschuld ausgedrückt wurde?

Aber die Marquise de Brinvilliers ist unter der Folter zusammengebrochen und hat sich selbst als Giftmörderin dargestellt. Ich glaubte ihr kein Wort. Gleichwohl wurde sie um sechs Uhr nach dem Geständnis, nur mit dem Büßerhemd bekleidet, den Strick um den Hals, nach Notre-Dame geführt, um öffentliche Abbitte zu tun. Dann hat man sie wieder in den zweirädrigen Karren gepackt, in dem ich sie gesehen habe. Sie lag im Hemd rücklings auf dem Stroh, eine Kapuze tief über die Augen gezogen, einen theologischen Doktor auf der einen, den Henker auf der anderen Seite; ein schauerlicher Anblick. Die der Hinrichtung beigewohnt haben, sagen, sie sei tapfer aufs Schafott gestiegen. Ich stand auf der Notre-Dame-Brücke. Eine nie da gewesene Menschenmenge schaute ergriffen und gespannt zu. Die Marquise hat zwar den verdammten Kirchenmann nicht angeklagt, dafür aber die Montespan ans Messer der Henker geliefert. Man munkelt, auch sie würde demnächst verhört werden. Die Mätresse des Königs! Was für ein Skandal! Aber der Klerus kann sie nicht leiden und das ist die Gelegenheit, sie aus der Welt zu schaffen.

Ihr seht, es geht nicht nur um uns als Person, es geht um das, was wir verkörpern. Das habe ich mittlerweile gelernt. Ich verkörpere den Marschall, und Ihr – ja, Ihr – müsst irgendjemandem zum Ärgernis geworden sein, vorausgesetzt ...«

De la Tour erzählte und erzählte. Nikolaus unterbrach ihn nur manchmal in seinem schauerlichen Bericht, um eine Zwischenfrage zu stellen, lauschte aber ansonsten gebannt und vor allem über alle Maßen entsetzt. Was er da hörte, raubte ihm beinahe die Sinne. So viele Tote, so viele Gequälte zierten diesen Bericht. Aber sie alle standen mit La Voisin im Bunde oder hatten in irgendeiner Weise mit ihr zu tun gehabt. Den einen warf man vor, sie hätten sich Liebestränke von ihr mischen lassen, die anderen beschuldigte man der schwarzen Messen in ihrem Haus. La Voisin, die auch er besucht hatte und die mittlerweile verbrannt worden war. Ein einziger Besuch würde über sein Leben entscheiden. Ein einziger Besuch, den er noch dazu nicht sonderlich genossen hatte. Und mit jedem weiteren Wort von De la Tour rückte der eigene Tod in immer greifbarere Nähe und streckte seine knöcherne Hand nach ihm aus. Er war davon überzeugt, die Bastille nicht mehr lebend zu verlassen.

So endete also, was so gering begonnen und was er durch eigene Kraft und Leistung zu höchsten Höhen gehoben hatte: sein Leben als Koch. Und noch war er nicht der berühmteste von allen geworden. Und würde es auch nicht mehr werden. Vielleicht einer der berühmtesten Giftmischer aller Zeiten, aber das war es nicht gewesen, was ihm immer vorgeschwebt hatte.

Nikolaus sank in sich zusammen. Während er De la Tours Worten lauschte, schweiften seine Gedanken immer wieder ab zu Töpfen und Pfannen, Saucen und Zuckerbackwerk. Nie wieder eine Ananas in Händen halten dürfen und an einem Paradiesapfel riechen, nie wieder Salz zwischen den Fingern spüren oder einen Teig kneten. Der warme Duft von Zimt und Vanille, Moschus und Rosenwasser – in einem sinnlichen Moment entsann er sich daran, als wäre er in seiner Küche. Seine Fantasie verdrängte den schwärenden Gestank um ihn herum, und Tränen liefen über seine Wangen.

Als die Tür zum Kerker aufgerissen wurde, schreckte Nikolaus hoch. Er hatte nicht geschlafen, sondern sich in einem Dämmerzustand der Fantasien verloren. De la Tour war offensichtlich eingenickt. Er hörte sein keuchendes Atmen, das von Stöhnen und Gewimmer unterbrochen wurde. Ganz offensichtlich wurde der Ärmste von einem Albdrücken heimgesucht. Aber er selbst war gerade in seiner Küche gewesen, hatte hinter dem Herd gestanden und ein Gericht für den König kreiert, in dem Pfauen, goldene Eier und eine Menge kandierter Früchte eine Rolle gespielt hatten.

Zu seiner Überraschung wurde diesmal nicht nur ein schimmliger Brotlaib zu ihnen geworfen und die Tür sofort wieder zugezogen. Der Lichtkegel der Kerze bewegte sich auf sie zu. Grobe Hände packten ihn und zogen ihn hoch.

»Los. Mach schon«, knurrte eine heisere Stimme.

Nikolaus war wie versteinert. Er wurde zum Verhör geführt. De la Tour hatte ihm alles darüber erzählt. Darüber, wie der Folterknecht seine Geräte neben dem Angeklagten ausbreitete, damit dieser sich rasch auf das besann, was die Inquisition hören wollte. Oder in diesem Fall die Inquisition und Polizeikommissar De la Reynie. War man nicht geständig, wurden Holzkeile unter die Fingernägel getrieben oder Fleischstücke mit glühenden Zangen aus dem Körper gerissen. Der Geruch von verbranntem Fleisch würde sich im Zimmer ausbreiten, und er würde sich möglicherweise wie in seiner Küche fühlen.

Nikolaus war klar, dass sich seine Sinne zunehmend verwirrten. Die Angst brachte ihn beinahe um den Verstand und nahm ihm jegliches Gefühl für die Wirklichkeit. Wie in Trance ließ er sich von den beiden Wachmännern durch die düsteren, nur von Fackeln beleuchteten Gänge schubsen. Er stolperte an Gefängniszellen vorbei, aus denen schwache Schmerzensschreie ertönten.

Als sie den Keller verließen und Tageslicht über ihn strömte, musste er seine Augen schließen. Das helle Licht schmerzte ihn, und er stolperte beinahe blind zwischen den Wachen einher. Als er sich an die Helligkeit gewöhnt hatte, öffneten die beiden eine große, hölzerne Tür und zerrten ihn in einen Gewölberaum.

Der Gestank vermengte sich mit dem Duft von Räucherwerk, stieg in seine Nase und dämpfte seine Angst ein wenig. Sein Blick fiel auf den langen Tisch, der quer im Raum stand. Ein Jesuitenpater saß dort flankiert von Schreibern und Wachleuten. Federkiele, Pergament, Papier und Siegelwachs waren in penibler Ordentlichkeit nebeneinander gelegt. Große, schwere und unbezahlbare Kerzen erhellten den dunklen Gewölberaum nur spärlich und warfen ein schauerliches Licht auf den Jesuiten.

Der Jesuitenpater strahlte eisige Kälte aus. Seine Augen durchbohrten Nikolaus förmlich, und sein spitz zulaufender Bart erinnerte unangenehm an einen Dolch. Was wollten sie von ihm hören? Dass er Gift in das Essen der Madame mischte? Dass er an einem Komplott, einer Verschwörung gegen den König beteiligt war? Er, Nikolaus? Warum sollte er? Er war die Unschuld in Person. Doch bereits die ersten Fragen des Jesuitenpaters überzeugten ihn schmerzlich vom Gegenteil seiner Annahme. Niemals würde er seine Unschuld beweisen können, denn alles was er sagte, alles, was er antwortete, hörte sich selbst in seinen Ohren als Bekenntnis einer unglaublichen Schuld an.

»Ich höre, Ihr mögt Katzen. Ihr schätzt sie sogar so sehr, dass sie in Eurer Küche bleiben dürfen.«

Die Stimme des Jesuiten hatte diesen schnarrenden Ton, der nichts Gutes verhieß. Spöttisch und abfällig betrachtete er ihn, ließ sich aber dennoch ein Rezept für glasierte Maronen vom Schreiber notieren, während er weiter auf Nikolaus' Vorliebe für Katzen herumritt.

»Jeder Koch schätzt Katzen.«

»Ihr bezichtigt also alle ehrenwerten Vertreter eures Berufsstandes der Giftmischerei?«, wetterte der Jesuit.

»Nein«, gab Nikolaus völlig verwirrt zurück. Er fühlte sich wie damals als kleiner Knabe, der von seinen älteren Brüdern gescholten wurde. Der Schweiß lief ihm in Bächen den Körper hinab. Mit zitternder Stimme fuhr er fort: »Katzen halten Mäuse und Ratten von den Vorratskammern fern.«

Er hütete sich, dem Jesuiten zu gestehen, dass er es liebte, im flaumigen Pelz einer Katze seine Hand zu vergraben, wie sehr er ihr Schnurren mochte und ihre intelligenten Augen, die von einer Welt erzählten, die jenseits der sichtbaren liegen mochte. Der Inquisitor hätte dies sicherlich missdeutet.

Der Jesuit gab sich dennoch nicht zufrieden. Er bohrte weiter und drang in Nikolaus, entlockte ihm, dass er bei La Voisin gewesen war und sich ein Horoskop hatte erstellen lassen.

»So, so. Ein Horoskop.«

»Ja, mein Herr. Aber doch nur, um in der Küche keinen Fehler zu begehen.«

»Ich denke, Ihr seid Meister? Ein Küchenmeister begeht keine Fehler. Außer, er braucht Tränke und Elixiere, um das Leben derer in Gefahr bringen zu können, die ihm anvertraut sind. Wer anders als ein Küchenmeister sorgt mehr für das leibliche Wohl des Königs oder in Eurem Fall der Madame? Wer steht dem Puls dieser königlichen Hoheiten näher als ihr Koch? Für wen ist es wohl leichter, über Leben und Tod zu entscheiden, als für einen Küchenmeister? Ein kleines Pulver hier, ein Trank dort, und schon ist jemand vergiftet. Und Ihr wollt Euch ein bloßes Horoskop bei La Voisin erstellen haben lassen? Diese Lüge ist infam!«

Nikolaus sackte beinahe zusammen. Er nahm das Kratzen der Feder des Schreibers wahr, die beinahe über das Papier flog, um seine Schuld auch schriftlich zu bestätigen. Der Jesuit ereiferte sich, pickte Details aus Nikolaus' Leben, die er für völlig nichtig gehalten hatte. Aber im Licht des Kirchenmannes betrachtet, erlangten sie völlig neue Bedeutung. Und schließlich kam die Sprache auf Fabrizio. Nikolaus stockte der Atem. Nicht Fabrizio. Nicht auch der geliebte Freund. Ihn würde er um alles in der Welt beschützen. Und wenn er eine Schuld eingestand, derer er sich nicht bewusst war.

»Ihr trefft Euch nie mit Damen, begrapscht keine Mägde, schwängert keine Dienstmädchen. Insofern wäre Euer Ruf unbescholten. Aber Ihr teilt eine Wohnung mit Fabrizio da Bisticci, einem Italiener aus dem Gefolge der Schwägerin des Königs. Findet Ihr es nicht auch ein wenig merkwürdig, dass Ihr sogar eine Wohnung mit ihm teilt? Was treibt Ihr in dieser Wohnung? Man erzählt, Ihr wärt einander sehr verbunden. Tauscht Ihr Zärtlichkeiten aus in der Abgeschiedenheit eures Appartements? Begeht Ihr die Todsünde der Liebe unter Männern? Das ist es doch, was Ihr noch zu verbergen habt!«

Nikolaus liefen Tränen über die Wangen. Wie war es nur möglich, dass seine Freundschaft zu Fabrizio derart verleumdet wurde. Sein Fabrizio, der beste Mensch unter der Sonne.

»Genug!«, schrie der Jesuit und sprang von seinem Lehnstuhl hoch, dass dieser beinahe nach hinten kippte. »Ich habe von Euch genug! Ihr belügt mich in einer Tour, sagt nicht ein einziges Mal die Wahrheit. Ich lasse Euch morgen dem General-Prokurator vorführen, und ich denke, die Folter ersten und zweiten Grades kann Euch nicht schaden. Es wird Eure Wahrheitsfindung beflügeln. Und ich lasse nach Eurem Freund schicken, vielleicht kann er ein wenig Licht in Eure Tätigkeit als Giftmischer bringen. Schließlich soll er Euch zu La Voisin begleitet haben!«

Der Jesuit erregte sich so sehr, dass sein Gesicht rot anlief.

»Nein«, flüsterte Nikolaus.

Alles, nur das nicht. Fabrizio durfte der Tortur nicht ausgesetzt werden. Nicht Fabrizio, der lebensfrohe und lustige Freund.

Der Jesuit zog die Augenbrauen hoch und legte den Kopf leicht schief, dann ließ er sich wieder auf seinen Stuhl sinken.

»Nein?«

»Ich werde Euch meine Sünden gestehen.«

Der Jesuit holte tief Luft und lehnte sich zurück.

»Nun, ich höre.«

Und Nikolaus gestand all seine Sünden, derer er sich entsinnen konnte. Er gab zu Protokoll, wie er Meister Pongratz den Kellerschlüssel zugeschanzt hatte und wie oft er selbst sich an den Speisen gütlich getan hatte, die eigentlich für die Herrschaft bestimmt waren, wie wenig er in die Kirche gegangen war und wie sehr er in Hungerszeiten mit Gott gehadert hatte. Und dann, ganz zum Schluss, als der Jesuit immer noch nicht befriedigt schien in seiner Gier, begann er die Geschichte des Überfalles zu erzählen. Des Überfalles, der in seiner Kindheit stattgefunden und ihm so lange Jahre schwer auf der Seele gelastet hatte. Als er mit seiner Beichte zu Ende war, schien es ihm, als wäre eine schwere Last von ihm genommen worden. Beinahe konnte er wieder frei atmen, und auch die Hände zitterten nicht mehr so stark.

Als das letzte Wort verhallte, herrschte Stille im Raum. Das Kratzen der Feder hatte aufgehört, und der Jesuit stierte ihn nur an. Nikolaus wurde wieder unbehaglich zumute. Er wusste nicht, was er von dieser Stille zu halten hatte, wurde aber gleich darüber aufgeklärt. Der Jesuit sprang hoch, raffte seine Papiere und Dokumente zusammen, die vor ihm lagen, und eilte mit großen Schritten Richtung Tür. Ein beflissener Mönch folgte ihm wie ein Wiesel mit gekrümmtem Rücken.

Erst als er an der Tür angelangt war, drehte sich der Pater zu Nikolaus.

»Ihr werdet brennen. Dafür sorge ich. Und Ihr werdet Eure Giftmischerei ebenso gestehen wie jene schändliche Tat.«

Mit diesen Worten eilte er zur Tür hinaus, die ihm der Mönch geöffnet hatte. Nikolaus sackte in sich zusammen. Er wusste nicht, was er sich von seinem Geständnis erhofft hatte, aber dieses Ergebnis bestimmt nicht. Nicht nur, dass er Fabrizio anscheinend überhaupt nicht hatte helfen können, nun steckte er selbst noch viel tiefer in der Klemme als vorher.

Völlig widerstandslos ließ er sich von den Wachen wieder in den Kerker bringen.

De la Tour hatte keine ermutigenden Worte für ihn finden können, nachdem er ihm die Geschichte seines Verhöres in allen Einzelheiten erzählt hatte. Im Gegenteil, er hatte den Kopf geschüttelt und gemurmelt, es wäre ein großer Fehler gewesen, dieses alte Vergehen ans Tageslicht zu zerren. Er habe sich damit sein eigenes Grab geschaufelt

Und nun dämmerte De la Tour wieder in einem von Albträumen durchsetzten Schlaf, während Nikolaus selbst die ganze Nacht kein Auge zugetan hatte und darauf wartete, wieder zum Verhör geführt zu werden. De la Tour hatte ihm alles über die Folter berichtet. Von den Zangen, welche die Fingernägel herausrissen, den Eisen, die sämtliche Gelenke quetschten, und von den Stiften, die die Glieder durchbohrten. Er fürchtete sich vor jedem einzelnen Folterinstrument und am meisten vor dem Rad, auf dem einem die Glieder ausgerenkt wurden, langsam und bedächtig, um den Schmerz zu vergrößern und eine gnädige Ohnmacht zu verhindern. Sie verstanden ihr Handwerk, die Henker und Folterknechte.

Er sah sich am Scheiterhaufen enden wie ein Ochsenbraten, malte sich in einem Anflug von Wahn aus, wie wohl gebratenes Menschenfleisch riechen mochte, und versank immer mehr in einen brütenden, dumpfen Zustand, sodass er nicht hörte, wie die Tür entriegelt und aufgestoßen wurde. Erst als die Wachleute vor ihm standen und ihn unsanft hochzogen, hatte ihn die Wirklichkeit wieder.

Während des ganzen Weges nach oben, während sie die Brutstätte der Pestilenz und Fäulnis, der schwärenden Gerüche der Verwesung hinter sich ließen, hob er nicht ein einziges Mal den Kopf. Er fühlte sich bereits jetzt wie ein zum Tode Verurteilter auf seinem letzten Gang. Ein Sünder, der von allen bespuckt und begafft, belacht und gehänselt wurde, während er auf den Scheiterhaufen zuschritt.

Er bemerkte auch nicht, dass die Wachen einen anderen Weg

nahmen als am gestrigen Tag, tappte blind neben ihnen her, blieb mit ihnen stehen wie eine seelenlose Puppe und musste mehrmals angerempelt werden, bis er sich endlich aus seinen Gedanken lösen konnte und aufsah.

Er sah in das Gesicht des Aufsehers, der ihm ein Stück Papier zur Unterschrift entgegenhielt. Geknickt nahm Nikolaus die Feder zur Hand und dachte, dass dies wohl das letzte Mal sein würde, dass er »Maître Nicolas« unter ein Dokument setzen durfte, auch wenn es keine Bestellung von Fisch oder Fleisch für den königlichen Haushalt war.

»Und nun schert Euch raus! Ihr habt noch mal Glück gehabt. Das kann man sagen.«

Der Aufseher grinste, und Nikolaus sah ihn verwirrt an, während er immer noch die Feder fest umschlossen hielt. Der Aufseher nahm sie ihm aus der Hand.

»Ihr seid frei. Auf allerhöchsten königlichen Befehl. Das passiert nicht vielen hier.«

Nikolaus glaubte, nun endgültig dem Wahn anheim gefallen zu sein, und stierte die Wachen an. Diese grinsten nur. Als er keinerlei Anstalten machte, sich von der Stelle zu bewegen, bugsierten sie ihn auf die Treppe hinaus. Bevor sie die Tür wieder schlossen, hörte er einen der beiden wie aus weiter Ferne sagen: »Das ist ja wohl das erste Mal, dass einer nicht weg will von hier!«

Benommen starrte er in das Licht des Tages. Hektik und Betriebsamkeit von Paris drangen nicht zu ihm durch. Er hörte weder die Schreie der Fuhrkutscher, Karrenschieber, Krämer und Händler, noch roch er den Gestank der Stadt. Eine Hand legte sich auf seine Schulter. Er drehte sich langsam um. Es musste ein Traum sein. Ganz sicher. Er saß noch im Kerker und träumte einen wunderbaren Traum. Einen Traum, in dem er freigelassen wurde, der Bastille entkam und von Fabrizio abgeholt wurde.

Aber es war kein Traum, sondern süße Wirklichkeit.

Dennoch fiel es ihm schwer, Fabrizios Worten zu glauben,

während sie in einer gemieteten Kutsche nach Versailles fuhren. Fabrizio redete, und Nikolaus lauschte, als wäre Fabrizio ein Geschichtenerzähler, der von fernen Ländern berichtete.

»Es ist wirklich fantastisch, dass man seit neuestem auch Kutschen mieten kann. Eine hervorragende Erfindung, findest du nicht auch? Manch einer meint, es wäre ordinär, mit einer gemieteten Droschke zu fahren, aber ich finde, es ist eine Wohltat. Niccolò, hörst du mir überhaupt zu?«

Fabrizio sah ihn forschend an, aber Nikolaus konnte nur stumm nicken, und so fuhr Fabrizio fort, zu reden.

»Niccolò, verzeih mir – aber du stinkst wie ein ganzer Haufen Mist. Wir werden dir als Erstes ein Bad organisieren müssen, so schlimm das auch ist und so sehr du auch geschwächt bist und das Bad dich noch mehr schwächen wird, aber so kannst du nicht in die Küche zurück. Obwohl manch einer am Hof noch mehr stinkt als du in deinem Zustand.«

Fabrizio lächelte ihn an. In seinem Blick lag die Zärtlichkeit des besten Freundes, der um sein Leben gebangt und alles dafür getan hatte, dieses zu retten.

»Weißt du, Niccolò, das Glück wollte es, dass sich Dupois gerade am Hof aufhält. Mit seiner Hilfe war Madame davon zu überzeugen, dass du nur einer Intrige zum Opfer fallen solltest. Und im Grunde genommen war sie sogar sehr erleichtert, wie mir Dupois berichtete – sie hat dich nämlich vermisst und verabscheut die Küche von Maitre Jacques. Er wollte ihr Schokolade zum Frühstück servieren und weigerte sich, Biersuppe zu bereiten. Das hat Madames Ärger völlig entfacht – du weißt, sie schätzt die französischen Sitten und Gebräuche nicht sonderlich. Sie hat sich komplett echauffiert. Der ganze Hof weiß darüber Bescheid, und Jacques ist unmöglich gemacht.«

Fabrizio ahmte Madame nach und sah dabei so hinreißend komisch aus, dass Nikolaus unweigerlich lachen musste. Es war das erste Mal seit langer Zeit. Seit sehr langer Zeit, wie er erfuhr.

Denn immerhin waren drei Wochen seit seiner Verhaftung ins Land gezogen, und ihm waren sie wie ein einziger Tag vorgekommen. Ein Tag in der Finsternis der Hölle, und das war lang genug.

Er musste nach Fabrizios Hand greifen, um zu erfassen, dass der Freund wirklich mit ihm in einer Kutsche saß, die sie nach Versailles bringen würde. Er musste begreifen. Erst als sich Fabrizios Hand warm um seine schloss, ließ er ein klein wenig ab von seiner inneren Anspannung. Vielleicht war es doch kein Traum, und er war wieder in Sicherheit.

Es zogen mehrere Wochen ins Land, und Nikolaus hatte den Schrecken noch immer nicht ganz verkraftet. Der vergammelte Fraß im Kerker hatte ihm einen gehörigen Durchfall verursacht, der ihn einige Kilo seiner geliebten und wohl gehüteten Leibesfülle gekostet hatte. Er fühlte sich ausgelaugt und leer. De la Tour war ebenfalls frei gekommen, hatte sich aber nicht am Hof von Versailles blicken lassen, sondern war auf das Landgut seiner Familie zurückgekehrt, wie Nikolaus von Dupois erfuhr.

Ansonsten hatte es den Anschein, als würde alles wieder seinen geregelten Lauf nehmen. Fabrizio und er saßen abends zusammen, Fabrizio erzählte von seinen neuen Eroberungen, Dupois kam wie in alten Zeiten in die Küche und ließ sich mit Kostproben verwöhnen. Daneben ergaben sich auch neue, gute Dinge, die sein Herz hätten erfreuen sollen: Madame schickte einen Lakaien mit einer persönlichen Botschaft zu ihm und erwies ihm damit eine unglaubliche Gunst, und Maitre Jacques war auf Nimmerwiedersehen verschwunden. Alles lief bestens, man verlangte nach seinen Rezepten, sein Name war durch die unglückselige Affäre in aller Munde, aber nun wollte jeder von ihm bekocht werden. Es hätte eine wunderbare Zeit sein können. Aber er fühlte sich niedergeschlagen, kraftlos und völlig erschöpft. Nichts bereitete ihm wirkliche Freude, und abends zog er sich lieber in sein Bett zurück, als wie früher in der Küche zu schuften.

Dieser Zustand hielt sich so lange, bis Fabrizio eines Tages eingriff.

»So kann das nicht weitergehen, Nikolaus. Du vertrödelst deine Tage, vergeudest deine Zeit, du erfindest nichts mehr, kreierst nicht die einfachste Suppe, sprichst eigentlich überhaupt nicht mehr vom Kochen. Was ist los?«

Nikolaus wusste selbst nicht, was mit ihm geschehen war. Er wusste nur, dass ihm die Kraft des Lebens geraubt worden war. Diese Kraft, diese Liebe zum Leben – zum Leben, das Kochen für ihn bedeutet hatte –, war irgendwo in den Gängen der Bastille verloren gegangen. So empfand er es, und er konnte nichts dagegen tun. Die leidige Giftaffäre war längst abgeschlossen. Der König selbst hatte die Schließung sämtlicher Akten verordnet, wie er auch das Wahrsagen im gesamten Königreich verbieten ließ. Aber es war ihm nicht wirklich an den harmlosen Wahrsagern in ganz Frankreich gelegen, sondern daran, dass die Pfaffen und die Inquisition ihre Klauen nach des Königs Mätresse ausgestreckt hatten und ihr bedrohlich nah gekommen waren. So hatte der König das schaurige Treiben schließlich satt und ordnete an, dass die Affäre unverzüglich zu beenden sei. Ohne Wenn und Aber. Da man des Königs Gebote befolgte, hatte Nikolaus also von dieser Seite nichts mehr zu befürchten, und dennoch konnte er keine rechte Freude am Leben finden.

Es war schließlich erneut Fabrizio, der eine brillante Idee an den Tag legte und damit gewissermaßen Nikolaus erneut das Leben rettete. So wie er sich für ihn eingesetzt hatte, während er in der Bastille zu vermodern oder lichterloh auf dem Scheiterhaufen zu brennen drohte, so setzte er sich nun für ihn ein, als er im eigenen Stumpfsinn unterzugehen drohte. Es war für Nikolaus, als hätte das Verhör seinen ganzen Willen gebrochen, und so war er auch nicht sofort begeistert von Fabrizios Idee, aber er hörte zumindest mehr zu, als er es in den vergangenen Tagen und Wochen getan hatte, wenn ihm sein Freund etwas erzählt hatte.

»Du solltest dich wieder mit Büchern umgeben. Das geschriebene Wort inspiriert ungemein. Das sagt auch Dupois, dem dein Zustand ebenso Kummer und Kopfzerbrechen bereitet wie mir.«

Nikolaus sah zu Fabrizio, stocherte aber weiter lustlos in einer Terrine herum, in der er Fleisch einsalzte und wendete.

»Bücher, verstehst du? Kochbücher! Dupois war so freundlich und hat einige besorgt. Diese dürften Nahrung genug für deinen Geist sein.«

Fabrizio wuchtete einen Stapel Bücher auf die Anrichte und wirbelte dabei jede Menge Mehl auf, das sich auf dem Weg vom Vorratsbehälter zum Kuchenteig hierauf verloren hatte. Fabrizio hustete, und Nikolaus fächelte mit der Hand das Mehl aus der Luft.

»Was soll ich damit?«, fragte er schließlich etwas ratlos und starrte auf die Bücher vor ihm. Er hatte keine Lust zu lesen und schon gar nicht über berühmte Köche aus vergangenen Zeiten. Sie alle hatten ihr Leben gemeistert, wie er es wohl nie tun würde, und er wollte erst recht nicht weiter mit ihren ruhmreichen Taten belastet werden. Aber Fabrizio ließ nicht locker, und am Abend hatte er ihn so weit genötigt, dass er das Kochbuch des Platina zur Hand nahm und darin zu lesen begann.

Er gab es nur ungern zu, aber Fabrizio hatte Recht. Das Buch inspirierte ihn und dämpfte keineswegs sein Gemüt noch mehr. Im Gegenteil, je tiefer er sich in die Texte fraß, desto leichter fühlte sich seine Seele, desto beschwingter wurde sein Geist. Es war ihm, als öffnete er seit langer, langer Zeit wieder die Augen für die Welt da draußen. Für seine Welt.

Er machte sich wieder begeistert an das Kochbuch des Apicius und las mit Freudentränen in den Augen vom Flammen speienden Pfau, sog alles über Hülsenfrüchte, Gehacktes und Geflügel in sich auf und landete schließlich bei der Fischerei und am Meer. Als er das Buch zuklappte – jede einzelne Zeile hatte wunderbare Erinnerungen an seine Jugend in ihm hervorgerufen, in der er noch voller Tatendrang zu Ruhm und Ehre strebte –, war ihm, als wäre er wieder ein anderer Mensch. Sicher, Apicius hatte im Laufe der Jahre gelitten. Nikolaus befand nicht mehr alles als brillant, konnte sogar sagen, dass manche der Rezepte veraltet und überholt waren, manche wiederum nach Verbesserung dürsteten, aber er liebte ihn nach wie vor.

Die Verbesserungsvorschläge, die er anzubringen hatte, teilte er auch Dupois und Fabrizio mit, und so war es nur eine Frage der Zeit, bis die beiden einen neuen Plan ausheckten und schließlich mit Bündeln von Papier und Feder bei ihm in der Küche aufkreuzten. Ihre Gesichter leuchteten, ihre Überredungskünste waren diplomatisch gewandt und fielen vor allem auf fruchtbaren Boden. Nach mehreren Flaschen Wein, die sie sich in den ruhigen Abendstunden gönnten, war schließlich auch Nikolaus davon überzeugt, dass die Welt auf ein Kochbuch aus seiner Feder geradezu gewartet hatte. Ja, er würde ein Kochbuch schreiben. Ein eigenes Buch, mit seinen Rezepten und verbesserten, überarbeiteten Gerichten des Apicius und des Platina, vielleicht nahm er auch Rumpoldt hinein. Er wusste es noch nicht. Aber er wollte schreiben.

Als er in dieser Nacht einschlief, schrieb er in Gedanken bereits das erste Kapitel des gesamten Werkes, das von den neuen Errungenschaften, Pflanzen und Entdeckungen aus der neuen Welt erzählen sollte.

Die Arbeit an seinem Buch schritt zügig voran, die Feder eilte über das Papier, und Fabrizio und Dupois sahen mit Genugtuung, wie ihre Idee Früchte trug und Nikolaus wieder zu dem werden ließ, was er vor seiner Verhaftung war: ein Koch mit Leib und Seele, die Gedanken gänzlich der Küche verschrieben, Augen und Ohren nur für Düfte, Wohlgerüche und Schmackhaftes offen.

Nikolaus schrieb, wann immer er Zeit fand. Und er fand viel davon, da er vermehrt seine Küchenjungen, Lehrlinge und Gesellen in den Dienst einspannte, worüber diese murrten und un-

glücklich den Töpfen und Pfannen ihr Leid klagten. Aber Nikolaus hörte sie nicht und arbeitete weiter wie besessen an seinem
Werk.

Er hatte sich die sechs Bände umfassende *Opera* des Bartolomeo Scappi zum Vorbild genommen und sein Buch ebenfalls in
sechs Bücher unterteilt. Zuckerwerk fand darin ebenso Eingang
wie Kakao und Kaffee, Fische und Fleisch, Suppen und Früchte.
Und mit jedem Tag fielen ihm plötzlich neue Gerichte ein. So
konnte er bei den Fastenspeisen mit falschen Eiern aufwarten, die
aus weißer Creme gebildet waren und in deren Mitte ein Stück
Karotte und Reis mit Safran den Dotter nachbildeten. Getrüffel-
ter Truthahn, eine seiner Spezialitäten, fand ebenso Eingang in
das Buch wie Kapaun mit Austern und seine immer noch berühmten Trüffel in Teig.

Aber er gab sich auch ganz modern. Er wollte nicht nur mit
kunstvollen Gerichten überraschen, sondern auch die Raffinesse
in der Einfachheit beweisen. So forderte er kess, dass Suppen ganz
danach schmecken sollten, woraus sie gekocht waren: Kohlsuppe
nach Kohl und Krautsuppe nach Kraut. Moschus sollte nur in
den wenigsten Fällen hineingeträufelt werden, und Fleisch musste
nicht gebraten werden, um dann allen Knusper in der Brühe
wieder zu verlieren. Er gab sich wiederum sehr französisch, als er
im nächsten Kapitel zu sparsamer Verwendung der Gewürze auf-
rief. In einer Randbemerkung ließ er schließlich einfließen, dass
er Saucen nicht mit Brot, sondern mit Mehl eindickte, und ahnte
bereits, dass dies wahre Protestschreie in der Welt der großen
Köche hervorrufen würde.

Dupois zauberte aus den geheimnisvollsten Quellen immer
neue Werke der Kochbuch-Literatur hervor, die es noch zu lesen,
zu verschlingen galt, bevor er sein eigenes vollenden mochte.
Kochbücher lebten von der Weitergabe der Rezepte, und so las er
beinahe Tag und Nacht, machte sich Notizen, veränderte Men-
genangaben und Zutaten und las und las.

Aus dem ihm bis dato völlig unbekannten *Libre de Sent Sovi* von Rudolf Grewe entnahm er das Rezept für eine hinreißende Sauce für ein Bärengericht und ebenso das von halbgegrilltem Geflügel in süßsaurer, gewürzter Mandelsauce. Die »weiße Sauce« von Grewe mit Ingwer, Mandeln und Hühnerbrust ließ ihm das Wasser im Mund zusammenlaufen, und er beeilte sich, diese zu notieren und auszuprobieren.

Einen unbezahlbaren, weil noch per Hand kopierten Schatz, brachte Dupois mit der französischen Schrift des Viandier. Ihr entnahm Nikolaus ein Rezept für Hackbraten, welches er ein wenig abwandelte. Zwar blieb es dabei, dass das klein gehackte, gekochte Schweinefleisch wie beschrieben gemörsert und mit Eiern, Zucker und Rosinen gewürzt wurde. Aber er gab auch noch milde Gewürze und Drosselfleisch zu, riet zum Übergießen mit Süßwein aus Zypern und gab an, dass die Masse in einem Topf zu backen sei, dessen Boden mit Salz, Safran und Pflaumen ausgelegt ist.

Gerade dieses Buch erwies sich als sehr ergiebig, denn in ihm fanden sich ausschließlich Rezepte der höfischen Bankettküche, während sein geliebter und hochverehrter Platina neben Rezepten durchaus auch mit Ratschlägen zur Wohnungseinrichtung und zum Beischlaf aufwartete. Was er nicht verstehen konnte. In einem Kochbuch hatten weder die fleischlichen Gelüste, so sie denn nichts mit dem Essen zu tun hatten, noch Möbel und Tapisserien etwas verloren.

So hing er nun mit neuer Leidenschaft an dem Buch des Viandier. Mit Erstaunen las er von einer »deutschen Brühe« und nahm sie begeistert in seine Sammlung auf. Sie wurde aus Bouillon, Wein, Speck, Zwiebeln, Mandeln, Zimt, Nelken, Paradieskörnern, Safran und Verjus bereitet und würde jedes Genießerherz erfreuen.

Das *Galimafrée*, das Hammelragout, schließlich wollte er sogar demnächst der Madame servieren. Er fand Gefallen an dem kleinst gewürfelten Hammelfleisch, mit halb so viel gehackten Zwiebeln in Butter angeschwitzt, dann mit Essigsud abgelöscht und mit Ingwer, Pfeffer und Salz über kleinem Feuer geköchelt und mit geröstetem Brot serviert.

Viandier beschrieb Rezepte für Schwäne, Störche, Pfauen, Reiher, Kormorane, Kraniche und Rohrdommeln, die allesamt wie der Pfau auf der Alm im Federkleid serviert werden sollten. Nikolaus fügte die in Kampfer getränkte Wolle hinzu, die dem Federvieh beim Servieren ins Maul gesteckt und angezündet werden sollte, und erinnerte sich dabei liebevoll an den Flammen speienden Pfau.

Er wurde zu einem Rezept für Thunfisch mit Birnen, Oregano und Zitronen inspiriert, da Fabrizio von einem ähnlichen aus seiner toskanischen Heimat berichtet hatte.

Für die sparsame, aber dennoch exquisite Küche empfahl er neben Krebsen, Austern und Lachs auch Biberschwanz, der eingesotten in einer mit Lebkuchen gebundenen Pfeffersauce anzurichten war und dann mit Ingwer bestreut werden sollte. Für Muscheln gab er den Hinweis, sie sollten besser in leichtem Weißwein als in Wasser gegart werden, und setzte auch damit neue Maßstäbe, das war sicher.

Als er die Fischrezepte für die Nachwelt zu Papier gebracht hatte, entsann er sich erneut des Apicius. Seit Jahren bereits bereitete er unter strengster Geheimhaltung das von Apicius beschriebene Garum. Eine Fischlake, die sowohl Fisch als auch Fleisch und sogar Bratwürste geschmacklich anreicherte. Nun war es wohl an der Zeit, dieses Geheimnis zu lüften.

Mit stolzem Ton erklärte er dem noch unbekannten Leser, wie ein Teil Sardinen mit drei Teilen Wein so lange zu kochen waren, bis diese eindickten. Die Masse musste anschließend durch ein Haarsieb in eine Glasflasche gestrichen werden. So konnte sie problemlos gelagert werden. Wurde sie zu lange aufbewahrt und zeigte sie bereits unangenehme Düfte, konnten ein mit Lorbeer-

und Zypressenzweigen ausgeräuchertes Gefäß die in frischer Luft gut geschlagene Sauce wieder aufnehmen. Wurde das Garum zu salzig, musste lediglich Honig beigemengt werden.

Da er nun auch das Geheimnis des Garum preisgegeben hatte, war es ein Leichtes, die Gemüserezepte zu vollenden, denn auch sie würzte er mit eben jener Fischlake. Er notierte, wie die Kürbisse zu brühen oder zu braten waren, wie er Malven und Mangold mit gerösteten Pinienkernen, Honig, Öl, Liebstöckel und Fischlake servierte und wie er Lauch, Sellerie und frische Kräuter mit blanchiertem Schweinehirn, Bratwürstchen, hart gekochten, halbierten Eiern, Hühnerleber, geriebenem Salzfleisch, Austern und frischem Käse der Madame kredenzte. Zu diesem Gericht empfahl er eine Sauce aus Pfeffer, Liebstöckel, Selleriesamen und Asant, mit durchgeseihter Milch vermischt und mit dem Eidotter von hart gekochten Eiern eingedickt. Wer mochte, konnte beim Auftragen noch mit frischen Seeigeln garnieren und alles nochmals mit Pfeffer bestreuen.

Nikolaus war in einem Feuer der Kochkunst, die sich mit der Kunst des Schreibens vermengte, gefangen. Am Ende zählte er 90 Rezepte für Rind, 57 für Kalb, 35 für Hammel, 30 für Reh, 56 für anderes Wild, 85 für Fisch, 76 für Schalentiere, über 100 für Gemüse und Suppen, ganze 80 für Salate und stolze 120 für Backwaren und Zuckerbackwerk.

Als sein Werk schließlich vollendet war, von Fabrizio begierig verschlungen und als epochal bezeichnet, von Dupois mit leuchtenden Augen gelesen und ebenso als *magnifique* in den höchsten Tönen gelobt, suchten die beiden einen Drucker auf und nahmen Nikolaus damit sein Kind aus der Hand. Aber es galt noch einen klingenden Namen für ihn zu finden, denn »Pirment« war für einen Künstlernamen nicht geeignet, wie Dupois trocken bemerkte. Sie dachten tagelang angestrengt nach, und im Traum fiel Nikolaus schließlich Trimalchio wieder ein. Jener Trimalchio aus dem *Satyricon*, das er als Knabe verschlungen und verehrt hatte.

Dieser Trimalchio, den die Welt als Schlemmer und Prasser missverstand, dem er sich so verbunden fühlte, sollte sein Pate sein. Er würde zu Trimalchio werden.

So kam es, dass das Buch nach einem Jahr schließlich unter dem Pseudonym »Trimalchio« seine Runde durch Versailles machte.

Nikolaus wusste nicht so recht, ob es gut war oder nicht, dass er sich einen anderen Namen gegeben hatte. Zum einen wussten noch nicht viele, dass er sich hinter Trimalchio verbarg, und so konnte er oftmals ein Urteil über sein Buch hören, ohne dass Schmeichelei eine Rolle gespielt hätte. Andererseits hörte er beinahe nur Gutes, und es versetzte ihm jedes Mal einen Stich, sich dann nicht als Urheber zu erkennen geben zu können.

Fabrizio hingegen fand Gefallen an diesem Versteckspiel und bauschte die Sache noch mehr auf. Er setzte Gerüchte in die Welt von einem Koch aus fernen Landen, der bei einem orientalischen Herrscher gedient hatte und ein abenteuerliches Leben führte. Da der Hof an diesen Geschichten immer Gefallen fand, war es wiederum nur eine Frage der Zeit, bis sich nicht nur Kenner der Kochkunst mit seinem Buch auseinandersetzten, sondern auch Damen und Herren der höheren Gesellschaft. In geradezu kindlicher Begeisterung ergingen sich Fabrizio und Dupois in immer neuen, immer abenteuerlichen Geschichten über den geheimnisvollen Verfasser.

Der Erfolg war schließlich überwältigend. Jedermann in Versailles schien sein Buch zu kennen, zumindest diejenigen, die beständig hier wohnten. In allen Ecken und Enden des Schlosses hörte man aus dem Buch zitieren, und Rezepte wurden begeistert weitergereicht wie ansonsten nur Gerüchte.

Dupois beendete schließlich das Spektakel und gab Nikolaus als den Urheber preis. Was folgte, hatte keiner von ihnen absehen können. Madame verlangte ein ums andere Mal komplette Speisenfolgen aus seinem Buch für ein persönliches Souper, die höchsten Herrschaften gingen in der Küche aus und ein, um den Künstler aus der Nähe zu betrachten, und schließlich entwickelte sich seine Küche zum Treffpunkt der Adligen, die eine neue Beschäftigung gefunden hatten: Es war plötzlich *en vogue*, ein Gericht zu kreieren oder sich zumindest in der Kunst des Kochens ein wenig bewandert zu zeigen. Es war kein Wunder, dass alle Welt um Nachhilfe bei Trimalchio bat, wie sie ihn alle nannten.

Nikolaus sonnte sich in seinem Erfolg, Dupois glänzte wie ein frisch polierter Louisdor mit ihm um die Wette, denn schließlich hatte auch er seinen Verdienst an diesem Erfolg, und Fabrizio gab sich beinahe als Leibwächter des großen Trimalchio aus.

Wie vermutet war die Methode, Saucen mit Mehl zu binden, nicht sofort akzeptiert und von einigen Seiten sogar als lächerlich befunden worden, aber als Nikolaus mehrere Male die Vorzüge dieser Art Saucen vorführte, gab man ihm auch in diesem Punkt Recht.

Seine Küche quoll täglich vor Besuchern beinahe über, und abends war er froh, wenn nur wenige Leute sich um ihn scharten, die nicht zum Personal gehörten. Sie schmeichelten ihm mit Komplimenten und wollten ihm Rezepte entlocken, die er auf keinen Fall preisgeben wollte. Meistens blieb er standhaft, manchmal gab er nach, besonders wenn es sich um Madame oder eine andere Dame des Adels handelte.

Das schönste Kompliment machte ihm schließlich Dupois, der eines Abends mit einer kleinen Gesellschaft des hohen Adels in seiner Küche aufgelaufen war. Nachdem Nikolaus seine Trüffel in Teig zubereitet und verschiedene kandierte Früchte bereitgestellt hatte, hob Dupois sein Glas Wein und trank auf Nikolaus.

»Ein neues Gericht zu erfinden ist bedeutsamer, als einen neuen Stern zu entdecken. Auf Trimalchio!«

Nachdem der allgemeine Applaus verbrandete, so manch einer den Mund schon wieder mit Köstlichkeiten prall gefüllt hatte und Nikolaus vor Stolz beinahe berstend in die Runde sah, hob Dupois erneut an: »Er ist der Cäsar von der Bratenpfanne, der Kopernikus des Suppentopfes. Lukull, der Schlemmer Roms, der weltbekannte, hat Besseres und Feineres nie gegessen als diese Speisen, dies wahrhaft unerreichte Göttermahl, das du uns täglich bescherst.«

Diese sehr schmeichelhafte Rede von Dupois machte Nikolaus überglücklich, und Fabrizio sonnte sich in seinem Wohlbefinden. Aber sie hatte auch ihre Schattenseiten. Waren vorher zwar wahre Massen von Verehrern in seine Küche geströmt, so versickerte dieser Strom nun überhaupt nicht mehr. Es wurde beinahe unmöglich, den täglichen Pflichten nachzukommen, sodass er sich schließlich dazu gezwungen sah, nach dem Vorbild des Pariser Eiscafés eine Theke in seine geliebte Küche einbauen zu lassen. Dieser Holzzaun ermöglichte es, für Madame zu kochen und die Bewunderer dennoch nicht hinausscheuchen zu müssen. In abgemessenem Abstand drängelten sie sich bis an die Schranke, flüsterten und tuschelten, verfolgten jeden seiner Handgriffe, stießen ehrfurchtsvolle »Ahs« und »Ohs« aus, wenn sich eine Speise als besonders raffiniert gestaltete, und trugen nicht unerheblich zu seinem immer größer werdenden Ruf als bester Koch seiner Zeit bei.

Nur noch wenigen war es gestattet, hinter die Barriere zu treten. Neben dem Küchenpersonal, das sich einhellig damit brüstete, dem großen Trimalchio zur Hand zu gehen, duldete er lediglich Fabrizio, Dupois, Madame und einige andere hohe Adlige, die ihre Nasen unbedingt über seine Töpfe und Pfannen hängen mussten.

Fatalerweise wollten sie nun alle ebenso göttlich wie der große Trimalchio werden, und Versailles lief mehr als einmal Gefahr, in Flammen aufzugehen, da fürstliche Hände zu offenherzig mit dem Feuer spielten, auf dem sie neue Kreationen schaffen wollten.

Die reizende, unterhaltsame Madame de Sévigné forderte ein ums andere Mal neben seinem Rat auch abends eine Schale mit Erbsen, die ihr ans Bett zu bringen waren. Ihr eigener Koch war über diese Entwicklung der Dinge nicht sonderlich erbaut, nahm es aber gelassen und erzwang als Wiedergutmachung mehr als ein Rezept aus der Hand des Göttlichen.

Der Sonnenkönig forderte mehr als einmal, Trimalchio möchte in seinen Dienst gestellt werden, aber da ließ Madame aus der Pfalz überhaupt nicht mit sich reden und verstand auch keinen Spaß mehr. Nikolaus war es recht. Er liebte den Ruhm, genoss sein Ansehen in vollen Zügen, sonnte sich in der Bewunderung, hatte aber überhaupt keine Lust, die Küche zu wechseln und das Dienstpersonal erneut mühselig anlernen zu müssen.

Madame dankte ihm die Anhänglichkeit mit einem astronomisch hohen Jahresgehalt, das es ihm ermöglichte, eines der elegantesten Appartements von ganz Versailles für sich und Fabrizio zu mieten. Hätte er Kinder gehabt, er hätte sie nun alle zum Studium schicken können. Er war stolz darauf. Unendlich stolz. Er begann, seltenen und erlesenen Wein zu sammeln, kleidete sich in seiner wenigen freien Zeit unter Fabrizios Anleitung nach der neuesten Mode und promenierte gern mit ihm durch die weitläufigen Gärten von Versailles.

Als Dupois eines Tages erzählte, der Großwesir Kara Mustafa sei endlich vor den Toren Wiens geschlagen und zum Rückzug gezwungen worden, sah er sich aus Freude, doch kein Muselman werden zu müssen, dazu veranlasst, eine neue Kreation zu schaffen.

Unter strenger Geheimhaltung, die ihm Fabrizio und Dupois mit Hilfe eines großen Bettlakens verschafften, das sie vor den Eingang der Küche hängten, und unter Androhung wahrhaft drakonischer Strafen für die Küchenbediensteten ging er daran, seinen Einfall in die Tat umzusetzen. Er weihte die beiden in sein Vorhaben ein, und sie waren wahrhaft angetan. Fabrizio hielt die ganze Nacht am Laken Wache, während Dupois versprach, am Morgen wiederzukommen und die Reaktion der Madame auszuspionieren.

Nikolaus benötigte Unmengen Weizenmehl und Ei und bereitete mit so viel Liebe und so viel Hingabe einen lockeren, leicht süßen Teig, dass ihm selbst das Herz vor Freude überquoll. O ja, die Christenheit hatte gesiegt. Er durfte weiter an Jesus glauben und musste sich nicht in Pluderhosen und Turban kleiden, das Gesicht von einem wilden Schnurrbart umrankt. Er knetete und formte die ganze Nacht. Das gesamte Dienstpersonal stand ihm hilfreich zur Seite. Sie alle waren zuerst verwundert, dann erstaunt und schließlich hellauf entzückt gewesen, als er ihnen seine Idee präsentierte. Und er benötigte jede hilfreiche Hand. Denn er wollte seine Kreation zwar Lieselotte von der Pfalz als seiner Herrin zuerst zum Frühstück servieren lassen, doch die Bewunderer hinter dem Laken, die lachend, tuschelnd, aufgeregt und angeheitert vom vielen Wein über das große Geheimnis rätselten, sollten unmittelbar danach sein neues Werk begutachten können.

Als schließlich der Morgen graute, holte er das erste Tablett mit der neuen Backware heraus. Eigentlich war es eine Mischung aus Backware und Brot. Nervös, als hätte er nie zuvor etwas gebacken, beäugte er das Tablett. Und es war fein geraten! Der süße Duft stieg anheimelnd in seine Nase, und er musste sich zurückhalten, nicht sofort selbst davon zu probieren. Den Dienstboten ging es nicht anders. Mit Ausrufen des Entzückens wollten sie sich darauf stürzen, und er hatte große Mühe, sie davon abzuhalten.

Mit äußerster Sorgfalt bugsierte er das Tablett auf eine Anrichte, ließ die kleinen, süßen Brötchen ein wenig auskühlen und legte dann vier davon neben die Biersuppe auf dem für Madame bereitgestellten Tablett. Der junge Lakai, dessen Aufgabe es war, zu servieren, sah amüsiert und entzückt darauf. In seinen Augen glitzerte bereits die Vorahnung einer Belohnung von Seiten Madames.

Nikolaus zappelte vor Ungeduld ebenso herum wie der Lakai und erwartete sehnsuchtsvoll Dupois' Eintreffen. Als dieser endlich kam, in schickster Mode gekleidet, um Madame angemessen ausspionieren zu können und mit beinahe diebischer Vorfreude im Gesicht, war er nicht davon abzubringen, nach einer der Leckereien zu greifen. Er biss hinein und sank augenblicklich wohlig in sich zusammen und drehte die Augen zur Küchendecke.

»Ein Meisterwerk. Himmlisch! Und so frivol! Man wird dich noch mehr auf Händen tragen als zuvor.« Sprach's und spazierte singend zur Küche hinaus, geradewegs zu Madame.

Nikolaus hoffte, Dupois möge Recht behalten. Madame war zwar für einen Spaß immer zu haben, aber dieser vergriff sich am Glauben. Zwar am Glauben der Ungläubigen, aber dennoch. Es blieb also abzuwarten. Wenn sie nicht begeistert war, war es eben vertane Zeit gewesen, das Backwerk zu kreieren.

Dennoch hoffte er auf Madames Zustimmung und gesellte sich äußerst nervös zu Fabrizio, der alle Hände damit zu tun hatte, die ungeduldige Menge hinter dem Tuch zurückzuhalten, während die Dienstboten die restlichen Backwaren aus dem Ofen holten, in silberne Körbchen verteilten und für die Freigabe an die Menge arrangierten.

Endlich kam Dupois in die Küche zurück. Sein Gesicht war erhitzt, die Perücke leicht verrutscht. Alles in allem machte der ansonsten immer elegante Dupois einen leicht derangierten Eindruck. Nikolaus war unschlüssig, was er davon zu halten hatte.

Dupois kam zu ihm, legte ihm die Hand auf die Schulter und begann schallend zu lachen.

»Sie ist begeistert! Sie liebt es! Und sie will mehr. Viel mehr. Für alle ihre Höflinge, und vor allem der König soll die Kreation bewundern. Wir haben so üble Scherze getrieben, dass meine Erscheinung ob der Lachanfälle schwer darunter gelitten hat. Aber das war dieser Heidenspaß wert. Ein Heidenspaß – fürwahr!«

Er hob ein Backwerk in die Höhe. Es war geformt wie ein Halbmond und sollte das Zeichen Allahs veralbern. Man aß schließlich keine Kreuze.

Nikolaus wurde in seinem Stolz beinahe einige Zentimeter größer. Fabrizio lachte über das ganze Gesicht, und Dupois kaute auf dem Symbol der Muselmanen herum.

»Lass alle daran teilhaben!«

Nikolaus nickte, Fabrizio gab den Dienstboten ein Zeichen, das Laken fallen zu lassen und die Menge drängte sich derart an den Holzbalken, dass dieser verräterisch knackte und beinahe barst.

»Es ist genug für alle da!«, rief Nikolaus in die Menge, konnte sich aber nicht wirklich Gehör verschaffen. Also bedeutete er dem Küchenpersonal, die Hörnchen auszuteilen.

Die Menge grölte, lachte, staunte, witzelte und stopfte Berge von Hörnchen in sich hinein. Neue mussten bereitet und Madame zur Verfügung gestellt werden. In den nächsten Tagen klopften sämtliche Leib- und Mundköche der Adligen an seine Küchentür und baten untertänigst um das Rezept. Und er gab es nur zu bereitwillig heraus. Hatte er gedacht, Madame mit einem kleinen Scherz zu unterhalten, so hatte er weit gefehlt. Die Hörnchen eroberten Versailles im Sturm. Niemand wollte mehr einfach Brötchen essen, und selbst der König bestand darauf, seine Zähne in das Symbol der Ungläubigen zu treiben. Bald verkauften Bäcker in ganz Paris die Ware, und die Franzosen aßen mit Begeisterung den Halbmond zu ihrem Kaffee.

Madame kam zu einer erneuten Stippvisite, lobte ihn über alle Maßen und machte ihm eine Kutsche zum Geschenk, über die er sich ebenso freute wie Fabrizio, der seine neue Angebetete damit zum Schlittenfahren auf Salzbergen vor den Toren Versailles kutschieren konnte.

Aber es war weder Madame, noch waren es die unzähligen Gesandten und Adligen, die ihm am meisten Freude mit ihrem Besuch bereiteten. Es war der Hofkomponist Lully. Als sich der zu schlanke Mann mit dem hochnäsigen Gesicht einen Weg in seine Küche bahnte, schlug Nikolaus' Herz höher. Als er von Lullys Anliegen hörte, schlug es noch einige Takte höher, bis es beinahe aus seinem Brustkasten hüpfen wollte. Lully, der große Komponist, der seine Karriere als Küchenjunge in Versailles begonnen hatte, wollte dem großen und von ihm verehrten Trimalchio zu Ehren ein Stück komponieren. Die Welt war herrlich und das Leben wunderbar.

Nikolaus hob lächelnd sein Glas und trank Lully zu. Er hatte endlich erreicht, wonach er ein Leben lang gestrebt hatte.

Aber nun schwebte ihm noch Höheres vor, und er wollte dieses um jeden Preis erreichen. Es wollte nicht an einen Moment des Rastens denken. Jetzt, im Hochgefühl des Erfolges, war er nicht mehr aufzuhalten und gedachte, sich endlich einen noch größeren Traum zu erfüllen.

Trimalchios
Fest

1683–1700

❧ Von den Schauessen

Die Schauessen werden solche Gerichte genannt, welche von Menschenhänden gemacht, lieblich anzuschauen und auch können genossen werden. Sie belustigen erstlich die Augen, nachgehends den Mund und werden meistenteils aufgesetzt, wenn man sich mit andren Speisen gesättigt hat.

Solche Schauessen werden von unterschiedlichen Materien gemacht, unter welchen die gebräuchlichsten sind die Bilder von Zucker, von Butter, von Rüben und dergleichen.

Die Bilder von Zucker oder Trachant werden mit natürlichen Farben angestrichen, welche doch zugleich ohne Schaden können genossen werden.

Die Bilder von Butter werden an einem oder zwei Stäbchen auf ihren Possementen stehend possiert, wie man Wachs possiert, und in kalten Gewölben oder Kellern aufbehalten, bis man sie zur Tafel tragen will. Diese Arbeit lässt sich nicht lang halten und wird entweder riechend, oder sie zerschmilzt zu warmer Zeit, dass die Mühe der darauf gewendeten Unkosten bald verloren geht.

Diese Bilder haben entweder eine Deutung, welche auf die Ursache des Banketts oder den Ruhm der hochansehnlichen angeladenen Gäste abzielt, oder sie haben keine Deutung und sind nur ungefähr zu einer Zier der Tafel aufgestellt.

Die Erfindungen solcher Schauessen werden meistenteils hergenommen von den Wappen derjenigen, welche man ehren will; allermaßen auch solche Figuren zu den Sinnbildern gebraucht und mit schicklichen Unterschriften in halben Versen verfasst können geziert werden.

Gilbert Quintus war restlos verzückt. Mit höllischem Vergnügen biss er in das Hörnchen und ließ sich die Spezialität auf der Zunge zergehen. Dupois, der ihm gegenüber auf dem vergoldeten und mit rotem Samt bezogenen Sofa saß, sah ihn erwartungsvoll an. Gilbert spülte den Bissen mit einem Schluck Kakao hinunter und gönnte sich ein neues Hörnchen. Es krumte, und der Kakao lief ihm aus den Mundwinkeln auf die teure Soutane, aber es war ihm egal. Dieser Genuss war es allemal wert, sich über und über zu verunstalten.

»Himmlisch. Ihr hattet absolut recht«, stöhnte er genießerisch auf.

Dupois grinste über das ganze Gesicht.

»Nicht wahr? Ich sagte doch, die Hörnchen von Trimalchio sind nicht mit den nachgemachten der stümperhaften Bäcker und Leibköche der Majestäten zu vergleichen. Ein himmlischer Genuss. Im wahrsten Sinne des Wortes«, schwärmte Dupois.

Gilbert nickte.

»Stimmt«, antwortete er mit vollem Mund und spuckte einen kleinen Brocken auf seinen Schoß. Unachtsam fegte er ihn mit der Hand weg. »Und Gott wird uns dafür lieben, dass wir den Heiden trotzen, indem wir ihre geheiligten Symbole verspeisen. Einfach herrlich. Erzählt mir mehr von Trimalchio. Ich muss ihn unbedingt kennen lernen. Aber es ist immer so ein Gedränge in der Küche, dass ich bislang keine Lust darauf hatte, mich in die Scharen der Bittsteller, Neugierigen und Schaulustigen einzureihen. Aber Ihr seid doch gut bekannt mit ihm, nicht wahr?«

»Befreundet. Wir sind gute Freunde«, korrigierte Dupois.

Gilbert lächelte in sich hinein. Er wusste, der aalglatte, stets diplomatische Dupois, der immer auf der Hut davor war, ein Wörtchen zu viel oder zu wenig zu sagen und dessen Zunge im Laufe der Jahre geschliffen wie eine scharfe Klinge geworden war, hatte nur eine Schwachstelle, und die war sein Stolz.

Wie oft schon wollte er dem göttlichen, sagenumwobenen Trimalchio aufwarten? Aber es war beinahe schwieriger an den Koch heranzukommen als an den Sonnenkönig persönlich. Den ganzen Tag trieben sich in Trimalchios Küche beinahe mehr Menschen herum, als zum öffentlichen Frühstück des Königs strömten. Aber er musste den Mann unbedingt kennen lernen. Er sah es nicht ein, dass er nicht auch in den Genuss einiger Extrabestellungen kommen sollte wie so viele andere auch. Gut, die Mehrheit derer, die in Trimalchios Gunst standen, gehörten dem hohen Adel an, aber dennoch. Einem Kirchenmann, einem geistlichen Würdenträger, der zudem in den Diensten der Wittelsbacherin stand, konnte dieser Koch, der selbst Deutscher war, wohl kaum einen Wunsch abschlagen. Es galt nur, an ihn heranzukommen. Und Dupois würde ihm dabei helfen.

»Nun? Wisst Ihr denn noch etwas über diesen Trimalchio zu berichten? Vielleicht eine Anekdote aus der Vergangenheit?«

Dupois' Augen blitzten belustigt auf.

»Ja, eine Angelegenheit, über die der Meister selbst nicht gerne spricht. Beinahe niemand weiß davon. Aber Euch könnte ich diese lustige Geschichte gerne vortragen, zumal ich wirklich nicht weiß, warum Trimalchio nicht möchte, dass sie erzählt wird.«

»Lasst hören. Ich schwöre bei allem, was mir heilig ist, nichts davon an ungeeignete Ohren weiterzureichen.«

Gilbert beugte sich vor und nahm sich noch ein Hörnchen. Er war begierig auf die Geschichte, wollte sich dies aber nicht anmerken lassen. Vielleicht konnte er aus einem Geheimnis sogar Profit schlagen? Wenn Trimalchio seine Allüren an den Tag legte und nichts für ihn und seine vertraulichen Soupers mit ein oder zwei Damen des Hofes kochen wollte, konnte er ihn durchaus mit einem wohlgehüteten Geheimnis aus der Vergangenheit erpressen. Sein Schwur war demzufolge auch völlig korrekt. Er würde keine Gerüchte in die Welt streuen. Wenn, dann würde er nur Trimalchio selbst mit dem Gehörten seine Aufwartung machen. Und dessen Ohren war nicht unbestimmt dafür, eigene Geheimnisse zu hören. Er sah auffordernd zu Dupois. Dieser lächelte belustigt in sich hinein.

»Nun, eigentlich war die Geschichte sogar eher tragisch denn komisch, aber sie nahm ein gutes Ende und kann deshalb guten Gewissens erzählt werden. Trimalchio wurde während der leidigen Giftaffäre im letzten Jahr verhaftet unter der Anklage der Giftmischerei.«

Gilbert verschluckte sich an dem Hörnchen. Ein Lakai eilte herbei und klopfte ihm fest auf den Rücken. Dadurch verschlimmerte sich sein Husten noch mehr, und er schob den Lakaien mit einer unsanften Handbewegung weg. Als er wieder durchatmen konnte, sah er zu Dupois. Dieser lachte nur.

»Ihr könnt beruhigt weiteressen. Wenn jemand völlig unbescholten ist, dann Trimalchio. Er ist zwar ein Meister der Küche und könnte selbst den König schneller ins Jenseits befördern, als seinen Vorkostern lieb wäre, aber ihm fehlt der Sinn dazu.«

Gilbert nickte, drehte das Hörnchen aber dennoch unschlüssig zwischen seinen Fingern hin und her, ohne wieder hineinzubeißen. Dupois schüttelte amüsiert den Kopf.

»Nun gut. Während er verhört wurde, überfiel ihn derart große Angst vor der Folter, dass er alles, was er sich jemals zuschulden kommen hatte lassen, herausplauderte. Und er ist ein guter Mensch.«

Dupois hielt inne, um an seinem Kakao zu nippen. Gilbert unterdrückte ein Gähnen. Ein guter Mensch. Wie langweilig doch gute Menschen waren. Und so unantastbar. Sie zeigten keinerlei Möglichkeit, die strafende Hand nach ihnen auszustrecken, wenn es von Nutzen gewesen wäre. Gott sei Dank gab es nur wenige dieser Exemplare. Er sah seinen Vormittag im trüben Gespräch über einen gottesfürchtigen Mann dahinschwinden, als Dupois wieder zu sprechen anhob.

»Und wisst Ihr, wovor er am meisten Angst gehabt hatte? Man soll es nicht glauben, aber selbst unser harmloser Trimalchio besaß eine dunkle Stelle.«

Gilbert horchte auf.

»Eine kleine dunkle Stelle. Aus heutiger Sicht ist sie sogar kurios und lustig zu nennen. Aber der arme Trimalchio wird noch immer von Albträumen geplagt ob dieser kleinen Jugendsünde. Er wuchs in Deutschland auf, in Regensburg, um genauer zu sein. Der dreißigjährige Krieg tobte, das Volk hungerte. Es hungerte so sehr, dass er mit seinen Brüdern einen Mann Gottes überfiel, der nach Kriegsende in die Stadt kam, um beim Wiederaufbau der Klöster zu helfen. Urkomisch, nicht wahr?«

Gilbert schoss wie von einer Ratte gebissen von seinem Stuhl hoch. Mit einem Schritt war er an Dupois heran, fasste diesen am Revers seiner Jacke und zog ihn halb vom Sofa hoch. Dupois sah ihn überrascht an und versuchte, sich aus der unangenehmen Lage zu winden.

»Nun beruhigt Euch doch. Und lasst mich wieder los. Was ist denn mit Euch?«

»Ich will mehr davon wissen.«

»Aber mein lieber Quintus! Nehmt erst Eure Hände von mir.«

Quintus. Wie er seinen Beinamen hasste. Noch immer nicht war er Primus geworden, obwohl er sein Leben damit zugebracht hatte, dies zu ändern. Die Schuld dafür gab er einem gewissen Vorfall in jungen Jahren. Einem Vorfall, bei dem er sich vor aller Augen in die Hosen gepisst hatte. Diese Schmach verfolgte ihn noch immer und warf einen peinlichen, störenden, quälenden und vor allem ungetilgten Schatten auf sein gesamtes Leben. Dieser Überfall war schuld, dass er noch immer Quintus hieß.

»Nun?«

Dupois' drängende Stimme holte ihn aus seiner ohnmächtigen Wut zurück. Verachtungsvoll stieß er den Diplomaten auf das Sofa zurück und begann, im Raum auf und ab zu laufen.

»Mehr. Erzählt mehr davon.«

»Hört doch. Die Sache ist vergeben und vergessen. Und zudem wurde dem Mann Gottes kein Haar gekrümmt. Eher seinem Pferd. Gut, zugegeben, Pferdefleisch soll man nicht essen – aber in Zeiten der Not?«

Dupois richtete umständlich und mit vorwurfsvollem Blick sein Halstuch und rückte seine Jacke zurecht, von der ein Knopf abgesprungen war, nach dem er nun mit einer Hand tastend unter dem Sofa suchte.

Gilbert war außer sich. Konnte es wirklich wahr sein? War es möglich, dass ihm Gott endlich die Gnade zuteil werden ließ, seinen ewigen Albtraum zu beseitigen? Den Albtraum, der sich in kleiner Jungengestalt Nacht für Nacht mit einem Messer an sein Bett schlich und ihn bedrohte? Hatte der Herr endlich seine Gebete erhört und ihm den Weg zur Rache geebnet? Es passte alles – Regensburg; der Mann Gottes, der den Klöstern in Zeiten der Not beistehen sollte; das Pferd ...

»Und vergesst eines nicht – er hat die Nahrung nicht für sich allein behalten. Aus dem Pferdefleisch hat er Würste fabriziert, die er an ein Kloster schickte. So kam also den Klöstern doch noch Hilfe zustatten – wenn auch anders als gedacht. Das ist doch amüsant, mein lieber Gilbert. Kein Wunder, dass Euch die Gicht so plagt, wenn Ihr Euch über derartige Kleinigkeiten so aufregen müsst!«

»Lasst das meine Sorge sein«, knurrte Gilbert.

Er ließ sich aus einer Silberkaraffe unverdünnten Wein einschenken. Er brauchte einen klaren Kopf und keinen süßen oder bitteren Magen vom vielen Kakao. Er musste an Trimalchio herankommen. Um jeden Preis. Und er musste alles aus Dupois herauskriegen, was dieser über ihn zu sagen wusste. Aber das würde er zweifelsohne nicht, wenn ihm die Erregung ins Gesicht geschrieben stand. Er leerte den Kelch in einem einzigen Zug, ließ sich erneut nachschenken und schlenderte zu Dupois zurück.

»Entschuldigt meinen Ausbruch. Ich fühle mich heute etwas unwohl.« Es war nicht leicht, zu lächeln, aber er schaffte es. »Erzählt mir mehr von Trimalchio.«

Zögernd begann Dupois wieder zu sprechen. Weniger, weil er von Gilberts überraschender Wende überzeugt war, als in der Absicht, ein gutes Licht auf seinen Freund zu werfen. Und er erzählte viel – von Regensburg, den Würsten, dem bayrischen Hof, den Trüffeln in Teig und schließlich Versailles.

Mit jedem Wort von Dupois stieg Gilberts Wut weiter in ihm hoch. Beinahe konnte er sie nicht mehr zügeln. Da war ihm dieser Mistkerl, dieser Bastard, sein persönlicher Albtraum all die langen Jahre so nah gewesen, und er hatte nichts davon geahnt? In Gedanken schickte er einen bitteren Fluch an seinen Gott, der ihn so lange an der Nase herum geführt hatte. Aber nun war seine Zeit gekommen! Er würde Rache nehmen. Qualvolle Rache für all die Jahre der quälenden Stunden und für sein ruiniertes Leben. Während er an Rache gedacht hatte, um sich endlich von der Schande zu befreien, hatte der kleine Bengel Karriere gemacht, war zu hohen Würden aufgestiegen und der Göttlichkeit näher, als er selbst es jemals sein würde. Er hasste ihn noch mehr als jemals zuvor.

Aber genau dieser Ruhm machte den Koch unantastbar. Beinahe. Man konnte ihn nicht einfach vor ein Gericht zitieren. Dafür stand er viel zu hoch in der Gunst des Hofes. Wie gerne hätte Gilbert ihn der Folter überantwortet. Der Folter, vor der sich der Kerl so fürchtete, dass er sein schlimmes Geheimnis preisgegeben hatte. Und wie gerne wäre er daneben gestanden und hätte den Qualen des Erzfeindes lächelnd zugesehen. Doch es war nicht möglich.

Aber etwas anderes war im Bereich des Möglichen, des Machbaren. Es war zwar nicht annähernd so befriedigend, wie dem Feind glühende Nadeln unter die Nägel treiben zu lassen, während er auf dem Rad lag, aber es würde ebenso Genugtuung verleihen.

Der Gedanke an die Schmerzen des Feindes trieb ihm ein ehrliches Lächeln ins Gesicht. Mit vor Vorfreude geröteten Wangen sah er zu Dupois.

»Stellt ihn mir vor, euren Trimalchio. Diesem Wunder würde ich zu gerne begegnen.«

Dupois wand sich.

»Ich weiß nicht recht. Er ist ein zartbesaiteter Mensch, wie Ihr wisst. Und wenn Ihr auf ihn so reagiert wie soeben auf meine harmlosen Worte ...«

»Papperlapapp. Im Gegenteil – ich bin sehr amüsiert und kann nicht anders, als diesen Meister der Küche persönlich sehen zu wollen. Tut mir diesen Gefallen, ich bitte Euch. Ihr könnt mir nicht solche Wunderdinge über diesen Mann erzählen und ihn mir dann vorenthalten.«

Dupois zögerte einen Moment zu lange, den Gilbert dazu nützte, ihn vom Sofa hochzuziehen.

»Also gut«, sagte er, »ich gebe mich geschlagen. Aber kein unbedachtes Wort dem Meister gegenüber.«

»Versprochen.«

»Ich weiß nicht, ich mag es nicht, wenn das Böse der Held ist.«

Nikolaus schüttelte überzeugt den Kopf. Aber Fabrizio war nicht umzustimmen. Der angebetete Dichter Fabrizios war vor einigen Tagen gestorben, und seitdem kannte er kein anderes Thema mehr als die Geschichten und Theorien des verstorbenen Pierre Corneille.

»Nicht das Böse an sich, Nikolaus. Das Genial-Böse. Das ist ein himmelhoher Unterschied. Etwas, das nur böse ist, ist nicht interessant. Aber wenn in der Genialität tiefe, reine Bosheit steckt und dieses zum Helden einer Geschichte avanciert, wie es Corneille propagiert hatte, dann wird es spannend.«

»Du meinst also, wäre ich böse, hätten meine Gerichte einen Hauch von Spannung in sich?«

»Ja. Jeder hätte Angst, davon zu probieren.«

Nikolaus musste plötzlich lachen. Und Fabrizio fiel ein.

»Ich sehe, ihr seid fröhlich. Das ist gut.«

Dupois war so lautlos an sie herangetreten, dass sie überrascht zu lachen aufhörten. Nikolaus wollte gerade dazu ansetzen, Dupois von Fabrizios Theorien zu erzählen, als er den gequälten Zug um den Mund des Diplomaten sah und den eigenen wieder zuklappte.

In diesen frühen Morgenstunden waren zwar bereits mehrere Dutzend Anhänger seiner Kochkunst hinter der Barriere anzutreffen, aber Dupois kam selten vor Mittags auf eine Stippvisite.

»Was gibt's?«, forschte er also nach.

»Nun, ich möchte euch jemanden vorstellen. Vornehmlich dir, Trimalchio.«

Dupois deutete nach hinten. Aus dem Halbdunkel löste sich eine riesige, fette Gestalt in purpurner Robe. Nikolaus verzog etwas verärgert den Mund. Dupois kannte seine Devise: keine Kirchenleute in der Küche. Normalerweise hielt er sich an seine Wünsche, es musste also eine gewisse Dringlichkeit in der Angelegenheit liegen, ansonsten hätte sich Dupois niemals über ihn hinweggesetzt. Das würde auch das etwas verzweifelte Gesicht von Dupois erklären.

Der Riese kam näher. Er lächelte fein, während er auf Nikolaus zuhielt. Nikolaus sah ihm direkt ins Gesicht. Woher kannte er den Mann? Woher nur?

Seine Gedanken waren etwas träge, arbeiteten sich nur langsam und zögerlich in die Vergangenheit zurück, wurden dann aber immer schneller, überschlugen sich und raubten ihm den Atem. War es möglich? Konnte es der Kirchenmann sein, vor dem er ein Leben lang auf der Hut war? Das dichte, schwarze Haar war etwas lichter und an den Seiten grau geworden. Und er war noch fetter, noch beleibter und sah noch hochnäsiger aus als damals.

»Nikolaus, was ist mit dir?«

Fabrizio stellte sich an ihn heran und sah fragend zu ihm. Nikolaus konnte nicht antworten. Die Worte steckten ihm in der Kehle fest. Er durfte jetzt keinen Fehler begehen. Wenn es sich wirklich um den bischöflichen Gesandten handelte, den er gemeinsam mit seinem Bruder überfallen hatte, dann musste er jedes Wort auf die Goldwaage legen. Am besten er gab sich geheimnisvoll und nicht gesprächig, wie er es mit unliebsamen Gästen immer tat.

Der Riese stand nur noch einen Schritt von ihm entfernt.

»Darf ich vorstellen ...«

Dupois kam nicht weiter, da fiel ihm der Hüne mit einem eiskalten Lächeln um den Mund ins Wort.

»Gebt Euch keine Mühe, Dupois. Wir kennen uns, nicht wahr?«

Nikolaus starrte weiter zu dem Kerl. Er konnte nicht antworten. Seine Gedanken überschlugen sich. Hatte er ihn wirklich erkannt? Nach all den Jahren? Oder handelte es sich um eine bloße Verwechslung?

»Ich glaube nicht«, antwortete er mit fester Stimme. »Und ich habe jetzt zu tun. Wenn Ihr mich entschuldigt.«

Er wollte sich gerade umdrehen, als er den Griff des Kirchenmannes an seinem Oberarm spürte. Ihm war, als wäre er in einen Schraubstock geraten. Unwillig drehte er sich wieder um.

Dupois sah überrascht zu ihm. Fabrizio wollte eingreifen und ging mit einem forschen Schritt auf den Mann Gottes zu. Aber dieser hielt ihn mit ausgestrecktem Arm zurück, als wäre er ein lästiges kleines Tier.

»Ich fordere Genugtuung von Euch. Morgen früh, kurz nach

Sonnenaufgang beim Labyrinth hinter der Orangerie. Ich überlasse Euch die Wahl der Waffen.«

Er ließ seinen Arm los und schlug ihm mit der umgedrehten, flachen Hand ins Gesicht. Bevor Dupois, Fabrizio oder er selbst reagieren konnten, drehte sich der Kerl um und rauschte zur Küche hinaus.

Die Menge hinter der Absperrung war mucksmäuschenstill geworden. Keiner sagte ein Wort, alles starrte zu Nikolaus.

»Ich verstehe nicht ...«, stammelte Dupois, und Fabrizio rüttelte an seinem Arm.

Aber er konnte nicht antworten.

Nikolaus ging in seinem Salon auf und ab. Am Fenster blieb er stehen. Er nestelte an den Vorhängen, wischte eine unsichtbare Krume vom Armlehnstuhl, rückte mit der Fußspitze einen Beistelltisch gerade und setzte seinen rastlosen Weg durch den Salon schließlich fort. Fabrizio saß auf dem Sofa und sah ihm stumm, aber unentwegt zu.

Nikolaus grübelte vor sich hin. Vor wenigen Stunden hatte der Kirchenmann ihn zum Duell gefordert. Dupois hatte sich lange und wortreich entschuldigt, und Nikolaus war auch nicht wirklich böse über die Geschwätzigkeit des Diplomaten; vielmehr verspürte er beinahe Erleichterung darüber, dass seine Jugendsünde nun endlich bekannt war. Nun konnte er dagegen angehen. Vorher hatte er sich ihr in endlosen Albträumen ausliefern müssen. Aber wie war es nur möglich gewesen, dass sie so lange Jahre mehr oder weniger Seite an Seite aneinander vorbeigelebt hatten? Und damals in München, ja, da hatte er sich nicht getäuscht. Er hatte ihn damals in der Kirche erkannt. Es war reines Glück gewesen, dass ihn dieser Quintus nicht bereits damals ebenfalls erkannt hatte. Denn in diesen Zeiten hätte er ihn noch einfach dem Gericht überantworten können – oder noch schlimmer: der Inquisition. Heute war das nicht mehr so einfach. Er war ein geachteter

Mann mit einflussreichsten Gönnern. Dumm war einzig und allein die Sache mit dem Duell. Er wollte sich nicht duellieren, konnte weder fechten noch schießen und sah auch keinen Sinn darin, sich im Morgengrauen das Lebenslicht ausblasen zu lassen, nur weil ein Mann Gottes eine ehrliche Reue als Entschuldigung nicht akzeptieren wollte.

Überhaupt, wie sollte er gegen den Riesen ankommen? Damals, ja, da war so viel Wut und Verzweiflung, Hunger und Not in ihm gewesen. Aber heute? Er fühlte sich rundherum wohl, satt und zufrieden. Ohne Wut keine Verteidigung und schon gar kein Angriff. Ihm musste also schleunigst etwas einfallen, wie er den Kopf aus der Schlinge ziehen konnte.

»Nun hör endlich auf damit, herumzulaufen. Setz dich und sag mir, was du zu tun gedenkst!«

Fabrizios Blick schwankte zwischen Verärgerung, Unsicherheit und Angst. Nikolaus schenkte sich einen Becher erlesenen Rotwein ein und setzte sich Fabrizio gegenüber auf den Armlehnstuhl. Er trank einen großen Schluck, setzte dann das Glas ab und drehte es zwischen den Fingern, sodass sich die einfallende Sonne im geschliffenen Glas reflektierte und bunte Lichtspiele auf den Teppich zeichnete.

»Was willst du tun?«, drängte Fabrizio.

»Ich weiß es nicht.«

Mehr konnte er auch nicht dazu sagen. In den letzten Stunden hatte er Fabrizio die so lange zurückliegende Geschichte ein ums andere Mal erzählt, bis Fabrizio jedes noch so kleine Detail kannte, aber einer Lösung der Misere war er dadurch auch nicht näher gekommen. Fabrizio bangte um ihn, das sah er ihm deutlich an. Er würde als sein Sekundant mitgehen, und auch Dupois wollte ihm zur Seite stehen. Aber wobei eigentlich? Bei einer sehr kindischen Art, Streit und Hader auszutragen, die vor allem auch sehr ineffektiv war.

»Und wenn ich nicht hingehe?«, dachte er laut.

»Das funktioniert auf keinen Fall! Du wärst für alle Zeiten unmöglich gemacht bei Hof. Man sieht Duelle zwar nicht gern, aber sich einer derartigen Herausforderung – einem Schlag ins Gesicht – nicht als Ehrenmann zu stellen, brächte dich um deinen Ruf! Das wäre dein Ende als Trimalchio! So schlimm das auch ist.«

Gut, er musste sich also stellen. Ihm blieb keine andere Wahl. Er war zu gerne der von allen verehrte Trimalchio, der geliebte, geschätzte, oft nachgeahmte und nie erreichte Meister der Küche. Das verlieren, niemals! Eher wollte er sterben, als diese Schande zu erleben.

Seine Gedanken schweiften in die Küche ab. Er hatte seinen Dienstboten klare Anweisungen für den Rest des Tages gegeben und den Haushofmeister mit der Überwachung der Ausführung eben jener Anweisungen beauftragt. Ob sie wohl alles zu seiner Zufriedenheit erledigten? Es waren noch einige Würste zu stopfen, Heringe einzulegen und diverse Suppen aufzusetzen. Eigentlich sollte er sofort in die Küche zurück. Die Tölpel würden die Suppe verkochen, die Heringe im Essig ertrinken lassen und die Würste viel zu stark würzen. In diesem Augenblick kam ihm ein brillanter Gedanke.

»Sag, ich habe die Wahl der Waffen?«

»Ja, warum?«

»Es liegt also ganz bei mir, über die Waffen zu entscheiden?«, hakte er weiter nach.

»Natürlich. Üblich ist der Degen. Aber auch Feuerwaffen werden gern verwendet. Du kannst natürlich auch eine völlig andere Waffe wählen – ich wüsste allerdings nicht, welche.«

Fabrizio sah so ratlos und neugierig aus, dass Nikolaus nur zu gerne von seinem Plan berichtet hätte. Nur mühsam konnte er die eigene aufkeimende Hoffnung im Zaun halten, und am liebsten hätte er sofort von seinem Vorhaben erzählt. Aber er wollte damit warten, bis er alles arrangiert hatte. Vielleicht kam er nicht an seine Waffen heran? Und dann würde er den Freund zu Unrecht in Euphorie versetzen.

»Fabrizio, ich erzähle dir alles später. Hol Dupois. Seine Hilfe wird benötigt. Ich bin in der Küche.«

Es war ein wunderschöner, sonniger Morgen. Kaum hatte sich die Sonne erstmals schamhaft am Horizont gezeigt, war der Morgennebel wie von Geisterhand verschwunden, und nun legte sich ein zarter Schmelz über die sattgrünen Buchsbäume des Labyrinths.

Nikolaus fröstelte, obwohl es ein angenehmer, milder Morgen war. Fabrizio stand an seiner Seite, einen kleinen Koffer in der Hand und stierte auf den Boden. Auch er machte den Anschein, als würde er frieren. Dupois hingegen sah konzentriert auf den Weg, der an der Orangerie vorbei zum Labyrinth führte.

Dupois war nur zu gerne bereit gewesen, ihm hilfreich zur Seite zu stehen, auch wenn dies eine etwas illegale Aktion seinerseits erfordert hatte. Nikolaus hatte die ganze Nacht an seinen Waffen gearbeitet. Nun war alles für den Auftritt bereit, und es blieb lediglich zu hoffen, dass Gilbert Quintus sich beim Anblick der Waffen nicht mehr auf das Duell einließ. Wenn doch, stand es schlecht um den, der die falsche Waffe wählte.

Vielleicht kam Quintus aber auch überhaupt nicht. Es wäre zu schön gewesen. Aber Nikolaus hegte keine allzu großen Hoffnungen auf dieses Wunder. Er sah um sich. Immer mehr Schaulustige strömten zum Labyrinth. Sie hatten Wein, Gebäck, Pasteten, schlicht einfach alles zur eigenen Kurzweil mitgebracht, während sie auf den Beginn des Schauspiels warteten. Nikolaus hatte von den vielen Wetten erfahren, die abgeschlossen worden waren. So sehr man ihn liebte, standen die Wetten dennoch günstiger für Quintus, den Riesen. Niemand glaubte ernsthaft, dass Nikolaus ihn in einem Duell besiegen würde können. Nun, sie würden sehen. Seine Chancen standen nicht so schlecht, das wusste er. Dazu war seine Idee zu gut.

Gerade als sich nagende Nervosität in ihm breit machen wollte, preschte eine schwarze Kutsche mit dem Wappen der Wittelsbacherin und des Dauphin heran. Also kam Quintus doch.

Ein Raunen ging durch die umstehende Menge. Die Kutsche hielt, und Quintus hievte sich schwerfällig und unter Zuhilfenahme des Rückens eines Lakaien heraus. Er sah kurz um sich, bemerkte mit Missfallen die große Menge und entdeckte schließlich Nikolaus. Ein eisiges Lächeln zog sich über sein Gesicht, während er auf ihn zu kam.

»Nun? Bereit, endlich für die Sünden zu bezahlen?«

Seine Stimme klang siegessicher, sein ganzes Auftreten verriet, dass er sich für unbesiegbar und vor allem unverwundbar hielt. Nikolaus starrte mit eiserner Miene zurück.

»Nein. Mich zu entschuldigen, ja. Zu bezahlen, nein.«

»Du willst dich nicht duellieren? Wozu bist du dann hier?«

»O doch, ich will.«

»Wo sind die Waffen?«

Nikolaus nickte Fabrizio zu. Dieser kam zu ihnen, nahm den Koffer auf beide Arme und hielt ihn Nikolaus hin, auf dass dieser ihn öffnen konnte. Fabrizio war mittlerweile eingeweiht und sah völlig zerknirscht aus. Hin- und hergerissen zwischen Begeisterung und Panik konnte er nur hilflos zu Nikolaus sehen.

Nikolaus öffnete den kleinen Koffer. Fabrizio drehte sich noch weiter zu Gilbert. Dieser starrte auf den Inhalt. Sein Lächeln erstarb.

»Was soll das?«

Seine Stimme überschlug sich beinahe vor Zorn, während er auf den Inhalt des Koffers deutete.

»Meine Waffen«, erklärte Nikolaus.

»Zwei Würste?«, schrie Gilbert.

Nikolaus nickte.

»Eine davon ist völlig unversehrt und für den Verzehr geeignet. Die andere ist vergiftet. Todbringend vergiftet. Ich überlasse Euch die Wahl.«

Nikolaus versuchte, Quintus so fest wie möglich in die Augen zu sehen. Jetzt durfte er nicht versagen. Er bemerkte die Menge an seiner Seite nicht mehr, die mittlerweile stumm und fasziniert das Geschehen beobachtete. Nur wenige tuschelten, flüsterten oder stießen Rufe der Verwunderung und Entzückung aus, wurden aber sofort von den Umstehenden mit zischenden Rufen zum Schweigen gebracht.

Nikolaus sah unverwandt in Quintus' Gesicht. Dieser starrte weiter auf die Würste. Seine Gesichtsfarbe wechselte von Puterrot zu Aschweiß, bis sich hektische Flecken auf seine Wangen setzten. Er sah auf. In seinen Augen loderte unverhohlener Hass.

»Gut. Ihr habt gewonnen. Diesmal. Aber irgendwann werde ich Eure Seele dem Teufel überantworten.«

Mit einer ungestümen Bewegung drehte er sich um. Nikolaus fiel ein Stein vom Herzen. Fabrizio juchzte verhohlen, während Dupois aus seiner grenzenlosen Freude keinen Hehl machte und laut zu lachen begann. Die Menge brauchte etwas länger, um zu begreifen, fiel aber mit einem Schlag einhellig in Jubelrufe aus. Trimalchio, ihr Held hatte gewonnen.

Nikolaus verneigte sich elegant zu seinen Bewunderern. Was für ein Segen, dass ihm die Idee mit den Würsten noch gekommen war! Gut, er hatte Quintus damit zweifellos noch mehr verärgert, ja, ihn sich zum unerbittlichsten Feind gemacht, aber er würde damit umzugehen wissen. Er war ihm bislang vorher nie begegnet und würde auch jetzt weitere Begegnungen mit ihm zu verhindern wissen.

Versailles war groß. Der Platz reichte für sie beide. Und er wollte ihn einfach nur noch aus seinem Gedächtnis streichen.

Die Geschichte vom Würstchenduell machte seine Runde bei Hofe und erheiterte die Gemüter. In Gemächern, Appartements, Fluren und Gängen wurde die Affäre lang und breit diskutiert, bis sie schließlich dem König selbst zu Ohren gekommen war, der laut schallend darüber gelacht haben sollte. Die ansonsten so sparsame Madame war mehr als stolz auf ihren deutschen Koch und beschenkte ihn reichlich mit erlesenen Gewändern.

Nikolaus hingegen war der Tumult, der um das Duell gemacht wurde, nicht so recht. Schließlich konnte irgendjemand die Sache noch falsch wiedergeben, und er würde schneller als erwartet wieder zum Giftmischer degradiert.

Aber es kam nicht so. Der König ließ sich weiter gerne von Madames Koch pfälzische Leberwürste und saure Heringe bereiten, und sein Ruhm verbreitete sich noch schneller als vorher. Ungetrübt und rein.

Von Gilbert Quintus hörte er nichts mehr. Gerüchte, er hätte sich sehr zurückgezogen, wurden ihm zugetragen, und ihm war es recht. Fabrizio schwelgte in Lebensfreude, den geliebten Freund doch nicht vor der Zeit verloren zu haben, und Dupois gab sich alle Mühe, das furchtbare Desaster, dessen Auslöser nun einmal er gewesen war, wiedergutzumachen, indem er die interessantesten und merkwürdigsten Menschen in die Küche brachte, um Nikolaus zu neuen Rezepten zu verhelfen.

Als sich schließlich eine chinesische Gesandtschaft in Versailles einfand, schleppte Dupois den Koch eben derer sofort zu Nikolaus und stellte ihm den kleinen Mann mit der öligen Haut und den schmalen Augen vor. Dieser wusste nicht recht, wie ihm geschah, bemerkte aber die Töpfe und Pfannen, fühlte sich augenblicklich wohl und völlig in seinem Element und begann mit Nikolaus mit Händen und Füßen zu plaudern, als wären sie seit Ewigkeiten Freunde.

Nikolaus staunte nicht schlecht, als der kleine Mann mit dem schwarzen Haar ein scharfes Messer aus dem Gürtel zog, eben zubereiteten Nudelteig mit einer Hand so geschickt aufnahm, dass er nicht in der Mitte riss und in der Luft begann, feinste, hauchdünne Nudeln zu schneiden.

Er verscheuchte sämtliche Dienstboten aus ihrer Nähe und

verbrachte den Nachmittag mit dem Erlernen dieser Kunst, brachte es aber nur zuwege, den Teig derart zu teilen und zu zerschneiden, dass er völlig unbrauchbar wurde. Am anderen Ende der Welt lebte also ein Küchenmeister, der sich mit ihm messen konnte, ihm sogar ein wenig voraus war. Mit Erstaunen nahm er dies zur Kenntnis, ließ sich aber bereitwilligst von diesem Meister weiter in die Töpfe sehen und machte sich dann unter dessen Anweisung daran, eine raffinierte Ente zu braten, die sie bereits Tage vorher zum Trocknen in die Speisekammer gehängt hatten.

Madame war über die Orangenente mehr als verzückt und orderte mehr vom chinesischen Essen. Die beiden kochten, schnitzelten, brieten und häckselten. Und Nikolaus nahm alles begierig in sich auf – die eigenartigen Gewürzzusammenstellungen, das kurz Gebratene, die Raffinesse – und war nicht mehr vom Herd zu bekommen. Mit Hilfe eines Dolmetschers erfuhr er in seinen wenigen freien Stunden, dass im chinesischen Palast mehr als hundert Diätmeister nur für das leibliche Wohlergehen des königlichen Paares und der königlichen Familie zuständig waren, und mit Erstaunen hörte er von den hohen Ämtern, die Köche in China besetzten. Er brachte in Erfahrung, dass die chinesische Küche im Frühling saurer würzte, im Sommer bitterer, im Herbst schärfer und im Winter salziger, um das Gleichgewicht im menschlichen Körper aufrechtzuerhalten, und wollte sich diesem interessanten Aspekt in Zukunft widmen.

Madame war von den neuen Speisen so hingerissen, dass sie ihre Schneider damit beauftragte, Gewänder ganz im Stil der Chinesen anzufertigen, um das Essen in richtiger Atmosphäre genießen zu können. Dieses als kleine Erheiterung der Gäste gedachte Arrangement entpuppte sich als zündende Idee und wurde bald von ganz Versailles nachgeahmt und zu übertrumpfen gesucht. Schließlich ging man so weit, chinesische Salons einzurichten, um der Atmosphäre mehr Gewicht zu verleihen.

Nikolaus sah die Entwicklung mit Verzückung. Er hatte einen

neuen Stil kreiert. China war *à la mode*. Und er nicht ganz unschuldig daran. Ebenso wie Madame. Er liebte sie.

Gilbert Quintus litt Höllenqualen. Seine Gicht hatte sich um einiges verschlimmert, und die Schuld daran trug eindeutig dieser Trimalchio, wie er sich nannte. Überheblicher, arroganter Mistkerl! Kam einfach mit vergifteten Würstchen zum Duell! Das war nicht die Art eines Mannes, um die eigene Ehre zu kämpfen, sondern die einer Wahrsagerin, einer Giftmischerin, einer Kindsmörderin – kurzum: einer Frau. Oh, er hasste ihn so sehr. Aber er hätte es niemals gewagt, eine der Würste zu wählen. Auf keinen Fall. Er schätzte den kalten Stahl einer guten Klinge und liebte den Geruch von Schießpulver in der Luft – aber Gift? Viel zu heimtückisch. Doch er würde nicht aufgeben.

Warum nur plagte ihn die Gicht erneut so schwer? Nur weil er in den letzten Tagen nach dem Duell dem unverdünnten Wein mehr und reicher zugesprochen hatte? Das konnte nicht sein. Das durfte nicht sein!

Mühsam versuchte er sich in seinem Bett aufzusetzen. Ein Lakai sprang herbei und richtete das Kissen in seinem Rücken, auf dass er bequemer sitzen konnte. Es war ein Elend. Und jeder Gedanke an Trimalchio verschlimmerte die Schmerzen um ein Vielfaches. Gilbert dachte nahezu ununterbrochen an ihn. Dieser Zustand musste so schnell wie möglich geändert werden. Er zerbrach sich Tag und Nacht den Kopf darüber.

Sein Blick schweifte zur Silberkaraffe, die verlockend in der hereinfallenden Sonne glitzerte. Was gäbe er für einen Becher Wein! Aber er musste sich an die Chocolade halten. Er konnte nicht verstehen, warum der ganze Hof im Kakaowahn fieberte. Er mochte das Gebräu nicht mehr. Es machte seinen Kopf viel zu klar, aber eben auch die Gicht verschwinden.

»Bring mir ein Glas Wein«, befahl er seinem Lakai.

Der Junge zögerte einen Augenblick, senkte dann aber den

Kopf und eilte zur Karaffe. Gilbert folgte ihm mit seinem Blick. Ein hübscher Junge. Schmächtig, klein, unterwürfig.

Warum nur musste er für eine Frau arbeiten? Obwohl man dieses Gänschen von Wittelsbacherin eigentlich nicht als Frau bezeichnen konnte. Ständig fiel sie in Ohnmacht, war blass und dauernd schwanger. Ununterbrochen quälten sie Magen- und Darmbeschwerden, der Hof munkelte bereits, sie wäre eine Hypochonderin, und er musste sich in stundenlangen Gesprächen alles über ihre Leiden anhören, als wäre er ihr Medicus und nicht ihr Beichtvater. Zudem hing sie in kindlicher Unterwürfigkeit an dieser Lieselotte, ohne deren Zustimmung sie keinen Rat von ihm annahm.

Eigentlich wollte er nur noch weg von ihr. Was allerdings nicht so einfach war. In diesem Augenblick fiel ihm die Lösung ein. Dass er nicht früher daran gedacht hatte!

Madame war mit dem Bruder des Königs verheiratet. Nach dem Tod der ersten Madame hatte dieser eigentlich nicht mehr heiraten wollen, zudem bereits zwei Kinder vorhanden waren – wenn auch leider nur Töchter – und er in Liebe dem Chevalier de Lorraine untertan war. Der Chevalier wurde so lange des Hofes verwiesen, bis Monsieur der Heirat mit Lieselotte von der Pfalz einwilligte. Nachdem er ihr in unerträglicher Qual und unsagbarer Abscheu drei Kinder gemacht hatte, wollte er sie seit Jahren nicht mehr berühren, machte sie bei Hofe unablässig lächerlich und suchte seit neuestem auch seinen Sohn von den Vorzügen der Liebe unter Männern zu überzeugen. Hilfreich zur Seite standen ihm der Chevalier de Lorraine und der Marquis d'Effiat. Zwei Halunken, in deren Händen des Königs Bruder pures Wachs war. Ein Weichling, ohne Rückgrat oder eigene Meinung. Was er tat oder sagte, war immer den Köpfen der beiden entsprungen, niemals aber dem herzöglichen Haupte selbst.

Vielleicht gab es eine Möglichkeit, sich in diese Menage à trois zu drängen? Bestimmt gab es die. Und dies wollte er sofort erkunden. Stand er erst einmal in Monsieurs Gunst, war es nur eine Frage der Zeit, bis er ihn davon überzeugt hatte, dass der Leibkoch von Madame ein Schädling in Versailles war, den man wie eine Wanze zertreten musste.

Die Jahre zogen wie Tage ins Land. Fabrizio wechselte seine Frauenbekanntschaften nicht mehr ganz so häufig, verweilte eher länger bei der einen oder anderen Gespielin, Dupois trug sich mit dem Gedanken, aus dem diplomatischen Dienst auszuscheiden, und Nikolaus kochte weiter, als ginge es um sein Leben. Von Quintus hatte er seit dem Duell nichts mehr gehört. Und er beließ es gerne dabei.

Kurzfristig geriet die gesamte Wirtschaft des Hofes ins Stocken, als die Hugenotten aus Frankreich vertrieben wurden. Die Folge davon war, dass die meisten Betriebe zu wenige Arbeiter hatten, um einen reibungslosen Ablauf zu gewährleisten. Nikolaus hatte alle Hände zu tun, um mit seinen Speisen dennoch nicht in Verzug zu geraten. Einen traurigen Schatten warf der Tod Lullys auf sein Leben, der sich beim Dirigieren eines seiner Meisterwerke mit dem Taktstock den Fuß durchbohrt hatte. Die Wunde war brandig geworden und der Zauber der Musik verstorben. Nikolaus bestand darauf, den Leichenschmaus für den so verehrten Komponisten auszurichten.

Im Jahr darauf musste er sich ernsthafte Sorgen um Madame machen, die mehr als einmal ihr Essen unangetastet in die Küche zurückbringen ließ. Etwas ratlos wandte er sich eines Abends an Fabrizio, der in der Küche stand und eben zubereitetes Eis naschte.

»Oh, das ist ganz einfach. Hat Dupois noch nicht davon berichtet?«, fragte er mit vollem Mund und vorgerecktem Kinn.

»Nein. Er hat sich auf sein Landgut zurückgezogen und wird erst in einigen Monaten wieder bei Hofe sein.«

»Ah. Ja dann, es geht um die Pfalz. Der Bruder der Madame, Kurfürst Karl, ist vor drei Jahren kinderlos gestorben. Nun will

Louis einen Erbteil für Madame fordern – wenn nötig, durch Krieg.«

»Aber sie hat bei ihrer Eheschließung auf sämtliche Rechte an der Pfalz verzichtet.«

»Der deutsche Kaiser hat die Forderung auch zurückgewiesen. Und nun marschieren Louis' Truppen Richtung Pfalz.«

»Ein schlauer Vorwand des Königs, um wieder einmal halb Europa in Brand zu stecken«, murmelte Nikolaus.

»Nicht so laut! Psst!«

Fabrizio sah erschrocken um sich. Nikolaus winkte ab. Das Küchenpersonal war beschäftigt; die Menge hinter der Holzbarriere schwatzte und lachte zudem so laut, dass man das eigene Wort beinahe nicht verstehen konnte. Er würde sich keineswegs wegen Verrats am König verantwortlich machen müssen. Außerdem sprach er nur die Wahrheit. Der Sonnenkönig strebte ihm zu sehr nach Macht in ganz Europa. Er, Nikolaus, hielt hingegen absolut nichts von Kriegen. Sie verwüsteten das Land und machten die Nahrungsmittelversorgung unmöglich. An eine wohl ausgewogene Ernährung war im Krieg überhaupt nicht mehr zu denken.

Und zudem schätzte er Madame. Jeder wusste zwar, dass sie durch die Interventionen der Maintenon beim Sonnenkönig immer mehr in Ungnade fiel, aber ihn kümmerte das nicht. Die Maintenon war eine griesgrämige »alte Zotte«, wie Madame sie nannte, während sie selbst eine lebensfrohe, vielleicht manchmal zu laute, aber vor allem grundehrliche Person war. Gut, sie ritt zu viel aus, trieb sich zu viel im Freien herum, sodass sie im Sommer braun gebrannt wie eine Bauersfrau war. Mit ein wenig Puder hätte sich dieser Umstand beheben lassen, aber Madames Worte hierzu waren eindeutig: »Man soll lieber meine Runzeln sehen, als dass ich mir weiße Sachen ins Gesicht schmiere.«

Sie war so ganz nach seinem Geschmack, und der Sonnenkönig war blind, wenn er der »Sonnenfinsternis«, wie Madame die Maintenon noch zu nennen pflegte, mehr Gehör schenkte als der zünftigen Lieselotte. Und nun fiel er über ihr Heimatland her. Sie musste unendlichen Kummer ausstehen. Kein Wunder, dass sie nicht mehr essen wollte.

Er würde fortan darauf achten, keine deutschen Spezialitäten auf Madames Tisch zu bringen – es würde sie zu sehr an die Heimat erinnern.

Nikolaus hielt sich an den eigenen Vorsatz und briet, kochte und häckselte in chinesischer Manier. Madames Appetit stieg, nahm aber dennoch nicht die alten Ausmaße an. Der Überfall auf die Pfalz hatte weitreichende Folgen. Unter dem Deckmantel des »Pfälzischen Erbfolgekrieges« erreichten sogar die Küche schauerliche Nachrichten ungeahnter Tragweite: Österreich, England, die Niederlande und Spanien waren mittlerweile in den Krieg mit hineinzogen. Die Franzosen benahmen sich wie die wilden Tiere. Von Plünderungen, Brandschatzungen, Vergewaltigungen war die Rede. Ganze Landstriche wurden dem Erdboden gleichgemacht, die Zitadelle von Mannheim und schließlich die ganze Stadt wurden geschleift, kein Stein blieb auf dem anderen. Heidelberg folgte, dann Worms, Speyer, Bingen, Oppenheim. Manch einer munkelte, dass in diesen Städten kein Mensch mehr wohnte. Reisende erzählten: »Alles ist vom Feuer vernichtet. Die wenigen Einwohner, die noch da waren, hausten in den Ruinen oder in den Kellern.«

Nikolaus tat die Madame aus tiefstem Herzen leid. Er hatte das Gefühl, die ganze Welt würde in einen einzigen Krieg verfallen. Die Türken wurden zwar hie und da von den Christen zurückgeschlagen, ließen aber niemals locker und verunsicherten die Menschen auf abendländischem Boden und besonders Nikolaus noch mehr. Zu allem Unglück verbündete sich der Sonnenkönig mit den Ungläubigen, um so einen Trumpf gegen den deutschen Kaiser in der Hand zu haben. Nikolaus hielt dies für eine absurde, ja ganz und gar gefährliche Idee und war entsetzt, als Dupois eines Tages unvermutet mit einer Gesandtschaft von Muselmanen in seiner Küche auftauchte.

»Die anderen Köche haben sich geweigert, sich in die Töpfe sehen zu lassen«, raunte er Nikolaus zu.

Nikolaus sah Dupois lange schweigend an. Sein Gesicht war von Falten durchzogen, die nur spärlich vom Puder überdeckt werden konnten. Seine Schultern waren nicht mehr so straff, seine ganze Haltung zeugte von seiner politischen Müdigkeit. Und in seinen Augen lag so viel Flehen, dass Nikolaus nicht anders konnte, als zu nicken und mit ausholender Geste die Muselmanen in sein Reich eindringen zu lassen. Das Getuschel und Gemurmel in der schaulustigen Menge vor dem Eingang sprach für sich.

Wie sich herausstellte, war sein anfängliches Misstrauen nicht völlig unbegründet gewesen. Er kredenzte den Turbanträgern mit den wilden Augen seinen Kaffee, sie bedankten sich verbeugend, probierten und spuckten ihn wie aus einem Mund auf seinen Küchenboden.

Nikolaus war so erbost, dass er sie sofort aus seinem Reich schaffen wollte. Er hob die Hand, setzte zum lautstarken Protest an, als Dupois dazwischenfuhr, den Dolmetscher hektisch nach des Übels Wurzel befragte und sich dann erleichtert zu Nikolaus umdrehte.

»Sie meinen, das schmeckt wie Kamelpisse. Nicht aufregen. Sie wollen dir zeigen, wie man Kaffee richtig zubereitet. Bitte, Nikolaus, lass sie gewähren. Sie werden dir nicht lange zur Last fallen, und wenn du sie jetzt hinauswirfst, gibt das diplomatische Verwicklungen, die einen Krieg auslösen können.«

Krieg. Das wollte er nun wirklich nicht. Also gab er ihnen zähneknirschend den Weg zu seinen Töpfen und Pfannen frei und war alsbald höchst erstaunt über ihre merkwürdige, aber sehr wohlriechende Art, Kaffee zu bereiten. Als sie ihm einen Schluck einschenkten – einen viel zu kleinen Schluck seiner Meinung nach – und er probiert hatte, war er mehr als erstaunt. Sie hatten Recht. Sie hatten absolut Recht. Ihre Art, den Kaffee zu bereiten, ließ die bittere Bohne zu einem süßen, wahrhaft göttlichen Getränk werden.

Er trank noch mal. Er lächelte. Der Anführer der Muselmanen sah ihm forsch ins Gesicht. Dann lächelte auch er. Der Bann war gebrochen. Nikolaus hieß den Dienstboten, die Hörnchen sehr verstohlen aus der Küche zu schaffen oder zumindest zu verstecken, und erkundigte sich mit Hilfe des Dolmetschers nach Rezepten aus dem Morgenland. Dies schien ihm die sicherste Methode, keinesfalls auf gefährliches, politisches Parkett zu geraten und einen Kleinkrieg in der Küche anzuzetteln.

Mit Erstaunen erfuhr er, dass im Sultanspalast in Istanbul beinahe 700 Köche angestellt waren, und konnte mit dieser Information seine Meinung über die ungehobelten Wilden aus dem Morgenland revidieren. Wer so viele Köche beschäftigte, konnte kein kulturloser Mensch sein. Eine Ähnlichkeit mit den Chinesen konnte er entdecken, als ihm der Muselman von den nach Jahreszeiten geordneten Diätregeln erzählte: Im Winter gab es nach dieser Verordnung kräftige, stark gewürzte Speisen, im Frühjahr dagegen dem Wetter entsprechend leichte Gerichte, im Sommer sollte man sich mit wenig gewürztem Gemüse begnügen, manchmal auch Obst, auf Fleisch und Fisch hingegen verzichten, und sobald die Tage im Herbst wieder kürzer wurden, konnte man zu mehr Würze am Fleisch greifen. Nikolaus fragte sich, ob nicht doch ein gewisser Sinn in dieser Ordnung bestand, da doch so menschenreiche Völker dieser anhingen. Andererseits konnte er wohl kaum im Sommer nur mit Obst und Gemüse aufwarten. Madame hätte ihn in den Kerker werfen lassen.

Als der Muselman sich erbot, ihm ein wenig in der Küche zur Hand zu gehen, war Nikolaus dennoch skeptisch. Er konnte nicht umhin, auf dessen Hände zu schielen, sah jedoch, dass sie sauberer waren als die der meisten seines Personals, und eine kurz und verstohlen durchgeführte Geruchsprobe ergab, dass der Muselman fein nach Jasmin und Lavendel duftete. Er hatte also nichts dagegen, ihn noch mehr in die Nähe seiner Kessel kommen zu lassen.

Dupois atmete sichtlich erleichtert auf, der Dolmetscher machte es sich mit dem Rest der Delegation hockenderweise auf dem Fußboden bequem, schlürfte lautstark Kaffee, unterhielt sich noch lauter und brachte damit die Menge am Eingang so zum Staunen, dass sich im Laufe des Tages mehr Neugierige einfanden als je zuvor.

Nikolaus fühlte sich etwas unbehaglich ob dieser Entwicklung der Dinge. Noch war ihm der Muselman zu unergründlich, zu schwer durchschaubar mit seinem Lächeln, seinen Verbeugungen, seiner merkwürdigen Gewandung, als dass er ihm vollends über den Weg getraut hätte. Das Eis wurde schließlich gebrochen, als der Fremde mit einem wahrhaft göttlichen Rezept aufwartete. In Ermangelung einer gewünschten Gazelle oder eines Kamels ließ er ihm Brot und Hammelfleisch zur Verfügung stellen und wartete neugierig auf deren Verwertung. Der Muselman füllte einen großen Laib Brot mit Fleisch, Gemüse und Kräutern, stopfte dieses in einen Lämmermagen und räucherte die eigenwillige Kreation im Ofen. Als Nikolaus schließlich davon probierte, glaubte er sich im Paradies. Wer derartig die Kunst des Kochens beherrschte, konnte kein schlechter oder gar hinterhältiger Mensch sein. Zum ersten Mal betrachtete er den Muselmanen mit anderen Augen.

Der Ungläubige bemerkte die Sinneswandlung und rückte mit einem weiteren bemerkenswerten Rezept heraus. Mit Erstaunen beobachtete Nikolaus den mittlerweile geschätzten Fremden, wie dieser mit einem scharfen Messer die Haut von einem rohen Fisch löste, sodass diese gänzlich und ohne Risse erhalten blieb. Danach entfernte er die Gräten, hackte das Fischfleisch klein, mischte es mit Ei, Honig und Zucker, Mandeln, Pistazien, Zimt, Muskatnuss und anderen Gewürzen und gab die Fülle mit äußerster Behutsamkeit wieder in die Fischhaut, die er mit Holzstäbchen zusammensteckte. Der so wieder gefüllte Fisch, der aussah, als wäre er nie geöffnet worden, wurde in langen Stunden gegart und verbreitete ein wohlfeiles Aroma, das allen Anwesenden das Wasser im Mund zusammenlaufen ließ.

Die beiden ereiferten sich schließlich am Herd. Der Ungläubige zeigte von Huhn mit Pistazien und Mandeln, verschiedenem Fleisch mit mitgebrachten Datteln gegart bis zu Hammelfleisch mit verschiedenen Gewürzen alles, was er an Kochkünsten der arabischen oder türkischen Welt offenbaren konnte. Am meisten beeindruckte Nikolaus neben dem gegarten Fisch ein gefülltes Lamm mit gebratenen Fleischscheiben, Hühnerfleisch und kleinen Vögeln, gewürzt mit Pfeffer, Ingwer, Zimt, Kardamom und Kreuzkümmel. Das gebratene Lamm wurde zwischen Teigschichten fertiggebacken und mit Rosenwasser übergossen. Kleine gebackene Teigbällchen mit Fleisch und Zucker wurden dazu gereicht.

Für Madames abendliches Mahl entschied er sich, ebenfalls ein Gericht des Muselmanen zu wagen. Auberginen wurden in Streifen geschnitten und gesalzen, bis sie ihre Bitterkeit verloren. Danach wurde klein gehacktes Lammfleisch stark gewürzt, gesprudeltes Ei mit Milch darüber gegossen und die Masse schichtweise mit den Auberginen in eine Auflaufform gelegt und gebacken. Allein der Duft ließ einem das Wasser im Mund zusammenlaufen. Zusammen mit dem gebackenen Reis, dem Weizenpudding mit Fleisch, dem sauer eingelegten Gemüse und den mit Honig beträufelten Teigbällchen würde der Auflauf Madames Appetit anregen. Zum Abschluss sollten die Dienstboten Kaffee nach türkischer Art kochen und damit Madames Gaumen entzücken.

Es wurde ein durchschlagender Erfolg. Madame war so begeistert, dass sie den Krieg im Heimatland für die Stunden des Mahles beinahe vergaß, üppig und reichlich speiste und sich der Ruf der türkischen Rezepte ebenso rasch verbreitete wie ehedem die der chinesischen. Der Kaffee nach türkischer Art erforderte schließlich ebenso eigene Salons und dementsprechende Ausstaffierung an

Leib und Wänden, dass sich türkische Kaffeesalons durchsetzten und *à la mode* wurden. Die Damen der Gesellschaft pflegten alsbald ihren Kaffee in türkische Gewänder gehüllt und auf großen und reich bestickten Kissen auf dem Boden einzunehmen, während Nikolaus eine osmanische Angewohnheit übernahm: Fortan ließ er seine Teppiche nicht mehr an den Wänden aufhängen, sondern legte sie übereinander auf den Boden, was bei diversen Besuchern Erstaunen auslöste, aber sehr zum allgemeinen Wohlempfinden beitrug, wie schließlich auch Fabrizio zugestehen musste, da sich die eisigen Temperaturen im Appartement etwas milderten, weil die aufsteigende Kälte vom Boden abgefangen wurde.

Nikolaus' kreativer Geist war durch die neuen Anregungen derart inspiriert, dass er dem Ungläubigen beinahe verzieh, an den falschen Gott zu glauben, und setzte neue Maßstäbe, indem er eigenartige Gewürzmischungen an seine Speisen gab, die alsbald ebenso kopiert wurden wie alles, was er tat. Stolz und überglücklich sah er seiner rosigen Zukunft entgegen.

Sie war tot. Mit dreißig Jahren einfach so gestorben. Welch ein Segen! Gilbert betrachtete sein neues Appartement, größer, besser und luxuriöser als zuvor und dankte seinem Gott für den Umstand, dass er beschlossen hatte, Maria-Anna von Wittelsbach in diesen jungen Jahren zu sich zu nehmen. Der ganze Hof war etwas ratlos ob des plötzlichen Todes. Gut, sie hatte ihr Leben lang über Magen- und Darmbeschwerden geklagt, war permanent in Ohnmacht gefallen und hatte sich stets um ihre Gesundheit gesorgt, aber gerade deshalb hatte man ihre Leiden nie richtig ernst genommen und fand es nun geradezu merkwürdig, dass sie so plötzlich von ihnen gegangen war. Nun denn, er konnte daran nichts ändern, war sogar über alle Maßen froh darüber.

Wie gut, dass er Voraussicht bewiesen und sich Monsieurs Gunst gesichert hatte. Andernfalls hätte er noch am Todestag der kleinen Gans Versailles verlassen müssen.

Gilbert nickte einem Lakaien zu, der den Transport der Möbel überwachte und ihm einen fragenden Blick zuwarf, ob der gewählte Platz für die Nussbaumkommode angemessen war.

»Beeilt Euch gefälligst!«, bellte er den Bediensteten zu und ließ sich auf das Sofa sinken.

In wenigen Stunden würde Monsieur auf eine kleine Visite vorbeisehen. Erlesener Wein, Pasteten, Pralinés und anderes Konfekt standen für ihn bereit, und gewisse Zuneigungsbezeugungen unter Zuhilfenahme diverser Hilfsmittel wie der kleinen Lederpeitsche würden Monsieur bestimmt von der Dringlichkeit überzeugen, Trimalchio endlich zu stürzen. Der Weg führte über Madame, so viel war sicher. Madame, die bereits beim König in gewisse Ungnade gefallen war, insbesondere, da sie keinen Tag verstreichen ließ, an dem sie nicht um Gnade für die Pfalz bat. Leider zeigte Philippe, der Sohn von Madame und Monsieur trotz intensivster Versuche seinerseits und auch des Marquis keinerlei Ambitionen, sich der Liebe nach der Art seines Vaters hinzugeben. Und die Tochter war zu allem Leidwesen ein Ausbund an Tugendhaftigkeit. Scheußlich.

Aber wenigstens hetzte Monsieur die gemeinsamen Kinder gegen die Deutschen auf, die er selbst so sehr hasste. Eine wunderbare Fügung des Schicksals! Trimalchio, der Deutsche, würde in Monsieurs Augen immer der deutsche Teufel bleiben, der er war. Eine vergiftete Speise, im Namen der Madame von Trimalchio angeblich zubereitet, dem König serviert, würde so ganz seinem Geschmack entsprechen. Er musste sehen, was sich aus dieser Idee machen ließ – und dafür Sorge tragen, dass Monsieur die Tatsache vergaß, dass er, Quintus, ebenfalls Deutscher war …

Nikolaus war außer sich. Fand der Kummer von Madame denn niemals ein Ende? Irgendein Übeltäter hatte versucht, den Namen der Madame und seinen mit dazu mittels Gift in Verruf zu bringen. Dupois hatte zum Glück über Schleichwege Wind davon bekommen und war rechtzeitig eingeschritten. Er konnte sich schon denken, wer dahintersteckte, hatte aber keinerlei Beweise in der Hand. Es hieß also, auf der Hut zu sein.

Unmittelbar darauf war es der junge Philippe gewesen, der Madame nicht mehr so deftig essen ließ wie ehedem. Nachdem der arme Junge die unsagbar hässliche Tochter des Sonnenkönigs ehelichen musste und Madame nichts dagegen hatte ausrichten können, hatte sie ihren Sohn nach der Zeremonie in der Kirche öffentlich geohrfeigt, da er sich nicht standhaft gegen die Vermählung mit diesem »Mausdreck im Pfeffer«, wie Madame die Schwiegertochter nannte, gewehrt hatte.

Es war die größte und beeindruckendste Hochzeit gewesen, die Versailles seit langem gesehen hatte. Neben Nikolaus hatten unzählige Köche ihre Künste in den Dienst dieses Ereignisses gestellt. Die Braut war in Weiß und Silber und einem mehr als ausgefüllten Dekolleté erschienen, auf dem das perlübersäte Kronkollier wogte. Der Anblick raubte Madame derart den Atem, dass sie, zumindest für ihre Verhältnisse, beim großen Hochzeitsdiner kaum einen Bissen gegessen hatte.

War es ein Wunder, dass sie seit Tagen über Übelkeit, Fieber und Durchfall klagte? Nun war sie restlos unmöglich gemacht: Der Sohn war in den Krieg gezogen, und die Schwiegertochter hatte sich als faules Luder entpuppt, das ganze Tage das Bett nicht verließ und soff wie eine Straßendirne, und Madame konnte nicht das Geringste dagegen tun.

Nikolaus schüttelte den Kopf. Er bedauerte Madame zutiefst. Er würde ihr eine stärkende Suppe gegen das Fieber bereiten.

»Sie hat die Pocken!«

Fabrizios Stimme überschlug sich beinahe, während er zu Nikolaus lief und die Hiobsbotschaft überbrachte. Nikolaus fiel beinahe der Topf aus der Hand, den er eben noch über den Herd hängen wollte.

»Die Pocken? Wer?«

»Madame. Sie hat die Pocken. Der König hat den Hof bereits verlassen. Gefolgt vom Dauphin, Monsieur und anderen hoch gestellten Persönlichkeiten. Wir sollten uns auch eine Weile zurückziehen.«

»Und Madame im Stich lassen? Niemals!«

Nikolaus fürchtete sich ebenso sehr vor den Pocken wie jeder andere vernünftige Mensch auch, aber dennoch konnte er doch nicht einfach alles stehen und liegen lassen. Mit Argwohn bemerkte er, dass sich die Dienstboten eilig aus der Küche stahlen. Die Menge der Schaulustigen löste sich überraschend schnell auf und übrig blieben nur sie beide in der stillen Küche, in der das Feuer gespenstisch knisterte.

»Und jetzt?«, flüsterte Fabrizio.

Nikolaus wusste nicht, was er sagen sollte. Während sie noch hier standen, würde sich die Hälfte des Personals aus dem Staub machen, das gesellschaftliche Leben in Versailles völlig zusammenbrechen, und es war wahrscheinlich nur eine Frage von Tagen, bis Madame das Zeitliche segnete und er ohne Arbeitsstelle war. Aber das war es nicht, was ihm Sorgen bereitete. Es war Madame. Sie war ihm stets eine gute Patronin gewesen. Und er wollte sie in dieser Stunde der Not nicht im Stich lassen.

»Du kannst gerne Versailles verlassen, Fabrizio. Aber bitte versteh, dass ich nicht gehen kann!«

Fabrizio sah ihn lange an, bevor er antwortete.

»Wenn du nicht gehst, bleibe ich auch.«

Sprach's und stand ihm von Stund an tapfer in der Küche zur Seite, da er die Abreise der höfischen Gesellschaft ohnehin verpasst hatte und es für ihn demzufolge nichts anderes mehr zu tun gab. Also konnte er auch Nikolaus zur Seite stehen, der mit einer Hand voll Personal den Gang der Dinge in seiner Küche aufrechterhalten musste und für jede Hilfe dankbar war. Madame bekam zwar nur noch Kraftbrühen serviert, dennoch kochte Nikolaus mit Vehemenz weiter, als gelte es, den ganzen Hof zu versorgen.

Es gab ihm das Gefühl von Alltäglichkeit und lenkte von der tödlichen Gefahr ab.

Nikolaus konnte nicht in Worte fassen, wie sehr er Fabrizio für dessen Loyalität dankbar war. Die Tage vergingen in Windeseile. Von Madame hörte man nur, dass sie sich zunehmend gegen die Behandlung ihrer Ärzte stellte, sich ihnen schließlich gänzlich verweigerte und einer ihrer tapferen Hofdamen, die noch an ihrem Lager ausharrten, zu Nikolaus in die Küche schicken ließ und nach ihm verlangte.

Nikolaus wurde etwas mulmig, als er ihrem Ruf Folge leistete. Zum einen kam er mit jedem Schritt der tödlichen Gefahr näher, zum anderen war er noch nie in diese Gefilde der höfischen Gesellschaft vorgedrungen. Die Privatgemächer der Madame waren selbst für Trimalchio sakrosankt gewesen, und nun sollte er in eben jenen vorstellig werden.

Als die Hofdame die Tür öffnete und er über den knarzenden Boden in Madames Appartement trat, klopfte sein Herz wie schon lange nicht mehr. Die Hofdame hieß ihm, stehen zu bleiben und zu warten, und er tat es nur zu gerne. Der Raum war prächtig in Rot und Gold ausgestattet mit riesigen Gemälden und feinsten Teppichen an den Wänden. In einem großen, geschnitzten Bett vermutete er hinter dem Vorhang und unter dem riesigen Baldachin Madame. Und er behielt Recht. Die Hofdame schlug den Vorhang ein wenig zur Seite, und er erblickte Madames von Pocken übersätes Gesicht.

Sie wirkte so verloren zwischen den enormen Kissen, dass ihm ganz schwer ums Herz wurde. Ihre blonden, sonst in lustige Locken gelegten Haare klebten schweißnass an ihrem Kopf, ihr Gesicht war gerötet, die Augen glänzten fiebrig, und die sonst so prallen Wangen wirkten eingefallen und fahl. Sie war erst knapp über dreißig und wirkte in diesem Augenblick wie eine Greisin.

»Mein lieber Trimalchio, tretet näher«, flüsterte sie.

Nikolaus folgte ihrem Befehl und ging auf sie zu, bis sie ihm bedeutete, stehen zu bleiben.

»Nicht zu nah«, hauchte sie. »ich möchte nicht an Eurem Ableben Schuld tragen.«

Sie hustete, richtete sich aber dennoch mühsam in ihrem Bett auf und sah dann erschöpft zu Nikolaus.

»Mein lieber Trimalchio, wahrscheinlich wisst Ihr bereits, dass ich diese Quacksalber verabscheue. Es ist schon lange her, aber als ich eine kleine Erkältung hatte, musste ich 72 Einläufe in vier Wochen über mich ergehen lassen. Hat ein kleines Kind Bauchkrämpfe, rücken diese Mörder mit glühenden Eisen und ätzenden Säuren über den Körper her und richten ihn zugrunde, um das Leiden über die Haut abzuführen. Das ist auch der Grund dafür, warum unsere Kinder so früh sterben. Nein, ich traue ihnen nicht, diesen Verbrechern. Aber nun zu Euch. Ich habe gehört, Ihr kennt Euch ein wenig in der Heilkunde aus.«

»Ich bin kein Medicus, Madame. Ich bin nur ein einfacher Koch.«

Madame lächelte ermattet.

»Ihr seid ein Meister der Küche. Aber Ihr sollt auch Rezepte gegen Fieber haben.«

»Nun ja, es ist ein Pulver aus Pestwurz und verschiedenen anderen Zutaten. Es hilft gegen die Pest, Fieber und … und auch gegen die Pocken. So heißt es.«

Nikolaus senkte den Blick zu Boden und hoffte inständig, Madame möge nicht von dem Pulver verlangen. Starb sie, so war es so sicher wie das Amen in der Kirche, dass man ihn auf der Stelle der Giftmischerei bezichtigen würde.

»Bereitet dieses Pulver für mich zu.«

Das war's. Es war geschehen.

»Aber der Schweiß wird aus Euren Poren strömen«, versuchte er zaghaft einzuwerfen und damit das Unabänderliche doch noch abzuwenden.

»Was empfehlt Ihr dagegen?«

Es hatte keinen Sinn. Madame wollte das Pulver, und er als ihr Diener würde sich in sein Schicksal fügen müssen. Er holte tief Luft.

»Ihr müsst die Leibwäsche mehrmals täglich wechseln. Und auch die Bettwäsche.«

Er hörte, wie eine der Hofdamen aufkreischte. Er wusste ebenso wie sie, dass nichts als gefährlicher galt, als Leib- und Bettwäsche während einer Krankheit zu wechseln, dennoch schrieb dieses alte Rezept den Vorgang genau so vor. Und er hatte damit schon vielen über Fieberanfälle hinweggeholfen. Aber wirkte es auch gegen die Pocken? Er wusste es nicht und würde sich einfach in den Gang der Dinge fügen müssen.

Als Madame ihn schließlich endlich wieder in seine Küche entlassen hatte und er sich an die Bereitung des Pulvers machte, hatte er Fabrizio erneut die Sachlage zu erklären, woraufhin dieser ebenso in entsetzte Rufe ausbrach wie vor ihm die Hofdame.

Nikolaus ging nicht weiter darauf ein, sondern arbeitete wie besessen, bis er schließlich nach einer Hofdame Madames schicken und dieser das Pulver überreichen konnte. Nun gab es nichts mehr, als abzuwarten. Die schlimmsten Gerüchte erreichten ihn. Er hörte, wie sich die Ärzte echauffierten und Madame »schon so gut wie tot« sahen, da sie sich strikt an den vorgeschriebenen Leib- und Bettwäschewechsel hielt, das Pulver mehrmals täglich in ein Getränk rührte und sich standhaft gegen Aderlässe wehrte.

Gott hatte jedoch augenscheinlich noch andere Dinge mit Madame im Sinn, denn er ließ sie leben. Nach wenigen Tagen bereits war sie fieberfrei. Zwar hatte sie mehrere Hofdamen angesteckt – und nun wurden diese mit dem Pulver behandelt –, aber sie selbst hatte es überstanden, und um seinen Kopf lag nicht mehr die Schlinge des Todes.

Er lief sofort, nachdem er die gute Botschaft gehört hatte, aus seiner Küche und suchte nach Fabrizio. Er fand ihn schließlich im gemeinsamen Appartement. Mit rotem Gesicht, schweißnassen Haaren und glänzenden Augen lag er im Bett, die Bettdecke bis zur Nasenspitze hochgezogen. Fabrizio hatte die Pocken. Nikolaus wusste dies mit einem Blick auf den geliebten Freund, den Weggefährten seit so vielen Jahren.

Es folgten Tage der Ungewissheit und Nächte, in denen er glaubte, den Freund für immer verloren zu haben. Er wechselte seine Wäsche, bezog stündlich das Bett neu, wusch und pflegte ihn und bereitete ihm das gleiche Pulver wie Madame. Niemand konnte ihm eine Anklage der Giftmischerei an den Hals bringen, wenn Fabrizio starb, aber wenn das Pulver versagte, würde Nikolaus seines Lebens nicht mehr froh werden. Er durfte nicht daran denken, Fabrizio zu verlieren.

Während der Freund schlief, saß Nikolaus an seinem Bett, die Augen auf ihn gerichtet. Von Stunde zu Stunde ging es ihm schlechter. Die blassroten Flecken auf Gesicht, Händen und Armen wurden zu eingedellten Bläschen mit dunkelrotem Saum und bedeckten bald mehr als Stirn, Ohren und Handrücken. Sie wanderten über den ganzen Körper, und es war pures Glück, dass Fabrizio bereits zu schwach war, um sich noch dem Juckreiz hinzugeben und jedes einzelne der Bläschen aufzukratzen und sich damit für immer zu entstellen. Jedes Röcheln, jedes Stöhnen veranlasste Nikolaus, aufzuspringen und nach ihm zu sehen. Als Fabrizio schließlich in einen fiebrigen Traum fiel, weinte Nikolaus zum ersten Mal seit langem wieder. Es waren die bittersten Tränen seines ganzen Lebens.

Er glaubte nicht mehr daran, dass Fabrizio dieses Bett jemals wieder verlassen würde. Seit Stunden schon hatte er die Augen nicht mehr geöffnet, sondern fieberte dem Ende entgegen. Nikolaus fühlte sich so hilflos wie ein kleines Kind. Es war alles seine Schuld. Fabrizio hatte den Hof verlassen wollen, aber er, Nikolaus, musste unbedingt bleiben. Gut, Madame war gerettet. Aber dafür würde er seinen besten Freund verlieren. Was nur sollte er ohne Fabrizio tun? Wie sein Leben weiterführen? Mit wem sollte er abends über Gott und die Welt plaudern? Sein Tod würde ein nicht mehr zu schließendes Loch in sein Leben reißen. Es war sinnlos, allein weiterzuleben. Selbst Trimalchio machte keinen Sinn ohne Fabrizio.

Es war am Ende des zwanzigsten Tages, als sich die Sonne vom Tag verabschiedete und Nikolaus seit Stunden reglos verharrt hatte, den Freund unverwandt anstarrend, da öffnete Fabrizio langsam und zaghaft die Lider. Sein Blick irrte umher, bis er schließlich an Nikolaus haften blieben, der wie vom Donner gerührt keinen Atemzug mehr wagte. Ein leises Lächeln huschte über Fabrizios entstelltes Gesicht.

»Ich werde nicht sterben.«

Danach fiel er wieder in einen tiefen Schlaf. Aber es hatte wie ein Versprechen geklungen, und an dieses klammerte sich Nikolaus' ganze Hoffnung, bis er schließlich bemerkte, wie das Fieber zurückging, die roten Bläschen aufplatzten, sich mit einer braungelben Kruste bedeckten, schließlich abfielen und hässliche Narben hinterließen.

Fabrizio hielt sein Versprechen. Nach sieben qualvollen Wochen war er so weit genesen, dass er wieder aufrecht im Bett sitzen und Suppe schlürfen konnte. Er hatte stark abgenommen, seine Wangen waren eingefallen, die Fältchen um seine Augen stärker und tiefer geworden, die Haare schlohweiß.

»Du brauchst keine Perücke mehr«, lächelte Nikolaus und deutete auf die Haare. Fabrizio verzog angewidert den Mund, aber Nikolaus wollte keine Erwiderung hören und fuhr fort zu sprechen. »Wir sind alt geworden, Fabrizio. Und ich fühle mich müde.«

Es stimmte, was er sagte. Seit er wusste, dass Fabrizio dem Tod noch einmal von der Schippe gesprungen war, kam es ihm vor, als fühlte er jeden einzelnen seiner Knochen. Jede Bewegung ermüdete ihn, und die Aussicht auf die Arbeit in der Küche konnte ihn nicht mehr so erheitern wie ehedem. Er war alt. Das musste er sich einfach eingestehen. Aber es lag nicht nur an seinem Körper. Es war vor allem sein Geist, der nach Ruhe verlangte. Nach beschaulichen Tagen, die er mit Fabrizio an der Seite verbringen wollte, bis der Knochenmann endgültig seine Hand nach ihnen ausstrecken würde.

Madame hatte ein Einsehen. Es war nicht leicht gewesen, sie von der Notwendigkeit zu überzeugen, ihren geliebten und über alles geschätzten Küchenmeister ziehen zu lassen, aber sie tat es. Angesichts seiner Treue während ihrer Krankheit und des unglücklichen Umstandes, dass sie ihn beinahe auch angesteckt hätte, zeigte sie sich einsichtig und gnädig, mit der Auflage, zu besonderen Anlässen auf ihn zurückgreifen zu können.

So kam es, dass Nikolaus Pirment alias Trimalchio nur noch zu Taufen, Hochzeiten, kleinen Banketten, Landpartien und Gartenfesten sein Können unter Beweis stellte, an gewöhnlichen Tagen aber nicht mehr in seiner Küche schuften musste. Denn als solches empfand er es in letzter Zeit. Es war eine elende Plackerei, ganze Schweinehälften fachgerecht zu zerteilen, Schinken zum Räuchern aufzuhängen und Mehlsäcke zu schleppen. Nicht, dass er dafür nicht auf genügend Personal und hilfreiche Hände hätte zurückgreifen können. Aber jene hilfreichen Hände waren meist auch sehr ungeschickt, sodass er auch die unangenehmsten Pflichten lieber selbst ausführte und sich dabei mehr als einmal übernahm.

Er genoss die Freiheit. Eine süße, köstliche Freiheit, die es ihm erlaubte, mit Fabrizio oder Dupois im Garten von Versailles zu promenieren und etwa die Orangerie zu bestaunen, wenngleich er um die Menagerie einen großen Bogen machte, da er sich in der Nähe der großen Tiere vom schwarzen Kontinent nicht wohlfühlte. Einen ganzen Tag verbrachte er damit, aus dem in kindlichem Spaß und ohne auf den Weg zu achten durchlaufenen Irrgarten wieder herauszufinden, und vermaledeite anschließend den Erfinder solcher Spielereien, die derartige Aufregung verursachen konnten.

Fabrizio begleitete ihn auf allen seinen Wegen. Seine Dienste als Höfling wurden nicht mehr in Anspruch genommen – er war aus Altersgründen in den Ruhestand geschickt worden. Nun zog er Seite an Seite mit Nikolaus durch Versailles, erklärte Gebäude, Gänge und Trakte, erzählte Klatsch und Tratsch und las ansonsten mit wachsender Begeisterung in dem neu erschienenen *Dictionnaire*.

Seine Bewunderung für das Buch kannte keine Grenzen. Es regelte die französische Sprache. Nikolaus empfand das Ganze als aufgesetzte Modetorheit. Man sprach, wie man sprach, und so schrieb man auch; wozu ein dickes Buch darüber herausbringen?

Diesen geteilten Meinungen folgten unendliche Dispute, die sie auf ihren Spaziergängen oder in ihrem Appartement bei erlesenen Weinen mit Vergnügen austrugen. Dupois schaltete sich manchmal dazwischen, mal auf der Seite des einen, mal auf der des anderen.

Die Küche fehlte Nikolaus nicht. Es gab ohnehin noch genügend zu kochen, aber es war schön, den gewöhnlichen Dingen entronnen zu sein. Sein Körper entspannte sich ein wenig, die alten Knochen machten sich nicht mehr bei jeder Bewegung bemerkbar, dennoch kam er nicht umhin, sich alt zu fühlen. Ein Blick in den Spiegel oder den in Fabrizios Gesicht, der ein noch besserer Spiegel seiner selbst war, bestätigte dies immer wieder aufs Neue. Fabrizios Haar war schlohweiß, seine dunklen Augen lagen zwischen lustigen Falten und Furchen begraben, sein Gang war nicht mehr so elastisch wie ehedem. Nikolaus' eigenes einst blondes Haar hatte sich dem Fabrizios angeglichen – es war bleich geworden. Um die immer noch wachen, haselnussbraunen Augen hatten sich feine Linien eingegraben, um den Mund lag ein Zug von Wissen, der ihn weise erscheinen und aufmüpfige Dienstboten sofort schweigen ließ.

Nikolaus kam sich vor wie ein in Würde gealterter Kater, der wusste, wo der Sahnetopf stand, es aber nicht mehr nötig hatte, diesem auf Gedeih und Verderb nachzustellen. Ein Kater, der zudem neue Freiheiten genoss, den Duft der weiten Welt in sich einsog, als wäre jeder Atemzug sein letzter.

Zusätzlich wurde ihnen das Leben durch Dupois sehr leicht gemacht. Der Franzose hatte sich aus dem diplomatischen Dienst zurückgezogen und frönte nun seiner Leidenschaft: dem Geld. Er begab sich mehrmals auf die beschwerliche Reise nach England, erkundete das dortige Finanzwesen, inspizierte die neu entstandenen Aktienmärkte und lauschte an den Börsen nach Gerüchten wie ehedem bei Hofe. Als er es für angebracht hielt, überredete er Nikolaus in langen Nächten dazu, ihm einen kleinen Teil seines Vermögens anzuvertrauen. Nikolaus trennte sich nur schwersten Herzens von der prall gefüllten Geldkatze, war aber umso erstaunter, geradezu erleichtert, als Dupois das Vermögen binnen weniger Monate um ein Vielfaches vermehrt hatte. Ihr sorgenfreies Leben konnte ungehindert seinen Lauf nehmen.

Einen Teil seines Gewinns investierte er in eine neue Leidenschaft. Er ließ von Dupois mehrere Gemälde holländischer Maler kaufen und damit ihr Appartement schmücken. Er liebte diese Bilder – Stillleben mit allem, was das Herz begehrte: Wein in erlesenen Gläsern und Karaffen, exotische Früchte, Wild und Geflügel im herzerfrischenden Arrangement, um das Auge des Betrachters zu erfreuen. Er konnte Stunden damit zubringen, die Bilder zu bestaunen, ihre Leuchtkraft zu genießen und die Üppigkeit zu bewundern. Das Wasser lief ihm dann im Mund zusammen, und er begann ein ums andere Mal im Appartement zu braten und zu kochen, zu brutzeln und neue Gerichte auf den Tisch zu bringen.

Fabrizio lud erlesene Gäste ein, suchte sie unter den Hunderten Bewunderern aus, die sich um Nikolaus scharen wollten wie Fliegen um Honig.

Als der pfälzische Erbfolgekrieg endlich ein Ende nahm,

wollte er für Madame ein geradezu opulentes Festmahl richten, diese aber winkte ab. Die vielen Toten – dieser Weltkrieg war es nicht wert gefeiert zu werden, auch wenn er nun zu Ende war. Die Pfalz galt als ausgestorben, als totes Land. Die Franzosen hatten nichts als verbrannte Erde hinterlassen. Eine Ödnis, die einst geblüht hatte.

Gilbert Quintus lag in seinem Bett und starrte auf den Baldachin. Er hatte alle Dienstboten hinausgeschickt, und sie waren mit vor Angst gekrümmtem Rücken seinem Befehl nachgekommen. Die Vorhänge hatte er zuziehen lassen, um die verhasste Novembersonne nicht mehr einzulassen. Zwar wärmte sie das Zimmer und linderte damit seine Schmerzen, aber sie schrie ihm auch förmlich entgegen, dass das Leben da draußen auch ohne ihn seinen gewohnten und heiteren Gang nehmen würde.

Er war zum ersten Mal in seinem Leben verzweifelt. Nichts lief, wie er wollte. Monsieur war völlig in seiner Hand und auch wieder nicht. Man konnte ihn prügeln, schlagen, züchtigen, ihn liebkosen und ihm schmeicheln – der Weichling grinste nur dämlich und beließ es dabei, Madame mit überflüssigen Reden bei Hofe schlecht zu machen. Eine wirkliche Intervention gegen Trimalchio hingegen stieß bei ihm auf taube Ohren. Er hörte überhaupt nicht zu, so schien es ihm. Mitten in tiefsinnigen, wichtigen Gesprächen verlangte er plötzlich einen neuen Beweis der Zuneigung, gleich welcher Art, und Gilbert blieb nichts weiter über, als sich dem zu fügen. Mehr als einmal prügelte er auf des Königs Bruder fester, härter und verbissener ein, als er vorgehabt hatte – mit dem einzigen Ergebnis, dass dieser ihm zu Füßen lag wie ein speichelleckender Hund. Er war ihm ergeben und half ihm dennoch nicht. Gilbert hasste den Mann. Er hasste ihn so abgrundtief wie ehedem nur Trimalchio. Nun wollte er zwei menschliche Wesen vernichten, um endlich zu den ihm gebührenden Ehren zu gelangen.

Sieben Jahre hatte er mittlerweile vergeudet. Zugegebenermaßen sieben Jahre des süßen Nichtstuns. Jahre, die mit Banketten, Ballett, der Oper und intimen Diners wie im Traum verstrichen waren. Zeitweise hatte er Trimalchio so tief in sein Innerstes zurückgedrängt, dass er manch einen Tag sogar hatte genießen können, ohne an ihn denken zu müssen, und dennoch nagte der Hass an ihm wie eine Ratte an einer verwesenden Leiche.

Ihm musste etwas einfallen. Das neue Jahrhundert zog mit großen Schritten herauf, und er wollte dieses nicht mit der Last der vergangenen Jahrzehnte beginnen. Mit seinem Gott hatte er schon lange abgeschlossen. Er war mittlerweile ein alter Mann und fühlte sich nicht mehr an das Gelöbnis gebunden, das ihm in der Jugend abgezwungen worden war und ihn zu einem Leben in der Soutane verpflichtet hatte. Gott war grausam zu ihm gewesen, und Gilbert verzieh es ihm nicht. Zwar dachte er manchmal an die Hölle, in der er zweifelsohne schmoren würde, aber er kam nicht gegen seine Gefühle an. Und was man dem Teufel nachsagte, hörte sich allemal viel versprechender an als die angeblichen Verlockungen des Himmels.

Die Gicht ließ ihn nicht mehr richtig aufrecht gehen, aber er hatte immer noch die Kraft, seine Hand gegen die zu erheben, die seinen unstillbaren Begierden im Wege standen. Und seine Begierden waren frisch und jung, obgleich sie in einem alten, verbrauchten Körper loderten. Sie flackerten in ihm wie eh und je und drohten ihn innerlich zu verbrennen. Er musste Trimalchio vernichten, um endlich ein wenig Ruhe zu finden.

Dieser Gedanke gab ihm die Kraft, sich endlich aus dem Bett zu erheben. Vielleicht hatten die Ärzte Recht, und er sollte ein wenig an Gewicht verlieren. Möglicherweise fiel ihm dann das Gehen, das Atmen, schlicht das Leben ein wenig leichter. Aber er wollte auf diese letzten Sünden nicht verzichten. Trotzig wie ein Kind steckte er sich ein Praliné in den Mund und verdammte sich augenblicklich selbst dafür. Der Saft des Confekts floss in den schwarzen Backenzahn, der ihm seit Wochen Schmerzen bereitete. Fluchend spülte er den bittersüßen Schmerz mit einem Kelch Wein hinab. Warum er? Warum konnte Trimalchio stolz wie ein Pfau durch die Gärten promenieren, von Bewunderern und Verehrern flankiert, als wäre er der König persönlich, während er selbst zunehmend ein Gefangener seines Körpers wurde, der bald nicht mehr fähig sein würde, die Rute gegen ein kleines Waschmädchen zu erheben?

Er wollte ihn tot sehen. Tot und vernichtet und unmöglich gemacht. Und die beste Gelegenheit dazu würde das große Fest geben, das der König anlässlich des Jahrhundertwechsels geplant hatte. Ob ihm Monsieur nun half oder nicht – er würde einen Plan schmieden, ihn reifen lassen wie eine Frucht, die am Höhepunkt des Festes zerplatzen und ihre fauligen Innereien preisgeben würde.

Angespornt von seiner eigenen Idee wuchtete er sich endgültig aus seinem Bett und brüllte nach seinen Dienstboten.

Nikolaus war es, als hätte ein guter Engel die Zeit zurückgedreht. Er fühlte sich rundherum wohl, überglücklich, stark wie ein Bär und kreativ wie in jungen Jahren. Der König gab zu Silvester ein Fest. Wie er hatte verlautbaren lassen, sollte es ein Höhepunkt, ein krönender Abschluss, ein würdiges Ende des alten und ein glanzvoller Neubeginn des neuen Jahrhunderts werden. Es sollte alles bislang Dagewesene an Eleganz, Witz und Köstlichkeit übertreffen, und er war einer der Köche, die für unvergleichlichen lukullischen Genuss sorgen sollten.

Der Höhepunkt aber sollte ein Wettstreit sein, dessen unmittelbarer Bestandteil er selbst war. Monsieur hatte Louis zu einem Duell der Köche herausgefordert und Louis hatte sich für ihn, Trimalchio, entschieden, auf dass er für ihn den Wettkampf bestreiten sollte. Nikolaus konnte nicht umhin, dass ihm der Stolz über diese Ehre unbotmäßig aus den Augen leuchtete. Er würde sich etwas Besonderes, Einmaliges einfallen lassen müssen, um seinem Namen und seiner Person gerecht zu werden und den Koch von Monsieur auszustechen.

François de Gontier war keine wirkliche Konkurrenz für ihn, kein Gegner, mit dem es sich zu messen lohnte. Im Grunde seines Herzens hatte er den Franzosen schon immer für einen Giftmischer gehalten, der die Speisen mit zu viel Moschus und Ambra verdarb, sie verkochen ließ oder ihnen mit zu vielen Gewürzen das natürliche Aroma raubte. Desgleichen wusste er, dass de Gontier nichts von seiner Mehlschwitze hielt, sich sogar darüber lustig machte und seine Saucen weiter mit Brot eindickte, damit ungenießbar machte und sich selbst als rückständigen, mittelalterlichen Kretin bloßstellte.

Eigentlich hätte er, der göttliche Trimalchio, sich aus diesem unwürdigen Wettstreit, in seiner Ehre als Koch zutiefst gekränkt, zurückziehen müssen. Aber des Königs Wort war immer noch Gesetz, und außerdem freute sich Nikolaus über alle Maßen auf das Fest, dass er letztendlich doch eingewilligt hatte, sich mit De Gontier zu messen.

Lange Tage hatte er damit zugebracht, wie ein Tier in einem Käfig der Menagerie auf und ab zu laufen, rastlos, ruhelos, umhergetrieben, ohne dass ihm die entscheidende, die alles krönende Idee gekommen wäre. Fabrizio hatte mit gut gemeinten Ratschlägen alles noch schlimmer gemacht, Dupois war zum Glück wieder in England, sodass nicht noch einer mehr mit unsinnigen Ideen ankommen konnte. Und dann, eines Nachts, war es ihm eingefallen. Ein wahrhaft göttlicher Funke hatte ihn durchzuckt, jeden Nerv seines Körpers berührt und ihn aus dem Bett getrieben, als wären tausend Flöhe hinter ihm her.

Er nannte sich »Trimalchio« und hatte ein Leben lang diesem Gott der sinnlichen Freuden nachgeeifert – nun war es endlich so weit. Er konnte seinen größten Traum verwirklichen und ein Fest ganz im Sinne Trimalchios ausgestalten. Er würde endlich endgültig mit Trimalchio eins werden. Und gleichzeitig De Gontier für immer auf seinen untergeordneten Platz verweisen.

Den Rest der Nacht brachte er damit zu, seine Ideen zu Papier zu bringen. Die Feder eilte über das Papier und hielt die erstaunlichsten, die grandiosesten Genüsse fest, die je einem Fest Glanz und Ehre verliehen hatten. Er holte alles aus seinem Gedächtnis, was dieses noch freigeben mochte, alles, war er noch von Trimalchio wusste – und als der Morgen graute, konnte er mehr als zufrieden sein. Stolz erfüllte seine Brust, und mit hastig gemurmelten Abschiedsworten zu Fabrizio, der eben schlaftrunken aus seinem Bett kroch, verließ er das Appartement, um in der Küche wieder das Regiment zu übernehmen.

Vergessen waren Müdigkeit und Erschöpfung. Er blühte auf und fühlte sich frisch und jugendlich wie lange nicht mehr. Die Dienstboten scheuchte er mehr denn je herum, und sie folgten seinen Anweisungen mit Freude, von seiner Begeisterung und seinem Eifer angesteckt.

Fabrizio indes verfolgte mit Vergnügen jene Vorbereitungen des Festes, die nicht in der Küche stattfanden. Abends, in den mittlerweile wieder wenigen verbliebenen Stunden der Muße und Ruhe, erzählte er von den Karren voll Tischtüchern, die täglich nach Versailles gebracht wurden – mit eingewebten Wappen, Emblemen und Ornamenten, mit Jagdszenen und mythologischen Darstellungen. Er berichtete über die Tischler und Zimmerleute, die Bühnen und Pavillons im Garten errichteten, und über die Schauspieler und Musiker, die unentwegt probten und Versailles bereits jetzt mit einer Kakophonie von Hämmern, Schlagen und Klopfen erfüllten, vermengt mit Gesang und Musik.

Versailles quoll beinahe über. War es gewöhnlich bereits mit Besuchern, Bittstellern, Delegationen und Abgesandten, Musikanten, Gauklern und Schauspielern, Schaulustigen, Händlern, einfachem Volk und edlem Geblüt überfüllt, so konnte es nun die zu den Festlichkeiten anströmenden Besucher beinahe nicht mehr fassen. Man schlief, wo man konnte – Gänge, Flure und Fenster-nischen waren völlig belegt, und die Aufseher hatten alle Hände voll zu tun, die Platzsuchenden aus den Teilen des Gartens zu scheuchen, die für das Fest vorbereitet wurden. Nach langen Jahren des gewöhnlichen Einerleis war Versailles wieder zu einem Spektakel geworden, zum erstaunlichsten Schauplatz der bekannten Welt, und jeder war stolz, sich mittendrin befinden zu dürfen. Fabrizio genoss das Durcheinander, schloss Freundschaft mit einer nicht mehr ganz frischen Hofdame und trug Nikolaus jeden Klatsch zu, den dieser im Eifer des Kochgefechts nicht mehr mitbekam.

Er hatte, weiß Gott, anderes im Sinn. Händler lieferten zu spät oder gar nicht, und wenn die Fuhre wie bestellt eintraf, war sie oft verdorben. Er war so weit, den Verdacht zu hegen, jemand intrigiere gegen ihn, besann sich dann aber eines Besseren. Schließlich waren alle aufgeregt und völlig aus dem Häuschen; gewisse Unzulänglichkeiten mussten einfach als gegeben hingenommen werden. Die Gerüchte, auch De Gontier hätte mit unzuverlässigen Händlern zu kämpfen, beruhigten ihn denn vollends. Und er würde sich wegen einer verspäteten Karre Fisch nicht in ein Schwert stürzen wie ehedem der große Vatel. Eher würde er neue Händler ausfindig machen.

Die Speisenfolge beanspruchte sein ganzes Organisationstalent. Für die Ehre, die fürstlichen Tafeln in der Silvesternacht zu bekochen, galt es, noch einmal sämtliche Genialität seiner selbst freizulegen. Und er tat es. Der König hatte ihm unbeschränkt Geldmittel zur Verfügung gestellt, und bei all seiner Sparsamkeit konnte er sich einer gewissen Verschwendung nicht verschließen. Gold und Silber musste herangeschafft werden, auch Edelsteine, Perlen und anderes eigentlich für zarte Damenhälse gedachte edle Metall. Schließlich stand die Speisenfolge fest, und als das große Ereignis näher rückte, trafen auch die letzten der bestellten Güter ein. Darunter auch ein geheimnisvoller Transport aus Venedig,

Kisten und Kasten, deren Inhalt keiner sehen durfte und die Nikolaus eigenhändig in eine Seitenkammer der Küche schaffte, zu der er allein einen Schlüssel besaß.

Überall vermutete er die Spione De Gontiers, und einmal ließ er seine Gehilfen, die Lehrjungen und Gesellen durchsuchen, ob sie Papier und andere verdächtige Utensilien bei sich trugen, auf denen sie Notizen an den Gegner überbringen konnten. Doch als die Untersuchung nichts dergleichen zutage förderte, schämte er sich seines Misstrauens. Die Bediensteten waren ihm ergeben. Ihre Loyalität kannte keine Grenzen und sie würden ihn nie, unter keinen Umständen, verraten. Der Wettstreit hatte sich auch auf seine Helfer übertragen, die es als größte Ehre ansahen, ihm bei dieser Aufgabe behilflich sein zu dürfen. Und schließlich würde ein Teil des Ruhmes auch auf sie abfallen.

Seine Wahl war auf acht Gänge mit mehr als fünfhundert Speisen gefallen, die nun unter seinen wachen Augen zubereitet wurden. Dreißig verschiedene Suppen, mit Artischocken, Pilzen und Geflügel, gehacktem Fleisch oder Wild, als Zwischenmahlzeiten Rebhühner, Fasane und Wachteln, Drosseln, Schwäne und Storchen, sollten das Festmahl einleiten. Wie im »Festmahl des Trimalchio« beschrieben, sollten Esel mit Silberschüsseln beladen werden, in denen gefüllte Oliven lagen. Ihnen folgte kurz gesottenes oder gebratenes Wild sowie Reh, Hirsch, Wildschweine und Steinböcke zusätzlich in Blätterteig, als Torte, Zunge oder kalt im Salat. Dazu Melonen und exotische Früchte, Saucen und Süßes. Hasen, Hühner und Lamm kamen als dritter Gang. Hier wollte er osmanische und chinesische Akzente setzen und die Gaumen mit fremden Geschmäckern erfreuen. Zitronen, Oliven und Pomeranzen würden dies abrunden. Lebende Lerchen in Pasteten würden den vierten Gang einläuten, der mit gefülltem Kalb, Lerchen und Wasserschnepfen seinen Höhepunkt finden würde. Dem würde eine Zwischenspeise im Arrangement des Tierkreises folgen – wie in seinem Buch der Bücher beschrieben. Der fünfte Gang wurde den Fischgerichten gewidmet. Forelle mit Speck, Karpfen und Hecht in Pastete, frikassierte Schildkröten und Krebse, die auf Zitronen serviert wurden. Während die Dienstboten Schafe, Ochsen und Rinder für den sechsten Gang vorbereiteten und mit Feuereifer das Gebackene für den siebten Gang aus den Backöfen holten, vergoldete er Kalbsköpfe und Hirschgeweihe, versilberte Rehe und Schnepfen, ließ Torten und Pasteten das Wappen des Königs angedeihen, ersetzte die Augen der Fische durch Perlen, richtete Fasanen so zu, dass sie aussahen, als wären sie nie für die Gaumenfreuden gestorben, sondern würden sich sofort vom Tisch erheben, und träufelte Ambra und Moschus wohldosiert auf das gebratene Fleisch.

Unmengen Eis aus Pistazien, Kakao und Mandeln würden dem letzten Gang einen guten Start geben. Als er Marzipan, Konfekt und Pralinés mit manch edlen Steinen gefüllt und in Silber und Gold getunkt hatte, konnte er sich endlich den heiß begehrten Schaugerichten widmen, steigerte sich noch mehr in Festtagslaune und schlief bald nicht mehr im Appartement, sondern in der Küche, in die er sich eine Chaiselongue hatte stellen lassen, sodass Fabrizio ihn besuchen musste, wollte er ihn sehen oder sprechen.

Als schließlich der Abend der Abende nahte, ganz Versailles von prickelnder Lust und hysterischer Vorfreude erfüllt war, wurde er von Fabrizio gewaltsam aus der Küche gezerrt, um sich in Festtagskleidung gewanden zu lassen.

»So kannst du nicht gehen. Verschmiert, schmutzig, Hühnerfedern in den Haaren und Mehl im Gesicht«, lachte Fabrizio.

»Aber wir müssen die Schaugerichte noch aufbauen, da kann ich meine tollpatschigen Dienstboten unmöglich alleine hantieren lassen. Sie werden alles verderben. Sie sind zu nichts nütze. Nur ich kann ...«, jammerte Nikolaus und wollte wieder kehrtmachen.

Fabrizio hielt ihn gerade noch am Ärmel fest und zog ihn vehement nach Hause.

Nikolaus war noch immer aufgebracht, als er – in neuen Kleidern und mit Fabrizio an der Seite – dem Garten zustrebte, in dem die Festvorbereitungen in den letzten Zügen lagen.

»Das Halstuch kratzt, die Kleider sind viel zu steif, ich sehe aus wie ein alter Gockel, der in ein neues Federkleid gepresst wurde, die Ringe, die du mir angesteckt hast, schneiden die Blutzufuhr zu meinen Fingern ab, und ich werde dadurch nichts mehr anschneiden, geschweige denn auftragen können.«

»Du sollst auch nichts auftragen! Wie kommst du auf so etwas? Du hast nie etwas aufgetragen und wirst es erst recht nicht heute tun. Ist dir die viele Bratenluft zu Kopf gestiegen?«

Fabrizio lachte hell auf und schüttelte den Kopf. Nikolaus ließ sich nicht beirren. Selbstverständlich wollte er dem König selbst einen Teller überreichen. Oder doch nicht? Er wusste es nicht. Er wusste gar nichts mehr, war fahrig und nervös, und in seinem Kopf wirbelten die Gedanken um Konfekt und Ananas, glasierte Rebhühner, gefüllte Störche und vergoldete Kälber. Und was war mit seinen Schaugerichten? Waren sie gut platziert? Oder gar zu Bruch gegangen? Und wie stand es um De Gontier? War er mit seinen Vorbereitungen fertig geworden? Hatte er möglicherweise doch eine göttliche Idee gehabt und würde eine Überraschung in Szene setzen, die seine Speisen völlig in den Hintergrund rücken würde?

»Es tut mir leid, ich muss einfach wissen, was mit meinem Zuckerbackwerk geschehen ist. Diese Frevler werden ...«

Weiter kam er nicht. Das Gedränge und der Lärm um sie herum hatten mit jedem Schritt in den Garten zugenommen, und nun war es beinahe unmöglich, sich mit normaler Lautstärke Gehör zu verschaffen. Schreiend und gestikulierend deutete Fabrizio ein Stück weit nach vorne, bemerkte, dass sein Freund nichts verstand, und zog ihn mühsam mit sich. Allein der Umstand, dass viele Nikolaus erkannten, verschaffte ihnen Platz. Damen knicksten oder versteckten ihre Gesichter hinter Straußenfederfächern, Herren verbeugten sich, und viele schlossen sich ihnen an. Wohin Trimalchio seinen Fuß setzte, sollte man auch gehen – er war noch immer *en vogue*.

Mit Erstaunen bemerkte er, dass viele Damen unglaubliche Ungetüme auf dem Kopf trugen. Statt einfacher Perücken krönten diese Häupter Käfige mit lebenden Vögeln, Drahtgestelle in Form von Schlössern oder exotischen Tieren. »Eine neue Form der Fontange!«, schrie ihm Fabrizio zu, der seinen amüsierten Blick bemerkt hatte.

Rund um den Pavillon des Apoll lag das Zentrum der Festivität. Als sie am Pavillon vorübergingen, bemerkte Nikolaus mit stolzer Freude, dass sich eine Menschentraube vor einer Holztribüne angesammelt hatte.

»Da kommt er!«

»Er ist einfach göttlich!«

»So kreativ.«

»Unübertroffen.«

Erst als Fabrizio mit ausholender Geste auf die aufgebauten Zuckerbackwerke deutete, wurde Nikolaus bewusst, dass die ehrfürchtig geraunten Schmeicheleien ihm selbst galten. Mit Wohlgefallen registrierte er, dass seine Schaugerichte hinter leinenen Tüchern den neugierigen Blicken entzogen waren. Eine rote Schnur markierte die Grenze, die zu überschreiten niemand wagen durfte, und mehrere Lakaien wehrten die Schaulustigen mit grimmigen Blicken und drohenden Worten ab. Immer wieder mussten sie die Menge zurückdrängen, auf dass diese die Tribüne nicht stürmte.

»Lasst uns einen Blick darauf werfen!«

»Bitte, nur einen kurzen Blick!«

Nikolaus schüttelte energisch den Kopf, lächelte trotz seiner

Aufregung galant einer Gruppe Hofdamen zu und zog Fabrizio mit sich hinter die Absperrung zur Tribüne.

Hinter den leinenen Tüchern waren seine Gesellen damit beschäftigt, das Zuckerbackwerk aufzubauen.

»Du hast dich selbst übertroffen«, flüsterte Fabrizio, als die prächtigen Aufbauten sah. »Erklär mir, was es zu bedeuten hat.«

Nikolaus folgte dieser Aufforderung nur zu gerne. Er genoss die Verehrung aus allen Zügen. Mit glänzenden Augen erklärte er seine Lieblinge aus Zucker, Mandeln, Tragant, Gold und Edelsteinen, Leim und Holz. Adam und Eva im Paradies und die Schlange mit dem Apfel im Maul. Ein wahrer Garten der Lüste, der das erste Alter der Welt darstellte. Ihm folgten das goldene Kind, Saturn und die anderen Planeten, bis er beim dritten Weltalter ankam: der Figur des Abraham, der seinen Sohn opfern und erdolchen wollte, während eine dicke Wolke über ihm schwebte, aus der Gott seinen Willen kundtat. Es hatte ihn viel Mühe, Leim und Fingerspitzengefühl gekostet, die Wolke freischwebend aussehen zu lassen, aber es war gelungen. So sehr, dass Fabrizios staunende Augen an eben jener Wolke haften blieben und sie mit bloßem Blick bezwingen wollten, ihr Geheimnis preiszugeben.

»Und was ist das?«, fragte Fabrizio, den Blick auf das letzte in der Reihe der Zuckerbackwerke gerichtet, das noch unter einem mit leinenen Tüchern verhangenen Gestell verborgen war.

»Das«, sagte Trimalchio, »ist die *pièce de résistance* – mein letztes und größtes Meisterwerk. Etwas, das bislang noch keinem Koch gelungen ist. Die Krönung des Festes.«

»Lass mich wenigstens einen Blick darunter werfen.« Fabrizio machte einen Schritt darauf zu, um den Schleier zu lüpfen, aber Nikolaus hielt ihn mit sanfter Gewalt zurück.

»Jetzt lass mir doch das Vergnügen der Überraschung. Nun komm, ich muss mich endlich in das Küchenzelt begeben - es wartet noch eine Unmenge Arbeit auf mich und der Wettbewerb gewinnt sich auch nicht von alleine.«

Er zog Fabrizio mit sich. Nur widerstrebend folgte dieser ihm nach, nachdem er sich zu mehreren Kelchen Wein aus dem nicht versiegenden Springbrunnen hatte verführen lassen. Gemeinsam beäugten sie auf ihrem Weg zum Küchenzelt die goldenen Gondeln und Galeeren auf den künstlich angelegten Seen, gaben sich für kurze Momente ganz der Musik an den einzelnen Bühnen hin, bestaunten Schauspieler und Sänger in überdimensionalen, bunten, zum Teil mit Pfauenfedern geschmückten Kostümen, mit wild bemalten Masken, wichen einer Parade von vergoldeten Elefanten gerade noch rechtzeitig aus, und während Fabrizio den Damen schöne Augen machte, plauderte Nikolaus mit manch einer angenehm über die edle Zunft des Kochens, derweil er in Gedanken nur noch dem Wettstreit entgegenfieberte.

Gilbert saß auf einer vergoldeten Gartenbank und starrte auf den gefrorenen Boden zu seinen Füßen. Er bemerkte den Tumult um sich herum nicht, ignorierte die Musik, die aus allen Teilen des Garten erschallte, hörte weder das Lachen noch das Kichern der vorbeiziehenden Damen in ihren viel zu engen Miedern. Aber er konnte die Anwesenheit Trimalchios förmlich riechen. Der Duft von Gebratenem und Gesottenem, von Ochsen am Spieß und gefüllten Spanferkel hing in der Luft, durchschnitt mit seinem warmen Dunst die eisige Kälte und machte ihm mit jedem Atemzug klar, dass er überall von Trimalchio umgeben war.

»Nicht mehr lange«, dachte er und lächelte. Sein Plan war aufgegangen und würde demnächst die volle Blüte der Rache entfalten. Nur noch wenige Stunden hatte er sich zu gedulden, dann würde der Wettstreit, zu dem er Monsieur angestiftet hatte, seinen Höhepunkt im Vergleich der Schaugerichte zeigen und dann, dann endlich konnte er mit einem Schlag seinen Erzfeind, dem Widersacher seines Lebens, einen Stoß versetzen, der diesen in die tiefsten Kerker des Landes und letztendlich an den Galgen bringen würde.

Seine Spione hatten ihm zugetragen, dass Trimalchio ein ganz besonderes Meisterwerk kreiert hatte, einen Brunnen, aus dem schwerster Rotwein aus dem Süden des Landes floss, während aus dem Inneren zarte Musik erklang. Er hatte nicht erfahren können, was daran so Besonderes war; denn sein alter Widersacher hatte unter größter Geheimhaltung an dem Kunstwerk gearbeitet – eine Geheimhaltung, die ihn das Leben kosten sollte.

Es hatte Gilbert ein Vermögen gekostet, den Spion in die Küche seines Feindes einzuschmuggeln, und mehr als eine Woche aufopferungsvoller Hingabe an Monsieur und seine Neigungen waren notwendig gewesen, an eine ausreichende Menge Gift zu kommen, die den Vorkoster innerhalb weniger Augenblicke in Gottes – oder des Teufels – Arme treiben und Trimalchio den Kopf kosten würden. Niemand würde auch nur einen Augenblick daran zweifeln, dass Trimalchio den Wein vergiftet hatte.

Gilbert lächelte zufrieden in die Dämmerung.

Als sich die sternenklare Nacht über Versailles senkte, konnte Fabrizio Nikolaus nicht mehr halten. All seine Sinne zogen ihn mit uneingeschränkter Macht zu seinen Speisen. Der erste Gang sollte demnächst aufgetragen werden, und er musste ganz einfach zugegen sein, um kleinere oder in seinen Augen gar immense Katastrophen zu vermeiden. Und endlich hatte der Freund ein Einsehen und ließ ihn ziehen, aber erst, nachdem er ihm das Versprechen abgerungen hatte, ihn kurz vor Mitternacht abholen zu dürfen, um gemeinsam mit dem angekündigten Feuerwerk das neue Jahrhundert zu begrüßen.

Und er hatte Recht behalten. Nichts lief, wie es sollte. Dienstmädchen waren hysterisch und ließen Brote, Teller und Terrinen gleichermaßen zu Boden poltern. Ein Fasan hatte einen bösen Sturz bereits hinter sich und konnte nur durch seine fachkundige Hand gerettet werden. Manch eine Perle oder ein edler Stein waren spurlos verschwunden und durch gekochtes Eiweiß oder gefärbtes Glas ersetzt worden. Es war eine Hölle, die er vorfand, und nur unter größter Anstrengung gelang es ihm, einen einigermaßen geordneten Ablauf in den Gang der Dinge zu bringen.

Die Stunden eilten im Galopp dahin. Eine begeisterte Nachricht nach der anderen, von den höchsten Persönlichkeiten ausgesprochen, wurden ihm von Lakaien übermittelt, und selbst der König sollte sich bereits überschwänglich belobigend über das Essen geäußert haben. Gerüchte erreichten ihn, dass De Gontier nicht im mindesten so viel Erfolg mit seinen Kreationen hatte wie er und dass bereits mehrere Hofdamen die überwürzten und mit Brot eingedickten Saucen und moschusgetränkten Fleischspeisen hatten zurückgehen lassen. Man munkelte, De Gontier hätte bereits wutentbrannt sein Küchenzelt verlassen. Aber Nikolaus wollte sich nicht zu früh freuen. Noch musste so viel getan werden, so viel vorbereitet, so viel aufgetragen werden. Noch war Trimalchios Fest nicht vorbei. Für ihn stand mehr als seine Ehre auf dem Spiel – es war ihm, als könne er mit diesem Wettstreit sein Leben mit einem Glanzlicht überstrahlen lassen.

»Es wird Zeit. Nun komm – der König wartet nicht gerne.«

»Ich weiß, ich weiß. Bin ich denn recht gekleidet? Oder habe ich Flecken am Saum? Ist mein Gesicht verschmiert und haben die Vorbereitungen ein Ende gefunden?«

Fabrizio lachte herzhaft auf und zog ihn mit sich.

»Alles ist wunderbar – wie durch ein Wunder bist du nicht über und über mit Sauce verschmiert, und der Wettstreit will nun endlich entschieden werden. Glaub mir, der König ist voll und ganz auf deiner Seite.«

»Meinst du wirklich?«, hakte Nikolaus nach, während er sich seiner Schürze entledigte und die Spitzen an seinen Hemdsärmeln richtete.

»Nun sei doch nicht so bescheiden. Du weißt sehr wohl, dass De Gontier dir nie das Wasser reichen konnte.« Fabrizio grinste und drängte mit einer ungeduldigen Handbewegung zum Aufbruch.

Nikolaus lächelte und ließ sich endgültig aus dem Zelt ziehen. Während sie den kurzen Weg zu der Holztribüne zurücklegten, auf denen die Zuckerbackwerke und Schaugerichte ausgestellt waren, konnte er nicht umhin, vor Stolz und Vorfreude leise vor sich hinzusummen. Ja, Fabrizio hatte Recht. Er wusste, dass er besser, weitaus besser war als De Gontier. Aber er wusste auch, dass das Schicksal oft seltsame Haken schlug und Fortuna dazu neigte, im ungünstigsten Augenblick wegzusehen. Dennoch summte er weiter.

Je näher sie an die Tribüne kamen, desto dichter wurde das Gedränge. Riechbüchsen, die in der gesamten Anlage entzündet worden waren, verströmten aromatische Dämpfe. Die schwatzende, angeheiterte und vom Feiern erhitzte Menge teilte sich unter bewundernden Rufen, so dass Nikolaus und Fabrizio leichter ein Durchkommen fanden, während sich die Wogen hinter ihnen sofort wieder zu einer Einheit schlossen und die Masse hinter ihnen herdrängte. Jeder wollte bei dem Ereignis zugegen sein. Keiner wollte versäumen, wen der König zum Meister aller Köche küren würde.

Nikolaus schlug das Herz bis zum Hals. Die Aufregung schnürte ihm die Brust zu. Am liebsten hätte er sein Halstuch einfach heruntergerissen und das Hemd aufgeknöpft – er meinte überhaupt keine Luft mehr zu bekommen. Die Gerüche der Riechäpfel, der Parfüms und des Puders stiegen ihm zu Kopf und benebelten seine Sinne. Nur am Rande nahm er die prächtigen Gewänder, die heitere Stimmung und das ausgelassene Fest wahr.

»Komm. Schnell. Der König ist bereits an der Tribüne!«, rief ihm Fabrizio zu.

Nikolaus sah auf. Seine Augen huschten über die leinenen Tücher, die erst gelüftet werden sollten, wenn die beiden Gegner des Wettstreites zugegen waren, und dann sah er ihn. Der Sonnenkönig. Der strahlendste Monarch unter der Sonne. Der König der Könige. Der Mann, der Europa beherrschte oder es zumindest versuchte. Der Mann, dessen Wort Gesetz war, den göttlichen Geboten gleich. Stattlich, den schweren Körper auf einen zierlichen Stab aus Gold gestützt und sein enormes Gewicht auf hohen Absätzen balancierend wirkte er beinahe wie eine Figur aus der Oper und nicht wie einer der mächtigsten Männer Europas.

»Da ist er!«

»Macht Platz!«

»Lasst ihn durch. Lasst ihn durch!«

Nikolaus hatte seine Augen schnell auf den Boden gerichtet, als sich der König zu ihm wandte und ging nun mit rasendem Herzen auf ihn zu. Die Menge blieb hinter der Absperrung zurück, auch Fabrizio blieb mit angemessenem Abstand stehen. Es blieb an ihm, sich allein dem König zu nähern. Er wagte es nicht, seine Augen aufzuschlagen und dem Monarchen ins Angesicht zu blicken.

»Das also ist der sagenumwobene Trimalchio. Das Licht, der Stern an meinem Hofe.«

Nikolaus zitterte. Die Stimme des Königs dröhnte in seinen Ohren. Er schluckte, seufzte tief, wobei der Laut im Gemurmel und Geraune der Menge unterging, und endlich konnte er seinen Blick heben und dem König ins Antlitz blicken. Er war nicht mehr so jung und straff wie auf den Gemälden, welche die Flure und Gänge von Versailles zierten; seine Wangen zitterten schlaff wie ausgeleierte Leinenbeutel, und sein Kinn legte sich in mehrere dicke Wulste. Die Locken seiner aufgetürmten Perücke zitterten um das alt gewordene Haupt, aber die Augen des Königs blitzten wie blanker Stahl. Mochte sein Körper alt geworden sein, sein Geist war ungebrochen, sein Verstand scharf, sein Wille unbezähmbar. Mit einem Mal wusste Nikolaus, warum Europa vor diesem Mann in die Knie ging, und er tat es Europa nach und beugte seine alten Knochen auf die eisige Erde.

»Nicht so bescheiden, Trimalchio. Euer Ruf eilt Euch voraus. Eure Bescheidenheit ziert Euch, aber zu viel Bescheidenheit ist ein Makel, der sich nicht mit Genialität verträgt.«

Fabrizio, der unmittelbar hinter ihm in die Knie gegangen war, rappelte sich als erster wieder hoch und zog Nikolaus schließlich unsanft nach oben, als dieser sich noch immer nicht aus seiner Starre lösen konnte. Der König hatte die Geste des Freundes bemerkt und schmunzelte.

»Nun denn, es wird kalt. Und ich möchte den Wettstreit vor Mitternacht zu Ende bringen, auf dass wir Trimalchio im neuen Jahrhundert als den Meister der Köche feiern können.«

Nikolaus' Herz machte einen Sprung. Die Gerüchte schienen sich zu bestätigen. Der König hatte sich bereits entschieden. Und nun bemerkte er den frostigen Blick, den der König seinem Bruder zuwarf, der unmittelbar neben ihm stand. Monsieur kniff die Lippen zusammen, erwiderte aber kein Wort.

Nachdem De Gontier dem König vorgestellt wurde, entschied der Monarch, dass dessen Schaugerichte zuerst zu enthüllen seien. Nikolaus war es gerade recht. So blieb der Eindruck seiner eigenen Werke länger erhalten, während man De Gontiers Konstruktionen wieder vergaß – so zumindest hoffte er. Fabrizio zwinkerte ihm verstohlen zu, aber er bemerkte die Geste nur aus dem Augenwinkel heraus. Die Aufregung hatte sich nun seiner völlig bemächtigt, und nur schemenhaft nahm er wahr, dass sich seine fleißigen Helfer, die Gesellen und Küchenjungen, die ihm hilfreich und manchmal auch hinderlich zur Hand gegangen waren, mit stolzgeschwellter Brust vor der Tribüne aufbauten, um dem Wettstreit beizuwohnen und dabei einen kleinen Nachhall des erhofften Beifalles zu erhaschen.

Der Anblick der vertrauten Gesichter beruhigte ihn ein wenig, und langsam konnte er wieder freier atmen. Ein Fanfarenstoß erklang, und mit einem Ruck wurden die leinenen Tücher gelüftet und De Gontiers Werke zur Begutachtung freigegeben.

Ein Aufschrei ging durch die Menge. Bewundernde Bekundungen mischten sich mit abfälligen Zurufen, die eindeutig aus den Reihen von Nikolaus' Anhängern kamen. Der König ließ sich die Darstellungen erklären, doch unterbrach er De Gontier oft und unwirsch, schritt bereits zum nächsten, während der Künstler offensichtlich noch nicht fertig war mit seiner Beschreibung, und es war mehr als offenkundig, dass der König ihn selbst und damit auch seine Werke nicht ernst nahm.

Beinahe empfand Nikolaus Mitleid mit seinem Rivalen. Sowohl seine Werke als auch seine Person fielen mehr und mehr in sich zusammen. Wappen aus Zuckerguss, Schlösser und Lustgärten sollten des Königs Auge erfreuen, aber Nikolaus mutmaßte, dass De Gontier zu sparsam mit Gips und Holz gearbeitet hatte, mit der Folge, dass sich das Backwerk langsam auflöste und manch ein Schloss und Schwan sich nicht mehr stolz gen Himmel reckte, sondern bereits erste Anzeichen der Ermüdung zeigte.

Er konnte diesem Elend nicht mehr länger beiwohnen und ließ seine Augen über die kleine Gruppe hochgestellter Adliger schweifen, die den König begleiteten. Und dann sah er ihn. Quintus. Gilbert Quintus.

Nikolaus verschluckte sich beinahe, und für einen Augenblick glaubte er, seine Beine würden ihm den Dienst versagen, einfach nachgeben und ihn zu Boden sinken lassen.

»Was ist?«

Fabrizio, der noch immer einen Schritt hinter ihm stand, hatte den Schwächeanfall sofort bemerkt.

Nikolaus brachte kein Wort heraus, konnte nur den Arm heben und mit der Hand auf Quintus deuten.

»Was macht *er* denn hier?«

Nikolaus drehte sich stumm zu Fabrizio um, der die Worte ausgesprochen hatte und wie gebannt zu Quintus starrte.

»Gott steh mir bei! Er hat irgendetwas vor, ich weiß es«, flüsterte Nikolaus. »Er hat irgendetwas Teuflisches im Sinn.«

In diesem Augenblick machte die Gesellschaft kehrt. Der König lächelte zufrieden; Monsieur machte ein säuerliches Gesicht; De Gontier wirkte gebrochen; seine Perücke saß mittlerweile schief, und sein Wams war verrutscht. Nur Gilbert, von dem der ganze Hof wusste, dass er mehr als nur Monsieurs Günstling war, lächelte zufrieden vor sich hin. Nikolaus fröstelte. Er wusste mit absoluter Sicherheit, dass Gilbert Quintus nur seinetwegen an dem Spektakel teilnahm.

Aber was führte er im Schilde? Wie wollte er ihm schaden? Was hatte er vor? Die Gedanken kreisten wild in seinem Kopf, überschlugen sich beinahe und ihm wurde schmerzhaft bewusst, dass es für Maßnahmen egal welcher Art zu spät war. Die Dinge würden ihren Lauf nehmen – so oder so. Und er konnte nur hoffen, dass Fortuna ihm nicht gerade jetzt den Rücken kehrte.

Wie in Trance nahm er wahr, dass nun die Tücher seiner Tribüne unter rauschendem Applaus gelüftet wurden. Wie aus einer anderen Welt drangen die begeisterten Rufe an sein Ohr.

»Reiß dich zusammen!«, zischte ihm Fabrizio ins Ohr. »Vielleicht ist er nur zur Begleitung von Monsieur erschienen.«

Nikolaus nickte. Vielleicht war es wirklich so, aber er glaubte nicht daran. Dennoch musste er nun seine Schaugerichte erklären. Die Augen des Königs, die Augen der gesamten Menge ruhten auf ihm. Langsam, vorsichtig bewegte er sich auf die Tribüne zu, sprach die ersten Worte und machte eine Pause, in Erwartung eines vernichtenden Satzes von Quintus. Aber nichts kam. Keine bösen Worte, keine Anfeindungen. Er hob zur Erklärung des nächsten Zeitalters an, immer noch darauf gefasst, von Quintus unterbrochen zu werden, aber nichts erfolgte. Beim dritten Weltenalter wurde seine Stimme sicherer, seine Haltung gestraffter. Vielleicht hatte Fabrizio doch recht. Langsam fand er zu seiner alten Form zurück und konnte den König mit seinen Erläuterungen entzücken.

Die Menge unterbrach ihn immer wieder mit Applaus und der

König nickte beifällig. Nikolaus atmete ein wenig leichter. Möglicherweise hatte Quintus vergeben? Frieden mit ihm geschlossen und die Ereignisse, die beinahe ein Menschenleben weit zurücklagen, endlich vergessen?

Er schritt zu seinem letzten Schaugericht. Hoch reckte sich die Skulptur, glänzend weiß, ein Bauwerk, das aus reinem Zucker gemacht zu sein schien. Es zeigte das letzte der Weltzeitalter, das Zeitalter der Fische. Meerestiere jeglicher Art, wie sie in den vielen Jahren seines Lebens durch Nikolaus' Hände gewandert waren, um als schmackhafte Speisen auf den Tafeln der Reichen und Mächtigen zu enden, zierten das Backwerk. Muscheln bildeten das Bett, Seesterne, Krabben und Langusten krochen daraus hervor. Aus den stilisierten Wellen, die sich darüber aufbäumten, reckten edelsteingeschmückte Fische ihre Köpfe. Die Krönung des Ganzen aber bildete der Leviathan, das Ungeheuer der Meere, das sein perlmuttbesetztes geschupptes Haupt zum Himmel reckte.

»Wie alle Lande dem Sonnenkönig untertan sind«, erklärte Nikolaus, »so soll auch das Meer seinem Willen gehorchen.« Und mutiger geworden fügte er hinzu: »Wenn Euer Majestät nur so gütig wären, das Zeichen zu geben.«

Louis sah ihn ein wenig verwundert und amüsiert zugleich an, dann hob er huldvoll seinen goldenen Stab.

In diesem Augenblick flammten Lichter auf. Kerzen, durch ein sinnreiches Arrangement von Lunten gezündet, erhellten das Bauwerk. Durch Spiegel weitergeleitet, ließen sie den Zucker und Gips wie durchscheinenden Alabaster erstrahlen. Aus dem Inneren erklang Flötenmusik, in Gang gesetzt von einem Orgelwerk, das ein versteckter Helfer bediente. Und während Jonah triumphierend dem Rachen des Meeresungeheuers entstieg, ergossen sich aus den Mäulern der Fische durch die verborgenen Röhren aus venezianischem Glas Ströme von Wein: Weißwein aus der Champagne zur Linken, Rosé aus Anjou zur Rechten und aus der mittleren Fontäne der schwere rote Wein von Bordeaux.

»Aaah! Ooooh!«, seufzte die Menge.

»Ein Zuckerwerk, das Wein fließen lässt!«

»Wie ist das nur möglich?«

»Ein Meisterstück«, raunte ein Lakai im Hintergrund.

Der König hatte die Worte aufgefangen und wandte sich zu Nikolaus.

»Ja, das Werk eines Meisters. Das Werk eines Genies. Es ist göttlich!«

Nikolaus lächelte stolz und ergriffen. Es war offensichtlich, dass der König mehr als angetan war. De Gontier zog sich in den Hintergrund zurück und untersuchte die Zuckerbackwerke mit prüfenden Blicken, Monsieur hielt sich stumm neben den König. Durch sein Schweigen gestand er die Niederlage ein.

Nur Quintus lächelte. Dann machte er einen Schritt auf den König zu, verbeugte sich zittrig und sagte schließlich: »Euer Majestät, wenn Ihr mir eine Bemerkung erlauben würdet ...«

Nikolaus hielt den Atem an. Holte Quintus nun zum vernichtenden Schlag aus? Der König wandte den Blick zu Quintus, der sich wieder aufgerichtet hatte und nickte ihm zu.

»Ob es wahrhaft göttlich ist, lässt sich nur beurteilen, wenn Ihr von dem Wein gekostet habt.«

Das Gesicht des Königs war wie eine Maske; weder Überraschung noch sonst eine Emotion war darin zu lesen. Nikolaus atmete langsam aus. Sollte der König ruhig von dem Wein probieren, er hatte nur die beste Qualität für den Springbrunnen verwendet, schließlich sollte er nicht nur das Auge, sondern auch den Gaumen des Königs entzücken.

Quintus winkte einem Lakai, der mit einem goldenen Tablett vortrat, auf dem zwei Kelche standen. Der Vorkoster des Königs drängte sich an Nikolaus vorbei und wollte gerade zu einem der beiden Kelche greifen, aber der König hielt ihn mit ausgestrecktem Arm zurück. Von der Berührung erschreckt, wich der Vorkoster zurück.

»Monsieur Quintus, es war Eure Idee. Euch gebührt die Ehre des Vorkostens.«

Nikolaus wusste nicht, was vor sich ging, aber er spürte mit jeder Faser seines Wesens, dass etwas nicht in Ordnung war. Etwas ging da vor sich, von dem er keine Ahnung hatte. Fabrizio trat an seine Seite und sah ebenso gebannt zu Quintus wie er selbst.

Der König verzog den Mund zu einem Lächeln, aber in seinen Augen stand ein Befehl, während er unverwandt auf Quintus sah.

Gilbert blickte dem König ins Angesicht. Er zuckte nicht mit den Wimpern, noch ging ein Zittern durch seinen Körper. Alles schien ihm plötzlich unwahr, wie ein böser Traum. Aber es war kein Traum.

Noch eben hatte er sich so wohl gefühlt, so glücklich, so unverwundbar, und mit wenigen Worten war alles zunichte geworden. Sein Leben war vorbei. Ausgelöscht vom König. Oder von sich selbst? Oder doch von Trimalchio? War es nicht schon vorher vorüber gewesen? War nicht sein ganzes Leben ein einziger Misserfolg geworden? Gut, er hatte sich bis zum Beichtvater der Gemahlin des Dauphin, der künftigen Königin, hochgearbeitet. Aber Maria-Anna lag nun unter der Erde, und er war zum Spielgefährten des Bruders des Königs verkommen. Und warum das alles? Wozu der Aufwand? Warum die Misserfolge? Wegen dieses gottverdammten Kochs, dem er nichts anhaben konnte – und ihm auch nichts mehr anhaben würde! Nie mehr. Denn sein Leben war vorbei.

Er fror. Selbst der mit Bärenfell gefütterte Mantel konnte diese Kälte nicht abwehren. Sie kam von innen. Aus seiner persönlichen Hölle. Mit einem Male fühlte er sich noch älter als er war. Jeder Knochen schmerzte, die Glieder schrien nach Ruhe. Aber würde er diese jemals finden? Fort waren die Gedanken, dass er sich keinen Deut um den Himmel scherte, wenn die Hölle doch so viel Vergnügen bereiten würde. Er war allein.

Unwillkürlich zuckte er mit den Schultern. Er sah durch den König hindurch. Nahm niemanden mehr wahr. Er würde nichts mehr gegen Trimalchio tun können. Wozu auch?

Er hatte das Ende erreicht. Die Grenzmarke des Lebens. Es war vorbei. Ja, sie wollten ihn gewaltsam aus diesem Leben zerren. Aber diese letzte Ehre wollte er sich selbst erweisen. Und vielleicht brachte sein Tod doch noch den gewünschten Erfolg – Trimalchio ebenfalls ein Ende zu setzen. Möglicherweise war sein Tod nicht sinnlos.

Er tastete mit klammen und von der Gicht verkrümmten Fingern nach einem Kelch auf dem goldenen Tablett. Als er ihn unter größter Kraftanstrengung und schlimmsten Schmerzen endlich in Händen hielt, lächelte er. Sein runzeliges Gesicht legte sich in tausend Falten, während er das Kleinod betrachtete. Er ließ seinen Blick durch den Garten schweifen, über die Menge, blieb kurz an Trimalchios erstauntem Gesicht hängen, sah ihn lange und durchdringend an und sog noch einmal tief Luft ein, Luft, die von Trimalchios Düften erfüllt war. Dann nickte er dem König zu, Monsieur, der Menge und hielt den Kelch unter die Fontäne des Springbrunnens. Der Wein perlte in den Kelch, kleine rote Tropfen spritzen auf seine Hand. Ihm war, als wären alle seine Sinne geschärft. Seine Wahrnehmung war von so klarer und durchdringender Reinheit, wie er es in seinem Leben noch nie hatte erfahren dürfen.

Als der Kelch zur Hälfte mit Wein gefüllt war, wandte er sich wieder um. Er hielt mit zitternden Händen den Kelch, lächelte, schwenkte ihn kurz in des Königs Richtung, dann wandte er sich Trimalchio zu. Er war nur zwei Schluck vom Tod entfernt und er wollte seinem Widersacher dabei ins Auge sehen, während er das Gift nahm. Gift, das für Trimalchio bestimmt gewesen war. Und das er nun für sich selber beanspruchte.

Er wusste, wann er verloren hatte. Er setzte den Kelch an die Lippen und trank. Gierig, wie ein Verdurstender, als hätte er nie zuvor in seinem Leben ein köstlicheres Getränk genossen. Der Wein troff aus seinen Mundwinkeln, lief sein Kinn hinab, den Hals, tropfte blutrot auf seinen Mantel.

Er konnte den Kelch nicht mehr absetzen. Das Gift tat seine Wirkung. Seine Hand sank herab, der Kelch glitt ihm aus den Fingern, er sank wie ein toter Berg Fleisch in sich zusammen und schied einsam zwischen Lachenden, Betrunkenen, Singenden und Schwatzenden, Liebespaaren und Heuchlern aus einem Leben, das nie so wollte wie er.

Nikolaus stürzte auf Quintus zu. Aber bevor er sich zu ihm knien konnte, hielt ihn der König mit dem goldenen Stab zurück.

»Trimalchio – ich erkläre Euch zum Meister aller Köche – zum Gewinner des Wettstreites und zum Sieger über Lüge und Verrat.«

Nikolaus stierte zum König, verstand dessen Worte nicht, hörte nicht die aufgebrachte Menge in seinem Rücken, sondern deutete nur stumm auf Quintus. Der König wedelte nur unwillig mit der linken Hand. Lakaien liefen herbei und schafften Quintus fort.

»Er wollte Euch verleumden. Der Wein war vergiftet – von ihm selbst. Es macht sich immer wieder bezahlt, einen guten Informanten zu haben ...«

Bei diesen Worten warf der König Monsieur einen vernichtenden Blick zu. Dieser zog den Kopf zwischen die Schultern.

Louis wandte sich erneut Nikolaus zu und schnippte mit den Fingern. Der Zermonienmeister trat an ihn heran, in Händen ein versiegeltes Pergament.

»Hier, mein lieber Comte de Trimalchio. Euer Verdienst soll auch belohnt werden. Mit diesem Patent belehne ich Euch mit einem Landgut in der Provence, das Euch Euren Lebensabend versüßen möge.«

Der König lächelte, dass die herabhängenden Backen zitterten und reichte Nikolaus mit gepuderter Hand das Dokument.

Nikolaus kam es vor wie ein Traum. Fasziniert, entzückt, über alle Maßen erfreut, griff er nach dem Pergament, umschloss es mit beiden Händen, verneigte sich gleichzeitig vor dem König und sah sich in Gedanken bereits den Rest seiner Tage auf seinem eigenen Stück Land verbringen, inmitten von alten und ehrwürdigen Olivenhainen.

»Aber nun lasst uns den Meister feiern und das neue Jahrhundert begrüßen, das bald hereinbrechen wird!«

Die erhobene Stimme des Königs übertönte das Getuschel und Geraune der zwischen Bestürzung und Begeisterung hin und her gerissenen Menge, die sich vom den Worten mitreißen ließ und in Applaus ausbrach.

»Du hast es versprochen. Es ist Zeit. Nur noch wenige Minuten, dann schreiten wir in ein neues Jahrhundert.«

»Aber wir müssen die Mandelcreme noch auftragen!«

»Dafür ist noch im nächsten Jahrhundert Zeit.«

Fabrizio lächelte ihn an, und Nikolaus gab nach. Er entledigte sich seines Kochhemdes, legte seine kostbaren Gewänder wieder frei und folgte dem Freund an den Rand des Sees, auf dem die vergoldeten Galeeren und blumengeschmückten Barken der hohen Damen und Herren schaukelten. Hunderte von Fackeln beleuchteten die Szenerie, ließen die Boote wie tanzende Glühwürmchen aussehen. Fanfaren wurden über das Wasser getragen, und im nächsten Augenblick krachten die ersten Feuerwerkskörper in den Himmel. Rot, gold, blau und silbern erstrahlte der Himmel; die Farben brachen sich im Wasser und auf den Wellen, und begeisterte Rufe wurden laut. Versailles jubelte sich selbst in das achtzehnte Jahrhundert.

Fabrizio zog eine Champagnerflasche aus seinem Rock und ließ den Korken knallen.

»Gläser konnte ich nicht im Wams verstecken, wir müssen also aus der Flasche trinken. Auf dich, auf uns und auf die Zukunft!

Auf dass uns noch viele Jahre verbleiben, die wir gemeinsam verbringen können.«

Er reichte Nikolaus die Flasche, dieser nickte kurz, sagte mit einem Lächeln im Gesicht: »Auf uns!«, und ließ den Champagner die Kehle hinunterprickeln.

Mehr als eine Stunde blieben sie am See. Sie sprachen nicht viel; Worte waren zwischen ihnen nicht mehr nötig. Immer wieder schweiften Nikolaus' Gedanken zurück zu Gilbert Quintus. Gilbert, der wie eine Pestleiche fortgeschafft worden war. Gilbert, dem niemand eine Träne nachweinte. Gilbert, der ihm nicht vergeben hatte.

»Warum konnte er nicht verzeihen?«, flüsterte er in die Nacht.

»Ich weiß es nicht. Aber es ist gut, dass es vorbei ist. Du bist ein Leben lang auf der Flucht gewesen. Auf der Flucht vor deinem eigenen schlechten Gewissen. Aber das soll nun alles Vergangenheit sein. Lass uns zuversichtlich in ein neues Jahrhundert aufbrechen. Du bist der Meister der Köche. Daran solltest du denken!«

Fabrizio lächelte ihm zu, und er wagte den Versuch, zurückzulächeln. In das liebe Gesicht des Freundes. Dennoch fühlte er sich unwohl. Nikolaus wusste nicht, ob es die Kälte war, die aufsteigende Nässe vom See oder allgemeine Müdigkeit, die ihn wieder zu seinem Küchenzelt zurücktrieben. Sein linker Arm schmerzte, und auf seiner Brust lastete ein ungewohntes Drücken.

»Komm, wärmen wir uns in meinem Zelt ein wenig auf.«

»Und was ist mit Tanz, Spiel und Geselligkeit?«

»Später. Ich bin ein wenig müde.«

Das erste Mal in dieser Nacht widersprach Fabrizio nicht, sondern schloss sich ihm ohne Widerworte an. Schweigend, berauscht von der Herrlichkeit der Nacht und gleichzeitig bedrückt durch die verwirrenden Ereignisse, aber auch völlig durchfroren wanderten sie zurück.

»Das hätte ich mir denken können«, murmelte er, als sie das Zelt betraten.

Gähnende Leere empfing sie, kein eifriges Schwatzen, Kochen und Brutzeln. Niemand war da.

»Sie werden das Feuerwerk bewundern«, meinte Fabrizio lachend.

»Sie werden nicht mehr zurückkommen, weil sie sich alle betrinken«, gab Nikolaus erbost zurück.

Er ließ sich auf einen Stuhl sinken und atmete tief durch. Der Druck auf seine Brust hatte sich verstärkt. Eigentlich wollte er nur noch in sein weiches, warmes Bett sinken. Aber daran war nun wirklich nicht zu denken. Er würde die ganze Nacht alleine schuften müssen.

»Nanu – ich dachte, ich würde mit vollen Tellern empfangen werden, dabei sehe ich, dass hier wohl nichts mehr zu holen ist.«

Nikolaus fuhr herum und sah in das Gesicht von Dupois, der leise an sie herangetreten war.

»Dupois, alter Freund, wie wunderbar, dass Ihr gekommen seid!«

»Es tut gut, euch beide zu sehen. Und was ist mit meinem Essen?«

»Fabrizio, könntest du Dupois etwas anrichten? Ich muss mich ein wenig ausruhen.«

Fabrizio sah ihn ob der ungewöhnlichen Aufforderung etwas seltsam an, sagte aber nichts, sondern machte sich daran, aus den verlassenen, noch dampfenden Pfannen und Töpfen einige Speisen für Dupois zusammenzustellen.

Nikolaus deutete Dupois, sich zu ihm zu setzen.

»Nikolaus hat den Wettstreit gewonnen. Es ist nun offiziell, dass er der beste aller Köche ist«, hörte er Fabrizios Stimme aus einer entfernten Ecke.

»Daran habe ich nie gezweifelt«, gab Dupois lächelnd zurück und sah Nikolaus tief in die Augen. »Am meisten freut es mich aber, dass ich nun meine alte Schuld wiedergutgemacht habe.«

»Ich verstehe nicht ...«, begann Nikolaus, aber Dupois ließ ihn nicht zu Worte kommen.

»Wisst Ihr noch, wie ich Euch seinerzeit Gilbert Quintus in die Küche brachte – und damit fast Euren Tod herbeigeführt hätte. Seitdem habe ich ihn nie mehr aus den Augen gelassen, und so wusste ich, was er plante.«

»Dann habt Ihr dem König davon erzählt?«

Dupois legte ihm die Hand auf den Arm. »Es war das Geringste, was ich für Euch tun konnte. Ja, ich weiß, was Ihr sagen möchtet – dass man einem Toten nichts Schlechtes nachsagen darf, aber er *war* böse. Abgrundtief böse. Ich habe die übelsten Dinge über ihn gehört. Es ist nicht Eure Schuld, dass er ein so schlimmes Ende gefunden hat. Sein Grab hat er sich letztendlich selbst geschaufelt. Und so fügt sich alles zum Besten.«

Nikolaus sah ihn an, unfähig, etwas zu sagen.

»Oh, ich hatte Helfer«, lachte Dupois. »Ihr wisst gar nicht, wie viele Freunde ihr habt, Trimalchio. Denn jeder, dem die Freude des Lebens und das Wohl der Menschen am Herzen liegt, wird auch von anderen geliebt.«

Doch Nikolaus nahm ihn nicht mehr wahr. Während seine Augen in die Ferne starrten, wanderten seine Gedanken zurück in eine längst vergessene Vergangenheit, zu den Stationen seines Lebens. Er dachte an seinen Vater, seine Mutter, seine Brüder, die Mönche aus dem Kloster; sogar an Meister Pongratz dachte er. Lange, wie eine Ewigkeit erschien es ihm, verweilten seine Gedanken bei Antonia, der süßen, nach Apfel und Zimt duftenden Antonia, und beinahe wollte sich eine Träne des Wehmuts aus seinen Augenwinkeln stehlen.

»Ist dir nicht gut, Nikolaus?«

Fabrizios besorgte Stimmte holte ihn in das neue Jahrhundert zurück. Die Geister der Vergangenheit verblassten, und mit Entsetzen bemerkte er, wie Fabrizio Dupois Konfekt und Pralinés gemeinsam mit süßen Eierspeisen auf einem Teller reichen wollte.

»Das ist unmöglich, Fabrizio! Muss ich alles alleine machen? So geht das nicht.«

Er erhob sich forsch, schnappte den Teller aus Fabrizios Händen, wollte sich auf den Weg zur Anrichte machen, als er plötzlich innehielt. Die Welt drehte sich um ihn. Der Teller fiel zu Boden und zerbarst in tausend Scherben.

»Nikolaus, was ist mit dir?«, schrie Fabrizio.

Nikolaus war auf seinen Stuhl zurückgesunken. Dupois sprang auf und fasste ihn bei den Schultern. Schwer fiel der massige Körper des Kochs zur Seite.

Dupois lockerte ihm das Halstuch, tastete nach seinem Puls. Dann ließ er die schlaffe Hand sinken.

»Er ist tot.«

Fabrizio schluchzte auf, und auch Dupois liefen Tränen über die faltigen Wangen.

»In der Stunde seines Triumphes. Welch ein Ende für Trimalchios Fest!«

In der Ferne hörten sie einen Kanonenschuss, der dem neuen Jahrhundert salutierte.

Nikolaus Pirment alias Trimalchio ist eine Figur meiner Fantasie, doch entstand der stille, von Kochleidenschaft erfüllte Nikolaus aus einer Mischung sehr realer Personen, welche die Kunst des Kochens zur Meisterschaft erhoben haben. Jedes einzelne Leben der Köche, die Großartiges geleistet und der Geschichte einen Dienst erwiesen haben, wäre es wert gewesen, niedergeschrieben zu werden. So fiel die Entscheidung sehr schwer und letztendlich auf eine fiktive Figur, die von jedem etwas beinhaltet. Hier nur die beiden wichtigsten Paten von Nikolaus:

Pierre la Varenne (1618–1678): Er wurde mit 10 Jahren von seinem Vater »in das Leben geschickt«, sprich alleine gelassen, so wie es Nikolaus ebenfalls passiert, allerdings mit 14 Jahren. Er gilt als der Erfinder der »modernen«, nicht mehr überwürzten, mittelalterlichen Küche, des Fonds und der Mehlschwitze.

Marc-Antoine Careme (1783–1833): Er kochte für Talleyrand, den Zaren, den Prince of Wales und James Rothschild, entwickelte eine leichte Küche, die sich auf den Eigengeschmack der Speisen berief und hatte dennoch eine ausgeprägte Vorliebe für Zuckerbauwerk (riesige Schlösser, aus Süßem aufgebaut, waren seine große Liebe).

Bei den historischen Details habe ich mir einige Freiheiten erlaubt, um das Geschehen in Fluss zu halten:

Die Küchenregeln des Münchner Hofs sind schriftlich festgehalten, stammen aber wahrscheinlich nicht aus dem Barock.

Der Jagdausflug und auch das etwas seltsame Arrangement in der Almhütte ereignete sich tatsächlich, allerdings erst unter Maximilian II. von Bayern. Die Beschreibung dieses Ausfluges stützen sich auf zeitgenössische Berichte.

Die Muskatnuss-Verbrennung wurde im Text um einige Jahre vorgezogen.

Vatel, der große Koch, starb bereits 1676 und nicht erst im Jahr 1682, wie beschrieben.

Der Tod Madame La Voisins wurde zeitlich zurückversetzt. De la Tour, der Mitgefangene von Nikolaus, ist eine Fantasiegestalt, die zum Teil mit den berühmten Worten der Madame de Sévigné ausgestattet ist. Die von ihm beschriebenen Personen entsprechen dadurch historischen Persönlichkeiten.

Der Urheber der Lobrede auf Trimalchio alias Nikolaus am Ende des vierten Kapitels (»Er ist der Cäsar von der Bratpfanne, etc.«) ist Friedrich II. von Preußen, und gewidmet war sie seinem Leibkoch Noel.

»Ein neues Gericht zu erfinden ist bedeutsamer, als einen neuen Stern zu entdecken.« Diese Worte, hier dem (fiktiven) französischen Gesandten Dupois in den Mund gelegt, sind überliefert als Ausspruch Voltaires.

Über den Sonnenkönig und sein Verhältnis zur Gabel sind sich die Historiker mehr als uneinig. Die Meinungen gehen so weit auseinander, dass die einen schreiben, er wäre ein Verfechter der Gabel gewesen und hätte den Umgang mit eben dieser sogar befohlen, die anderen wiederum sagen, er hätte sie gehasst, die Gabel, und verboten. Ich hielt mich an letztere Meinung.

Das Würstchenduell entspricht einer Anekdote, die sich um Bismarck rankt.

Das »Kipferl« – oder zu Deutsch »Hörnchen« – wurde in der Tat anlässlich der Befreiung von der türkischen Bedrohung erfunden, aber von einem Wiener Bäcker und nicht am Hof von Versailles.

Lieselotte von der Pfalz zog erst nach dem Ableben ihres Mannes Philippe I., Herzog von Orleans, dem Bruder des Sonnenkönigs, im Jahre 1701 endgültig nach Versailles. Sie hielt sich vor allem in Saint-Cloud auf. Im Roman lebt sie bereits vorher fest in

Versailles. Während ihrer Erkrankung an den Pocken hat Madame tatsächlich ein geheimnisvolles weißes Pulver eingenommen, dessen Rezept aus ihrer Heimat stammte. Und sie hat während dieser Zeit täglich mehrmals die Wäsche gewechselt – zum Entsetzen ihrer Ärzte.

Das große Silvesterfest entspricht nicht historischen Überlieferungen, die Speisenfolgen sind auszugsweise B. Michael Andressen, *Barocke Tafelfreuden* (Stuttgart, Zürich: Belser Verlag, 1996) und dem Begleitbuch zur Aussstellung im Münchner Stadtmuseum, *Die anständige Lust*, Von Eßkultur und Tafelsitten, hg. Ulrike Zuschka, Hans Ottomeyer und Susanne Bäumler (edition spangenberg bei Droemer-Knaur: München, 1994) entnommen.

Die Figur des Kochs De Gontier ist fiktiv, ebenso das Kochduell.

Die Rezepte zu Beginn der fünf Hauptkapitel wurden von folgenden Meistern kreiert:

Erster Gang: Marcus Gavius Apicius (In: Apicius, *Das Apicius-Kochbuch aus der altrömischen Kaiserzeit*, Reprint Verlag: Leipzig, o. J. [Nachdruck der Ausgabe von 1909]).

Zweiter Gang: Pierre la Varenne (In: Hans-Peter Peschke, Werner Feldmann, *Das Kochbuch der Renaissance*, Düsseldorf, Zürich: Artemis und Winkler, 1997).

Dritter Gang: Franz de Rontzier (In: Peschke/Feldmann, *Das Kochbuch der Renaissance*) und Max Rumpoldt (›Ein new Kochbuch‹, Franckfurt am Mayn 1581, in: Herbert Heckmann, *Die Freud des Essens*, Ein kulturgeschichtliches Lesebuch vom Genuß der Speisen, aber auch vom Leid des Hungers, Frankfurt/M.: Ullstein, 1981).

Vierter Gang: Marcus Gavius Apicius (In: *Das Apicius-Kochbuch aus der altrömischen Kaiserzeit*).

Letzter Gang: Aus dem ›Trincierbuch‹, Nürnberg 1652 (In: Heckmann, *Die Freud des Essens*).

KLEINE
GESCHICHTLICHE TAFEL
ZUR ORIENTIERUNG

1618–1648   Dreißigjähriger Krieg. Der Papst verdammt den
westfälischen Frieden; die deutsche Bevölkerung ist
am Ende von 17 Millionen auf 8 Millionen reduziert.

1633–1634   Regensburg wird von den Schweden erstürmt und
von den kaiserlichen und bayrischen Truppen wieder
zurückerobert.

1643   Louis XIV. wird König von Frankreich.

1651   Maximilian I. stirbt, sein Sohn Maria Ferdinand
wird Kurfürst von Bayern.
Lieselotte von der Pfalz wird geboren.

1653–1662   Große Hungersnot in ganz Europa.

1665   Große Pest in London.

1670   In Amsterdam werden mehrere Jahresernten an
Muskatnuss und Zimt verbrannt, um die fallenden
Preise künstlich hoch zu halten.

1671   Lieselotte von der Pfalz heiratet Philippe I., Herzog
von Orleans, den Bruder des Sonnenkönigs.

1676   Der Leibkoch des Prinzen von Condé, Vatel, nimmt
sich das Leben.

1679   Louis XIV. beruft eine Sonderkommission ein,
            welche die so genannte »Giftaffäre« untersuchen soll.
            Die Sache wächst sich zur Staatsangelegenheit aus.

1680   La Voisin, Wahrsagerin, Astrologin und Hebamme
            wird im Zuge der Giftaffäre verhaftet, gefoltert und
            im Februar verbrannt.
            Maria-Anna von Wittelsbach wird mit dem Dauphin
            verheiratet.

1682   Die Untersuchung der Giftaffäre wird auf
            Anordnung des Königs eingestellt.
            Die Türken stehen vor den Toren Wiens.
            Halley entdeckt einen Kometen, der nach ihm be-
            nannt wird; die Kometenfurcht ergreift ganz Europa.

1683   Der Holländer Leeuwenhoek, Erfinder des
            Mikroskops, entdeckt kleine Tierchen im mensch-
            lichen Speichel.

1688   Pfälzischer Erbfolgekrieg Frankreichs gegen
            Österreich, England, Holland und Spanien beginnt.
            (Er dauert elf Jahre – bis 1699)

1692   Philipp, der Sohn Lieselottes von der Pfalz, heiratet
            Marie-Françoise, eine Tochter des Sonnenkönigs.

1693   Lieselotte von der Pfalz erkrankt an den Pocken.

DANKSAGUNG

Allen voran selbstverständlich meiner Familie und Fritz für unermüdliche Unterstützung, dauerndes Korrekturlesen, für Ideen, Vorschläge und Kritik. Ohne euch hätte ich dieses Buch nie geschrieben.

Meinen lieben Freunden Judith Preiss und Dr. Stephan Koch, der als Künstler und Arzt begeistert mit Rat und Tat zur Seite stand und vor allem Antonia und Gilbert Quintus mehr Leben einhauchte.

Auch Barbara Beucker, meiner unerschrockenen Testleserin, die gleich zu Beginn neue Impulse einbrachte.

Mein besonderer Dank gilt auch dem Haus Lübbe, all den Mitarbeitern, die so viel Mühe in die Entstehung eines Buches stecken, und hier vor allem Dr. Helmut W. Pesch, der als Lektor und Autor Nikolaus in sein Herz geschlossen hat, selbst kleinsten Details größte Beachtung schenkte, fantastische Ideen in das Fest einbrachte und alles dafür getan hat, Trimalchio einen guten Start ins Leben zu ermöglichen.

Eine herzerwärmende Familiensage für lange Winterabende

Am liebsten hätte Großmutter Frederica ihre Enkel, die drei
Waisen Felicity, Sam und Susanna, noch viel länger auf
ihrem schönen Anwesen verwöhnt. Doch ihre Schützlinge
werden allmählich flügge. Dennoch scheinen sie ihre
Großmutter gerade jetzt mehr zu brauchen denn je ...

Der zweite, in sich abgeschlossene Roman der Trilogie um
die englische Großfamilie Chadwick.

ISBN 3-404-14835-5

BASTEI
LÜBBE